中国政府出版品国际营销平台精选图书·文学书系　　王昕朋 主编

空中鱼

Something in the Air

赵文广　著

中国言实出版社

图书在版编目（CIP）数据

空中鱼 / 赵文广著 .-- 北京 : 中国言实出版社，
2021.1
（中国政府出版品国际营销平台精选图书·文学书系 /
王昕朋主编）
ISBN 978-7-5171-3628-6

Ⅰ .①空… Ⅱ .①赵… Ⅲ .①短篇小说—小说集—
中国—当代 Ⅳ .① I247.7

中国版本图书馆 CIP 数据核字（2020）第 252738 号

出 版 人　王昕朋
责任编辑　张国旗　李昌鹏
责任校对　代青霞

出版发行　**中国言实出版社**
　　　　　地　　址：北京市朝阳区北苑路 180 号加利大厦 5 号楼 105 室
　　　　　邮　　编：100101
　　　　　编辑部：北京市海淀区花园路 6 号院 B 座 6 层
　　　　　邮　　编：100088
　　　　　电　　话：64924853（总编室）　64924716（发行部）
　　　　　网　　址：www.zgyscbs.cn
　　　　　E-mail：zgyscbs@263.net

经　　销　新华书店
印　　刷　北京中科印刷有限公司
版　　次　2021 年 1 月第 1 版　　2021 年 1 月第 1 次印刷
规　　格　880 毫米 ×1230 毫米　1/32　10 印张
字　　数　200 千字
定　　价　58.00 元　　　ISBN 978-7-5171-3628-6

有风骨讲美学接通全球

——"中国政府出版品国际营销平台精选图书·文学书系"总序

王昕朋

中国言实出版社是国务院研究室主管主办的国家级出版单位，出版定位是：主要出版党和国家重大政策的研究成果以及相关的辅导读物。1995 年成立以来，我们一直坚持这一出版定位，围绕党和国家中心工作开展出版活动，因而，国内外读者很少见到由中国言实出版社出版的文学类图书。但是，近几年文学界对中国言实出版社已不陌生。这源于出版理念的一次变革。习近平总书记在文艺工作座谈会上的重要讲话指出："一部小说，一篇散文，一首诗，一幅画，一张照片，一部电影，一部电视剧，一曲音乐，都能给外国人了解中国提供一个独特的视角，都能以各自的魅力去吸引人、感染人、打动人。"这给了我们启示、启迪，文学也是讲好中国故事、传播中国好声音的重要途径。所以，我们也用心、用功、用力打造文学板块，并将它推向世界。2018年8月，由中国言实出版社出版的李春雷报告文学作品《朋友——习近平与贾大山交往纪事》获第七届鲁迅文学奖，同时入选"丝路书香"出版工程在国外出版，于是文学界发现，中国言实出版社在文学出版领域同样有不俗的表现。中国言实出版社的文学图书品种少而精，中国文学的声音在通过中国言实出版社持续传播到海外，承载着文化和文学信息的《温文尔雅》翻译成英文、日文、俄文、德文、法文、意大利文、西班牙文、葡萄牙文、阿拉伯文等多种语言向全球推介，英文版、中文繁体版荣获第十三届"输出版引进版优秀图书"奖，长篇小说《京西胭脂铺》一举登榜"中国图书世界馆藏影响力图书20强"。付秀莹、金仁顺、乔叶、魏微、滕肖澜、叶弥、戴来、阿袁等8位"当代中国最具实力女作家"的作品集同时推出，之所以在名称中冠以"中国"二字，是出于对外推介的考量，其中付秀莹、魏微、戴来等人的小说集后来入选"经典中国"项目在美国出版，产生良好反响。

近年来，中国言实出版社加快国际出版步伐，与英、美、日等多家国外出版单位建立战略合作关系，近百名当代中青年作家的作品陆续推介到美国纽约、日本东京、德国法兰克福等多个国际书展，被多个国家的图书馆收藏，图书受到国外图书界关注，连续6年入选中国图书世界馆藏影响力百强出版单位。2015年经财政部批准立项，中国言实出版社建设并主办中国政府出版品国际营销平台，为推动"文化走出去"提供支持。2020年，有感于体量庞大的中国当代文学无法快捷地被全球关注所带来的传播学遗憾，有感于年度文学选本出版周期较长，有感于众多具有潜力、实力、影响力的青年作家的作品没有很好的对外传播渠道，中国言实出版社整合资源，决定专门为中国政府出版品国际营销平台的文学板块打造出一种比年度选本出版周期短、对当代文学创作反应更为灵敏的季度文学选本。《中国当代文学选本》应运而生，书名由王蒙题写，选稿编委梁鸿鹰、李少君、王干、付秀莹、古耜皆为业内名家行家，所选作品为国内新近发表的文质兼美的力作。作为一种有公信力的季度文学选本，《中国当代文学选本》因"让国外读者快捷阅读当代中国文学精品"的窗口作用，以及"为中国作家走向世界铺筑交流合作桥梁"的桥梁作用，受到作家、汉学家、国内外读者一致好评。《中国当代文学选本》传播中国声音，讲述中国故事，产生良好社会效益。有鉴于此，中国言实出版社决定打造这套"中国政府出版品国际营销平台精选图书·文学书系"。

出版社并不承担培养作家的使命，但是这套"中国政府出版品国际营销平台精选图书·文学书系"的入选作品多是出自青年作家之手，原因在于，我们始终关注着中国当代文学最具活力与实力的鲜活部分，求取风骨与审美的统一，始终在精心遴选极具当代性的中国文学好声音，始终把推动中国当代文学与全球接通作为出版人的责任，这套"中国政府出版品国际营销平台精选图书·文学书系"的入选作家和作品便是如此。有风骨、讲美学，是选取这套丛书的思考维度。"有风骨"是要对民族精神有所反映，要为人民而文学，要关怀民生，帮助读者把无病呻吟、凌空蹈虚的作品以独特筛选眼光来淘汰掉；而"讲美学"是指中国言实出版社遴选书稿时看重作品的文本质量，内容和形式互为表里，是为美。美为作品飞向全世界插上翅膀，中国言实出版社人始终认为，美是全人类可通融的共同语言，有风骨、讲美学才能接通全球，成为文学精品。这些优秀作品里，都跳动着时代的脉搏，展现着当代中国日新月异的面貌，蕴含着深厚的文化自信。出版是文学生产的终端，对于中国言实出版社而言是文学传播的开始。中国言实出版社将始终秉持"好作品主义"，重视名家不薄新人，盘点、整合中国文学资源，积极开展对外译介和推广工作，自觉地将有风骨、讲美学的文学精品作为永不改变的出版追求。

2020 年 12 月

目 录
CONTENTS

少　年

我们是骑自行车去的。

六个人，一辆自行车。一个人骑车，一个人坐车，四个人跑。跑累了就走。这时候骑车的回头看看，后面的人像路上的小黑点，他就停下车子，坐车的双手一撑，跳下车来。那四个看见自行车停了下来，便发疯一样往前跑，谁先跑到谁就有车骑，第二跑到的就有机会在第一个人刚坐稳屁股还没加速时蹦到后座上。

这里面有一种博弈：如果跑了第一，就能骑到自行车，但铁定要载人；跑第二最好，但有可能因为放慢速度被第三追上，车座两空。跑第三第四的人最拼命，无所顾忌，结果一使劲，可能又跑了第一。这样博弈下来，四个人就像追乌龟的阿基里斯们，在接近终点时越来越慢。最后到离自行车还有十米远的时候，四个人又走起来，心怀不轨。又走了五六米，四个人忽然加速，这三四米的竞争，谁也没有优势可言，所以最后谁骑上了自行车，谁坐上了座看起来就有很大的随机性。

当他们为了骑上那辆破车费尽心机时，前面两个人往往坐在土坡上看戏。

土坡上的风吹得人很惬意。

在那辆日渐破旧、后架晃里晃荡、动不动掉链子的老车愈加不堪重负时，我们在路边发现了一辆倒卧在荒草沟里的崭新的黑色二八车。车子上还包着防擦碰的白色泡沫塑料，齿轮上蒙着一层干净的油，反射着暗绿的光，释放出机械的清香。

我们把它扶上来，打好支架，轮流用手转圈摇着漆黑的脚蹬子。正着摇完再倒着摇，正着摇能听到齿轮咬合和辐条舞动的清新之声，倒着摇就能听见脆耳的嘀嘀嗒嗒。我们这样轮流摇了好久，一边摇一边讨论车子的来路，讨论到太阳要下山了，还没有人来取车。我们意识到时间过得太快，超出了预算，就说走吧，天要黑了。

于是大家继续往前走。其中一个人推着那辆破烂自行车，没有人说话，我们都在想要不要把那辆新车推走。前面漫长的讨论基本确定它是从大卡车上掉下来的，很可能是集体的东西。如果是个人的车，肯定会有人沿着路回来找，但半下午也没见有人在这条路上走过。那么它只能是集体的东西，推集体的车有一定的风险，还可能让人产生一些道德负担。我们也讨论过如果被抓到会不会枪毙，是枪毙一个，还是六个都枪毙。枪毙是打脑袋还是打心脏，是从正面打还是在背后打。是打一枪还是像日本鬼子一样把六个人放在前面，用蒙着黑布的机关枪突突突乱扫。这些讨论如此不着边际，离题万里。

我们这样一路想一路低头走，在一个下坡处，后面有人骑车呼地一下蹿了出去。一道白光。

牛烁菲骑着一辆包着白色泡沫的崭新自行车冲了出去，在超过我们的刹那，他开始嗷嗷嗷大喊。把车子蹬得飞快，好像打了胜仗。

我有些惊讶。那一刻我知道自己并不想推那辆自行车。我占有它的想法如此微弱，以至经不起任何质疑，在看到牛烁菲从我身边经过时，我推卸责任一样告诉自己，我不想推那辆自行车。这时候于凯朝牛烁菲后背大喊：

"二逼！快下来！你想死哦！"

牛烁菲显然被于凯突如其来的叫骂骂得有点扫兴。他无声地放慢车速，又往前骑了十几米，掉转龙头腰杆挺直一脸扬扬得意地骑回来了。我以为他要和于凯对命。结果他在我们面前停下，侧着自行车，左腿支在地上，踮着脚尖，右脚踩着脚蹬，扬着头很痞地来了一句：

"不骑白不骑。"

这一句话让我们半天的讨论都白费了。

我不知道他是从一开始就打定主意要把自行车骑走，还是后来下的决心。我当时没有想这个，只在心里默默地说：要是真被抓起来，我就太委屈了。我根本就没打算推，是牛烁菲推的。

这时于凯又重复了那句话，只是少了三个字，语气也略有缓和：

"二逼，你想死哦。"

这次他没让牛烁菲快下来，牛烁菲自己踮着脚尖下来了。下来后，他先走到车后拽着货架把车子支好，又仰头直视于凯，甩开膀子走过去。

"二逼二逼二逼二逼二逼二逼。"

牛烁菲一边念叨一边闷头双手推着于凯的胸膛，把于凯往后推了六七步。我们就站在一边看戏。只见于凯一猫腰闪到了牛烁菲背后，右胳膊一抬，锁住了牛烁菲的脖子，牛烁菲想要用手抠开于凯的胳膊，于凯就把左手也用上了，牛烁菲挣了几下，满脸通红，无计可施。这时于凯说话了：

"服不服？"

牛烁菲憋着气大喊：

"服啦服啦服啦服啦。"

于凯松了胳膊，牛烁菲坐在地上搂气，我在一边看着也大喘了几口气，心跳加速，好像刚才是我差点被胳膊勒死。

于凯放下牛烁菲，来到自行车前，转圈打量着，然后弯下腰开始撕包在车上的白色泡沫。白色泡沫被塑料带一圈一圈箍着，不好撕，最后完全撕下来，满地零零碎碎的，而一辆漆黑锃亮的自行车正在零碎中亭亭玉立。

我们看到了车的本来面目。在于凯做完那件事之后，这辆自行车从无主车变成了有主车，这种感觉是非常确定的。前面我们之所以围在那摇了半天脚蹬子，却没有撕掉那层白色泡沫，就是因为我们知道这车不是我们的，摇摇脚蹬子无伤大雅。

撕完泡沫，于凯把后轮上自带的圈锁钥匙拔下来，有三把，于凯自己取下来一把，丢进裤兜，举着另外一把问：

"谁要？"

牛烁菲爬起来，百米加速一样冲到于凯面前：

"我要我要我要我要。"

还有一把。

"谁要？"

没人回话。

"没人要我自己留着了，谁想要再跟我说。现在这辆车我和牛烁菲两个人骑。你们还骑那个。"

于凯刚说完，于宇凯扭着脖子走到于凯面前：

"给我。"

于宇凯和于凯一样高，有可能比于凯更高一些，但他有点微驼，身上时不时会有一些微小的下意识的动作。比如扭一下脖子。这样他虽然高，看起来也不如于凯挺拔。

于宇凯拿了钥匙以后，我的心松了一下。现在已经与我无关了。

不知是场合本来就不那么紧张，还是因为分赃结束大家心情放松了下来，六个人又打起哈哈来，于凯、牛烁菲、于宇凯三个轮流推着那辆新车，我一个人推着链盒子打翘浑身哗啦啦乱响的破自行车走在后面。

现在我们面临一个奇怪的问题：怎么骑车？

如果还是两个人骑，剩下的人在地上走，那么剩下的人就是少数，显得特别可怜，看起来随时可能被抛弃在大路上。但这不是主要问题，主要是，这两个徒步行走的人，一个有钥匙，一个没有钥匙，这无疑会产生一些尴尬，好像两个人突然分属了不同阶级。

这显然只是我个人的顾虑，很快于凯就载着于宇凯骑出去了，而我手上的车不知何时也被王朋骑走，伴着有节奏的哗啦啦，周龙刚坐在破车晃悠悠的后座上瞎嗷嗷。我和牛烁菲看着远去的四人，互相看了一眼，也撒丫子追了上去。

在夜幕降临之前，我们来到丘陵的高处。

按照计划，我们那时应该到了镇上，准备各回各家，可当时我们还不知道镇子在哪儿。

站在高处可以看到三四里之外，或者更远处的灯火，天光已所剩无几。那时还没有冷光灯，家家都点白炽灯泡，远远望过去，有很多暗红色在闪烁。有时我们也能听到呜呜的狗叫声。

我们很好奇狗叫声到底能不能传三四里，如果在这里能听到，那条狗该有多大。针对这个话题，我们讨论了几回合，不争气的肚子开始暗流涌动。接下来我们决定分头找吃的，找到后在此会合。而我被安排在原地看自行车，尽管看起来这里几乎没有可能再出现一个陌生人，我还是得到一个看车的任务，尽管有人看车，于宇凯还是在走出几步后返回身把那辆新车的圈锁拉上锁死。于凯回头看了看，说了句："二逼。"于宇凯听到后追上去，扭动腰肢，很娘地去推于凯，被闪开了，差点把他闪倒，于凯回头指着于宇凯哈哈大笑，一边笑一边又说了一句二逼。

于凯的笑声很大，但没有传出去多远，很快就被夜空和土地吸了进去。

他们走后，我又开始琢磨，狗的叫声怎么能传那么远。我得出的答案是，刚才可能是幻听，因为野外太安静，什么声音听起来感觉上都会大一些。

我躺在高处的干土上，那儿就像这片丘陵的秃顶，但它是干燥的，持续不断的热量从我的背后传来，好像下面是空的。

我听到很多小虫子在叫，那样的叫声让人觉得田野是脆的，由一些细小的碎片拼凑起来，任何轻微的振动都会让它发出连片的声响，如果有巨大的振动，它可能完全碎掉。如果它是空的，在完全碎掉后我将往下坠落，不知要落到什么地方。在我眼前有一个弧形的星空，它们看起来完全静止，但书上说，星空一直在绕着北极星旋转。按书上的说法，北极星在偏北的天空，在北斗七星勺口二星的延长线上，我找了一下，那里的确有一颗星，只是很不亮，不像北极星的名号那么尊贵，它有些闪，看起来有点冷。而整个星空看起来像是某种东西破碎后的图景，我不知道自己是从上面掉下来的，还是原本就在那儿。

当时我并没有意识到自己的想法有多么机械，几乎就是照着初中作文选的套路来的。我陶醉于那美好而空灵的想象。与此同时看到了两辆站在野外高地上的自行车，忽然意识到它们太过刺眼，即使没有月光，那么醒目突兀的暗影也能招来路人的注意，或者说，也许已经有人注意到了。我赶紧翻起身来猫着腰把自行车放倒，像一个货真价实的贼。在放倒那辆新车后，我又摸了摸车铃，光亮的白铁盖子反射着微弱的光，在我们刚发现它之后，每个人都去拨了几下。我把拇指压在车铃的柄上，这时不知哪里发出一声闷响，随后一声惨叫。

我循声望去，看到在一片漆黑的红薯地里有很大的动静。那里有一个很小的人影坐着，发出长长短短的呻吟。远远看着，不太分明，那人呻吟了不久，又有一个人跑了过去，从形态来看，是于凯，于凯低头摸索了一会儿，把那个坐着的人扶了起来。不知为何，我突然弯下腰，往后退去，后来我干脆在地上倒着往后爬。我从那块高地上退着爬下去，在确定已经足够低之后，又慢慢站起来，转过身去，听着背后的声音。等待漫长，直到有人唠唠叨叨走了上来，这时我觉得自己似乎酝酿了一些尿出来，便解下腰带撒尿，不妙的是，尿并没有想象那么多，而且也没有多么激烈，事实上，那感觉，好像只有一根铅笔那么长，一根圆珠笔芯那么粗的尿液流了出来。而后于凯扶着那人走到了土坡上。我假装听到有人来了赶快提上裤子跑了上去。

于凯看到我从下面提着裤子跑上来，说了一句："阿广，你在搞什么呀。"这话显然有点其他的意思，当我们说"搞什么"时，往往有些暧昧的意思在，好像我刚才在下面不是尿尿，而是在搞什么。听到于凯的嘲弄，于宇凯也哈哈干笑了两下。我看了看他金鸡独立的模样，假装很吃惊地问："狼狗，你脚怎么了？"狼狗，也就是于宇凯埋怨道："不知道哪个驴操的放了兔夹，要不是打在脚后跟上，脚差不点废了。"说完把手上拎的兔夹拿起来。我们三个一起看，天太黑，看不清细节，总之是用很硬的铁丝和弹簧拧出来的东西。狼狗说："阿广，你去把我刚才挖的几个地瓜拿上来，我俩看车，我摸了六个，全是大的，肯定老甜了。"我又假装问他地瓜在哪儿，狼狗说："你没看着吗？"在黑暗中，我的脸一下热起来，于凯大咧咧说："你拉倒吧，打一个兔儿不行，你还想再打一个哦。"说完就让我找点柴火，说要烤苞米吃，他说他掰了好几穗苞米。我应声下去。于凯在后面大声说：

"小心兔夹哦。"

在去找干柴的路上，我遇到了王朋，王朋和周龙刚在一起，不知道他俩怎么走到一起的，我上去打招呼，问他们找到什么好吃的了，王朋说："地瓜。"周龙刚说："地瓜。"他们问我干什么去，我说："找柴火去。"王朋说："走，一起去，回去烤地瓜吃，饿死我了。"周龙刚说："烤地瓜，走，太爽了。"路上我问王朋："你刚才听到有人叫唤吗？"王朋说："好像有，怎么回事？"我说："狼狗叫兔夹打脚后跟了。还行，能走。"周龙刚说："能走就好。"说着，我们朝着一个树丛走去，那里立着五六棵大大小小的树影，我们打算在那找几根柴火。这时周龙刚突然低声说：

"嘘——"

说完把手指往前指去。

这时我们才发现最粗的那棵树后有个人影，我们蹲下来辨认了半天，周龙刚说："那不是牛烁菲吗，他站在那干什么？"我们又仔细看了看，他站在那一动一动，王朋呵呵笑着说："他在搞。"周龙刚也呵呵坏笑："去吓唬他一下。"王朋说："人吓人吓死人，咱们回去吧。"说完他转身猫腰往回走，我和周龙刚也猫腰跟着。我们都不说话，周龙刚走到半路忽然说：

"柴火还没找。"

"对啊！"我很夸张地应和道，"那现在去哪儿找柴火啊？地还没收呢。也没有干草啊。"

"嗯，这是一个难题。"周龙刚一本正经地说。

"还得去那个小树林啊。"王朋念叨着，"要不我们还回去吧，等牛烁菲走了再过去。"

"等他走干什么？直接过去，大点声说话过去。"周龙刚还没征得我们俩同意，已经很大声音说了出来。

周围一下静了下来，好像刚才一直都很吵。这一静静得我们有点发怵。我感到夜的凉已经开始了。

"驴操的啊！你妈啊！夹死我啦！"

这一声出乎意料的吼叫又把丘陵唤醒了。

"二逼，悄悄地，你想死哦。"

我们听到于凯压低嗓子骂了于宇凯一句。

忽然他又哈哈大笑起来，而且刻意笑得很大声，好像有了极可笑的发现。

"狼狗，你刚才怎么骂的，再骂一遍我听听。"于凯一边问一边笑，他的身影倒在地上，几乎要笑抽了。

我很怀疑于凯是装的，于宇凯说的话有那么好笑吗？带着这个疑惑，我问王朋："于凯笑什么？"

王朋说："谁知道他笑什么？瞎叫唤，跟狼叫唤似的，怪不得叫狼狗。"

"不是吧，我觉得狼狗长得就像狼狗。"周龙刚说，"我头一次看见他就觉得他长得像狗。"

"你妈，你长得才像狗。"于宇凯在坡上竟然听到了。

"你听着啦，哈哈。怪不得叫狼狗，耳朵就是好使。"周龙刚打着哈哈。于凯已经恢复了常态，问我找到柴火了吗，我回说正要去找，在小树林里看见有人，就没过去。

"有人？"于凯忽然显得很严肃。这有点出乎我的意料，我本想告诉他是牛烁菲，但话头丢了。我一开始就选错了词，现在已经不知道再怎么解释了。王朋和周龙刚也一下哑巴了，我觉得他们可以给我撒个谎，假装只有我不知道那是牛烁菲。但他们一句话也不说，我也不知道那两个人在想什么。

"王朋，你看见了？"于凯又问王朋。

"是有人，好像是牛烁菲，也看不太清楚，也没敢过去看。牛烁菲一个人跑那边干什么？那边有什么吃的？"

这时我又听到周龙刚自言自语说："不是牛烁菲吗？"

他的自言自语让我们每个人都听得很清楚，像一个更大的难题。

默了片刻，于凯低声说："咱们得走了。动静太大了。"

这时我已经知道自己绝没有机会说那人就是牛烁菲了。我开始假装自己也不知道那到底是不是牛烁菲，毕竟我也没看清面目，只是从身形加以判断而已。

于凯又念了一遍："咱们得走了。"

于宇凯莫名其妙地问道："上哪儿？"

"二逼，有人来了，还不快走，抓着就晚了。"于凯有点要发火。

"就摸两个地瓜，抓着了还能把咱们怎么样？"周龙刚很强横。

"怎么样，一刀捅死你怎么样，你偷地瓜死这里也白死！"

"他胆儿肥了，就偷两个地瓜就捅死我，捅死我他不得偿命哦。"周龙刚相当激动。

"跟你说不明白，快走吧。等会儿人来了就走不了了。"

"谁来！谁来咱们一起上还不废了他！"

"你妈，我先废了你。"于凯大骂一声蹿到周龙刚面前。

两个人的身高完全不在一个级别。由于于宇凯驼背，于凯在我们六个人里相当于最高，超过了一米七五，而周龙刚无疑最矮最瘦，身高大概不会超过一米五，体重不会超过八十斤。此外，于凯是镇上青少年中的大混混，传言大仗小仗打过无数，因此在对打的形势上，周龙刚完败。但周龙刚气焰正盛，大有要灭了于凯的架势，此时他正用力挺送胸脯，嘴里不停地重复着一个词：

"样儿，样儿，样儿，样儿……"

"样儿"是"小样儿"的简称，含有一种比"小样儿"稍强的轻蔑。

在那一刻，我感到空气里酝酿着一种虚假的情绪，我不太确定他们真的是剑拔弩张，还是只要做做样子。这种虚假体现在于凯和周龙刚的对峙里。他们实力过于悬殊的对峙一开始就很难让人相信，包括于凯，他似乎体会到这里的不真实，试探着伸出右手，轻轻推了一下周龙刚送上门的胸脯，好像推一扇门，周龙刚僵硬地闪到一边，一腔气焰随之一扫而空。

"样儿。"周龙刚最后说了一遍。这一次纯粹只是为了给自己骗一些体面。

"二逼。"于凯如是回复道。

"二逼。"一个回声。

这不是于凯说的，这声音有点突然，它从我们的侧面冒了出来。

不用看也知道是牛烁菲的声音，从语气来听，牛烁菲似乎是在重复于凯的话，那么这句话就应该由周龙刚来认领。而周龙刚显然无法完全认领这两个字，因为这里似乎还有于凯的一份。牛烁菲白天送了于凯一连串二逼，被于凯一个锁喉全数奉还，现在从牛烁菲嘴里出来的二逼冒着浓重的胃酸气味。对此，于凯略有所闻，他直接闪到牛烁菲面前，以三倍的力度和准确度质问道：

"二逼，你在小树林里搞什么！吃的呢！"

"你妈，谁在小树林里搞什么，这不是吃的吗！"牛烁菲说罢从口袋里摸出一个黑坷垃，一扬手按到于凯嘴里，一阵哗啦啦落地的声音，于凯猝不及防，吃了满嘴，急忙低头呸呸呸起来。

于凯吃了一嘴沙土，而我们则站在一边看戏。牛烁菲做过火了，这我们都看得出来，尤其是他竟然对丁凯不计后果卜如此狠手，等待他的势必不会有好果子吃。按传言来说，于凯有可能纠集一群手下把牛烁菲架起来，而后用木棒把他的手骨敲碎，同时享受牛烁菲痛苦的叫声。

这些只是我的想象，我不确定其他人此时在想什么。于宇凯有很好的借口旁观，因为他脚后跟被兔夹子打了，行动不便，而周龙刚刚刚受了于凯的气，也有充分的理由坐视不理。我和王朋与于凯并无冤仇，事实上，我本人还想有机会可以和于凯套套近乎，王朋更是和于凯住在前后街上。在这个可以和于凯拉近距离的千载良机面前，我俩惺惺相惜岿然不动，这样一来，我们基本就浪费了这次和于凯拉近关系的机会了。

于凯吐沙子的节奏慢了下来，他嘴里应该还有很多沙子，如果没有水，那些沙子很难吐干净。问题是那不全是沙子，实际上很可能是一个黄土块，甚至是个驴粪球。于凯干脆不吐了，直起身来看了我们一眼，准确地说，是看了我和王朋一眼。而后开始寻找牛烁菲的踪迹。

牛烁菲个子不高，看起来比我和王朋要胖两圈，但那次他腿很快，转眼跑到了另一个高坡上，站定后就叉开腿朝我们这边呐喊："二逼——二逼——"

我认为这两个字应该完全由于凯认领，不过在感觉上，我觉得牛烁菲也在骂我，也在骂王朋、周龙刚、于宇凯。他好像在骂我们所有人。我们不知道怎么得罪他了。

于凯站着听他骂过七八句，忽然笑了起来："走吧。二逼们。狼狗你自己能走吗？"

狼狗很实在地答了一句："能走。"说完就准备走，好像已经知道要去哪里了。

王朋问："去哪儿？"

"走啊，去哪儿，叫唤这么大声还在这儿待着，想死哦。"

这次周龙刚没有反驳。

我本来想问，那牛烁菲呢，不过我认为这时候问这样的问题纯粹是白痴行径。

说完，于凯扶起自行车，往前推去，哗啦一声，车锁了，于凯掏出钥匙开了锁，接着推；王朋去扶于宇凯；我推着那辆破车跟在后面；周龙刚跟在我后面。周龙刚和王朋兜里都揣着地瓜，而于凯的玉米棒子可能已经被他扔了。

果然，走了两步，于凯说道："快把地瓜扔了。"

王朋和周龙刚并未反驳，掏出地瓜不约而同地远远丢了出去。

我的肚子开始咕咕响，我听见周龙刚的肚子也响了一串。每个人的肚子都响了。我们都饿了，中午吃的饭全都跑到空气里了。这样我们也没有说话的。因为于凯走一两步就吐一口沙子，或者黄土，或者驴粪。

等我们从田间路走到大路上，再回头看去，丘陵间一片寂静，一个人影也没有。

王朋说了一句："牛烁菲呢？"

没人搭腔。

王朋又说了一句："等会儿他吧。"

没人搭腔。

默了片刻，于凯说："他还敢过来吗？"

王朋说："你不用和他一般见识，他就是个二逼。不知道深浅。"

于凯没回话，默了默，他又说："去哪儿？"

我往路的前后看了看，不管是前还是后，都是我不认识的地方，我也不认为他们知道这是哪里。这个时候，如果朝一个方向走，一定能走到天亮，但天亮后在哪里，就没人知道了。我们尽管更确定地认为我们的镇子在北面，可丘陵的路从来不明确指示南北。在一条路上直走下去，有可能与我们的镇子擦身而过，到了外乡。我们认为是北的路，即使现在真的朝北，也会在不知什么时候朝西或者朝东，也有可能朝南。如果没人指点，也没有参照，在夜间还有可能遇到鬼打墙。

最后于凯说："这样，我们再走五里地，换个地方，先到地里找点吃的，这次谁也不许瞎叫唤，一起行动，谁也不能走散了。明白？"

我们低声齐答："明白。"

接下来我们开始往北走，按地理书的说法，找到北极星就能找到北，就北极星的问题，我们又争论了一段路。

我向来认为北极星是在北斗星勺口二星的五倍延长线上，但于宇凯坚持认为北极星是在勺尾二星的五倍延长线上。针对这个问题，王朋和周龙刚分别站在了我和于宇凯的阵营，王朋说他领到地理书还没上到那一课就自己在天上找到了北极星，而且和书上说的一样，他看了好几个月，那个星不会动，一直在北面，有点靠下，不是在正北，偏西北，也不亮。于宇凯认为王朋在胡说八道，首先，于宇凯他爸从小就告诉过他哪个是北极星，另外，北极星是孤星，是北方所有星星的核心，不可能不亮，所以王朋说那个根本就不是北极星，况且书上只说北极星在北斗星勺柄二星延长线上，从没说过它偏西北，也没说过北极星不亮，笑话，北极星怎么可能在西北，怎么可能靠下，怎么可能还不亮。周龙刚也坚持认同于宇凯的说法，而他的理由和于宇凯的不谋而合，周龙刚的爸爸也告诉过他北极星的位置，更有说服力的是邹爸的身份，邹爸是轴承厂的工程师，会精确制图和手写仿宋体字，不可能说错。而在这方面，王朋的爸爸是个木匠，且他们家的主业是磨豆腐，关键不在于木匠还是豆腐，而是王朋压根没有得到谁的真传。王朋是自己悟到的，由于他本人学习成绩平平，不能证明他的领悟能力有多强，反倒能证明他很可能悟错了。

我坚持我的判断，并且我的论据几乎和王朋一样，关键是我对照过地理书的星图，绝对不可能看错，除非地理书错了。但我一直没说出自己的观点，于是我方阵营的王朋处于一边倒的劣势。我只是末了提醒他们一句，于宇凯说的那颗很亮的星，可能是大角星，那颗星按说是在西北，而且不会一直在天上，它很快就要消失在地平线之下。

这时于凯发话了："什么大角星，听都没听过，不希瞎说吧。"

我一直不知道"不希瞎说"的"不希"两个字怎么写。这个词的明确含义相当于：你所说或所做的不值一提。其核心是否定对方行为的价值。对于被否定者，通常这种否定会带来内心的愤怒，但往往不会带来愤怒的发作。有一阵子，在大众间流行一句很二逼的话："认真你就输了。"同理，对这种话，你只能怒，却不能发。

而在当时的场合，我不能发作的另一个原因，是因为对方是于凯，我不想和于凯产生任何不快。事实上，当于凯否定我之后，我觉得自己有些多管闲事，不知天高地厚。管他北极星在哪儿，反正我考试知道怎么答。

我们的争论并没有实质意义，因为远近几里，似乎只有一条大路，我们的镇中心就在大路边上，不管那条路朝着哪个方向，我们要么朝前，要么朝后，如果北极星是不亮的那颗，我们就是朝北走，如果北极星是亮的那颗，我们就是朝东北走，我不确定两种走法哪个离我们的镇子更近一些，也许我们现在已经在我们的镇子边缘而不自知。但即使我们已经在镇子里了，现在也不是回家的时候。

另外，我们的镇子无论东西还是南北，跨度都有二十公里。

当讨论接近尾声时，我感到一阵紧迫的饥饿。伴随饥饿而来的是恐慌，如果一晚上没有吃的，我也许不会饿死，但有可能饿晕，假如我饿晕了，他们未必会背我走，因为他们也可能饿坏了，那时我就成了累赘，我想他们应该不会趁机把我打死烤了吃，虽然书上写过这种事，王朋会出面反对的，因为我和他很好，我几乎可以确定这一点，他绝对会反对把我吃掉。不过以防万一，我还是不能饿晕，保持体力的好办法首先就是不说话，最好脑子里什么也不想，因为我知道思考是最耗能量的。

无论正负，我的自我暗示多少起了一些作用，在接下的一段时间里，我感觉其余四个人说了不少话，其间还有过几次争吵，他们也可能征求过我的看法，而我基本没有发表任何看法。

后来他们就不和我说话，我差不多是下意识地把自行车给了王朋，在后面像一具行尸一样拖着脚走路。我认为我的这种走路方法在他们看来是累坏了，这么一来，他们就不会让我推自行车，我又可以省一些体力。

又走了一段，他们让我上牛车。我差点没上去，他们大声喊，阿广，快上来，快点走。我感觉他们都走远了，把我一个人丢在了旷野，我抬脚去追，但依然是拖着脚走，好像在做梦。这时王朋从牛车上跳了下来，跑到我旁边拽着我走，好像在逆流而上。王朋说，阿广，你怎么了？我说，我腿没劲了。王朋说，快走，牛车要走了。我就加快了脚步，捉住了牛车的尾巴，于凯和周龙刚一起把我拽了上去，王朋则很麻利地飞到车上，以致整个牛车都晃了一下。坐稳之后，我意识到自己是坐在一驾牛车上，是一头很健硕的黄牛拉的车，车体很大，比我们家的牛车结实很多，也新很多，我一直希望我们家也可以有这么一驾又大又新的牛车。在这驾牛车的正中间，坐着王朋，于凯坐在右前方，周龙刚坐在左轮上面的板子上，于宇凯坐在左后方，而我坐在右后方。我看了一下他们坐的位置，忽然意识到我的意识里似乎出现了一段空白，也就是在于凯和周龙刚把我拽上车之后，他们应该换过位置，否则以当时所在的位置，他们够不到我，但我完全不记得他们是怎么换的位置。

我看了看于宇凯，问他："你的脚好点了吗？"

于宇凯说："不疼了，幸亏打的是脚后跟，打脚指头就打折了。"

于凯说："二逼，不希念叨了，就叫小破兔夹打一下脚后跟，念一百遍。没有够了你。"

于宇凯说："他问的，又不是我要说。"

周龙刚说："狼狗，你脚后跟好了吗？"

于宇凯说："小玩意儿，等我脚好了，看我不捏死你。"

周龙刚说："小样儿，把你能的，有本事你现在捏死我。你捏哦。"

于宇凯说："你等哦。"

周龙刚说："好，我等哦。"

王朋说："拉倒吧，悄悄地，跟小孩似的。"

于凯说："下车！"

说完他从前面一跃而起，落在地上时，已经身在车后了。

我这才意识到牛车的速度很快，接着我又发现王朋，周龙刚，于宇凯也在依次到了车后，他们站稳后都在注视着我，好像谁也没说什么话。

我忽然意识到，现在车上只有我一个人了。更奇怪的是，我忽然觉得刚才自己并没看到赶车人。我想回头确认一下，但有一种巨大力量阻止我回头，我想到书上看过的死海不海的故事，想到那个因为回头而变成石头的女人。我赶快跳了下去，一阵热浪席卷了我的后背，我发疯一样朝他们四个人跑过去，这时候我又发现自己的意识出现了空白。此时于凯和王朋各推着一新一旧两辆自行车向我走来，于宇凯一拐一拐跟着，周龙刚走在最后面，而我似乎不知何时走到了他们前面，我想回头看看，脚却奔着周龙刚跑去，在抓住他的胳膊时，我感到一阵安定，我很想和他说一句话，我想问他，几点了，可我又突然担心他会伸出胳膊看手表，然后告诉我几点。

他本来没有手表。

我感觉我在倒退着走，而我抬头看去，似乎看到了北极星。这么说，难道我们是在往南走，还是说丘陵的路已经不知不觉转了一个圈？那一刻，我体会到一种巨大的虚空，包围在我们的四围和上下，也就是在那一次，我过早地在知道虚空这个词之前知道了它的实际。这四个人就是我在这世界上的唯一依靠，他们是我的唯一信念。

我问周龙刚："几点了？"

周龙刚说："我觉得有九点了吧。"

"才九点吗？"我嘀咕着。

王朋说："我觉得有十点了。"

于凯说："我觉得有九点半了。"

于宇凯说："我觉得有九点四十了。"

于凯说："二逼。"

于宇凯说："九点半不二逼。"

于凯说："九点半怎么二逼了。"

王朋说："讲个笑话吧。"

于凯说："你先讲。"

王朋说："好，说从前有个人，买了一个口袋，拿回家一看。"

周龙刚说："口袋没有嘴儿。"

王朋说："知道的闭嘴。"

于宇凯说："拿倒了是不是。"

于凯说："二逼闭嘴。"

于宇凯说："我问问还不行哦。"

于凯说："闭嘴，王朋你继续讲。"

王朋说："对了，这个二逼把口袋拿倒了，拿的是底，然后说，这口袋怎么没有口啊，然后就拿个剪子把底豁开了，这下有口了，然后这二逼往口袋里倒苞米，一倒全撒了，这二逼说，妈呀，我怎么这么倒霉，这口袋还没有底。"

王朋讲完，于凯哈哈大笑。

周龙刚说："有什么好笑的，我早就听过了。"

于凯说："你听过就不兴我没听过哦，你觉着不好笑就不兴我笑哦。"

周龙刚说："哪儿敢？"

于凯说："这还差不多，你觉得不好笑你讲一个好笑的。"

周龙刚说："我讲一个，说从前有个人，养了个驴，这个抠门，不给驴吃的，第一天给驴吃一筐草，第二天就给驴吃半筐草，第三天驴一点草也不用吃了，你说怎么回事儿？"

于凯说："怎么事儿？"

周龙刚说："饿死了呗。"

于凯听了哈哈大笑，说："太有意思了，我还寻思这驴成仙了，不用吃草了。"

周龙刚说："可不是成仙了。"

于宇凯说："你妈，什么驴两天就饿死了。"

于凯说："你闭嘴。阿广大学生，你讲个。"

我说我不会讲笑话。一个也想不起来了。

于凯说："你看那么多书一个笑话也不会讲啊，谁信。"

我说我是看过不少笑话，一下想不起来了。

于凯有点扫兴。

其实我当时虽然忘了很多笑话，却记得一个，只是我不好意思讲，事实上，我也不觉得那是什么笑话，只不过我已经自杀去世的三叔当年在《农家历》上看过那个笑话后哈哈大笑，我想它应该有可笑之处。

王朋说："你肯定记得，我看过的笑话肯定没有你多，你不是有本《幽默大王》吗，一个笑话都不记得了？"

他这么一说，我的脑子好像一下打开了，一下想到了十几个笑话，有关于吃大包子的，有关于防蚊子的，有关于喝酒的，有关于说谎的，有关于学艺不精的，有关于贼的，有关于穷的，有关于说大话的。我一一讲给他们听。这些笑话都出自一本定价很便宜的老书：《中国古代笑话选注》。

我想我的笑话大概并不好笑。可能我讲笑话的口气不对，不像讲笑话，像背课文，可能那些笑话笑点比较怪，总之没有一次引起哈哈大笑的效果，倒是有几次引起了一阵"哦——"，于凯说了好几次有意思，可是他一次也没哈哈大笑。最后我决定把我三叔看过的那个笑话讲一下给他们听，看他们笑不笑。这时于凯说："找个地方弄点吃的吧，再不吃就饿过劲了，饿过劲就不知道饿了，等再饿起来就老难受了。"说着于凯停了自行车，身子猛地抖了一下。

于凯说："有点冷了，赶紧找点吃的，要不晚上挨不过去。"

我抬头看了一下，前方的北极星已经比刚才亮了一些，而大角星已经不见了踪迹，北斗的勺尾都快沉到地下了。我想把这个发现告诉于凯，又觉得这么做显然是在和他叫板。这时候我比刚才清醒了很多，我觉得刚才好像倒着走时看到的那个其实不是北极星，而是猎户座的某颗星，也许是织女座的，同时我很怀疑那驾牛车的真实性。总之，我现在确定北极星就在前方。而这个发现看起来什么也说明不了。于宇凯大约也早就忘了关于北极星的争论，他们现在开始讨论吃什么的问题。

周龙刚和王朋都认为烤地瓜是极好吃的。于凯认为摸地瓜有被兔夹打脚的危险，如果捋到手手肯定得废。他这么说过之后，我们就都去了摸地瓜的念头。掰玉米显然要安全许多，玉米地里没有放兔夹的必要，兔子又偷不到玉米。

这么说过之后，我们就一起就近挑选了一块玉米地。

于凯说："阿广，你还在这儿看自行车，其余人跟我一起去掰苞米，悄悄地，一个人掰四个，谁也不许叫唤，听着没有。"

他们齐声答："听着了。"

我想说，我们一起去吧，车子不用看，这里也没有人。

不过我说不出口。

他们走后，我把两个车子并排放着，自己站在两辆车中间，调整了几次位置，依然觉得后面不安全，最后我只得把两辆车龙头向前形成夹角，把自己放在夹角里站着。站好后便用力看着他们的背影，把注意力完全集中在他们身上，不过有时候，可能是由于太过于集中注意力了，我一直盯着看的王朋会忽然变成一棵微微晃动的玉米秆，然后我发现一直在认真看的几个人都是玉米秆，而他们的真人已经跑到几米外了。

后来他们朝我这边慢慢走过来。每人手里都有几个玉米棒子，看起来万事如意。

但我又看见他们好像没有朝我这边走，而是朝我挥手，似乎是让我过去。于是我便丢下自行车向他们走去，这时我又看到他们在向我用力挥手，好像让我回去，我有些糊涂了。站着不动。这时他们又开始用力挥手，一边挥手一边抻着脖子用力说话，我听到他们嘴里发出沙沙的声音，听得很不真切。我一动脚步，脚下哗哗草响，又完全听不到他们在说什么，于是我站定了听，又什么也听不到。我依然用力听着，忽然意识到他们的手势是在暗示我身后有什么东西，我似乎听到一声清晰的呼唤，就从我的脚后跟传上来：

"阿广。"

然后我听到自己岔了音的叫喊：

"什马——你们说什马——啊——啊——啊——啊——"

我大概把"啊"的四种或八种声调都念了个遍。然后我发现自己站在他们四个人面前。

"你二逼哦！你瞎叫唤什么！我说过多少遍，别叫唤，别叫唤，你瞎叫唤什么，跟鬼掐了似的，你瞎叫唤什么。啊？你瞎叫唤什么。怕人不知道哦。"

我觉得于凯一直在翻来覆去地责备我，不过我一点没有恨他，我感到无比安心，和他们在一起，我感到无比安心。

王朋说："于凯，你别说了，他肯定是叫什么吓着了。你没听他刚才叫唤的声，都岔音儿了，他肯定是叫什么吓着了。"

说完，王朋一边拍我的后背一边说："不吓不吓，不吓不吓，"拍完后背，他又摸我的头发，摸完我的头发又摸我的耳垂，嘴里仍然不住地说："不吓不吓。"

我觉得他做的和我爸做的一模一样，也许还更好一些。

我终于安稳了一些，王朋还在不停切换着拍我的后背，摸我的头发和耳垂，嘴里叨叨着不吓不吓。

于凯也不再说话，大家都不说话，我依次看着于凯，周龙刚，于宇凯，他们也看我。直到王朋停了手，问了我一句："好点儿了吗，阿广？"

我说："没事。"

于凯问："你刚才叫什么吓着了？"

我说："我也不知道。"

王朋说："你不用害怕，说出来就不怕了。"

我说："我真不知道怎么事儿。"

其实我好像是知道的，也许应该说出来，我也不知道为什么没说。

后来他们见问不出什么，就不再问我。

于凯说："咱们还得走，阿广刚才叫唤那么大声，弄不好就叫谁听着了。"

周龙刚说："听着怎么了。"

周龙刚还想和于凯说道说道，王朋说："周龙刚，你别说了，听于凯的。"

于凯说："是没有什么了不得的。不怕一万就怕万一，万一碰着虎头，出点岔子，你担得起，我担得起？你是不是不信掰一穗苞米就能攘死你？"

周龙刚说："我……"

于宇凯说："对，不怕一万，就怕万一。走吧。"

王朋说："狼狗你行不行，能走吗？"

于宇凯说："没有事，快好了。"

接下来，我们继续往前走。方向依然是向北，这次没有关于北极星的争论。我们可以确定的是，现在只能看到满天星光。最后一盏电灯不知什么时候已经关掉了，我们完全无法判断村落的位置。时间大概已经过了十一点，有可能已经是后半夜了。狗叫也完全听不到了。

我已经感觉不到饿，我想我已经饿过劲了。我觉得自己在用力地发抖。骨头也一起晃，从里往外地冷。

于凯说："不走了，赶紧找个坑弄点火烤烤，再不烤就冻死了。"

于是我们都停了下来，往四处看去，当时我们站在丘陵的半高处，能看到四处有许多低洼，那里应该是背风而不显眼的所在，我们挑了一个看起来最不起眼的洼处，推着车子下去了。

但我们很快就发现了难处，这条下去的路不那么好走。自行车成了一大障碍，在没有田间小路可走的大片农田里，草藤蔓延，沟垄崎岖，自行车可谓寸步难行，尤其是当时那种二八大车，又重又笨。

几个人想了几种办法，推抬扛都不成行。

于凯问道："阿广，你车上有记号吗？"

我不知道于凯什么意思，我的车有什么记号呢。

"没有啊。"

"那你把车放这儿吧。"

我愣了愣，如果我没有猜错，于凯的意思，是要让我把自行车放在地头。

"放在这儿吗？"

"两个车都放地头，现在没有人敢偷车，一动都能听着，一听着咱们一起叫唤，没有人敢偷。"

"你的车有锁，我的没有锁。"我很想向他说明这个事实。这个话头憋在嘴里，我就说不出话，这时候不说话不是默认，而是反对。

于凯说："那你还看车吧。我们去烤苞米，烤完了给你送来。"

王朋说："拉倒吧。阿广，你自行车放这儿没有人偷，再说你车这么大声，一推肯定能听着。丢不了。"

我感觉眼睛有点红，便很快地说了一句："我去拔些地瓜蔓子盖上。"

后来我们一起行动，把两辆车推到沟里，拔了很多藤蔓杂草盖在上面，盖好后走几步回头看，完全看不出下面有自行车。

做完这件事，大家似乎了了一桩心事，或者，只是我这么觉得，我已经有点困了。在他们笼起火，把玉米烤出香甜的微微发糊的气味时，我已经睡着了，我大概彻底饿过劲了，另外，我的嗓子很干，对烤玉米也没什么食欲，王朋叫了我好几次，我都没有一点儿起来啃烤玉米的冲动，我听到他们叨叨叨说个不停，讲了很多故事。火的温度是切切实实的，我感到一种幸福，好像茫茫黑夜里的一丝微光，或是寒冬的一点温暖。现在想来，我并不知道那种感觉到底是什么意思，也许是受作文选之害，我想最准确的表达应该是暖和。如今看，那是极珍贵的少年的回忆，类似资源的数量屈指可数，此外并无诗意可言，至于当时体会的诗意或幸福感，也只算是记忆的一部分，而且当年那看起来很重要的一部分感受，现在看来有点多余，简直就是干扰源。

王朋后来还唱了一首歌，我听到大家一起跟着唱，是周华健的《朋友》，当时很流行，会唱的人给人感觉都很酷。当时没有酷这种说法，类似的形容词是洋气，那只是一种感觉，洋气也并不准确，当时没有人用什么词来形容会唱新歌的人给人是什么感觉。他们唱得很小声，我也不知道他们什么时候唱完了。

我是被一阵奇怪的叫声惊醒的。之前我从未听过那么奇怪的叫声，醒来后，那叫声又发作了两次，当时我觉得是鸡叫，显然又不是常见的鸡叫，好像是一串鸡在叫，或者说鸡叫了一串。而我们当时的所在，是不应该有一串鸡的，一只都不该有。王朋也醒了，我四下看了一下几个人都醒了，火早就灭了，我一点热气都感受不到，我感到心脏在剧烈地抖动。谁也没说话。大家都一动不动地听，于凯压着身子抻出脖子转圈看，并把食指放在嘴前面示意我们不要出声。很快有一束强光扫了过来，我的心猛烈地拨动了两下，一阵强烈的压迫感就像囫囵吞了一个鸡蛋，当时我忽然觉得像宿舍被突击查房。那道光扫过去，片刻之后又扫了回来，并且疾速晃动，随后我们听到纷乱沉重的脚步声以超过我们思考的速度逼近了。

"谁家的小鳖羔子，啊！"

我一下感到现实有点苍白，好像天亮了。

我看到于凯像猫一样弹起来，右手拳头从后面划了一个圆抡了出去，那一拳应该是奔着脸去的，但他抡得太早了，拳头落在胸口。不是，是个错觉，事实上，对方似乎比于凯还要高出一个头。他已经抓住了于凯的手，往后使劲一扭，我好像听到骨头挫裂的声音，于凯大骂一声："操你妈啊！"那人一脚踹在于凯小肚子上，于凯马上趴在地上窝着身子哼哼。手电光乱晃，天空成了白色。随后我听到一声脆响，接着是于宇凯连续的骂声："操你妈！操你妈！操你妈！操你妈！操你妈！操你妈！"他一边骂一边用烧秃了的柴火棍打那人的脑袋胳膊后背。打了一会儿，王朋好像突然发现一样跑过去把于宇凯推开。

"二逼哦，再打打死了。"

于凯还窝在那里一边哼哼一边大口喘气。王朋问："于凯，你行不行？"

于凯说："等会儿，缓缓。"说完不住地大口喘气，好像自己是个被踢瘪而亟待充气的足球。

这时大家都蹲下去看于凯，我也蹲过去看，手电光照着于凯，于凯头上闪亮的一片，王朋用手给他擦了一下，说："扶你走吧。"

于凯不说话，还在大口喘气，最后他长长地吸了几口气，慢慢吁了出来，慢慢蹲了起来，又撑着肚子站了片刻，说了一句："操他妈，踢死我了。"

王朋问："你没有事儿吧。"

于凯有气无力说："没有事，踢你一脚试试。"

于凯扶着肚子走过去看地上那个人，王朋用手电照着，那人也在哼哼，但他哼得很轻微，好像马上要死了一样。

于凯问："你怎么样，能不能死？"

那人还在哼哼。于凯把他搬过来，那人竟然坐起来，垂着头一边哼哼一边咒骂一边威胁。

我们一起看着他低头混乱的呻吟。过了一会儿，于凯低声说："是你先动手的，俺们都看着了，你要再追，俺们直接把你废了你信不信。"

说完，于凯把那人的鞋拽了一只下来，使劲扔了出去。扔完鞋，他让我们赶紧走。他还是抚着肚子走，王朋过去扶他，扶了几步，于凯说："不用扶，能走。"王朋就松了手。于宇凯踮着一个脚后跟走，走得很别扭。周龙刚走得很轻快，好像很高兴的样子。

我们很快走到了地头。于凯说："操他妈，踢死我了。"

王朋问："有没有事？"

于凯说："我踢你一脚试试。"

到了地头，我马上去找自行车，翻了两下杂草，很快找到了那辆破车。这时候于宇凯说："自行车哪儿去了？"

于凯说："刚才不放在一起吗？"

"对啊，是在一起啊。"又翻了几遍，没有，"邪门了，没有了。阿广你车刚才从哪儿找出来的？"

我告诉他车就在那儿找的。于宇凯一连说了许多个邪门，放弃了寻找。"不可能，我还锁了。"

"你什么时候锁的？"

"就放车时候锁的。"

"肯定是牛烁菲那个二逼偷走了。"

"牛烁菲？"周龙刚大为惊讶，"他一直跟着咱们？"

"不是他还有谁？就他有车钥匙，再说这么黑谁能看见沟里有自行车。"

"那他现在在哪儿？"

"在哪儿，他还敢出来哦，他胆儿肥了。他不怕我把他废了，他还敢出来哦。回去不收拾他我不姓于。走吧走吧走吧。快走吧，等会儿后面那个虎逼别再追上来。"

于是我们又上路了，继续往北，我推着自行车走在中间，天上的星星很多很大很亮，我们都走得很快，现在只有一辆自行车了，但谁也没有心思去玩抢车游戏了。我们现在必须早点脱离那个区域，在路上，我还在琢磨那几阵奇怪的好像鸡叫的声音是什么。这时候于凯说话了："刚才谁把那个虎逼打倒了？"

　　没有人说话。默了一会儿，于宇凯说："王朋打的。"

　　于凯说："行啊王朋，你怎么打的？"

　　王朋说："不希说吧，不想说了。"

　　于凯说："得了吧，还装起来了。"

　　王朋说："赶紧走吧。"

　　于凯没有回话，大家又继续往前走。在那一段漫长的沉默里，我们都紧张地走着，这个紧张多少和那个被打倒的高大大叔有关，我们也许都还隐隐担心那个大叔可能在缓过来后纠集一伙村民把我们追上群殴。另一方面，夜已经足够冷了，四个玉米棒子太少了，关键我还一个都没吃，现在我们都在饥寒交迫中前行，再加上睡眠不足，身体会不由自主的处于一种过度紧张的状态。

　　经过一番七拐八绕，在可以确定已经走出了那个虎头大叔的势力范围时，我们停下来，无所顾忌地就地褪下裤子尿尿，我摸到我的小弟已经冰透了，而且快小得没有了。那一次我们都尿得很久，五个人的尿液一齐冲在地上，激起一阵浓重的童子尿的臊气和热度。尿过之后，我们就路边坐了下来，地面完全是冰凉的。和白天以及上半夜的地面大不相同，我原本下意识地认为地上会有一股暖气，结果一屁股的寒气瞬间加重了我的疲惫。我的眼睛苦涩难耐，嗓子里冒火。身体里所剩无几的水分和热量已经跟着那泡热尿一起冲了出去。

我们缩肩干坐了很久，谁也没有话说，这样会产生一些温暖的幻觉。我的心里有许多疑问，都已经不想去琢磨了。不过我还是发了好长一阵子呆，琢磨牛烁菲到底是怎么跟踪我们的，那个清楚地喊我名字的声音，难道是牛烁菲？我已经无法回忆那个声音了，无论在当时的记忆里，还是在现在的记忆里，那个声音都失去了一切可供辨识的特征，我想，那个声音即使在梦里重现，我也无法确定它是不是已经被我的主观判断下意识修改过。

我们坐了不知多久，等我再抬头看天时，星星已经很少了，只有可数的几颗很亮的大星。我已无心去辨别哪颗星是什么星座的，是什么星，是行星还是恒星。藏蓝色的天空，那一次我的感受力消失了，我只记得那是藏蓝色的天空。藏蓝是我后来才会的词。那时我只会说深蓝。纯粹深蓝的天空。很快天空就泛白了。我只看到了深蓝的尾巴。

我独自站了起来，发现周龙刚竟然直接躺在地上睡着了，王朋和于宇凯背靠背坐着，两人都低着头，看不出是睡着还是醒着，于凯靠着一个树根坐着，我站起来时，他抬头看了我一眼，时间有点长，我觉得他想和我说什么，现在想来，他当时看我那几秒，已经说了很多话。他的眼里有种自来的痞气。看完我，于凯又转过头朝前看，我也掉过视线去看天。天上只有两三颗亮星，并且已经很淡了。我伸了个懒腰。那是我伸过的最累的最无意义的一次懒腰，然而在放下手之后，我感到有些能量又凭空在我的身体里生成了。

我又听到一种奇怪的声音，像是不间断的宏大的呼吸，它把我的世界一下来了一个大挪移。

我激动的对于凯说："海啊！"

于凯说："嗯，是啊。"

"这是哪儿的海啊？"

"我上哪儿去知道。可能是盐场的，还可能是将军石的，还可能是李官的。"于凯一下说了好几个我只是听过却从未到过也从来不知道具体在哪里的地名。

周龙刚一骨碌爬了起来，好像他一直都是醒着的，"海？我操，咱们怎么跑到海边了。我还没看过大海呢。"

"真的假的，你连海都没看过啊，简直白活了。"于凯回复到。

王朋和于宇凯也抬起头了，两人一起站起来，于宇凯刚一站起来差点又坐回去，他还不太适应被夹过的脚后跟。我觉得经过这一场歇，他的脚后跟可能更疼了。

于凯最后站起来，也伸了个懒腰，用力喊了一声："新的一天开始啦！"

应该是一个激动人心的时刻。

我们五个一起往海的方向走去。

那是一片罕见的广阔，在那个距离，我们本应早就发现海的存在，可能是夜色隐藏了它的身形，疲惫屏蔽了它的声音，海像从天而降一样突然出现。海有一种从天边席卷而来之前的漫长和宁静。我们来到海滩时，每个人都对着大海发了好长时间的呆，不知不觉中，已经开始退潮了，海上空荡荡一片，除了我们，一个人也没有，一张网也没有，一条船也没有，只有一片浑厚温暖的咸腥。

我们脱了鞋，在我的半吊子带领下，我们在泥泞的海滩里挖了一些蚬子和花蛤，挖出来就直接在礁石上敲碎吃了，味道又咸又鲜，花蛤比较难挖，但比蚬子好吃，生吃口感很好。周龙刚吃到了一个布鹅头，那个看起来和蚬子很像，生着吃却又苦又涩，叫人后悔不已。吃完我们找了一个干燥避风的沙滩，捡了一些干草浮子破网丝什么的，一起点着了，起了许多呛人的黑烟，后来我们在沙子里拽出一个很不小的破船板，也一起点了，又冒了很多白烟。不亦乐乎。火很暖，我们在那个不知名的海滩上烤着火，讲了很多学校的事，有关于学生的，有关于老师的。讲完学校的事，我们又讲电影，这主要是王朋和于凯讲，他俩是城镇少年，看过很多录像带，而我只看过电视上的《地道战》《地雷战》什么的，我能讲的他们都看过。王朋主要讲的是周星驰，于凯讲的就比较杂，香港的外国的电影他都看过，我们听得很过瘾，好像自己把那些电影都看过一遍一样。后来几个人还在有一搭没一搭说，再后来于宇凯睡着了，我也躺下去了，别的我不知道，我只知道躺着原来这么舒服。

不舒服的是，等我醒过来，肚子里已经翻江倒海了。我跑到远处拉了一点稀，拉到后来出来一点干的，遗憾的是没有什么擦屁股，只能用干沙子。其他人倒没有什么异常。我已经饿极了，蚬子花蛤就像没吃过一样。太阳当时正处在接近头顶的位置。空气里的一种暖意多少抵消了饥饿带来的折磨。我拉完屎跑回来时吓了一跳，潮水不知道什么时候涨上来，离我们躺的地方不远了，海水里有许多大大小小的泡沫，看起来很浑。我把他们叫了起来。太阳照得海滩发白。

于凯说："要是夏天就好了，下去游个泳。"

王朋说："得了吧，你还能游动哦。"

于凯说："怎么样，咱们无家可归了。"

周龙刚说："现在给我十个饼子我全能吃了。"

王朋说："干不死你。"

王朋这句话加剧了我的干渴。我想不起来上次喝水是什么时候了，嗓子里黏黏的，有一口痰一直黏在嗓子眼，吐不出来，咽不下去。

于凯问："你们知道这是哪儿吗？"

大家都不知道。我们猜了半天，都是白猜，因为我们都不知道哪里能看到海，包括于凯，而我只知道马屯有海。于凯去李官看过海，但李官太远了，我们不太可能走那么远。最后我们决定找人问一问。大伙爬起来尿了一通，一起顺着通往大海的路走了出去。路上肯定能遇到人。

再次上路后，我们走得很放松，事情看起来正朝好的方向发展。经过路边的果园时，我们先后品尝了四五种苹果，这个世界上大概不会有比苹果更好吃的水果了。我觉得当时是吃午饭的时间了，抬头看了一下，太阳刚才还接近头顶，现在又有点远了。难道是下午了？我想问问他们，一看他们都在啃苹果，王朋正在用手使劲擦一个小国光的皮，擦得咔咔直响。这时候我听到人世间最美好的声音。

"你们偷苹果啦。哈哈。"

王朋一个激灵把手里的苹果扔到了天上，周龙刚赶紧把手背到后面。我们一起转头去看。我们看到一个会撇着嘴角笑的姑娘，她的脸有点黑，因此露出来的牙齿显得很白。她留着齐耳的短发，穿着一身白色的衣服，上身短袖，阳光打在她的胳膊上，能看到细细一层绒毛，下身穿一条可体的长裤，这样就把腿的轮廓显了出来。她站在那里，远远没有我们看到她时那么惊讶，好像她只是和我们偶然路遇。不过她还是问我们："你们怎么上这儿来了？"

于凯一下又显得极精神，完全回到了潇洒的城镇小混混的状态，他极其自然地问道："嫂子，你怎么在这儿啊，今天没上学吗？"

那个姑娘立马把脸吊起来，"于凯，闭你臭嘴，谁是你嫂子！"

"好好好，大姐大发话了，哪敢不听。"

"知道就好。"她又抿嘴笑了一下，"你们也没上学吗，怎么跑这么老远上这儿来了？"

"先别问我，我先问你，这是哪儿啊？"

"这不是梁屯吗，俺家就在这儿啊，你们一群老爷们走到哪儿都不知道啦！"

"别提了，差不点见不着嫂子了，不对，差不点见不着大姐大了。"

"怎么了，一惊一乍的，谁还敢动你于凯？"说着她又抿了一下嘴。

"骗你儿，不信你问他们。"

于是那位姑娘把我们挨个过了一遍，看到我时，她的目光停了下来，"阿广，你车轱儿瘪了。"

我低头一看，前轮好好的，往后轮一看，全塌了，一点气都没有了，我说怎么推着这么累。

"真的儿，一点儿气都没有了。"于凯大惊小怪地叫道。

"你们上哪儿去了，怎么就一个自行车，这么老远你们是走过来的吗？"姑娘又问。

我想我应该把全部经过告诉她，从怎么出门说起，但当时好像没有我插话的气氛，并且我也不想当着那么多人说。其他人也似乎不知道怎么接话，现场成了于凯和那个姑娘的二人转，我们都傻站着边听边看。

"别提了，一台崭新崭新的自行车叫人偷了。"于凯一副苦大仇深的样子。

"你拉倒吧，一句正经话没有。"姑娘挡住了于凯。

于凯很委屈，"儿了，说你不信，你问他们，我撒一句谎没有，骗你儿。"

"拉倒吧，白给我当儿我还不要呢。"

"那当什么？"于凯嬉皮笑脸地问。

姑娘一下红了脸，扭着身子几步冲了过来，狠狠掐了于凯几下。于凯连忙求饶，"服了服了，嫂子手下留情。"

姑娘并不留情，又下狠力掐了两下，于凯高声尖叫："服啦服啦，不敢啦！不敢啦！"

周龙刚在一边看着嘿嘿直乐。王朋微笑着，又笑得不那么自然，或许他没有什么不自然，只是我自我感觉良好地认为他应该与我感同身受。于宇凯好像世外高人一样，撇着腿松垮垮地站着看。

姑娘停了手，脸上的红慢慢退掉，她又把我们挨个看了一遍，眼神很快掠了过去。我想我当时也在笑着，也许笑得很假。于凯一副可怜相地看自己的胳膊，嘴里念叨着："都青了，下手太狠了……"

已经过去了很多年。现在我知道当时我正在经历一些从未经历过的事，它并没有积攒什么经验，而是在呈现一个人与生俱来或是形成已久的质地，只是当时我无法审视。

姑娘说："于凯，你别把咱班的好学生都带坏了。"

我很不清楚她这句话的所指，那五个人里，传统意义上的好学生，也就是会考试的学生，严格说只有我一个算是。但即便现在，我也无法确定她是认真的、还是不那么认真的随口说说，我想我不可能有机会去再去验证那些话的暗示了。

对姑娘的质问，于凯矢口否认："我可担不起啊。"

"听说你们两天没上课了，加今天三天了，想反哦。"

"你消息挺灵通啊。一个月不上课学校的事你还门儿清啊。"

"谁一个月没上学了，我上学你看着了吗？你一个月上几天学，天天鬼混。"

"行行，好男不跟女斗，我说不过你行不行？"

"你还算好男。你算好男，天下男人都死光了。"

"行行，我不是好男，我说不过你。"

"这还差不多。"姑娘收了攻势，转身又看着我，"阿广，什么时候分班考试？"

"快了吧，我也忘了。"

"你看你，跟他们学坏了吧，什么时候考试都忘了。"

于凯在旁边又敲起了边鼓："大小姐又关心大学生啦。哈哈哈。"

"闭你臭嘴！"

……

这样的对话，可以一直这么继续下去，到最后，姑娘可以和所有人打成一片，包括于宇凯，包括王朋和周龙刚，可我还是不知道在那个场景下要和她说什么。我的口袋里揣着两页纸，当我意识到时，它已经被我揉成了两张手纸，那上面的字也可能一片模糊了。如今我完全不记得纸上都写了什么。除了那两张纸，我曾经拥有的更多的彼此交往的纸片、笔记本也一并在锅底坑化为灰烬了。我还有一张我们的毕业照，照相那天，很多许久不见的人都来到学校，王朋和那个姑娘都来了，她还是穿着一身白色，不妙的是，照片有点糊，她的脸虚掉了。

那天后面的时光，不知何时成了空白。再往后，我和王朋还有周龙刚一起往镇上走，于凯和于宇凯不知去了哪里，姑娘大概已经告诉了我们怎么回到镇上。我们三个无端地拘谨了片刻，又无所不谈起来。不知道是有意还是并不关心，他们都不说韩云彩的事，也就是那个会抿嘴笑的姑娘。他们都认为自行车是牛烁菲偷走的，并且认为我的车胎很有可能也是牛烁菲扎的，他们说那个虎人什么都能干出来。但我心里却有些迟疑，背着王朋，我和牛烁菲关系一直不错，我们都喜欢素描，水平都很差，从来画不出正宗的立体感。牛烁菲在我们照毕业照之前就转走了，他原本就是从别的学校转来的，走的时候也没有和我打招呼，至于于凯后来有没有修理他，我不得而知。

回到镇上时，天快要黑了，我们凑钱买了些火腿肠和一瓶汽水，一路走一路吃，吃得很香。到王朋家时，王朋家正在做饭，王朋妈妈是很好的人，见我们三个一起来了，也没有生气，也没有问王朋这两天去哪儿了，我们又大吃了一顿，这次才算吃了一顿正经饭。吃完饭，我们三个都跑到王朋的屋里，听了一会儿外放的随身听，王朋家没有什么好玩的，其实我和周龙刚家也没有什么好玩的，把那盘磁带 AB 面都听完了，王朋又开始说电影，说的还是周星驰，百变什么的那部。我和周龙刚听得很过瘾。最后我们好像又说到了韩云彩。不记得说了些什么。然后就睡着了。

第二天，我去上学，还是没有看到韩云彩，这让我长久沉浸在失落之中。

我也没有看到于凯。也没有看到于宇凯。王朋、周龙刚、于凯因为最后一年中考前分快慢班，已经和我不是一个班的了。他们去了一个所谓特长班，学习开锁、修摩托之类的知识，到了那个班之后，他们基本就不来学校上课了。而韩云彩，因为那次分班考试，和我分到了一个班，那之前，我常常见到她和她男友乔言秋在篮球架下面说话，乔言秋比我们高一级，是学校有名的大混混，力大无比，高大帅气。我们分到一个班后，成了前后桌，很快我们就认识了，很快我们的关系就有点不像同学了。一直到中考前夜，我们最后一次见面，互道晚安，她依然穿一身白衣服。中考后，我们没考到一个学校。高中第二年，我分到了文科班，认识了于宇凯，我们是室友，但说话不多，几乎没有共同语言。高中第一年开学不久，我收到韩云彩寄来的几封信，信中抒发思念之意，但我以学业为重的理由使自己放弃那段不现实的感情。一天晚上，我用公共电话拨打她在来信中留给我的号码，打通了，是她的室友接的，她不在，然后我去买了信封，在信封外面用红笔写了绝情书，寄了出去，此后再也没有收到她的任何信息。由于缺少温习和证据，我们的往事已如灰飞。

日　食

　　老乔是个赌鬼，这年春节，老乔回农村老家过年，从腊月二十九上桌打麻将，一直打到正月初五，其间赢过五千元，后来全输光了，连同自己带回来的两千块零花钱一起输光。初四下午，老乔回了一趟家，也就是他爸家，老乔的老婆儿子正在炕上午睡，老乔走进里屋，把儿子书包打开，书包的隔层里有一沓钱，是儿子收的压岁钱。老乔当时的想法是："我拿一千块，赢了再还回来。"老乔这么想的时候，也想过自己可能彻底输光。最后他干脆把儿子收的三千八百块压岁钱全都拿走了。这三千八百块钱撑着老乔一直打到正月初五凌晨三点。

　　这段时间里，发生了一些事，老乔的表弟去给老乔他爸拜年，见到了老乔的儿子小乔，给了小乔二百块压岁钱，小乔很开心，他已经小学三年级了，三千八百加二千等于四千他很快就算出来了。小乔等着叔叔出了门，发动了汽车，招手再见，他便一溜烟跑回里屋，要让他的四千块钱聚在一起。

小乔这几天就在琢磨四千块钱该怎么用，他想买一套玩具，两千四，买完还有一千六。可当他切实有了四千元时，那套两千四的玩具好像就有点浪费，他想买点更有价值的东西，至于这个价值是什么，怎么才更有价值，他还没想清楚。

小乔打开书包，拿出厚厚的一摞压岁钱，把二百块钱放进去，又一张张数了起来。数了两遍，都不是四千的数，再数，四千三百元。小乔心里很兴奋，怎么多了三百元呢？难道自己这些天一直都数错了吗？

他想不太明白。不只钱数不对，钱的组成也有些变化，有些二十五十面值的钱没有了，全都变成一百元了。

小乔出来问他妈："妈！你动我压岁钱了吗？"

他妈说："没动，怎么了，少了吗？"

小乔说："没少，正好。"

他没敢说多了，他怕他妈会收回去，他觉得是他妈偷偷给他换了整钱，但是数钱的时候数错了。他突然又转了一个脑筋，万一说多了，他妈会把多的钱收回去；可是说少了，他妈会再给他补几百块钱吗？他也不知道。小乔在书上读过"金斧子银斧子"的故事，他有点儿犯嘀咕，是不是他妈用多的三百块钱考验他的诚实。他纠结了一会儿，是不是告诉他妈钱多了。他决定先不说。他还得再想一想这件事。

小乔说："我得写作业了。"这么说完，他就真去写作业了，而且写得很认真，这让他心里感到安慰，好像自己还是个诚实的孩子，毕竟他主动要求写作业，在放假的时候还认真写作业呢，应该奖励才对。这种想法让他觉得有点平衡了。

小乔妈妈感觉小乔肯定瞒了她什么，她也不知道他瞒了什么。孩子一天天长大，小乔妈觉得孩子瞒自己的事越来越多了。但是她没有什么心思去考察孩子的心迹，自从孩子和他们分床睡，小乔妈觉得小乔迅速地长大了，再也不是那个什么问题都要妈妈帮手的小孩了，再加上小乔这两年身高猛蹿，小学三年级的他已经快和他妈一般高了，小乔妈意识到自己要抓住青春的尾巴。虽然她已经四十岁了，但这些年小孩需要他耗费的精力越来越少，至于老乔在家里家外每天干什么，她也不那么上心，她连老乔的工资卡都还给了他。

这两年，小乔妈妈每天照镜子时，她觉得脸上的皱纹变少了，变浅了。但是她很清楚，变老是不归路，她得抓住最后这段年轻的岁月。抓住它干点什么呢？小乔妈也没想好。

小乔妈和老乔的亲戚接触特别少，这几天，她窝在炕上，半睡半醒的。初四下午，小乔妈午睡时听见老乔到里屋去，也听见他在数钱，小乔妈猛然意识到，老乔在偷他儿子的钱。那会儿她忽然间心情非常糟，她想跳起来骂老乔，老乔你是不是丧心病狂了，要偷儿子的压岁钱去赌。她眯起眼睛，看见熟睡的小乔，又把怒火压下去了。她决定假装不知道。后来她真的睡着了，以致她也没听见小乔爸爸什么时候从里屋走出去。

初四下午，他们醒来时已经快到黄昏了，小乔奶奶建议他们去看看太奶奶，第二天就要回城里了，还没给太奶奶拜年。

小乔妈妈知道，这件事小乔的奶奶一定不太高兴，孙子过年回来，一年就回来这么一次，怎么能不给太奶奶拜年呢，孝不孝是一回事，关键是小乔奶奶觉得这很丢脸，她还要一直生活在这个村子里，儿子被人说闲话，自己脸面上过不去。

可是儿子自从下了车，进门屁股还没坐热就跑出去赌钱，连饭都不回来吃。因为这个，小乔奶奶的脸一直耷拉着，小乔爷爷则以各种理由发火骂人，他也没有具体的人要骂，只是漫无目标地诅咒。

农村过年讲究喜庆，这个年两个老人过得很窝心。

小乔奶奶偷偷问小乔："你爸平时在家也出去打麻将吗？"

小乔说："不打啊，他天天玩手机游戏。"

小乔午睡醒来后，小乔奶奶就把电视打开了，她坐在炕沿上两眼直勾勾看着电视换台，换了好几个台，后来找到一个放动画片的台，就不换了，小乔听到电视在放动画片，彻底醒了过来，趴在炕上看起了电视。

小乔妈也醒了。小乔奶奶终于忍不住问："乔良以前过年没像今天玩这么野啊，今年怎么了？饭都不回来吃。"

小乔妈妈说："他今年挣了点儿钱吧。"

小乔奶奶就没话说，钱可以堵住嘴，儿子挣钱了，还有什么好说的，儿子都四十多岁了，她当妈的也管不了什么了。

小乔奶奶不知道这些天乔良在外面输了赢了，她对赌钱没有概念。这个事儿老老乔，也就是乔良他爸是有耳闻的，乔良又输了多少又赢了多少他都能听着信儿。最夸张的一次，是乔良在初三晚上一夜输了六千块，但是早在初二他听说儿子赢了五千多，这么一算，虽然输了，可没输多少，老老乔心里也没有太绞拧。这些输输赢赢的消息传到他耳朵里，让他也不那么在乎儿子回不回来吃饭，反倒更在乎他的输赢了。

老老乔有个心眼，如果谁和他讲了他儿子赌钱输赢的事，他都会叮嘱一句，不要和他家里的说。

初四下午，老老乔仍在村里闲逛。

过年是村民们一年中难得悠闲的时光，什么都可以不干，饭都是可以连吃很多天的饺子和剩饭剩菜，热一热就吃，连做饭都省。老老乔一边抽烟一边闲逛，他心里装着儿子的事，他觉得儿子这么赌总不是个事，可他又一转念，又不是他儿子一个人赌，那一桌上赌的人不少呢，平时这帮赌徒日子过得都挺好，家家有车，外面挣得也不少，过年回来不就是放松，不就是想怎么玩怎么玩吗。老老乔这么安慰自己，他也必须这么安慰自己，不然怎么着，毕竟回来过年了，带着孙子回来了，孙子很乖很有出息，长得也高，老老乔觉得都不错，他还想让儿子再生一个，闺女小子都行。这个事儿，他决定走的时候提一下，表示自己有这个意思，他相信小乔奶奶肯定已经把这个想法和小乔妈说了，自己说多了也不好，提一句就行。

小乔奶奶那边呢，却并没有和小乔妈妈讲生二胎的事。

没有讲的道理很简单，孩子生出来，她一定是要去帮着带的，小乔生出来，她去带了三年，三年的辛苦她记忆犹新，如今六七年过去了，自己身体大不如前，再生一个，她还能带得动吗？她心里没底，干脆就不提这个话头了。

小乔奶奶没说二胎，她说的是："你们去老太太家坐一会儿吧，过年好不容易回来一趟，明天就走了。"老太太就是小乔的太奶奶。

小乔妈妈明白小乔奶奶的意思，洗了个脸，简单梳了个头，就带上小乔往太奶奶家走去。

来到门外，小乔妈妈抬头看了一眼，天特别特别蓝，蓝得像宝石，这让小乔妈觉得很开心，但是又隐隐有一点儿心惊。城市里很少见到这样的蓝天。小乔妈妈看到院子里的鸡和鸭走来走去的，在沙子上留下一只只脚印，她感到特别特别安静，偶尔有喜鹊的叫声，也显得特别特别幽远。小乔正穿着新衣服跟在他后面，小乔也觉得天很蓝。

"妈妈，今天天怎么这么蓝啊？你给我拍个照片，发到我班级群里吧。"

小乔妈妈就蹲下来，把小乔和院子里的鸡鸭还有后面的蓝天一起拍下来了，照片发到群里之后，他们就忘了这件事。因为有一辆豪华跑车从街上开过去了，跑车拖出低沉的引擎声。他们俩都在看那辆车，不知道是谁开的。

小乔太奶奶家离奶奶家不远，在去太奶奶家的路上，他们看到那辆跑车停在一户农家门口，车上下来一个人，三十来岁，那人戴着很酷的墨镜，看了他们一眼，就走进院子了。小乔妈妈并不认识他，村里的人，他几乎都不认识。

儿子见那个人进了屋，就说："妈妈，给我和这辆跑车拍个合影，发到我班级群里。"

小乔妈妈就拍了。拍完发到群里。

发完他们接着往太奶奶家走去。

小乔的太奶奶住在一座崭新的院子里，这座院子是她的三儿子建的，她三儿子也就是小乔的三爷，老乔的三叔，老老乔的三弟，他在外面跑生意赚了不少钱，回老家盖了新房子，并专门给他妈盖了两间。

这两间房颇为与众不同：房子朝阳面没有墙。也并不是完全没有，只有一道半尺高的矮墙，相当于没有。在这道矮墙上，是两层的巨大的推拉窗，横贯东西，这两层特制的钢化玻璃窗，既充当了窗户，也充当了墙壁。

这样一个设计，使得乔家老三的这栋房子成了村中的一个奇景。一来，是这两层全屏级别的大玻璃窗是村里见所未见的，就算是从城里回来的人，也很少见过这么夸张的落地窗；二来，这两间房子盖在二层，从路上看去，有一种超现实甚至令人感到惊悚的奇幻之感。

村民并不知道什么是超现实，乔老三一个做生意的粗人，也不知道。说他粗人，其实乔老三心很细，不然也不能做生意赚钱，只是他学历不高，小学还没毕业。所以这个建筑设计，完全不是出于什么专业审美和建筑训练，甚至连审美的意图都没有。

乔老三盖这两层楼，纯粹是为了功能的需要。

乔老三他妈已经瘫痪五年了，五年的前两年，老太太窝在自己漆黑的小房子里，沉浸在污浊的空气里毫无知觉，生不如死。那时乔老三就有了给老太太盖房子的念头。他虽然手上有些钱，但是他有个意识，如果自己把这房子盖了，他两个哥哥脸往哪儿放呢，他知道他两个哥哥拿不出什么钱。他们的爹死得早，把老太太一个人孤苦伶仃因在又黑又闷又臭的小黑屋里，乔老三不忍。后来他还是决定把房子盖了，他想了个万全之计，并且找来两个哥哥开家庭会议，决定把老太太的旧房子卖了，卖房子的钱全给乔老三，而乔老三用这笔钱给老太太盖房子，房子只给老太太用。

家庭会议开得并不成功。可想而知，老大老二家都认为乔老三是个生意精，他想独得老太太仅有的一点遗产，说是盖房子，老太太还不知道活几年，没准房子没盖好，老太太就没了，这房子就是乔老三的了。这道理傻子都能想明白，乔老三竟然还召集全家开会，简直太异想天开，太把别人当白痴了。

这件事因此没成，没成也就罢了，乔老大和乔老二的媳妇说话嘴不严，他们对乔老三的揣测，慢慢地传了出去，所有人都知道乔老三想独占老太太的房子，都说他乔老三做生意做得太精明了，连亲兄弟和亲妈都不认了。有人干脆说乔老三良心有问题，盼亲妈不好。这些话在村民中传来传去，却从未传到乔老三和乔老三媳妇耳朵里。这说明村里人的嘴，在某些方面又严得很。

乔老三经常和媳妇开着车往外面跑，回来就去老太太那里看两眼。老太太像个鬼一样躺在小黑屋里，屋里臭气熏天。乔老三也从来没想过，老太太生活的场景，也有着超现实的一面。

乔老三两口子经常不在家，照顾老太太的事，就由乔老大和乔老二两家出人来做，两家人按月轮着来：每天早午晚过来看一眼老人；喂饭；收拾屎尿；每个月简单洗一个澡；等死。乔老三每年给两家补两千块钱，说起来，这个钱是相当少的，这个事也被老大老二家的拿出来说事，照顾一个瘫痪老人，一年两千，就算半年吧，半年两千，也太少了。

可是他们并不太拿这个说事。

起初老太太刚瘫的时候，大小便不能自理，常常弄得很脏，收拾起来很让人不适。后来老二家想了个办法，他们给老人做了个专用床，床上凿个洞，这个突发奇想算是一个秘密，说出去太难听了，他们两家人也从没把这个事说给任何人听，最后这张床为人所知，还是老房子拆了之后的事。老太太就一直躺在那个有洞的床上，盖着被子或毯子，光着身子，大小便不能控制，就从洞里掉下去，掉在下面的马桶里。

后来老太太越吃越少，一周只拉一次，小便相当于绝迹了，每次拉完，老大或老二家来人了，老太太就说："桶。"他们就收拾床下的马桶去了。

在他人看来，老太太过着生不如死的日子，也许很快就会死的，谁能在这种状态下活长久呢？可是当老太太经过两个月的痛苦之后，整个人进入到一种出神的状态，老太太渐渐不觉得自己是个人，慢慢地，她把一周当成一天，把一个月当成一天。老大老二家每次去都不会说好听的，动手的力气也很大，翻身的动作很粗暴，老太太也不把自己当成一个人。她把自己当成了某种物，某种残存知觉的物。每次洗澡时，她觉得自己是一个被揉搓的鞋垫或者布鞋，每次拉屎时，她觉得像是什么果实从树上掉下去了，而稀有的尿液成了某种树汁。老太太感觉不到任何不适，温度的变化，蚊虫的叮咬都不会让她觉得不舒服。她并非没有感觉，那些感觉在日复一日的重复中失去了威力。有时候，她觉得肝脏的位置有些异常，她并不知道哪里是肝，哪里是胃。当她感觉内部出现异常时，她的脑子里就会蹦出罕见的人类思维："好了，该死了。"那些感觉并不持久，很快老太太又进入到了物的状态。有时她也不知道自己是不是连着几天没吃饭了，记忆在她的大脑皮层上留不住，一直打滑。

有一次乔老三过来看她，叫她妈，和她说卖老房子盖新房子的事，老太太耳朵里听着，但是她什么也没说。乔老三说了一会儿，发现老太太没有反应，他觉得老太太可能已经傻了。也许真的不会活太久，可能撑不了几个月几天了。

乔老三说："妈，我走了，下次回来看你，你想吃点什么？我给你带。"

乔老三等着老太太说话，等了一会儿，听见咚咚两声，乔老三愣了一下。他不知道是哪里传来的声音。过了一会儿，老太太直着嗓子喊了一声："桶。"

乔老三并非不知道老太太床下有一个桶，他也能理解老大老二家这么做，不管怎样，有个桶总比拉在被子里好多了。他甚至还觉得老大老三挺会弄的。但是他并不知道，老太太一周才拉一次，竟然被他遇到了，这个概率是很低的。

乔老三不知道这件低概率事件发生了，但是他感到一种怪异。怪异之处在于，老太太是会说话的，那么，她真的听到自己刚才讲的那些话了吗，她是同意还是不同意呢？乔老三没有再问，他把桶拿出去倒了，他想冲洗一下，发现桶很干，没有必要冲洗，乔老三又把桶放了回去。说："妈，我走了。"

这件事过去了一年，乔老三经常想这件事，老太太也就那么一天天地过下去，老大和老二渐渐习惯了这个节奏，因为老太太把自己弄得挺省心，两家人也没有觉得照顾一个瘫痪老人太有压力。反倒每天饭后多走两步，还可以运动一下。但是乔老三并不在这个语境里，乔老三一直觉得，老太太这样过日子，他心里不自在，他觉得自己一直被人瞧不起。每次回到村里，没什么人和他搭话，也见不到对他的笑脸。乔老三觉得这肯定和老太太有关。

于是他找到老大老二，商议把房子卖了，三个人均分，他把老太太接过去，他正好也要盖新房子，儿子也快大学毕业了，顺便给老太太盖一间，亮堂一点。他觉得这么办，没争议。他甚至想好了退路，如果老大老二觉得老三吃亏，老三可以说，我提供房子，你们出人，不吃亏。

可是老大老二并不这么想，他们认为，你老三盖了房子，我们两家轮流到你家去，我们怎么那么下贱，是你用人吗？再说老太太也不是没有家，她都住习惯了，她活不了几年，你老三最后要把她住了一辈子的老房子拆了，不合适。

老大老二总能找出理由不同意老三的想法，谁叫他老三各路呢。

老三回家后发了一通火："操他妈，给脸不要脸。媳妇，我今天就决定了，房子肯定得盖，盖完就把老太太接过来，老房子我也不要了，他们哥儿俩爱怎么着怎么着，我也不差卖那破房子多两万块钱。他们也不用来看老太太，我雇人看，四千块钱他们也别想要了，我不信一年四千雇不着人看老太太，四千不行，五千，给谁不是给，雇别人肯定比他们看得好。操他妈，给老太太床上挖个坑，睡觉能不难受吗，简直不是人造的。"

乔老三常年在外面跑，人们对他的印象越来越模糊，没有人意识到乔老三是这么个犟种，他决定的事，当月就开干了。三个月不到，乔老三的旧房子拆了，新房子起来了，两层半的小洋楼：一层七间的半地下室，一层七间的正房，一层是老太太专用的阳光房，两间。远看是个特别别致的小洋楼。乔老三在外面跑得多了，见得房子也多了，房子外观的设计，就显出和村里迥然不同的洋气来，一下把村里的新房都比下去了。而在费用上，也并没有花更多钱。贵的只是那两面墙的钢化玻璃。房子盖好后，乔老三爬到三楼，——如果把第一层看成地下储物间的话，也可以说是爬到二楼，总之是顶层。乔老三在阳光房里往外看去，视野无比开阔，房前的整个村庄包括农田河流远山尽收眼底。乔老三很开心，他长出了一口气。

但是心细的乔老三很快想到另一件事，老太太躺着时居多，她躺着怎么看外面呢？乔老三斜着身子，模仿躺在床上的视角，转了几圈，也找不到一个合适的位置可以看到外面的景色，最多只能看到大片的天空，可是这样也太乏味了。这件事让乔老三在心里嘀咕了很多天，他想弄个轮椅，但是想想不现实，老太太坐着要人扶，如果雇人看老太太，天天要扶着她看外面的景，不是钱的问题，而是找不到那么有耐心的人，他们一走，雇的人干什么，他可管不着摸不着。但是他已经决定不找老大老二了，怎么办？必须想别的办法。乔老三琢磨了几天，想到一个主意，一个异常诡异的设计。既然已经有了两扇巨大的玻璃窗，为什么不能有更奇怪的想法呢？乔老三决定在房顶吊一面巨大的镜子。镜面倾斜朝向窗外。这样一来，老太太背对着窗户躺着，抬头看到的镜子，正好可以看见外面的景象。

乔老三这个怪异的想法遭到了她媳妇的激烈反对，乔老三的媳妇说："老三，你能不能不发神经，你脑子能不能正常点儿，你想疯怎的。你觉得房顶吊个镜子，是人住的地方吗？我坚决不同意。想想都瘆人。万一再把老太太吓个好歹的，你这个孝心算是喂狗了。"

后来，乔老三这个念头，就变成了一桩笑谈。

房子盖好后，乔老三理所当然地要去接他妈来看新房子。乔老三两口子推着轮椅去了，随身带了一身老太太的新衣服和一套洗澡毛巾。乔老三媳妇在老太太家给老太太洗了个澡，换上新衣服，把老太太架上了轮椅。

上了二楼，乔老三说："妈，以后你就住这儿了，我雇了人照看你，以后你想回你老房子那儿，就坐轮椅去看看。"乔老三把老太太推到窗口，豁然开朗的景色好像兜头一盆凉水浇在老太太头上，老太太顿时清醒了。老太太说了一个字："好。"

这事儿也就这么定下来了，老太太同意了，老大老二也没什么话可讲。他们没了两千块的收入，但也省了一份心，老大老二也很会安慰自己，自己照顾了两年，也该轮到老三了。这样的安慰很有用。

由于老三媳妇的坚决反对，加上老三也觉得自己有点儿走火入魔，最后房子里没有吊一面大镜子，取而代之的，是乔老三找人做了张能调整角度的床。这样，老太太在床上伸手摇一摇手柄，床的上半部就能微微升起一些，老太太躺着就能更自然地看到外面的世界了。但是床升起的角度被限制了，不能倾斜太高，因为老太太没法控制身体，升太高了可能从床上滑下来。这样一来，老太太就没法特别自然地看外面，她经常是用一种貌似睥睨的眼神看向窗外，一看大半天，不言不语。

小乔和小乔她妈来的时候，老太太也是用这种眼神看见的。

小乔见过三爷家的大房子，但每次见到，还是觉得很新奇。小乔远远地就看见老太太在看着他们，他觉得有点不自在，他知道太奶奶有病，还不说话，他怀疑太奶奶可能已经老年痴呆了，根本听不懂人话了。

娘儿俩上了楼，推门进去时，老太太还在看窗外，听见推门声，她侧了一下头。她没法把头转过来。小乔妈就拉着小乔来到老太太旁边，那里有一把凳子，小乔妈坐下了，小乔站着。

小乔妈说："乔新，问太奶奶过年好。"

小乔说："太奶奶过年好。"

老太太笑了，慢慢说："好，好，好。"

说完看着小乔，脸上一直笑着，眼角也有点湿。但是没有说别的话，只是不错目地看着小乔。

那天下午，老老乔在村里闲逛时，有人过来告诉他，乔良赢钱了，乔良他爹一听来了精神，"赢了多少？"那人说，"两三万吧。"

老老乔当时有一个冲动，他想去把老乔叫回来，就说家里有事，这样他的钱就不用输了，明天他就可以回城里。可是老老乔又在想这件事他到底该不该去做。他想，输了就输了吧，再输两万，反正他手里也没有多少钱可输的，全输了又能输多少呢？没准还能再赢两万。老老乔想了会儿，抬头看了看天，天特别特别蓝。老老乔心想，今天天怎么这么蓝啊，像假的一样。老老乔这么想的时候，他听到一声轰鸣，撕心裂肺的轰鸣，吓了他一跳。老老乔往远处一看，是一辆矮胖的小汽车，小汽车的轮胎特别粗。老老乔心想，这是赛车吧。

那辆赛车奋力轰鸣着，打破了整个乡村的宁静，老老乔感觉世界切切实实地抖动了一下，他揉了揉眼，赛车启动时，老老乔感觉像是一块大石头被巨力扔了出去。老老乔不知道这是谁，过了一会儿，他看见他儿子乔良随后从那家院子里走了出来。乔良脸上笑开了花儿。老老乔一看，知道他赢钱了。关键是他还出来了。说明赌博结束，这笔钱已经是他的了。老老乔过去叫他儿子回家吃饭，喝酒。乔良欣然同意。乔良心里想的是，明天就回城了，也该陪他爹喝两碗了。

老老乔和乔良目送着豪华跑车开远了，又看见他们停在乔老三家门口。爷儿俩都有点纳闷了。他们不约而同地朝乔老三家走过去。

跑车开得很快，人走得慢。他们走了挺长时间的，在这个时间里，天一点点变黑了，好像有巨大的黑暗笼罩下来，让人心里感到恐惧。天空的宝石蓝色一点点退去，老老乔和乔良渐渐慢下了脚步。老老乔看着深不见底的天空，捂住了胸口，他感到心跳异常地猛烈。

老老乔忽然想起一件事，说："乔良，你给你妈打电话。"

乔良拿出手机，拨号，拨了两个数，手机没电关机了。乔良说："我们回家吧。"

这个时候，乔良的妈妈正在家里睡觉，过年忙了这么多天，她很累。她送小乔和小乔妈去看太奶奶，回到屋里，她斜靠在炕上的被子上，很快就睡着了。乔良和他爸快速赶回自家的院子，刚刚推开门，整个世界就彻底黑了下来。

乔新的太奶奶目睹了这一切，在整个世界变黑之前，她看见她的重孙子和孙媳妇在乔老三的院子里，旁边站着一个她觉得背影很熟悉的人，是乔良吗？又不太像。

那个人站在乔新和他妈妈身边。

那个人向乔新和乔新的妈妈讲述这一切："你们能认出我是

谁吗？"他摘掉了墨镜，"你看我像不像你啊，乔新？我就是乔新，三十七年后的乔新，我今天到这里来，是想告诉你们，我恨我的爸爸，我恨乔良，三十七年前，他偷了我的压岁钱去赌博。因为这件事，我们一家人吵翻了天，他不但输光了我的压岁钱，还借了两万块钱一起输光了。回到城里后，你们三天两头吵架，后来不吵了。但是你们就那么耗着，一天天耗着，一直到老都在冷战和虚度光阴。我回到今天，是因为妈妈今天死了，爸爸早在七年前就已经死了，我自己过得也不好。我花光了所有的钱来进行这一次时间旅行，想改变一点什么。但是你们知道吗？时间旅行不会改变历史。人类在三十年后可以使用巨大的能量为时间旅行者再造一个局部的世界，对我来说，就是这个村庄，这个村庄就足够了，我没有钱买更多的能量去延长这个世界的时间，也没有必要，在这里，我可以改变历史，但所有改变的效果，只能持续两个小时，两个小时以后，如果不能回到未来，我就会和这个局部的短暂世界一起消失掉。"

那个人深深地叹了一口气，他只是在心里把这段对白默念了一遍。

最后，他对乔新说："你知道吗，这可是百年一遇的日全食。好好欣赏吧。"

他并不想把事实告诉眼前人，在这两个小时里，他看到了他想看到的，一个正常家庭的可能。之后，他同他的整个记忆一同沉入了黑暗。

游　鱼

　　去年夏天的某个周五，李玉欢接到一通莫名其妙的电话，一个同事邀请他周末到新家做客。对这个同事，李玉欢没有深刻的印象，他们在一个公司上班，但不在一个办公室。李玉欢深居简出，和这位同事的交往，在他的记忆里，是差点帮他取了一次快递。

　　那件事发生在几个月之前，冬天刚刚结束。李玉欢正在办公室里看邮件，他的助手付洋打来电话："老大，麻烦帮我去楼下取一个快递，忙疯了。"李玉欢说 OK。挂了电话，李玉欢继续看邮件。邮件很长，内容是过气女歌星和男朋友的一些故事，写得很煽情，好像实有其事，故事里把歌星唱过的那些歌和她男朋友之间的隐秘关系和生活的边边角角都挖了出来。李玉欢一边读一边好奇，这些私人关系，这些隐秘的关联，到底是怎么流传出来的。他虽然做这个工作有几年了，可一直不知道这些事儿，到底是记者编的，还是他们真的找到了实锤。对这些当事人显然不可能承认的事迹，真实与否，到底有何意义呢？好奇之外，他还有另外一个想法，这篇故事没人会看，尽管它真的挺让人感动的。——对他来说，其实只需要这样一个实用性的判断。

李玉欢退出了邮件，锁定了电脑，下楼去取付洋的快递。理所当然地，他以为快递是付洋的，收件人是付洋，于是，对着几个正在一边拣件一边打电话的小哥，李玉欢喊了一嗓子："付洋的快递！"没人搭理他。"有没有付洋的快递？"

这时，穿红衣服的小哥朝他举了手，李玉欢走过去，拿起快递一看，是付洋的没错。就捏着上楼了。

等电梯的时候，一个穿着松松垮垮的灰色T恤的短发女人，抱着胎毛未尽的美短还是英短走了过来。小猫闭着眼睛，毛茸茸的小脑袋伏在女人的领口。李玉欢盯着小猫看了好一会儿，直到电梯门打开。电梯上行时，他心里开始想一件事儿：待会儿上网查一下，这是英短还是美短，挺好看的呀。

快递交到了付洋的手上，付洋看了看说："哎呀不好意思忘了告诉你了，我让你去取杨君的快递。不是我的。"

杨君，就是去年夏天给李玉欢打电话，请他去做客的那个同事。

杨君为什么邀请他？李玉欢躺在床上想了很长时间。他们不熟，李玉欢也不是杨君上司，或者是杨君请了同一个办公室的付洋，顺便叫上了付洋的小上司，可他和付洋，也只是工作上的上下级关系，甚至并不能称为上下级，只是一种主力得分手和助攻后卫的关系。在他思考这个问题的漫长时间里，太阳完全升起来，楼下散步的老人们逐一回家了。困扰他的，也不完全是杨君为什么邀请他，既然邀请了，他就没有理由不去——因为那段时间确实没什么事儿占用他的时间。他还在想，要带点儿什么东西去呢？总不能空着手吧。带礼物是特别麻烦的一件事。李玉欢不喜欢在路上带什么东西，特意带上什么礼物串门的想象，让他觉得整个世界都回到了三十年前。这有点儿像一个魔障，所有关于送礼的事儿，都会让他回到那个荒凉的小镇。

三十年前，李玉欢刚刚上小学。开学不久的一个周末上午，李玉欢的爸爸让他换好衣服，和他一起去班主任家串门。爸爸决定了的事儿，李玉欢不敢反对，其实他那时候也没有反对谁这种意识。他们收拾了一会儿，就出门了。三十年前，李玉欢是一个默默无语的小镇男孩。如果用现在的小镇和三十年前的比较，他会觉得，这个小镇历经三十年了，几乎没有变好，虽然拔地而起了那么几座三四层高的楼，但整体上看，小镇更破败和混乱了——街面上的房子，有的新有的旧，每家货店的门脸都是半死不活的经营着，货架上摆着各种低级杂牌货，室内光线似乎出自日落时分。这让他觉得一个黄金时代已经慢慢消散了，这个镇子的存在已经被人从这个世界上遗忘了……

李玉欢又转了个念头，事实上，他确切地知道，他早已离开了小镇，是小镇把他遗忘了。

　　他已经不记得小学班主任住在哪条街上，小学班主任也已经不在这个世界，再也不可能认识尚且活在世上的李玉欢。那一年，李玉欢的爸爸带上一把电池仓加长到足以烧掉灯泡的白铁手电筒，在月亮地来到横穿小镇的二里河对岸，对岸是一片农田。那位年近三十的男人蹑手蹑脚地走到某个地方，突然点亮了手电，手电射出贼亮的白光，男人猛地扑倒在地，按住了一只公野鸡。野鸡被抓住之后，发出巨大的喊叫声，野鸡惊讶的喊叫完全覆盖了缓缓流淌的水流声。

　　第二天，李玉欢穿好了衣服，他爸已经推着自行车在院子里准备出发了。自行车龙头上挂着一只蓝黑色的公野鸡，野鸡被绑住双脚吊了起来，瞪着眼睛，并不反抗，长长的尾巴毛拖到了地上。他爸说："上车，走。"

　　那天上午，父子俩来到李玉欢的班主任家，谈了一会儿李玉欢在学校听不听话，上课学习怎么样，有没有被人欺负这些问题，谈完把野鸡留在班主任家。离开班主任家之后，父亲带着儿子去供销社买了一根大麻花。然后一起回家了。这一路上，李玉欢都在追闻麻花若有若无的香气。

　　想到这些事儿的时候，李玉欢有些怀旧。

　　他很怀念他爸骑着自行车载着他，一路骑回自家院子，他闻到院子里有炝锅香味的那个记忆。

　　李玉欢想把这不合时宜的想象移植到杨君的家里，他设想他拎着什么东西来到杨君家门外，推开门的时候，会不会闻到炝锅的香味。如果他也给杨君送一只野鸡，杨君会不会像他的班主任，把长长的鸡尾巴插到花瓶里，直到几年后还能看见。为什么这样一个毫无意义的记忆要这么长久地保留？

这种想象让他预感到了失望。显然，这里面不会有比那根鸡尾巴更长久的什么，即便有，也是更加毫无意义的存在——他为什么总是想什么意义呢？意义是什么？

难道那个临近中午的乡村记忆，果真是无意义的？

他不知道在杨君家里，还会见到谁，别的某个同事，或者是他不认识的杨君的朋友。在杨君家里，他会不会是那个孤零零的客人，谁也不认识，就连杨君这个主人，他也不怎么熟悉。他去了算是干什么的，去随一个份子吗？放下礼物等着吃一顿饭，吃完走人？

李玉欢给付洋发了一条信息："杨君请你去他家做客了吗？"付洋回道："没请。"

李玉欢拨通了付洋的电话，电话响了一分钟，没有人接。付洋刚回完信息就不接电话，表示他不想接。

李玉欢在沙发上坐了一会儿，打开电视。电视的声音让他烦躁，他把电视静音了，点了一根儿烟，给杨君发了个信息："我有点急事儿，去不了你家啦。"原本，李玉欢想在后面再加两句客套话，"很抱歉""谁谁来我家干啥干啥""头儿有急事""改天登门拜访"什么的，想了想，他只是简单地发了一条："我有点急事儿，去不了你家啦。"

他相信杨君明白，这意思就是，他不想去。——大家都识趣点儿，干吗请我做客，烦不烦啊，我和你有什么交集，我们俩说过一句话吗？

但是这样一个回复，仍让他觉得有些沮丧。

李玉欢的沮丧，表面看来，是拒绝了一次邀请。但是这样一场无聊的邀请，未尝不能让他的周末充实一些，或许这也是杨君的想法——简简单单地热闹一会儿。可是现在，这个潜在的充实消失了，原因说起来，只是因为他觉得带什么礼物这个问题太伤脑筋了，甚至让他联想到"意义"这么荒谬的命题。是的，杨君是谁，值得他这么伤脑筋吗？

他看了看手机，没有从杨君处返回的信息。没有。也许杨君正在忙着采购，或者择菜，或者和与他更熟悉的朋友们聊天，没准他们已经吃上了。也不用做什么好吃的，现成的买上一些，到点儿了就开吃，没准现在已经满屋子烟雾缭绕，各种话题纷纷展开。白酒、啤酒、红酒、威士忌、花生、烤烟、混合烟、打火机、可乐、橙汁、薯片、豆腐干儿、没准还有泡面、大米饭、蛋炒饭、咸菜、扑克牌、各种纸牌、骰子什么的。这得看杨君是个什么样的人。

当李玉欢这么想的时候，他还真觉得自己错过了一场浑浑噩噩度过一个周末的好机会。不就是买点儿东西吗，到楼下买袋水果不就成了吗？

李玉欢决定下楼，他租住的一居室公寓已经渐渐热起来了，太阳照进了唯一一扇巨大的向南的窗户，从这扇大窗看进来，他的空间一览无余。他挡上了遮光窗帘，屋里彻底黑了下来。这让他感到凉爽，但是黑暗的空间又让他压抑，就算开了灯也不行。他不能接受自己在这样一个空间里度过一个周末，好像活着都没有什么希望了。

李玉欢从沙发上站了起来。他听到了一声奇怪的呼啸。他仔细听了一下，是从门缝里传来的，一阵风正好从门缝里吹进来，又从窗户吹出去。李玉欢开了窗，声音消失了，关上窗，声音又出现了。开了一会儿窗，屋里变得更闷热了。他关了窗，又把门打开，这么一来，呼啸声消失了。他听到巨大的风声在走廊里鼓荡。

李玉欢知道自己出现了幻觉。因为，这不是夏天的风声，这是春天的风声，在并不温暖的春天里，大风在李玉欢居住的公寓里终日鼓荡，由于李玉欢没有足够的技能改善防盗门和窗户的密封效果，风的呼啸声几乎终日不停。而在春天里，开了窗屋里很快就冷得没法睡觉了，于是整个春天，他都在吹醒万物的风声里入睡。

他有点儿怀念春天的风声了。

幻觉消失了。当他沉浸在大风的想象中时，时间就变得不那么漫长。已经是下午了，谁也没有回复他，付洋和杨君都没有回复他。他觉得有些无聊，就在电脑上敲下了电视两个字，调大字号，一直调大，调到撑满了屏幕，然后他把电脑的图像同步到了电视上，这样一来，六十寸的大电视上，就显示出两个白底黑色的大字：电视。

这种无聊让他感到安慰。而时间正以更快的速度流逝。李玉欢打开了电视，切换频道，他如此清晰地感觉到，如果他再不出门，天就黑了。但是三百个频道足够让他把时间耗干净，一直耗到了晚上八点四十多，李玉欢没有看成一个完整的节目，其间有不少节目都让他停留了几分钟甚至半个多小时。关掉电视后，空间重新压了过来。他拉开窗帘，天已经彻底黑了。外面有人正在开着音箱唱歌。

　　李玉欢打开手机，付洋和杨君仍然没有回复他。他早就知道不会有什么回复。但就像抽了一根儿烟，烟灭了，嘴里还会长久地留下烟味儿一样，他被一些无关紧要的事情困扰。他要准备睡觉了，在睡觉前，李玉欢在卫生间洗了一块抹布，又用这块抹布把整个房间彻底擦了一遍。这种有些洁癖的清洁工作，让李玉欢感到难过。他知道自己并没有洁癖，他从不会因为坐公交时握着黏糊糊的扶手而困扰。但是他喜欢擦拭房间，从地砖到窗台，从桌子到电视柜，从洗衣机到电冰箱，从洗手池到马桶，只要他能够得着的地方，他都会干干净净地擦上两遍，擦完一遍，再擦一遍，直到屋子里连根儿头发都擦不出来。

　　李玉欢忽然庆幸到，还好自己不脱发，还好自己不是长头发。否则要想把头发擦干净，可不是那么容易的一件事儿。

　　做完了所有这一切，已经十点半了。

　　李玉欢换掉拖鞋，穿上他的凉鞋，下楼了。

　　在这个远离市中心，几乎连村庄也算不上的地方，如今也可以称为郊区或者是什么，也许可以称为卫星城，李玉欢不知道怎么称呼他住的这个地方。一个遥远的地方，再往北，就是空无一人的荒地，连一间房子都没有，连农田也没有，就那么荒废着。就像一个有限的世界，就像它的世界尽头。

李玉欢走进了一家24小时的超市。女售货员小马儿笑嘻嘻地问他："今天才下楼吗？"李玉欢点点头，他的视线扫过了小马儿好看的脸，没有片刻停留，甚至他的微笑都是在视线离开小马儿之后生成的。他在货柜前走了一圈儿，拿上一瓶乌龙茶就走了。

他喝了一口乌龙茶，想到一句歌词："You are my sunshine, my only sunshine."

小马儿其实只是叫小马，他听到小马儿的同事叫她小马。但是有一天，他决定，如果某一天，他把小马儿的联系方式存在手机上，名字就是小马儿，这样就好像是一匹小动物。

他给小马儿起了个外号：午夜阳光。这样一种想法，让他觉得自己特别轻薄。但甚至想到小马儿在他走出超市大门后，脸上露出不屑的笑容。这种想象，不免让他感到自己的邪恶，他不应该这么去揣测一个人，不是吗？为什么小马儿不可以只是一个单纯的姑娘，她也正是一个单纯可爱的姑娘啊。他不应该这么轻薄，不应该这么充满怀疑，不是吗？但是，后一个问题，让他有些困惑。或者，一个人并不应该轻易去赞美一个人，那总会显得轻薄。

李玉欢上了楼。已经到了睡觉的时间，这样的一天，他已经度过去了。他还会度过很多这样的周末，一年有五十二个周末，就有一百〇四天需要度过。当李玉欢这么想的时候，他意识到，一百〇四天，这是多么短暂，即便有十年，也只是一千零四十天啊。谁敢说这种好日子可以延续一年？也许很快就会发生什么事，就把他生活的环境改变了。

李玉欢关了电灯，开了小台灯——一盏台灯可以快速调动起他的睡意。

他关掉台灯，在室内彻底变黑的瞬间，李玉欢的眼前出现了小马儿的笑容。他趴在床上，两只胳膊压在枕头下面，这样一个睡觉的姿势，让他可以特别客观地，好像以一个思考者的姿态去接受自己连一厢情愿也称不上、连意淫也称不上的爱慕。李玉欢知道小马儿很可能会离开那家 24 小时超市，任何理由都可能使小马儿在他的世界消失。这种必然就像，就像手机必然会把电量耗光一样。对他来说，小马儿是什么？是一个台阶。一个走向睡眠的台阶，是他一天中最后一个小时，让他的思考可以走向一片虚无的台阶。李玉欢在心里默念着："You are my sunshine, my only sunshine." 他在 24 小时超市里那匆匆的一瞥，就是为了让这个画面不要淡掉。李玉欢在眼前勾画出小马儿的笑脸，一心一意地，让她越来越清晰，除此之外，他没有别的想法。他已经习惯了在这个时候进入恍惚的状态。很快地，李玉欢就完全睡着了。

在他睡到后半夜的时候，从远处刮来了一阵强风，好像大雨将至，潮湿的风灌满了走廊。李玉欢被吵醒了。他还没睡饱，强烈的困意又让他重新入睡。

可是刚入睡一会儿，有一根莫名其妙的神经和外界的某一根弦发生了共鸣，独自鸣响着，他彻底醒了过来。这是什么意思？为什么他突然觉得付洋骗他了，是啊，有什么理由，杨君不邀请付洋，却邀请他，毕竟杨君和付洋在一个办公室，如果叫上同事的话，没有理由邀请不熟悉的李玉欢而不邀请付洋。难道他们之间有什么矛盾？好像并没有。付洋为什么又不接他的电话？李玉欢感到沮丧，因为他知道自己睡不着了，而周日这一天，竟然是从这些突如其来的毫无意义地让他感到简直操他妈的怎么还在想这些屁事儿的困惑中开始的。

他去冲了个澡，回来把被子叠好，揣上手机、信用卡和零钱，下楼了。

这时候，天还是黑的，由于刮过大风，空气变好了。不热，还有些温暖。天上有一些星星在闪。李玉欢走出小区，来到桥上，桥下是干涸的河床。这是一条从城市外围流过的河——曾经流过，河道很宽，至少对北方来说，这座三四十米的桥的存在，说明桥下的河并不窄。

大风没有停，烟尘被吹走了，但吹来的空气并不清新。李玉欢闻到浓烈的腥气，一种复杂的包含了泥土和垃圾桶的宿夜气息。他已经完全不困了，他在犹豫，是不是在桥上多站一会儿。毕竟这样的大风并不常刮。河的北方再往北可以看到一些不高的山。他曾经爬过那些山，山上有白色的石头，路上有很多马陆。那些黑黄相间的百足之虫，也正在夜间的大风中爬行。无数条黄黑相间的马陆，会在安静的夜发出沙沙的响声。如果人们不知道那些沙沙声是从哪里传出来的，会觉得那种声音并不难听，它们和树叶的振动声混在一起。大风在马陆上方特别高的地方刮过，它们并不会因为大风而不安地蜷成一团。他想起一件事儿，在森林里有一种猴子，它们捉住马陆，往身上蹭，惊慌的马陆会分泌一种液体，这些液体渗进猴子的皮肤，猴子就会产生幻觉，这让猴子们上瘾。

李玉欢想要点一根儿烟。可是他没有带烟，只带了一只打火机。

李玉欢怀疑自己是故意没有带烟的。这样他就可以去买一包烟。

在这样一个边远的地方，李玉欢觉得，如果不是他白天需要到城市里面上班，他就像被这个世界遗忘在这里一样。这里有24小时超市，有自动贩售机，有自动贩售超市。这里并没有住什么本地人，或者叫土著，这里原本就是一片巨大的荒地，很少的几座公寓在这片荒地上建起来，租住在这里的，都是一些在城里工作的年轻人。他们依赖24小时超市，依赖那些自动贩售机，那里面所有的商品都会变成必备品，从一包牙签，到一只自动烤箱，被这些青年人日复一日地打量和权衡。有时候，李玉欢觉得，他所说的青年人，只是指代他自己。

尽管如此，李玉欢仍然特别好奇一件事，为什么这么偏僻的地方，会有24小时超市呢？看起来好奇怪。

不只24小时超市让他感到意外。这里还有一些贩售烟酒的机器。李玉欢在城里从来没有见到这种东西，它们甚至连编号和销售许可都没有，就像是一批法外机器。然而当李玉欢想抽烟时，他就会来到这个机器前，往里面投硬币，一直投到第十枚，机器就会发出取款机的声音。硬币的脆响，在夜里会格外大。李玉欢想听一听，不幸，他这次没有带硬币。这让他有些许沮丧。好在他还可以用手机购买香烟。

当他买到一包烟，撕掉塑封时，他的肚子咕咕叫起来了。

于是他又来到了自动贩售超市，站在柜台前面，认真地考虑起要买点儿什么东西。

这是一个周日的凌晨，超市无人，李玉欢走了两圈，就在自动超市里坐了下去。超市的地面并不干净，看起来打扫卫生的人还没有来过，也许他早晨会来打扫一下。

在超市内的上方，有一只半球形的摄像头，摄像头捕捉到了李玉欢。李玉欢并没有意识到，事实上，他也没有去关心摄像头，但那一刻，他确实觉得有点儿不舒服，好像一只瓮中之鳖。

摄像头捕捉到李玉欢的特写，一个人保存了那张特写，转发给自己的朋友。

自动超市的经营者设计了一个小程序，一旦有客人进入自动超市，监控室就会远程收到声音提醒，听到这个声音，就会有一个人在监控屏幕前盯着那个客人在超市里干了什么。这或者可以称为一种防盗机制，或者只是某种慈善设计，为了提供了一些就业机会。事实上，它还真的解决过实际的问题，比如对客人是否拿走了商品而没有付款引起的账目混乱进行记录和取证。但从没有有意或无意偷走商品的顾客被起诉和警告过，他们这么做似乎只是为了财务上的前后不符有据可查。

在监控室值班的男孩，却并不在意取证工作。他热衷于把客人的照片拍下来，传给他的好朋友。这就像一种行为艺术。只是无法公开。他们不能公开自己用公司的东西为私生活制造的一些娱乐产品，那会使男孩丢掉工作。

男孩在办公桌前操作鼠标，转动并缩放着摄像头。因为摄像头被一块儿外面看起来是黑色球形的玻璃罩遮住了，人们都不会意识到自己被偷拍，甚至偷拍了特写。

男孩把所有照片都发给他的朋友。这件事并不有趣，几乎有些枯燥。但男孩的朋友，一个正在读本科的大三女生，她对此感到好奇，她每天看到男孩发给他的照片，她都会好奇，哇，世界上竟然有这样的人，他们在想什么呢？他们为什么要住在那里，为什么要去自动超市买东西呢？女孩似乎觉得自己能从那些照片里找到什么东西。她觉得这里面有特别深刻的东西。唯一让她焦虑的是，她感受到那种深刻感的同时，她并不知道那到底是什么。

第二天下午，女孩给刚睡醒的男孩发信息，说她看了昨天拍的照片，她觉得那个坐在地上的人看起来很疲倦。男孩说，是啊，他都快睡着了。女孩说，是啊，他怎么那么困，能在自动超市里睡着了，哈哈哈哈哈。男孩也跟着哈哈哈哈哈。他们这样笑的时候，特别快乐。女孩特别希望能一直这么快乐。男孩也这么想。因为这两个人这么单纯，他们就一直做这件事，男孩给女孩传了很多照片，第二天，他们聊天的时候，就会聊到这些照片，他们已经整整聊了两年了，有时候他们会觉得这真是一个奇迹。为什么这样一个超市可以经营两年呢？这么少的人，挣到的钱，未必够给男孩发两年的工资，为什么它没有倒闭呢？可他们又真的不希望这个小超市倒闭。

那个周日的下午，李玉欢从床上醒来了。当天早上回到公寓时，天已经亮了。人们渐渐走动起来。李玉欢看到一些老人，他猜想这些老人，是从远方来到这里给他们的孩子带孩子的，他们除了早上，下午也散步，或者，全天都会出来散步。上楼之前，李玉欢拿出一根儿烟，太阳正好出来，照在楼底的一面墙上，墙上有一块很大幅的网络公司的广告。李玉欢在墙下坐了一会儿，他想他回去要把这条裤子洗了，一定很脏了吧。回到屋里，他把裤子扔进了洗衣机，又扔了两件换下来的 T 恤，洗衣机转了起来。

后来，李玉欢在床上听着洗衣机的转动声睡着了。一直睡到了下午。醒来时，他有一些沮丧，因为周末就要结束了，明天就要上班了。这个周末给他留下的时间，已经不那么多了。李玉欢把衣服晾了起来。推开窗户，他看到窗外的天空特别的蓝。这是昨天的大风起了作用。趁着太阳还挺高的，李玉欢很快地冲了个澡，换好衣服，出门了。

他并没有特别多的地方可以去，首先他去自动超市里买了一包锅巴和一瓶乌龙茶。用来解决路上可能出现的渴和饿的问题。

在自动超市里，李玉欢不会意识到，有两个年轻人正在观察他，就是那对儿拍他照片的年轻朋友。女孩特别兴奋，竟然见到了照片人物的实体版。男孩还偷偷拍了李玉欢的侧影。李玉欢走的时候，觉得这两个年轻人有点儿奇怪，好像不是在这里买东西，而是在这里玩儿的。他觉得这挺有意思，因为人们在哪儿都能玩儿。但是他不知道为什么，当他看那两个年轻人时，觉得他们都快憋不住笑了。李玉欢特别有和他们说话的冲动，如果说的话，他会问，我们认识吗？

但是他没说什么，转身走了。

有那么一会儿，李玉欢有点儿多愁善感，他幻想着，如果有谁也和他在一块儿嘻嘻笑，也挺美好的，但他就像看见马陆一样迅速地闪开了这个念头。

在杨君邀请他去新家参观时，李玉欢其实有过一个古怪的念头。因为杨君不合情理的决定，至少在他看来很意外的一个决定，也许有着什么目的。比如说，杨君说的时间和地点，并不是一次聚会的时间和地点。如果李玉欢在那个时间，拿着一包水果或者别的什么敲开那扇门时，他可能会遇到什么意想不到的事，比如杨君可能想让他目击一个犯罪现场，也许他会当场死掉，因为当门打开时，屋子里刚刚完成了一场凶杀案，凶手干脆杀了他灭口。或者杨君想要报复某个女人，让他目击一次通奸现场，也许那个男人就是付洋，不然杨君为什么不邀请付洋呢？就像付洋让他给杨君取快递一样，杨君也可以让李玉欢给付洋送一袋不合时宜的水果。

这些念头毫无逻辑，也经不起推敲，一个人靠胡思乱想可以想到任何可能和不可能的东西。另外，在李玉欢想到杨君这个人时，他也不无意外地想到了那天给付洋取的快递，他不知道那个快递是什么东西，但是捏起来软软的，像是一块巨大的驴打滚儿。

这些杂七杂八的念头，充斥着李玉欢的大脑，他任凭自己一路上胡思乱想，时间被虚空填满了。这一路上，李玉欢早早地就把锅巴吃完了，他腾出一只手来，走了一会儿，乌龙茶也喝光了，他腾出另一只手。在天完全黑下来之后，李玉欢开始往回走。

路灯已经亮了。李玉欢走到了自动贩售的无人超市，其时超市里面有一个人，李玉欢认出来，是下午见到的那对年轻人中的女孩，女孩看见李玉欢进门，首先给他拍了一张照片。这让李玉欢感到惊讶。

女孩问他："你经常来这个超市吗？"李玉欢说："是啊。我每天都来。"女孩又问："那你做什么工作的？"李玉欢说："娱乐版编辑。""网络上的娱乐版吗？""对。""那最近有什么好玩的娱乐新闻？""你知道娃娃吗？""谁？""金智娟。""韩国人吗？""不是，是一个很早的女歌手，台湾人。""她唱过什么？""《漂洋过海来看你》，你听过吗？""嗯，好像没听过。""就是这首，我放给你听。"

李玉欢打开手机，点开了这首歌。

陌生的城市啊 / 熟悉的角落里 / 也曾彼此安慰 / 也曾相拥叹息 / 不管将会面对 / 什么样的结局 / 在漫天风沙里 / 望着你远去

　　"你听过吗？""没听过，她有什么新闻吗？""没有什么新闻，只是最近有人写了一篇她的故事，但其实很多人都不知道这个歌手，好像也没什么意思。""那你能发给我看看吗？我很好奇。我觉得这首歌里肯定有故事。"

　　李玉欢说："好啊。"

　　他有点儿恍惚，他来这里是要买什么来着。而现在又是怎么回事儿，为什么会有这么个人拍我还和我聊天儿呢？李玉欢后背一阵发凉，胳膊上的汗毛都立起来了。他真不喜欢这种感觉。他甚至在心里默念了几遍六字大明咒。

　　"你是要买这个吗？"女孩递给他一块儿三明治。

　　李玉欢心想，对啊，是这个，是要买这个做晚餐的。李玉欢说："谢谢。"

　　"不想知道我怎么知道你要买三明治的吗？"

　　"啊，"李玉欢愣了一下，"因为你是个，细心的女孩。"

　　李玉欢并没有意识到，也没有听到摄像头转动的轻微声音，但女孩听到了，女孩在李玉欢的背后朝摄像头比了一个 V。

　　结完账，李玉欢走出了自动超市。

　　他该回家了。回家的路上，会经过 24 小时超市。他往里面看了一眼，还没到小马儿上班的时间。可能，她这会儿正在睡觉吧。可正当他要转头往前走时，小马儿从货柜后面出现了。她在倒腾货柜。小马儿正好抬头看见了李玉欢，就扬手朝他挥了两下。让李玉欢觉得新鲜的是，小马儿只是朝他挥了挥手，脸上并没有微笑。

他不太记得小马儿不笑是什么样子，或许是笑与笑的间歇那种不笑，仍然会让人联想到笑的样子。而这会儿的小马，却是完全没有笑的样子，她的表情很平淡。她为什么挥手呢，是一种礼节吗？

李玉欢看了一下时间，七点四十，离睡觉还有一段儿时间。

他想，也许过一会儿，可以再到超市买点儿什么东西。

但是回到公寓，李玉欢打开电脑，看到总监已经把下周要干的活儿发过来了。

和大多数人都不太一样，李玉欢是个没有拖延症的人，他冲了碗泡面，就开足马力干了起来，因为周末挺重要的。他可不容许自己把工作留到周末。他一定要在周五前全部干完。

这天晚上，和所有的周日晚上一样，李玉欢忙到后半夜两点多，于是他理所当然地来到楼下，来到24小时超市，他就像个白痴一样的，就是为了过来扫一眼小马儿，然后他就能睡个好觉了。

或许隐隐有什么期待，但李玉欢总是没有什么精力去多想什么。他又睡着了。

这天晚上，在他睡着不久，大雨夹杂着大风一起来了，李玉欢睡得特别沉，完全没有听到一点儿声音。公寓的走廊里注满了潮湿的水汽。低沉的雷声一直响到凌晨。因为雨水太大，那条干涸已久的大河也注满了水。

李玉欢早上起来后，发现了一件很闹心的事儿——去往城里的公交因为途经路段严重积水停运了。理所当然的，出租车和快车都打不到了。

于是李玉欢赶紧拿手机给总监请了假，总监爽快地批准了。

这一天，大雨没完没了地下，有时候电闪雷鸣。大雨浇在玻璃上，就像整栋公寓是一辆在雨中疾驰的汽车。窗户紧闭着，屋里闷闷的，李玉欢站在窗边。看了很久的雨。后来，他又坐到沙发上。他看了一下自己的屋子，干干净净、整整齐齐的，他伸出食指随便在哪里抹一下，都不会有灰尘。此刻，公寓外面是潮湿的、纷乱的。

大雨丝毫没有停止的意思，如果可能，大雨会一直下四十天吗？此刻屋里这么整洁，没有什么事儿急着去做，这都让李玉欢感到莫名的舒适。当然，李玉欢也会不无遗憾地想，如果他的门窗都是密封的就好了。当这个莫名其妙的和宗教经典相关的遗憾倏忽而过时，无数无关紧要的混乱念头紧跟着涌来了，这些念头如暗绿的霉斑一样迅速布满了房间的每个角落。这时，李玉欢果断地做了一件事，他推开门，来到楼下，让大雨劈头盖脸地浇在身上。他希望此刻大雨忽然停住，乌云消失，天空现出巨大的彩虹。

雨继续下着，那些幻觉的霉斑从屋子里跟了出来，慢慢地在李玉欢的面前聚集，变成一团墨绿，墨绿渐渐透明，开始在大雨中缓缓游动，越来越庞大，那无形游动的物体，最终超出了他的整个视野，他没有试图了解它的头部和尾部在哪里。这倒让李玉欢陷入一种空前的镇定。

在那游动的透明物体下，李玉欢看见远远地，小马儿举着一把硕大的黑伞跑了过来，凉鞋踩水的声音伴着雨打伞盖的声音越来越近。大雨落在小马儿的黑伞上，李玉欢的耳朵里，全是密布的雨点砸在伞盖上的声音。

隔　音

　　1987 年，我出生的那一年，回想起来特别遥远。那年我们全家在楼下拍了照片，春天北方还有些微冷的时节，我被包裹得很严实。照片夹在一个老相册里，已经褪色了，我看过很多次，但没有厌烦。

　　全家福的背景里有一座正在修建的建筑，我出生时住过的小区早就不存在了，而那座建筑仍掩藏在高楼之间，看起来像是一座废弃不用的大学教学楼。去年夏天的一个夜晚，我吃过晚饭，一个人在外面散步，后来突发奇想，打车来到那座老旧的建筑前面，没有人看守，也没有灯光，我在附近高楼的灯光映照下绕着那栋七层高的灰色楼房转了一圈，没有任何值得一提的发现。最后我又绕到楼房前面的台阶上坐下了，开始抽烟。

医生告诉我，不能再抽了，因为已经查出了肺癌。这是我早有的觉悟，我知道早晚有这么一天，不是肺癌也是别的，这是我们的宿命。医生说，发现得早，要安排一次手术，不会有什么问题，现在没有扩散，肿瘤边界也很清晰。

是因为医生说得不够严重吗？我坐在台阶上连抽了三根，开始咳嗽，不知道有没有咳出血来，但的确不是太好的感觉，有点疼。

我站起来拍了拍屁股，去推身后的大门，门被老旧的铁链锁着，锁头可能已经锈死了，铁链发出哗啦啦的声音，似有灰尘的气息传来，有些刺激，突兀的声音在黑暗的大厅里发出一阵回响。我忽然有一些奇特的感受，一种似曾相识，这可能只有在年轻时才会有的一种超自然的体验。我回头看对面的高楼，圆形的建筑像是一根巨大的竹笋，那里正是我出生的小区。我觉得哪里有些异常，这时身后的大厅传来一串脚步声，我回头看去，有一些黯淡的光。有人在左侧的楼梯上从二楼的台阶上走了下来，手里拿着一个手机照亮。我想看清那个人的长相，可里面太暗，看不清，直到他走到我面前，从裤兜里摸出钥匙，开了铁锁，铁锁打开时，发出清澈的脆响，还有短促的液体声和一阵轻微的油香，让人感觉这把锁是崭新的，或者是一直以来都被精心护理的。

那个人拉开了门，站在门后，他的意思是让我进去，我便抬腿迈了进去。里面很安静，鞋跟踩在硬质的地面上，发出清脆的回响，外面有嗡嗡的噪声，我在黑暗里观察大厅，右边有一个类似服务台的长桌，左面有一些雕塑，墙的高处有一张画，画面看不太清楚。

我问那个给我开门的男人："这里是什么地方？我以为这房子里已经没有人住了。"男人说："有人的，这里一直都有人，只是人不多，这里是一个酒吧。""酒吧吗？很安静啊。"男人说："因为隔音好。""现在还在营业吗？""营业，在楼上。下午一点半到凌晨五点半。"

我跟着男人到了楼上，走廊里很暗，像是一家老式的宾馆，地面铺着地毯，踩上去没有一点声音，我听到一些不太分明的人声，像是幻听。男人拉开了一扇门，里面传来轻微的嘈杂，灯光很暗，我往里面看了一下，有很大的空间，透过窗户，能看到外面竹笋一样的高楼。我想，大概窗玻璃是特殊工艺制成的，从外面看不到里面的光。

我在吧台那里坐了一会儿，要了一杯伏特加，我叫它白酒，这也是医生不让我喝的东西。我喝了一口，有一种活了过来的感觉，谢尔盖·多甫拉托夫在小说里写道："伏特加是神圣的"，普拉斯在小说里称伏特加"神圣而庄严"，"正是我在寻找的酒类"。这些小说我都没有看完整，但记住了关于伏特加的句子。

我看了一下酒吧里零散坐着的人，都是我不认识的，有人坐在远处的角落，因为灯光过于昏暗，连那里是否有人都看不分明。没有人走动。酒吧里没有音乐，可连窗外汽车开过的声音也听不清楚，的确是隔音很好的房子。我想这里还有那么多房间，如果可以改成宾馆，倒是可以睡得很好。

我感到很享受，可能是因为酒精的作用，心情有些愉快，我看到有人推门出去了，但是没有人进来，很久都没有人进来，又有人推门出去了，门关上之后外面无声无息。我又要了一杯酒，坐到了窗边，看外面来来往往的车，看那栋竹笋状的高楼。我试图在记忆里重建我出生的小区，一张老照片和我童年的一些回忆，那些老旧的房子，冬天锅炉房冒出的黑烟，深秋和小朋友们在落叶堆里疯跑，一切丰富而又单调的回忆，似乎大有深意，又过于虚幻。经过几十年的修饰，记忆已经失去了真实的质地。

　　我睡着了。

　　被推醒时，外面天已经亮了，还是那个男人，在外面明亮的光照下，能看到他脸上的皱纹和疲惫。男人说："要打烊了。"

　　我和他到了楼下，他开了门和我挥手再见，又把铁链锁上。外面有很吵的噪声。我站在台阶上，有些恍惚，不知道接下来要干什么，我想是不是再去找一下医生，谈谈手术的事，可我不是很想把自己的病治好。我点了一根烟，慢慢地抽完。

　　现在是 2040 年，我 53 岁，曾经我幻想过，自己要活到 22 世纪，也就是 100 来岁。

呼　吸

　　上午十一点，米泽在网上订了自己想要的手机，一万七千元，用了极速快递，一小时后，快递员就给米泽打来电话。手机送到了，外带一件米菲外形的粉色保护套，一张高档钢化贴膜，这都是送的。

　　米泽点亮手机，整个屏幕就开始呼吸一样发出雅致的自然光，米泽觉得很好，新手机像是有生命。

　　米泽把一切都设定完了，把米菲保护套装了上去，钢化膜直接扔进垃圾桶，但是米菲套和手机并不很搭，感觉一下子把手机变成了胶皮玩具，米泽毫不犹豫把米菲套扔进垃圾桶。

　　做完这些，米泽给自己拍了一张照片，看了看又删了，又拍了一张，还是不满意，她来到阳台，背对窗户，拍了一张逆光的自拍。巨大的落地窗上是米泽清瘦的剪影，脸看得不很清晰，落地窗后，是当地最高的地标建筑，190层，高耸入云的崇光塔。米泽喜欢这种未来的感觉，她又连着拍了几张，拍到后面，她觉得照片里多了什么东西，看了一会儿，她觉得崇光塔太碍眼了，于是换了个角度，在画面里没有崇光塔的角度又拍了几张逆光照。拍完把有崇光塔的照片都删了。

米泽把手机放在桌子上，看它发出呼吸一样的自然光。新手机就像一种会发光的昆虫。

这时门开了，苏禾进来了，苏禾一进来就看到米泽面前的新手机，不由分说一把抢了过去。米泽说，放下。苏禾说，给我玩一会儿。米泽看了看苏禾新染的头发，她挺喜欢那种星空的颜色，很配苏禾的脸色。米泽觉得苏禾挺好看的，就说，玩吧。苏禾拿过手机，刷刷刷点点点，一边点一边说，米泽你知不知道你这款手机功能多强大啊。米泽说，拍照还行。苏禾说，你就用它拍照吗，那不如给我吧，你给你买个拍照更好的。米泽没告诉苏禾，她喜欢的，其实是手机会呼吸的光。

她看着苏禾玩手机，越看越觉得苏禾可爱。米泽在心里想，这个世界上有一个你可以爱的人，就是好事。

苏禾玩了一会儿说，太炫了，你来看看。米泽过去看，新手机屏幕上出现梦幻般的动画效果，那种会呼吸的光不再是安静的呼吸，而是流动了起来，仿佛溢出了手机屏幕，有时候，光线的跃动过于强烈，米泽觉得光线刺到了她的眼睛里。米泽本能地闭上了眼睛。

米泽问苏禾，你是怎么弄的，苏禾说，手机送给我吧。米泽说，你喜欢也可以买啊，这个是我的，可以借给你玩一会儿，不给你。苏禾说，你给我钱我就去买。米泽说，不给。苏禾说，那你把手机给我。米泽说，不是说了不给吗。说完，米泽有点生气，她觉得无赖的苏禾不那么可爱，她不想爱苏禾了。但是她宽容苏禾，没有从他手里拿出手机，还让他玩。

　　米泽有些困了，强烈的光从落地窗照进来，屋子里暖暖的，米泽看了一会儿苏禾，睡着了。苏禾一个人一心一意地玩起了手机。

　　下午五点时，米泽醒了过来，太阳快要下山了，屋子里不那么亮，有些微微发红。米泽醒来后，发现苏禾还在玩手机，就说，手机给我吧，我要拍照片，你玩了挺长时间了。苏禾说，等会儿，我再玩一会儿，这个手机真好，给我吧。米泽说，你不要得寸进尺，玩一下午了都，给我。苏禾把手机给了米泽，米泽拿过来一看，手机里堆满了奇形怪状的图标，电池标也红了。她有点不高兴。她说，苏禾你出去吧，别在这儿烦我了。又说，你到别的地方玩去吧，我要拍一会儿照片。苏禾说，拍照片吗？那我们一起拍吧。米泽想了想，觉得可以，就跟苏禾说，可以，来一起拍吧。然后就走到阳台上，让苏禾站在她旁边，苏禾个子不高，显得有些娇小，米泽挺喜欢这种感觉，让她觉得可以保护苏禾。

　　她们又拍了一些逆光的照片，拍好后，米泽看了看，都很满意。米泽说，苏禾，你站到那边，我给你拍几张侧面的，你的侧面很好看。苏禾很配合，他安静地站在那里，米泽找好了角度，拍了几张。拍完她把手机递给苏禾，说你玩吧。苏禾说，是要给我了吗。米泽说，就是给你玩一会儿，别想得美。苏禾又开始玩起来，过了一会儿，她上厕所，就带着手机去了。又过了一会儿，米泽听到冲水的声音，又过了一会儿，米泽听到一声脆响。

又过了一会儿，苏禾拿着摔破屏幕的手机出来了。苏禾说，米泽，对不起，摔坏了。

米泽拿过手机，屏幕碎了，但是手指触在屏幕上，还是有反应。只是会呼吸的光没有了，米泽皱起了额头。她点开相册，看到和苏禾的照片都在，自己在阳台上自拍的照片也在。所有照片上，都有了屏幕碎裂的痕迹。苏禾说，我给你把照片导出来吧，我再找人给你把屏幕修好。米泽没说话。过了一会儿，米泽说，爸什么时候来接你走？苏禾说，我不知道。苏禾又说，下次来我给你买个更好的手机。米泽沉默了一会儿，说，不用了。

夜　班

　　我和小坤经常讨论一些小说写作的问题。有段时间我们合写小说，用我们俩的名字拼在一起投稿，文坤。后来我工作太忙了，没有时间写小说，小坤就独占了这个笔名，他把自己的微信昵称也改成了文坤。有一天他约我讨论一个新的构思，他说想用这个构思写一篇三万字的小说。

　　我们在小坤家楼下的咖啡馆见面，两个人点了两份美式，在角落里聊了半天。小坤说他要写的这个人是上夜班的，我问他，你了解上夜班的吗？小坤说，不是很了解，但其实他搞创作，和上夜班差不多，经常熬夜写到五六点，迷迷糊糊倒在床上就睡，睡到下午三四点，洗洗吃个饭，外面溜达溜达，回来上上网看看片，又开始写小说。我说你这夜班上得挺滋润，我给他掐指算了算，六点睡，三点半醒，等于睡了九个半小时。我又告诉他我最近的作息时间，晚上十一点半睡，第二天五点半起，合计睡六个小时。我本来想苦大仇深一下，后来算出六个小时的结果，觉得也没什么可抱怨的。

我们用了一上午讨论睡觉、写作和工作，说一上午，其实从见面的十点半算起，到中午十二点，是一个半小时，加上聊一些不能进入回忆的话题，实际上是说了一上午废话。中午我们转到咖啡馆旁边一家川菜馆，点了一大盆毛血旺和一大盆水煮鱼，菜上来时我们觉得是不是点多了，就先要了四瓶啤酒，打算把这两盆干掉。小坤说，这个小说情节很简单，就是一个上夜班的，男的，然后下班回家上楼，他家住三十二层，电梯上到二十七层时断电卡住了。

我说然后呢，这个写不到三万字，他在电梯里干什么？小坤说，我要提高写作难度，他什么都干不了，因为停电了，连应急灯都没有，一抹黑，然后手机就剩百分之四的电了，他根本没想到电梯会断电，在这之前他一直和他女朋友聊微信，还想着回家充上电接着聊，刚聊到一个话题卡住了，电梯里没有信号，微信发不出去收不到，他就很郁闷。我说，你这也写不到三万字，他女朋友干什么的，怎么大半夜陪他聊微信？小坤说，这不是主要问题，他这几天都在想一个不俗的设定，就是他们聊着聊着被电梯中断的话题，这个话题就是不能俗，不能是爱情，不能是闹矛盾，得是深刻一点的，还得是真实的，有经典性的。我想了想，说，小坤，你这样没法写，你要求太高了，你就写，那个男的他发了个微信，很简单，可以是任何话题，然后等着女人回信，可是一下就没信号了，他不知道女人会回复什么，于是一个无关紧要的问题也变成了大问题。而且，你想，这个男的上夜班，住三十二层楼，这高层的，肯定是租的吧，还租那么高，他有可能电梯出故障掉下去就死了，不然你写他卡在二十七层有什么意义，要是卡在二层三层，也不用担心摔死。小坤和我干了一杯说，你说得有道理，我不应该去想那个中断的问题是什么，我他妈想了快一个礼拜了。

我问小坤，那男的到底是干什么的？小坤说，我上网找了一些关于夜班工作的文章，有一种工作是这样的，比如在看守所看犯人，晚上看犯人睡觉，因为犯人晚上睡觉有可能出事，然后他就坐那儿看一晚上不能动，不能上网，除了上厕所什么都不能干，因为还有人看着他，这个设定是不是挺黑色的。我说，这个你信吗？我觉得是编的吧，你可以写点正常的，写看守所没准还敏感呢，再说你也不懂啊，你认识干那行的吗？你就写一个二十四小时超市的收银员吧，或者你哪天去采访一下，弄些一手资料。我和小坤又干了一杯，我说，你这个难写，因为电梯里就他一个人，砸电梯，按铃都没有用对吧，然后他全是内心戏和回忆，这个和电梯也没有太大关系，没有干扰出现，而且也容易不真实，你想，电梯出问题了，就算是晚上，再说不是晚上，他下夜班了，得是早上，那时都开始用电梯了，电梯卡住了，不动了，居民得着急，高层下不了楼啊，还会有其他事件发生，你写这些，就能把字数充上去了。小坤又和我干了一杯，说你说得对，我这些天都在想那个微信的话题了，这些都忘了想。我说你得想啊，你不想通了，这件事不成立，不真实，那个男的在电梯里，他到底有没有求救，外面什么反应，有没有人想要联系他，再说你是不是也不懂电梯故障的处理程序，也许这些都是不真实的，你写完等于白写不是吗？说到这些的时候，小坤有点喝多了，他干得很快，两瓶啤酒他就有点晕了，我一瓶还没喝完。小坤有点醉，他说，我好久没写成什么东西了，我想了一个很好的结局，那个男的后来电梯里睡着了，因为他太困了，电梯里很安静，一点噪声都没有，手机也没电了，后来电梯正常运行，有人进来发现他在睡觉，就把他喊醒了，他就迷迷糊糊出了电梯，走到楼外，时间已经是黄昏了，他又该上班去了，那天黄昏的夕阳特别美，世界显得很安静。

小坤说完，我给他倒上酒，和他又干了一杯，我们俩谁也没说话，静静地坐了一会儿，外面车来车往的声音，霾很大，也看不到太阳。

虫 草

老家的小学已经彻底荒废了。

二十多年前我小学毕业，那时候新的校舍已经建好了，等着我一毕业离校，又过了一个暑假，所有孩子们都搬到了新校区，让人空羡慕。

旧小学的六间瓦房连同操场没有用处，卖给了村里一个农民，农民花十万块钱就买到了，村里人都觉得他们家赚大了，学校那么大一片地，还房子带操场，十万块就买到了。

买学校的是个酒鬼，他不太懂得经营，野心倒是很大，起初他在教室里养鸡，后来在操场上种苹果，再后来苹果树都砍了，鸡窝也倒了，整个小学校变成一片废墟，又过了几年，种苹果的地方搭起了温室大棚，搭了很多年。大棚里养的是什么，我也不知道，直到有一年听说他们家出了事，男人生了重病，是一种疑难杂症，找不到病因，到医院检查也查不出器质性病变。男人喝不了酒，饭也吃不好，每天无精打采。

有一年十一长假，我回老家住过几天，见到了路上走着的那个男人，我觉得他简直不像个人，而是一个木偶，被一根看不见的线吊着，在马路上被高处的人七上八下地拖来拖去。他每天就在路上那么了无生气地走着。

老家的太阳特别好，地势也很高，路上常年有风，他就在风里飘着，来来回回。

后来有一个江湖医生经过他们家，江湖医生的技能不只是看病，还有看风水和捉鬼。江湖医生骑着一辆旧摩托，后面竖着一杆旗，一走到村路上，就把旗展开，上面写着：专治疑难杂症，迁坟，捉鬼，驱邪，收购名酒名烟冬虫夏草，拔牙。技不压身的感觉。

江湖医生看到男人在路上游魂一样走着，就停了摩托车，声如洪钟地说了一句，你病了五年了吧。男人愣了一下，他病了整整五年。他没说话。江湖医生又说，吃不好睡不好，医院也看不好。男人回过头。江湖医生说，你把手拿来，我给你把脉。男人把手伸过去，江湖医生搭了一会儿说，你家里没有供宗谱，先人拘了你的魂，你现在身上只有三魂两魄，再不供，五年后必死。男人好奇，因为这些事，江湖医生全说对了，他又不是本地人，怎么知道那么多。男人说，那我回去供宗谱就能好？江湖医生摇摇头，说，你被拘的魂魄，已经被祖宗压到桌脚下了，永世不得翻身，你现在需要壮魂，把这三魂两魄养壮了，可以当大半个好人使，也能寿终正寝，待你去了那边，再亲自去翻桌脚，魂魄就能找齐。男人感觉自己碰到了救星，把江湖医生请到家里，给他拿出多年不能喝的酒，请江湖医生在家吃饭。席间，江湖医生说，宗谱要供，这是人伦，魂也要养，我这里给你些好东西。说罢从随身的布包里拿出几根干虫子，说这是藏地的冬虫夏草，补魂最好，你去城里面买，都是假的，我这个是真的。说着捏出三根来，这三根是白给你，你不要吃它，把它用红线绑好，睡觉时悬在鼻前，每夜闻着它睡觉，一年后魂就可以壮了，可以当大半个好人使。男人听了就给江湖医生跪下了，磕了三个头，江湖医生受之无愧地等他磕完，起身就走。

这样过了一年多，男人每天闻虫草睡觉，慢慢有了人气，吃饭也多了些，走路不再像提线木偶。男人不但初一十五，而是每天给宗谱上香，无比虔诚。这事几乎成了传奇，男人向村里每个人都讲述了江湖医生的事迹，奇怪的是，没有人记得那个骑摩托的江湖医生曾经在村里出现过。有人就说男人是遇到了仙人，因为如果真的是江湖医生，不会不要钱，冬虫夏草是很贵的，怎么能白给？还有人说，不一定是医生，也可能是你祖宗里的正派人，看不惯你家坏祖宗把你魂魄压到桌脚下，来人世搭救你。又有人说，一定是有法力，没听说过光闻冬虫夏草就能治病的。又有人要去他家里看他的三根冬虫夏草，男人于是死活不让，说这个是守他命的东西，不能有闪失，老婆孩子丢了，也不能丢这三根冬虫夏草。又过了几年，男人基本上看不出有什么大问题了，说是大半个好人，其实说他是全个的好人，也没人有意见，如果他算是大半个好人，那整个村就没有什么全个的好人了。

前年我回家的时候，看到小学校已经整修一新了，旧的校舍已经完全拆掉，高大的温室大棚覆盖了整个操场。晚上吃饭的时候，和家人聊天，又说到那个男人的事，我爸说，他家儿媳妇去年死了，我问是怎么死的，他说是被机器卷进去绞死了。大棚夜间要覆盖草席子保暖，这个工作已经不是全人工，而是有专门的机器来做，他儿媳妇，就在一天早上，开机器撒草席子时，被卷了进去。当时在饭桌上，我妈说，吃饭你说这个干什么。后来我在家那几天，就老是想这件事，我觉得她一定死得很疼，我没有见过那个机器，但是感觉上，我想到了压面条的压面机，我想那会是一种特别痛苦的死法，就像把人的魂魄压到桌子脚下一样，会是很漫长的折磨。

赤　兔

公元 199 年初，天下大乱。吕布已被曹操围城三个多月，粮水断绝。手下又接连背叛，只剩下他一个光杆，吕布心也死了，就让身边的亲信杀了他去投曹操。

历史上并未留下这个亲信的姓名，姑且叫他胡信。

胡信并不是吕布手下将领，而是打理赤兔马的马夫。吕布兵败前，胡信仍在城中如常打理赤兔马。因为饮食不足，马的状态很不好。对此胡信也没有什么好的办法，他每天所做的就是尽量把草料、饮水打理整洁，有空了就给马梳一梳鬃毛，即便如此，赤兔马的状态也大不如前，眼光很灰暗。

吕布的骑将侯成投降后，胡信想起一件事，是在他们要绑陈宫投曹操前，侯成来查看过赤兔马。胡信有些意外，不知道他为什么有这种举动。毕竟侯成的马不和赤兔马一起喂养。胡信后来想起那件事，才明白侯成的投降，也是赌一把的事，他已经不在乎是否有人怀疑他要投降。自从他给吕布送酒肉庆祝失马追回反被吕布大骂之后，侯成就有些失魂落魄，因为吕布的心性实在难以捉摸，让跟着他的人不安。

这天晚上，吕布也来看马，胡信以为他要出战备马。但看起来吕布没有杀气，在赤兔马前站了半天，直到天黑下来。胡信点了一盏灯。

吕布问：“胡信，我待你怎么样？”

胡信说：“待我如亲人。”

吕布听了也没说什么。

其实吕布对胡信有多好，很难说。他是个喂马的，因为喂着赤兔马，常和吕布见面，就是如此的关系。胡信知道吕布和手下将领的妻子有些瓜葛，胡信是光棍一个，这件事和他没什么关系，他和吕布并无恩怨。

但吕布似有亲切的态度，胡信就把侯成来看马的事说给吕布听。吕布听了也不言语，毕竟只是来看看马。最近几个月，下邳城被围，城内士兵无心操练，四散走动，也很难说侯成去看马就是想干什么。

当晚就传来侯成绑了陈宫，带了一队兵马出逃投曹的事。城内乱了一阵，都觉得下邳城要破了。几个主将和军师都没了，只剩下吕布一个，撑不下去了。

胡信点了灯看了一会儿马。城里不安静，很多人都在准备破城之后的事，有人担心会有血战，或者有石火攻城危及性命。都不能安心睡觉。

天有些冷，还阴着。胡信睡在草料中，很保暖。他是一个人，没有那么多担心的，况且要看吕布的马，反倒睡得安心。但是后半夜就有人来喊他去见吕布。胡信赶快把自己简单收拾了一下跑去见吕布。

几个月围下来，吕布瘦了一大圈，让人觉得神力不再，脸上的皮都松了，眼睛里都是红血丝。胡信是养马的，相人相马，有相通处。胡信看到吕布的脸就知道破城是一定的了。

吕布又问胡信："我平日待你怎样？"

胡信说："待我很好。"

吕布说："好，如今只有你不背叛我。"

吕布又说："胡信，你今天杀了我，砍下我的头，带上出城投降曹操，曹操会重奖你，你以后也有指望。你牵上赤兔马，把我的头包起来背上，我写一道手书，你带上出城。"

胡信一听跌倒在地，大声说："不敢，我不能做这种事。主公待我不薄，我不能这么干。"

吕布听了并没有说什么，发了半天呆，让胡信回去。

胡信回去就睡不着了，他想到城破是迟早的事，或许就在一两天。想到这，他反倒有些开心，因为不用担心水草的问题了，原本不多的草料饮水，不知要给马吃多少天，每天只能用最少的量，自己的饭食也是如此，能省则省。可是既然要城破了，到时死活还不知道，还省着干什么呢。于是胡信拨亮了灯，半夜里给赤兔马上足了料。自己也把私藏的酒拿出来喝，因为吕布在军中禁酒，他就把酒藏在草料下。

赤兔马毕竟是畜生，食槽里忽然有了那么多草料，很开心。鬃毛抖了好几下。胡信在灯光下看了一会儿赤兔马，想到以后这马要归了曹操，曹操不是武将，想必马也会享福，少了很多争战，可是曹操会不会把它给别人，也都不好说。胡信有些不舍，就像亲人次日要分离。胡信又喝了一碗酒，便去给马梳鬃毛，赤兔马也瘦了一圈，可能刚刚吃饱了，眼神不是那么暗淡。

天亮前，胡信睡了一觉。

是被吵醒的。

城里都在传，吕布出城投降，被曹操绑了，没有降成，在白门楼给勒死了，又砍了头。下邳也归了曹操，曹操很仁义，没有杀一兵一卒。除了吕布。

胡信记得白门楼那天很白，下雪了，还刮了很大的风，城里四处都在喧闹，因为换了旗帜，人畜和所有物资都要盘点，军马也被牵了出来。胡信把赤兔马牵到外面，在白雪间，马又恢复了曾经的精神，皮毛和肌肉都是流动的。

胡信给马备好了鞍，骑了上去，他喂了很多年赤兔马，都没有骑过。胡信夹了一下马镫，赤兔马很听话地跑了起来，在马上可以清楚地看到城里的人流，胡信拽了把缰绳，向城门方向跑去。

赤兔马跑起来踏出一串猛烈的蹄声，但马背上格外平稳。胡信听到军人喝令他的喊叫和兵器锐利的声音，他从来没有感受过那种速度和力量，也不知道自己会跑到哪里。

慈　悲

　　唐僧西天取经途中，解救了妖猴孙悟空。孙悟空生性自私、多疑、残暴。一日师徒途经密林，跳出六个拦路强盗，强盗使横，要二人留下钱财所有。悟空心中暴怒，不便当着师父发作，便对六人说："你们跟我来。"唐僧心知悟空在五行山下压了五百年，大闹天宫，是如来出手才制得住，料想悟空不怀好意，又苦于无计可施，便静观其变。

　　那贼首聪明的，说："这毛奸僧要使诈，你们三个看住这瘦和尚，你们两个和我去会这毛和尚。"

　　悟空心中暗笑，带着三个贼走了一里路，四野无人，说："你们和我要钱是吗，打死你们太不废事。"

　　于是用了定身咒把三个贼定住，摇身一变变成贼头模样，原路返回，来到唐僧近前，对三个贼说："那毛奸僧想使分兵之计，已被打死，把这瘦和尚的包袱带上，走。"

三个贼意欲打死唐僧，贼首说："留他一条命喂虎。也是我们的义气。"

待悟空把六个贼聚齐了，便使出三分法力吹起一股厉风，风过之处，草木摧折，六个贼禁不住罡风，皮开肉绽，遍体流血，命丧林莽，连惨叫都叫不出。

悟空回到唐僧面前，说："师父，六个贼已打发走了，上路吧。"

唐僧惊道："打发走了是什么意思，你杀了他们！"悟空说："污了我的手，打死他们这帮毛贼不够丢我的脸，给他们脸使了个法术都吓跑了。"

唐僧心中疑惑，既能吓跑这么简单，何不当我面使，难道怕吓了我。于是又问："刚才我听那边有大响动，是什么法术。"

悟空说："是当年学的入门本领，名唤山崩地裂，只是碎了几块石头弄个响动吓唬人的把戏，怕尘土弄脏了师父，声响吵到了师父，才到远处使。"

唐僧仍有疑心，说要悟空带他去见场面，好开开眼。悟空心烦，道："不见也罢。你想见，只是路远，有三四里，强盗腿快，你要去，我带你一步步走去，只怕你将来去西天，走不起那么多闲路，将来有的让你看新鲜。"

唐僧无话可说，无计可施。

这六个贼惨死之后，魂灵随黑白无常到达阴间，来到阎王面前，惊吓得不敢出声。阎王问判官："这六个贼人因何事一起来，说来解闷。"判官一察生死簿，道："哈哈，原来是他。"阎王问："谁？"判官照本宣科："这六个是绿林强盗，专抢老弱残病旅客，乃是一群不得好死的货，今天偏偏遇到五百年前大弄地府，划污生死簿的孙悟空，不知天高地厚意欲行凶，被那孙悟空使了法术一起治死。"阎王一听孙悟空三个字，心惊肉跳腮帮子疼痛，忙说："快拉下去，千刀万剐下了油锅再提上来审问。"牛头马面听命拉六个贼下去行刑，惨叫声声。阎王座上听着，心里方才稍许安定，一脸祥和，不再言语。

　　这时，十八层地狱之下，许愿普度众生的地藏菩萨正静心打坐，他的宠物谛听忽然焦躁不安，地藏分神问道："谛听，说说你又听到什么。"谛听说："菩萨，上面有大冤屈啊。"地藏问："什么人，什么冤屈？"地听说："是六个贼，今日抢到孙悟空头上，被孙悟空使了法术，命丧黄泉，临死罡风塞口，惨呼不得，刚又被阎王千刀万剐下了油锅，受尽痛苦。"地藏闻听，心中感动，这狗子心地倒是慈悲，却为贼人鸣冤，于是抚摸谛听令它安心，又安慰道："谛听，难得你一心陪我在地狱无聊这么多年，我今天把这故事说给观音菩萨听，也以免你以后再有不安。"谛听心满意足。

　　于是地藏发动千里传音，对南海观音说："观音大士，孙悟空在人间行凶，残杀六个贼人，贼人到了阴间不及诉苦又被加以重刑，令我谛听不安，孙悟空身为石猴，生性顽固残暴，将来但遇不平，难免残杀众生，造成诸多痛苦，你不妨去管教一下。"观音听到，心想，难得这狗子如此仁慈，于是催动法力，化身一道意念来到唐僧心间，唐僧一时失神驻足。悟空走着走着，见唐僧不动，便上来拍打，唐僧却直视前方一脸痴呆，悟空顺着唐僧眼光看去，并无异常，心里好奇，拍打不止，片刻唐僧反应过来。收回眼神，合掌念佛。又转眼看悟空，目露凶光。悟空一看，心中一紧，当下毛发乍起，意欲跳脱。

唐僧说："叫你尝尝痛苦滋味。"

说完念起咒语，悟空听唐僧念出三个字后，只尝一阵异疼传来，眼前一片血红，忽然全身如置身三昧真火中一般疼痛，可是没有风口可以避火，瞬间火焰熄灭，刚以为是痛苦过去了，只觉得头骨被巨手抓住，将要撕裂粉碎，悟空心中恐惧，双手死死压住，可是全然使不上力，正在绝望等死时，又感觉手中长出千万钢钉，扎进头骨深处，想要扎透脑壳，于是慌忙停手，却没有力气。悟空心中万般恐怖，在转瞬之间艰难想到，定是唐僧念经咒他。于是大喊："师父饶命啊！"唐僧见观音所传咒语如此厉害，又念了数遍，那悟空又遭了若干种类疼痛惊恐，方才止住。

悟空虽是不疼了，却疑心不止，以为疼痛又要发坐，半大后缓过神来，满头大汗，给唐僧磕头道："徒弟再不敢了。"

唐僧心知这咒语非比寻常，当即静坐不语。半天后睁眼对悟空说："你这石猴，压在五行山下五百年，没有一丝悔过，只是助长了暴虐，将来取经路长，你好自为知吧。"

悟空叹息一声。

师徒重新上路西去。

苹　果

Daisy, Daisy, give me your answer, do.

——Hal 9000

地平线特别遥远。天空特别高。

没有一点儿声音，连耳鸣也没有。

地面是银白色的，没有风，烟尘只在他脚下升起，回头能看到一长串脚印，就像两条银色的铁链，从已经无法追溯的远处延伸而来。

他是被过去捆绑的。每走一步，铁链延长一截。但无限并不能界定无限，时间没有刻度，一件事只有在回顾时才产生意义。

他有时回头，只是为了确定回头是一件无意义的举动。因为他离那个被脚印拴缚的起点越来越远，远到没有了比较是否更远的必要，更远变成了一个无意的词汇，一个空洞的词汇。

他试图回忆有多少词汇已经失去了存在的依据，而只是靠着习惯在使用，为什么这些习惯可以超越时间地存在着？好像有一天，这些习惯消失了，他会凭空消失。

天空是银色的，似乎有一种风在很高的地方吹过，他从未感受到有风吹过脸面，因此并不能确定天上缓慢流动的银色是风造成的。

他想到一个词，水银，天空是水银的。而水银是重的，那传说中沉重的液体在天空飘浮，这一切违背习惯。或者他是轻的，倒悬着飘浮在天空，或者他是更沉重的存在，行走在比金属还要稠密的空气中。而脚印是最沉重的，所以印在地表之下。

有时他会想，脚印印在天空，因为脚印是最轻的，最轻的在上面。这证明他是倒悬的，因为头比脚重一些。

地面是无尽的平面，数学上有一种说法，认为无限大的圆是一条直线，无限大的球面，是一个平面。

所以他走在一个无限大的球面上，如果宇宙是无限大的球体，他走在表面上，但他无法确定头上的是宇宙的内部，还是外部。

有时他认为是宇宙外部，因为宇宙内部是群星，有时他认为是宇宙内部，因为所有的群星就行成了流动的银色，如同水银。

如果他在宇宙外部，他就不属于宇宙，是被整个宇宙流放的。但宇宙有权限将自己的部分流放到体外吗？就像是排泄物。

他并不能理解何谓排泄物，因为排泄这件事也变成了空洞的概念，只是使用这个词汇的惯性还在。太多的词都消失了意义，为什么他还在不停地思考呢？

所有的思考都丝毫不能改变他的行为，他甚至不会转一个弯，或者尝试往回走，看一下自己是从哪里来的。

水银让他想到了镜子，他猜想那片水银的天空或者地面，距离他过于遥远，以致他无法从镜子里看到自己的影像。当他想要看自己时，他低头看自己的脚，伸手看自己的手，看他的胳膊和腿，肚子和生殖器，但是看不到后背。

这一切让他确定自己是一个人的形象。

而人的形象，恰恰是他最大的迷惑。

为何此地需要一个人的形象存在呢？

如果人没有意义，他为何要在此地存在？

他的脚是干什么用的，手是干什么用的，肚子是干什么用的？他感到过饥饿，感到过性欲，感到过需要抚摸或者击打的对象吗？

这些抽象的词汇和语法，他仍在使用，这里面有什么逻辑可以推导出时间的存在吗？

他有记忆吗？

他想不起来自己何时来到这里，曾经发生过什么？

当他使用曾经这个词时，他越来越困惑，曾经的所指是什么，好像是一件重要的事。

……

词汇的意义远比想象中更快地淹没于虚空，只留下词汇的壳。

意义也是一个词汇，它并未在所有词汇失去意义之后才消失，而是早早地失去了意义。

……

他还在往前走，并且从来没有再回过头去看自己的脚印。

天空变成了黑色，脚印融化在黑色里。地面也变成了黑色。并不是纯粹的黑色。有时在黑色中，他能看到木质的纹理，有时在木质的纹理上长久地停留，直到上面出现了一个劣质的粉红色玩偶。

又重新沉入黑色，有无数的星光。

有时他会忽然间发现，自己继续走在无尽的平面上，身后是漫长的脚印，他开始怀疑有些事情重新发生了一次。这种怀疑瞬间消失了。

他继续走在银白色的地面上，银白色的烟尘升起后长久地飘浮着，使他的脚印成为一串立体的浮雕。

他看到一张桌子，桌面上有一些水果，水果从果盘里滚出来，果盘失去了平衡，因为有人推动了桌子，一把椅子被挪动了，一个人拉出了椅子坐下来，他的膝盖撞到了桌子腿，他发出一声呻吟，声波传到他的耳朵里时，当他听到声音时，很多事情都在眼前发生过了，他听到声音陆陆续续传来，他听到人在吃水果的清脆的声音。他忽然想和那个人交谈，你是谁，你在干什么，他想和他要一面镜子，这样就能照到自己的脸。

他很好奇自己是一个什么样的存在。

他看到那个人吃过水果在桌子上趴着，睡觉。

他走过去，看着桌子很干净，那个人的脸埋在胳膊里。他从桌子下面往上看，桌子挡住了那个人的脸。

他有些迷惑，好像这一切都不是那么真实，他应该破坏真实，还是应该破坏不真实，他应该破坏，还是应该维持原样。

他听到一阵巨大的铃声，他不能确定声音的来源，在四处寻找之后，他发现头顶有巨大的光斑在抖动，抖动发出巨大的铃声。

铃声突然消失了。那个趴在桌子上的人醒了过来，抬起头来，他仔细地看那张脸。看了很久，直到他消失了。

但是他并不能确定，消失的是哪个人。

水　井

　　你见过农村的水井吗？你可能见过。我小时候见过很多水井，有一口井是这样的，它是方的，一米见方，用青石块从地下垒上来，没有水泥，只是靠石头互相挤压着，一点点垒起来。一般来说，井都是圆的，圆的省石头，但这口井是方的。那时候农村的水土好，井水离地面一两米，雨水多了，井水离地面一尺左右，雨水再多，井水也没有溢出来的。因为井口的地势都要高一些，这也可能是考虑下雨时节，如果井口低了，污水倒灌，水就没法吃了。

　　污水井也是有的，我所在的农村是丘陵地带，地势起伏，有的人家把井打在院子里的低处，雨水一大起来，鸡鸭鹅狗的屎连同猪圈的污水一并渗到井里，即便没有倒灌，雨后的井水也要难吃几天，雨停了还要一桶一桶把井水淘空，待新水上来才好吃。这时节，家里吃水不便利的，就要到一些位置好的大井里取水。

老井往往无主，虽然在某家地界里，却并没有因为别人去打水而争吵的，这不是民风朴实，而是不缺那几缸水，也因此，所谓无主的井，可能也是有主的。

我小的时候，曾经在河沟里抓过一些小鱼，装在瓶子里，用瓶子带回家，再找一个小塑料袋兜着一点水，把三条小鱼带到井边，一松手，一兜水连同小鱼就到了井里。那些小鱼到了水里都很精，只要有人打水，都会藏到井水深处。我时常去看，必须是天晴的时候，能见到井底，那些小鱼就在井底游，井水很深，未必有什么吃的，但是这几条小鱼一直活着。冬天也不死。冬天到了，这口井也不会结冰，天很晴的时候往水下看，却看不到小鱼。第二年天暖和时，某一天往井里看，又能见到一些小鱼在水底游。那三条小鱼不多不少，连体型大小都没有变化，水里没什么吃的，它们就一直那么小。那时候我以为那些鱼既然能活一年，就能活更多年，也可能一直活一百年。一百年后，在清澈的井底，还能看到那些小鱼游来游去，一点儿也没有长大。

有一天放学回家，我经过那口方井，又往井底看，那天傍晚是阴天，天上有很厚的乌云，过了一会儿，下起雨来，雨水落在井台的石板上，水渍在石头的纹理间洇开，我很快跑回家，大雨随后而至，随着大雨来的，还有大风，大风吹进屋里，把屋里的铝盆和橱柜门吹得哗啦啦响，大风卷来一团水汽。我赶快去把后门关上，屋里的风马上就停了，风停了，屋子里也完全黑了。

刮大风的时候，电压不稳，没法开电灯，电视打开的话，只有缩小成二分之一的亮光，没有画面，也发不出声音，我只好找来半截蜡烛，滴些蜡油在罐头瓶上，把半截蜡烛坐好，点燃蜡烛，再一心一意地用火柴棍儿玩火。

玩一会儿，吃晚饭，吃完晚饭，雨也停了，完完全全停了，这时能听见四面八方都有青蛙在叫，青蛙叫起来时，全世界都是起伏波动的，好像有一只巨大的青蛙在不停地叫，而不是无数的青蛙一起叫。

这些声音总会把我弄睡着，早晨醒过来时，外面有很大的雾，看不到很远，我背上书包去上学。经过方井时，我往井里看了一下，水涨高了，感觉伸一下手，就能摸到水。而且这一次是真的能摸到。

我站在井台上，大雾中望出去，一切都是乳白的，抬头看，天空有无穷无尽的细线在飞舞。我蹲了下来，手往井里伸了伸，够不到水，我又趴在青石板上，用手去够井水。

井水比我想象得要深一些，我又往前试了一下，这时我的书包从肩膀上滑了下来，滑到了井里，我下意识要去够书包，结果两只手都伸了出去，整个身体不听使唤地滑向井里。

那一会儿，我感到一种绝望。在绝望尚未深入前，水已经呛到了我的鼻子里，我大叫了一声，喝了一大口水。水特别特别冷，水特别特别清，但我什么都看不见，我弄不明白自己在水的什么位置，不知道自己是头朝上还是头朝下，我不停地扑打，手打在青石上，一阵剧痛。有那么一会儿，我觉得我只要抓住青石就得救了，可是我并不知道青石在哪里。

我看见那个无助的孩子在水里扑打，大雾弥漫，他的嘴里流出血来。血流在井水里是黑色的，并不是红色的，因为水太清了。

那些井底的小鱼都藏了起来。东边有很淡的红色，正在变浓，太阳快出来了。我总是特别早地出现在学校里，我不喜欢有人比我更早到学校。

那天晚上，放学回家，后院果树下的沙地还是湿的，我用铁锨挖了一个很深的坑，在上面盖了一些野草，我去找了一个煮熟的土豆放在草盖子上，又去唤我家里的小狗来吃土豆。但是小狗感觉到了危险，并不去吃。我就把小狗抓起来，扔进了陷阱，并迅速埋上了沙子。

那天更晚的时候，我的堂弟来了，他没有爸爸，而我的爸妈都在田地里干活，他们要等天完完全全黑透了才会回家。我在碗里用玉米面加了一些水调成糊，又在锅里倒了一点儿油，油热了，我把玉米面糊倒在锅里，过一会儿，玉米糊变成饼的形状，我把它翻过来，再翻过来，直到我觉得可以吃了，就把它盛在小碗里。

我的堂弟吃了很久，他吃一会儿，就跑出去玩，玩一会儿，心有挂念又回来吃。那时候他三四岁的样子。我已经完全不记得他那时的长相了。

鱼　缸

　　李文看到电脑左下角的时间，15:12。他想，如果时间没有能量补充，就不会往下走，世界总需要能量推动，才能继续下去。时间也一样。因此李文认为，也许时间早就停止了，正在往下走的，只是电脑屏幕上显示的数字，是一个幻觉，就像他所在的海淀黄庄，也许这里根本上并不是一个闹市区，也许隔着窗外的那栋楼，就能看到黄土高原。可是这些年，李文的确在时间的流逝中老去，就好像他把能量都给了时间，但他不知道时间会把他带到哪儿，总有一天，他身上某个重要的器官会失去作用。人是那种任何一根木板都不能坏掉的水桶。而重要的木板，并不是表面的胳膊腿和面皮。这么一想，他简直不明白了：人们不去羡慕一个心脏更为健康的人，而是愿意成为一个腿更长、脸面更光滑的人。这些发愣的能量推动着李文的时间，让李文的时间可以往前走，一直走到五点整，下班了。

在地铁上，李文看了一个视频。视频讲的是一个虚构的故事，有一家企业生产了一种产品，可以把不良情绪燃烧掉。这个奇怪的产品，装在一个个平淡无奇的纸壳箱里。打开来像是一个微波炉，表面是一种光滑的白瓷，里面看起来是不锈钢内壁。它的设计十分简洁，一个白瓷外表的盒子，一扇可以打开的门，一个定时器，就和微波炉一样，再没有别的按钮了，只有一个定时器。最多可以定时一个小时。视频里有一个和他一样的质检员，正在测试坏情绪燃烧机的效果。为了制造不良情绪，这个员工先要看很多负面新闻，战争、疾病、灾难、犯罪实录……集体的不幸和个人的不幸纷纷涌进来，看完了这些新闻，他还要看很多难看的恶心的令人极端不适的图片，接着听哭声骂声惨叫声噪声……直到这位质检员确定自己的情绪很糟的时候，他会把坏情绪燃烧机的门打开，把整个脸藏在里面，然后扭开定时器。定时器发出嘀嘀嗒嗒的响声。这时候，整个视频就是那个质检员的后脑勺，他的头发有点翘，好像没睡好觉。过了一会儿，定时器叮的响了一声。质检员把脑袋退了出来。关上门。贴了一块检验合格的标。后来，这个场景被放大，视频里显示出，有更多的格子间，每个格子间里，都有一个质检员，他们在看视频，听音频，看新闻，把情绪弄坏，然后，把脸放在坏情绪燃烧机里，倒计时，叮的一声，盖上合格的章。这些经过质检的机器，被自动化机器装箱，运输，又被快递员送到客户的手里。最后视频里出现的是一个客户，一个不太年轻的女人，她打开了箱子，拿出了说明书，按说明书指导，用手机扫描了机器底部的二维码，又对着屏幕敲了一会儿，整个过程中，这个女人面容平静，看不出她的内心有什么波澜，也许她开心，也许不开心。李文读不出来。

　　看到这里的时候，到站了，要换乘地铁。李文熄掉屏幕，挤出地铁，在人流中快速步行。他看到因为夏天到了，地铁里有很多女性穿得都很好看。李文想到一个问题：人的长相有什么重要呢？李文从来不会仔细看这些陌生人长什么样，事实上，他从来不会看任何一个陌生人的脸，他的视线总是落在无人之处，在他的余光里，他看到那些长腿和优美的背部曲线，总是那些优美的外形，这比一张具体的脸更好看一些。他想到所有这些美好的事物，都会在某种属于她个人的日常情境中变成令人厌烦的存在。他觉得，这是地铁站中的一个很日常的事实，但并没有更深刻的含义。

　　李文想，我并不需要一个坏情绪燃烧机，我需要的是一个时间燃烧机，如果是我拍那个视频，我就发明一个时间燃烧机，把我用来推动时间的能量烧掉，这样，我的时间就不会过得那么快了。可是李文没法往下面想，因为他想不明白是什么在推动时间，这个答案想不出来，这个视频也就拍不出来。不是吗？

　　等他走进另一列地铁车厢中时，他已经不去想那个时间燃烧机了，从字面听起来，好像是让时间过得更快的东西。他在地铁里挤到一个可以拿出手机的地方，塞上耳机，继续看那个视频。他看到那个女人按照说明书做好了 APP 的设定，打开了坏情绪燃烧机的门，把脸埋了进去。时间在女人发丝顺滑的后脑勺上停了一会儿，叮的一声，女人的脸出来了。在她的脸上，有清晰的好看的微笑。李文觉得这个女演员笑得很有感染力，让他也放松地笑了。他后退并暂停了一下，截了个屏。

但是答案并没有揭晓，他很想知道这个机器是怎么回事儿，难道在里面放了一个喜剧片儿吗，还是讲了一个笑话？

视频结局变得有些匪夷所思，屏幕上打出一行字："三个月后……"

镜头切到了女人的卧室，在她的梳妆台上，放着那个坏情绪燃烧机，白色的瓷面发出柔和的光，只是它被开口朝上放，门也拆掉了。于是，在那个不锈钢容器里，李文看到了一池清水，清水里有一条红色的金鱼，金鱼游来游去，在不锈钢内壁上投出很多模糊的红色的影子。视频结束了。

此时的李文，不由自主地做出一个一脸懵逼的表情。

他听到地铁广播说，肖村站到了。李文心想，还有五站。晚上吃什么呢？

碎　片

***

小时候，我家院子里有一片果园。很小，大概只有二十米见方的样子。起初果树很小，可以一眼看透，后来，果树长大了，它们长得比我快。我就不能一眼看透那片果园了。

有时候那片小果园会变成森林，我经常在里面迷路，费了半天劲走出去，发现天都黑了，自己也不知身在何处。

果树园里有很多奇异的东西。其中之一就是用头撞地的猫。那只猫很小，脑袋圆圆的、毛茸茸的，很可爱，有乒乓球那么大。它的身体很小，似乎除了表面的毛，里面什么也没有。即使身上的毛看起来也似乎是小鸟的绒毛，而不是哺乳动物的毛。

在我忽然看到那只小猫时，我很兴奋，想抓住它，我认为那个小东西会跑得很快，因此准备好使出撞破头的力气了，实际上它很慢，慢得像升起的月亮一样。就在我要抓住它时，它就跳起来，用头撞在地上，想要钻进土里一样。可它的头是软的，撞在地上传来沙沙的声音。

在一次撞击没有结束前，我伸手接它，结果它就被我抓住了。

我把它捧在手里。

***

很久之前，有两个外星人来到地球，他们为了不让地球人发现他们的身份，变成了各种东西，诸如萝卜、西红柿、猫、狗，等等。

每次都有生命危险，经过几百年的观察，这两个笨蛋外星人终于想到了不被人类发现的好方法。

关于这两个外星人的故事我是从我的一个朋友那里知道的，我的朋友叫小白，他有白化病，生来全身都是粉白粉白的，头发也是白的，我感觉他好像一个透明的人，但他确实不是透明的。

小白说他活不多久了，他的白化病很严重，甚至连他的血液也都变成白色的了。

小白是一个不太聪明的人，从小我们在一起玩，他总是莫名其妙地乱拿东西，经常把我的玩具弄碎了或者弄脏了。我很难受，有时候也很生气，母亲告诉我，小白是个病人，你要对他好，他可能活不多久了。我就开始可怜起小白，尤其是在其他小孩学会欺负他的时候，我更觉得自己应该保护小白，如果我不保护他，难道让他死吗？

我毕竟不是超人，总有无能为力的时候，事情发生在我十几岁那年。

那天，我去找小白玩，我从窗外看见小白在家里乱砸东西，不知道什么原因。我喊小白，小白像是没听见一样。我仔细看了一下，发现他的耳朵上塞着棉花，眼睛上还蒙着手绢。

我看不明白小白在干什么，小白又摔了很多东西，就坐在椅子上不动了。他开始用手指头掐自己的腿，就像掐白面一样，最后竟然扯下来一块，我有点眩晕，不知道小白有没有流白色的血。我不知道怎么办好，小白家的门窗都反锁了。我想用石头砸小白家的玻璃，但是心里恐惧，我怕小白会像疯子一样掐我。

在我不知所措时，小白已经把自己的一条腿全部扯掉了，就像扯白面一样，白色的骨肉扔得满地都是。

我浑身发麻地吓跑走了，满街喊小白爸爸、小白妈妈，两个人不知道都跑到哪里去了。我爸爸看见了我，他见我哭得很厉害，就问我发生了什么，我说小白，你去看看小白，不知道他怎么了。

我爸爸就带着我跑到小白家。

我们在窗外看到小白时，小白的整个身体已经被扯烂了，地上到处都是白色的液体。

小白正在揉碎自己的大脑。最后小白把自己的大脑全部揉碎了。

我看见我爸爸在窗外呕吐。我看见小白的两只白色的手落在地上，用五个手指头迅速地跑进了另一个房间。

***

小雨犯了一个微不足道的错误，就好比走路不小心，脚尖碰到石头一样，他犯了一个根本对别人没有任何不良影响的错误，因为这个错误，小雨在承受着无期限的惩罚。

每天早晨，小雨都要花一个多小时的时间来睁眼，因为每天夜里，小雨的眼皮都会长到一起。为了把还没有完全连在一起的眼皮分开，小雨必须用手和眼睛同时使劲。睁开眼睛之后，小雨又要用一个多小时的时间把眼珠转回来，因为每天夜里，他的瞳孔都会转到里面去。这个工作就不能用手，只能凭小雨自己的感觉。

吃饭的时候，小雨必须忍受巨大的疼痛，他的嗓子眼里长满了水泡，每次吃饭，那些水泡都要破裂，到了下次吃饭的时候，它们又会长出来。由于那些水泡的存在，小雨喝水的时候也同样痛苦。

这两件事使小雨整天无精打采，他吃饭没有乐趣，睡觉也没有乐趣。

他把吃饭睡觉之外的全部时间都用在寻找答案上，他每天都会梦见自己在吃饭的时候嗓子不疼，在醒来之后可以一下子把眼睛睁开。

没有一次美梦成真的。

每个听说过小雨的人都觉得他很可怜。他们为小雨捐款，给小雨找医生，无济于事。

有几次，小雨决定自杀。他自己又想开了，他觉得他不能死，也许在下一秒，他的痛苦就全部消失了。

小雨一直在等着下一秒。这种漫长重复的等待使他产生了很多幻觉。

他经常感觉自己的病好了，他感觉自己过了好几年的幸福生活，可以痛快地的吃喝，可以安心地睡觉，起床后精神振奋。

在某个神秘的时刻，小雨会突然从幻觉中回来，重新接受无期限的痛苦。

所有导致小雨摆脱痛苦的原因都变得不可解释，因为他又一次陷入痛苦之中。

有时候，小雨想：我没有什么特别的，也许所有人都像我一样，为什么我要觉得难受，觉得自己不幸呢？

每当他这么想的时候，他就感到安慰，好像那些痛苦并不真的存在一样。

***

夜晚，我走出了五元书店。

我看到在暗树下的马路牙子上坐着的鲁迅。短而乱的头发直立着，蓬乱的一字胡上有杂草和灰土。

他并不在吸烟，而是听着收音机，手掌大的黑色收音机，音质恶劣。

我看到鲁迅时，他的收音机里正播放着流行音乐。由于音质过于粗糙，我一句歌词都没有听懂。

听了一会儿，电池没电了，鲁迅就把收音机彻底拆开，露出线路板，接着他把五号的大电池放在嘴里咬，放在马路牙子上按，装进去，依然没有声音，调节也无用，最后只能听到一阵阵吱吱啦啦。

他把收音机攥在手里。弓着背，看着眼前三米的地方。

我想，他的收音机彻底坏了罢。

***

同学聚会的最后一天是娱乐节目，大家一起搭建了一个舞台。表演很快结束，最后是合影留念。我的好多同学都在舞台上站成一排，每个人都秀出各异的姿态，我也摆了一个 pose，咔嚓，闪光灯一亮。我却发现自己是站在台下的，闪光灯并没有照到我，照到的是台上的一排人。

摄影的是我的大学同学沈林，他面带微笑，准备把相机装进书包。我上台抓住了他，说："等一下，我还没有一张照片呢。"我赶快在场地上找到了董鹏，董鹏是我的小学同学董德夫和初中同学韩鹏的结合体。我和董鹏说："这样，一会儿我打你，你要装得很痛苦，然后沈林给我们拍一张照片。"董鹏并不乐意，脸上有很多为难，因为无论是小学的董德夫还是初中的韩鹏，都是我欺负的对象，我猜想他们不愿让我再欺负，并且用照片见证。

我只是想要一张照片，就说："这样吧，你打我，我装得很痛苦，然后拍一张照片。"董鹏脸上一下装满了笑容，说："好啊。"我很高兴。董鹏从旁边找到一个板球板，啊呀呀呐喊着假装狠狠地朝我面门打来，我则面部扭曲，双手抽搐地倒在地上，董鹏依然在啊呀呀，大概五秒过去了，我们都回归正常，跑过去看沈林给我们拍的照片。

没想到，一看才发现，照片拍到的是我们俩收工的场景，董鹏收起了板子，我从地上满脸笑容地爬起来。并不满意。但只有如此，大家的兴致都过去了，我让沈林别忘了把照片传给我。

***

一个衣衫被撕破的男人把我带到一片荒废的宅基地，一直没有太阳，雾蒙蒙的。

宅基地上竖立着一间新房——从外表看，那是一间没有人居住的房子，好像从建好后就一直空着。房子因为闲置太久，外面蒙上了好多灰尘。

房子的周围有好多用木栅围起来的家畜圈，栅栏高高矮矮，饲养着不同的动物。大的有象和犀牛，小的有老鼠，没有长大的鸭子和长大的鸭子是分在不同高矮的栅栏里饲养的。动物都很老实，会挖洞的动物也不会逃跑。它们好像不用喂，吃脚下的沙子就可以撑下去，或者它们不吃沙子，只是呼吸雾气浓厚的空气就可以充饥。

时间不声不响过去。动物慢慢地少了很多，人多了很多。场面很乱，有些人被抬回来，一些动物也被抬回来，还有一些人把动物牵走，他们都是先牵大的。我站在栅栏外面看了好久。烟尘不散地笼罩着宅基地。

我暗自感觉远方发生了战争，大的动物已经赶赴战场了。

我心里有种莫名的冲动，我想我应该牵上一只动物奔向战场，尽管我根本不知道战争发生在哪里。

我找到一条黑狗，向狗走近时，才发现那狗已经被别人牵着了——也许有个人在牵他，我不确定。

我找到一只绵羊，当我再次走近时，发现那只不过是一件硕大的羊皮棉袄。

剩下的动物里最大的就是一群鹅了。大概有六七只的样子，老老实实地蹲在矮栅围成的圈里，鹅圈的一面已经倒了。那些鹅没有走的意思。我想找一只完整的鹅，很困难。有的翅膀耷拉下来，有的丢了一半脚，还有一些身上没有多少毛了，我心里闪过战争的场面。我不确定那是什么样的战争。

那些鹅全是从战场上下来的，我不能再把它们带回去。

剩下的动物就只有五只或者四只老鼠了，那些老鼠站在一起，似乎在说什么，我听不懂，事实上它们没有发出什么声音，只有一些微小的动作，动动耳朵，伸伸鼻子，或者用爪子抓几下沙子。

***

雨下得不小，雨从什么时候开始下的，大家都不记得了。雨点很大，直直地垂下来，或许稍微刮了点南风。

四处都是水汽，阶梯自习室里挤满了人，已经没有座位了，大家都不作声。雨声响亮，有人在哭。

我走出自习室，门口站了好多人。他们原本是要在阶梯自习室里等一个座位的，现在看来谁都没有那个心思了。

我往雨幕深处看了一眼，发现有人走了过来。那人走近了，雨水已经把她全身打透，她背着一个书包，我猜想包里装的也全都湿淋淋了。

她似乎在寻找一个避雨的地方，但是看起来一点儿也不着急。

***

我的初中处于城镇和荒野的边缘。

有两排建筑，南边一排，北边一排。

晚自习时，大家都喜欢去南面。因为北面是荒冷的树林。

一天晚自习我在教室里睡过去了，醒来时已是凌晨。我走出校门，向南。南面是镇子，到处都是小馆。卖的是雷同的食物。

天还没有亮的意思。走在镇子里，到处都有暗光。有的是从小馆里出来的，大部分是从天空发出的光。

夏天的早晨是凉的，冬天的早晨却是闷热的。严寒在人们睡下之后也睡下了。

又有一个冬天的早晨，天还没亮，我早早打开教室的门，发现后窗开着。窗口坐着一个人，我仔细看了一下，是我们的班主任。我打开灯，发现他的表情很沮丧。我不知道发生了什么事情。

老师有点失态，他叫我的名字。他问我，为什么每天都是你开门？

之后他就不说话了。过了好久，班里陆续来了一些人，老师才慢慢走出去。大家都没有看到什么。因为人多了以后，老师恢复了以往的神态。

***

他有一份最单调的买卖。靠这个养家糊口。他算是一个被宽恕的人，谁也不在意自己的东西被他用来赚钱。

起初，他把大石头切割成小石头，放在布袋里。卖给长途车上的乘客。乘客解开布袋，把十几块小石头握在手里，想方设法拼回原来的样子。车一颠簸，石头就散了，乘客就继续拼。这样，直到长途车开到终点，也拼不成。到了目的地，乘客有更重要的事要做，就把布袋系上，等到无聊的时候，就拿出来拼，拼着拼着就睡着了。直到某一天，石头由于长期的颠簸都变成圆的了，怎么也不可能拼到一起了。下一次，乘客在长途车站，还会再买一包切碎的石头。

后来，有了书，他就把一本书切成几份，每一份讲一个小故事，有时候，那一小本上没有故事，只有风景，有时候，只写了一条狗在喘气，或者一个老人在沉思。他把这些小书卖给路边赶路的人，有人买了一小本，看到兴致的时候，故事就没了下文，下一次，再去买，已经买不到接下去的那一小本了，只好买新的，这样周而复始，总也买不到连在一起的故事。有时候，很偶然地买到了，看到最后才发现，哦，原来两个故事根本就发生在不同的世纪。主角信仰着不同的宗教，于是就纳闷，那两个故事，怎么就连在一起了？

再后来，我遇到了那个商人，他把自己的生命切成一小块一小块的，放在钟表里出售，这个是不能用钱买的，你要照他说的，在他的钟表上亲手拨几个小时，或者几天。然后他把时间拨回来，这样就是一种交换，你用自己的生命换了他的生命，很公平的。起初，我去那里买过几次。觉得挺有意思的。

有一天，我把他的钟往后拨了一百年。接下来，他把钟拨了回来。他说，这是他一辈子做过的最大一笔买卖。就这样，我用余下来的一百年生命交换了他的一百年生命。也许一百年后我还活着，那么我还能见到原来的自己。"这算个添头"，他把钟送给了我，我不想做他那单调的生意，就把他的钟表扔了。

***

一个长时间生存的人，他的外形会发生改变。起初他会变老。当他快要死的时候，由于神秘力量的影响，他活了下来，并远离人世——从他人的角度看，的确如此。其实他并没有走多远，只不过人们把他忘记了。他现在住在一座高楼的一间小屋子里，背阴的房间，光终年照不进去，他躺在床上动弹不得。没有人知道这里住着一个老人，这是一个储物间，放着一些陈年不用的老家伙，旧钢琴，石膏像，老式自行车，古董镜子，陈年的玩具，陈年的灰尘，还有一个陈年的老人。他认为自己应该已经死了，但在这个装满古旧记忆的房间里，时间的作用不大，因此时间就偷了一下懒。

总有一天，这一切会发生改变，当房子的外围旧了，不再坚固的时候，会有机器过来拆掉这些建筑，如果人们忘了拆，会有草的种子飞进来，借着雨水和阳光，好像急不可耐地，在没有人的时候，当人们再来，会发现这座楼已经破败得像古典的遗迹。

那间背光的房间依然是老样子，老人躺在他的床上，和他的钢琴一样老，还有那些儿时的玩具，骑过的自行车。没有人打扰他，他长久地不呼吸，他曾尝试停止呼吸，然后发现这样做可以减少不少噪声，他的气管好像长满了毛刺，空气过去就哗啦啦响，他感觉那些毛刺已经变硬了，像钟乳石，有时候，他也会喘两口气，那些被打扰的毛刺像风铃一样响。这样的日子很少，越来越少，他有点忘却了。直到有一天，他感觉有什么还在咚咚响，当他确认是心脏在跳的时候，他尝试把心脏停下来，结果没什么影响。那么，这么长久以来，它一直在跳个什么劲呢？老人觉得蛮有意思的，他做到了常人做不到的事，按说应该兴奋一下，但他的心脏不跳了，兴奋不起来。他想，这是死亡的过程，我注定经历这样一个过程，一切都安静下来，当一切都消失了，剩下的就是光，光不照在任何东西上面，只照耀我的想法，这就是永恒，永恒的开端很漫长，我将慢慢遗忘，忘记最后的一件遗憾。

　　当他想到这些的时候，一只小猫跳上了他的阳台，踏起了一片灰尘，他忽然发现，虽然在背阴的房间，灰尘一样轻轻地飞舞。他想起来，他觉得还没完，他需要到外面去，感受一下阳光。这时候，周围很安静，小猫跳到自行车上，又跳到钢琴上，好像石头落在被子上的声音，到底这间屋子里有多少灰尘？他曾经在这里呼吸了那么久，是不是肺里已经都是尘土了？

　　他想用手撑着坐起来，手却不受控制。他认为这一定是能量不够，能量需要氧气，所以应该呼吸，然后会有心跳，当血液重新流起来，力气就有了。可他已经忘了怎么呼吸，这似乎不是知识的范畴，他的思想不起作用。那么他怎么能听到和看到呢？他试着闭上眼睛，结果他不能确认自己是睁开眼睛还是闭上眼睛，感觉上，可能没有眼睛这回事。换句话说，他已经，早已经自由了，早就可以自由地离开这个房间，不受这副身体的束缚了。

当老人这么想的时候，小猫跳到了他的胸口上，他听见噗一声，小猫受到了惊吓，飞快地逃离了储物间。它踩塌了老人的胸口。老人觉得他应该可以离开了，这个身体彻底不属于自己了。

事情却并不那么容易，一种奇特的感觉出现了，他像一个无知的乡下人一样，对世界和自身所知甚少，他记得在那面古董镜子里，看到过自己衰败的皮肤，触摸玻璃的手像是戴了一只脱不去的手套。沙哑的声音从房间的某个角落传来，好像不是自己的喉咙发出的。当他触碰钢琴的时候，那个人和他一样背过身去，面前是一片黑暗的空白，那是个残缺的世界。他正在那个世界里。灰尘长久地蒙住了镜子表面，时间不再流逝。

***

按照亚里士多德的说法，重物比轻物降落得更快。后来有人提出反对意见，并通过实验否定了他的言论。

事后，学生问亚里士多德要如何反驳，亚里士多德便问学生："我没有更大的场地做实验反驳他，这不是首要的，我为什么要反驳他呢？"

学生说："那么以后就不会有人相信你的言论，真理得不到传播，谬误流传于世，我们的学校还有什么价值？"

亚里士多德说："留着它传播谬误吧，我之前没有告诉你们，学校从来不是传播真理的地方，如果你和去年的一批学生一起离开学校，今天就要和众人一样相信伽利略而怀疑我，那么我所教给你的，你现在就会认为是谬误。你不知道我的书房里有多少互相纠缠、彼此攻击的知识，我只是让你们看到我在盖一座高塔，却看不到它的完成。以后你们会看到悬浮在天空的城市，巨大的铁球会从高空坠落，砸破高塔。你们就会相信我现在只在做蚂蚁的工作……"

这些荒诞不经的话没有公开的文字记录，仅存在于少数家族回忆录。

"如果时间如空间一样向三个方向延伸，你将看到往事如高空降落的铁球一样迅速离去，有未知的力吸引着种种发生过的事，向着世界的另一种深渊下降，宇宙的形象正在迅速地剥离，旧的形象如蝉蜕下坠之时，新的形象便像火一样绽放。

"赫拉克利特说，世界的本质是火。人的历史将如火一样燃烧，成为灰烬，热量将创造时间，时间冷却消失，坠落的灰烬将从时间中获得返还的热量，历史将复燃，宇宙将重生。人类将无数次重复荒谬。或略有不同。当理性试图反抗的时候，那曾燃烧为灰烬的历史再次复燃，沉重地砸在它的头上，除非它的速度足够超越往事的坠落——看起来那是不可逃避的未来，但它的能量已用来燃烧，无从加速。"

***

有人认为人们生活的大陆被乌龟驮着。乌龟的下面还有乌龟。还有人持天圆地方的看法。一个著名的纠结涉及地球是否为宇宙中心。争论之所以引人，是因为否定中心暗含否定权威，对地球中心的怀疑将导致某个巨大权威的丧失。很不幸，到底丧失了。

另一种争论是关于地球是否有边界，它是否像《山海经》描述的，人的双脚将可能踏及四方，或者如同保守人士认为的，在陆地的边界，是一片幽冥，人将在那里踏入虚无。由此发展出时空的观念。空间实在，时间虚空。生命的过程就是在虚空里历经实在。

……

如果陆地是平的，我就一直往前走，走到那个会掉下去的地方，在那里住下来。其实那个地方已经有好多人住了，房子都贴着陆地的边界盖，所有的高楼，透过另一侧窗子可以看到无尽的虚空。每扇窗户上都贴着：前方危险，禁止入内。那里没有声音也没有光，有一次，我把一本书探到窗外，拿回来的时候那淹没在黑暗中的一半已经不见了，我又试了一次，速度很快，差一点把手伸出去，结果还是齐刷刷不见了，没见过这么快的刀。我也试过把矿泉水瓶伸出去，这么做是为了试验一下手伸出去会不会流血，事实如我所料，瓶子伸出去一半的时候，这一半的水完全正常，但拿回来之后，剩下的水马上流出来了。如果我想出去的话，就彻底出去吧，不然回来就残缺不全了。有一次，我想，如果我把脑袋伸出去会怎样呢？那里如果是虚空的，是不是什么都没有，我会什么也感觉不到？当然，我就再也回不来了。我一直没有尝试那么干。我只是在那里睡觉，虚空正慢慢地侵蚀，人们对这里不再感兴趣，事实上是国家强力禁止人们再进入此地，我们作为最后一批居民为了防止谣言的流传被迫留在那里。几十年来，虚空已经侵蚀了三四厘米，厚重的窗户玻璃已经变薄了，我也在一次勇敢的尝试中丢掉了半截指甲，我的一个邻居干脆在扔掉所有个人收藏后投入虚空，我看着他迅速消失，有一种探出头去看看的冲动。早晚有一天，我们的楼会失去重心整个塌过去的。我每天都做着相似的梦，现在已经习惯了。

关于瓶子里的水，还有另一种想象，它会流出去，这个更真实一些。不然人们会认为有一个力隔开了两个世界。如果这个力存在，它就像一面光滑的玻璃，反射出尘世的光。因此对于来到此地的人，将会看到一面黑色的高墙。如果水自然流出去，则不存在反射的可能，人们不会看到高墙，世界的界限模糊不清。

***

在东京，人口激增，住宅不足，老旧的房子都拆掉，新建的房子格外局促，每人用四口小格子放衣物，一把大椅子坐卧。

房屋建在树林之中，没有路径。一天早起，我听到自行车铃铛丁零零响，推门出去，看见一个人骑着窄瘦的三轮车正从上面降落到树林里。

***

白色的海滩上有一两个残破的轮胎，几只搁在岸边的船，船底漏水，鱼虾游来游去，阳光很少照进去。

亿万年之后，轮胎和船已经分解了。

此外，海滩上铺着一层阳光。

我一直以为那里是一块被海风吹动的黑色塑料。

一个小孩从黑色塑料里走出来。我仔细一看，哦，原来是一家三口。

我走过去，假装在岸边散步。

走到一家三口旁边，假装逗引小孩。

小孩非常漂亮，这让我不由自主去仔细观察他的父母。

他们长得普普通通。不过，也许并非如此。

我在他们脸上看到孩子的遗传因子。

每个孩子分蘖出一对父母，每对父母分蘖出两对父母，每两对父母分蘖出八个父母……回到远古，世界无比巨大，因此产生了宇宙大爆炸。

孩子的父亲是卡尔维诺。

他并不认识我，但他知道我手里的书，那是他的《阿根廷蚂蚁》。我在书店抄写的，封面的作者头像也是自己的手绘。

卡尔维诺不会汉语。我不懂意大利语，我们都能说英语。

可用英语没法和卡尔维诺的孩子交谈，他天生是个哑巴。

这个孩子在地上画画，画完了一幅就擦掉。我们三个看他一直画到了太阳下山。他把最后一幅画擦掉，起身朝海里走去。

***

在大洋中曾经有一座孤岛，因为长久以来没有人注意到那个岛的存在，岛感到失落，便要沉到海底。

下沉的时候，它忽然听到一片尖叫。才想起岛上有个小村庄。

岛想不起来它身上什么时候开始有了一个小村庄。谁是第一个到来的人，它也不记得。它停止了下沉，开始回忆。

仍旧想不起来。它疲倦地想：那么，还是沉下去吧。

岛继续下沉，并完全沉到海面下，整个过程用了不到一下午。日落的时候，岛觉得很新奇，这是它第一次在水下看日落。

生活在岛上的小村庄是个渔村，大家看到岛不可挽回地下沉，都取了自己的东西，跳到渔船上。希望岛重新浮上来。孩子们干脆直接支起鱼竿钓鱼。

长久下去，总不是办法。谁也不知岛什么时候上来。渔船会腐烂，海上会有风浪，一部分渔民决定寻找新的土地。另一部分渔船太小，有的还很破旧，他们担心自己还没找到陆地，就船毁人亡了。

他们潜到水下，趁岛还没有沉得太深，去自己的屋子里捞出一些工具，砍了一些木头晾在小船上，试图造一些新船。

岛沉到水下，忽然觉得很闷，似乎感觉透不过气来，没过两个小时，就憋死了。死之前它发现自己在水下有那么大一个身体。

渔民发现岛不下沉了，也不上升。他们眼睁睁地看着自己的村子清清楚楚地躺在水里。孩子们经常潜水下去，回自己家里找来当时没有来得及拿出来的玩具。

后来，剩下的渔民慢慢造好了新船，就用旧船载着新船或者拖着新船启航了。他们离开的时候，不停回头看，希望岛浮上来。直到对村庄的想象完全消失在地平线下。

***

花辰闭目养神的时候，我给他画了一幅画。

他醒来就说：我刚刚见到身上长了三个脑袋的人，一个脑袋正常的，两个是握在手里的小脑袋。

那么他怎么用手呀？

花辰叹了一口气说：他有了三个脑袋，因此不用手了。他的三个脑袋不停吵架，手里的两个脑袋总担心自己被大脑袋扔掉。因此想方设法诓骗大脑袋。你知道吧，大脑袋没有手，就傻了很多，再加上两个小脑袋不停忽悠，它基本就什么都不能想了。

后来那个人怎样了？

花辰又叹了一口气：有一天，两个小脑袋都睡着了，它们计算好大脑袋不会醒，结果大脑袋醒来了。你猜后来怎样了？

大脑袋把两个小脑袋都扔了吧。

不是，大脑袋看了看，其中一个小脑袋长得好看，另一个丑，它就把丑的那个摔死了。这么一来，他腾出一只手来，这只手就可以威胁另外一个小脑袋了。

后来呢？

没有后来了，我回来了。太邪恶了，我担心死在那里呀。

这时我把画给他看。说这是我刚给你画的肖像。

花辰瞅了半天，问我：我呢？

你去找月夕去了。

花辰曾经叫花晨，我不知道是否曾经有人叫月夕。

有成语叫花晨月夕，如果从成语的角度，花辰和月夕是永远见不到的，否则就世界末日了。当然，你也可以说昙花是有机会的。

我和花辰共处的那段时间，他每天都有大片的时间沉于幻想。结果因为工作分心，失业了，因此没有生活保障。他有一些积蓄，那些积蓄花得特别慢。我记得几个月前他说还有七百块钱，几个月过去了，我问他还有多少钱，他说，还有七百多块钱。这样的花法，只有喝稀粥能做得到。事实上，大概就是这么回事吧，他是我在这个城市里几乎不曾见过的瘦人，粗糙的皮肤挂在坚硬的骨头上。风大的日子里，他迎风站着，如果你仔细看，他的身体会像气球一样被稍微吹起来一点。每逢这样的日子，他就连着几天不吃饭了。

这些事情足以说明幻想有着强大的力量，幻想简直可以改变人的生理机能。

实际上，他并非每天都喝稀粥，因为他晚上睡在我的地板上，每天吃饭时间，他都有机会蹭到我的饭。

花辰并不是主动蹭饭的人。为了让他吃我的饭，我要热情万丈地去请他。

然而，我也过着不好的日子。我是刷盘子的，每天可以挣二三十块钱，为了这些钱，我要跑四五十里路去上班。你可以猜到，我是住在遥远的地下室。我很少有心情好的时候，为了一个人免于饿死，我要让自己的心情好起来。这样的决心，一周会有一两次。

不管曾经怎样，如今经济萧条的日子是这样的，从人们低下的情绪来看，萧条的日子大概要持续到这批人死绝。

花辰在叫花辰之前，有一个响亮的名号，听起来类似于朱元璋，这是他父亲给他起的名字，这个响亮的名字几乎把他一路送到大学，送到外企作了白领。那时候，花辰一个月可以领到两万块钱的工资……

我不愿意回忆这些往事，往事令人沉迷，令人心情沮丧，沮丧的心情，意味着花辰没有饭吃，如果我今天继续沮丧的话，就意味着花辰这一周没有蹭过我一次饭。我必须强打精神。

这并不容易，我搜索着墙角的米桶，还剩下一些粉。

你去买点米吧，用我的钱。说完我把十块钱扔在地上，花辰正坐在地板上幻想。

他完全没听到我说什么。

花辰，花辰。

嗯？你刚刚说什么了？你知道我看到什么了吗？

我不知道，我看到桶里没有米了，你去买点米，顺便出去喘点新鲜空气回来。你该多吃点，至少别这么瘦，我也好带你一起刷盘子去啊。

花辰一句话不说，捡起钱出去了。

我坐在屋子里，这屋子里几乎只有一张行军床，能卖的全卖了。之所以把什么都卖了，并非我缺多少钱，而是觉得在这样贫穷的日子里，看到每样过去的东西，都会升起一种绝望的回忆。

这是我们将来要过的日子，现在想起来，会觉得太不可能，在那个日子看，就完全是事实。

花辰回来时，我见他胖了点，这说明他在路上喝足了风。花辰有一副强大的肠胃，我不知道那是什么做的，如果我像他那样吃饭，注定每天都要吐血。

米。

他就说了一个字。

你不打算也做一顿饭？这样的话，我每次都是白问。

在他那令人绝望的外表和神态下，我什么都不想吃，一想到不吃饭，肚子会剧痛，我还是煮了一碗粥。

那么，我端着粥碗时，会问他：你说你看到什么了？

我看到世界尽头。

什么样子的？

世界尽头都是火和风，天上下着暴雨，雨水打在岩浆里。

然后呢？

有一座桥通向世界尽头，它只有一端，它是一座断桥。我见到很多人从桥的一端向里面走，去看世界尽头，很多人在半路就被大风吹到岩浆里了，你知道吗，在那个桥上，没有退路的。并不是不能往回走，你想象一下，在那里，你看到死亡的景象，就像暴雨洒在岩浆里，让你觉得到处都是死亡，你觉得自己也是死亡的一部分，你完全没有往回走的想法了。

花辰不说了，我在哪儿想象那是怎样一幅景象，在这想象的时间里，饭很快凉了，我不得不加上一碗热水，把粥喝下去。

花辰灰色的眼睛让我觉得他活不了太久了。之所以这么想，全是因为听了花辰关于世界末日的想象。吃完饭，我立马躺在床上睡着了。大概，在萧条之前，从来不会那么快睡着，类似于一种条件反射，或者是一种生理变化，在脱衣服掀被子的瞬间，人已经入睡了，一旦躺倒，就和死人一样。

这样的睡眠，让我觉得每天早上都重新出生了一次。此时，花辰一定已经不在屋子里了。

***

　　瘟疫和大雾来到村里，人们就好像第一次看到外国人。外国人很快就走遍了村子。

　　他想找个地方洗手，池塘里的水已经发黏，他觉得水里有许多瘟疫的种子，已经粘到了手上，他感到有些细小的分子在扩散。回到家里，看到屋子里滔滔不绝地往外冒热气，好像在蒸着两大锅馒头。

　　天有点湿冷。在经过一条街时，他看了一眼街旁的人家，洞开的门口，一个男人睁着灰暗的眼睛，有什么东西抽离了身体，他好像准备坐在地上，却一头倒下去。

　　屋里比外面的雾还大，他的爸爸站在当中，等着有人和他说话，不然他不知道应该做什么，他的妈妈在煮水。

　　有两只鸡死了，吃掉。他的爸爸说。

　　不能吃，他说。

　　他的爸爸说，吃掉。并且知道应该做什么了。他走起来，去收拾那两只死鸡。他不认为瘟疫和鸡的死亡有什么关系，他不认为瘟疫存在，因为大家都活着。

　　烧开的水派上了用场，水倒进盆子，鸡扔进水里，屋里马上就是烫鸡毛的气息。一层皮被烫白。

　　为什么必须吃掉死鸡？

　　回想刚才那一幕，他似乎不记得他的爸爸长什么模样，好像很长时间没有见过。

在村口，抽烟的人也不抽烟，和他的爸爸站在屋子当中一样，他们都在十字路口站着。不说话。他感觉他们很快就会倒下去，他们现在是用草木灰做的，因为他们的眼睛都是灰色的。

当他离开村子后，他又觉得村里的人只不过是睡着了，过一段时间，还会醒来，和烫在水里的鸡一起醒来，雾还是没有散。草木灰在潮湿的空气里长出蘑菇，它们变成了会走的蘑菇。

在火车站的候车大厅里，人们拥挤地站在一起，如果火车进站了，所有人都会动起来。在这之前，他来到候车大厅的二楼。在那里可以看到长有黑色头发的头颅铺排着。

有人喊，战争开始了。他好像听到有人这么喊，又或者喊，瘟疫来了，可人群并不吵嚷。人们开始跟随好奇心陆续往外走，走到露天广场，人们尽量不倚靠，人太多，又难免碰撞。一群人不紧不慢走下楼梯，来到露天广场。

他看见人们倒下去，他们的腿里突然没有了骨头，他们软下去，手摸着土地，试图站起来，又趴下去，好像在陆地上溺水，不知道什么东西丢失了。

他也随人流一起来到露天广场。是瘟疫吗？

有一架很大的飞机在头顶飞过，景象有些异常。

他看到了飞机的尾翼，看到了飞机的顶部，看到清晰的薄雾飘浮在天空，看到鱼鳞状的天空。他感到有些异常，当他意识到头顶鱼鳞状阔大的天空其实是一片波动的海时，他也意识到他看到的是飞机的顶部，一架巨大的飞机正在下面飞过。

***

从前有个小女孩，她在野地里遇见一只年幼的弃猫。慢慢地她和它成了好朋友。

猫比小女孩长得更快，在小女孩还不能完整地读一篇童话之前，猫已经可以爬树上墙了，没过多久，猫又像老人一样懒洋洋。再后来，猫开始神秘兮兮地晚出早归。这个时候，小女孩已经读过许多书，长成了少女。她常常感到疲倦。每次看书都会把字看成画，把画看成梦，醒来之后一天就过去了。

女孩住在很大的房子里，房子在海风能吹到的山顶，所有见到她的人都会弯腰行礼，说，公主殿下。

有一天，猫也假模假式地站起来，用四个锋利的小爪子把不知从哪儿弄来的帽子抓下来。说，公主殿下。

女孩并没有感到意外，有时她觉得这样还太平淡。猫行过礼之后说，跟我来。女孩矜持地说，为什么要跟你走？猫说，事态很严重，来不及多解释了。说完抓起女孩的手跑了起来，女孩没有想到猫有这么高，竟然能够到她的手。猫的手很软，毛茸茸的，还有冰凉柔韧的厚皮垫。为了防止伤到女孩，猫把爪子藏了起来。似乎还有一些细微的变化，女孩还来不及考虑。因为她和它已经迅速地冲出了房子，在紧闭的城堡大门前像羽毛一样跑上树梢翻过城墙，落到地上就像踩到了一块巨大的牛皮糖。当女孩回头看城堡时，乌云正在以同样的速度翻卷而来，很快吞掉了月亮，看起来就像海浪卷到了天上。

有零星的雨点落了下来，让人感觉到暴雨将至。巨大的风把树林吹向前方，他们听到树枝折断的声音，看到连根拔起的树像勇士一样地向前跑去，树枝互相碰撞。

女孩说："要下暴雨了。"

"不，你还需要几根胡子，不然我们逃不走。"

"我是个女孩……"

"猫不分男女都有胡子！"

"我不是猫！"

女孩还想争辩的时候，就像有什么牵扯了一下她的脸蛋，惊讶的心让她发出了一声猫叫。海浪降了下来，那并不是乌云。树林卷曲成黑暗的隧道。她和它钻进了老鼠洞。一道巨大的门在身后关闭。猫停了下来，女孩又向前冲了好远，当她意识到自己在用四只脚奔跑的时候，猫在后面咯咯笑着。

"尊敬的公主殿下，感觉如何？"

女孩抬起一只前爪，还不太适应用三只脚站着，她学猫的样子蹲坐下来，伸出锋利的爪子，收回去，在她想笑的时候，嘴角的肌肉似乎跑到了尾巴尖上。

"很不错，出乎意料。不过，到底发生什么了，是海啸吗？"

"可以这么说吧，但这只是表面现象。"

"接下来怎么办？"

"这需要你的直觉，如今你已经是一只猫，大概也知道猫是怎么回事了，我们不用再说太多话了，是不是？"

女孩对这个答案很满意。因为她一下子明白了这个昏昏欲睡的下午到底发生了什么，她一直过着一种无趣的生活，她需要一场冒险。

她和它继续往老鼠洞深处走去，在那个危险的瞬间，女孩脸上长出了十一根猫胡须，胡须探出了老鼠洞的大小，身体也发生了合适的变化。在老鼠洞里，猫的眼睛发着奇异的绿光，他们经过堆满粮食的仓库，见到几窝呼呼睡觉的小老鼠，外面的气息让那些小家伙在睡梦里嗅来嗅去。有的房间锁着门，有的开着门，在经过一个装着木门的房间时，女孩看到门上挂着一个牌子，牌子上煞有介事地写着：著名作家。女孩砰砰敲了敲门，出来一位彬彬有礼的瘦家伙，显然他工作勤奋，吃得不多，疏于磨牙使他的牙齿看起来过于弯曲。老鼠请它们进去坐了一会儿，互相谈论了一些关于猫鼠关系的经典话题。对此，另一只猫并不感兴趣，出于礼貌，偶尔也插上两句。

最后，它们来到老鼠洞的尽头，事实上，老鼠洞有许多个尽头，每个尽头也都是一个入口，这里的大门开着，它们走出去，重新变成了猫那么大，早晨熟悉的阳光让女孩意识到自己就在城堡的院子里。她从来不知道树根下有一个老鼠洞。她看到仆人们忙忙碌碌地把屋子里所有的东西都拿出来晾，嘴里一刻不闲地说着昨晚的暴风雨，祈祷着小公主平安无事。城堡的门窗都被刮坏了，母鸡吓得飞到了树上，狗把收藏的骨头挖出来，自己藏到了地下，所有的猪像人一样趴在猪圈的栏杆上发呆，好像哲学家，饲养员费了很大劲才让它们明白过来它们其实是猪。它们都不知道昨天发生了一些更神奇的事。

女孩觉得很有意思，她来到自己的书房，看到那些浸泡在水里的书，显然城堡里大部分仆人都被打发到外面寻找公主去了。

女孩爬到树上，翻墙跳了出去，这很好玩，不过猫似乎不觉得，白天是她睡觉的时间，她此刻不知在什么地方。漫山遍野都有人在喊她的名字。

"公主殿下——公主殿下——"

她看到妈妈像书里写的那样抹眼泪，爸爸像书里写的那样绝望而焦急。有人在树林的入口发现了公主被树枝拉破的衣服，妈妈晕了过去。这多少让她有些伤感，可那些无聊的日子，那些必定会永远继续下去的日子，应该告别了吧。

当她这么想的时候，一阵失落感不可避免地袭来。

屋外的太阳就要下山了，而乌云正在小区上方聚集。

***

按照生命轮回的轨迹，我在结束了大学的最后一个暑假后重新开始了小学生活。我作为一个小学生每天早晨背上书包上学，而不是作为老师。课程简单得我无须耗费任何精力在学业上，至少在起初的几年我可以很轻松，学校并不会因为你大学毕业而给你额外要求。

起初的日子我不太适应，从大学宿舍回到家里，早睡早起，不得迟到逃课，曾经的小学同学重新变成同学，曾经的老师有的因为年纪的关系不得不让位给年轻的老师。有几个老师不比我大，他们刚刚从大学毕业，每天一笔一画教我些 a、o、e，要撑满格，不能越线，或者教我 2+2 = 4，并且在纸上写 20 次以作为课堂练习。

课堂上我偶尔走神，想着下课后和那位刚毕业的老师攀谈一下，毕竟至少有六年时光要共处，六年后的事还不好说。

有一次我在语文课上胡乱写了一句话，被老师拿起来表扬。那句话是这样的：穿上了顺脚的鞋子，不管走在什么路上，心里都会觉得满足。

其实班上也有七八岁的孩子，他们也一定像我在七八岁时那样，对这样的句子感到无所适从。语文老师总算会心一笑。

我和老师谈话的时间很少，早自习我要坐在座位上，下课的话老师要在一起说话、喝水，中午休息不管老师还是学生都要各回各的家，吃午饭；下午照样找不到空闲。实际上，我只是在上课走神时想想，落实在现实中的谈话是完全没有的。

学期结束的那天，校长在教室外面张贴各种荣誉榜，其中一张是跳级名单，名单的制定是老师和校领导共同研究的结果，参考了每个学生的成绩，课堂表现以及出勤率。我的名字写在上面，我被批准直接升入六年级。这样，我预想中的六年时光变成了两年。

"人生不是儿戏。"我记住这句话的根源在小学六年级，语文老师花了一堂课时间向我们解释，并紧接着展开了一堂课的人生观教育。我大学毕业了，小学老师的道德说教对我是毫无作用的。我心里想着以后的初中和高中生活，想到大学毕业，然后重新回到小学一年级。那一天我心情沮丧，只想找那个和我同龄的老师聊天。在那样的心情里，我不知道自己是大学生还是小学生，晚上，我提醒自己应该睡觉，第二天好要早起。

夜深了，我被窗外的凉风吹醒。尽管是夏天，夜里却没有一点热的意思。我睡意全无，走到院子里，月光明亮。我抬头看了看月亮。硕大的月盘上清晰地显示了月亮表面的地形。

我记得多少年前，在上一次读小学时，我曾经魔幻般的在夜里看见了天上的文字。遥远缥缈的星象化为形态清楚的形体。它们所在的高度大概在十几米到几百米之间。

一块墨质的方形石盘在我头上缓缓移动，表面上刻着可见笔画的符号。天空闪着奇异的光华，无数卵石一样的圆球形成一个圆，处于天空的某个位置。几十只羽毛粗壮的银色鸟机械般整齐地排成一列，滑翔在天空，由远到近，从近到远。另外一些物体无规律地运动，在北方不远的天空下，两个巨大的金属立方体互相追逐碰撞，声音清脆而遥远。离得最远的是一个表面光滑的多面体，它随时炸开，炸开的碎片又按照分裂时的轨迹重新组合在一起。在一次爆炸与另一次爆炸之间的某个时刻，那一队银色的大鸟从我眼前掠过，滑翔到远处。

那一夜，整个天空充满了不同的音响，却没有任何两种声音相互干扰，巨大的花瓣在天空盛开枯萎，不同形状的物体或静止或运动，充满了无限的空间。

多少年后，比以往更大的月亮向我展示了它表面的山峰和平原，太阳光洒在月亮的表面仿佛洒在岩石上，显示出月亮本质的坚硬与寒冷。阳光使月亮上的大陆边缘清晰，那正是美洲大陆的轮廓。

第二天我起床时已经是八点一刻了，阳光照在脸上却没有丝毫热力，仿佛是秋天的样子。

我走进教室，已经上过两节课，我坐在第一排属于我的位子上，等待老师到来。

***

窗外有一座很高的楼，我所在的楼，和它一样高，最近一直有很大的雾，蓝天不常见，为了防止高处的风对建筑造成伤害，窗户只有一条缝，那里呜呜吹着口哨，以前它曾让我头疼，现在已经不疼了。

有时候我戴上墨镜往外看，会在楼顶看到一个扣着面罩的人，他看起来很强壮，因为穿着厚外套，也不能确定他是否那么强壮，他的年龄和性别都无法看清。

他经常在那里抹眼睛，好像被风吹得流泪，他真该戴上眼镜，既然全身已经保护得很好了，为什么要把眼睛露在外面。抹过眼睛，他又一步一步往外挪，要在风中尽可能靠近坠落的边缘，摇摇欲坠。

如果我喊一下，他会不会一分神掉下去？

这时候往往会有一个人"嘿"的喊一声。那是旁边房间的人，他们偶尔也会透过风口往外看，看到那个戴面罩的人。

他没有掉下去，他还在那里尝试。就像不动的飞矢一样，那一步无进无退，不可超越。他好像听不到我们喊他，实际上这个距离是完全听得到的，顺风的时候，我坐在屋子里能清楚听到他吸鼻子的声音。

这样一种印象让人觉得他似乎一直在那里，可有时候，往窗外看的时候他不在，有时候能看到他从某个地方走来，他马上又开始了往边际挪动的形象。

***

有一段日子，余小菲经常向南骑自行车，南边是一片未开发的荒地，荒地上有旧建筑的残余。那些老房子已经拆了很久，但并没有拆完，断断续续地，还在拆着。

余小菲骑到荒地边上，把自行车推倒。因为那里土地松软，自行车的细脚站不稳。

夏天下过的很多场大雨，让废墟一度成为水塘，一度干涸。现在是秋天，废墟的地表是一层坚硬的淡黄色土壳。这片土的盐碱含量很大，植物稀少。因此显得很开阔。

余小菲经常到这里来，是为了它开阔的视野。往南望去，大约五六公里远，或者更远，有一片很高的楼房，但是从余小菲的角度看，那些楼显得单薄，没有太大的重量。余小菲常常有买一个单筒望远镜的冲动，从望远镜里，他可以透过灰尘的颗粒，看到那片楼后面的高塔。有时候，会有氦气球从塔顶飞起来。从望远镜里，他能看到颗粒质地的氦气球。

我意识到我的记忆出了一些问题，因为那片干硬的盐碱地，完全可以支撑住余小菲自行车的细脚。而非土地松软。

有一段日子，余小菲经常从北边向南骑自行车，南边是一片未开发的荒地，荒地上有旧建筑的残余，那些老房子已经拆了很久，但并没有拆完，断断续续地，还在持续地拆着。

余小菲骑到荒地边上，把自行车推倒。

荒地里有一座没有拆完的三间平房，房子里有一张旧床。这张旧床曾经住过人，一些生活的痕迹保留在废墟之上，有人曾坐在这张床上画过一幅油画，油画画好了，画架子留在残破的平房里，还有一些空的、半空的颜料瓶，两支刮刀，四支油画刷。

余小菲看到这张床的时候，床上刚刚落上薄薄的灰尘。这是个完全出于偶然的发现。并没有人会来这片荒地。但也很难说并没有，至少余小菲经常过来。

那是一张用空心砖和木渣板搭起来的简易床，两块粗糙的长方形木渣板拼在一起，下面堆了二十四块空心砖。八块一组。可以看出来，虽然是一张简易床，但板子的选择和空心砖的码放都很用心，就连床单也被板子妥帖地压在空心砖上。

余小菲果然在床下找到了一把塑料刷子，但是床单上的灰尘还是太多了，余小菲把床单掀开，拿到屋子外面抖。因为没有风，灰尘飘在空中，干燥的灰土气息冲进余小菲的鼻子里。

余小菲看到天上都是乌云。空气中吹来一阵冷气，带着湿度，灰尘忽然之间被吹散了。要下大雨了。这个季节，下雨的机会不多了。余小菲用力回忆上次下大雨的记忆，还是在十一年前，他没有雨衣和伞，在大雨中徒步走了两三公里。

画已经被带走了，留下一张未完成的画布。灰色白色还有其他一些颜色的底纹，这些底纹也可以构成作品。并且恰好和废墟上的房屋搭配。他把画布重新绷在画框上，把它挂到了对面墙上。这可以算作简易的装饰。有了一点装饰，便宣布了他对这间房屋的所有权。他还可以做更多的事。可他没做。

他叹了口气，在想象中。因为他想起有人说过，人们不应该叹气。

凉　亭

1　我被拉进了微信群

前一段时间，我被一个没说过一句话的好友拉进了高三九班的微信群，找回了几十个失联多年的高中同学。我过了一遍人名，有些人已经不认识了，我最想见的一个人并不在群里。我在群里问："八班的毕亮现在干什么了？"有人说："毕亮前两年得癌症去世了，脑瘤。"我说："啊……"

我还想问问，关于潘东强的案子，后来有没有其他线索，但因为毕亮已去，再问就显得有点八卦，有点没有人情味，于是我潜水了。

2 看不惯你的为人

关于毕亮的事，要追溯到十五年前，十五年前是二〇〇〇年，新世纪的开始，但是很快有人说，新世纪的开始是二〇〇一年，于是那一年就成了新世纪的结束。那一年，我在读高三。我就读的高中是市重点，军事化管理。所谓军事化，就是关在学校里，平时不准回家，一个月只放两天假，假期第二天下午就要返校，所以实际是一天半的假。

这一天半的假，看起来很宝贵，可是回忆一下，能记起来的，往往是返校后那个半天：大家从家里回来，带了不少好吃的，有的买了新衣服；同学陆陆续续返回学校，聊天，会谈到家里的事，一个月虽不会发生什么大事，但人一多，偶尔就能听到一些还算有意思的事。

那天照旧要上晚自习，因为周日少有老师坐镇，气氛十分轻松。教室里总会响起一片嗡嗡声，也不知都在嗡嗡什么。也会有教师或教导主任什么的突然出现在后门，气哼哼地走进教室，从教室后面一步一步踱到教室前面，在讲台上踏出点声音，这时教室一下安静了。

这些巡视老师们一般都不说什么话。不骂人，不训话，也不点名。除非这天恰好那个老师脾气很差。他就是想找点茬。

这些道理，我是现在才懂得，那时候只知道，天啊，老师来了，看没看到我说话啊。其实看到了又怎么样呢？我只不过说说话，还有的人干脆就不在教室里呢。

这便是学校的军事化管理。军事化有时候是说给别人听听的。吃饭的时候，中午下课后，学生们照样出入校门，买零食，上网。只要晚上查宿，人不缺席就行。

那天，也就是在串门老师从前门走出去之后，我们听到隔壁班里传来一片骚动和女生的尖叫，坐在后门口的徐正林马上蹦起来要去查看动向，不想老师比他更要紧，大喊一声："你给我回去！"徐正林赶紧缩脖子坐回去，班里一群人都往后门或后墙上看，好像视线能穿墙，能转弯。

老师站在走廊向隔壁教室内大喝一声："想反天啊！"

顿时隔壁教室鸦雀无声，可闷响不断，听起来是拳脚相加的声音，桌子显然也翻了，书撒了一地，这种事不用视线穿墙，听也知道。随后我们听到毕亮把老师一把推开，从我们的后门大步走过去，血抹得下半张脸好像被划了几刀似的。教室外的走廊里，光线不太好，女生看到了血，放出一道道尖叫，短促的声波四处折射。毕亮快步从后门走过前门，然后就在我们的视野里消失了，教室里嗡声大作。我完全不知道他们都在嗡什么。

我听到老师在叫潘东强："潘东强，你过来。"

老师和潘东强前后脚出了门。刚出门，隔壁班也炸锅了。

这便是事情的缘起。潘东强把毕亮的鼻子打出血了。至于他们俩打起来的原因，据说是毕亮说潘东强打喷嚏臭，潘东强急了眼，两个人就打起来了。

但我想不出来两个人因为打喷嚏臭就打起来了，这到底是怎么样的一个过程？

3　我从前排换到了后排

后来我们知道，潘东强和毕亮都没有受到学校处分。按说打架是很严重的违纪事件。在这个军事化管理的学校，我们很想看点热闹，但是没有。

那个周一上午，下课了，我坐在椅子上，一面准备下节课的教材，一面回顾一下上堂课讲了什么，陈琳琳找到我说："阿光，能不能和我换个座？我近视，坐后面看不清黑板。"

当时我坐在正数第二排，陈琳琳坐在第八排，我们教室一共有八排。这种事，大概是个坐在前面的学生都不会干的，前面的位置多好啊，对学习多有好处啊，我们重点高中的学生，都是奔着重点大学去的，怎么会把位子从前面换到后面？但是我当时就同意了。课后，陈琳琳找老师说要和我换座位，班主任老师过来问我是不是有这个事，我说有啊，我同意了，老师就很恨铁不成钢地看了我一眼。

就这么着，我坐在了后面，和靖康成了同桌，靖康的本名叫刘天行，靖康是他刻在砍刀上的名字。听着挺文气的。他的砍刀放在桌斗里，用报纸包着，老师竟然从来没搜过。

靖康和毕亮都踢足球，两个人踢得很好，我们文科班体育是两个班一起上，靖康和毕亮配合，毕亮前锋，靖康中场传球，每次体育课进三个球，是保底。有一天课间休，靖康和毕亮在倒脚，毕亮说："没有意思啊。"靖康说："没有对手。"毕亮说：

"独孤求败啊。"靖康说:"东方不败。"

毕亮和靖康都精瘦,潘东强是个胖子,说他胖,其实肉不很多,不是虚胖,是骨头大,力气也大。脸也大,看着好像胖子。潘东强经过正在倒脚的毕亮和靖康时,说了一句:"装逼。"靖康说:"你装装我看看。"潘东强说:"不必。"靖康说:"你这才是纯装逼。"潘东强怒道:"你说什么!"

靖康正要上前时,毕亮一跃到潘东强面前,挥拳就打,潘东强完全没有想到毕亮会偷袭,脸上结结实实挨了一下,血从嘴角流了下来,毕亮却不收手,一脚踹在潘东强肚子上,潘东强闷哼一声,坐倒在地,毕亮赶上前去,抬起左脚,抽在潘东强太阳穴上,这一脚的力度,总比踢球时大脚抽射要大了不少,这次潘东强没来得及出声,瘫倒在地。靖康呆了,看潘东强倒下去没动静了,说了一句:"毕亮你傻了啊,怎么往死里揍啊。"

这时候,在靖康、毕亮和躺倒的潘东强四周,已经围了好几圈人。

潘东强缓过劲来,在操场上坐了半天。后来去医检查,是轻微脑震荡。也许毕亮没有使出全力,我总觉得那一脚可以把人踢死。因为潘东强没事,没死也没住院,毕亮被记了大过,周一升旗仪式上点名严厉(教导主任声音很大)批评,并没有开除或拘留什么的。现在想想,在今天发生这样的事,大家都超过十八是成年人了,还脑震荡了,事情不会那么简单收场吧。

毕亮因此几乎成了英雄。毕亮身材不高,一张娃娃脸,学习很好,写得一手好毛笔字,学习成绩在班里排十名以内,跑得很快，球踢得漂亮，又能在学校里把人打晕，绝对是偶像了。

4　眼前有景道不得

毕亮班里有个男生，名叫李治伟，属于学习学到呆滞的一类人。有一天外面下着雨，大家都打伞，李治伟也打伞。进了教学楼的大门，他也打伞，从一楼走到四楼，唯独他一个人打伞，又在走廊里从东面走起，走过了三个教室，从七班前门进去了，发现走错了，又往前走了几步，从八班前门进去了，这才把伞收起。毕亮用很阳光的声音对李治伟说："李治伟，你是打着伞上来的吗？"

这一句话招来一片笑声，全是女生清脆的笑。李治伟闷声不响地把伞竖在门后的一堆伞里，坐到自己的位子上。这时潘东强又说了一句："装逼范儿。"声音不大，也就是在下课喧哗的教室里自言自语吧，但显然又让毕亮听到了。毕亮没有吭声。我想，大概是因为他被记了大过。这时候，离高考已经不远了，毕亮显然也不会想拿自己的前途开玩笑，听着也就听着了，再说潘东强也没有点名说谁装逼范儿。

周末的时候，我们有半天自由活动时间，但城里学生不能离校在外住宿，我们这些家住农村离家远的，也不可能回家一趟，就在学校外瞎溜达。学校北面，有条废铁道，铁轨已经锈了，枕木间长满了草。顺着铁轨走，能走到铁轨的尽头，在铁轨的尽头，是座废弃的水泥场，外围有残破的铁丝网。再往前走，是一座不高的山，山上长满了树。那次我一个人一直往前走，过了铁轨，上了山，竟然在山的后面看见一个大池塘，大池塘的后面有座亭子。

这真是一大发现。

继续往前走，来到亭子里。亭子地面上积了厚厚的灰，柱子也掉漆了，地面的砖也松动了。一片长久以来了无人迹的灰败景象。走了这么远，天已经不早，我得赶快往回走，不然这荒山野岭的，一会儿怎么回学校去。在转身正要走时，我看到亭柱上有字，凑近看了看，是用刀在水泥上刻的，笔画生硬失控，显然是用了挺大的力气：潘东强到此一游。

这真是：眼前有景道不得，崔颢题诗在上头。

若是今天，遇到这桩事，定然是要用手机拍一下，发到朋友圈里。而当时，我无话可说，也无以为证，甚至压根就没有想要和谁去交流，而是当成了自己发现的一个秘密。往回走时，天比想象中黑得快，还没走到大光亮处，离大路还远着，天已经完全黑了。藏蓝色的天空上星星越来越多，野外的风也有些冷，我顺着铁轨朝有光的地方快步走着，脚下不一会儿绊一下，不一会儿绊一下，走到大路上时，感觉天一下子暖和了，前面过了马路就是学校的大门，大门尚未锁，还有同学陆陆续续往回走。我没有手表，那时也没有手机，不知道时间，回到了教室，才知道已经上过一堂晚自习了。我走得太远了。

坐好了，前排的许陈回头问我："阿光，去哪儿了？"

我说："出去溜达了一圈。"

"挺潇洒啊，还以为你失踪了。"

5　鲁迅先生的旧文字

还有三个月就要高考，某个周一的早上，我从宿舍里出来，看见淡粉色的教学楼上被人泼了很大一堆墨。墨泼得相当高，溅到了四楼上，显然是把墨汁瓶摔上去了，还是大个墨汁瓶。从痕迹上看，应该是摔了四瓶墨汁。黑色的墨汁从上面流下来，把教学楼弄得很狼狈。

因为起得早，学校里尚没有什么人。在淡雾笼罩的天气里，我看了一会儿墨汁，没有往近前走。我担心摊上事。看了几眼没看出什么名堂，就去食堂吃饭。食堂里工作和吃饭的人，大概早就看到了，我应该不是第一个看到的。

上午语文课时，班主任先进来了，说："学校要检查一下大家的钢笔字水平，大家抄一段鲁迅的话，不到二百个字，大家把课本拿出来，翻到《为了忘却的记念》，就抄前两段，从'我早已想写一点文字'开始，到'只在《文艺新闻》上有一点隐约其辞的文章'。"班主任又强调："用你正常写字时用的字体写，不用特意写楷体，写自然点。五分钟时间，要是考试的话，写不完字写得再好也拿不着满分。"

我一听，一阵得意。我从初中就临钢笔字帖，字写得还不错，暗想着也许还能获得点表扬什么的，于是提笔抄了下去：

我早已想写一点文字，来记念几个青年的作家。

这并非为了别的，只因为两年以来，悲愤总时时来袭击我的心，至今没有停止，我很想借此算是竦身一摇，将悲哀摆脱，给自己轻松一下，照直说，就是我倒要将他们忘却了。

两年前的此时，即一九三一年的二月七日夜或八日晨，是我们的五个青年作家同时遇害的时候。当时上海的报章都不敢载这件事，或者也许是不愿，或不屑载这件事，只在《文艺新闻》上有一点隐约其辞的文章。

抄完看了看，挺满意，要是能一笔一画写应该更好的。五分钟到了，老师令同学们从后面往前传作业，最后又问了一句："谁没交？"问完了，又说："大家把手举起来，我看看，这周学校要检查个人卫生，我看看你们指甲都长不长。快举起来。"看完了说："长指甲的赶快给我剪，别给班级扣分。"

说完呼啦啦大步走出了教室。

班主任走了，语文老师开始讲课。

靖康趴忽然趴在桌子上，侧过头问我："知道怎么回事吗？"

我也趴在桌子上，侧过头问："怎么回事？"

靖康说："查笔迹呢。"

"查什么笔迹？"

"宋希光。"

"到！"

"你和刘天行在嘀咕什么，不要坐后面就跟他们学坏了，好好听课！坐下。"

我坐了下来，和刘天行对视了一下，刘天行看了一眼背过身写板书的语文老师，撇了撇嘴。

"行，你是好人。"

6　果断开除

下课后，教室里又炸了锅，好像就只有我蒙在鼓里，什么也不知道。我听了几耳朵，其实大家都不知道，都在讨论泼墨的事。谁也不知道谁泼的墨。

这时候刘天行说："假惺惺，还什么检查个人卫生，就是看谁手上有墨汁，谁傻啊，犯完事儿还不洗手，等着他看啊。白痴。"

我问他："你刚才课堂上说什么，查什么笔迹？"

"对了，忘了。刚才王克锋来了不是说要检查钢笔字吗，检查什么钢笔字，查笔迹呢。"

"查什么笔迹？"

"你不知道啊？"

"不知道啊！"

"你真不知道啊！"

"我不知道啊！"

"你不知道早上有人在教学楼墙上写字啦？"

"不是泼墨了吗，我一大早上就看见了，没看着写字啊。"

"写了，墨是在北墙上，字写在南墙上，南墙一般下课人去得少，现在都抹掉了，现在南墙墨黑一片，不能要了，字是墨汁写的，也擦不掉，又拿墨汁给抹了。"

"写什么了？"

"就是刚才抄的字儿啊。"

"写那个干什么？"

"不是全写，就写了两句。'只因为两年以来，悲愤总时时来袭击我的心。'写得挺大，拿刷子刷的，一面墙。"

"写这两句干什么？"

"我上哪知道干什么，好像谁欠他二百块钱。"

第二天，泼墨的案子就结了，是一班的谁，那个人的名字我已经忘了，据说学习也不错。因为是理科班，和我没有什么交集，我根本不知道那个人，只名字似曾听过。据说他不只在南墙上写了字，在北墙上泼了墨，还在西墙上用粉笔写了"误人子弟""英语老师刘向花是个败类""开除刘向花"等标语。

刘向花确实是个奇葩。全校都说她是靠和校长关系好进的重点高中，不然凭她的发音根本不可能来教重点高中。她讲英语完全听不懂，上课除了骂学生就是讲"非常六加一"，这么一个渣老师，竟然能在重点高中，还是教主科英语，简直不可想象，谁在她班里简直是倒了霉。

据说当时查出一班的那个同学，也确实是因为手没洗干净，正如刘天行说的，谁傻啊，犯完事还不洗手，他还真就没洗手，上午课上直接让老师看出一手的粉笔灰，下课叫到办公室，一句没问就招了。吓得都站不稳了。

刘天行听了之后说，真是个二百五。

紧接着，第三天，早操的时候，这个问题就处理了，没有等到下一次升旗。一班的那个同学直接被开除了，这回基本完蛋了，大学也不用考了。以他的成绩本来还有机会考一本考重点的，这下回家了，不只是开除，还要把维修教学楼的钱全都赔了。

后来我们听说，那个同学回家种地去了。

前途从此沦陷。

后来又有人说，事不全是他干的。学校暗地里又查过，没查出来。他替人顶了整口锅。

7　李美丽说她肾功能障碍

一班那个同学的壮举，按今天的标准来看，也可算是惊世骇俗。

或者也不算多么惊世骇俗吧，但至少可以在朋友圈里传上一阵子。但在当时，传了很短时间，几乎语焉不详，同学们很快就被高考吸引过去了。我最后只知道一班那个同学回家种地了，在回家种地之前，他们家里想给他转到附近的私立高中，可那个高中走成人高考路线，教材也不一样，或许还有其他原因，诸如学费等问题，最后他还是回家种地去了。

然后大嘴巴的秦言军同学，就在课间大肆宣告："我在小卖部门口遇到了四班李美丽，李美丽从小卖部出来，说，最近我有点性功能障碍，我说，什么，性功能障碍，李美丽说，你耳朵塞驴毛了，肾功能障碍，她才多大，就肾功能障碍了。哈哈哈哈……"

这种莫名其妙的独白，竟在我的记忆里保存了那么多年。我想，之所以记得这句话，大概是它构成了某种前摄抑制，因为秦言军刚大嘴巴完，五班高个子会弹吉他的文艺委员乔颖从前门进来了。乔颖大喊刘天行刘天行。秦言军说，找刘天行干什么？乔颖说，干你妈，刘天行呢？秦言军开始"哎哎哎"地惊叹，却说不出话来回应，这时刘天行从走廊东头走了过来，问，乔颖你找我干什么？秦言军不失时机地喊了一句，干你妈。刘天行没说话。

乔颖说，小逼崽子，不用和他一般见识，还给脸不要脸了。乔颖又说，刘天行，赶紧找方驰，老师急坏了，方驰拿砍刀出去了，老师都快哭了。刘天行说，你不给他打电话（方驰是那时候极少几个有手机的同学，那时一台只能打电话打传呼的手机，按当时物价，现在可以买几个苹果手机了），乔颖说，能打通电话来找你啊。刘天行说，找我有什么用，你快回去吧。

说完刘天行回到他的座位，双手在桌斗里摸索了半天，拎出了一个黑包，背上去就从教室后门走了。秦言军又不失时机地说，逼范儿，还背砍刀，想杀人啊。

刘天行没理他。

我并不知道刘天行和方驰他们去干什么了，和谁砍，最后怎么和解了，还是对方被砍败了，一概没有传闻，这些都是进不了学校的传闻，也没有关于刘天行和方驰受伤的传闻。但是秦言军却因为他的大嘴巴付出了代价。第二天早上，他从桌斗里往外掏书包，觉得书包里有一包水，秦言军吓了一跳，往外一抽，整整一塑料袋墨水倾泻而出，正好浇在秦言军蓝色校服的裤裆上，墨水顺着裤腿往下流，把鞋和袜子全染黑了。

秦言军脸气得通红，大骂道："哪个瘟犊子干的！"

这时刘天行还没进教室，秦言军朝我这边看过来，我知道他是要找刘天行，但刘天行不在，他看到了我，眼里冒火，我错开了目光。我想告诉秦言军，刘天行还没来，但是秦言军没问。

下课时，我和刘天行说了秦言军桌斗里被人放了墨水的事，刘天行听后去看秦言军，秦言军坐在前面第三排，他的脸还是红的，早上他又回宿舍换了新裤子新鞋，桌上摆着被墨水染黑的好几本教材和练习册。我知道秦言军是故意等老师提问，然后站起来说，老师，我课本被人泼了墨了，但是一上午也没有老师提问秦言军。

上午课间，秦言军去老师那儿告了状。当天晚自习的时候，班主任把刘天行叫了出去，在教室外面谈了很长时间。他们说话声音很低，我一句也没听清。后来忽然两人激动了一会儿，刘天行说："不是我干的，肯定不是我干的！老师你得有证据，不能诬赖好人。"老师说："我诬赖好人，你还算好人？你干什么我不管，我不管你别以为我不知道。"刘天行问："老师你说我干什么了？"老师说："你学校外面干什么是你爸你妈的事，在学校里你给我老实点。"刘天行不说话了。老师说："你回去吧。"

刘天行气哼哼回来，我欠了下椅子，他坐回去，骂了一句："王克锋就是个装逼范儿。等我毕业了不好好收拾他。"

后来我听说王克锋被收拾得挺惨，鼻骨骨折，牙也打掉了好几颗，手指头也被掰断了一根，想象一下，他身上应该还留下了不少乌青。至于是谁干的，谁也不知道。连传说都没有，好像王克锋受到的是天罚。

但严谨点，应该说，是我没听到相关传闻。

8　骚情勃发的少年

王克锋的遭遇发生在毕业之后，毕业后还发生了一些事，有很多我是近来加了班级的群，重新回到高中集体才知道的，比如一班英语老师刘向花和校长李继业终于被刘向花老公捉奸在床。刘向花老公也算是一小霸，据说比李继业长得好看多了，不知道刘向花喜欢上李继业什么，李继业想要保住他名声，什么都答应刘向花老公，刘向花老公说，好啊，然后就把他绑在椅子上，拿了剪子来，刷刷刷给李继业剃了阴阳头，李继业有些秃顶，这么一剃，阳多阴少，要多难看有多难看，李继业冲刘向花说，你个彪娘儿们，真想不明白你看上他什么了。

李继业当然不能剃着阴阳头上学校，就掀起衣服蒙着头跑回家，把自己剩下那点头发全剃了，又买了个假头套戴上。事情很快传开了，先是李继业老婆跑到学校和刘向花撕，然后是李继业刘向花先后调离了学校，校长李继业办了内退，刘向花回家开小买卖去了。俩人的事业前途基本算是终结了。

这些八卦很多都是刘天行散布的，就像他真的看到了。

刘天行和秦言军都在群里，两人常常不对付，可闻不到什么火药味，好像关系还不错，也不知道真的假的。秦言军常常@刘天行，谁给我倒的墨水，刘天行@秦言军，回家问你妈。

这些都是后事了，二〇〇〇年时，关于刘向花和李继业的事，都是传闻，而且不是我们多感兴趣的传闻。我感兴趣的事，已经慢慢从高考能考多少分转向了找个没人的地方坐着，到人烟稀少的地方一个人转转。

我开始写诗，开始来回琢磨三四句话，想好了记在笔记本上，有些纸片现在还存着。现在看来，无论从任何角度看，都是臭诗。但是当年我诗兴大发，对学习也没什么兴趣。当时我的真实想法是，反正也考不上北大了，按眼下的模拟成绩，考个北大人大以外的重点大学，是没问题的。

仔细想想，还有一个诱因，就是那时兴起了一种叫作"新概念作文"的比赛，我们有很多人买了那两本获奖作文书看，觉得以后可以靠写点文学作品考上北大。可是多么荒诞，明明我就剩下两三个月就要高考了，那种想法还有什么现实意义吗？

这大概是我放浪的借口吧，也许我从心里早就不想坐在前排了，所以陈琳琳和我一说，我就答应了。说实话，我挺想过后面所谓坏学生那种生活。后来我发现，不是那么回事，我和他们没有共同语言。说不到一起，也玩不到一起。不知问题出在哪里。

于是在周末那个用来洗衣服的半天假里，我又去了学校北面的废铁轨，去寻找灵感，去寻找和自然的共鸣。当时的天气已经微热，走在新草旧草丛生的铁轨上，一会儿就出汗了，草叶上的粉尘飞了起来，在我眼前的光线里舞动，让我特别感慨，心潮澎湃，想要写诗，但一时不知道写什么，想出来的句子都连不起来。

我解开了一颗扣子，很舒服，风吹了过来，我又解开了一颗，我很想把扣子都解开，在初夏的下午走在田野里，裸着上身，让风吹遍。

我想这除了诗情之外，大概也有青春期的激素作用。我感到脸有些热，站在原地向四处张望，四野无人。只有风吹草动的声音。

这时候李美丽出现了，就是秦言军说的那个自称肾功能障碍的李美丽。李美丽和一个我不认识的男生走了过来，他们可能看见了我，但我假装没看见他们，低着头往前走。

李美丽和那个男生并肩走着，前面两只手牵在一起，背后两只手也牵在一起。

从今天回望去，那是多么美好的一对少年。可在当时，我的想法是：一对狗男女。

好像他们碍着我了，要么就是秦言军的性功能障碍说让我对李美丽产生了深深的成见。

我的心情有些败坏，但我只能往前走，后面是李美丽他们，我不想和他们相遇。这时风变小了，走得有些热，我干脆脱了外面的夹克，穿着衬衫在前面走着，感觉自己很潇洒。

一会儿走到了亭子里，回头看去，已经找不到李美丽他们的身影。我又去找了潘东强的题字，还在那里，我想找找看有没有别人的题字，没找到。我想，李美丽和那个男生大概也在这个亭子里坐过吧，也许李美丽还和很多男生好，那只是其中一个。

一面之下，我觉得那男生其貌不扬。

李美丽为什么会钟情于那么一个其貌不扬的男生？

9 京剧的魅力

那天晚上我走回去时，又一次错过了第一节晚自习。

第二节晚自习已经开始了，教室里静悄悄的。刘天行不在，我一个人坐了回去，我侧前方的许陈，正在用铅笔画醒目饮料上的京剧脸谱。那种饮料现在已经见不到了。

她画得很拙，用粗铅笔涂了很长时间，似乎是没什么事儿干，就在那一个劲儿涂那个脸谱。

我开始坐下来写诗，可一旦开始写，教室里一丝儿说话声就会分散我注意力，写不下去，于是我开始写日记，也乏善可陈，最后我拿出信纸开始写信，假装给一个情人写信。很快投入了感情，写了很长的一封，写完读了一遍，意犹未尽，又写了一封，最后我把两封信在桌斗里仔细地撕碎，把碎纸握成团揣进裤兜。

这样，两节无聊的晚自习就过去了，下课时，许陈说："你又失踪啦。"我故作深沉地笑笑。

有一次一群男生聊天，秦言军神秘兮兮说："许陈没戴胸罩。"我心里说，这种事你怎么会知道。后来我见到许陈，就会把余光往她胸口上看，当然看不到什么，但想象下里面没有胸罩，又薄薄的似乎真的是没有，只有两件衣服。

她看起来好像没有锁骨。

又过了几天，上体育课时，天已经有点热了，活动了一会儿就没什么精神，男生女生三五成群站着说话，李治伟说："潘东强，我上次在学校外面，你猜我看见什么了？""看见什么了？"潘东强问。"潘东强到此一游。"李治伟说。

"啊？你在哪儿看见的？"

"老水泥厂那边，你什么时候写的，还到此一游。"

潘东强脸一红说："肯定是重名，我从来没写过到哪一游。"

"你这个名还有重名的，我不相信。"

"我这个名怎么了？你信不信我管不着，再说，我去水泥厂干什么，有什么必要在那写什么到此一游啊，没有必要啊。"

"谁说没有必要啊？装逼范儿不是必要吗？"

潘东强一愣，是刘天行接的话。

"刘天行你说什么？"

"怎么了，逼样，横什么横，还想躺操场上吗？"

潘东强一听脸又红了，冲上来要打刘天行。

刘天行一步冲上去，右手下手拳狠狠打在潘东强小肚子上，潘东强一屁股坐在地上，满脸通红，眼泪哗哗。

我在一边看着。其实从体型上看，毕亮和我一样，都是不到一米七，刘天行顶多一米七二，挺瘦，而潘东强在一米七五以上，将近一米八，骨骼粗大，看着力气十足。但他两次都被比他瘦小的男生轻易制服，看来是没有什么打架经验。

这次刘天行则吸取了毕亮上次的经验，没有追加攻击，没有连击，因此潘东强只是坐在地上，不会脑震荡，也不可能去告状——打不过就去告状，太不像个男人了。刘天行也不可能被记过。而因为潘东强没有还击，又不是在课间，几乎没有造成什么影响。潘东强只能吃哑巴亏。

潘东强太窝囊了。我觉得他无论如何也不会有机会复仇了，而且是两次，还有一次被打成了脑震荡，他高考肯定要受影响了。

他能有什么办法，没有势力，没有砍刀，也没有打架的本事，就是块头大。从结果看，块头大是一点儿用也没有了。

10　恩赐

在二〇〇〇年，我所关心的——说是不当回事，到头来，也只有那件事当回事——我能考上什么大学。我应该能考上一个重点大学，我确认，但不是北大。刘天行和方驰那样的，二本都考不上，他们根本就不学习；毕亮肯定能上一本，甚至重点；秦言军有可能考上一本，有可能二本；李治伟二本，或者考不上二本，他已经学习学傻了；而潘东强是能考一本的，甚至重点，但他脑震荡了，不好说，他考二本肯定没问题。

这就是我的看法，我把每个人都放在一二本专科这样的盒子里，那时还没有三本。

也许大部分同学都关心这个，不然我们上什么高中。然而上了高中，却发生了因为往教学楼墙上泼墨而被开除回家种地的事，这又怎么解释呢？是精神崩溃吗，是因为摊上了那么个英语老师，感觉自己没有前途了还是什么？我没有经历过，不能理解。

学校方面大概也有同样的顾虑，老师应该感觉到了学生中的不稳定情绪，学校方面决定在离高考还有不到两个月时开展一场体育运动会，而后全力备战高考。说得很大动静，实际操作起来，相当无趣，所谓的体育运动会，只是一场踢毽子比赛，或曰：毽球淘汰赛。

比赛安排在一个周日的上午，校方仁慈地决定，比赛结束后直接放假。听到这个消息，我很是兴奋了一次，我想，这下可好了，一会儿踢完，可以多放个小半天假，就可以当成一天假了，太难得了。

可事实让人很无奈，比赛没那么容易结束，先是班级内种子选手淘汰赛，然后是班级淘汰赛，还有轮空的，四强，半决赛，决赛，到后面已经和我们完全无关了，我们班早在四强前就出局了，刘天行虽然球踢得好，可他不屑于踢毽子，也许根本就不会踢。然而因为我们是军事化管理，比赛没有结束，就不能离校，同学们也不太有兴趣看最后结局了，大部分同学都回了教室，还有三三两两坐在操场上，篮球架子下面的，只有当事班还有人很积极地喊加油。已经到了午饭时间，想象中多出来的小半天假泡汤了。我也回了教室，坐在椅子上百无聊赖。

过了一会儿，楼下一声哨响，一片欢呼声，冠军决出了。好没意义的一次运动会啊，我是这么觉得的。过了一会儿，刘天行上来了，我问他，哪个班夺冠了。刘天行说，八班。得冠军的是谁？毕亮和曹兴鹏。我心想，毕亮挺厉害啊。

刘天行开始收桌子，一边收一边说："下午我们去山上小学操场上踢球，你也去吧。"我说："好。什么时候走？"刘天行说："吃完饭回来等通知。"于是我去吃饭。

回来等通知，却什么也没等着，我一直坐在教室等到下午两点。那时候没有手机，有呼机，但学生没有用呼机的，只有宿舍电话，而我要打宿舍电话，就要回宿舍，我想刘天行应该已经不在宿舍了，他大概去踢球了。他可能把我忘了。

我无事可做，等也不是，走也不是，万一刘天行回来找我呢。教室里零星坐着几个女生。都在写作业，准备高考，其他人都出去不知道干什么了。我拿出本子来，开始写诗，写不下去，又开始乱涂。又学着小时候学写字那样，拿着尺比着写字，结果写出一排下面很齐的字，看着很好玩，我又乐此不疲地开始拿尺比着写字。一直写到三点多。写了很多，写得很投入。心情难以平静。刘天行还没有来找我。我想他们一定已经踢上了，把我忘脑后了。这样一来，原本是大半天的假，就剩下了小半天。我抽出了英语练习册，打开看到的是一大片一大片的空白，顿时没有了一点做题的兴致。还有两个月，我的好成绩真的能够撑到那么久吗？我有些不确定了。

第二节晚自习快结束时，刘天行回来了，头发有点乱，像是风吹的。造型比他的直发好看。我问刘天行，球踢得怎么样？刘天行瞅了我一眼："踢什么球啊，下午修理人去了。"说完趴在桌子上，不一会儿传来轻微的呼噜声，也不知是真睡还是假睡。

11　你以为砍人好玩啊

下课了，刘天行把砍刀拿出来给我看。刀身下方刻着"靖康"两个字，他问我："你知道靖康什么意思吗？"我表示不知道，其实我大概知道。刘天行便讲解："靖康，靖康耻，犹未雪。臣子恨，何时灭？这是抗金英雄岳飞的诗。靖，康，耻！尤，未，雪！"刘天行带着很重的仇恨说出这几个字。

我问他："你这把刀砍过人吗？"刘天行讲："砍过人，砍过人我就不能坐在这儿了。你以为砍人好玩啊，砍人白砍啊？你不得赔人家钱啊？"可能是觉得和我说话没什么意思，刘天行站起来出去了，到了八班门口，刘天行喊出了毕亮，两个人一起从前面走出去了。毕亮好像又受伤了，鼻子上贴着胶布。

对我来说，刘天行就像生活在一个假想的世界里，他其实也没有太多不可理喻的地方，但我走不进去，他生活在一个不属于我的世界，我想不太明白，毕亮也是学习好的学生，字也写得好，还在学校书法比赛上和我一样得过二等奖，也是坐在教室前排的，而我已经坐到后排了，毕亮怎么就能和刘天行玩得那么好呢？

日子就这么平淡地过着，很快就要高考了，然后就是各奔东西，似乎也没有那么多可想的。我又开始有一搭没一搭地做模拟题，做了几套，发现成绩还是和以前差不多，于是心里有了些底。又开始不安分起来，甚至去外面的小店里买了烟回来抽，有时喝罐装啤酒练酒量，又买了几张其他花色的信纸，要继续练习写情书。笨手拙脚地想把自己变成一个想象中的问题学生。

然而这些事很快就终止了，在那个周日的下午，发生了一些意想不到的事，把我重新拉回到学习的轨道上，不再写诗，也不再研究怎么能成为刘天行一样的坏学生。

那个周日的下午依然过得很平淡，气氛从第二天，也就是周一开始有些异样，刘天行一整天没来上课，下课时教室里又响起了严肃的嗡嗡嗡，我仔细捕捉着信息，好像听到潘东强出什么事了。这时我前面的许陈十分吃惊地"啊"了一声，我正好找借口发问："啊什么，怎么了？""你不知道吗？潘东强死了。"

"啊？怎么死的？"

"我也不知道啊，都那么说，说是死在老水泥厂里。"

我突然激动起来，我去过那个地方，他怎么死在那里了？"什么时候的事？"我问。

"听说昨天就死了，昨天潘东强就没回宿舍，宿舍老师给他家打电话，也没回家，第二天就报警了。上午就查着了。死了。"

"你怎么知道的，说得跟真的似的，你看见了？"

"不会自己去听吗，我怎么能看见？我也没去过老水泥厂。"

　　关于潘东强的死讯，当天下午又得到了更正，说是没有死，在医院抢救，这回比脑震荡厉害，说是血流了一脸，被打得很凄惨。传得又像有人亲眼见着一样。

　　然而这一天对我来说最关心的不是潘东强死了，而是刘天行一天都没出现，我偷偷在八班门口观察了几次，也没看到毕亮的身影。他坐在前排中间，平时很容易看见。我想到潘东强的挨打，肯定和他们俩有关。不过这次也有点太狠了，直接要人命。

　　当天晚上的自习课，教师们严阵以待，老师一直坐在讲台上看自习，谁也不敢说话，教室里都是沙沙沙的写字声。过了一会儿，还有同学向班主任问问题。除此外，班主任也不说话，就在讲台上坐着，看着教室外面发呆。教室外是一片漆黑的夜，穿过黑夜，在一里之外有个住宅楼，楼有六层，在六层的一家卧室里，有一个小女孩，正在拉小提琴，我听不到小提琴的声音，只见那个女孩一会儿在床上站着拉，一会儿跳到床下拉，一会儿又跳到了床上拉，好像很开心的样子。我什么也没听着，只看见小女孩上上下下的，拉着小提琴。

　　王克锋发了一阵子呆，走到我旁边，看我做题。他站在我旁边，我就做不下去题了，便假装在读一道大题，用笔在题目上指指点点，王克锋说："宋希光，你出来一下。"

　　我便跟着他出去了。

走廊的两端黑咕隆咚的。整条走廊安安静静，王克锋瞅着我，好像在深思。

12　开除得不够彻底

刘天行返校，已经是周二下午了。他是自己悄悄回来的，收拾了一会儿桌子，就拎着书包走了，也没有和我说一句话。我不知道他要去哪儿。过了十来分钟，他又回来了，问我："我砍刀呢？"我从我的桌子里把砍刀摸到了桌斗边缘，指给他看。刘天行看了看，恍然大悟："果然还是我老儿对心细。老对儿没白当啊。"

说完他又趴在桌子上，一句话不说。过了一会儿，他抬起头问我："王克锋问你什么了？"

我很好奇他怎么知道王克锋找我了，但王克锋那天什么也没问我，就是语重心长地说："你好好学习，不到两个月就考试了，别整那些乱七八糟的。"但这个话，我没有对刘天行复述，我只是告诉他，王克锋什么也没问我，我还以为他能问我了，结果没问，就让我好好学习。

刘天行沉思了一会儿说："这个老狐狸。"我说怎么了，他说："王克锋想从你这儿套话。"我说他什么也没套出来啊，刘天行讲："所以说他是老狐狸，不着急，你等着吧，他会慢慢从你这里问出东西来，不过他也问不出什么来，你不要乱说就行了。"我说好，我什么也不说，再说我本来就什么也不知道。刘天行说："你不用知道。"

但是周三晚上，刘天行对我就换了态度，上自习时，他悄悄和我说，你等会儿陪我出去溜达溜达，我说好。下了课，他就领着我转，一会儿转到了学校外面，在一座小桥头那里，刘天行蹲下去抽烟，也递给我一根，我说不会抽。刘天行没有硬塞，烟抽完了，他又从校服裤兜里掏出两罐啤酒，拉开递给我一罐，我喝了一大口，不一会儿就觉得脸上开始发烧。

刘天行说："我是考不上什么大学了，能上个专科就算对得起爹妈了，能混个高中毕业证就满足了，你不一样，你和毕亮都是好学生啊，都是上北大清华的料啊。"

我说："毕亮上哪儿去了，昨天也没看着他啊。"

"毕亮可能要开除了。昨天我和他都在派出所，我什么也没说，潘东强根本就不是俺们俩打死的，俺们不可能打死他，不知道他又得罪谁了，那个逼范儿挨打是早晚的。打死他活该。"

"那开除毕亮干什么？"

"校规你不知道啊，进了派出所，不管什么原因，直接开除。再说毕亮精不精傻不傻，别人没问什么，他倒什么都说了，把在学校把潘东强打成脑震荡也说了，傻不傻，他说那个干什么？结果公安全给他记下来了，将来还不知道要赔多少钱。"

我叹了一口气。除此也没有别的办法安慰刘天行了。刘天行说："毕亮昨天一晚上没睡觉，俺们俩就在外面草地上躺了一晚上，讲将来怎么办。还能怎么办？学点技术找活干呗，做买卖也没有本钱。他家里都是老农民，不像我，家里还能出点钱。可惜了毕亮成绩那么好，考重点没有问题。都跟我学坏了。宋希光，你别跟我学坏啦。"

我说："不一定，可能不能开除。"

但是我说的话没用，毕亮还是被开除了。处分出来得很快，还没到周末，毕亮就背包离校了。

但这次刘天行反倒没有太难受，他跟我说："学校表面上开除毕亮，实际上没开除，就是让他自己回家复习去了，高考照常参加考试。"

我说："这是怎么回事？"

刘天行说："毕亮学习好啊，学校还指望他给学校多考一个重点名额出来，开除他有什么用，学校又不傻。"

刘天行这么一说，轮到我傻了。

我问他："那你怎么没开除？"

刘天行说："你盼着我开除怎么的？"

"那哪儿能？我盼你开除干什么？"

"我不是告诉你了吗，我什么也没说，抓我是误抓，我爸找警察了，警察亲自来学校给校长解释，他还敢开除我吗？毕亮傻乎乎什么都说了，警察来了也没有用。"

这些事，都超出了我的想象，我感到大开眼界。

我心里甚至感到某种庆幸。在我的周围发生了那么多事，而我可以平安无事地逃脱那些厄运。

13 军不军事化没什么不同

让刘天行失算的是，王克锋再也没有找我谈话，也更没有找我问刘天行的什么事。这个老狐狸，不知道干什么别的去了。

过了些日子，又传来不好的消息，说潘东强没救过来，虽然还活着，但可能要变成植物人了，一直没有反应。说他们家已经借了五六万块了，也没救过来，关键是不知道谁干的，现在也没抓着人，植物人最可怕，可能一辈子救不过来，还得花钱养活着。

毕亮虽然承认在学校打过潘东强，但刘天行说那天下午，警察都察过，毕亮和他都有充分的不在场证明，他们当时不可能在老水泥厂，潘东强不是他们俩打的。但是谁打的，警察也束手无策，校方也毫无头绪。潘东强他妈到学校哭过好几次，哭也是白哭，解决不了任何问题。潘东强醒不过来，凶手也找不到。

秦言军又在课间大肆传播八卦，说警察快把老水泥厂翻了个个儿，也没找着作案痕迹，简直是高智商犯罪。秦言军说这个话时，刘天行就在那儿撇撇嘴。说秦言军这张嘴，早晚和潘东强一个下场。

因为潘东强的惨案，学校加强了军事化管理，果真把学校门彻底封死了，平时彻底不准出去。对高三学生来说，高中时期最后一个两天假都取消回家了，学校彻底成了个大监狱。每天晚上，从宿舍楼里传出一阵阵惨叫："救命啊——""天理不容啊——""旧社会啊——"

宿管老师也无从管理，事实上，这么惨叫几次，大家反倒觉得轻松了许多，也算是一种发泄了。很快，迫在眉睫的高考，也让大家忘了学校军事化管理这档子事。每天照常上课上晚自习。

刘天行每天无精打采的，也不知是因为出不了校门，还是因为想念毕亮。日子一天天地过着，再也没有什么八卦传来。因为学校封了大门，信息闭塞，我们也不知道外面的潘东强怎么样了。

很快迎来了最后一次校内组织的模拟考试，我考了六百分，心里还挺满意的，到了这个时候，我也彻底不去想北大了，没戏了。

高中生活似乎有种提前结束的样子，我没事就开始收拾桌斗，看哪些书要扔，哪些要带回去，宿舍的衣服也早早清理了一遍，叠得整整齐齐。最后我对自己在高中的家底一清二楚。

周日换了一次座位，我坐到了窗边。下午下起了雨。我坐在窗边往外看去，是教学楼南面的长廊，长廊上长满了紫藤，没有人，教室里也没有什么人，大家都在宿舍里洗衣服吧，但下着雨，洗了会干吗？反正我是不想回去洗衣服，我便拎着伞往外走，想趁着这有限的几个假期，在学校里再转一转，到紫藤下再走一走。走廊里没有打灯，有些昏暗，楼道里有一种湿气，脚步声空空带着回响。我想象着平时上课时人山人海的楼梯，有些感伤。是少年的多愁善感吧。

来到楼下，看到了那片被重新粉刷过的区域，颜色明显比别的地方新鲜一些。那里曾经写过两句话："只因为两年以来，悲愤总时时来袭击我的心。"

我忽然感到一种异样的感觉，好像哪里有些不太对劲。

14　紫藤下的少年

　　紫藤下的长廊里坐着一个人，猛然发现时，吓了我一跳。我以为这样的天气，不会有人在外面，而且那个人没有打伞，淋着雨坐在长廊的石凳上，浑身都被雨浇湿了。两眼直瞪着前方出神。我绕到侧面，确认这个人是李治伟，我觉得有些别扭，想要离开。李治伟发现有人在旁边，猛一哆嗦，显然也被我的突然出现吓了一跳。

　　李治伟看我的眼神有些复杂，好像有很多话要说，我有点紧张。想到他打着伞从一楼走到四楼，一直走进教室才收伞的形象，我感到有些不舒服。

　　我先开口问他："你怎么不打伞？别感冒了。"

　　李治伟看了看我，什么话也没说。这让我有点发怵。我总觉得他会跳起来掐我。

　　我看他还不说话，就迈开脚步，想要赶快离开这个地方，我的闲情逸致被他弄得一点也没有了。

　　"你觉得生命有什么意义吗？"

　　李治伟在我背后突然开口说话，吓得我后背一凛。

　　生命有什么意义，我真没想过这个问题，我甚至连意义是什么都没想明白。更不要说生命有什么意义活着有什么意义这种深刻的问题了。

　　"有什么意义？"我反问道。

"生命就是我坐在雨里，坐在紫藤下面，遇到了你。"

"啊？"

"生命就是风声雨声读书声，声声入耳。"

我忽然觉得李治伟有些失常，好像不止学习学傻了这么简单。我想赶快离开他。

这时李治伟突然大声说："你装什么装！"

我一下傻了。

"你说，信是不是你写的？"

"信？什么信？"

"你还装糊涂，你看看，这是不是你的字儿，我把语文老师办公室作业本都翻遍了，这个就是你的字儿。"

说完，李治伟从校服兜里掏出两张彩色信纸，是我在小卖部买过的一种。信纸上的字迹已经被雨水模糊了。但仍能看得清，两封信的大意如下：

李治伟：

上午我在楼道里看见你打着伞从一楼一直走到四楼，我就在后面跟着你，我想，天啊，还有这么有意思的同学，我怎么不知道呢，我觉得你一定是个很有个性的人。咱们学校里虽然好学生很多，但是像你这么有个性的，我还一个没见到过，今天见了你，一下就对你产生了好感。我想约你礼拜天下午见一面，就在后面老水泥厂山上的凉亭里，我先去，你后去，我在那儿等你，不见不散。

四班 李美丽

× 月 × 日

李治伟：

　　对不起，真是太对不起了！我那天下午突然痛经了，痛得不行，痛经你知道吧，简直一步也走不了，一下午都躺在宿舍床上，我想让人去给你送个信儿，不要等了，可是不可能啊，我不能找人送信，只能对不起你了。我们约这个礼拜天下午，还是原地方见。你顺着铁轨走，很快就走到了。我还在凉亭那儿等你。想念。

李美丽

× 月 × 日

15　横的怕不要命的

　　李治伟的责难完全出乎我的意料，他认为那两封信是我伪造的，原因是，我的字迹和信的字迹一样，都是庞中华体，但我说，学校里会庞中华体的不只我一个，很多人练过庞中华字帖。李治伟的第二个理由是，我是刘天行的同桌，而刘天行是毕亮的死党，所以我们三个是一伙的，毕亮曾经笑话过他上楼还打伞，既然我们是一伙的，我也应该笑话李治伟，所以就设计这封信骗他玩儿。

我说："你这是胡思乱想。我和刘天行毕亮根本不是一伙，我和他们都不一起玩。"

李治伟说："你说话谁信，你现在能说你们是一伙的吗？"

我说："根本不是，你找错人了，我和你说不明白。"

李治伟说："你说不明白，我和你说，我想了好几天了，咱们学校写庞中华体像的就那么几个人，理科班的和我没有恩怨，再说我和李美丽根本没说过话，她用不着耍我，再说李美丽一个女生，怎么能写庞中华体，文科班就你一个写庞中华体，你又是他们一伙的。"

我说："女生怎么就不能写了，你没去当面问问李美丽吗？"

李治伟说："我问她干什么，我傻吗？我被你们骗了去水泥厂就够傻了，我再去问李美丽，让全校笑话我吗，我就那么好笑吗？"

我说："反正不是我写的，你爱怎么样怎么样。"

李治伟相当激动，站了起来，不知是因为激动还是冷，开始全身发抖："你还装！不是你，不是你你说凉亭那儿怎么有潘东强刻的潘东强到此一游？那根本就不是潘东强刻的，就是你们刻的，你们要我去看那几个字，我看见了，好跟潘东强说，然后你们就趁机笑话潘东强，然后找借口把他揍一顿。骗我一次还不行，你们又给我写第二次信，还把我骗一次，这回直接还把潘东强骗到水泥厂去了，还先把潘东强胖揍了一顿，潘东强看见我在那儿，就要揍我，说我笑话他。这不都是你们设计的吗！"

李治伟突突突说了一串，我一下蒙了，完全不知道他说的是什么。

正这时，刘天行不知从哪儿冒了出来。

刘天行快步站到我和李治伟中间，指着李治伟的鼻子骂道："我操你妈，九班学生你也敢欺负，我同桌你也敢欺负，你找砍啊！"

李治伟浑然不怕地说："你砍啊，你砍死我啊，有本事你砍死我！"

刘天行一看李治伟要动真格的，拉着我就走，边走边回头说："等毕业的，我现在不想找事，你不是想挨刀儿吗，洗好了等就行，不用着急。"

16　庞中华字体的流行

我惊魂未定地回到教室，全身不住地发抖。刘天行说，你抖瑟个什么，就那么个彪子把你吓成这样。我控制了一下说，我不是吓得，是冷，是激动。

"别激动了。李治伟想干什么，他堵你干什么？我刚才在上面往下一看就不对劲，晚下去一会儿弄不好你们就打起来。"

"他没有堵我，我想想，我先想一想，他好像叫谁给骗了，以为是我骗他的，我骗他干什么？"

"骗了？"

"你等我想想……他有两封信，是假装李美丽写的，约他去水泥厂约会。"

"李美丽？约他？李美丽会约他那么个彪乎乎的人，你逗死我吧。"

"他说的，不是我说的。信是庞中华写的，是庞中华体写的，我写庞中华体，他就说信是我写的，说我骗他的。"

"会庞中华体的多了，毕亮也会，毕亮写得我看比你好。"

"他会吗，我看他字体不是啊？"

"字体不是不意味着不会写。"

"那信是毕亮写的？反正不是我写的。可不可能李美丽也会写庞中华体？"

"你逗死我吧，李美丽天天不念书，天天谈恋爱，她能写庞中华？她能写庞中华，我能写庞中华他爹。"

"毕亮骗李治伟干什么？"

刘天行听我一问，不说话了。他看了看窗外，我也往下看了看。李治伟应该不在了。我很怕他回宿舍堵我。

刘天行好像知道我在想什么："你不用怕那个彪子，他不敢把你怎么样。他没有那么大胆儿。"

过了会儿，刘天行说："你好好复习，什么都不用想，想多了没有好处。"

然而我没有办法不多想，不可能不多想，我忽然觉得我好像想明白了很多事，或者说，马上就想明白了。

17　两个人

第二天早上，天依然是阴的，雨已经不下了，灰色的云笼罩在教学楼上方，显得压抑，而楼被雨水冲洗过，反倒变得新了一些，操场上的水洼里倒映着楼影，有些不真实。我站在教学楼的北面，看见整个教学楼北面的东墙都已被粉刷一新，因为那块墨迹太大了。我仍能想到不久前，站在同样的位置，看到那四瓶墨水留下的墨迹，简直是有些壮观的景象。如若不是那些用粉笔骂刘向花的标语，几乎不能看出是一种恶意破坏，倒更像是一副未完成的画。而南面墙上的两行字，"只因为两年以来，悲愤总时时来袭击我的心。"也和粉笔书写的标语"误人子弟""英语老师刘向花是个败类""开除刘向花"十分不搭。

那些粉笔标语已被擦得干干净净，墙壁也无须新刷，就好像一班那个被开除的同学一样，被轻易地从教学楼上擦掉了。而这些掩藏在油漆后的墨迹，却只是掩藏了，它其实一直在。想到这里，我感到心惊。我想到被开除的毕亮，而刘天行说他只是假开除，我忽然觉得那些墨迹和鲁迅的话，是毕亮的杰作，而对刘向花的咒骂，大约是凑巧了，或者只是一班那个同学因为毕亮的杰作而受了刺激，临时的激动。最后被开除的，只是那个倒霉蛋，他还要负责赔学校的装修钱，哑巴吃黄连。

我为这件事问过刘天行，我说："前些日子学校墙上的墨，是不是毕亮干的，还有那些字，是不是毕亮写的。"

刘天行说："不是，写字的不是一班的吗，不是已经开除了吗，和毕亮有什么关系？你又在哪儿听风就是雨的？"

我说："不是的话，那天抄鲁迅的文章，你怎么一下就知道是查笔迹？"

刘天行似乎没想到我有此一问，一时语塞，回道："你怎么跟李治伟似的，念书念迂了。天天瞎想些什么。"

　　我说："我怎么和李治伟似的？"

　　"你拉倒吧，别说了，好好复习，不该你管的，你不用管。"

　　所以这件事，我大概永远也不会查出什么来了。我发觉刘天行对我已经有了些不快，也许是因为我问得太多，也许是我说到点子上了，凑巧猜对了。事情可能就是毕亮干的。我越想越觉得他像，从他那天要打死潘东强的架势上看，就完全能干出往教学楼上泼墨的狠事来。

18　你是你我是我

　　事实是，我再也不可能问出些什么了，我明显感觉到刘天行对我疏远了。有一天，他想起了他的砍刀，从我那要走了。而之前，我还私心想着，是不是能把砍刀一直藏着，刘天行忘了，刀就是我的了。

　　现在，靖康的刀又归还了靖康。没过几天，他自己主动要和许陈换座位，说想离教室后门口远点，远离诱惑。许陈成了我的同桌。这些事，班主任和各科老师已经懒得问了，快毕业时，教室后面的座位快坐乱了。

　　许陈有时候还在画醒目饮料的脸谱，我问她，你老画这个干什么？她说，她喜欢画脸谱，很多人都是戴着脸谱活着的。

　　我没想到许陈会说出那么深刻的话来，忽然对她刮目相看。然而有时我还是惦记她的胸罩，她到底穿还是没穿呢，一直不能确定。有一天，我又偷偷瞄了一眼她平平的前胸，许陈正在看书，幽幽地说，别看了，我没戴胸罩，戴那个太拘束。

对此，我无话可应答，假装看书。

我和许陈坐同桌，一直坐到了毕业，高考之后从未相见，失联至今。我算是如愿考上北京一所重点大学的中文系。前些日了，我和高中班上的同学重新建立了联系，我想在群里找许陈的名字，找了四五遍，没有找到。

听说毕亮考到了一个二线城市的二本，没能给学校加一个重点名额。而刘天行如他所说，去了一个专科技校。出人意料的是，李治伟也去了专科，但也不能说出人意料，他本来就是学习学迁了。

后　记

有一段时间，我喜欢看本格推理小说，本格推理的套路，是在前面一定篇幅内，把所有可能推导出真凶的事件人物细节都写出来，而且案发场景是封闭的，不得借助现代刑侦手段，纯靠推理找出凶手。本格推理的一个特点，只要你看到了书上写出来的细节，是一定可以推导出真凶的。但是，如果一部小说是以偶然性原因来解释结局，则不能算是好的本格推理。

这种类型的小说显然难写，我不敢说自己要去写什么本格推理，密室推理，那简直差得十万八千里，我连一个基家的谜题模型都搞不定。但是提供一些线索，大家一起猜猜谁是真凶，还是一件挺有意思的事，不是吗？或许也挺无聊。

前面十七个小节，关于毕亮，关于校园泼墨事件，关于潘东强的惨案，和那两封信，我们或多或少可以说，已经有了一些线索，但是答案是什么呢？说实在的，我也不能确定，我并不握有正确答案，还是要靠推理。推理出正确的结果，又需要验证，现在的情况是，刘天行已经和我很生疏了，我基本不可能从他那儿获得什么答案，我也放弃了从他那里问出答案。毕亮已经去世，不管他是不是犯下什么罪，也都得到了宽恕。学校的老师，也许知道一些细节，或者答案他们也知道，但我显然不可能去找老师求证。潘东强的名字，没有出现在我的同学群里，也许已经死了，也许还是植物人，也许他醒了过来，向直正殴打他的凶手索赔，或者一笑泯恩仇了。这些都有可能。但我觉得可能性不大，最大的可能是，潘东强已经死了。

可能的答案

如果我没有猜错的话，教学楼泼墨事件，就是毕亮干的。准确地说，毕亮和刘天行一起干的，毕亮写字，刘天行泼墨，毕亮写完字了，拿着剩下的几瓶墨——扔到了教学楼上。字是用刷子刷的，毕亮会很多字体，如果他用左手写，很难识别出来，他是个体育那么好的人，用左手写字完全可能。

当我问到刘天行，写字泼墨的那件事有没有可能是毕亮干的时，刘天行完全没有迟疑地一口否定，已经说明这里有问题了，这只是一种猜测。但是他又怎么知道那天抄鲁迅的文章，是查笔迹呢？刘天行难道会每天早上绕着教学楼检查有没有人往上面写字吗，不然又怎么知道墙上写的字，正好是那天抄的鲁迅文章里的字呢？至此我还无法确定。也许果真就是刘天行消息灵通。

关于这个悬案，并无确定答案。

李治伟收到的两封恶作剧信件呢？

我想稍微有点情商，都不会相信真的是李美丽写的，李美丽表面看是个大咧咧的女生，喜欢谈情说爱，会和男朋友一起踩废铁轨，她会因为李治伟打伞上楼而喜欢上他，或者说对他产生好感吗？这种可能性会存在吗？李美丽难道认为在李治伟那里能得到什么浪漫吗？

而刘天行失口说出的一个事实，他说毕亮会写庞中华体，而李美丽不可能会写庞中华体，则完全又像是无心说出来的。这里就有一个问题，毕亮是不是所有的事都要和刘天行说，是不是写信给李治伟这种恶作剧的事也要对刘天行说，他们真的到了那种无话不说，所有事都要一起商量，完全没有个人空间的地步了吗？我又觉得不像。毕亮踢球也踢毽，但刘天行只踢球，我想他们还是有些差距的。或者说，这种写假情书糊弄人的事，也许不是刘天行干的。（另外说个题外的证据：刘天行不屑干这种事，要由我来揭开，那就是秦言军的泼墨事件，那件事铁定不是刘天行干的，因为那是我干的。我太讨厌那个大嘴巴了。为了布那个桌斗里的陷阱，我可谓是费了不少心机，事实证明，最后没有被人识破。可我还是后怕了挺长时间。当时秦言军看过来的一眼，我总担心泄露出了什么，也许秦言军真的看出了什么。谁知道呢？）

说到这里，依然不能确定信是毕亮写的，至少从文章里找不到证据。但肯定不是我写的（肯定吗？我会庞中华体，而且我又去买过彩色信纸，而且我又做过给秦言军桌斗里放陷阱的恶作剧，没事又无聊到自己写情书写诗，又用尺子比着写字，又会无聊到一个人逛野地里的铁轨，难道信不会是我写的吗？我当然不会承认了）。

说到这里，插一句，和李美丽一起踩铁轨的男生，我的确见了一面，可称为难看，这又似乎可以证明李美丽也许有着独特的审美，会喜欢有些怪癖的男生，而不只是只看外表。另外，李美丽名叫李美丽，但她未必真的美如校花啊。

所以，对于两封信是谁写的这宗悬案，只能存疑。

可以确定的是，李治伟被未必美丽的李美丽的情信骗得去了两次凉亭。这可以说明他的迂，不光是学习学的，也可能有青春期或后青春期性压抑的原因。

关于这个悬案，并无确定答案。

然而两封信无论出于偶然或设计，却造成了几乎必然的效果。那就是潘东强案可能的真凶。

如果我没猜错，潘东强是被李治伟打废的。李治伟第一次被信骗到了凉亭，等了半天不见李美丽，（而且两次都未见，基本可以断定信和李美丽没什么关系），李治伟看到了"潘东强到此一游"几个字，至于这几个字，当然是潘东强自己刻的，这不可能推到毕亮或我的头上，我们无论如何不至于那么无聊。于是李治伟说出来时，潘东强的第一反应是问他在哪儿看见的，然后是脸红，说明这字很可能是他刻的，他一听就知道。但这件事没什么大不了，潘东强知认真了，结合潘的语言特点和行为特征，可知他是个爱面子之人。这么一来，便存在他某个周末要偷偷跑去修掉到此一游那几个字。而恰好那个周末，李治伟被李美丽的第二封假信骗去了。于是两人相遇了。两人肯定都没什么好气，但却不至于出人命。出人命，是因为前面又有个铺垫。什么铺垫呢？按李治伟的话说，李治伟在凉亭见到潘时，潘已经被揍过一顿了，被谁揍的，细心的会注意到，事发那天下午，刘天行本来答应喊我去踢球，最后爽约，回来后刘天行说，他去收拾人了。我们可以猜想，刘天行是去收拾潘东强的，但刘天行显然不是在凉亭收拾的，因为李见到潘时，潘已经挂彩了，所以潘是在见到李之前就被刘天行收拾了。

至于刘天行为什么会去收拾李，依我看，是一次意外事件，刘本来计划去踢球，计划中断，不可能是毕亮突发奇想约刘天行去揍潘一顿，没有理由。如果他们改变了踢球的计划，必须去揍潘的话，可能的原因是，潘惹到他们中的谁了，惹到刘天行了吗？不会，刘天行和潘不在一个班，虽然有摩擦，但没什么大仇，有仇的是潘和毕亮，潘很可能在那个周末纠集了他校外的朋友堵毕亮，并且把毕亮打伤了，毕亮回来找刘天行，正好在刘天行准备去踢球时遇到了，于是二人不踢球，刘天行又纠集了一伙人，把潘揍了一顿。潘此时的心境，一定是极端灰暗，可以想象，在刘收拾潘的时候，说了很难听的话。以至潘想了很多，无意中想到了到此一游那几个字，因为那几个字，他莫名吃了刘天行一计窝心拳。于是他可能要去凉亭把那几个带来耻辱的字弄掉，而恰好又在那里遇到了被骗的李治伟。李治伟的心情也相当之差，二人一言不合的可能性有很多种，冲突的可能性也有很多种，总之最后，潘虽然体型大，但人笨，很可能被容易神经紧张的李治伟从凉亭下松动的地面上捡了一砖头打倒在地，也许冲动中的李治伟不只打了一砖头，最终导致潘严重受伤。潘很可能再也没有醒过来，或者醒来后失忆了。因为没有听说李治伟被抓的八卦。或许我错过了，李治伟也许已经被抓了甚至被处决了。

至于那块打倒潘的砖头，很可能是扔进了凉亭附近的池塘。

于是我想到那天，在紫藤下雨中静坐的李治伟，他在想什么呢？他在想什么呢？他会不会在想，如果当时把潘东强绑在石头上，再扔进池塘里，就永远没人知道了？

这么想有些邪恶了，李治伟那天想的只是人生的意义。人生的意义。

也许李治伟和潘东强根本没有发生致命冲突，两个落难人相见，本来要拼命，后来却惺惺相惜起来，而潘东强终是觉得自己太窝囊，便一头撞死在了亭柱上。于是李治伟想到了人生。

但李治伟又胆小，没敢回学校报告，这件事一直藏在心里，后来得知潘成了植物人，内心压力巨大，于是在雨中静坐沉思。

又或者，刘天行那天根本不是出去收拾潘，而是和方驰去收拾别人了，毕亮也不和刘在一起，而是被潘之外的人打了，同样，潘也是被一个我不了解的势力收拾了。除了我能确定的，潘和李在凉亭相遇，再也没有什么可以确定的。

关于这一系列悬案，并无确定答案。

也就是说，潘东强案的真凶，无法确定。刘天行说，那日他们有不在场的证据，是什么呢，也许是因为潘找人把毕亮打伤了，毕亮和刘天行后来就去了医院，这就是不在场证据。大概也只能如此了。

至今我可以确定的只有一件，毕亮已经离开了人世。甚至，连这个我也不能确定，也许他们是道听途说，也许，也许真凶是毕亮，刘天行和毕亮又设了一个我完全不知道细节的局……但这么去揣测一个也许已经早逝的同学，在人情味上，也是过不去的吧。

隧　道

　　向山火车站正在维修，几乎整个站台都无法使用，最后只留了两扇门的长度给乘客上车。不幸的是，车停错了位置，从向山上车的，大多买的是二到五车厢的硬座，而留在可用站台上的两扇门是软卧的十三十四车厢。于是一百来号提着大包小裹的男女老少们一拥挤到了十三车厢的门口，因为十三车厢离二到五车厢更近一些。这个时候，我很识时务地跑到十四车厢上了车，顺便带了不少人上来，等我们经过十四车厢狭窄的过道挪到十三车厢面前时，前路已被堵死。可以肯定的一件事是，我已经上车了，能不能走到三车厢坐上我买的座都不是大问题。

　　我近水楼台地在软卧窗边的椅子上坐下了。软卧包厢大门基本都关上了，眼不见为净，要是我买了软卧票，肯定也不希望外面过道里挤满了人。

我打开手机给阿林发了一条信息，上车了，放心。

不料阿林一瞬间发来了视频邀请。我按掉了。过一会儿，又来一条视频邀请，我又按掉了。回道，流量不够了，等有 wifi 了。阿林回了个哭脸。我把手机揣兜里了。

窗外人头挤人头的。我突然福至心灵地做了一件事，拉开了眼前软卧包厢的白色大门。

四号下铺坐了一个姑娘，我点了一下头，把背包往二号下铺一扔便坐下了。顺手又把卧铺包厢的门关上，上了锁。

阿林的信息又来了，亲爱的，车上挤吗？

我等了一会儿，想象着自己在拥挤中摸出手机，一腔真情地回道，挤死我了啊啊啊。回完一头倒在被子上。

阿林会知道我在骗她吗？我又为何要在这无伤大雅的事情上骗她呢？视频用到的流量微不足道，即便我告诉她我混进了软卧包厢，也没什么大不了的。是因为我不想那么多废话吗？

阿林又发来了信息，是一个拥抱的小人。

我只想睡觉，应付阿林不是我全部的疲惫，还有这次出差，还有在出差的间隙见一个并不很想见的朋友，还有出差后单位的工作，还有我没干完的私活，为什么会有人发明私活这种词呢，难道一个人要一天二十四小时心里都想着工作才是正当的吗？还有应下的人情债，帮即将高考的外甥找几套模拟题。

唯独阿林对我毫无要求。她大概正没心没肺地刷微信，或者看视频吧，而竟然抽出时间考虑我的处境，我是不是应该也发个拥抱给她？

闭着眼睛躺着时，火车开了。

我有些担心查票，换票之类的。或者正主来了。那我大不了说看错床号了。

我抓紧时间入睡，列车轰咚轰咚的声音很催眠，车厢里又有一股清香气息，我猜是那位女客擦的什么，有些放松心情和镇定的效果，好像冰片或麝香之类，我不久就睡着了。

睡下没多久，被人轻轻拍了几下，我意识到是这个下铺的主人来了，可并不是，拍我的是同车厢的姑娘。

她说，门打不开，帮我开一下。

我起来使劲拉了一下，纹丝不动。又研究了一下是不是有什么机关，好像很简单，记忆里也只是一拉就开的，而且门把手上也图示了开门方向，不会有错，可就是拉不动。

我脑门上有点出汗，试了几次，解锁，重新上锁，轻拉，重拉，突然发力。都没有用。

我说，打不开，叫人吧。

我使劲拍门，大声喊，外面有人吗，这扇门锁住了，打不开。

姑娘也喊，有人吗，帮忙叫一下乘务员，门打不开，谢谢。

有人吗，请喊一下乘务员，门锁上了。

有人吗，帮忙叫一下乘务员。

我们一边喊一边拍门。

没有人回应。

我把耳朵贴在门上往外听，只听到火车轰咚轰咚撞击铁轨的声音。没有人来开门。

当时的时间，是下午四点，我将在晚上十点二十分中途下车，下车后我会打一辆出租车，很可能是黑车，让司机把我拉到一间上周预订好的简陋的宾馆，匆匆睡上几个小时，第二天五点前就要出门，换另一列火车。我想趁着在火车上的时间，能休息一会儿是一会儿。

现在显然是不能了。

姑娘急红了脸，说，怎么办？没有人。

我说不用担心，不会有问题的。先歇一下。

姑娘很无奈地坐下了，脸依然红着，我看到她皮肤很好，也许只有二十来岁，我不确定，她的头发是鬈的，应该是处理过的，乌黑浓密，像邓丽君一样。她可能是邓丽君的粉丝吧，或者什么原因，总之，为什么一个年轻的，而且的确可以称得上有些好看的姑娘要留这么有历史感的发型呢？

我说，这样，你拍背后的墙，隔壁的人会帮忙。

她想了想，开始拍，就像墙是一个人一样。我看了一会儿，也过去拍，我拍得很用力，越来越用力，隔壁如果是我的话，肯定要气坏了。拍得我手都疼了。没有人回应。

我又躺下了。很诡异的感觉。难道这节卧铺车这么空，隔壁都没有人吗？而我这个包厢竟然有两个人，这么一想，我脑子嗡了一下。默念了一句，唵嘛呢叭咪吽。

姑娘说，怎么办呢？出不去了。

我说，你快到站了吗？乘务员会来喊站的。

她说，喊过了，你们上车前乘务员刚来喊过。她一会儿不来怎么办？

怎么办？问鬼去，从没碰到这种事。我本来应该在三车厢的。就不该在这里，我倒是盼着乘务员不来，或者门打不开，那买这张票的人也进不来。

我假情假意说，没事的，还会有人上车呢。

但事实超出了我的所料，后来我们又疯狂地拍过门，拍过墙，试过各种开门方法，在火车到站时使劲拍窗户，试图引起乘客们的注意，而不幸的是，那些注意到我们的乘客，那些我觉得明明已经在站台上看到我们拍窗户的乘客，似乎没有帮我们，没有任何下文。

时间已经是晚八点了。其间我们曾幻想过，到了吃晚饭时间，会有餐车从外面经过，那时我们使劲拍门，会被卖饭的人听到。但没有餐车，只有喇叭里说，餐车准备了晚餐，有需要的可以去吃。广播响起时，我发现喇叭也坏了，广播的声音大概是从外面或是隔壁包厢传来的。

姑娘哭了。

我想安慰她一下，可夜晚到来了。车厢里的灯没有亮起来，我用手机找灯的开关，又爬到上铺找夜灯，竟然没有。这是列简陋的卧铺，就像是把硬卧拆掉一层中铺，又加了门变成了软卧一样。连行李架也是在车厢外面的。这肯定是硬卧后改的软卧。所以才会有那么多问题，连门都打不开。

我问，你的站过了是吗？

姑娘没说话。

我说，我快到站了。

姑娘还没说话。

我说，我也下不了车了。你不觉得奇怪吗？怎么会一个答复我们的都没有。我们是鬼吗？

啊——

姑娘发疯一样尖叫了一声。

这声尖叫，应该是连火车外的夜色都听到了吧。

我说，我们一起大叫吧，这样会有人听见的，白天太吵，晚上只有火车的声音，会有人听到的。

我们开始大叫，尖叫好像一种水，很快填满了包厢。我们停下来，水很快退去了，我们又开始一轮尖叫。好像听到了刹车的声音。

我们往窗外看去，火车在夜色里疾驰。

夜里十二点十分。我的车已经过站了。

阿林没有给我发信息，我猜她已经睡着了，她不知道我在哪里，也不知道我的行程。乘务员也不知道我们在这里，乘务员大概没有想到这里还有人吧。难道她们不检查车厢吗？

我想就这样待着吧，总会到站的，那时我们再下车，再理论。现在只能睡觉了。

我说，先睡吧。反正也过站了。

姑娘没有说话。

后来我听到流水的声音，再后来又闻到尿味。姑娘在包厢里尿了。

我把口鼻埋在枕头里，想要睡去。

在不间断的火车声里，偶尔听到姑娘在哭。

我忽然想，苦难总会过去。

即使以最漫长的方式度过，时间也终会过去的。

我站起来又试着拉了一下车门，纹丝不动。

车到站了，一声不响。

我往外面看去，黑漆漆的。不像是车站，好像是停在了野外。天上有乌云，或者空气里有霾，看不分明。

火车停了很久，大概是让路吧，这种不靠谱的车，不让路不太正常。

我打开手机，看了一下地图，但死活不能定位，手机信号是叉，连不上网。

我说，你手机还有信号吗，看看地图我们现在在哪儿。

她说，没电了。

过了一会儿，她说，对不起啊，憋不住了。

我说，没事。

我想起我的箱子里有东西能帮上忙，于是打开手机的手电，发现我的手机也快没电了。

我打开箱子，找出一块在前些天海边捡到的白色鹅卵石，有馒头那么大，本来是要送给这次出差要见的朋友，实际是，我没有心思想礼物这件事，又不好空手见人，就随便拿了这个看起来还算精致的东西。

鹅卵石挺重的，细密的纹理让我相信它足够硬。我用被子抓住了鹅卵石，朝玻璃上用力砸去，第二次，第三次，我使出最大的力气，听到玻璃碎裂的声音。碎了之后就好敲多了，我一点点把四周的碎玻璃都敲掉了。火车依然是静止的。外面污浊的空气灌进来，是火车腥臭的气息，丝毫没有比车厢里更好闻。

我收好了箱子，拎起来爬上去，跳到了外面，脚踩地面时有空空的声音。

我朝车上喊，你不下来吗？

姑娘站在窗口看我，似在犹豫。

车开动了。

很慢地，我看到姑娘平缓地离我而去。

我朝她摆了摆手，她也慢慢伸出左手，摇了摇。

我看到一节节车厢内部的灯光越来越快地向前移动，有人在向外张望。他们看到我，惊讶地张开了嘴。

手机只有一丝电了。已经自动切换到省电模式，只能打电话发短信。

时间是夜里两点，我不知道身处何处。应该是南方，或许已经过了长江。火车污浊的气息散尽了。潮湿的空气。一点儿也不冷。

道路两旁是不高的山，山上有黑色的树影。我往列车前进的方向走去。路不平坦，箱子变得很重，走了几十米就已经吃不消了。

我把箱子放在铁轨的光面上，拖着继续往前走。运气不好的话，可能要走上几十里。走了一个多小时，手机彻底没电了。

脚掌可能磨破了，走一步疼一下，两旁还是连绵的矮山。我感到绝望。安慰我的，是发亮的铁轨。而铁轨最终消失在一个巨大的黑洞面前，那是一条隧道。夜晚无法看到隧道尽头，隧道里有隐隐的灯光。

我走进了隧道，脚步引起零乱的回声。在我看到隐隐有灯光的地方，似乎是一个人影，我走近了，发现是一个侧躺着的人。他靠在一个巨大的凹槽里，像是从一口站立的棺材里软下来的死尸。黯淡的光线照出一张瘦削的脸。

我说，你好。

你好，那个人说，我叫老李。我是巡道工。你要去哪儿？

老李？

是啊，我叫老李，我有个儿子。我儿子的朋友们也叫他老李，他也有个儿子，今年两岁。

老李好像精神有点问题。

老李，你晚上都是住在这里吗？

是啊，我住在这里三十多年了，从工作那天起我就住在这里。

你不回家吗？

回，我白天回家，我的工作都是晚上的。我是看守隧道的，这条隧道很长，从这边，到那边。老李用手向隧道深处指去，有十几里路，都是隧道，如果有人破坏了隧道，会给交通造成重大损失，上面就派了人来看守隧道。

只有你一个人吗？

还有老王，老王。老王在那头。老王是个胖子，他没有儿子，快要退休了。

整条隧道只有你们两个吗？如果有人从中间破坏怎么办？

中间？不会，太难了，这座山很高，就算放上一吨炸药也炸不开。

我说，老李，如果真有人来破坏隧道，你有什么办法阻止吗？既然要来炸隧道，肯定都是不要命了，没准一次来十几个人，你也打不过啊。

老李说，我们有我们的办法，两个人就够了。这不能告诉你。除非，你要接我的班。呵呵呵呵……

老李沙哑地笑着。

老李，你不怕我是来炸隧道的吗，我箱子里可能装着炸药呢。

老李又呵呵呵呵地笑了，你不怕我毙了你吗？

说完，老李欠了一下身，就像长久躺着的人要换一个姿势，或者摸出烟斗抽上一口，老李慢慢从身下拿出一把枪，瞄着我。

老李说，我现在毙了你，老王也不会管，你死了，我把你拖到山上埋了，谁也不知道。我也能拿电棍电死你。

说完，老李收起了枪。叹了口气。这些事，我白天做梦，不止干过一次。

我被老李吓得有些魂不附体。一个长期从事这种工作的人，也许早就不是正常人了。他会不会杀我？也许他的枪是假的。

也可能，他说的全是假的。他没有穿像样的工作服，肮脏瘦弱，难道不是一个精神有问题的流浪汉吗？

我问老李，我就这么走下去，要走多远才能到有人的地方？我是说，到车站。

车站，挺远的。你这么走下去，可能要明天晚上，不过，我看你脚起泡了，还拖着箱子，你走不出隧道，就得累倒了。你不会躲车，火车来你会死在里面，让火车碾碎，不会有人想调查你的来历。呵呵呵呵。老李干冷地笑着。

那往回走呢，离车站多远？

更远。这里是原始林山区，没有铁路你走都走不出去，有铁路也不一定能走出去，何况你又受伤了。

我说，老李，那你呢，你家在哪儿，还有老王的家。

老李又呵呵呵呵笑着。今天你就睡在这儿吧。天亮了我带你回我家。

我相信了老李，我无路可去。我把箱子放在老李旁边，老李站了起来，叫我躺着，我摸了一下，是什么动物的皮，皮已经硬了，毛也不是很软，有股苍老的温暖。我蜷缩着躺下去，很快就睡着了。

我梦见老李是我的爸爸，梦见他带着我去海边抓鱼，很多很多鱼，装了满满一箱子，后来我们高兴地回家了，爸爸拖着装满鱼的拉杆箱，我走在后面，看天上有岩石颗粒一样的星星，好像是谁放上去的。回到家，爸爸打开拉杆箱，我闻到了烤鱼的香，可箱子里哗啦啦散出一堆书来，那些书起初有水的痕迹，翻卷跳跃好像不甘死去的鱼，很快地，它们都变成真真切切的书了。爸爸叹了一口气，我意识到我们的这个晚上一无所获。我听见远处涨潮了，忽然爸爸使劲抖箱子，把书抖了一地，完全没有停下来的意思，他继续抖，好像要把丢了的鱼抖出来，箱子抖动的声音越来越大，像疯了一样，我听见爸爸在大喊，发出金属的声音，我吓得大叫起来。

这一叫把我叫醒了，一列火车正在我眼前呼啸着，带来一股浓烈的腥气。我下意识地往后挪了一下。

我看到远处有淡白色的光，恍惚了一下，意识到是天亮了。

我还躺在老李的皮子上，嘴里干得要着火，老李这张皮子，不是狗皮，就是狼皮，这么燥。打开箱子，里面还有两瓶水，我小口喝了一下，润了润嘴，又把瓶子收好了。

老李不在视野内，我摸了摸皮子下面，没有枪，也没有电棍，只有石头。老李是走了吗，回家了吗，他还会回来吗？

他可能不管我了吧。

我拖着箱子往光亮处走去，脚底不那么疼了，走了一会儿又疼起来，我开始后悔睡前应该脱鞋透透气的。饥饿袭来，我感到一丝慌乱，箱子里已经没有吃的了。

我走到了光明里，天已经亮了，山区的大雾笼罩山林，远处完全模糊。

我坐下来，脱了鞋看了看脚底，一个不大的水泡。我想把它挑破了，又担心感染。又把鞋子穿上了。肚子在咕噜噜响，我又喝了一口水。展开箱子整理起来，衣服，裤子，笔记本电脑，牙刷，剃须刀，几本书，钱包，钥匙，各种卡，充电器，似乎除了书，全是必需品。

我忽然想起，笔记本电脑是有电的。接下来，我把电脑打开，连上了手机，我看到手机亮起绿色的电池，好像新生命一样。为了省电，我把电脑屏关了，只接着手机充电。如果老李的皮子在就好了，我可以在上面躺着。

过了一会儿，手机可以开了，我打开手机，却找不到信号。我把手机调到飞行模式，重新切换回来，依然没有信号，我拿着手机四处走了几十米，没有用。

我又把手机切到飞行模式，开启了省电模式，又想了想，彻底关机了，过了很久，电充满了，我打开电脑看了一下，电脑快没电了。

我揣好了手机，把一件长袖衣服绑在腰上，拿一个塑料袋装了两瓶水和充电器，揣上证件和钱。向隧道深处进发。

隧道里偶尔有红色的小灯，毫无规律，就像恶作剧，那些小灯照着墙壁上的凹槽，好像那里曾有佛像，被偷走了。我想，十几里不是可怕的距离，很快就会走出去的，我加快了脚步，很久喝一口水。隧道里有一种呛人的阴气，我穿上长袖衣服，在喝了半瓶水后，重新见到了光明。因为辨不出方向，我无法确定是上午还是下午，我继续往前走，浑身难受无比，特别想睡一大觉。我不知道离车站还有多远，我看了一下手机，依然没有信号，又把手机关上了。到了晚上，我开始出现幻觉，有时我看见自己走在河面上，有时听到风声，有时我看到很亮的月亮在头顶，有时月亮不见了，有人在我前面跳舞，我呵呵傻乐，有那么一阵子，我听到有人在弹钢琴，优美的琴声，弹的是我从没听过的曲子，很忧伤的调子，我哭了，不停流泪，我后悔做过的所有错事，后悔欺骗阿林。钢琴弹完了，我发现自己还在往前走，我甚至可能已经错过了车站，那钢琴声是不是车站里传来的？我不能确定，继续往前走，如果错过了一站，可以去下一站，直到天再次变亮时，我看到周围依然是山和树。我喝了瓶里剩下的最后一口水，穿上了长袖衣服，脱掉了鞋子，用塑料袋包了包，枕在头下。

沉沉睡去。

永无止境的人生就要走到终点，我在睡下之前想到安息。鞋脱了，脚终于可以透透气了，于是我安心地睡了。我听到列车在我脚下隆隆驶过，没有带来梦，只有一车一车的睡眠。

直到有人轻轻拍打我的身体。
温柔得像妈妈轻拍孩子。

我醒了过来，看到一个熟悉的空间，是那间软卧包厢。

那个姑娘正在拍我，我睁眼看见她，疲惫地笑了。

姑娘说，你接着睡吧，我下车了，我早就想叫醒你，你躺的是我男朋友的铺，他临时有事赶不上火车了。

我说，谢谢你，你要下车了吗？

姑娘说，是啊，我想回去了，我不知道一个人还有什么可去的。不过，你放心睡吧，我的车到终点，没有人会来打扰你，说完，她递给我四张换票卡，姑娘说，我们买了这间卧铺包厢所有四张票，结果只有我一个人上车。

我说，谢谢你，祝你幸福。

姑娘拉开了车门，走出去，回手把门关上了，咔嗒一声。

我打开手机，还有很多电，车只开出去两个小时，天依然亮着。车缓缓停了，窗外人来人往，我看见那个姑娘在我面前走过。我已经忘记了她的长相，只记得她在夜晚的列车上向我挥手再见的剪影。在没有玻璃的窗口。

我靠在窗边，向她的背影挥了挥手。

失　眠

1

他推门进来，说："你给我调查一件事。"

"为什么找我？我是个新手。"

"我也是新手。"

说完他把一个黑色塑料袋扔在地上，塑料袋鼓鼓的。

我坐在椅子上看着那个塑料袋发呆，我想：如果我的办公室里有一张桌子，他会不会把塑料袋扔在桌子上呢？为什么我只有一把椅子？如果我连椅子都没有又会怎样？

这种思维的抽搐把我卷进了一个旋涡，最后我面对着一个破门而入的陌生人，他说：

"你给我调查一件事。这些是我现有的全部资料，你看看有没有用。"

说完，他把一个黑色塑料袋扔在我的办公桌上。自己拖了一把椅子坐在我的对面。

我打开塑料袋，里面放着一个破旧的黄书包，打开黄书包，里面是二十多盒云南普洱茶。茶盒里装的都不是茶，有白糖，有辣椒面，有大米，有十三香，还有沙子，最后我打开最轻的盒子，发现里面有一个鼓鼓的黑色塑料袋，塑料袋里装着一团白纸。

展开白纸，上面一无所有，翻过去，我看见白纸上有人用笨拙的仿宋体写了一行五号大的小字：

无里沙一不多可玉洋波

这时候坐在我对面的陌生人开始用左手抓自己后脑勺的头发，我看着他把头发抓得乱七八糟，问道：

"你要我帮你调查什么？"

他依然在抓头发。

他的右手，手指粗短强壮，手掌宽厚。

他的左手，手指细长，筋骨撑紧了皮肤。

坐在我身旁的表弟在我耳边嘶嘶地低语："他有一只假手。"

我无心理会表弟。

我抓住陌生人的右手说："我可以帮你调查。你还有其他要强调的吗？"

他依然在抓头发。一边抓一边痛苦地摇头，一字一顿地说：

"你，有，止，痛，药，吗？"

"没有。"

"谢谢。"

陌生人起身走了。我看着他抓头离去的背影，发现他瘦长的左手上缠满了脱落的头发。

我喝了一口凉开水，问身边的表弟："你刚才在我耳边说什么？"

许久没有人回答。我看了一下办公室，空荡荡的，除了屁股下的一把椅子，什么都没有。

我怔在那里。有人推门进来，他说："你给我调查一件事。"

我木讷地看着进来的人，他是我的表弟。

我问表弟："你怎么找到我的？"

表弟说："你不是在《侦探时报》上做广告了吗？"

"是《侦探时间》。"我纠正道。

"我按广告的地址找来的。文广啊，你什么时候干起侦探啦？"

"我不是干侦探，我是做侦探。"

表弟说："我过年要结婚，你知道吗？"

"知道。还没见到弟妹呢。早就听说了，是国家职工，干什么的？"

"你什么时候结婚啊？"

"现在还没头绪，我才开始干侦探，现在还没开张。"

表弟一边脱外套一边和我说话，他把外套丢在桌子上，拖了一把椅子坐在我旁边，说：

"你缺人吗？我给你做个助手吧。"

"现在还不缺人，还没开张呢，不知道哪天就倒闭了。"

说完这句话，我忽然感到一股强烈的睡意铺天盖地而来，眼睛也睁不开，胳膊也抬不起，耳朵里面咕隆隆响。隐隐约约的，我听到表弟说：

"一无冬龙枯枯轰不东通……"

我想问表弟你说什么啊，却完全张不开嘴，说不出话。表弟还在那继续说着：

"低普呼噜浮空功东龙轰轰轰……"

终于我什么都听不见了，在表弟"轰轰轰轰"的声音中睡着了。

醒来时我趴在办公桌上，金红的夕阳光洒满了房间，我该回家睡一觉了，这一天接二连三的案子把我累得有些精神恍惚。

我站起来伸了个懒腰，披上外套，拔掉电话线，准备下班。这时，有人推门进来了。

"你给我调查一件事。"

我插上了电话线，重新坐了下来，拿出笔记本，准备记录新一单生意。

"说说。"

"我妹妹失踪了。"

2

"你确信你有妹妹吗？"

"如果我没有妹妹，那个失踪的女人是谁？"

"也许是你的未婚妻，或者是你姐姐，也有可能她根本就是一个陌生人。"

"不要再说了，我确信我妹妹失踪了。"

说完，他把一个鼓鼓的黑色塑料袋丢在办公桌上。

我隐约看到一只黑色的发卡。

他给我解开了塑料袋，把里面的杂货一样一样掏出来。一条黑色的项链，一块黑色的机械表，一只黑色的发卡，一对黑色的耳环，一条黑色的腰带，一条黑色的丝袜，一件黑色的胸衣，一包黑色的卫生巾，一块煤。

"这是什么？"我指着那块拳头大的煤问他。

"煤。"

"这些东西全是你妹妹的？"

"是。"

"你是做什么工作的？"

"我是他哥哥。"

"你第一次见你妹妹是什么时候？"

"我第一次见她是在我下井后。"

"说说。"

"我是偷着下井的，我想偷煤。我没有收入，我给我六舅干活，他不给我发工资，他说等他死了煤矿就给我。我看好了一双白皮鞋，一问价钱，要五百块。

"我问卖鞋的可以用五百块煤换吗，卖鞋的说可以，但要好煤。我知道哪里有好煤，比金子还贵。"

我看了一眼那块拳头大的煤，忽然有新的发现。

"你确信这是煤？"我指着那个黑东西问他。

"是啊，那是我妹妹的，你最好不要碰它。"

我马上把手缩回来。

"我可以看看吗？"

"可以。"

我搬出了显微镜，对着那块煤端详了半天。

太阳已经下山，困意又来了。

"我们明天继续谈好吗？我困了，精神不能集中，这种状态不利于推理。"

"你要煤吗？我今晚去给你弄几块，你把我妹妹找到。侦探，你好好休息吧，我相信你。"

说完，陌生人转身推门出去了。

门没有关牢，吱吱呀呀晃来晃去的。

透过门缝，我看到外面的走廊已经全黑了。走廊两侧的办公室里坐着的全是侦探，他们善于毁灭一切真相和制造各种假象。

我是个新手，作为一个侦探。我的脑袋明显功率不足。我的办公室在走廊的出口。每天进出办公室，我都不敢看走廊深处。

我曾经有一个助手，他是我的表弟，他希望有朝一日可以穿越走廊，到达另一个出口。

我问表弟："你怎么确信这个走廊有另一个出口？"

他说："没有的话我走到头再走回来。"

"你为什么非要这么做呢？我们这样很好啊，那里面不是人的世界。"

我劝不住表弟，实际上我不想劝他，我在演戏，我也希望他进去。

我不是个喜好左右他人意志的人。

表弟至今也没有回来。

一天黄昏，一个侦探助手打扮的人推门进来了。他把一个鼓鼓的黑色塑料袋扔在我的办公桌上，转身离去。我打开塑料袋，里面装的是表弟的外套和他的人皮面具。我把那一袋杂货存了起来，并且将记忆中与之相关的惊慌、气愤、好奇、渴望全部抹掉。

那天夜里，我留在办公室，睡意从四面八方钻出来，将我击倒。

醒来时我趴在办公桌上，金红的夕阳光洒满房间，我看了一下手表，手表停了。

我站起来伸了个懒腰，穿上外套，拔掉电话线，锁门出去了。我很沮丧，我的职业并不适合我。

我沉浸在沮丧之中，沮丧令人昏昏欲睡。

那个矿工的妹妹。他是在说方言吗？也许他根本没有丢妹妹，他丢的是煤，他是个结巴。

他说："我是个个个……我的煤煤煤……"

那一包女人用品纯粹是我生理压抑的产物。

3

"侦探，我今天上午去找你，你在睡觉，我没叫你。你吃饭了吗？"

"没吃。"我当时无精打采。

"走，吃饭去吧。我给你带了点好东西。"

我们一路走一路聊，等到了饭馆我的精神状态好了不少。

矿工是个身材高大的人，他并不健谈，不过他说起话来让人觉得有激情。

他说："煤是好东西。你吃过煤炒的菜吗？你喝过煤粥吗？"

他穿着白皮鞋，他问我："你知道我为什么买白皮鞋吗？"

我说："因为你全身上下都是黑的。"

他没有回应。

进了餐馆坐下之后，矿工从口袋里掏出一块黑手帕去擦他的白皮鞋。

他说："我不喜欢白色。我买白皮鞋就是因为我不喜欢白色。"

我盯着矿工的脑门，思考矿工所说的不喜欢是什么意思。

"二位要点菜吗？"

"等一会儿。"矿工支走了服务员，从口袋里抓出几个黑色的小煤块。

"这些是给你的。你帮我找妹妹，找到了你去煤矿找我，你是我请的第八个侦探，到现在没有一个侦探回来找我。"

等服务员第二次过来时，矿工已经离开了。我把那几个小煤块给了服务员，说："一块是你的小费，其余的你照着点，点最好的菜，点完为止。"

服务员看着那些煤块，说："先生，您先等会儿，我们给您拼一下桌子。"

桌子拼好了，菜也上齐了，我坐在旁边看着，心里有一些失望。桌上的菜都是黑色的，有炒煤丝，有煤汤，有煤粥、煤火锅、干锅煤、水煮煤，还有拍煤。

我把服务员叫了过来。

"打包吧。"

趁他们正在聚精会神打包，我夺门而出，太阳已经下山了。

我决定离开这个城市，去寻找矿工的妹妹。我想，如果我走遍了整个世界都找不到矿工的妹妹，那么她无疑就在这个城市，到时候再找她就轻松多了。

当然，这些都是借口，我决定离开这个城市，原因只有一个：我要离开这个城市。

在离开之前，我回了一趟办公室，重新放好了表弟的黑色塑料袋和矿工妹妹的黑塑料袋，并把电话线的另一头也拔了下来，最后我把办公室的门锁好，开始了我的旅途。

4

在离开城市的公车上，我想象着矿工妹妹的形象，结果想出了一颗黑珍珠，全身上下珠光宝气，所有的珠宝都是黑色的。接着我又想出了一个再平凡不过的村姑，脸上有雀斑、蝴蝶斑和胡乱用药造成的黑斑，体形像一个失败的瓷瓶，声音嘶哑刺耳。我又想出了一个小精灵的形象，不识人间烟火，行动迅捷，可以勾起人的各种欲望，难以捉摸。最后我的想象终止于一块黑煤。

我抬头观察公车上的乘客，希望找到一个可以和我同路的伙伴，无一令我满意，正如我不满意自己。

第二天早晨，车停在了终点站，车上只剩下我一个乘客。司机有气无力地说：“下车啦，终点。”

我想也许我就是他无精打采的全部原因。我说：“我睡一会儿再下。”

司机摇下车窗，开始放摇滚乐。这很好，摇滚乐的噪声正好消去了长途车一路颠簸给我造成的耳鸣。我睡了一个好觉，醒来时发现司机还在睡。

我喊醒了司机：“给我开门，我下车。”

司机说：“不下了吧，你想去哪儿？”

我说：“不知道，我去找矿工的妹妹。”

“你是侦探？”

“你见过侦探？”

“见过，和你一路货色，都去找矿工妹妹。”

“你知道他们去哪儿了吗？”

“下车了。”

"你见过几个？"

"加上你我见过两个。"

"你做我助手吧，矿工说他要继承的遗产是一个煤矿，到时候他给我们的报酬够你买辆自己的车。"

"要是让那个侦探先找到怎么办？"

"你见过那个侦探的助手吗？"

"他就一个人。

"算了。"司机呵呵一笑，把汽车门打开了。

"你下车吧，我对侦探一窍不通。"

我一边往车外走一边敷衍地劝说司机加入我的队伍，直到我透过关上的门看见司机摇头的笑脸一个劲儿唠叨着算了算了。

我必须找到一个助手，因为我对侦探工作一窍不通。我要找一个免费的好助手。如果我有矿工给我的小煤块，事情也许会简单，但现在我一无所有。

我情绪低落地走进一家小餐馆，坐下。

服务员走过来，每一步都很明确。

"先生，你需要助手吗？"

"你愿意做？我没钱给你发工资。"

"为什么我们必须做侦探呢？我们可以绑架啊。矿工不是要继承遗产吗，我们找到他的妹妹，用他妹妹来换那个煤矿，这买卖不比做侦探划算吗？"

我听服务员一说，觉得有道理，决定和她合作。

服务员坐在我对面，一对眼睛活灵活现。对比之下，其他人的眼睛都像画上去的一样，而且画工拙劣。

服务员说："以后你就叫我服务员吧，我们现在就开始行动。"

我托着腮帮子看着服务员活蹦乱跳的眼睛，心想："这家伙才是侦探呢。可她为什么要跟我合作呢，我是个笨蛋，对她有什么好处？"

服务员的嘴皮子停不下来："见到你纯属偶然，我们合作也纯属偶然，我比你更适合做侦探，你是个笨蛋。"

"服务员，你……"

"你不用说话了，你用想的就行了，我看出来了，你脑子不够用，根本控制不了你的嘴。

"我的脑子够用，我的嘴不够用，如果我有一千张嘴同时说话，我的想法就能表达清楚了。

"我的眼睛也不够用，要是有一千只眼睛……

"矿工的妹妹，她有上万种形象，你要把她们凑在一起，才能找到矿工的妹妹。

"你太笨了，矿工的妹妹很聪明，矿工至少要找一万个侦探，也照样没用。我不是矿工的妹妹……"

我觉得我眼前的服务员是个疯子，她这种人不应该说话，她的喋喋不休只能给人带来痛苦。

我听见服务员说："她不是一个人。"

或者这话曾经是我表弟说的。

我很无奈地伸手捂住了服务员的嘴，她说不出话，同时眼睛也安静下来了。

我说："服务员，你不要说话了，你这样很美。"

服务员就再也不多话了，我猜想她之前从来没听过别人说她美。这么猜想之后我就后悔了。

5

服务员说："去过的地方我不会再去了。"

有时候她一天就说这么一句话。

我给了她一个笔记本，一支笔，又过了一天，笔记本全黑了，我拿显微镜看，发现本子上写满了汉字和奇怪的符号，字里有字，笔画里还有更细小的字，一个句号里藏着一篇文章。

我把笔记本塞进口袋，心里为服务员祈祷，我希望他能变成至少像我一样正常一点的人。对此我显然无能为力。

每周我都会给她七个本子和若干墨水，以此减轻我对她的愧疚感，虽然我不能肯定她不说话是因为我的一句话。不过可以肯定的是，看她写字，我的痛苦会比听她说话要轻。因为我可以选择不看。

一个多月过去了，我们在寻找矿工妹妹这件事上毫无进展，其中的原因之一就是我和服务员无法交流。我翻着服务员写满字的几十个本子，意识到她和我说话也并不是和我交流。我只是恰巧听到了从服务员嘴里说出的关于矿工妹妹的事。

同样的，这一个多月来，她说话那么少也许只是恰巧而已。

这个服务员的存在是一个失误，一个漏洞，从中也许可以窥探到整个宇宙的奥秘。可我太笨了。

她会让我变成疯子的。

我决定甩掉服务员。

我对服务员说："我们可以结束合作吗？"

她说："我会伤心的。"

"那我们就继续合作吧。"

她听到我这么说就笑了，笑得很满足，好像别无所求一样。

或许是我多虑了。

从那之后，我不给她本子和笔。她也不向我要。她不多话，也不写字，就像个正常人一样。

可一个正常人如何帮我找到矿工的妹妹呢？

某一天早晨，我们踏上了一片绿色的草地。

服务员走在前面，我听着她踩草的沙沙声，呆呆地站住了，我感到一阵阵清凉从脚底涌上来。如果矿工的妹妹走在这样的草地上，她的身后会留下一串黑色的脚印吗？矿工的妹妹真的曾经走出过那个小城市吗？

服务员回头看我不走，就跑了过来，踢了我一脚，好像在踢一棵不会走路的树。

"你怎么不走了？"

"你见过会走路的树吗？"

"这么说你要变成树啦。"

我不说话，她也不说话，她站在那里看我，看我怎么变成草地上的一棵树。

我抬头看了一下天，觉得天空很好，即使下了雨也不坏。

如果我聚精会神，可能真的会变成一棵树。

我看了一下服务员，发现她头上落了一片嫩绿的小树叶，我把它取了下来，服务员"哎哟"了一声。

"你拽我头发干什么？"服务员瞪了我一眼。

"走吧，再不走你就变成树啦。"

我拉着服务员要走，她却抬不起脚了。

后来她使了点劲才把脚抬起来，她的脚底下长出了些根须，钻进土里了。

她是个多么单纯的人啊。

我卷起服务员的袖子，发现她胳膊上长了一些小嫩芽，腿上也长了。

我们又向前走了小半天，说说笑笑，等我们再休息的时候，服务员身上的嫩芽、树叶什么的就全部消失了。我问她："如果我不喊你，你现在是不是已经变成一棵树了。"

"也许是这片草地有问题。"

"你要是真的变成树还会变回来吗？"

"那你是什么变的？"

"不记得了。"

"我也不记得了。"

天慢慢黑了下来，我们商量要找个歇脚的地方。她提议直接躺在草地上，反正也不冷。我反对，我认为那样的话，第二天早上，草地上可能多出两只兔子或者狮子也不一定。她又提议爬到大树上睡，我反对，认为那样我们可能变成果子或鸟。

最后她提议我们不睡，我继续反对，说那样我们可能变成萤火虫或星星。

服务员的提议被我一一否决，她问我：

"你说呢？"

"我说我们应该一直走，一边走一边聊天。"

服务员反驳道：

"那你就不担心我们变成风吗？"

6

我不起对着那个小本子做打字员了。

在打前面那些字时，我已做了不少修改，修改一个字和修改整个故事没什么区别。

正如在我的梦里，是我看到了山后的人还是我梦里的人看到了山后的人是没有什么区别的。

当我回忆那些曾经被我执着迷恋的日子时，它们好像是我的影子。

在那些日子，我现在的影子就是真实的我，再过一段时间，现在的我就变成了未来的我的影子。

当我在阳光下转动身体，在某个角度，那个影子可以活起来，离我而去。

与此同时，他找到了兔子，也就是更早的那个服务员。当然，这都是记忆中的事，与现在的我无关，尽管表面上看来我的影子一直和我在一起，实际上不过是薄薄的一层了。

我不知道自己还能不能找到兔子，也就是曾经的服务员，或许还是那个矿工的妹妹。

如果找到了又如何呢？

结果很可能是这样的。兔子说：是你啊。

然后我们坐在那个曾经为我拼过桌子的餐馆里待了一个下午，看着太阳卜山。

最后大家各走各的。

我所想到的最好的结局是我永远见不到兔子，这样我就一直心存希望，这样我的明天就一直是神奇的。

实际上不是那样，我找到了兔子，兔子在广场上看报纸。

见到我的时候，兔子有点惊讶的表情。

她说："你是怎么找到我的？"

"不知道，你还记得我们最后的结局怎样了吗？"

"不记得了，但我得承认你比其他的侦探更好。"

"你是说我哪里好？"

"至少在那么多侦探里，只有你和我站在同一阵线。"

"你也没有找其他侦探啊？"

"我这么告诉过你吗？"

我们胡扯了半天，天就黑了。

那天夜里没有一丝月亮，也没有一点星光。

兔子问我："你知道我们现在为什么没有影子吗？"

"知道。不过我想听听你是怎么解释的。"

"因为我们现在就是影子啊，你看看我，不是灰色的影子吗？"

我心里明白兔子是在开玩笑。因为她不愿意自己做别人的影子。但是既然她这么说了，也许此刻的兔子真的就是。

7

兔子说："以后你不要叫我兔子了。

"这个名字不适合我。如果我曾经叫兔子，那一定有原因，你我都忘记那个原因到底是什么了。"

后来兔子向我坦白，她就是矿工的妹妹。

于是我带着他去找矿工，并且在饭桌上核实我和兔子曾经有过的各种猜测，矿工一一承认。

这件事的顺利进行出乎我的意料。

假如我的故事朝另一个方向发展，结果会不会这么顺利呢？

我无心去想。

矿工说："你的侦探生涯现在彻底结束了。"

"你错了，我可以接其他的案子。"

"我不会让你得逞的。"

"可你为什么这么做呢？"

矿工并没有回答我。

我看了看旁边的兔子。她双肘支着桌子在啃一根胡萝卜。

"兔子，我想你哥哥是个自大狂。他应该知道我不会妥协的。"

兔子呆呆地看着我，好像听不懂我在说什么。

矿工也不跟我说话，他只是随便让我坐着，随便让我喝水吃东西。好像这是我的最后一顿饭一样。

我告诉兔子，其实很久之前，在那个变化多端的夜晚，兔子你已经变成一只野骆驼消失在沙漠里了，其实你什么都不是，你只不过是一颗星星的零星的光波而已。你不是那个聪明的侦探助手。

我把兔子的本子拿出来给她看，我说："你看看你在上面写了些什么？"

兔子把本子拿过去看了几眼，告诉我说："我记载了我们的全部经历。"

那一刻，我感到心痛，我知道兔子没有骗我，她为什么要骗我呢？

第二天早晨，兔子拿着本子来到我的办公室，她希望我可以和她一起去参加一场战争。

我同意了。我们一起踏上了征途。那之后的很长一段时间，我们都在和各种落单的或者垂死的士兵打交道，在漫长的征途上，我们正在接近一个无比惨烈的战场。

每天早晨起来，兔子都会提醒我做好心理准备。

她说："你会慢慢习惯的。"

每天晚上睡下，兔子都会耐心地安慰我。

她说："踏进战场是件幸福的事。"

在其余时间里，我们不是休息就是赶路。并且遇见各种落单的或者垂死的士兵。

有一天，我看到一个丢失了双腿的士兵，我问他："你打算怎么办？"

他说："我只有死在这里，我没救了。"

"战场在哪里？"

"我一直在寻找。

"我的双腿并不是在战场上丢失的。它们是被老鼠吃掉的。"

那天晚上，兔子依然在睡觉前安慰我。

她说："放心，我们会找到战场的。"

我安心地睡了，并且因为可以摆脱矿工兴奋了一阵。

8

我们到了战场的边缘。

层层的尸体按照颜色摆成了各种鲜艳美丽的图案。盔甲和破旧的衣服堆成一座华丽的城堡。

锣、鼓还有号齐鸣，奏出婚礼的乐章。

城堡里正举行一场婚礼。

新郎是一个垂死的士兵，新娘是一个垂死的女兵，婚礼的司仪是一个垂死的团长，前来参加婚礼的人都是命不久矣的战士。

每个人都端着酒杯，酒杯里装着血与酒的混合物，大家都在唱祝福的歌。婚礼一直进行到深夜。

当月亮升到头顶的时候，战场陷入了沉寂。

每个人都睡下了。

第二天早晨，我和兔子走进了那座华丽的城堡，婚礼继续进行，司仪重复着前一天的贺词，婚礼重新举行了一次。

第三天早晨，婚礼再一次开始。

第四天，我和兔子收拾好行李出发，我们离开了那座城堡。

在走出几公里之后，我们回头望向那座婚礼的殿堂。它依然在阳光下站着。

9

在战场上，我穿着拖鞋。

很多战士都穿着拖鞋。那天的雨很大。到处都是闪电。有一道闪电从地下钻了出来，震得所有士兵都跳到了半空，在空中，我们遭遇了第二次闪电。

我问兔子："我们为什么而战斗？"

兔子说："为了战斗本身。"

在对面的士兵中，我看见了我的表弟。他也穿着拖鞋。

"兔子，对面那个人是我的表弟。"

"是，如果战争打响了，你们有可能短兵相接。"

"你认为真的会那样吗？"

"如果战争开始了，会的。"

"战争为什么要开始。"

"因为战士都已经就位了。他们从生下来就在等待这一场战争，如果最后告诉他们，取消这一场厮杀，那他们这一辈子活着有什么意义呢？"

"那和我们有什么关系呢？和我的表弟又有什么关系呢？"

"我不知道为什么你还是这么糊涂。你认为你和战场上的其他士兵有什么区别吗？为什么你要问这么蠢的问题。"

兔子这样骂我，我就不说话了。她很少骂人。

我想，就像她曾经变成树，变成骆驼一样，如今，兔子变成了战士，并且同时变成了我。兔子走在一条无法回头的路上。她会变成一个糟糕透顶的人。我想不到最终兔子会变成怎样。

我默默无语地站了一天，那一天整个世界都在下雨。

第二天，雨还在继续。

第三天早晨，天晴了。天空飘着一朵朵水灵灵的云，草地埋在浅水之下。

我感到身后有些震撼，转头看见将军率领着数万兵众汹涌而来。

那天是战争开始的第一天，我没有参战，因为战争的速度太快，在我心跳加速的瞬间，将军已率领士兵碾平了对方的阵地。

时间到了中午。

我和兔子坐在营帐外面吃一只生羊，心里无端想起前些天看到的濒死之人的婚礼。

兔子吃了两条羊腿就走了，她走到营帐里，和里面穿着盔甲的士兵寻欢作乐。正如她还被我叫作服务员时，曾经义无反顾地和一群骆驼向沙漠尽头奔跑一样。

我告诉自己，假如在某一天，我再次看见了兔子，我不再相信她。

我心里知道这不过是安慰自己的话。

不久，下午的阳光就照在头顶上了，雨水开始蒸发。同时蒸发的还有战士的血。战场上弥漫着浓重的血腥气。

我想到了我的表弟，我们没有短兵相接，他却成了亡魂。

或许他还没有死，因为战争快得像风一样，我无法想象人可以那么快地死掉。

我想要找到表弟的尸体，但是路很遥远。将军部队强大的冲击力把敌人冲到数十里之外了。

我想象着表弟也许正在参加婚礼。

又过了一天，我没有见到表弟，也没有见到兔子。

部队开始迁徙，准备迎接另一场战役。我跟着队伍最后的士兵，开始和他聊天。

"我们这是去哪里？"

"不知道。"

"你打过几次仗？"

"一次也没有，我都是跟在后面，等我冲到前面时，战争已经结束了。"

"你以前是做什么的？"

"我是给将军喂马的。"

"喂马之前你做什么？"

"农民。"

"你不想回去吗？"

"我担心找不到回去的路了。"

"只要你还想着，就能回去的。"

"是吗？我回去之后干什么呢？"

我不说话。

我告诉那个士兵，我之前是个失败的侦探，我现在也是个侦探，实际上我从来就不是一个士兵。有人说我是士兵，但我不是。

那个低落的士兵听我这么说，就劝我回去继续做侦探。

我告诉他，我要找到我的表弟。现在没有什么事情比找我表弟更重要了。

"是吗？"

那个士兵低落的问了我一句。

"是。"

10

告别了那个低落的士兵之后，我开始漫无边际地走路。

我回想之前和兔子一起寻找战场的日子，没有想到这么快我们就在战场之中。兔子已经变成了一个彻头彻尾的战士，纵情生死，和我毫无瓜葛了。

我一心要找到表弟。

为什么呢？

其实我只是希望找到一个可以说话的人，尽管我并没有和表弟说过几句话，至少我们之间有很漫长的过去，虽然那些过去的日子都已经被我淡忘了，淡忘到好像从来没有发生过。

这时候，向四周望去，我只能看见天空和军队。

到处都是正在行军或扎营的部队，偶尔可以看到小规模的战争。

偶尔也可以看到大规模的战争，就像我的表弟被冲走的那一场战争。

偶尔会见到将军，他依然提着一把硕大的钢刀，煞气森然，仿佛随时可以砍下千万颗头颅。

在某一个陌生的营地里，我见到一群小孩子在戏弄一个无法行动的伤兵。他们把沙子抛向伤兵的眼睛，用手拧他的耳朵，在他耳边大喊大叫，用细草叶去扎伤兵流血的伤口，有个孩子往伤兵的嘴里撒尿。

我看到伤兵在那里痛苦的蠕动，发出憋闷的声音，好像一个处于梦魇折磨下的睡者。

我告诉自己：这是在战场，如果你看不下去就动手吧。

我把匕首藏在身后，悄悄地走到孩子们的背后，在每个孩子的脖颈上扎了一刀，他们应声倒地，甚至来不及喊叫。

那群死去的孩子，有的仰面朝天地躺着，稚气未脱，好像刚睡着一样。

我忏悔道："如果这个世界上有邪恶，那么我就是最邪恶的人。有我存在，所有人都有被原谅的可能。至少，我可以受更重的刑，让其他罪人感到快乐。"

在我刚要离开时，倒在地上的伤兵坐了起来。

他说："我要感谢你。"

"其实我刚才也可以一刀杀了你。"

"即使那样，我依然要感谢你。"

伤兵说完就站了起来，身上的伤口也不知道跑到哪里去了，只有一些红色的浆汁挂在他的破衣服上。

伤兵说："既然杀了人，这条命就不是你的了。你抢了死神的生意，现在那些痛苦的灵魂都在你身上。如果你现在就这么走了，不用天黑你的小命就该送礼了。"

我看着那些倒毙在地的孩子，看到他们天真的脸，意识到自己中了圈套。

伤兵告诉我他其实不是战士。

说完他的容貌就发生了变化。眨眼的工夫，伤兵变成了妖艳的异族女巫。

她站在我的面前，就像一个曾经和我共处过几世的人一样，与我有着千丝万缕的牵连和孽缘。

我告诉自己，这都是女巫的把戏，不要被蒙骗了。没用的。很快我就对她没有任何戒备了，我相信，即使我因为上了她的当惨死荒野，也不会有任何痛苦和怨恨。

女巫看着我的眼睛，在她的眼睛里可以看到我的形象。实际上，我清楚那不是我的形象，那是一个假象。没用的。很快我相信那个形象就是我。

女巫说："现在你知道了我的一切，我也知道了你的所有。"

我看到了女巫的过去，她出生在水下，她的母亲是一个妖媚的舞娘，在即将生下她之前被人杀死扔在污水河中。女巫就在那里爬了出来，并在水下生活了十几年。在水下的日子，她无师自通地学会了搜捕河中的亡灵。后来当她在水中游动时，一个海员看见了她，就把她打捞上来。从那之后，女巫开始了陆地的生活。

她同时开始了数千种生活，借用她体内的亡灵。

"那个海员呢？"我问女巫。

"不知道，从他把我捞上来之后，我就没有见到他。当时我感到一阵眩晕，等我醒来时，所有人都惊奇地看着我。那一瞬，我一下子看明白了所有人的眼神。我决定做一个女巫。"

在女巫说这些话的同时，我不断告诉自己，她的话全是谎言，没有一个字是真的。

我说："我得走了，我去找我的表弟。即使今天晚上之前，我暴尸荒地，我也没有怨恨。你还是去找那些需要你的人吧。"

说完，我转身离开。我感到女巫在我的背后跟了很远，她的心像水一样清澈。

如果我真的相信她，会怎样呢？

我没有多想，继续漫无边际地走。

11

晚上，我看着满天的星星，想起了和兔子一同迷失在沙漠里的日子。

也许我眼前的战场就是之前的沙漠，或者是另一座迷宫。

但我再也没有激情去寻找每一颗星星所对应的士兵和营帐了。

我决定离开这个战场。因为我原本就不想到这里。

第二天，我离开了战场。

　　起初我找不到出去的路，不但见不到战场的尽头，反而像是进入了战场的核心地带。那是个永无止境的地方。仿佛一个巨大的漩涡，人一旦被卷进去，就没有再次走出去的可能。无尽的厮杀汇聚在一起，在那里，我多次见到将军的影子。他的大刀已经崩刃了，他的盔甲也破烂不堪，一半脸被削掉了，我猜他坚持不了多久了。新的战士不断地涌进来，每个人的盔甲和战袍都被瞬间染成血红色，变成黑色，完全分不清敌我。我小心地躲过士兵们发疯的攻击。实际上那些士兵近于癫狂的攻击完全没有准确率。

　　那是一个疯子们互相乱砍的战场。

　　只有两个人还保持理性。

　　准确地说只有一个人，我的理性拜她所赐。

　　在我走进战场核心之前，女巫冲到了我的面前。

　　她说："你不想活啦。"

　　"既然我已经到这里了，就没有理由活着出去。"

　　"但是你死了都不知道这是哪里。"

　　"知道那有什么意义吗？"

　　"你无药可救了。"

　　"你为什么要救我呢？从我见到你开始，你就一直在戏耍我。"

　　"我是兔子。"

　　那个异族女巫就是兔子，我应该想到的。

　　"你后来又变成了女巫？"

"在变成女巫之前我是一个快死去的士兵。"

兔子说："我们的故事还没有结束呢。你为什么急着去死呢？"

"我想知道这里到底发生了什么。"

兔子和我一起走进战场的中心。

兔子说："你还记得那个死人们举行的婚礼吗？"

"记得。"

"那你用心去回想在婚礼上出现的每一个人吧。我们走。"

说完，兔子就拉着我冲进了血肉横飞的战场。

在厮杀的人群中，我看见了似曾相识的面孔，那些人都曾经出现在那个死亡婚礼上。所有的人。

我无法相信眼前看到的一切，我问兔子："为什么会有这么多人？"

兔子说："你真的相信吗？"

"什么？"

"你真的认为这里所有人都是那次婚礼上的人吗？"

"难道不是？"

"你是最白痴的侦探。难道你不记得我是一个女巫？"

"这有什么关系？"

"清醒清醒吧。"

兔子说："清醒清醒吧。"

与此同时，我感到脑袋沉重，眼前只有乱舞的刀剑。

战场是一个令人绝望的地方，我无处可逃，我不能等着别人把我砍死。

我捡起一把沉重的铁锤，用尽全身力气向我看到的一个人砸去，我完全不知道自己打的人是谁，铁锤太重了，我被狠狠地甩了出去，我感到有什么东西溜进了我的身体，是一根生锈的铁棍，我感觉不到疼痛，只能感到铁棍的冰冷。

　　战场就这么在我眼前消失了，我站在水里。

　　"你现在感觉怎样？"

　　是兔子的声音。

　　"我还活着？我怎么可能还活着呢？"

　　"你为什么不认为你已经死了？想想吧，你太冲动了，我本以为可以保护你呢？"

　　我想起了之前发生的事，并看到了兔子上扬的嘴角。

　　那丝调皮的笑在她的脸上持续了片刻。

　　兔子的表情变得沉重了。

　　她说："这次我依然一无所获。"

夜　幕

HY9373。

侯林霄。

伊南。

HY9373。

HY9373 要给自己起一个人类的名字，伊南说他实际上也是人类，只是因为住在 S 星，如果他住在 E 星，也会有一个人类的名字。

HY9373，对人类来说，这个名字很难记，伊南却记住了，因为他们是同事。住在 S 星和住在 E 星上的人可以做同事，也可以做朋友。伊南和 HY9373 不只是同事，也是朋友。作为朋友，伊南不想叫一个代码一样的名字，他觉得这是对朋友的不尊重，他建议 HY9373 起一个人类的名字。HY9373 对这件事很慎重，伊南提出这个建议之后，HY9373 想了很多天。当伊南再次提议时，HY9373 说，以后我叫侯林霄。伊南问他，这个名字有什么说法吗？HY9373 说，我希望以后你可以记住这个名字。伊南说，会的，我不只会记住 HY9373，我还会记住侯林霄。

他们说这些话时，是在工作休息时间，很快休息时间就结束了，伊南和 HY9373 回到各自的工位上，他们每天的工作时间不长，工作压力不小，但是工作本身并没有什么难度，简单说，工作内容就是跟踪 E 星上人类的定位信息。所谓人类的定位信息，是指长居 E 星的那些人，而住在 S 星上的人，并不在跟踪之列，因为只有 E 星居民的 DNA 享有被跟踪的权利。至于这项工作具体是为什么，伊南和 HY9373 都不太确定。他们曾经私下讨论过，这些无规律或者有规律但他们看不出来的人类行止数据到底有什么用，是用来防止犯罪，还是说可以分析出一些行为习惯，那么分析这些习惯干什么呢？事实上，他们从来没有机会接触下一步的工作，他们只是每天把自己负责的若干人类的行止信息进行上传处理，其实这些事完全可以自动完成，他们在这里，似乎只是为了防止机器出现异常，而即便出现了异常，也不是他们能够处理的，甚至连找谁上报异常也没有人和他们说过，他们所要做的，只是每过两分钟点击一下上传，在这两分钟之间，他们必须随机地观察某个人类的定位信息，而所有人类的名称也被代码化，他们无法确认谁是谁、谁在哪里，因为定位信息也同样被加密为无规律代码。

伊南在工作之初曾经试过，三分钟上传一次，在三分钟之间，他打个哈欠，什么也不干，一天下来很轻松，但是当天下班就受到警告，如果再次出现这种情况，有可能会失去工作。

　　每天这样工作四个小时，他们就可以领工资下班了。工资是直接打在他们的私人账号上，每天一结。

　　下班后，伊南和HY9373会去他们常去的游戏厅打一会儿游戏，一起吃个饭，有时候伊南会带HY9373到自己家，他们一起躺着发一会儿呆。这是HY9373最喜欢的一段时间，但伊南很少带他回家，有时候HY9373会要求伊南带他到他家里待一会儿，伊南总是拒绝，拒绝的原因很简单，不行。为什么不行？不行就是不行。到了下午，HY9373就要准备回S星了，回S星的车站离伊南家很远，HY9373要坐很长时间的公交车到车站，他们有时候就在公交车站告别，有时候HY9373自己去车站。

　　HY9373回S星之后，伊南通常会待在自己家里，他没有别的朋友，除了几个认识的生活在E星上的同事，但是这些同事住得都太远了，伊南也并没有找他们一起玩的想法。有时候他会到外面找一些有意思的事来做，可外面看起来死气沉沉的，大部分时间，伊南在家里看电视剧，电视剧能满足他所有的需求，基本上。有时候伊南和HY9373谈电视剧，HY9373表示不太了解，伊南就问他，难道S星没有电视剧吗？HY9373说，当然没有了，S星什么都没有，只有睡觉的地方和车站，这你不知道吗？伊南说，那你们太惨了。HY9373说，谁说不是啊，真是羡慕你们 E 星人。

这样过去一天，伊南会把自己这一天的工资都花掉，不然他就会觉得自己活得太失败了。

而对 HY9373 来说，就不存在怎样花掉一天工资的麻烦，事实上，HY9373 每天除了吃饭，没有办法花更多钱，因为剩下的钱都要花在来回的车费上，这样每天会有些剩余，HY9373 会拿剩下的钱租一些好玩的东西，有时候是一件衬衫，有时候是小项链什么的，他带上这些东西找伊南玩，伊南会觉得很好玩，因为 HY9373 和以前看起来不一样了。这些小细节的变化，会让伊南觉得连着几天都挺开心的，工作起来也觉得很有动力。每当他工作很有动力的时候，他相信 HY9373 也是。实际上的确是如此。如果没有这些生活上的小变化，HY9373 就不知道天天做那些机械的事是为了什么。

可是这一天，伊南在电视剧里看到了一些他没想到的东西，他在自己的剧情里买了一栋小别墅，别墅按照自己的想法装修，快要装修完时，发生了一场大地震，结果把所有的东西都震没了，伊南受了重伤，但是他已经没有钱看病了。虽然这些都是虚拟的，但对伊南来说，这是重大的打击，这是他工作很多年积累下来的家业，他想靠这个小别墅结一次婚，眼看就要开始新的剧情了。有很长时间，他都在幻想新娘会是什么样子，但是一切都没了，不可能了，伊南没有给自己买保险。他感到绝望，在这个剧情里，他似乎注定要死了，因为伤得太重了。伊南看着电视剧里的世界慢慢黑了下来。

第二天，伊南在休息时间没有和 HY9373 说话，HY9373 不知道伊南又发生了什么，这种情况以前也发生过，HY9373 不喜欢这种状态。他问伊南，你怎么了？伊南说，你不会理解。HY9379 说，我能帮上什么忙吗？伊南说，你帮不上，你还是帮自己吧。说完，伊南就转过身去。HY9373 知道这个时候不能再说什么了，他自问道，为什么呢？又自答道，不知道。虽然是朋友，E 星人和 S 星人还是有一些本质上的不同，但 HY9373 不知道这种不同是什么，他想有机会是不是可以和伊南讨论一下这个问题，但今天显然是不能了。

HY9373 以为伊南很快会变好。就像以往一样，但是没有。伊南不邀请他到自己家里去，甚至下班了也没有表示要和他一起去吃饭。HY9373 有些寂寞。这几天，HY9373 又认识了一个生活在 S 星的人，他们在车站认识的，是个女人，BKQQ06。认识的原因是，HY9373 在换衣服时，BKQQ06 说，你的项链挺好看的啊，在哪里租的？

原本，这条项链是为了给伊南看的，他想像以前一样，戴上这些新鲜的小东西，让伊南开心一下，可是伊南没有开心，仍然不想和他说话。HY9373 感到有些绝望，他想，完蛋了，他们不会再成为朋友了。当 BKQQ06 表示 HY9373 的项链很不错时，HY9373 有一些小小的感动。他们约好第二天在车站见面，等下班后，他带她去租项链的地方看一看。她看起来很高兴。

第二天下班后，HY9373 和 BKQQ06 在约定的地点见面了，他们一起吃了点东西，就去了租项链的地方，那里有很多种类的项链，租金多少不等，BKQQ06看了一会儿，选了一条她喜欢的细金属链，可是交租金时，BKQQ06发现自己的钱不够了，HY9373表示他可以给她一些，可因为HY9373刚刚把攒下的钱差不多都花光了，他们的钱凑不够那条项链的租金。BKQQ06算了一下，可以再等两周，两周后她就有钱了。于是他们约好两周后再见。

两周后，HY9373下了班就赶到了项链店，饭也没吃，但是他等了很久，都没有见到BKQQ06的影子，他问老板，有没有一个女人，BKQQ06来租过项链，老板说，他要给客户保密，很抱歉。HY9373感到很绝望，接下来的几天，他每天都在下班后到项链店，希望能够再见到BKQQ06，令他失望的是，再也没有见到，他在回S星的车站上驻足观望了很多次，都没能见到BKQQ06。HY9373放弃了。他原本想过，有很多话想和BKQQ06分享一下，交流一下，如果他们可以成为朋友，虽然同为S星的人很难成为真正的朋友，但事事都有可能，可没想到是这样。

他的朋友伊南还是闷闷不乐的，HY9373看了看他的同事，在同一个办公室的，有E星的，有S星的，没有谁是他想要和他们多说一句话的。他也没有觉得有谁想和他多说一句话。HY9373在休息时安静地坐着，回想他和伊南是怎么成为朋友的。那是很多很多很多很多年以前的事了，他们还挺年轻的，刚刚从培养池里来到世界上，很多东西都挺新鲜，HY9379和伊南是同一批到来的两个，于是他们自然而然地觉得彼此是同类，下了班就一起去吃饭。好像就是这么就成为朋友了。就是因为一起吃了饭。

HY9373 于是在下班后决定约他的另一个同事陈星一起吃饭，陈星同意了，他们吃完饭出去溜达了一会儿。陈星问 HY9373，你和伊南是怎么了，你们怎么不说话了？HY9373 说，我也不知道发生了什么。陈星叹了一口气，HY9373 觉得陈星似乎知道一些他不知道的，就问他有什么看法。陈星说，没有办法，这是人生总要经历的一个阶段，也是你们必然要经历的一个阶段，都会过去的，当然也不一定会过去，如果真的不行，你可以再找一个新的朋友，也许伊南受到的打击太大了，可能他太脆弱了，或者，你们不适合做朋友。

他们没有说更多，HY9373 觉得陈星知道很多事，也许是因为他经历过很多。他原本想，如果伊南不是他的朋友，他可以试着和陈星做朋友，可这件事让他觉得不太可能，陈星就像一个，陌生人，永远都是陌生人的感觉。

HY9373 不想再试了。后来很多天，他都会跑到项链店那里待上一阵子，看看项链，他希望有一天可以再见到 BKQQ06。

他没有等来 BKQQ06，却等来了伊南。伊南在项链店见到 HY9373 时，有些惊讶，他说，侯林霄，你怎么在这里呢？HY9373 说，我最近经常在这里啊，以前我租的项链，都是在这里租的啊，但是，你怎么会来这里，你从来都不租项链。伊南说，我今天也可以租，我现在有很多钱了，都可以买一条了，来，要不你选一条好看的，我买来送给你吧。HY9373 很高兴，不是因为伊南要送他项链，而是他们终于又开始说话了。

可是对 HY9373 来说，拥有一条自己的项链，事实上是没什么用的，他又不能带回 S 星，E 星上的任何东西，除了他账户上的钱，没有什么是可以带回 S 星的，连贴身衣服都不能。严格来说，他账户里的钱，在 S 星上也是不能花的，那些钱只能在 E 星上使用。所以当伊南让他挑项链时，HY9373 说，伊南，我能到你家里待一会儿吗？我好久没有去你家了。

令 HY9373 感到意外的是，伊南这次没有拒绝他。伊南也知道给 HY9373 买项链是异想天开，这个钱花了一点用都没有，而对于他自己来说，买一条项链更是傻到家的举动，这些天攒的钱都够装修一间屋子了，买一条项链有什么用啊，租的话就更亏本了。租个新衣服新项链这种事，也只有 S 星的人能干出来。

HY9373 来到伊南家，他们喝了一点水。没有说话，伊南有些伤感，他还在想自己建了很多年的小别墅，他很后悔自己为什么没有买保险。如果买了保险，损失就会很少，也许再过一两年就可以重建了，虽然一两年也不短，但是因为没有买保险，他工作这么多年，就是白干了，再过那么多年，他就已经老了，或者快要老了，他觉得一辈子都不会有什么希望了。可是后悔有什么用呢，谁会想到地震把别墅震倒？谁会给自己的别墅花那么多钱买保险呢？这么想，他又觉得没有什么可后悔的。他有些不甘心，却一点办法都没有。

伊南这些天已经开始了新的剧集，但是他没法进入剧情，这样很糟糕，如果长时间没有剧情推进，新的剧集就会因为情节消极而终结，而重开剧情又要花一笔钱。

伊南陷入了恶性循环，他觉得自己再也走不出去了。

HY9373 已经躺在自己的旧沙发上睡着了，伊南想，他该回 S 星了吧。于是叫醒了 HY9373，HY9373 醒来时有点恍惚。他没有在伊南家里睡过觉，而且做了一个梦，他梦见了 BKQQ06，梦见他和她在伊南家里待着，而伊南不在家。他们俩都带着新项链。梦最后惊醒了，BKQQ06 说，不好了，回 S 星的车快要开走了，来不及了。

这时，伊南正在喊，侯林霄，你的车快开了，快起来。

HY9373 醒来后过了几秒才反应过来，自己是在伊南家睡着了，他看看时间，果然不多了。于是急匆匆地往外面跑，伊南在窗口看着 HY9373 奔跑的背影，直到他从视线里消失。

这一天，伊南没有睡好觉，他一直在计算，从现在开始，他的钱怎么花可以过上自己最满意的生活。每次都是算到中途就因为懊恼而无法继续，他无法忍受自己这么多年的努力都化成了灰。这个打击太大了。有几次，伊南都想，算了，算了。

但是算了是什么意思？伊南不敢往下想，他觉得可怕。可是也许没有那么可怕。

也许是为了让自己下一个决心，伊南从床上爬起来，打开电视，把新建的剧集删掉了。经过若干次警告和确认后，伊南变成了一个穷光蛋。除了这间用来睡觉的小公寓，他什么都没有了。就像一个刚从培养池里出来，准备开始崭新人生的年轻人一样，他一无所有。最重要的是，他已经老去了很多年，给他的时间已经不多了。伊南想，我应该开始新的人生。

工作休息时，伊南对 HY9373 说，你们老了会怎样？HY9373 说，会死。伊南问，那你说我老了会怎样？HY9373 说，也会死吧。伊南说，是啊，我们都会死，所以我们是一样的。但是你会去租项链，而我不会干，我想有一天和你做一样的事，反正我们都会死。

HY9373 觉得伊南有些不太一样，好像情绪有些反常。他以前不这么说话。

下班后，伊南邀请 HY9373 到他家里玩，但是伊南家里没有好玩的其实，从来都没有，他们只是坐着发呆。伊南说，侯林霄，你给我说说你们 S 星的事吧。HY9373 说，S 星，S 星一无所有，S 星就是个垃圾场啊。伊南问，那有什么有意思的事吗？HY9373 说，没有，一点儿也没有。伊南问，那你天天工作为什么呢，挣钱干什么？HY9373 说，吃饭，坐车，有余钱了租点新衣服。伊南问，然后呢？这是你一生的目的吗？你没有想过要结婚吗？HY9373 说，结婚，是什么？伊南说，结婚，你不懂吗，S 星难道没有结婚吗？找一个女人生活在一起。HY9373 说，伊南，你不懂 S 星。

HY9373 又想到了 BKQQ06，因为伊南说到了女人，BKQQ06 就是个女人，但是结婚是什么，生活在一起是什么，和 BKQQ06 生活在一起，是什么意思。生活是什么意思，不就是上班坐车回 S 星吗？生活在一起是什么，就是在一起上班一起坐车回 S 星吗？那么这件事，几乎就是他和伊南做的，除了不一起回

S星，除了伊南不是女的。那他和伊南算是结婚了吗？

HY9373有些不明白，这是什么意思，为什么要把这件事叫结婚，它表示什么？

但是如果能和伊南一起回S星，这的确是值得去幻想的一件事，这是他从来没有想过的。于是HY9373问伊南，那我们能结婚吗？

伊南一愣，忽然哈哈大笑起来，HY9373从没见过伊南哈哈大笑，这让他有些不安，他不知道伊南要表达什么意思。他问伊南，你怎么了？

伊南说，侯林霄，你是要和我结婚吗？哈哈哈，你真有想象力啊。不错，我看不错，可以啊，我们结婚吧。

HY9373忽然觉得他不能理解伊南了，他是什么意思？你是什么意思？他问伊南。

伊南说，你不是说要和我结婚吗？好啊，我看可以。但是我们先要有一间房子，你有吗？我有吗？这个小公寓只有我自己可以住，你又不能住，我们拿什么结婚？

HY9373感到无法理解，伊南说了太多他无法理解的事，而且他觉得伊南似乎在生气，哈哈哈哈就是表示很生气，他有些紧张，他不想让伊南生气，他觉得自己说错了，是哪里说错了？对了，结婚。那不结婚了，不结婚了。HY9373赶紧说。

伊南安静了下来。过了一会儿，他说，对不起，侯林霄。

HY9373喜欢伊南叫他侯林霄，这个世界上只有他叫他侯林霄。有时候，这让HY9373觉得自己是一个E星人，一个E星人，有自己的小房子，可以在沙发上睡觉，可以在小玻璃杯里喝水，可以在一个地方躺着发呆。HY9373 觉得自己很幸运，因为有伊南这样的朋友，他觉得作为 S 星人，这就是最好的人生。但是他知道伊南不高兴，从某一天开始，伊南就变了一个人，好像以前那个有时候还会开心，有时候还会很有干劲地工作的那个伊南，再也不存在了，消失了，不知道去哪里了。他感到苦恼，他完全不知道伊南为什么不高兴，对 HY9373 来说，似乎没有不高兴的事，只要来到 E 星，他就感到美好。

接下来的很多天，伊南都没有再邀请 HY9373 到他家里去，HY9373 有点沮丧，因为伊南又开始拒绝他，而且不给任何理由，只是说，不行。好像 E 星人说不行，就是不行，没有理由。他不能去伊南家时，就会跑到项链店那里转，想要再见到 BKQQ06。他想，去的次数越多，见到她的可能性越大。但事实上，HY9373 在心理上觉得，他永远都不可能再见到 BKQQ06 了，就算哪一天，他们真的再见面了，也许彼此都不记得了，也许某一天，BKQQ06 曾在他面前出现过，但他没有认出她来。

HY9373 又想到伊南说的结婚，他想了很久，直到要坐车返回 S 星了，他也没有想明白，那是什么意思。

当伊南告诉 HY9373，他想要去 S 星生活，HY9373 感到很惊讶。他首先想到的是，这可能吗？ E 星人可以在 S 星生活吗？他不知道。而且，伊南到 S 星生活是什么意思。是说下班后回 S 星睡觉吗？这是什么意思？ HY9373 无法理解伊南要表达的意思。他问伊南，你说的是什么意思？

伊南说，我咨询过，E星人是可以到S星生活的，前提是放弃E星人身份，而且一旦成为S星人，就不能重新做E星人，DNA跟踪的权利也会被取消。但是做E星人，我已经绝望了，我不想再做E星人了，我也不知道DNA跟踪是干什么用的，取消了会怎么样，取消就取消吧。

HY9373问，那你的房子呢？

房子？房子有什么用啊？我变成S星人的话，房子就收回了，那间小房子本来就不是我的，我的已经震没了，那间小房子我只能一个人住，什么也干不成。

HY9373说，那就是说，我再也不能到那间房子里去了，是吗？

是啊，伊南说。

HY9373沉默了。他有些舍不得。虽然那不是他的房子，但是因为伊南有时候会邀请他去，他就可以在那里发呆，用小杯子喝点水，说说话，那么以后再也没有房子可去了。HY9373有些难过。他想劝伊南不要那么做，他想告诉伊南，S星一点也不好。他问伊南，你了解S星吗？

伊南说，我不了解，但我不想再了解了，在E星只有痛苦和绝望，我看你比我要开心要高兴，我也想像你一样，我决定变成一个S星人。

HY9373大声说，我高兴是因为你是E星人啊，是因为你有一间房子，我可以去那里玩啊，如果你变成S星人，就没有了，什么都没有了，我们就都一样了，我们再也没有房子可以去了。

伊南愣住了。他没有想到HY9373会说这些。他觉得特别黑暗，他以为侯林霄是愿意和他在一起，其实他只不过是喜欢他的房子。伊南觉得自己被骗了。他觉得自己一直以来都想错了，E星人和S星人根本就是两种人，S星人根本就没有感情，他只是喜欢他的小房子，他连结婚是什么都不知道，S星人根本就不是朋友。他们只是看重E星人有房子，难怪他总是让我带他到我家里去，就是因为我有房子。那还不是我的。就是因为一间小破公寓。伊南觉得自己连一间毫无价值的小破公寓都比不上。他想对HY9373说，你的朋友是小破公寓，和我没关系，你再去找一个有小破公寓的E星人当朋友就行了。但是他什么都没说。他什么都不想和HY9373说了。

当HY9373再次见到伊南时，伊南已经不理他了。

HY9373发现他没有什么可以让伊南回心转意的。他想到了陈星，也许陈星可以帮他。

下班后，HY9373叫住陈星，让陈星帮帮自己，因为伊南要到S星了。陈星听了一惊。HY9373说，陈星，你帮帮我，有什么办法让他不去S星，他不能去，他去了就什么都没有了。陈星想了想说，我帮不到你，他想去，是他的想法，他想去就去吧，再说，他想得也没错啊，去S星，那是因为E星不值得住了，他一定是这么想的，既然这么想，就让他去吧。HY9373说，可是他去了，房子就没有了。陈星说，房子没有了就没有了，没什么可惜的，让他去吧，我还挺佩服他的勇气，我想去还没有勇气呢。

陈星说完就走了，HY9373 很无助。第二天，他再次请求伊南不要去 S 星。伊南说，没用了，我已经办完了手续，我的房子已经收回了，今天我就要和你一起回 S 星了。哈哈哈。对了，我们一起回 S 星，我们一起工作，一起吃饭，我们现在什么都一起了，按你的说法，我们就结婚了。侯林霄，你难道不开心吗，不高兴吗，我们现在结婚啦。哈哈哈。

　　伊南哈哈哈时，HY9373 觉得他又生气了，可是，又不太像是生气。伊南看起来很激动，就像很久以前。HY9373 很久都没有见到伊南这样有激情了，那还是在很久之前，他用很多天攒下的钱租一件新衣服和新项链时，伊南看到了会很开心的日子。这让 HY9373 也感到有些激动，好像一切都没有变得太糟糕。

　　那天下班之后，伊南和 HY9373 一起吃了饭，走在 E 星的马路上，HY9373 说，伊南，现在你也是 S 星人了，但是你还没有见过 S 星的夜晚，现在，我可以带你到我家了，但是我没有家，没有一间房子。

　　他们到了开往 S 星的车站，车站很大。

　　进了候车室，伊南看到里面挤满了人，空气中人体散发的气味让人窒息。伊南看到候车大厅里，几乎所有人都是裸的，一丝不挂，而他身边的 HY9373 也正在脱衣服，他们就把脱掉的衣服扔在地上。他看到有一些穿工装的人在收衣服。伊南问 HY9373，为什么要脱衣服？HY9373 说，因为 E 星上任何东西都不能带到 S 星。

　　伊南和 HY9373 跟着无声无息的裸体的人流往前走，走到很多个进站口前面，一架架黑色的飞船停靠在进站口，人们陆陆续续上了飞船，一会儿就有一批飞船飞走了。飞走了几批，伊南和HY9373一起上了另一艘飞船。飞船很安静，人们像面条挤在碗里一样，但伊南并没有感到不适，因为飞船里的氧气很充分，因为没有重力影响，伊南也没有感到太多挤压。他在人群里寻找HY9373，他已经不知道被挤到什么地方去了。

伊南喊道，侯林霄，所有人都回头看他。伊南感到有些尴尬，因为他什么都没穿，和一群裸体的男人女人挤在一起。飞船里很安静，他听到人群里有人说，伊南，我在这里。但是伊南没有找到HY9373，因为人太多了，挡住了视线。

飞船很快到达了S星，S星是太阳系里的一颗经过人工改造的大卫星，靠地热供暖。从飞船上下来，伊南举目望去，一片黑暗，除了飞船里白亮的灯光，几乎没有任何的光，而且飞船只有一只，不知道别的飞船都在什么地方。伊南感到脚下光滑而柔软，有一些适宜的温度，不冷也不热，空气里似乎有些潮湿。伊南找不到HY9373，他大喊，侯林霄。喊声出来时，他忽然发现自己太吵了，因为没有人说话。伊南没有听到HY9373的回应。愣了一会儿，他想，是不是，太黑了，就算他回答了又能怎样，我也找不到他不是吗？

很快的，飞船的门关上了，唯一的灯光也不见了，全部的黑暗。没有任何的光，甚至没有星光。伊南感到奇怪，他不太确定自己到底是在一个星球上，还是在哪里，或者是在地下。或者是整个星球都被什么东西挡住了。

伊南突然明白了 E 星和 S 星是什么意思，E 星就是 Earth，S 星就是 Sunset。伊南想四处走走看看，但是他意识到这里什么都看不到，他在地上爬着摸了摸，摸到一个男人，男人躺在地上，他说对不起，又往前摸，又是一个男人躺在地上。伊南想，他们是睡觉了吧。他不敢再摸了，就在一处空地躺下了。这时有个人忽然摸到他的脚，伊南吓了一跳，谁？伊南吗？伊南听出来，是 HY9373 的声音。伊南说，是。这时 HY9373 在他旁边躺下，晚安了，伊南，这是日落之星，我们要一直睡到飞船来叫醒我们，就可以到 E 星上班了。这就是我家。

伊南听到侯林霄说话，觉得很安心。他想，自己还是挺喜欢 S 星了，这里还挺温暖的。那种绝对的黑暗，或者适宜的温度，或者空气里有某种催眠的成分，伊南很快就睡着了。睡了不知多久，他又醒了过来，他做了一个漫长的梦，以至觉得自己睡了很多年，四周有些声音，不是很安静，有呼吸的声音，像海一样。他轻轻喊了一声，侯林霄。没有人回答。有时他听到黑暗里有些急促的呼吸，一些身体碰撞的声音，好像被巨大的吸音器吸走了一样，听不太分明。伊南忽然有点害怕，他觉得自己已经醒了，但是什么时候天亮，天永远不亮吗？伊南使劲瞪着眼睛，什么都看不见，过了一会儿，他又睡着了。在又一个漫长的梦里，伊南听到刮风的声音。下雨了，很大很大的雨，温暖的雨。伊南觉得很舒服，但是天突然又黑了，雨还在下，大雨下了很久，伊南醒了，是真的雨。伊南看到黑暗中出现了一道光，伊南想起来，好像很久之前的事，是那艘飞船，他看到人们陆陆续续挤进了飞船，伊南也跟着上了飞船，所有人身上都是湿淋淋的。飞船的门关上了。伊南适应着飞船里的光线，他想喊侯林霄。想了想又没有喊，他向周围看了看，也没有找到 HY9373 的身影，人太多了。飞船门打开时，伊南身上的水已经干了。他们从飞船里走出来，地上有很多衣服，所有人都在穿衣服。伊南跟着他们一样做。

工作休息的时候，HY9373 问伊南，你喜欢 S 星吗？伊南想了想，不知道怎么回答。事实上，他已经没有去想自己被震倒的别墅了。从进了候车室开始，或者说从办好去 S 星的手续开始，就再也没有想过了。

后来伊南也没有再喊侯林霄的名字，一直到很久之后，他们的办公室里，又来了一些新的年轻人。

有时候，HY9373 也会回忆那些自己被叫作侯林霄的日子，而伊南也有了他的编码名字，可 HY9373 并不记得属于伊南的那串字母和数字。

水　手

没有一种生理器官（像看画时用眼睛）可以让我
们先把全书一览无余，然后来细细品味其间的细节。

——题记

1

你爱听什么故事？

此刻你在想什么？

（亲爱的读者，）先告诉你我今天上午翘班一个人去看了诺
兰的电影，结果把我感动哭了。

想想挺贱的好像。

以前我并不是一个容易被电影感动哭的人，我不相信。他

们都是骗子，骗眼泪。现在我不这么想了。现在我认为，看一个电影，而哭了，说明我理解导演。

理解导演重要吗？

2

让我们开始吧。

给你讲述一款真人真事。

他上了天堂，见了上帝。

你好。

Hi, boy, what's your name? Why are you here? You called me Nihao. What's that mean? What the hell are you talking about? Peter, hey Peter. Get him out! Peter, where are you peter!

他听不懂上帝在说什么，他有点失落。这个卷毛老头看起来正在生气。

他失落倒不全因为那个生气的老头，而是，嘴里还有点苦。

A little bitter。

你大概愿意听听他的故事。一个很狗血的故事，一个已经永远离开这个世界的人，一些发生在他身上的错误。

我不抽烟，也不会因为要写他的事而烧三炷香。我曾经恨透了他，那时我还小，什么都不知道。并不是我不想知道，是大人不想我知道。所以我听到的，也许不是真人真事。

他的人生转折点，是一次性交。

依我的想象，在北方的大炕上，在一个隐秘的时间，到底是什么时间，是下午还是上午，甚至连是不是发生在炕上都不可考了。我相信是发生在炕上，不会是野合，野合是浪漫的，浪漫就不会发生后面的事。

那种炕大约有三四米长，一米八宽，炕上铺着一领席，席子往往年久失修，磨损严重的地方用布头补了一块又一块，有些还没来得及补。席子一定是暗黑发亮的，那是常年油灰浸透的效果。在这铺炕上，有一只猫卧着，它已经闻到陌生人的气息，那人身上有酒气。即使他那天没喝酒，也有酒气，因为猫鼻子灵敏。这个一身酒气的人已经推开了门，站在了屋里，推开门时他眼前一黑，整间屋子已经被两口大锅下常年升腾而起的草木灰熏得漆黑。在左手边的锅台上，有一只黑色的瓢，他抓起瓢，来到一口黑色的水缸前，缸里水不多了，他哈了一下腰，舀了半瓢水，仰起头咕咚咕咚喝了半天，喝完长长地哈了一声。

这时猫从炕上跳了下来，一扭身钻过布帘，进了里屋。

他看见了猫，因为猫是动的，他眼睛好，虽然只有一只，但比有两只眼的人看得清楚，他说这是他生吞蛇胆的功效。

猫嗨！

他喊了一声就往里屋走。

你可能不了解那里的房屋布局，简单说一下，那里每家通常有五间房，就像五个一排的火柴盒。最中间一排只有前后门，其余四间只有前窗，有钱人家还会修后窗。

他当时所在的五间房没有后窗。

继续说房间布局——这里你不用太细想，这不是推理小说——从前门进去，直接往前走，走四五米就能从后门出去。如果进门立马站住，往左右看，能看到两边各一个灶台，上面各有一口直径一米多的大锅。剩下四间房，基本上会有两到四铺炕，每间房里只有一铺，要占掉那间房的三分之一多。挨着灶台那间屋的炕，是睡觉用的，做饭时炕可以烧暖。里面的屋子，一般用来存杂物，因为太杂乱，常常和卧室间用一张布帘挡起来。

猫从炕上跳下来，就钻到里间存杂物的黑屋子里去了。有时候，屋子里也不存杂物，而是躺着一个只会喘气的人。那个人在等死。

是的。

终日躺在那个地方的人，都是在等死。

他们已经坐不起来，翻身也困难了。

他看见猫钻到了里屋，也跟着钻了进去，猫来回跳了几次，捣土扬尘的，他马上退了出来。骂了一句。

他在骂猫。

骂完猫，他掀开帘子走了出来，咳出一口痰。咳痰是因为他是酒鬼，嗜酒成性，酒多生痰。

他完全认为这就是自己的家。于是朝外面屋子喊了一句：

进来坐会儿。

不坐了，三哥啊。我走啦。

坐会儿再走啊。着什么急。

不坐了，家里还有活儿。

坐会儿，有什么活儿，现在有什么活儿。

于是她就没话说了，她的确是没什么活儿。刚才三哥喝完水去追猫，她接过三哥的瓢也喝了一大口水，喝完水三哥从里屋出来，看见她把瓢放在锅台上，当啷一声。

她本打算走个近道，从前门进来，后门出去，这样回家去就省得绕一百来米的路。

而三哥非要让她坐一会儿，她就来到炕前，抬起左腿，把半个屁股压在炕沿上，随时会走的姿态。

三哥说，吃苹果吗。

不吃。

刚才不知道谁家猫，把这儿当自己家了，还睡炕上去了。

她听三哥又骂了一声猫，嘿嘿笑了出来。

她说，我走了三哥，不坐了。

着什么急，这里有狼哦，坐老会儿能少你半斤肉哦。

三哥说完走到她面前，出人意料地就把嘴对到了她嘴上，右手伸进秋衣，准确地抓住了她的左乳房。

你大概知道，很多作家写到这里，都会刹不住车，都会不厌其烦地写下去，至少也要把女人的反应写出来是吧，至少要把湿度温度热度都写出来才算尽兴是吧。不然他们认为人物不完整。而贾平凹会在此处省去若干字。好像他先把那若干字写了出来又划掉了。

　　现在是夜里两点二十了，今天先写到这里。我要等若干小时后再写，但你不用等若干小时后再看。你马上就能看到我在明天才能写出来的东西。

　　好了，三哥，你们先好好睡一觉吧。

　　我也去睡觉了。

　　晚安。

3

　　时间如同一场灰色的大雨，落在五彩缤纷的世界上，泯灭了悲伤，泯灭了快乐。

　　一枝玫瑰倒卧在地，即便它是工业时代的制品，有成千上万的拷贝，此刻，因为玫瑰的原型，它独一无二。

　　三哥睡了两天了吗？计划中是昨天继续写三哥的故事，昨天因为与远道而来的朋友相见，大醉不归。好似三哥灵魂附体。人果真是有灵魂的吗？我情愿他有，因为他未完结，他的生命仓促结束，就像那次做爱，或是性交。同样的动作，用不同的词，似乎有很大的不同，对三哥而言，究竟是什么。我还没想清楚。既然睡了两天，此刻在他面前的，应是磨难。他要为冲动付出代价，我不说他是一时的冲动，因为他常常冲动。他逃在外面，躲避着警察，却又逃不远，他总觉得事情没那么糟，可能全都是别人和他开的玩笑。但是他没有太多的可想。夜晚已经不是那么暖了，秋天到了，他因为气愤喝了一大碗白酒，因为气愤，因为白酒，全身狂抖，他蹲在干涸的池塘中，地势低，不那么冷，芦苇挡住了视线。夜完全是黑的，连星星都没有，天上有很厚的云，天因此不那么空，也暖了一些，他大概感受到了，或者全无感受。此刻，他不停地骂着，因为颤抖，声音时而抽搐，好像在哭。他也的确在哭。夜色里有警笛在响，响了几下，全村人都知道警察来了，好像天上派了人下来通知，全村人在神秘中马上知道发生了什么。女人把自己关在黑屋里，女人叫二苗，二苗在她家姐妹里排行老二。

但三哥不是在骂女人二苗，他谁也没骂，他只不过在黑夜里，像一团将要熄灭的小火，释放着余热。酒劲慢慢上来了，严重的颤抖让他开始痛哭。因为喝酒，他像中国摇滚歌词里唱的那样，永远热泪盈眶。虽然只有一只眼睛，因为长期使用，已经眯得很小，也陷得很深，依然热泪充盈；而另外一只义眼，从来不发挥作用，反倒显得健康，气定神闲。他想要睡觉了，疲倦一阵一阵让他睁不开眼，他觉得自己安全了，警笛不响了，没人会找到他，事情很快就会过去，多大一点事儿，不可能，警察抓我干什么，你情我愿的，抓我干什么？抓到会枪毙吗，会吗？一阵光线的乱晃让他的思考变成了空白，他觉得有手电在照他，手电又从他身上划过去，拿手电的人在池塘边的小路上走过。三哥使劲蹲着，嗓子里发出狗一样的低吟，拿手电的人没听到，那个人压低嗓子喊着：老三，老三，老三，老三……

　　一边喊一边走了过去。他感到那是一种善意的喊叫，也许是叫他出来，叫他到一个安全的地方。可他拿着手电，这么近都没有发现自己，那说明自己所在的地方就是安全的，所以他没有回应，那个拿手电的人慢慢走远了。他想，警察已经走远了。他决定在芦苇丛里睡一夜，感觉已经不冷了。这时候，蛇胆发挥了作用，他的一只眼睛能看到夜色中的景象，云层退去，星星布满了天空。他裹了裹衣服，站了起来，忽然想起一个好地方，那里可能更暖和，于是他站起来，走出芦苇丛，腿已经麻了，酒精让他麻木，已经感受不到腿麻，他踢踢踏踏往前走，走在已收割的玉米地里，心里只有一个念头，不能摔倒，地上全是镰刀收割后的玉米茬，全是刀尖冲上的匕首，一旦倒下去，他唯一的好眼睛也会瞎。在玉米地里，他找到一个用玉米秸搭捆起来的小窝棚，钻了进去，但是他错了，那里既不避风，地上又凉。可他不想再去找地方躲了，他窝在地上，不停地调节姿势，直到自己睡着了。睡一会儿冻醒，缩一缩，继续睡。

　　夜很漫长。他再次醒来时，天还是黑着，冷极了，他不得不走出来，一弯月亮出来了，玉米地在淡淡的月光下分分明明，如果警察没走，远远地就能看见他，他趴在地上往前爬，他要回到芦苇里，那里安全，还暖和，警笛又响了起来，不只如此，他还听到远处人声嘈杂，是一些陌生的粗鲁的声音，他马上停了下来，头也不敢抬，也许那些人就在能看到他的地方，他只要一动，就会被发现。他退不回去，也不能往前走。他闭上了眼睛，在心里默念着：老天爷保佑，看不着，老天爷保佑，看不着，看不着，看不着。他睁开眼时，眼前多了一个人，和他一样趴在地上，和他面对面趴着。他觉得自己在照镜子，那个人和自己长得一模一样。但是他睁着两只眼，两只眼都能动。

你趴在这干什么？你趴在这有用吗。

说完，那个人站起来。

你看，站起来也没有事儿。人都走了，不来抓你了。快起来回家吧，冷不冷啊，二乎乎的。冻着怎么办。

说完，他又趴在老三面前。

哎，你看看，我这眼睛好用啊，你看看，还能转。你想不想要。

他把三哥坏了的那只左眼闭上又睁开，眼珠乱转。

三哥用一只眼使劲看着他。

天老爷，天老爷，你是天老爷吗，是不是？

我不是天老爷，我是天老爷干什么。天老爷有用吗？

你告诉我现在往哪儿跑？

往哪儿跑，往哪儿跑有用吗。我什么都能看着，你一只眼睛那么好使，我两只眼睛更是什么都能看着，你往哪儿跑都没有用。快起来吧，回去好好睡觉吧。

警察走没走？

没走，走了还得回来，抓不着你不走，连你都抓不着，警察还混什么？

那我怎么办？

你听我的吗？

听。你说什么我都听。

好，听我的就好，你去井里吧，那里边暖和，干井，里面都是草，也没有风，蛇都猫冬了。再说你也不怕蛇啊。

好。好。好。你说得对，我怎么把井忘了。

你去吧，我走了。

等会儿，你是谁，我回去给你烧香。

你知不知道马王爷。

马王爷？

没听过吧，你看看。

说完他把刘海儿掀上去，额头上现出三道抬头纹，有一道格外深。

你看看。

说完，那道抬头纹裂开了，里面露出一个转来转去的眼珠。

三哥一看就跪在地上磕头。

马王爷，马王爷，马王爷，我给你磕头了。

磕完头，马王爷不见了。三哥胆子马上壮了起来，一溜烟从村西跑到村东的干井边，二话没说就跳了下去。干井不深，里面长满了草，很暖和。三哥就在那里睡了。

等他醒来时，警察就在井口看着他。

快上来，李成儿，快上来。

从井口上能看到天很蓝，警察看起来人不错。三哥想了想，没太明白是怎么回事，他什么时候跑到干井里来了。怎么上去啊，爬不上去啊。

上不来吗？

警察在上面问。

你怎么下去的，怎么上来，能下去，上不来了吗？

过了一会儿，警察又说。

好，上不来好，那你在这等着吧，我找人把你弄上来。

说完警察不见了。天很蓝。

4

人们喜欢黄金，因为黄金有太阳的光泽。

对黄金的喜爱是普遍的，而对写作的喜爱，是少数的。人为什么喜爱写作。这是个复杂问题，有人开始喜欢写，后来不写了；这又是个简单问题，那些不写的人，到底还是想写。只是说，他还有别的兴趣，或者说，他写的没人看，快吃不上饭了，必须放一放。因为只是有人看，哪怕一个人，那么对那个喜欢看的人和写作者来说，都是一次探险。

假如压根没人看呢，假如世界上只有一个人了？

假如连笔都找不着？

他可能还是要写，因为太无聊了。也许他觉得自己快死了，得留点什么。在一个超过三维的世界里……还是回到三维吧，当天荒地老时，一个人要写点什么。他找到一根树棍，在沙子上写着：

上帝啊，给我一个……

大抵如此吧，所以他就算再热爱写作，也终究写不出好东西来。

三哥热爱什么？

酒吗？

他无疑是个酒鬼，但我想他更喜欢大海，喜欢水，他的水性极好，有很多次做水手的经历。他还会画画儿，照着报纸的插图画，画得还不错，还给我看过，给我看他画的风景画时，是他和三嫂结婚不久，那时三哥还没从他爹妈家里分出来，两口子住在一间小屋子里。那时候我还是个小屁孩——为什么叫小屁孩？我又不是光会放屁，又不是光屁屁。又不臭啊。——三哥两口子住在他们五间老房最靠东的里间，只有前窗，前窗不大，屋里很黑。大白天的，三哥三嫂盖着大被子坐在炕上，也不出去干活。我现在猜测他们俩在被子下是没穿什么的，并且等小孩走了，他们俩会随时干点什么，闹出点动静。当时三哥坐在炕上，手里拿着自来水笔，在一个小本子上画风景画。现在想来，当然不是给我画，而是要给三嫂看。但是画画完了，他还是先给我看，我觉得画得棒极了，跟真的一样（当有人跟你说，这篇小说写得好极了，那部电影好看极了时，你得弄明白，那只是他的感受，不等于你会有同样的看法）。

后来三嫂生了一个男孩。

这个故事可以告一段落。让我们再回去看看坐在井里观天的三哥。在蓝蓝的天空下，三哥不知道等待他的将是什么。要是他坚决不出去，他们会开枪吗？会把他打死在井里，随后用黄土把井掩埋吗？三哥可能想到这个问题吗？我无法确定，如果三哥还活着，我也不会去问他，如果我去问他，他也许会告诉我马王爷是个骗子。

三哥独自回忆着，到底发生了什么，他做了什么，还是没做什么，为什么警察要来抓他，是不是抓错人了。

他抬头望着天，一片云很快飘了过去，彩虹色的。

三哥站了起来，在井里转圈，想看到更大的范围，看那片云飘到哪里去了。没办法，只能看那么大。三哥靠着井壁站着。

又一片彩虹色的云飘了过去。

又一片。

就像排着队过来的。

又一片。

从东往西飘去。

三哥朝井外大喊了一声。

哎！

哎!

没有人回答,三哥扒着井壁的石头缝往上爬,井有三四米深,三哥爬一米掉半米,问他爬几下能爬上去。

正确。八下,最多八下。不是六下就是七下或者八下。我数学不好,也懒得算。

等他爬到上面,四面空荡荡的。天上也空荡荡的。

警察和彩虹色的云全都不见了。

三哥看见路的远处有一个女人大喊着跑了过来。他一听就听出来那个女人在惨叫,她独自一个人,一边跑一边惨叫,从三哥身旁经过时,女人没有看见三哥,那时候女人眼前是黑色的,她绊了几下脚,重重地把自己摔了出去,嗓子里发出刚杀的死鸡喉管里常会发出的声音。那是最后一口气和喉咙摩擦造成的。

女人的右腋下淌着血,冒着热气,更多的血已经在她衣服上凝成了血块。

三哥自言自语着。

啊?怎么事儿?啊?

四面都没有人。天上也没有云。

人就好像是三哥杀的。

三哥想赶快离开,这时远处传来一声大喊。

站住!别动!动我开枪啦!别动!动!再动!

三哥没动,他压根就没动。也没有人开枪。

警笛声大作。三哥被押上了警车，警笛响出村子不久，就不响了。

三哥在警车上忽然想起那个死去的女人。

他不敢问，他怕一问就被警察赖在他身上，杀人偿命，太可怕了。

在监狱里，三哥没有烟抽，没有酒喝。有人揍他。三哥一只眼是瞎的，有人揍他时，他就把假眼拿出来握在手里，也不还手。揍他的人后来心里就越来越发毛，越来越不想动手，因为打三哥时，感觉上太别扭了。

到后来，有人骂他，他也把假眼拿出来。

再后来，人们发现三哥是个无害生物。他们混熟了。不久室友又换人了，此时他的独眼龙形象就有了震慑作用。

他在监狱里住了十年，判的是十年，结果他住了十年，一天没减。

至于其他的典故，我知道他在监狱里下得一手好棋。但从来没问过他和谁下的，监狱里还让下棋吗，哪来的棋。这我都不知道，也不想虚构。也许他凭着下棋的本事赌到几根烟抽，那如果他输了呢，他拿什么赌？

我不知道。

十年后，三哥出来了，三嫂离开了。三嫂在三哥住进去三年还是四年时离开的。她受不了，她竟然为一个被判为强奸犯的人守了三四年，她已经很厉害了。她把儿子留下自己走了，我不知道作为母亲为什么舍得把亲生儿子扔下，是担心自己的后路吗，不知道。我后来见到三嫂几次，也不曾过问。我也经常见到那个被母亲扔下的儿子，更不曾过问。

在母亲离开之后，儿子慢慢会说话了。

哦，想必我记错了。在三哥入狱前，他们的儿子已经生了出来，怎么会三四年才会说话呢？也许三嫂在一两年后就离开了吧，她是舍不得儿子。是啊，因为是儿子，三哥的爹妈一定不会让三嫂带走，所以三嫂坚持了两年，最终认为自己没有留下的意义。

是这样吗？

三哥的儿子会说话，就管三哥的妈妈叫妈妈，因为他自己的妈妈已经离开了。就这样，奶奶纠正了孙子好几年，终于让孙子改口叫了奶奶。孙子一直哭一直哭，哭坏了肺，在三四岁的时候，做了一次肺部手术，手术回来后就不那么哭了，右腋下留下一个大疤，好像被人用刀捅过一下。

我想象那么小的孩子，做那么大的手术，该有多疼。那个疤要长多少天呢？

三哥的儿子长大后去当了兵。（也许你觉得身上有疤做过大手术当不了兵，但这种事太多了。没有那么多不可能。）

当兵的艰苦生活加上抽烟的恶习，让他的肺又生病了，去做了检查，说是小时候手术不完全成功留下的病，于是切掉了半个肺。做这个手术时，他在北京，我去看了他，看到他疼的样子。

但我依然无法想象一个无知的小孩在手术时该怎样疼。

他绝望吗?

三哥回来后,他的儿子已经上了小学,儿子习惯和奶奶生活在一起,不太接受这个父亲。三哥无所事事了一两年,出海去了。

5

写作的艺术首先应将这个世界视为潜在的小说来观察;不然这门艺术就成了无所作为的行当。

——弗拉基米尔·纳博科夫

一个优秀读者应该有想象力,有记性,有字典,还要有一些艺术感。(弗拉基米尔·纳博科夫)

奇怪的是,我们不能读一本书,只能重读一本书。一个优秀读者,一个成熟的读者,一个思路活泼、追求新意的读者只能是一个"反复读者"。

——弗拉基米尔·弗拉基米罗维奇·纳博科夫

没有一种生理器官(像看画时用眼睛)可以让我们先把全书一览无余,然后来细细品味其间的细节。

——Владимир Владимирович Набоков

在丛生的野草中的狼和夸张的故事中的狼之间有一个五光十色的过滤片，一副棱镜，这就是文学的艺术手段。

——Vladimir Vladimirovich Nabokov

纳博科夫：说某一篇小说是真人真事，这简直侮辱了艺术，也侮辱了真实。

我们期望于讲故事的人的是娱乐性，是那种最简单不过的精神上的兴奋，是感情上介入的兴致以及不受时空限制的神游。

——纳博科夫（他将很多业余时间都花在蝴蝶上，纳博科夫自己不会开车，每次外出捕捉蝴蝶时，都是由妻子 Véra 载他。为追逐一只蝴蝶，他们可以跋涉十几英里）

以上内容出自：纳博科夫《文学讲稿》。译者：范伟丽。

关于蝴蝶的事迹，以及纳博科夫名字的外文写法，出自维基百科纳博科夫词条。

以上摘录纳博科夫关于小说的若干说法。

他的说法略有疯狂之处，一旦涉及讨论，人们难免疯狂，而忘了最初的感动。感动那东西往往一闪而过，它在任何事物上只出现一次，一次已经足够。它在不同的事物上显现，显现为多种形态。但你对它只有一种感觉：

一闪而过，眨一下眼，再使劲看，也不可能再看见。

还有一种感动，是漫长的，逐次加深的。它逐次加深，让你批量感受那一闪而过的感动，批量地重现。但那是对一闪而过的重现。你面对它时，异常感动，却不知因何感动。那是虚假的感动。就像毒品。

你吸过毒吗？

我没有。

为什么总有人用吸毒来做比喻。

我从没梦见过老三。

因此上，他不是让我感动的人。

我记得他，是否只是因为他的死亡？他的入狱？他的酗酒？他的疯狂、无理、易怒？他的独眼？他念念不忘的蛇胆？他的爱表现？他的传言？

他是个几乎早夭的孩子。大难不死。之后，在溺爱中长大。在那么穷的地方，也有溺爱吗？

他是个色情狂吗？

我不知道。我完全没印象。

我的记忆里，他出狱之后，做了一天阴郁少语的人。而后的余生，是酒鬼。他抽烟吗？我不记得了。

纳博科夫说：说某一篇小说是真人真事，这简直侮辱了艺术，也侮辱了真实。

你怎么理解这句话？

我的理解是这样的。如果他说的话为真，我的这篇小说，假如是真人真事，就和艺术和真实无关。但是他的话怎么才算真呢？他所指的是什么？

按照这句话的字面理解：不管我写的是什么，如果你认为我写的是真人真事，就说明你污辱了艺术，换句话说，你不懂艺术，或不尊重艺术。同时，你也污辱了真实，说明你不懂真实，或不尊重真实。

换句话说，这句话是敬告读者的。

但是，一个作者能否从中获得启发？

这句话的背后是什么？

我想这个问题值得你在看完这篇小说之后思考更长时间。

总之我现在不是太有头绪。

我还接着说三哥。

三哥出海在外，是否喝了很多酒？应该是的。水手职业风险高，收入都不错，三哥在外面工作了三年——我记忆中的三年也许只是真实中的一年——挣了不少钱。但是回到村里时，他身上一分钱也没有。据说钱都给了一个女人。那个女人是谁，谁也没见到过——真的谁也没见到过？难道她是个泡泡？

但没有人说他用钱乱找女人，没有人认为三哥是召妓花光了钱，这是否说明大家认为三哥还是个忠诚的人——怎么会有这种想法？——还是说，召妓是老百姓羞于启齿的话题？

三哥回来后，每天醉醺醺的，我总担心他来我家里串门，他总是在吃饭的时候来，来了就要喝酒，喝酒就是一碗，喝完就骂人，一边骂人一边讲道理。但没有人认为他讲得有道理。

有一天下午，他喝多了，在马路边上和一个男人讲道理。那个男人是二苗的二哥。

道理讲到最后两人互骂起来，很快上了手，很快二苗他二哥钻进路边的小卖部里拿了一把刀出来，一刀扎进三哥的肋下，三哥进了医院，刀尖离脾脏有一毫米。再次大难不死。

出院后，三哥忍了一些日子，让伤口慢慢长，后来终于忍不住了，开始喝酒。喝完酒又去干重活。伤口裂开了，化脓了，又快要死了。

以上是三哥死之前发生的一些事。

生命即将结束。

而生命开始时，三哥热爱生活。

二十岁出头的时，他从工地上回来，丢了一只眼睛。

回来后，他找了一些雷管线，在田间地头找了一些空的乐果瓶——乐果是种农药，气味极其恶劣——那时候刚过完年，是春天，池塘的冰完全化开了。三哥在村子里捡了不少没响的鞭炮。

那时候，我有多大？

那是关于三哥与火药的回忆。

在我四岁的时候，三哥放了一个二踢脚，响了一下，还有一下没响，三哥把纸壳剥开，露出极短的引信，我站在他背后，他点燃了一根烟，烟头触碰引信的瞬间，三哥把喂鸡的铝盆扣了上去，铝盆猛烈地翻到天上去，平底变成了圆底。

此后三哥收集了很多没有炸响的鞭炮，把炸药倒出来，掺上沙子，装了三个乐果瓶，瓶口插上一根雷管引线，用泥土封上，一个雷管就做好了。

一天上午，三哥叫上了我，带着三四个雷管来到池塘边，我站得远远的，三哥抽着烟，点燃了一个，握在手上，看引信就要燃到泥土封的瓶口时，一甩手丢进了池塘中央。

那一上午，三哥炸了半麻袋长胡子的鲇鱼。

出狱后的一年冬天，三哥用罐头瓶做了一个雷管，让他大哥去赶喜鹊，喜鹊飞过来时，三哥把雷管点燃。

结果一只也没炸到。三哥骂他大哥喜鹊赶得不好。

如果我现在去问他大哥，让他讲述三哥的事，他肯定不想讲。我也不会去问，那不是好的回忆。我所写的所有关于三哥的文字，都来自我无知的回忆，我的回忆里，三哥遭遇着磨难，却没有痛苦。

如果我把我写的这些三哥的事迹给他大哥看，他大哥什么都不会说，他知道我写的每件事，尽管我写的和事实全不沾边。

三哥和我在同一个地球上生活，中间隔着巨大的空间，所有乡村的传言都离我很远，他的故事注定写满了那片土地，而我一无所知。如果我是个尽职的写作者，就应该回去采访，记录下每个人互相矛盾的证词，以此证明三哥是否存在过。

而现在我只记录我自己的证词。

三哥去了远方，又回来了。我身边的人没有人讲述他的故事，我在只言片语中听到关于三哥的零星事迹。

三哥出海后，在船上养了一只猫。日复一日地吃鱼，猫长得很肥，不工作时，他把猫抱在怀里，在船舱里随波浪晃动。他在船上也喝酒，猫坐在他旁边。那一次，船到了青岛，在青岛下船时，三哥找不着他的猫了，那时是冬天，他穿了一身厚厚的军绿色的棉袄棉裤，失魂落魄，那天早上，他一个人喝干了一瓶白酒，下船时，一阵晃动，三哥失足掉进海里，棉袄很快吸满了水，他在海里使劲扑腾，想要游上来，结果看错了方向，游到了与海岸相反的方向，很快就游不动了，眼看着往下沉……

这段事迹，我们村里没有当事人在场，他去的船上，也没有我们村里的人，当我听到这件事时，它可能已经完全走形了。难道这些事都是三哥自己说出来的。他是不是又在吹嘘自己的大难不死？他曾吹嘘过自己大难不死吗？

6

有一则关于海德格尔（似乎）的名人逸事，一位思路清晰略显浅薄的法国哲学家问海德格尔，你就不能把问题说得简洁点儿吗？海德格尔说，他妈的，这些问题根本不是简单几句话就能说出来的，也不是法语能说明白的。言下之意，你他妈根本就没看明白我在说什么。

海德格尔是此用意吗？不确定，这只是其中一种最武断的阐释。

也许你觉得有意思，你可以把这个典故记下来，当成谈资，下一次没话找话时，你就说这个故事，把海德格尔换成康德，尼采，黑格尔中的任何一个。

至于上文提到的纳博科夫和蝴蝶的故事，你就不能轻易地把纳博科夫换成福克纳、贝克特、里尔克、博尔赫斯，首先，他们都不像研究蝴蝶的，这里似乎只有博尔赫斯和蝴蝶有可能发生关联，但也只是想象中的蝴蝶，你说他研究的是蝴蝶的幼虫，倒有可能，在书柜里倒是能看到那种东西，但最后往往要变成蛾子。另外，他眼神可能不够用。

我可以确定的是，他眼神一定比不上三哥。

回头说上面的典故，关于海德格尔的典故，更像是一种常见的和国别有关的笑话，换成谁都适用，老百姓用政客讲国家笑话，看过点书的用文化名人来讲。但是关于蝴蝶的就不是笑话，你想象一下，你在什么场合会去讲纳博科夫与蝴蝶的故事？如果在那个场合，你把纳博科夫讲成了另外一个谁，那就成了笑话了。而且是让人在心里偷笑的笑话。

无论如何，以上两条典故因为与名人相关，会被较大范围或较小范围引用，不管它是否有细节，是否真实。它只对想象中的真实负责。人们认为那件事会发生，因为它和名人有关，和名人有关就有着潜在的巨大的阐释空间，于是不管详细与否真实与否，它都被默许接受，被保留和传播。

据说卡夫卡长期受到性欲的折磨，经常召妓，福楼拜死于花柳病，博尔赫斯先生举家从布宜诺斯艾利斯搬出去，是因为他爹要让他戒手淫，这些荒唐的典故，被很多人传诵，不管真假。单从事迹上说，乏善可陈。但是因为与名人有关，就让人产生联想。

三哥显然没有这个福分，当我谈到他因为强奸的罪名被判入狱，而没有描述细节和来龙去脉，你可能根本就没有想要一探究竟的欲望；关于他的左眼具体是怎么瞎的，你也未必想打探一下；还有那天晚上，他趴在芦苇丛里，某个人端着手电筒找他，压低声音喊着，老三，老三，那个人是谁，你是否想要知道？他从井里爬出来后，一个女人惨叫着跑过来，倒地身亡，那个女人是谁？为什么死？三哥被拘在车上后，那个女人怎么处理的？你大概也没有特别想知道。

你的不想，有可能因为三哥不是名人，但这不在你的考虑范围中，如果我在小说最后告诉你，现在，我要说三哥的真名是某某某，就是有一阵子在民间疯传的尾随杀人狂某某某，你可能会有兴趣多想一点，但他不是。

你的不想，更有可能是你认为三哥只是我虚构的人物，认为他只是为了一篇胡编滥造的小说而临时客串的，不管是否真实，因为这不诚恳的写作态度，三哥压根就没打算被具体写出来，既然作者如此不上心，作为读者，你凑什么热闹呢？

不管什么理由，三哥对你不构成吸引力。他虽然是个倒霉蛋，但他的故事不具有命运感，或者说，作者和读者根本就没有从中发现一种命运感。一篇没有命运感的小说，值得一读吗？可能不少人都有这个想法。

以上种种，都可以成为你不读这篇小说的理由。

但写到这里，我还要往下写。我已经构思到了最后，有多种结局，我只能选择其中一种。

三哥没有被铝盆下的火药炸伤，也不曾让乐果瓶雷管炸掉手，过年的时候，三哥放二踢脚，从来都是握在手里放，因为二踢脚第一个响是推动作用，是不炸的——但其实第一个响是有可能炸的啊！三哥难道不知道吗，他懂概率吗，他是在拿自己的左手做赌注吗，他赌的是什么，他赢的是什么？他放雷管时，为什么要眼睁睁看着引信着到底才扔出去，他就不怕有一个引信因为做工问题迅速蹿烧，来不及脱手？

在我记忆的想象里，铝盆下的半截二踢脚一次次炸响，三哥手里的二踢脚、雷管一次次炸响，炸掉他的另一只眼，炸掉他的左手，炸掉他的半边脸。

也许就因为一次次的大难不死，把他的好运都用光了。

他是个不懂事的孩子，他的眼睛什么时候瞎的？

我应该打个电话回去问问，我曾看见他把义眼摘出来放在凉水里洗，洗完重新装上。

我还记得有一阵子，他说他的假眼坏了，要换个新的，是因为没有钱还是别的原因，一直没换。喝完酒，说过别的话，他就说自己该去换眼睛。可总也不换，眼睑盖着眼窝，里面什么都没有，从眼角会流出淡黄的眼屎，看起来很脏。

我已经不能回忆他的长相了，也想不起来他最后有没有装上新的义眼。他的头发长时间不剪也不洗，又长又乱，看起来也不准备再去找一个老婆，那个样子，也不会有谁愿意和他一起过。有什么前途呢，看起来毫无吸引力，懒惰无能，口出恶语，让人厌恶，有什么理由，有什么人会想和他结婚？也许会有，但太过极端。在他的生活里没有那样的事例。

因为缺少事实，缺少具体细节的支持，三哥在我的记忆里是一个彻底的失败者。没有余地。

一个人是不是真的可以活到那种状态？

在我生活的小村里，除了死去的三哥，是不是还有类似的人？

我知道有不少赌鬼和三哥有相似性，嗜赌，他们可能正在地里锄草，心里想的却是怎么赢一把，整天做事三心二意，只做必须要做的事，异想天开的找人借钱，找种种借钱的理由，只要他们借钱二字一出口，别人就知道他借钱是要去赌，借给赌鬼的钱都是有去无回，但是谁也不说透，看着来借钱的赌鬼把假话说得和真的一样，最后一口拒绝。

但赌鬼可能不嗜酒。所以不会留长头发，路上见到，也觉得是个正常人。

最近好多年，村里不是有一种地下黑彩吗，在那上面输钱的也大有人在。玩黑彩的是新的赌鬼，在北京也有，只是不黑了，去买火车票的时候，在售票的小屋外，有一间专门给人写码的房间，烟雾缭绕，五六个人坐在里面，看电脑，看墙上的走势图，想要用自己的大脑和运气找出五百万的踪迹。

但是，他们走在街上，你会觉得都是正常人，不是疯子。

三哥不赌，三哥嗜酒。

嗜酒的人村里也有不少。但他们也不留长发，只是整天红肿着眼睛，一说话就有浓烈的酒气，此外和正常人一样。

三哥究竟有何不同，他似乎是赌鬼和酒鬼和合体，这么说，是因为他总是有大赌一把的心态，又整天喝酒，他好像随时等着赌一下。

有一年冬天，正月十五，我们家把过年杀的猪肉拿出来烀，有心肝肺，还有猪蹄。三哥已经摸出了我们的生活习性。这天晚上，他准时出现在我家饭桌前，要了一碗白酒。一大碗五十六度的白酒，一口喝了半碗，我爸说，你怎么这么喝酒，三哥说，看你小心眼儿的，舍不得酒哦，我爸说，不是舍不得，这是好酒，给你这么喝糟蹋了，三哥说，看你说的话，给别人喝不糟蹋，给我喝就糟蹋，别人有我会喝酒吗？我爸说，那你喝吧喝吧。

当时我在饭桌上，三哥不和我说话，三哥什么也没吃，第二口把剩下的半碗酒喝了，我爸在旁边看着，当时我爸的脸也喝红了，他平时话挺多，当时也不知该说什么。只是做出一种，你怎么能这么喝酒的表情来。

三哥喝完了又要酒，我爸给他倒便宜的散白酒，三哥也不管酒好酒坏，开始要猪蹄吃，他向我妈要四个猪蹄爪，也就是四只猪脚，他不吃肉，就是要啃猪的所有脚指头，他说，你们不吃这个吧，我全吃了，把四个猪蹄爪全吃了，今年要发财。

当时呢，我很生气，我心想，要发财，我们家就杀了一头猪，要发财的被你一个人全啃了，太气人了，你怎么还不走，你到底想赖到什么时候走。

三哥是不是能看出我的眼神来？我的眼里是否饱含怒火？在场除我之外的两个男人都喝醉了，他们俩在醉眼中是否看到我的怒气，如果看到了，是否会在这热气腾腾的饭桌上感到一丝寒意呢。

终于，我爸把他推了出去。

我爸也是讨厌他的。

要死不死，每年都要过来烦一次。

他走了，我觉得家里马上舒服多了。

在上面这个典故里，三哥是想要发财的。这是不是可以解释他整天的不劳不作？他希望有一笔钱，他常常在酒后对着她妈大喊，我给你的钱呢，我出海挣的钱都给你了，你放哪儿去了，给我啊，我都没有钱花了。

三哥她妈后来跟我说过这件事，他说，他给我什么钱了，哪儿有钱，他的钱都不知道给哪个娘儿们了，就算他给我，我也不能给他，给他还不知道要花到哪儿去，不知道要上哪儿去鬼混。

我终究还是不知道三哥是不是给过他妈钱，给了多少钱。

他想要发财，却不知用什么方式可以挣到钱，他以前可以出海，可后来找不到人雇他，状态越来越差，没有人带着他出海，又或者他前一次出海给人留下了恶劣的印象，再也没有人愿意带他出海。他只好穷在家里。后来，他的收入就是靠给别人种地干活挣点钱，他自己也是有土地的，可是他不会长期系统有计划地打理一片地，种的东西也只够吃，他喝酒太多，地里长满了草，到秋天在草堆里翻一点萎缩的农作物出来。不知那时面对草堆，是不是让他想起逃难那夜的芦苇丛。

三哥总是想从他妈手里要出一把钱来出门，到外地挣钱。最终一分钱也没要出来，反倒欠了不少外债，欠的都是小卖部的钱，他每次到小卖部买酒都是赊，赊了一次又一次，他去了，小卖部只好赊给他，不然赖着不走，太烦人。他去跟雇主要帮忙种地的工钱，雇主竟也不给他，说都给你妈了，给你你就胡花了。听起来都是替他着想的。

是不是给了他妈呢？

也许是吧，不然，他回去跟他妈要钱，他妈听说了，也会去要的，毕竟是自己儿子挣的钱，怎么能不要回来。

但他妈会不会觉得不好意思到别人家里要钱呢，有这样的儿子，是不是太丢人了，是不是因此那工钱都白瞎了？也许他妈去要过，对方会这么说，他来干活，干什么活了，说是干活，简直就是来捣乱的，我不跟他要钱就不错了。这时候他妈怎么办，怎么能要出钱来？

所以，他妈很可能没去给儿子要过工钱。

7

时间过得真快。

这句话看起来全无艺术感，倒是我们常常听到的感慨。不管是成功者，失败者，名人，普通人都要说这句话。只有小孩子不说。小孩子要说：我什么时候才长大啊？

傻孩子。

我在地铁上见到一个可爱的小男孩，我看他，他也看我，看得我不好意思起来，过了一会儿，我又去看他，他发现了，又抬头看我。他说话还说不太清楚。和三个月大的小孩看人不一样，三个月大的小孩，让人觉得眼神里都是好奇，瞪着无知的大眼睛，看陌生人时好像在看一只猴子。而三岁的小孩，就有了他的想法。

他看得我不好意思起来，他有一些想法，和妈妈说着不清不楚的话时，他有一些成人的念头。不说话时，他就是个孩子，眼前有一个清澈的世界，没有理想，没有欲望，感受不到时间的流逝，他什么也不纠结，但是他会学习大人，去纠结一些事。他说话的腔调就好像大人，妈妈，我们是不是……

就像大人在讨论问题，一转眼，他看地铁、看人、看眼前的另一个世界，就像车上的很多大人一样，他们的眼睛往前面看着，却不落在现实世界的某一个点上，而是落在内心深处。他的内心深处是清澈的。没有焦虑。

这依然不能解释我为什么被他看得不好意思。

问题在我身上，我不会和一个大人那么久的对视，感觉像要打架，否则就是含情脉脉。那么当我和一个孩子对视时，是不是就因为这两种因素在作怪，让我习惯性地觉得不好意思呢。当我们年幼的时候，是不是也会义无反顾地看向另一个孩子的眼睛，心中充满喜悦？小孩才不会觉得有什么不好意思。

问题看起来还是没有答案。

三哥就像个小孩子，一个披头散发的，醉着酒的，说话不着调的，小孩子。

有一年正月十五，我们很多人去了县里看政府组织的烟火表演。就是你在北京庆典时能看到的那种大烟花。稍微有点常识就应该知道那种大烟花是很贵的，所以在县上，万万不存在百花齐放的景观。看烟花那晚，许多人来到西山上，找一个视线相对开放的地方——事后证明，那是多此一举，烟花升得太高，远不是平时在小卖部买的烟花可比，高到你只要抬头就能看到烟花绽放。但是——除了能看到大烟花，在视线开放的地方，还能看到放烟花的人，他们在山下看起来好小，拿着一个什么点烟花的东西，应该不是烟头，跑过去点一下，马上跑回身后的小屋里躲起来——绝不会把大烟花握在手里，看着它嗵的一声升上去。

听说北京放的烟花，都是电脑设计好的燃放流程，不会有人亲自去点，这我不知道。总之那一次在县上，我亲眼见到真人点的烟花，很久之后，是一声闷响，只见一个黑东西升了上去，升到极高，好像在很远的地方炸响了，一朵大花就像在宇宙里开放了。心猛烈地跳起来。——这是我第一次看烟花的感受。

之后要等三到五分钟，也可能更久，但总不会少于三分钟，又一朵绽放了。

三哥让我们中间带相机的人给他拍照，他穿着假的皮夹克，又黑又亮，是过年新买的，那时候他已经从监狱里出来了。他每次照相时，都不老老实实，非要在快门响之前做一些怪动作，比如跳起来，比如伸出一条腿，比如马上要倒下去，那些动作都傻极了。轮到我们照相，他也坚持要我们做那种动作，他说，你们都不会照相，一照相就站在那一动不动，傻不傻啊。随后轮到小合影，他依然在快门响之前突然倒向其他人，好像有什么突发事件一样。

我想说的是，和他同龄的大人，都不会干那种事的，就算我这种比他小得多，还在读初中的小孩，也绝不干那种事。

　　他就像个小孩子，把成人世界的规则拿来生硬地往自己的身上套，就像小孩子学大人说话。但他心里想的是什么，是不是全都是一些不切实际的幻想呢？比如发财，他想的发财和其他大人们想的是一回事吗？他真的对现实世界有了解吗？

　　说到这里，我真的对现实世界有了解吗？这种了解有何意义？

　　春节过后很久，我收到了正月十五那夜拍的若干照片，我没有看到三哥的，可能是合影的时候我没参与，可能我本能上抵触和三哥合影，我只看到了我的照片，确实，如他所说，每一张照片都是傻站着，有一张是白天拍的，有风，风来了时，我为了防止风把头发吹乱，脸向着风，眼睛斜看着镜头，结果头发还是被吹得很乱，像是用洗发水搓出泡泡后抓上去定型了一样难看。傻极了。没有一张照片是笑的，都是严肃地看镜头的动作。

　　你拍照时是不是也那样？

　　时间如飞，转眼就到了三哥浑身酒气去我们家里要猪蹄爪的那年了。那年，他的弟弟进县城做小买卖，留下几间房子让他看着，他住在里面，很快就把屋子住得像猪圈，一进门就是柴草横行，锅盖在锅上半盖不盖，前后门都是半开着，就像遭了抢，而且是发狂一样地抢，把铁锅和灶坑都搜刮过一样。拐进卧室，我看见三哥披头散发躺在炕上睡觉，被子堆在里面，他一个人斜着蜷在炕中间，什么也没盖，枕头也没有，在他身旁，是一张饭桌，桌上是剩菜，我不知道剩菜是前一天晚上的，还是当天早上的，总之当时是下午，也可能是当天中午的，但我总觉得那种睡法，不太像是吃过午饭的，我甚至怀疑他是否有吃午饭的动机。

在他的脚边，有一只花猫安静地卧着。那只小动物忠心陪着他。你如果见到了，你就知道，说猫没有狗忠诚，这说法不太靠谱。为什么狗忠诚呢？狗不嫌家贫，就算你再怎么待狗不济，狗还是跟着你。你会不会觉得狗挺傻的，会不会觉得狗有点愚忠。人当然会喜欢那种动物了，你对它好不好，它都当你是神。

但如果以此否定猫的忠诚，是不是有点可笑。

在看到猫的那一刻，我忽然觉得那是一间丢失了时间的房间，回想到厨房的荒凉零乱，看到三哥半光着身子睡着，被子离得远远的，我觉得有些寒意。当时已过了春季，是初夏时节。三哥就像不应在这世界上存在的人，在别人都在地里干活时，他在睡觉，睡得丢了时间，忘了世界。我本来是找他有点事，有点和种地有关的事，但是那时候，如果把他喊起来，我怀疑，在他周围会发生时空的扭曲，他不知会把世界拉到什么地方去。

说白了，我怕把他叫醒了，他会发酒疯。

于是我轻轻地退了出去，避免发出声响。在整个过程中，三哥家的猫都闭着眼睛老老实实卧在那里，不看我一眼。

当我走出了他的卧室，看到零乱的地面，看到水缸时，我想到那一天，那一天也有一只猫。但十年早已过去，那只猫应该已经作古了。

那一天，三哥和二苗喝过水，一个坐在炕边上，随时准备走，一个站在地上，和二苗没话找话。那时的三哥，是否像他出狱之后那样，心里有很多和自身分离的想法。

他们还没说过两句话，一种暧昧的气氛就在小屋里生成了，二苗坐在靠着门边的炕角，三哥站着，形成一种压迫的气势，三哥已经有了孩子，而二苗尚未结婚。那时三哥丢了一只眼睛，眼眶里是一只逼真的义眼，三哥信口而出的话，也许让二苗有那么一刻心荡神迷，或者不知为何就春情勃发。又或者，二苗根本没有那个意思，但三哥突如其来的攻势，让二苗瞬间放弃了抵抗，也许三哥是温柔的，不是一个鲁莽的强奸犯。在那间屋子里，炕上还有着余温，炕角堆着被子，一切都像准备好的。

我不会在这里描写细节。这个问题我还没想明白。

我曾看过王小波的一个采访，想必很多人看过，一个看起来比较二的主持人，问王小波为什么在小说里搞那么多色情描写。王小波说，那是情节必需的。

我相信王小波大叔的说法。但此刻，情节不必需，即便必需，也超出了我的能力。

我相信，加上一些情色描写，会解释某种真相，因为那是当时真实发生的，很多秘密在那里都可能找到答案。我相信王小波的"情节必需"说，如果没有那些文字，就不会有一个真实的王二和陈清扬。

但是，即便我在这里书写了三哥和二苗的色情场面，也不会有一个真实的三哥和二苗，有的，也只是我虚构的真实，我不想在这里虚构过多的真实，我可能已经离真实太远了。

我将继续写下我听到过的事实，我的所有虚构，都是在我有所耳闻的基础上展开的。如果我写下了，也便是坐实了三哥的罪行，如果那是罪行的话。而事实上，三哥可能根本没和二苗发生什么，在我的所有回忆里，三哥是个酒鬼，是个不成器的人，是个爱玩的家伙，不要命，但唯独不是个色狼。

又或者，他是个温柔的色狼？

我不能确定。即便所有人都告诉我，三哥的确是个色鬼，那我也要重新审视，审视我的记忆里是否有什么是缺失的。是否有什么修改了我对三哥的判断。

8

在这个世界上，有一种职业是专业作家。

专业作家有的很富有，尽管他们可能认为自己应该更富有才对。

有的并不富有，他们称自己为码字的，他们中的一部分，有着一份稳定的工作，靠写作已经可以获取和自己的工资相当的收入，但是他们不会辞掉工作。因为码字这种活很费心，你必须定期提供稿件，写一些自己不太想写的东西，也很难成名，顶多只会增加一些雇主。而如果完全写自己想写的文字，会怎么样呢？

会没人看。

读者对作者自由的容忍度很低。

但是有不少作者情愿为他的自由付出代价。他们花几年的时间，写几十万字的小说，发给他的好朋友，他的好朋友看了三页，就没了下文。

为什么，你可能会问，为什么他下了那么大功夫写的小说，他的好朋友只看三页。他的好朋友可能会说，为什么我要看下去。难道就因为我是他好朋友，就要下咽他做得极难吃的菜吗？

说到这里，你就能发现写作作为一种职业的尴尬性来。你可以爱写，但不意味着它能成为你的职业。如果你要以此为业，就必须满足一种或若干种普遍的需求，这种需求可以来自读者，可以来自编辑，编辑的背后是一种不知从何而来的理念，也可以来自有钱人，有钱人会请你当枪手，只要他喜欢就行。

任何人都不接受一个写作者完全按自己的想法去写，除非那个作者是天才，他想怎么写就怎么写，写出什么来都有一大堆人迷得要死，那种人只能是天才，如果你胡写乱写，但没有一个人被你迷得要死，你就不要以为自己和天才有什么关系。

作为以阅读为工作的读者，我总会遇到一堆自以为是的作品，写那些作品的人，有时候我觉得挺可怜，因为他们不是追逐自己的心，而是追逐，追逐一种，他们认为这个在文学史上，在文学的意义上是好的，他们追逐这个。

你能帮我想一个比喻描述这种作为一个苹果，心里始终想着苹果该如何如何才可称为好苹果的人吗？

我好像已经说出了一个比喻。

以上。我把问题说得复杂化了。

写作没有那么多复杂的欲念参与，写作只是为了让人感动。

不，写作不是为了什么。而是有感而发。

或者，也可能只是为了逃避。

又或者。一个人只是想写一封情书。

他搓了一纸篓的纸球，此刻，他的爱人正在东直门疯狂地购物，她不会想到自己在黄昏时被一张意料之外的纸感动得，笑得像个孩子，而后哭泣。

到此为止。

三哥没有那封情书，三哥没有浪漫，三哥罪恶的根源在于他缺乏浪漫，他疯狂，他天真，他易怒，他异想天开地认为骗局可以奏效。但是他没有浪漫。

也许，他不缺乏浪漫，只是不会表达。和有没有浪漫无关。

他对二苗说，我有钱，我兜里有钱，你和我好，我兜里有钱，都给你。

二苗相信了，二苗不是要卖，可是三哥说他有钱，二苗就想当然认为那是很多钱，也许不是很多钱，可她正好缺钱，不管是要买头绳还是连衣裙，她缺钱，她不但缺钱，还缺根弦儿。我这么说可能有些恶毒，从传言的角度分析，这种假设会得出和传言相符的结局。

二苗被三哥极其低级的谎言蒙骗了，整个过程没有浪漫可言，没有快感可言，因为三哥一身酒气，满嘴口臭，口水发黏，头发泛馊，腋窝刺鼻，面目扭曲，一只假眼在半睁的眼睑后像死鱼眼一样一动不动，下面传上来的恶臭更是一阵浓过一阵。

二苗开始不久就后悔透了。他拼命地要推开三哥，三哥狠狠压住二苗，二苗越挣扎，三哥越使劲，三哥觉得势头不对，再不结束自己就压不住二苗了，这么一想，三哥慌了神，一瞬间完全疲软，一败涂地。三哥松劲时，二苗使了一股蛮力，把三哥掀翻在炕席上，二苗一转头看到了三哥下面乱七八糟的一团，因为黏液纠结着，释放着腥臭的热气，世上不可能有更肮脏的场面了。二苗蹲在地上剧烈的干呕。

钱呢，给我钱啊！二苗站起来冲三哥大喊。三哥一听吓坏了，顾不得提裤子，一把捂住二苗的嘴。

你小点声儿，叫人听着，什么钱，你要什么钱？

二苗一把甩开三哥的手。

你想赖哦，你不是说给我钱吗，钱呢！

没有钱！我上哪儿给你钱，我哪儿有钱给你。我看你赶上赖猫子了，谁说要给你钱了。

没有钱你刚才说要给我钱，你今儿不给我钱，你出不了这个门！

还反了你了，这是谁家，还我出不了这个门，这是你家吗！

这不是俺家，这也不是你家！你不给我钱看我能饶了你！

等等，这不是二苗家，也不是三哥家，这是谁家呢？

谁家也不是，它从一开始就不是谁家。

故事发生在我的老家，发生在北方沿海农村的一间小屋里。它只是一间空着的小屋，不是谁的家，整个村子也是空的，那些口口相传着三哥二苗故事的人，都不在这个村子里，这是一个空村子，一个想象中的场景，它残缺片面，我所描述的，并不我看到的更多。

三哥也并不是真实的三哥，他只是从道听途说中引申出来的，二苗是个编造的名字。我不知道她的原型是谁，不知她长得什么样。

那天上午下午或是晚上，二苗的原型和三哥的原型发生了一次性关系，而后二苗向三哥索要钱财，三哥把身上仅有的要去买酒的两块钱给了她，她嫌少，太少了，于是她报了案，报三哥强奸，警车很快就来了，三哥慌了，他去村主任家求情，村主任把他赶了出去，在小村有限的小路上，三哥被警察迅速捕获。

但我必须诚实地说明，上述最接近传闻的复述中，也加入了很多编造的成分。

在上述场景中出现的三哥和二苗，甚至不是我在这篇小说绝大部分文本中试图呈现的三哥。他似乎完全是另外一个人，卑琐而无辜地完成了一场未完成的罪行。

他的存在，只是为了接近真实。

他不会生来，也不会死去，他和二苗将长久地滞留在那个没有入口和出口的，荒无人烟的，片面的村落，甚至走不出那间房子，因为他们一开始就站在门里，还有一只暗处的猫陪伴着他们，那只猫已经隐入了黑暗，三哥无法介入的黑暗，猫不会再出现，缸里的水所剩不多，锅是空的。炕也将慢慢变凉。三哥和二苗结束了战斗，他们说完了安排给他们的台词，一时还出不了戏，他们穿好了衣服，一个坐在炕头，一个坐在窗边，不说话。他们都在暗暗地想，自己到底是谁，发生了什么，为什么仇恨那么快就消靡了。她似乎记得她应该在台词里说到要报警，为什么还没有报警戏就结束了。三哥记得他应该跪在地上求饶，为什么自己最后竟然和二苗吵了起来。

真是失败的一幕戏。接下来呢？

也许两个演员之间应该真的开始一场爱情。来缓解这孤独和无望的世界，来冲淡他们存在的荒谬。

但是他们没有等到爱情，他们发现太阳快速地向西移动，老黄的墙纸映出夕阳橙红的黯淡的光。天很快就黑了，在他们感到惊慌之前，在他们还没有因为惊慌而相拥到一起之前，屋子里就完完全全黑了下来，整个村落，整个房间都和他们一起消失在黑暗中，也许会有黎明，也许不会有。

也许两个字，只是用来安慰。

9

让我们再去寻找那个真实的三哥吧，随着记忆素材的濒临枯竭，三哥快速地跨到了他生命的终结，就像一场喜剧，三哥喝了几碗酒，哈哈大笑着来到大商店，那个曾是集体供销社如今已是私人承包的大商店，他掏出钱来，买了一瓶乐果乳油。乐果乳油这种东西，并不美容的，也不是丰胸的。它之所以叫乳油，可以理解为，它是一种可以变成乳的油。它是一种看起来很像油的淡黄色的液体，倒出三小瓶盖的容量，再倒进一桶清水，清水就会变成牛奶的颜色，很神奇。三哥买了一小瓶乐果乳油。

不。

那并不是买乐果乳油的季节，没有人会在那个季节去买乐果。

三哥没有去大商店，他在翻箱倒柜，在他妈堆积了大量物品的里屋翻找，光线黯淡，就像另外一个三哥的作案现场，他要找出他妈把他的钱藏在了什么地方，结果在一个纸壳箱里找到了整整半瓶乐果。

他把乐果扔在一边，继续找，把整屋子的灰尘都翻飞了起来，也没找到一毛钱。

他坐在地上，骂道，钱都给我藏哪里去了，一分钱也没有，要我死哦，要我死哦。

他嘴里说着死啊死的，但他不会去喝乐果。

他不是坐牢那个三哥。

坐牢的那个三哥不曾做过强奸犯，他忽然发现自己不知为什么藏到了芦苇丛里。

不知为什么又藏到了井里，还看到了诸多异象。

而做过强奸犯的那个三哥，只是为了剧情需要演了一场戏。却并不是真的强奸犯。

那么死去的三哥又是谁呢？

他最终死了，在死之前，他喝过药量不确定的乐果乳油，腹部剧痛，他来到他妈面前，说，妈，我喝乐果了，我要死了。

他妈听到了，就像身处另外一个浓稠的时空，极其缓慢地转过头来，极其不确定地看向她的儿子，她的年过四十的儿子，此刻，他的儿子斜着身子靠在黑漆漆的老板门上，右眼里有泪水，嘴里涌出白沫，妈，我要死了，我这次真要死了，你不用骂我了，钱也不用藏了。

这时候，在更里面的一间卧室里，那曾是三哥和三嫂住的房间，帘子掀开，他常年卧床的爸爸走了出来，皮包瘦骨，他爸爸身体虚弱，走了几步路就累得要扶住门站着，最终他艰难地走了两步，挨着炕沿坐了下来，后背靠着贴满老黄报纸的墙，看着他的儿子慢慢委下去，倒在地上，开始翻白眼。他的爸爸没说话，而是笑了，因为嗓子里有很多积痰，他爸的每一声笑都扯出长长的痰音。

他妈在炕上说，死了，死了，死了好。说了几句话，重又回到她面前黏稠的时空里，好像发生了什么，又好像什么也没发生。

在他妈的背后，是一桌剩饭，在他妈的前面，是一堵老墙，他妈把脚伸在被子里，被子里还有三双脚，三双女人的穿袜子的脚，三个女人面朝窗外坐着，说着笑话，他妈在旁边听着，手里拆着旧毛衣，把毛线缠成一个球，缠完了一个再缠一个。

三哥死过之后。他爸又回到里屋的炕上，放下了帘子，他妈开始和那三个女人一起说话，毛线缠好了，她们开始在被子上玩骨子儿，也就是猪腿上一种关节骨做成的玩具。

三哥完全死透了，完成了死的任务，他慢慢从地上坐了起来。推开后门出去了。三个向窗而坐的女人都没看见他出门。她们在说笑话，所以也没听见他出门。三哥他妈是朝着墙侧向着三哥的，也就在余光里看着三哥站起来，推开后门走了。他爸在里屋的炕席上躺着，扯出长长的痰音，这次不是笑，是咳嗽，咳了很久。终于咳出了一大口痰，舒服极了。

三哥没什么地方可去了，他身上没有钱，哪里也去不了。他应该等着有人给他烧纸钱，可是他不想等，他总觉得，那些钱就是烧给他，他也不一定能拿到，还不知道要被谁藏起来。他在路上走着走着，遇到了那个在井边死去的女人。女人告诉他，她曾因为偷了一穗玉米，被玉米地的主人发现了，追了上来，一把三棱刮刀扎进了肋下，好疼啊，真的好疼啊。

三哥问她，现在疼吗？

疼，没那么疼了，一阵阵还疼。

说完掀开衣服给三哥看她的伤，暗红的血还在流着，三哥往下看去，血流在地上，在她身后流了一道断断续续的黑线。

女人问他，你的左眼呢？

在工地上让钢筋扎瞎了。

女人问他，疼吗？

当时太疼了，现在想起来还疼。

说完，两个人都叹着气。

女人问三哥，你现在去哪儿？

三哥说，能去哪儿？

女人说，我也不知道，我在这个村里走了好几年了。我记得你，我常常见着你。你看不见我。

你喜欢我？

说不上喜欢，我这里很疼，没有心思喜欢谁，我就是经常能见着你，就熟悉了，说不上喜欢。我不喜欢你。

那咱们往后往哪儿去？不是说死了就能投胎吗？不是死了要去见阎王吗，阎王家在哪儿？

我不知道啊，我就想找个大夫给我上点药包一包伤口，前几年死过一个大夫，死完了就不知道去哪儿了。

哎，我想起来了，你见过马王爷吗？

没见过。

我见过，马王爷跟我长得一样一样。咱俩去找找他。

两个人于是去了那片三哥曾经藏身的玉米地，没有见到马王爷，三哥又去看了一趟干井，干井已经填平了，就剩下一圈石头，三哥抬了抬头，也没有看到彩云。三哥对女人说，我看见你就死在这里。

女人说，是啊，记得，我一般不来这儿。

那咱们走吧。

三哥就沿着路和女人一直走，一直走。天黑了，天又亮了，女人的伤口不停地流血，不停地疼，三哥有时候想和女人亲热一下，但女人根本没有那个念头。他们在我的村子里走来走去，却总也走不出去。

三哥问女人，咱们怎么走不出去啊？

女人说，我不记得了。

他们穿过玉米地，穿过树林，穿过房屋，穿过去又回来了。

是啊。又回来了。

怎么办，能走出去吗？

第三天，三哥看到给他抬棺材的人，他们把他埋到了海边的祖坟里。三哥和女人一直跟到了海边。

海上有船，三哥对女人说，走，咱们坐船去，坐船能走。

三哥和女人上了一艘船，刚上去坐稳，一只猫跳到了船上，三哥一看，是他养的猫。

三哥一下就笑开了花，嘿嘿，你看看，猫哎，我的猫哎，来跟我做伴了。走，一起走吧。

三哥起了锚，拉响了马达，船突突突朝海里开去了。

猫上了船之后，常常去舔女人的刀伤，没过多久，女人的伤就好了。

这便是我听到的关于三哥的最后一个传闻，据说他死了之后，他的猫在他回家的路上等着，喵喵喵叫着，叫得很惨，没有人去赶它。猫一直等了两天，第三天不见了，以后也从没有人见过那只猫。

CONTENTS

目录

第 一 辑

史 论

当下诗歌中的"人民性"及其启示

在中国当代文学批评实践中,诗歌批评和小说批评呈现出截然分离的样貌,它们各有各的话题,各有各的代表性批评家。这一局面在 2004 年以来关于"底层写作"的讨论中得以改观,诗歌和小说拥有了一个共同的讨论平台。"底层写作"在小说文本中找到了曹征路的《那儿》《霓虹》等代表性作品,在诗歌文本中则找到了"打工诗歌"。"底层写作"在话语层面的凸现体现了文学批评在中国急剧的社会变动面前"介入现实"的焦虑。"打工诗歌"的倡导者褒奖它所体现的社会承担和为诗歌开辟的新的精神空间,而另一些人则忧心忡忡地提到胡风事件、大跃进民歌运动、小靳庄民歌等,担心将伦理道德和政治的标准应用于诗歌会带来诗艺的粗疏。

以"打工诗歌"为触发点,笔者提出"人民性"的概念来统摄当前诗歌写作中的新动向。"人民性"是一个和"左翼文学"及"社会主义文学"相关联的概念,在当下语境中,它指涉在等级结构中居于次等地位的最大多数人群,它体现的是一种对集体性苦难的关注能力。笔者拟从两个方面来讨论当下诗歌中的"人民性"。

从"写什么"到"怎么写"再到"写什么"

"社会主义文学"的一个重要特征就是按"题材"来划分文学领域，文学作品被分为"农村题材""工业题材""军事题材""少数民族题材"等。这种划分的出发点在于，它是对社会平衡的通盘考虑，它希望社会的各个群落都能在文学中得到展示，它是一种话语权力均衡分配的实践。与题材划分相对应，"生活"也被等级化，关于工农的生活成为最应该被表现的，而关于"小资情调"、关于"性"这些内容则受到贬抑。这些话语实践与工农地位的提升相关，它致力于将最广大人群从社会等级的最底层解放出来。"解放"不仅是物质上的，也是精神上的。按照法国思想家拉康的研究，一个人只有进入"语言"这一象征秩序才可以最终长大成人；而社会主义文学的实践恰恰是使工人农民掌握话语的权力，在全新的语言中彻底建立自己的"主体"。

对题材和生活的等级化这一思路在 1980 年代对社会主义文学进行的清算中遭到嘲笑。这是"纯文学"观念的背景。"纯文学"的主要观念是"怎么写"比"写什么"重要，它强调语言、技巧和表达，它以对"文学性"的强调来切断工农大众与"文学"的关联，重新建立知识分子的话语权力。它是另一种政治。它在 1980 年代的盛行具有它的意识形态抵抗功能，它在远离政治的呼声中伸张了自己的"政治"。进入 21 世纪之后，一系列对"纯文学"的反思[①]表明，"纯文学"概念在新的时代状况面前已渐趋"反动"，它有可

[①] 主要讨论文章发表于《上海文学》2001 年第 3 期到第 7 期，包括李陀访谈录《漫说纯文学》、薛毅《开放我们的文学观念》、韩少功《好"自我"而知其恶》等。

能将文学引入死胡同。"纯文学"一度对抗、漂洗的那些意识形态概念如阶级、压迫、剥削、宣传工具等，在 20 世纪 90 年代中期以后随着现实的变动，重新具备了对现实的阐释能力。"阶层分化早已开始，'穷人'和'富人'的概念也早已在消费时代变得日渐明晰，大多数人重新'沉默'，他们的声音不仅难以得到'再现'，而且我们几乎无法听见。当有些人继续拒绝政治、阶级、利益、对抗、意识形态这类语词，并且搬出个人的历史体验，来形容对这些语词'不堪回首'的个人感觉时，他们不知道，这些语词早已又一次转化为现实，而现实也变得更加严峻和急迫，只是，知识分子已经无法'体验'罢了。"① 在此情境下，"纯文学"的概念也许应该以"政治文学"的概念来替代。

正如《中国新文学的源流》中描画的中国文学一起一伏的波浪形运动轨迹一样，历史变迁再一次将"写什么"提到了比"怎么写"更为迫切的位置。1980 年代以来的"新启蒙运动"使知识分子重新掌握了话语权，而工农大众则再度消隐。近 30 年间的中国文学差不多是知识分子唱独角戏，比如，在"知青文学"中，我们可以看到"知青"眼中的农村和农民，但是，我们无法听到农民的声音，无法看到"农民"眼中的"知青"，这种话语权力分配的不对等使文学成为某种"单面"的文学。"打工诗歌"的令人振奋之处在于，在知识分子的"话语域"之外，一个新的"话语域"浮现了，正如有论者谈到的："当我们读到一批被他们自己或者别人冠之以'打工诗歌'、'打工文学'的作品时，便仿佛听到了来自另一个世界的声音，在这声音中，我们感受到了他们正从人们平时习以为常的'文学'领地之外带来一种新的文学。"②

---

① 蔡翔：《何谓文学本身》，《当代作家评论》2002 年第 6 期。

② 张未民：《生存性转化为精神性》，《文学报》2005 年 6 月 2 日。

这种"新"带有根本性，"沉默的大多数"中的一部分人发出了他们微弱的声音，在话语中显现自己的存在，关于"工农"的表述较为集中地进入人们的视野，让人们看到一种别样的生活、别样的想象力，而这种想象力在流行的诗歌写作中是未曾得到揭示的。知识分子代言"底层"的诗歌一直以来并不缺乏①，但"底层"的自我言说却是新事物，尽管这一新事物面临被主流意识形态收编的危险（如官方设立的打工文学奖）。要点在于他们说了只有他们才能说出的话，表达了只有他们自己才能表达的经验，因而是无法忽视也无法替代的。一个名叫李明亮的打工诗人在他的《做针线的打工仔》一诗中写道：

> 深夜下班归来／在小小的租房／在静寂昏黄的灯下／在冰凉的铁架床边／常常／我会拿出一只用胶纸芯做的针线盒
>
> 磨破的膝盖／我会找来一块布头／垫在破洞下／一针一线　密密缝好／脱落的纽扣／一针一线　紧紧钉牢／我甚至还缝了一个漂亮的大枕头／让它与我　夜夜相偎
>
> 针尖从布里一下一下探出头来／而我卑微的心正被层层戳破／我知道／闪亮的盛装／从钉一粒小小的纽扣开始／而男人——这片广袤的土地／正在被我越缝越窄

诗歌描画了一个打工青年在灯下缝衣服的场景和一个男人的自伤自怜。"缝""针尖""布""男人"这些词语组合到一起是一种新鲜的经验，这种对自我打工生活经验的揭示是我们在为"底层"代

---

① 有论者曾揭示在"中间代""下半身""80后"等群体的诗歌中都存在"介入现实"和"书写底层"的努力。参见邹贤尧：《现实介入与底层书写》，《文学评论》2006年第3期。

言型的诗歌中无法体会到的。再比如"蚊子，我亲爱的兄弟／只有你，没有把我／当成一个外乡人"（郁金《蚊子，请别叮我的脸》）、"没有一块地用来盛放我的尊严／除非我倒下／成为自身的容器"（谢湘南《无地自容》）这样一些表达，都是由自身生存境遇而产生的切肤之痛。这样的题材、这样的经验首先决定了这些诗歌的价值。如果说大多数"打工诗歌"尚存有艺术表现上的缺陷，那么，它最重要的意义恰恰在于对诗歌题材拓展的提醒，对诗歌话语权力过于集中、狭隘的反驳。它以越出了我们的常规审美惯性的新质向我们提出了如下质询：如何使诗不仅仅是"书房里的风景"？如何逃脱"诗人"这一身份的局限？如何使"诗"不仅仅是"诗"？诗歌为什么会放弃那么多的题材领域？为什么会对政治、经济、工业题材敬而远之？为什么自动撤离了这些领地而甘居世界与心象的角落？对这些问题的正面回应，恰恰构成了对一个诗人"诗艺"的最大考验。

从"我们"到"我"再到"我们"

当代诗歌的抒写主人公经历了一个从"我们"到"我"的转变。在1950—1970年代的"政治抒情诗"里，诗歌总是以"我们"来发言，"我们"是一个抽象的集体，是一个新的国家主体的代表。如公刘1950年代的一首诗《五月一日的夜晚》："整个世界站在阳台上观看中，／中国在笑！中国在舞！中国在狂欢！／羡慕吧，生活多么好，多么令人爱恋，／为了享受这一夜，我们战斗了一生！"

到了"朦胧诗"那里，"我们"变成了"我"，如北岛《结局或开始》："我是人／我需要爱／我渴望在情人的眼睛里／度过每个宁静的黄昏"。这里的"我"和1980年代初的人道主义思潮相呼应，它扮演的也是代言人的角色，也是"我们"，表达的是"一代人的呼声"。这个"我"可以被称为"大我"，"大我"继续剥落掉它的意识形态附加，而成为"小我"，即所谓"个人"或"私人"，如臧棣《菠菜》："我冲洗菠菜时感到／它们碧绿的质量摸上去／就像是我和植物的孩子。""我"不再是联合的，而是孤立的，"我"的想象也极其"私人化"。1990年代以来中国诗歌的主流是"历史的个人化"，即以完全个体的方式来面对、回应种种现实的变动。

卢卡契曾感慨说："当唐吉诃德仗剑远游的时代，世界还如同大路一样向我们敞开，而到了巴尔扎克的时代，世界便退化为城市里的公司办公室和股票交易所——最后世界消失了，她成为福楼拜的包法利夫人内心开放的一只花朵。"①卢卡契描述的这一由"外"向"内"的转变同样适用于描述中国当代诗歌变迁的历史。当代诗歌不断退回"私人空间"的潮流和中国社会的市场化进程是同步的。资本主义的一个典型象征就是城市里密密麻麻的高楼和高楼上的窗户，它把每一个个体都划分到一个小方格子里，每个人都凭借微弱的"个人奋斗"的梦想和"成功发财"的许诺拥有一小块天空，这是资本主义对群体性联合的瓦解策略。诗歌"私人化"成为经济"私有化"在话语层面的一个投射。

在这样一个高度科层化的社会里，重新回到"我们"，是另一种想象力。这种想象力曾在1980年代以来的"纯文学"叙述中遭到清算，但在新的历史条件下，却成为富有活力的话语斗争策略。在"人民性"诗歌中，一种同质的"集体"再度出现。它是对资本主义"小方格子"的拆除，是试图对"历史的终结"之后的历史的重新书写。这种对"我们"的吟咏相当醒目地体现在张广天为其小剧场话剧所创作的一些歌词里（如：你们是盐却不咸，你们是灯却不亮，／你们谁也看不见），还体现在盘古乐队的歌词里。作为中国较早的地下朋克乐队，盘古乐队的歌词粗野不羁而具有控诉的力度：

① 转引自韩毓海：《天下》，中国海关出版社2006年版，第335页。

"当我们勃起的时候 / 我们好不尴尬 / 当我们不能勃起的时候 / 我们好不羞愧 / 现在的　宽松吗？ / 那是我们的身体太瘦了 / 现在的　合理吗？ / 那是我们从来很听话 / 我们被他们踩在脚下"（《我们的地位》）。

在"打工诗歌"里，"民工"作为一个群体，其集体命运也得到呈现："在春夏之交的时候 / 迎春花开遍了山冈 / 在通往北京的铁路线旁 / 有一群民工正走在去北京的路上 / 他们的穿着显得有些不合时宜 / 有的穿着短袄，有的穿着汗衫 / 在他们中间还有一些女人和孩子 / 女人们都默默地低着头跟在男人的后边 / 只有那些孩子们是快乐的 / 他们高兴地追赶着火车 / 他们幸福地敲打着铁轨 / 仿佛这列火车是他们的 / 仿佛他们要坐着火车去北京"（辰水：《春夏之交的民工》）。在这些诗里，人们不再分散，而是重新连成一体。如果说在"政治抒情诗"里，"我们"是高亢、胜利的主人翁，那么，在当下的"人民性"诗歌中，"我们"则是沉重、受辱的被压制阶层，是"被侮辱与被损害"的群体。这些诗是社会的紧张的结构性矛盾在诗歌中的呈现，是"沉默的大多数"微弱的反抗。它像一根刺，深深戳进普遍的"个人化"诗歌所营造的"虚妄"里，使貌似优雅的文学不得安生。

翻看近几年各种版本的"年度诗歌选"，多多少少感到有点千人一面，这些诗人都回到了"我"，都在尽可能地开掘围绕"我"的观察而体会到的生活。不能不负责任地说他们都在玩味自己的中产阶级或小资产阶级趣味，但是，一种枯竭、重复、疲软、狭小却成为各种诗歌年选的主色调。当代诗歌需要有新的生长点，这个生长点可以从"我们"、从"人民""政治"这些方面来获得。

说到底，进入公共流通的文字乃是天下之公器，无论其在何种"个人"的意义上被写出，其最终必将成为某种具有公共性的东西才能得以保存。"公心"总是或隐或显地呈现在有价值的文字背后。当代诗歌已经遭受了过多的苛责，笔者并不想空泛地再加臆想的指责，而只是强调，对公共立场的坚持，对更广泛的"人民""政治"题材的关注或许可以拓宽诗歌的眼界，更大限度地收获诗歌的尊严。

"人民"是一个多次被挪用、误用、借用而今天已经被许多人从字典里抠掉的字眼。这个现在许多诗人避之唯恐不及的词语在1930年代末奔赴延安的卞之琳和何其芳那里，在写作《时代的鼓手——读田间的诗》的闻一多那里，在1940年代后期的"中国新诗派"（其代表诗人1980年代被称之为"九叶派"）那里，曾经是最激动人心的字眼。"中国新诗派"代表了现代诗歌的一个阶段性高峰。它的最为优秀的理论发言人袁可嘉发表于1946—1948年间的论述"新诗现代化"的文章（结集为《论新诗现代化》，三联书店1988年版）至今仍然是诗歌领域具指导意义的成果。

1940年代，强调阶级意识和工具意识的"人民的文学"极其盛行，袁可嘉在此种情景下，提出诗歌与政治是一种"平行"关系，提出建设一种"现实，玄学，象征"相综合的"现代化"的新诗。袁可嘉处理的是来自两个方面的威胁：一方面是"诗的宣传工具论"，一方面是"为艺术而艺术"。在这两者之间寻求平衡点贯穿"中国新诗派"的写作实践。在"中国新诗派"诗人那里，"人民"是一个出现频率极高的字眼，"人民本位"是他们写作的出发点之一。在《中国新诗》杂志创刊号的发刊词里，唐湜写道："历史使我们活在生活的激流里，历史使我们生活在人民的搏斗里，我们都是人民中间的一员，让我们团结一切诚挚的心作共同的努力。一切荣耀归于人民！"这其实也是"中国新诗派"诗人面对抗日战争及随后而来的国内战争的混乱局面所达成的共识。在这一主张下，穆旦写下了《赞美》这样激情澎湃的诗篇："我到处看见的人民呵，/ 在耻辱里生活的人民，佝偻的人民，/我要以带血的手和你们一一拥抱。/因为一个民族已经起来。"

同一类型的诗歌还有袁可嘉的《上海》《难民》，杭约赫的《火烧的城》，杜运燮的《追物价的人》，唐祈的《挖煤工人》，辛笛的《风景》，等等。可以说"介入社会"型诗歌是"中国新诗派"诗人创作的重头戏。这是新诗史上"诗歌"与"人民"的关系处理得较好的一个群体。袁可嘉在《新诗现代化》一文中曾分析过穆旦的一首《时感》，认为"这首短诗所表达的是最现实不过、有良心良知的今日中国人民的沉痛心情，但作者并不采取痛哭怒号的流行形式，发而为伤感的抒泄；他却很有把握地把思想感觉糅合为一个诚挚的控诉"。换言之，诗歌用相对成熟的技巧，用诗歌独有的方式介入了现实。

正如一个圆球放在桌面上，需要从不同的角度观察才能获致完整的认识，对文学的认识亦然。我们不仅需要借助马克思、福柯开辟的思想平台，也需要尊重俄国形式主义批评、英美新批评的思想成果。理想的文学恰恰是多种合力作用下的"中间物"。澄清"诗歌与人民"的关系，使诗歌既保有作为一种艺术样式的先在特点，又有强大的介入社会、触摸底层生活状态的能力，这也许是产生一批有价值诗歌的途径。

在这里，笔者想以在小范围内获得广泛赞誉的1990年代诗人杨键为例。在他获得2000年汇银诗歌奖柔刚诗歌年奖的推荐词中写道："他的诗是对底层生活的歌呼。"（参见诗歌网站《界限》）诗人庞培甚至不无极端地断言："只有杨键一人在写中国百姓的苦难。"①

杨键的写作可以视为较好地处理了诗歌中"人民"与"诗艺"

---

① 柏桦：《从胡兰成到杨键：汉语之美的两极》，《新诗评论》2005年第2辑，北京大学出版社2005年版，第177页。

的关系。他放弃了 1990 年代诗歌惯用的"我"的观察视角，而是让"你""他""我们""他们""一个人"担任了诗歌的主人翁。他的诗歌展开了一个广阔的底层空间，一种对生死、苦难无尽的悲悯和怜惜。如他的诗歌《啊，国度！》：

> 你河边放牛的赤条条的小男孩，/ 你夜里的老乞丐，旅馆门前等客人的香水姑娘，/ 你低矮房间中穷苦的一家，铁轨上捡拾煤炭的邋遢妇女，/ 你工厂里偷铁的乡下小女孩。
>
> 你失踪的光辉，多少人饱含着蹂躏 / 卑怯，不敢说话的压抑，商人、官员、震撼了大宾馆，/ 岸边的铁锚浸透岁月喑哑的悲凉，/ 中断，太久了，更大些吧！
>
> 哭泣，是为了挽回光辉，为了河边赤条条的小男孩，/ 他满脸的泥巴在欢笑，在逼近我们百感交集的心灵，/ 歌唱，是没有距离，是月亮的清辉洒向同样的人们，/ 我走不了的，我们是走不了的，正如天和地。

《啊，国度！》触及社会各色人等，展现了一副亘古悲凉的苦难的生存图景，在文字背后隐藏着作者对这片土地的挚爱与痛惋之情。对这片土地的指称，1950 年代的政治抒情诗惯用的词是"中国"，这是一种在与"西方"比照的话语系统中对民族国家的高度认同；而 1980 年代的"朦胧诗"惯用的词则是"祖国"，这个词饱含深情，带有一种先在的感情和信念（提到祖国，就必定是以"爱祖国"为预设前提的）；而杨键使用的词则是"国度"，这显示了杨键对于词语的警惕，其内在理念与诗人格式在《是山，而不是高山》[①]一文中的表述是一致的："倡导客观呈现，让存在自身出来说

---

① 载于《诗刊·下半月刊》，2005 年 6 月号。

话。"杨键诗中的"我们",并非简单的对"政治抒情诗"的回归,而是经由了自 1980 年代以来"诗歌教育"的结果。他写集体情感,但不是代言而是描绘;他抒情,但不陷入矫情。他用反复推敲的语言的艺术,完成了对底层生活的关注和对宏大感情(如悲悯、幸福)的表现。

袁可嘉在写于 1947 年的《"人的文学"与"人民的文学"》[①]一文的结尾得出一个结论说:"在服役于人民的原则下我们必须坚持人的立场、生命的立场;在不歧视政治的作用下我们必须坚持文学的立场,艺术的立场。"(歧视!这个词用得多么准确呵!)这句话在当下似乎应该改为:"在坚持人的立场、生命的立场的原则下我们必须不忘服役于人民;在坚持文学的立场、艺术的立场的前提下我们必须不歧视政治的作用。"颠来倒去,似乎只是简单的文字游戏,但做起来,是多么难。

---

① 载于 1947 年 7 月 6 日天津《大公报·星期文艺》。

"层累式"北京的文学重建

——顾城组诗《城》《鬼进城》索解

尽管顾城（1956—1993）是一个北京诗人，但以"唯灵的浪漫主义"①著称的他却很难使人发生关于北京的联想。在长期的写作生涯中，顾城的确少有具备"北京"意识的作品。②不过，他去世前两年留下的最重要的两组作品《鬼进城》《城》却确乎与北京有关。从"北京"这个角度考察顾城，可以同时在顾城研究和"北京学"两方面开启新视野。

北京是顾城的出生地。在 1987 年离开中国大陆之前，他主要生活在北京。老舍在《四世同堂》里说："生在某一种文化中的人，未必知道那个文化是什么，像水中的鱼似的，他不能跳出水外去看清楚那是什么水。"出国后，与北京拉开距离使顾城得以将北京"客

---

① 语出毕光明、樊洛平论文《顾城：一种唯灵的浪漫主义》，载《湖北师范学院学报》1988 年第 2 期，后被较多征引。

② 翻查江苏文艺出版社 2010 年版的《顾城诗全集》，此前具北京意识的作品有两篇，一是写于 1977 年的旧体诗《题百花深处》，吟咏百花深处胡同；一是写于1984 年的新诗《住在北京》。

体化",变北京为写作对象。在 1991—1993 年间,他写下了《城》
和《鬼进城》两部组诗。《城》组诗包括 52 首短诗,最早的一首写
于 1991 年 4 月,最晚的一首写于 1993 年 3 月。这些诗中有 45
首以北京地名命名,诸如《中华门》《天坛》《东华门》《午门》《德
胜门》《琉璃厂》《中关村》《北京图书馆》《后海》《紫竹院》等。
另一组诗《鬼进城》,共九个部分,开端是一个排列成十字架模
样的引子,中间七节从星期一到星期日写鬼的生活,结尾一节以
"清明时节"为题作结。

　　作为一种文学经验,"北京"已经在小说、散文、戏剧等文类
中获得较多表述:从老舍、邓友梅、刘心武的"京味小说"到王朔
的"新京味小说"再到邱华栋、徐则臣的"京漂小说",从周作人
《北京的茶食》、郁达夫《故都的秋》到萧乾的《北京城杂忆》,从
曹禺的《北京人》到老舍的《龙须沟》《茶馆》。尽管北京可能居住
着全中国数量最多的诗人,但关于"北京"的诗歌却踪迹难寻。[①]
这或许是由于北京的形象"被随岁月厚积起来的重重叠叠的经验描
述所遮蔽而定型化了",[②]纳入以求新求变为第一要务的诗歌写作中
会更具难度。生于北京的诗人北岛在回忆北京时,操持的也是散文
笔法。[③]在此背景下,《城》和《鬼进城》的意义就尤为突出——它
们是现代以来的汉语文学中罕见的深度描写北京的诗作。

　　延续顾城后期以《颂歌世界》《水银》组诗为代表的晦涩风格,
《城》《鬼进城》的晦涩有过之而无不及。其极度的个人化、零碎、
跳跃、拼贴构成了一座语言的迷宫,使读者望而却步。尽管顾城辞
世已有二十多年,关于这两组诗的阐释却仍是一个悬疑。本文试

① 可备一提的有闻捷写于 1963 年的《我思念北京》、食指写于 1968 年的《这是
四点零八分的北京》,较为粗线条地从首都、故乡的层面写北京。
② 赵园:《城与人》,北京大学出版社 2002 年版,第 2 页。
③ 北岛:《城门开》,三联书店 2010 年版。

图从顾城与北京城的关联的层面，深入顾城的诗歌地貌，探讨他究竟发明了何种关于北京的文学想象，从而提供一幅理解顾城也理解"文学北京"的精神地形图。

一、顾城与北京城的同构关系

我的心，

是一座小城

——顾城《我是一座小城》，1979年

顾城的姐姐叫顾乡。城—乡二元对立的结构，是中国现代化进程面对的基本情势。顾城诗歌的意义在许多时候，也正是在这一框架中获得阐释：顾城是站在农业文明的角度反抗工业文明。这一点无论是在顾城的诗歌还是自述中都可以找到佐证。在1980年的《简历》中，他写："沿着一条／发白的路，走进／布满齿轮的城市／……／我在一片淡漠的烟中／继续讲绿色的故事"。在1984年与王伟明的问答中，他说："我相信在我的诗中，城市将消失，最后出现的是一片牧场。"① 那么，如何解释在晚期最为看重的创作中，城市不仅没有消失，反而成为作者念兹在兹的一个中心意象呢？诚然，可以说这是怀乡病的一种症候，但一个反感城市的人完全可以在思乡时拒绝以城市作为写作的出发点。

回答这个问题需要澄清"城"在顾城那里的不同含义。"城"之于顾城，可以分解为两个义项：1.现代都市，指称这一含义时顾城使用的词汇往往是"城市"；2.作为建筑物的有城墙的城，指称

---

① 顾城：《河岸的幻影》，见《顾城文选》（卷一），北方文艺出版社2005年版，第182页。

这一含义时顾城使用的往往是单字"城"。第二种意义上的"城"对应的是中国古代的城,这种城的主要作用是"保护":"中国城主要是行政和文化的象征,城和乡基本上没有多大区别,城内城外人民的利益是协调的,并未因城墙的存在而被分割。在理论上,中国城主要是用以保护人民。《说文》就说过:'城以盛民也。'"[1]顾城在述说对城市反感的同时,也在第二种意义上使用"城",比如上引的诗歌《我是一座小城》。在《小春天的谣曲》(1982.4)中,他进一步发挥:

> 我是一个王子
> 心是我的王国
>
> 哎!王国哎!我的王国
> 我要在城垛上边
> 转动金属的大炮

顾城在多处表述过他的理想王国是一处有城墙的城堡。这样的理想反衬出顾城极度缺乏安全感的童年。他和亲人的回忆文字,讲述了他童年遭受的种种恐怖及受冲击的体验:很小就在河里看见尸体,看见窗外打人吓得像蜗牛一样蜷缩在床头。[2]他的成长经历中,至少经历过三个层面上的"拆城":1.周边环境方面,绵延多年的北京老城墙拆除运动;2.现实生活方面,遭遇抄家下放,家的屏障拆除;3.语言层面,"文革"初期改名运动,变乱周边街道名及地名。顾城曾自述:"我的所谓童话,并非完全生自自然状态。实际上它源自文化革命给我造成的恐惧。我说'天道无情'这种感觉,不光是

---

[1] 陈正祥:《中国文化地理》,三联书店1983年版,第59页。

[2] 参见顾工:《顾城和诗》,载于《墓床》,作家出版社1993年版,第362页。

我走在荒滩上感到的，在北京时就感到了；我的寂寞感在北京时比我在荒滩上时还要强烈。"[①] 这一点可以从顾城早期诗歌中得到佐证。

杨树

我失去了一只臂膀
就睁开了一只眼睛

星月的来由

树枝想去撕裂天空，
却只戳了几个微小的窟窿，
它透出了天外的光亮，
人们把它叫作月亮和星星。

《杨树》写于顾城 8 岁，《星月的来由》写于顾城 12 岁。人们往往惊叹于诗中体现的早慧少年的想象力，却很容易忽视这些短句里包含的"创伤体验"，不管是"失去"还是"撕裂"，都导源于一种残酷的伤害性体验。顾城早期那些纯银一样的歌声正是起源于对这些伤害性体验的背离，他的歌声越纯净，反衬出的生存现实就越严酷。这样紧张的、对抗性的生命结构贯穿顾城一生。他一生的悲剧或可形象地概括为"攻城—守城"。他终生都在建造一个可以维护一颗细小敏感心灵的城堡。1993 年的惨剧发生后，即有一本读物采用了一个意味深长的书名：《顾城弃城》。

---

① 顾城：《神明留下的痕迹》，见《顾城文选》（卷一），北方文艺出版社 2005 年版，第 310 页。

这一心理上对"城"的渴求在现实中有一个对应物，就是顾城童年时代的北京城。在顾城的童年，北京还是一座有城墙的农业城市，分布着安静的胡同、四合院、部队机关大院，还符合郁达夫所说的"具城市之外形，而又富有乡村的景象之田园都市"[①]。顾城在异国日思夜想的正是这样的北京："我几乎每天做梦都回到北京，但是那是我童年的有城墙、堞垛、城门的北京，我爬到城墙上就可以看见几百年里这个一直安安静静的城市。"[②]

他曾对外国听众解释自己高耸奇特的帽子："是我的城堡，最容易修建的一个城堡。"[③]在另一场讲座上，他又这样解释自己的帽子："戴帽子很安全，戴上帽子有如住在家里而走遍天下；有时我说这好比北京城墙，北京城墙在我十二岁离开北京以后被拆光了。"[④]他还说："'城'是北京城，也是我的名字。我的全名是顾城，就是看一个城。我在写《城》的时候也在看北京。"[⑤]这些表述证明顾城心理上的城堡和童年时代的北京城是重合的。更早的证据来自于1979年，那一年他第一次在《今天》杂志发表诗歌，使用的笔名即是"古城"。

这个有城墙的北京城，顾城看重的是它提供的安全感、稳定感和庇护感。他内心深处对庇护所的渴求和这个童年时代的北京城是同构的。这样的北京城在剧烈的现代化运动中，正在不断丧失。首

---

① 郁达夫：《住所的话》，1935 年 7 月 1 日《文学》第 5 卷第 1 号。

② 顾城：《灵魂 艺术 环境》，见《顾城文选》（卷三），中国文化出版社 2006 年版，第 109 页。

③ 顾城：《它对我来说就有了季节》，见《顾城文选》（卷三），中国文化出版社 2006 年版，第 308 页。

④ 顾城：《顾城哲思录》，重庆出版社 2012 年版，第 139 页。

⑤ 顾城：《它对我来说就有了季节》，见《顾城文选》（卷三），中国文化出版社 2006 年版，第 306 页。

先是顾城童年时代前后绵延了十几年的拆除北京城墙运动，接着是
"文革"对古城面貌的破坏和改写，接着是改革开放年代古城的躁
动与更新，崛起的高楼改变了北京的天际线，再接着是 1990 年代
以来北京的改变，北京在市场化进程中变得越来越靠近一个全球性
都市，与之相应，人际关系、社会伦理、文化氛围也相应地发生了
剧烈的变化。所有这些变动既是针对"北京城"的，也是对"顾城
之城"的撞击。顾城在北京的时候，亲身感受到了时代的变动，而
出国之后，时代的变动不仅通过传媒等间接手段为他所感知，更通
过他的感情生活渗透到他身边来，对他正努力在新西兰激流岛上建
造的"城堡"构成威胁：1990 年他把自己 1986 年爱上的一个女孩
子英儿接到岛上来，却发现她已经变成了"一个城里来的陌生姑
娘"[①]。这个女子曾经在1980年代的纯洁度中与他订下生死盟约，但
当她 1990 年 7 月出现在顾城面前时，却代表着一种现世价值观对
顾城的精神王国构成威胁。这种具体的威胁后来证明对于顾城来说
是致命的。《城》和《鬼进城》写作的同时，正是顾城个人感情生
活面临危机的时候，也是美国学者福山宣告"历史终结"的时候。
不管是大的时代变动，还是个体的生活困境都对"顾城之城"构成
了摧毁性的打击。用顾城的话说，就是："我觉得三年前，我这个人
就死了，成了一个幽灵。每次做梦，都回北京，站在街上不知道往
哪里去，但也不太急，因为已经死了。"[②]

　《城》《鬼进城》便是对这些外界刺激的一个猛醒，一次集中回
应，一次自我修复和自我防卫。作者既是修复童年的北京城，也是
修复自己内心的城，并将之视为"归宿"：

---

① 顾城：《英儿》，华艺出版社 1993 年版，第 243 页。

② 顾城、谢烨：《墓床》，作家出版社 1993 年版，第 229 页。

驶向开阔的世界

　　"城"是北京城，也是我的名字。我的全名是顾城，就是看一个城。我在写《城》的时候也在看北京。我是成为了一个幽灵的时候在看的，所以看见了历史上消失的东西。一条街道原来是一条河，一个屋子曾经是个桥；后来死去的人都还活着，但是也微微记起死后的许多事情。我想把我看见的这个消失了的北京城，在我的诗里修复起来。那里是我的归宿。[①]

　　看《城》组诗的标题，会让人有熟悉感，因为那些地名中的绝大部分至今还在使用。但看诗歌正文，却会感到茫然，因为它们和诗歌标题之间并没有"一望而知或必然的联系"（麦芒语）。它们大部分是个人记忆片段，带有动作性、瞬间性。地名是稳定的，是记忆重叠的节点，是古往今来的经验交汇之处。《城》组诗里充满了地名的牢靠性与经验的瞬间性之间的张力。作者似乎是在与公共记忆抢夺地名的阐释权，在地名下方，填充了大量的私人记忆。比如在《中关村》里，并置了这样一些记忆：

　　　找到钥匙的时候　写书

　　　到五十二页五楼　看
　　　　　　　　　科学画报
　　　挖一杓水果
　　　　　　看滔滔大海
　　　冰上橱柜
　　　（我只好认为你是偷的）

---

① 顾城：《它对我来说就有了季节》，见《顾城文选》（卷三），中国文化出版社2006年版，第307页。

这样的书写，改写了"中关村"这个地名。它既不是历史上的那个村子，也不是 1980 年代以来为公众熟知的高科技产业园，它属于一个人的童年和瞬间：找钥匙，上楼，看科学画报，吃水果冰。占有或保存一个地名的最好方法就是用私人记忆、瞬时记忆去改写它。对记忆的主人而言，地名最大的价值是提醒你记住独特无二的生活瞬间。顾城就是这样从公共叙述、公共记忆中夺回了自己的北京——一个政治更迭、城市改造无从剥夺的北京。这样的写作方式恰好暗合 1990 年代诗歌普遍采用的"历史个人化"的操作方法。

这样建立起来的记忆之城是一座真正安全的城堡，因为它不仅充满了个人记忆，而且它的主角是"鬼"，而"鬼是没法死的"①：

> 我发现一个幽灵的生活是很不一样的，没有什么太激动的事情。它失去了它的死亡也失去了忧愁和恐惧，同时好像也失去了他所有的希望，失去了爱情。我在梦里边，是一个幽灵，我回到了中国，看见了一个世界。这个世界只有我才能看见，所以它是我的，这对我是一个安慰。人生中没有什么属于我，包括我自己在内，而当我成为一个幽灵的时候，就有了一个属于我的事情，它就是我作为幽灵看见的那个世界。②

《鬼进城》结尾概括鬼是"无信无义、无爱无恨、没爹没妈、没子没孙、不死不活、不疯不傻"，描述的正是鬼的稳定性和安全性。彼时顾城正对老庄哲学感兴趣，由庄子"齐物论"推论"人可

---

① 顾城：《我不能想得太多》，见《顾城文选》（卷一），北方文艺出版社 2005 年版，第 292 页。
② 顾城：《它诞生另一个世界》，见《顾城文选》（卷三），中国文化出版社 2006 年版，第 203 页。

生可死"、"死是没有的"。诗歌中创造的形象正是由这样的世界观所支撑。

尽管这样的"幽灵之城"是安全的，但悖谬的是，它又是没有出路的，它"失去了所有的希望，失去了爱情"。城的另一个功能"禁闭"由此开启。这是一座无根的没有出路的城，只有一个虚弱的魂灵气若游丝地寻找返回之路："沿着水你要回去 / 票一毛一张"（《后海》）。实际上，这座城锁住了顾城，将他闭锁在没有阳光的地带。早期在《小巷》和《一代人》中展现的探寻、突围的动力丧失殆尽，这座城是历史衰败的投影。

顾城后期写诗往往署名一个字"城"。如前所述，这里的城，不仅指作为建筑物的城，也是顾城自指。如此，《鬼进城》这一标题也可理解为"鬼已经进入他自身"。的确，《城》和《鬼进城》是鬼气森森的作品，也是不避讳的写作。在肉体死亡之前，作者已经在文字中死去多回。在中国诗歌史上，大概只有李贺的鬼气能与之相比，而他和顾城都拥有一个夭亡的结局。这换喻性地指向了另一座"小城"——坟墓。只有在这座小城里，人才终于获得他孜孜以求的安全感和归属地。

二、挖掘北京的层累式记忆：立体化的"文学北京"

> 人写的历史很爱失真，
>
> 我只有去询问无关的幽灵；
>
> 经过若干次冥间采访，
>
> 我才写出以下的诗文。
>
> ——顾城《巨门》，1980 年 3 月

上节讨论了顾城写作《城》和《鬼进城》的心理动因，以及

如何理解两组诗中大量出现的个人记忆。作为一个综合性的艺术构造，这两组诗当然不单单是个人记忆的散列，而是在历史、当代及语词自身的褶皱里展开，重建了一座奥秘幽深的立体城市。本雅明在谈及记忆应采取的方法时说："记忆一定不能以叙述的方式进行，更不能以报道的方式进行，而应以最严格意义上的史诗和狂想曲的方式进行。要将铁锹伸向每一个新地方，在旧的地方则向纵深层挖掘。"[①] 顾城最大限度地扩张了诗歌这种体裁的自由度，将诗歌复活记忆的优势发挥得淋漓尽致。

在 1992 年 12 月 19 日接受张穗子采访时，顾城谈道：

> 人可以与鬼不保持距离的状态下来写鬼诗。这就是说，完全进入鬼的状态，排除了人的生气，作为鬼来写诗。这种写诗的状态使人接近死亡。人也可以在与鬼保持距离的状态下写鬼诗。这就是说，像是看电视一样，看到一个鬼的故事。作为人来写诗，人不会受到任何伤害。我作为鬼，创作了《后海》、《紫竹院》等诗。我作为人创作了《鬼进城》这组诗。[②]

这段自述标示出《鬼进城》和《城》的区别。《鬼进城》写于1992 年 10 月，其时，顾城还在陆续写作《城》中的一部分作品。按照顾城的说法，《鬼进城》是作为人来写，像看电视一样看鬼的生活。这组诗可以看作《城》写作过程中的一次幕间旁白，一次自我解说，它应被理解为《城》的附属部分，仿佛城楼附近的瓮城，可以拱卫城门。这组诗描述了鬼一周的生活，在诗中，"鬼"是主角，

---

① 瓦尔特·本雅明：《莫斯科日记·柏林纪事》，潘小松译，东方出版社 2001 年版，第 222 页。

② 顾城：《无目的的"我"》，见《顾城文选》卷一），北方文艺出版社 2005 年版，第 235 页。

鬼被叙述。它仿佛是顾城跳出幽灵的状态，指着那群幽灵说：嘿，瞧那些个鬼。而在组诗《城》中，通篇没有出现"鬼"字，因为这正是隐藏的谜底：叙述者自己就是鬼，诗中的世界是一个幽灵的国度。

作为一个建都已超过 850 年的城市，北京的魅力在于它重叠了很多历史，很多重文化记忆。这种重叠有时甚至会以一种直观的方式呈现在人们眼前。在写于 1992 年的散文《城墙》中，顾城回忆了自己上学时参与拆城的经历："所有学生都在街上走，用电线拉一块城砖，每个学生每周一天，作业是交四块城砖。"这期间发生了一件事："有一些天，拉砖停止了，同学中说拆出了里边还有一道城门，是元代的。"①这一个人记忆可以由公共史料印证。②在明代的城墙里砌着元代的城门，这是北京地域层累型文化记忆的一个象征，也正是北京的历史感和文化纵深。

2003 年出版的《城记》，是一本讲述新中国成立后北京古城改造的书。书前附了几张朝阳门、阜成门、永定门的数字合成图片。图片底端是今日真实的街景，而街景之上是合成的影影绰绰的城门结构图。这种组合产生了一种视觉震惊效果，仿佛一座古城的幽灵还在原地徘徊。一个历史悠久又不断更新的地方，很容易使人产生幽灵的联想。虽然现实改变了，但老东西并没有消失，而是变成幽灵继续存在。这正是顾城选用幽灵作为诗歌主角的内在逻辑。幽灵的角度可以方便地混合回忆、梦幻，方便地贯通北京沉积的文化地层。现实中的人只能看见自己生活的世界，而幽灵则可以自由穿

---

① 顾城：《城墙》，见《顾城文选》（卷四），中国文化出版社 2007 年版，第 103 页。
② 见王军《城记》，三联书店 2003 年版，第 304 页载：1969 年，西直门城楼、瓮城、箭楼、闸楼一并被拆除。这一年 5 月，拆除西直门箭楼时，从城墙内挖出元大都和义门的瓮城城门。城门洞用砖券砌筑，比明代城门洞矮小，所用砖料是一种薄型城砖。

越，看见北京的前世今生。正如前文引文中顾城所说："我是成为了一个幽灵的时候在看的，所以看见了历史上消失的东西。一条街道原来是一条河，一个屋子曾经是个桥；后来死去的人都还活着，但是也微微记起死后的许多事情。"

在幽灵的注视下，北京的历史传统、作者的童年记忆、新社会的意象，混杂在一起，构成了新旧杂陈、光怪陆离的气质。比如《东华门》中的一段：

> 院子里有那么多侍女
> 想回去　　绕着栏杆
> 倒楣的是玻璃
> 她弯下身照镜子　　皇后说
> 她上中学的样子讨厌极了

侍女—栏杆—皇后构成了东华门的古典内容，而"上中学"则进入作者的少年时代，两者被"玻璃—镜子"对举衔接在一起。"玻璃"是对"镜子"深度的取消，镜子里是深度的华丽的古典中国，而玻璃则将之平面化，换言之，昔日的侍女或皇后，如果在此时代，就变成了中学生。我们可以完整地解读《德胜门》一诗，来体会诗歌对于一个影子世界的建构。

德胜门

地太多了　　总不好　　四边都是土
陷在中间　　只有挖土做屋子

龙本来是一个美人

竟有百十张床　去的人选一张
返回时　灯亮了

可上帝下命令把龙

说这些都是为了等你装束好了
　细细地看上边还有别人

拍成一个美人・直到

带你去看后边的小街　说有个
人死在这　他们更老了

永永远远

还在干活你肯定没有见到这个地方

　　　　　　　　　　　　转　　　坟

　冯　你怎么知道她的名字

　　　　　　　　　　　　1991 年 5 月

　　德胜门在历史上是出兵打仗的门，号称"军门"，明臣于谦曾
在这里大破瓦剌军。顾城自述他曾经在德内大街上班，在街上锯木
头。他个人和德胜门有关的记忆是，他们单位有一个值班的老人被
小偷打死了。

　　诗的第一行说的是德胜门以前的荒凉、空旷，早年出德胜门就

等于出北京城。第二句"陷在中间只有挖土做屋子"意义指向挖坟。挖下去一看，居然"有百十张床"，好像一个地下旅馆，或集体宿舍。俗话说，人死如灯灭，灯亮了，意味着一个人打算返回人世。就在换衣服做准备的当口，"细细地看上边还有别人"，仿佛还有人围观，处在一个多层空间里。接着"带你去看后边的小街"，顾城曾就此解释道：

　　这我在梦里真正回到这条街上，看见我以前那些师傅还是在那儿干活儿，头发更白了一点儿，有一句话说：死了的人也会在那儿拉锯，也会继续老下去。——"有人死在这，他们更老了"。

　　但是，死的下边还有一个死——你知道我的意思吧？因为这个是，死了的我认识的人在穿衣服，带我到后边儿看一个地方，但是呢她说，还有一个人死在这儿。死人如果说一个死呢，就可能还有一重死亡，这时死了的人就都是"活"人了。[①]

　　一个死了的人带他去看死人，而那些人还像活着时一样干活，这是写重重叠叠的死亡和重重叠叠的地下生活。"转""坟"，通过这两个字转回人间，而且一句问话脱口而出："你怎么知道她的名字"。其实就是刚才在地下世界知道的，但因为他已经转回人间，忘掉了自己死去的经历。"冯"是因为"坟"顺口转过来的一个声音，用来泛指任何人。

　　中间四句加重加黑，穿插在诗行中间，像龙骨串起了整首诗。它们是连在一起念的："龙本来是一个美人，可上帝下命令把龙拍成

----

① 顾城：《它诞生另一个世界》，见《顾城文选》（卷三），中国文化出版社2006年版，第190-191页。

一个美人，直到永永远远"。这莫名的话像符咒，据顾城说得自于梦中。如果把它们不连在一起念，而是和相邻的诗句连起来读，也别开生面，比如"他们更老了，永永远远还在干活"。"装束好了"、"细细地看上边还有别人"和"拍成一个美人"也能连读，好像是拍摄之前的穿衣准备工作。从以上解读中，我们可以体察这首诗的空间感和叙述者来去自如的自由状态，以及对于语言的自然态度。

　　这首诗的标题"德胜门"，既是作者个人记忆发生的地点，同时也以其历史内涵参与了诗意世界的构成。《城》组诗中诗歌标题和诗歌内容的关系有多种情况：1.标题和正文内容的关联难于查考；2.地名起到起兴的作用，引起下文。如《虎坊桥》的开首一句是"老虎在过道里走来走去"，这一联想跟虎坊桥地名的典故有关。程迓亭《箕城杂缀》云："虎坊桥在琉璃厂东南，其西有铁门，前朝虎圈地也。"虎坊桥原是明朝养虎的地方——虎房——所在地，那里以前的确有一条河，一座桥，现在都已消失。再如《午门》和后文"刀子"的联系（推出午门问斩），《公主坟》和"她们冷"的想象。3.地名不仅仅做专有名词使用，而且以其字面意思参与诗歌。比如《平安里》：

　　　我总听见最好的声音

　　　走廊里的灯　可以关上

"平安里"是作者以前上班时单位宿舍所在地。在这首诗里它不仅当地名使用，同时，"平安里"三个字字面上的含义，与"走廊里的灯，可以关上"形成对照，恰恰引发人"不平安"的有些惊悚的联想。这样激活汉字多重功用的做法，是顾城在《水银》之后一直的主张：让每个字都像摔到地上的水银那样四处崩散、自由行动。

再比如《遮月胡同》："不能大家起火 忙于点灯／丝本主义 一直闪到茂密的深处"。"遮月"意味着暗，对于起火、点灯是一个引导，而"丝"由"资"化来，又让人联想到"私、思"（以私为本或饮水思源），写出了北京的市场化改革对胡同生活形态的多重分化和复杂塑造。4.直接吟咏和地名有关的历史事件。如《太平湖》里反复写"钓鱼要注意河水上涨／水没人了／你的包放在船上"，关涉的应是老舍自杀事件，可以和汪曾祺写老舍之死的小说《八月骄阳》对照着看。太平湖作为老舍的自杀地而闻名，后于1971年因倾倒拆除城墙的土方而被填平。

《城》中的诗歌大都很短，其中多首只有两行。这意味着，诗中的每一个字作者都不会浪费。单字的表意功能也会得到最大程度的伸张。这些字的触须向四面生长，构造出一个精巧的多层的想象的城市。法国作家谢阁兰在他关于北京的小说《勒内·莱斯》中曾设想一座"城下城"：

> 北京存在着一座地下城，这地下城自有它的城堡，角楼，拐弯抹角之所，毗连邻接之处，也自有它的威胁，它的比水井更可怕的"水平走向的井"。①

顾城也在诗歌中建造了这样一座"城下城"。他把已经溶解在空气中的事物用文字固定、使之显形，如麦芒所言："所有这些幽暗与晦涩反而使得一部诞异如《城》的作品经得起一读再读。"②

---

① 谢阁兰：《勒内·莱斯》，梅斌译，郭宏安校，三联书店1991年版，第195页。
② 麦芒：《"鬼进城"：顾城在新世界里的变形记》，《新诗评论》2008年第2期。

三、"大院"视野中的"革命北京"

> 我喜欢革命,不喜欢政治。
> ——顾城《顾城哲思录》,第 23 页

陈平原在《北京记忆与记忆北京》中提到:"作为名词的记忆,乃是保留在脑海里的关于过去事物的印象;作为动词的记忆,则是追想、怀念、记住某人与某事。……将'记忆'从名词转为动词,意味着一个人物、一件史事或一座城市有可能从此获得新生。"① 那么,顾城究竟复活了哪些名词呢? 我们可以把出现在《城》《鬼进城》里的名词和名词性的动宾词组抽取出来列举如下:

> 骑车,绿台布,玻璃棋,抽屉,副食品联营商店,楼道,学校,板凳,反日,讲卫生,评论文字,厂,扔瓶子,自行车,文件,圆珠笔,走廊,八一厂,节目,椅子,钥匙,科学画报,自行车修理商店,铜铁钉,高级老头,队伍,单位,饭票,红旗歌谣,红旗北站,炉灰,中国革命,钉子,工兵,献花,日光灯,灯芯绒,士兵,铁丝,军衣,场部,围巾,毯子,火车,长征,传达室,布告,游泳,风筝,栏杆,米花,游行,玻璃,军长,红梅花开,结婚登记

不难看出,这些名词拼贴出的是一个社会主义时期的北京。新一代的读者对这样的北京甚至比对老北京还要陌生。这提示人们在北京消失的,不只有古城和古城墙,还有一个特殊的属于社会主义

---

① 陈平原:《北京记忆与记忆北京》,三联书店 2008 年版,第 82 页。

的记忆层次。对作为"社会主义城市"的北京的怀旧潮流开启于王朔 1991 年的小说《动物凶猛》，随后在电影《阳光灿烂的日子》（姜文导演，1995 年上映，据《动物凶猛》改编）上映后达到高峰。这一过程和顾城写作《城》《鬼进城》的时间基本同步。顾城在言谈中多次表达过对于王朔、崔健的认同。① 表面上看顾城与王朔、姜文、崔健相距遥远，实则他们拥有共同的童年记忆和相似的精神资源：他们都是军队大院里的孩子。

"大院文化"近年成为一个研究课题，经常用来与"胡同文化"对举，用以说明随着社会主义中国的建立，基于军队大院和机关大院形成的新的文化群落对于北京气质的改造。这个群落的第一代是新中国的建立者，他们的第二代则成为今日中国社会的主导阶层。在文化领域，这个群落也推出了自己的代言人，如王朔、姜文、崔健、叶大鹰、葛优、陈佩斯等。

顾城是部队系统知名作家顾工的儿子，他从小也生活于大院文化的氛围中。这一点往往为人们所忽略。唐晓渡关于顾城的一句评论令人印象深刻："大多数人们一瞥之下，便分配他到一幕叫'朦胧诗'的戏剧中扮演'童话诗人'的角色。"② 这句话提示了一个知识塑造的过程，即顾城成为"童话诗人"是一个话语加工的结果，实则顾城有着比"童话诗人"更为深广的面目。他自小在革命文化的氛围中长大，他曾经写过不少工农兵文艺，他还曾经是一个共产主义者，他从不讳言自己热爱革命（但讨厌政治）。顾城在回溯自己的精神来源时，喜欢突出法布尔的《昆虫记》、安徒生童话、惠特曼诗歌等读物，但其实他也在阅读着那个时代的共同读物：

---

① 可参见顾城：《顾城哲思录》，重庆出版社 2012 年版，第 77 页。

② 唐晓渡：《诗人之死》，《诗探索》1994 年第 1 期。

我曾经是一个民族主义者，因为我喜欢中国；我甚至喜欢伟大的东西。后来我读了鲁迅的书，那个时候他说谁都说自己是胜利者的后裔，皇亲国戚的子孙，谁也不愿说自己是失败者的后代。[1]

我读马列读着就相信我应该首先成为一名劳动者。[2]

我想毛对我的影响超过了其他所有人对我的影响。[3]

正是基于此，有论者直接称顾城为"共和国的孩子"[4]。这一精神源头解释了两部组诗中顾城的文化立场：对于北京古城的消失，并没有多少恋旧之情，而主要是从"童年心理原型"的角度塑造一种对"城"的依赖感；对许多老地名的使用，只是借用了字面意思，实际上是对传统进行了消解和改写。他无意回到老舍、萧乾等人意义上的老北京，而是将北京纳入一种全新的革命日常生活记忆，正如有论者评论的"大院子弟"那样："他们很小就离开了自己的出生地，尚未来得及建立与出生地之间的感情纽带。他们对于自己父母的故乡并没有同样的认同感和归属感。然而，第二代移民也很难把古城北京视为自己的故乡。他们不会像老舍一样对北京有着'言语无法形容'的深情。老舍认为自己和北平是融为一体的。但是军队大院居民与这座城市之间显然没有这么亲密的关系，他们的个人体

---

① 顾城：《顾城哲思录》，重庆出版社 2012 年版，第 134 页。

② 同上书，第 135 页。

③ 顾城：《它对我来说就有了季节》，见《顾城文选》（卷三），中国文化出版社 2006 年版，第 305 页。

④ 王东东：《共和国的孩子，或灵性复归》，凤凰网读药周刊第 5 期，2010 年 5 月。

验与城市的历史没有交汇，难免缺乏那种发自内心的深爱。"①

　　王朔曾如此自述他的精神底色："我的童年和少年时代都是在革命文化的强烈环境中度过的，革命文化后来政治斗争化了，越长越有点长走筋了，那是没长好，结了个歪瓜，论秧子，还有些老根儿是长在'五四'新文化运动那块厚土中，这才是'别连孩子带脏水一起泼'呢。我也不知道别人怎么看'五四'运动，我的'五四'就是和所有传统文化决裂，把所有天经地义都拿来重新审视一遍，越是众口一词集体信以为真的越要怀疑、批判；越是老的，历史上被证明是行之有效的，越当作枷锁，当作新生活的绊脚石。"②他肯定"革命"反感"政治"的态度和顾城如出一辙。他对自己精神来源的勾勒放在顾城身上也不会偏离事实太远。他们共享一个隐秘的回溯式的精神线索，即毛泽东——革命文学——左翼文学——五四激进派别——鲁迅。这样的精神传统塑造了顾城《城》和《鬼进城》独特的价值取向：它既不像"京味文学"那样陷入一种对老北京的怀旧，也不像"京漂文学"那样将北京描述为一个漂泊无根的异化的类型化的现代都市，而是回返到一个革命北京的记忆，展现北京所具有的启蒙性、反抗性、不驯服的一面。比如《月坛北街》：

　　　　这个队伍刚　　　　还有人
　　　　　后来就没声了

　　　　花像张大网
　　　　　晃着临走的鞋子

---

① 郑以然：《从王朔小说看"大院北京"》，《中国现代文学研究丛刊》2013年第6期。

② 王朔：《我看大众文化港台文化及其他》，见《无知者无畏》，春风文艺出版社2000年版。

这首诗描写的是游行的队伍,以及游行队伍被冲击、被抓捕、被扑灭的过程,从街边花坛的角度,只能看见慌乱的鞋子。比如《西单》的开头:"让我看街将是两次 / 一次是反日 / 一次是讲卫生"。这好比就是说,西单街市对于"我"的意义,是专为两种活动而设,一种活动是反日,一种活动是讲卫生。"讲卫生"体现的是"科学"观念,是启蒙视野中的一种制度设置,而"反日"可以从两个方面理解:1. 民族主义的,反抗日本;2. 革命意义上的造反,反抗的日子。这两层含义都是"五四"的题中应有之义。再比如《西市》:"法度刀是朝廷的钥匙 / 小龙床被杀"。全诗就这两句,重述在五四文学中经常出现的经典场景:杀头。另一首《后海》讲述的也是杀人的故事。这首诗的完成是作者自述最感震惊的一次体验。在杀戮中,一个人想掩护一个女孩子逃离,但感觉困难重重:

　　　　我把手放在衣服下面
　　　　我的刀少了一把
　　　　我不相信能这样离开
　　　　刀太短
　　　　我让你风一样在前边快走

　　情节的发展揭示出,这个掩护的人就是执行杀人任务的人,而被杀的人不敢相信,还和他开玩笑:

　　　　你把刀给她看
　　　　说　你要死了
　　　　她笑　说你有几个娃娃

这样的表达里体现的是一种严厉的自我反省，好比鲁迅在《狂人日记》里的发现：一个将要被吃的人原也参加过吃人。顾城曾经在一次讨论会上透彻地表达过这层意思："我们要小心，在我们谴责的时候，好像我们就站在了正义的立场上，好像我们就是正义，好像被我们谴责的与我们绝然无干。真是这样吗？他们行恶，我们正义，他们卑下，我们高尚，他们和我们到底怎么就成了如此截然的不一样？我们不是和他们要着利益这同一个东西吗？那凭什么以为他们低而我们高呢？"[①]另一首诗《新街口》把这层意思表达得更为痛彻心扉：

> 杀人是一朵荷花
> 杀了　就拿在手上
> 手是不能换的[②]

这里延续的仍然是鲁迅式的把社会问题医学化的思维。罪恶就是长在人身体上的，被杀者和杀人者是一体的，需要怎样"壮士断腕"的勇气才能医治民族的疾病呢？所谓"革命"最终要进展到"革自己的命"这一步。这样的书写构成了《城》组诗中最为锋利的部分。在顾城的"北京叙事"中，主导性的价值观就是这样的启蒙和革命认知。

[①] 顾城：《是不是活着》，见《顾城文选》（卷二），中国文化出版社2006年版，第317-318页。

[②] 2010年江苏文艺版《顾城诗全集》将此诗中的"杀"字一律改为"傻"字，此为编者妄改，将给后世研究者带来混乱。

结　语

在组诗《城》写作前后，顾城还写过一些以北京地名命名的短诗，如《定陵》（1991 年 4 月）、《军博》（1991 年 5 月）、《双榆树》（1993 年 3 月）、《灯市口》（1993 年 4 月）等，但并未纳入《城》。可见《城》是一次精选的结果。它的写作、编选完成于 1992 年 3 月—1993 年 3 月作者受德国 DAAD 学术交流基金邀请驻柏林写作期间。这组诗便是该次邀请的工作成果。顾城写这组诗，的确有一种工作的态度，他自述看过《北京胡同》之类的关于北京历史地理的书，还让家人给他寄北京地图。这组诗是顾城在两年时间里下力最多的作品。

在编排上，《城》没有按照写作时间顺序排列。作者在编排 52 首诗的摆放顺序时应该有自己的设计，至少第一首和最后一首是经过仔细考量的。第一首是《中华门》，最后一首是《油漆座》。翻查史料可知，中华门是北京皇城的正南门，明时为大明门，清时为大清门，民国时为中华门，素有"国门"之誉。新中国成立后，为扩建天安门广场，该门于 1954 拆除，1976 年毛泽东逝世后，在其原址修建了毛主席纪念堂。也就是说，"中华门"不仅是一个象征性的入口，同时也在历史的变迁中成为纪念之地。

"油漆座"是地安门附近的一个胡同名。据《中国胡同史》记载，这里在清代是为皇宫服务的油漆工匠的聚居地，一般写作"油漆作胡同"。顾城写作"油漆座"，可能是日常语言的讹误，当然，也可能是如顾城经常宣称的那样，是"一个正确的错误"①。因为"油漆座"要更容易引发联想，比如木头油漆的灵牌、灵位，死者存在的

---

① 顾城：《顾城诗全集》，江苏文艺出版社 2010 年版，第 838 页附信。

替代物，可以寄托思念之物（这样的理解可以被全诗内容支撑）。这样的话，整首诗的开头和结尾都有指向"纪念"的功能。而且，中华门是一个公共纪念物，而"油漆座"则是私人纪念物。在个人生活史上，这个地名对于顾城具有特殊重要的意义。它曾经在顾城的自传体小说《英儿》里出现两次（华艺版第95页、第236页），那是英儿在北京的住址，也是他和谢烨出国前去和英儿告别的地方，就是在那个胡同里的小屋里，英儿和顾城当着谢烨的面互诉衷肠，订下爱情盟约。这个地点，可以说是顾城私人生活出现严重危机的开端，也是1993年10月发生的悲剧的起点。诗中内容与《英儿》中描写的告别情景部分重合，这首诗中个人生活记忆的成分应该与此相关。在《城》组诗编成的时候，顾城已经知道英儿逃离了他苦心营造的"岛国"，用这首诗作为结尾，有深意存焉。

如此，则《城》可以理解为一部纪念之诗。顾城把给友人的一封信用作这组诗的小序：

> 《城》这组诗，我只作了一半，还有好多城门没有修好。但是我想先寄给你看着，这也许是一本新的《西湖梦寻》，我不知道，我只是经常唱一句越南民歌：可怜我的家乡啊……[1]

《西湖梦寻》是晚明遗民张岱的名作，张岱梦回西湖，寄托的是自己经历的明清易代之痛。而顾城以此类比，想说明的是这组诗对于变动时代的纪念性意义。《城》和《鬼进城》诞生的年代，世界范围内，恰恰是福山宣称"历史的终结"的年代，这两组诗的完成地柏林，也刚刚经历了东欧剧变。在中国内地，发生的则是1980年代至1990年代的转折，中国大陆开始迎来一个更加剧烈的市场

---

[1] 顾城：《顾城诗全集》，江苏文艺出版社2010年版，第836页。

化进程，"诗人之死"正在上演，思想界的口号是"告别革命"。如果把这两组诗放在这样的背景下观察，那诗中的幽灵可谓一群"历史的幽灵"。它们即使回到今日的北京，也将难以辨认往日的路径，只能在记忆的迷宫里徘徊。

这些诗于是扮演了幽灵代言人的角色。幽灵的欢声笑语封冻在字里行间，像冰冻的鱼一样带着青灰色永存。它们提供了引导读者进入隐秘历史深处的秘密符码。它们的呈现，带有强烈的先锋实验的色彩，而北京的丰富，经得起这样的实验。它们会引向多样而丰富的阐释。关于北京，"除了人们常说的建筑（比如四合院），最好把文学带进来，把记忆与想象带进来，这样，这座城市才有可能'活起来'。"①顾城的这两组诗的确以一种诗人的诚实和敬业态度复活并保存了一座饱含历史、澎湃多面的城市。

---

① 陈平原：《北京记忆与记忆北京》，三联书店 2008 年版，第 47 页。

"中国—西方"的话语牢狱

——对 20 世纪 90 年代以降几个"跨国交往"文本的考察

一、"中国—西方"作为一个话题
在20世纪90年代以来的展开

在 21 世纪之初回望过去，我们发现"中国—西方"框架在 20 世纪 90 年代以来人们的言说中得到了强有力的展开。尽管这个框架一直是在中国讨论问题的"前文本"，但值得强调的是在 20 世纪 90 年代以来，它成了人们长期关注的"中心焦虑"。

如果说在 20 世纪 80 年代，我们关心的是如何"建设中国"，那么 20 世纪 90 年代我们关心的重点偏移向了"如何给中国在世界定位"。我们可以大致勾画这样一个脉络：第三世界批评及后殖民理论——《北京人在纽约》及《曼哈顿的中国女人》——"国学"热与"儒家资本主义"——"文化保守主义"与"文化激进主义"的论争——《中国可以说不》——"全球化"理论。在这些话语纷争的背后，一个支配性的框架是"中国—西方"框架。在中国走向"全球化"的过程中，突出强调"中国"的民族身份成为国家意识形态、知识分子话语、新兴市民阶层不约而同的共谋性举动。

1989 年 6 月发表在《当代电影》上的美国学者杰姆逊的文章《处于跨国资本主义时代的第三世界文学》，后来成为"经典性文献"，直接开启了中国的"第三世界批评"。"第三世界批评"是一种反对"西方中心主义"的批评实践，强调知识分子应立足本土，构建可以与"第一世界"平等对话的理论平台。"第三世界批评"在 20 世纪 90 年代初引起了广泛的关注，成为一个可资开掘的新的理论矿脉。与"第三世界批评"的边界暧昧不清的"后殖民批评"也随之受到关注。①

与上述对西方理论的引进同时，"国学热"悄悄升温。1993 年 8 月 16 日，《人民日报》以整版篇幅刊登了记者毕全忠的报道《国学，在燕园又悄然兴起——北京大学中国传统文化研究散记》。编者按说："国学的再次兴起，是新时期文化繁荣的一个标志，并呼唤着新一代国学大师的产生。"一时间，各个大学纷纷兴办"文科实验班""国学研究院"之类以培养"国学大师"为目的的教学机构。学者陈寅恪、吴宓等人被重新打捞出来。②"大师"一词被迅速地滥用并贬值了。

"后殖民"理论自赛义德在 1978 年出版他的《东方学》以来，在西方早已经过了充分的发展；"国学热"所极力校正的所谓"民族文化虚无主义"也早已在 80 年代进行了激烈的表演。为什么在 90 年代初这些问题会突出出来，成为关注的中心？积极评介"后殖民"等理论与宣扬"国学"看似毫不搭界，实则有着共同的内在理路，那就是如何建立"民族认同"的问题。前者试图在与西方的比

①《读书》杂志 1993 年第 9 期同时推出三篇文章介绍"后殖民理论"，随后又发表多篇文章进行讨论，讨论阵地还包括《钟山》《文艺报》《文艺争鸣》等刊物。
② 标志性事件便是两本畅销书的出笼《陈寅恪的最后二十年》（陆键东著，三联书店 1996 年版）、《心香泪洒祭吴宓》（张紫葛著，广州出版社 1997 年版）。

较、对峙中确认自身，后者则设想通过挖掘民族传统文化重续被斩断的历史根脉。它们其实都根源于 90 年代初人们强烈的"身份认同"的焦虑。

"冷战"体系崩溃以后，"中国"仿佛断线风筝，重新陷入了"认同危机"。中国面临着如何在世界体系中重新给自己定位的问题。传统的"中国—西方"的二元对立体式再度被重点突出。本意是对西方权威话语体系进行反思和解构的"后殖民理论"被移植到中国则发生了有意无意的误读：变得带有了很强的"民族主义"色彩——中国学者很大程度上是根据自己的需要对西方理论进行筛选和阐释。

而"国学"则与"爱国"联系起来：1994 年 2 月 16 日，作为国家意识形态喉舌的《人民日报》发表季羡林先生的文章，说明国学"能激发爱国热情"的作用，并强调这是"我们今天'国学'的重要任务"。在建立"民族认同"的过程中，知识分子与国家意识形态形成了合谋关系。

对于统治性的国家政权来说，如何统治一个 13 亿人口的大国在 90 年代成为绝大的难题，原有的"共产主义"话语系统边缘化，"人道主义"价值系统也残破不堪。他们只好拾起最后的也是屡试不爽的工具——民族主义，通过不断地激发人们的"集体荣誉感"和"爱国豪情"来整合差异纷呈的庞大人群。在这个过程中，"亚运会""奥运会""足球世界杯"充分起到了阿尔都塞所谓的"意识形态国家机器"作用。也正是在这个背景下，某著名学者的断言"21 世纪是中国的世纪"被广为传播，1996 年一本草草拼凑的狭隘民族主义著作《中国可以说不》疯狂畅销，关注民族身份的"后殖民"理论一时成为显学；我们开始谨慎地改称"中文"为"汉语"，国外汉学家的地位显著上升，跨国写作开始流行；1998 年，北大百年校庆，"爱国、进步"突然作为一种光荣传统高踞"民主、科学"

之前成为北大校庆"八字口诀"——这一切无不与对"民族认同"的强调有关。

从大众文化实践上对"民族认同"的理论进行呼应的无疑是出现于 90 年代初的两部小说《北京人在纽约》和《曼哈顿的中国女人》①（前者的影响力因为改编的同名电视剧而愈加彰显）。如果说对"后殖民理论"的倡导表达的是知识分子的诉求，那么这两部小说则形象化地表达了新兴市民阶层的愿望。它们在 90 年代初这样一个特殊时期的突然蹿红折射出了当时中国大众的文化心理症候群。

二、"中国—西方"的知识生产及应用形式

上文笔者描述了"中国—西方"模式在 20 世纪 90 年代以来在理论话语和大众文化生产双方面的展开。下面笔者将对这一模式形成的历史进行考察，并结合三个具体文本阐述这一框架对作家写作产生的影响。

1.一套关于"中国—西方"的知识的生产

在今天，我们可以往前追溯，说中国唐朝的长安曾经是怎样的一个"国际化"都市，马可波罗访问过中国，中国在 18 世纪曾在法国等欧洲国家享有盛誉，等等。这些都是事后补叙，这些事实对当时的中国并未产生任何实质性的影响，所以完全可以忽略不计。它们的意义只存在于今天——今天打捞出来正是服务于一个民族共同体建立的需要，同时也是服务于"中国—西方"知识架构的建立。

在西方资本主义试图向中国扩张之际，西方首先需要生产出一

---

① 《北京人在纽约》，曹桂林著，中国文联出版公司 1991 年版。《曼哈顿的中国女人》，周励著，北京出版社 1992 年版。两书后来都多次重印。

套关于"中国"的知识，将"中国"置于自己的思维能力所能接受
的范畴之内。西方国家通过传教士、商人、外交官、文学家、旅行
家所写的种种文字材料，将中国描述为一个"落后、愚昧"、急需
得到上帝拯救的地域，从而为自己的侵略战争制造借口。以下摘引
的是 19 世纪西方人对中国的典型看法：

> 中国人总的来说是一个了无兴趣、不自然和不文明的
> "猪眼"民族，对他们，你尽可以嘲笑；他们还是"打伞民族"，
> "长辫子的天朝人"，极度骄傲的、无知的，而且几乎是不长进
> 的民族。①

西方对中国的描述采用了酒井直树所谓的"调节异质分布"的
方法。"虽然事实上异质是本身具有的东西，是存在于每一种语言
本身的组成性要素，但是主体为了维护自己虚假的统一，它只能把
这种异质推出去，交给他者。只有使这种异质变成了一个客体，主
体的意义才能够产生出来。……在历史上西方也就是通过把自己的
异质完全交给日本人、中国人或者其它非西方人来认识自身的。"②
正是通过这种"调节异质分布"的方法，西方将"愚昧""停
滞"之类的自身存在的"异质"调节到非西方国家身上，并将之"本
质化"，使之成为西方"文明""进步"的对照。在这个意义上，"中
国—西方"序列里的"中国"实际上和地理意义上的中国没有多大
联系，它是依附于"西方"而存在的，是西方的创造物，是西方认
识自身的镜子。

---

① ［英］约·罗伯茨：《十九世纪西方人眼中的中国人》，蒋重跃、刘林海译，时
事出版社 1999 年 1 月版，第 194 页。
② 白培德语，见李杨、白培德：《文化与文学——世纪之交的凝望》，国际文化出
版公司 1993 年 4 月版，第 75-76 页。

在大众文化工业兴盛起来之后，西方更是通过种种传播媒介如广播、电视、电影、报纸、网络来强化"中国—西方"这一对立模式。比如好莱坞电影就在丑化中国人方面起到了重要作用。"在东方主义的话语中，东方被标以五花八门的消极特征：无声、贪图感官享受、阴弱、专制、非理性、落后。相反，西方的特征则以积极的词语来表达：阳刚、民主、理性、有道德、强悍、进步。这样的多项二元对立以及它们所反映出的力量对比关系，受到大量的西方再表述（representation）和知识门类的支持。"①种族主义偏见随着大众文化产品的流播而广为流传，不仅转化成西方人，甚至转化成中国人的深层潜意识。

西方关于中国的这一套知识很大程度上成为中国知识分子反思中国自身的依据。法国精神分析学家拉康认为镜子在形成人类的主体意识过程中起到了关键作用。②现代中国正是通过"西方"这面镜子来形成自己的主体意识的。与拉康所描述的"镜像"理论不同的是，在"中国—西方"这一对立模式中存在着一种被预先规定好了的等级关系。这种"等级"关系正是"现代中国"在形成它的主体意识时最需要警惕、最需要反思的东西。

"中国（东方）—西方"作为一种知识模型，早已深深植入我们的语言意识，要完全摆脱它的影响几乎是不可能的。它本身就是极端复杂的，也在不断地进行着内部调整。这一模型是西方资本主义在殖民扩张的过程中形成的，带有浓重的殖民主义痕迹。"后殖民批评"的一个重要任务就是解构、颠覆这一模型，揭示深藏在人们的语言意识中的等级关系。

---

① 见中译本《后殖民批评》导言，由三位编者合写。［英］巴特·穆尔－吉尔伯特等编撰，杨乃乔等译，北京大学出版社 2001 年版，第 76 页。
② 拉康：《助成"我"的功能形成的镜子阶段——精神分析经验所揭示的一个阶段》，《拉康选集》，褚孝泉译，上海三联书店 2001 年版，第 89-96 页。

2.东方猎奇式写作

由宗主国作家对殖民地进行描写的小说，读出其中的"种族歧视"相对比较容易。中国的情况则复杂得多。中国从未完全沦为西方的殖民地，中国"现代化"的过程实际上也从未放弃对"西方"的抵抗和反思，汉语作为中国人主要的表意方式也从未丧失它生机勃勃的凝聚力。在这种情况下，辨析汉语小说中的"后殖民"因素要困难得多。汉语作家往往会陷入一种不自觉的"自我殖民"状态，正如有论者指出的："种种简单化、扭曲性的想象，例如，美国乃至西方世界的小说、戏剧和电影里某些关于中国和中国人的定型化形象，对华人内部文化生产中自我形象的塑造产生了不容忽视的影响，一些作家已然披戴着西方的服饰将东方世界自我戏剧化、歪曲化地展示在西方面前。"①

在这里，笔者要谈的是《扶桑》与《K》。它们的作者分别是"跨国作家"严歌苓和虹影，它们都在 20 世纪末抢滩中国大陆，并产生了一定的社会影响。②它们都是对"历史"的再叙述：前者涉及的是 19 世纪中国妓女在美国旧金山卖淫的历史；后者涉及的则

---

① 宋伟杰：《地方性的还是全球性的？——多元文化语境中的文化认同问题》，乐黛云、张辉主编：《文化传递与文学形象》，北京大学出版社 1999 年版，第 368 页。
②《扶桑》，中国华侨出版社 1996 年版，上海文艺出版社 2002 年再版。《K》，《作家》杂志 2000 年第 12 期刊登，后由花山文艺出版社 2002 年出版。《扶桑》的大致情节是：中国乡间女子扶桑被贩卖到旧金山卖淫，和一个美国少年克里斯产生了爱情。唐人街的华人黑社会老大大勇是扶桑的保护人，因为杀死了洋人被处以绞刑。小说这时揭示出，原来大勇是扶桑订过婚的丈夫。扶桑在大勇死后护送他的骨灰回乡。《K》的大致情节是：英国诗人朱利安在 20 世纪 30 年代到中国武汉大学任教，与学院院长的夫人林可通。林试图和朱利安远走高飞，而朱利安根本不想和林缔结固定关系。他们的私情在被院长撞破后中断。朱利安回国，后死在战场，而林则在中国自杀。

是 20 世纪 30 年代中国女作家凌叔华和英国诗人朱利安·贝尔的婚外情故事。两位作者都声明自己在图书馆查了很多资料，好像这样就能证明她们的作品符合历史真实似的。其实，她们不过是挂"历史"的羊头，买"消费社会"的狗肉罢了——"卖淫""妓女""跨国""偷情""房中术"这些字眼正是消费社会里最能刺激人们的窥视欲的符号。就像早期殖民者会在自己的国家出版一些关于"东方"的著作炫耀自己的经历，《扶桑》和《K》恰恰也是这样的"东方猎奇式"作品。不同的只是，这次制作者和欣赏者恰恰都是曾经被殖民的人们自身。

严歌苓在《扶桑》里对中国人的描写严格比照着殖民时期形成的"中国—西方"模式展开：一方面是西方人的仁爱、文明的"救世主"形象（比如解救会的修女们和男主人公克里斯对扶桑的"拯救"），一方面是中国人的忍耐、猥琐、残忍、肮脏（比如极力渲染中国人吃食的恶心、中国老鸨对妓女的残忍）。严歌苓还生硬地堆砌了大量的能体现所谓"东方情调"的物象，如筷子、血浸的瓜籽、箫、重十斤的刺绣缎袄、裹脚，等等。严歌苓的想象完全是按照西方人的视角展开的，她似乎对什么是中国一无所知，只能依照西方人的眼光"图解中国"。在《K》里，为了迎合西方人（或完全西化的中国人）对中国的想象，虹影甚至不惜倒腾出所谓"房中术"，而她描绘的 20 世纪 30 年代的北京俨然是一个巨大的金碧辉煌的布满淫乐设施的皇家园林——专为"外国王子"朱利安设置。

当然，如果作者的想象力和视野本就狭小，我们原也不该对作品抱有太高的期望。最为拙劣的是作品还试图用"宽容""爱情""性解放"之类的"普世话语"来对残酷的种族压迫进行包裹——至此，作品所表露出的"殖民主义"立场已暴露无遗。在《扶桑》里，扶桑是被作为一个原始的"自然神"的形象来刻画的，她的脑子似乎没有善恶之类的概念，无论是接客还是被强奸，她似乎都很享受。这是"扶桑"在一次中国人和洋人的冲突中被几十个洋人轮奸时的心理活动描写：

> 你从来不觉得自己在出卖，因为你只是接受男人们，那样平等地在被糟蹋的同时享受，在给予的同时索取。你本能地把这个买卖过程变成了肉体自行沟通。你肉体的友善使你从来没有领悟到你需要兜售它。肉体间的相互交流是生命的发言和切磋。
>
> 这就再次使我置疑：扶桑你或许是从很远古的年代来的。

作者对扶桑的态度提供的解释就是：扶桑天真、朴实、原始，仿佛从远古走来。这里面隐藏着令人发指的逻辑：因为你天真，所以强奸你也不用太负疚，说不定对你来说还是一种享受。这种逻辑正是一切殖民者发动殖民战争的逻辑。"扶桑"被指认为是从属于"远古"，也就是说是一种神秘不可解之物，她被排除到"常识"之外，殖民逻辑因此通行无阻。

"他实际上摆脱不了种族主义，不过比其他西方人更不了解自己而已。……在林和程面前，他的决断绝情，说到底，还是西方人的傲慢。……他自以为是个世界主义者，结果只是在东方猎奇。"在《K》快要结束的时候，虹影这样为"朱利安"作着辩解，其实也是在为自己辩解。这种辩解并不意味着虹影打算和她的"西方中心"立场保持距离，而是为了使"爱情"这样的包裹工具派上用场的时候不致在读者心里激起过大的反感。她仍然按照既定方针刻画了林在死前的幻觉："朱利安进入了她的身体，他紧紧贴着她的皮肤全是汗，他爱她，就像她爱他一样，他和她的动作从未如此热情而狂野。"①

朱利安留下的遗物包括林送给他的"很东方情调"的边角绣着
"K"的黄手帕。"K"——朱利安对林在他的情妇中的顺序的编号
和命名——揭示了"中国"面对"西方"所处的次等地位,也终于
锐利地撕开了虹影用"爱情"辛苦包扎的"温情脉脉"的面纱。

一个关于人口贩卖的悲惨故事被改写成了一个东方妓女使一个
西方男孩"成人"的故事;一个具有"国际主义"思想的西方人到
中国来参加革命的故事被改写成到中国来领教"房中术"的故事。
这是消费社会所创造出来的扭曲的奇迹。这不是关于"历史"的故
事,而完全是一个现实的故事。殖民主义所制造的偏见和等级凭
借着"爱情""性""欲望"等消费符码顺风流传,像附着在浮尘上
的病毒——这是消费社会带来的最大的障眼术。

3. "三角模式"的比较分析

刘恒的长篇小说《苍河白日梦》②创作于 1992 年。它通过一个
老人"耳朵"讲故事的方式来重新书写中国启蒙运动的历史。二少
爷是个"革命者",他留学法国回来,建立了"火柴公社",还带回
了技术顾问——洋人"大路"。二少爷借口造火柴,暗地里制炸药,
从事暗杀活动。"耳朵"觉得二少爷是个疯子。后来二少爷被绞死了,
"耳朵"流落他乡。

"耳朵"的讲述从"淫"开始。作为一个"窥视者",他的表
白"我看见了一个淫字"给整部小说定下了基调。这决定了"二少
爷"革命的故事将被推到背景处,而关于"性"的故事将占据舞台
的中心。与别的"性的故事"不同,这部小说里出现了一个"洋

---

① 虹影:《K》,花山文艺出版社 2002 年版,第 213 页。
② 刘恒:《苍河白日梦》,作家出版社 1993 年版。

人"——大路。一个"偷情"的故事不出所料地展开了。一种由"法定丈夫—闯入的情人—法定妻子"构成的"三角关系"再度形成了。我们猛然发现，在《扶桑》《K》以及曾经闻名遐迩的《上海宝贝》①里，都存在着这种三角关系，而且，这些小说的主要构架都是由这种三角关系来支撑的：在《扶桑》里，是大勇—克里斯—扶桑；在《K》里，是程院长—朱利安—林；在《上海宝贝》里，是天天—马克—倪可。这个模式进一步提炼就是：中国男人（丈夫）—西方男人（妻子的情人）—中国女人（妻子）。

这套模式的附带特征是：

（1）中国男人基本上都是性无能或性冷淡。（在《扶桑》里，大勇虽然被描绘成一个彪悍的汉子，但关于他的性爱镜头从未出现，他在性方面的能力被有意无意地忽略了。）

（2）西方男人都拥有性方面的主动性，一般性能力超强，男性特征明显。（在《苍河白日梦》里，不仅二少爷是性无能，大少爷光满也只能生女儿，不能生男孩。但洋人大路和二少奶奶的私生子赫然就是一个"蓝眼睛的男孩"。在这里，显然也存在着男孩 / 女孩所标识的权力等级。）

（3）中国女人总是第一眼就看上了西方男人，爱上了他，不需要理由，甚至也不用经过太多的犹豫和挣扎，并且对西方男人百依百顺。（这种三角关系从"洋人"一出场就已经确定了，小说的向前推进只不过是使它一步步实现。）

"三角关系"是文学里一个源远流长的原型结构。它表现的是对社会规范的冲击，是"利比多"脱离潜意识浮出水面的标志。在现代以来的文学史上，伴随着社会变革运动的发生，"三角关系"的故事层出不穷。20 世纪 80 年代的许多名篇，如路遥的《人生》，

---

① 卫慧：《上海宝贝》，春风文艺出版社 2000 年版。

"高加林"在"城市女子／乡村女子"之间作着痛苦的抉择；刘恒的《伏羲伏羲》里，一个女人在叔侄之间挑起了生死搏斗，带出了肉欲／伦理的严峻思考；张贤亮的《绿化树》里，"章永璘"在与"海喜喜"争夺"马缨花"的过程中品尝着"知识分子"洋洋得意的自恋。在"婚外情"流行的1990年代，"三角关系"更是成为屡见不鲜的滥套，比如池莉流传一时的《来来往往》就构筑了典型的"商业老板（康伟业）—年轻情人（林珠，时雨蓬）—原配妻子（段莉娜）的三角模型。

那么，由"西方人"参与构筑的三角关系和以上列举的那些三角关系有什么不同吗？通过比较，我们发现，最显著的不同在于：支撑后者的三个点会发生剧烈的冲突，文本分配在每个点上的能量是一样的，每一个点都在发生着自己合理的作用；而在前一种三角关系中，分配在每个点上的能量是不均衡的，整个三角关系被某一点（西方男人）所牵动，处于对立位置的一点（中国男人）的力量则被压制，处于"失语"的陪衬状态。结合文本来说，比较同是刘恒的两个小说《伏羲伏羲》和《苍河白日梦》。在《伏羲伏羲》那里，"叔叔"虽然性的能力已经丧失了，但他仍然拥有身份上、伦理上的威势，这种威势对偷情的两人尤其是对"侄子"产生了巨大的压力，导致了"侄子"最后的崩溃。三角关系的每一方在作者所给予的处身位置上是平等的，三方面的合力最终导致了一个合乎逻辑的发展。但在《苍河白日梦》里，由"中国男人"（指二少爷，某种意义上还包括对二少奶奶抱有欲望的"耳朵"）代表的那个点被作者剥夺了暴怒、对抗、申诉的权利，"中国女人"被毫无阻碍地让渡给了"西方男人"。下面是"二少爷"在知晓了"大路"和妻子的私情之后的一段描写：

二少爷披散着头发。

少奶奶深深地埋着头。

二少爷说：玉楠，你给我梳吧？

少奶奶说：要辫子么？

二少爷说：要吧，总该有个人样儿了。

少奶奶说：头发还是短。

二少爷说：短就短，随便你梳什么。

少奶奶站到二少爷身后，大肚子差不多碰了他的脊梁。少奶奶梳得很用心，问疼不疼，紧不紧。二少爷说不疼，不紧，很好。梳着梳着就不说话了，整个院子只能听到木梳刮过头发的声音，还有线网在水塘里撩水的声音。

从"少奶奶深深地埋着头"和二少爷的话"总该有个人样儿"里，我们可以嗅到某种风暴的味道，但最终消弭于无形，呈现在我们面前的是一个安宁的小院子。小说正是这样不断地粗暴地扭转故事的发展，使"中国男人"处于失语的地位。"洋人大路"在这组三角关系中处于始终的优先地位（他后来的被杀害也不能抵消这种优先性，他的后代——"蓝眼睛"的小男孩被"耳朵"谨慎地保存下来了）。

类似的分析同样适合《扶桑》《K》《上海宝贝》。在《K》里，当"朱利安"和"林"正在颠鸾倒凤之际，"程院长"撞进来捉奸，小说上演了它的高潮，也是令人悲哀的一幕：

程脸都气白了，他穿着长衫，好像没印象中那么瘦削。他气得发抖，手指着朱利安的脸，说不出话来。

"你不是一个绅士。"程的声音非常愤怒。

朱利安一直在等程说话，他心里慌乱，没有思想准备，在这个时候与林的丈夫对质。当程说完这句指责话后，他反而讪笑了一下:"我从来就没想做绅士,我们家,我们的朋友也没一个绅士。"

程没有听懂他的话是什么意思,他又说:"你的行为哪像一个绅士?"

看来程不知道这种场合应当说什么,可能气极了,找不到合适的词。

我们看到,"程"在此过程中处于失语的状态,当他张嘴说话时,吐出来的竟然是对手的话语(绅士),而不是"他妈的"之类的中国国骂。这个细节典型地说明了"中国男人"在文本中所处的被抑制的地位。这种被抑制的地位的标志不仅是"性能力"的丧失,还包括话语权被剥夺、被置于不平等的叙述位置等等。

由"西方男人"参与构成的"三角关系"是作家依据陈旧的"中国—西方"模式构造的关于"颓败"中国的寓言。我们可以很方便地把"失语的中国男人"读作正在死去的"老中国",把占据"性"和"话语"上的双重优势的西方男人看作是"强大西方"的象征,而那个义无反顾地投入西方男人怀抱的女人正是柔弱无依的"中国主体性"。只是这个顺理成章的过程(无论是作者的运思过程还是读者的接受过程)是如此让人疑虑,它的来临像那个流转在"榆镇"的"蓝眼婴儿"一样诡异、叵测而暧昧不明。

三、"全球化"写作还是"后殖民"写作?

20 世纪末 21 世纪初,"全球化"(Globalization)突然成了一个异常时髦的名词。这个极具弹性的概念激起了一轮又一轮的论争。无论人们对"全球化"作何判断,现实情况是,一种全球趋同的局面正在形成。在"全球化"字面意思所提供的"全球大同"的允诺中，可能包含的是隐蔽的阶级、种族冲突。"中国—西方"模式将在此情境下重新激活反抗、同化、均衡诸功能，并在文本中曲折地体现出来。这正是我们讨论 20 世纪 90 年代以来几部描写与"西方人"现实交往的作品的背景。

1."革命"话语的位置

以写作"陈奂生系列"闻名的高晓声在 1991 年写下了该系列的最后一篇《陈奂生出国》①。在这篇写作时间与《曼哈顿的中国女人》相近的小说里，进入美国的中国农民"陈奂生"不像"周励们"那样在美国如鱼得水，对"美国价值"认同起来毫无障碍。他看见的是另一个美国：

> 你们说稀奇不稀奇，放着宽宽大大的地方不住，却到海边沿上的山坳坳里来，房子造得密簇簇，一层层拔得攀上天，千百十万人硬拼着性命挤在一起，这不就像蚂蚁在壁角落里做窝吗？

这段话可以看作是对资本主义物质文明的批判。"海边沿""壁角落"这些词汇里包含着有意味的信息，在陈奂生看来，中国才是世界的中心，而美国则是边缘。陈奂生到美国，关心的是如何改造美国，使它符合自己的观念，比如他看见自己住的别墅外面都是草坪，觉得太浪费土地了，于是动手把草坪铲了，想改为菜地。

为什么陈奂生如此理直气壮？因为支撑着陈奂生的是一套"共产主义革命"的话语系统。他还是一个生活在"过去"的人。在那个时候，中国是世界革命的中心，美国人民正等待着中国人民去拯

---

① 高晓声：《陈奂生出国》，《小说界》1991 年第 4 期。

救。"革命"话语在当时的"中国—西方"模式中起到的是平衡的作用：对于西方的妖魔化中国，中国的策略是妖魔化西方。

在 20 世纪 90 年代，随着"共产主义体系"的崩解，"革命"话语成了一段被推出了"逻辑"之外的历史，一段必须被不断遗忘、不断擦抹的历史。人们对于世界空间的想象也已经完全不同，"西方""美国"成为无可置疑的世界中心。新一代写作者面临的任务之一就是如何在一套完全"资本主义化"的观念体系中，抑制"革命中国"的历史。在阎真描写留学加拿大的长篇《曾在天涯》里，写到过数次留学生联欢表演节目，在这些表演中，中国留学生最热衷的就是表演"文革"样板戏。一次是在各国学生联欢的时候，女主人公表演"白毛女"①，一次则是在华人内部聚会上，大家表演《沙家浜》②。在异国他乡的这种"旧事重提"里面无疑有深深的缅怀情绪，但一切都被放到了"舞台"这个奇异的地方。这意味着你可以安全地缅怀乃至赏鉴，而不用有任何现实的担心，因为舞台正是为"革命中国"的猛兽所建造的驯服的乐园。

在《身体上的国境线》③这部小说里，男主人公"庄祁"，某语言学院教师，在恋爱失败后，开始陷入"肉体的游戏"，先后与十几位外国女学生形成"性伙伴"关系，并对意大利女孩依莎贝塔萌生了"爱情"，而陷入难以自拔的苦恼之中。"庄祁"在和依莎贝塔谈情说爱时说道：

> "说出来不怕你笑，我小的时候，常常跑到爸爸妈妈工作的中学办公室，对着墙上挂的世界地图发呆。……在当时我受

① 阎真：《曾在天涯》，人民文学出版社 1996 年版，第 258 页。
② 同上书，第 335 页。
③ 贺奕：《身体上的国境线》，《收获》2001 年第 2 期。

的教育里，整个西方世界，包括你们意大利在内，劳苦大众全都处于水深火热之中，吃不饱，穿不暖，受着一小撮资本家的残酷剥削和压榨……每次面对世界地图，我总是暗自下决心，将来长大了一定要当一名战士，献身于一场解放全世界被压迫阶级的伟大战争……"

……

又一次，依莎贝塔笑得前俯后仰。

在这里，"革命中国"的历史被作为某种"笑料"和"谈资"，附着在"全球化"的语境中，这正是新一代写作者所能够给予"革命"的最佳位置。"庄祁"屡次表白自己的"虚无"——小说展现的是"主体性"崩解之后的叙事。他试图通过对依莎贝塔的"爱情"来重获"本质"。这种爱情最后被证明只不过是单方面的。在"庄祁"试图争取依莎贝塔的爱时，依莎贝塔决定用"结婚"的形式来对"庄祁"进行报答："难道你不觉得生活在中国，生活质量太差，而受到的限制也太多了点吗？也许你们中国人已经习以为常，可在我们西方人眼里有许多限制简直无法忍受。难道你不想从中摆脱出来？只要我们名义上结了婚，你就可以自由地去欧洲定居、学习和工作，自由地去世界上任何地方旅行。"

我们当然不能怀疑依莎贝塔的真诚。但这里隐藏着这段爱情致命的裂隙：在"庄祁"看来纯洁的爱情，在依莎贝塔那里也许被当成了换来一个"西方居民"身份的工具。这里天然存在着一种等级制。在"庄祁"用笑谈瓦解了"革命"话语后，他将很难再在"中国—西方"的对立模式中找到一个平衡点。这场"爱情"的一厢情愿也就是理所当然的了，而丧失了自己的处身立场，向"他者"追寻"本质"的行为也必将被证明是徒劳白费。

2. "全球居民"的幻象

让我们仍然从发于 1991 年的一个短篇小说《吧女琳达》① 谈起。琳达，一个美院女大学生，在酒吧里干兼职。一个"有财富又有情调"的英国人 John 到酒吧里来戏弄了琳达。在小说里，以 John 为代表的"洋人群体"表现出了严重的种族主义傲慢。一个少女的"西洋梦"被尖锐地刺破了。在此后涉及"西方人"的小说中，我们再也没有看见如此尖锐的种族冲突，一种实际上存在的种族等级被想象性地弥合了。我们看到了大量的关于"机场""酒吧""高级旅店"之类的高度"国际化"场所的描写，中国人穿行在这些场所之中，俨然一副"全球居民"的模样。实际上，这只是一种幻觉。

王安忆发于 1996 年的中篇小说《我爱比尔》② 便是一场关于幻觉的描述。小说的大概情节是：学画画的女大学生"阿三"（第三世界？）爱上了美国人比尔，后来，比尔走了。她又和法国人马丁同居了，后来，马丁也走了。她开始到宾馆大堂里去坐着，等候各种各样的"外国人"，和他们睡觉。再后来，"阿三"被当作"卖淫"的抓到劳教所去了，她受不了劳教所的生活，偷偷逃走了，在荒野里哭泣。

在这篇小说里，阿三是一个没有"历史"也没有"家庭"羁绊的漂浮的个体。她陶醉在自己完全"国际化"的想象里：

> 比尔故作惊讶地说：这是什么地方？曼哈顿，曼谷，吉隆坡，梵蒂冈？阿三听到这胡话，心里欢喜得不得了，真有些忘了在哪里似的，也跟着胡诌一些传奇性的地名。

---

① 陈丹燕：《吧女琳达》，《作家》1991 年第 5 期。
② 王安忆：《我爱比尔》，《收获》1996 年第 1 期。

　　与其说阿三爱上了比尔，不如说阿三爱上了自己"全球居民"的身份感。正是这个原因，当比尔离开后，她又和马丁在一起；当马丁离开后，她开始长久地待在高级宾馆的大堂里，因为"她喜欢这个地方。虽然只隔着一层玻璃窗，却是两个世界。她觉得，这个建筑就好像是一个命运的玻璃罩子，凡是被罩进来的人，彼此间都隐藏着一种关系"。她不断地寻找着可以使自己的"国际化"幻觉得以依附的实体，但总是失望。

　　在阿三和比尔第一次做爱结束时，小说里有一个意味深长的细节：

　　　　一阵暴风疾雨过去，她看见了身下的鲜血，很清醒的，她悄悄地扯过毛巾毯，将它遮住，不让比尔看见，而比尔也压根儿没想起这回事来。

　　阿三为什么要藏起自己的"处女血"？处女血在中国文化里被当作了某种具有仪式性的物象，阿三藏起来的其实是她的"文化身份"。她希望具有和"比尔"平等的或者说是同一的文化身份。正像小说所揭示的，她面对的悖论在于："她不希望比尔将她看作一个中国女孩，可是她之所以吸引比尔，就是因为她是一个中国女孩。"

　　位于乡村的劳教所的生活彻底打破了她的幻觉，把她拉回到"中国"的现实情境：肮脏，杂乱，完全不同于作为国际化都市的上海的生活场景。在这里，妓女都已经被编织进等级制：做外国人生意的，是最上层人物，随之排列的是港台来客，再就是腰缠万贯的个体户，次而下之的则是"来自苏北的船工"。阿三拒绝这个秩序，甚至拒绝认为自己是"妓女"，她辩解说：我不收钱的。这使她获得了一个绰号：白做——从而被编织进等级制的最下层。

阿三一直在反抗被编码，拒绝接受被西方给定的中国的次等位置，而一心一意要成为像比尔那样的"全球居民"。事实证明她失败了，她只能像一个孤魂野鬼一样在正常运转的社会之外哭泣。阿三的故事仍然可以读作一个"第三世界"的寓言：它抛弃了自己的文化身份，但并不能被"第一世界"所接纳，只能是"亚细亚的孤儿在风中哭泣"。在消费社会所制造的幻象里，新的"华人与狗不得入内"也许正在继续以各种隐蔽的形式重演。

3."中国叙事人"

在"非典"肆虐的 2003 年 4 月，棉棉在一篇文章里写道："我想，我们所有的人从今天开始都应该注意不要随地吐痰。这样西方社会会更尊重我们中国人，这是一个文明社会最起码的标志。"[①]

这句话里有令人不舒服的东西。难道中国人生活的目的之一就是为了"让西方社会更尊重我们"吗？这里面包含着理所当然的"等级制"，这种"等级制"已经成为多数人的语言无意识，正如多数"文明人"会真心欢呼"奥斯卡""诺贝尔"的评审结果一样。这个世界的秩序、等级、规则已经被先在地给定了，我们所要做的只不过是在被给定的位置上扮演好我们的角色而已。这似乎是一个令人相当绝望的境地。

如果西方没有入侵中国，中国会自动地发展出这一套"现代性"方案吗？西方的价值是否是一种普适价值？张旭东在一次访谈中说："已经很难说中国人的生活在多少程度上还原原本本地是传统的。我们生活的具体的物质空间其实是一个现代性空间，而这个现代性空间的起源并不在中国，但它内在的世界性本身把它的起源一

---

① 棉棉：《动荡的一周》，《精品购物指南》2003 年 4 月 17 日。

笔勾销了。"①（问题在于，"内在的世界性"究竟是否成立？）在确认了"内在的世界性"之后，张旭东进而说："这并不是说，面对全球化和种种普遍性价值论述，我们必须为自己找到一种特殊性；恰恰相反，它要求我们介入和参与对普遍性问题的讨论和界定中去，最终为当代中国内在的普遍性价值找到理论上的表述。"

在"资本主义普世文明"如日当头的情况下，张旭东所提倡的"介入和参与对普遍性问题的讨论和界定中去"的积极态度无疑是值得称道的。这启示我们，对于我们处身的秩序，必须持续不断地批判、反思乃至改造。要以强有力的姿态冲决"中国—西方"模式所搭造的语言牢笼，而不是人为地继续顺从或者强化这一牢笼——这将使我们无法摆脱等级制的噩梦。

学者孟悦曾开展一项关于"轿车"的研究。②在中国，"轿车梦"作为典型的"中国—西方"模式的创造物，被作为工业文明的象征大肆鼓吹。轿车工业正在政府与民众的双重狂热下疯狂驰进。孟悦通过自己的研究指出，现在中国遵循的"轿车模式"其实是一种美国模式，并非"欧洲模式"。而这一模式的形成，"不过是大公司阴谋，政府昏庸，百姓无奈，哪里有什么'先进'和'工业文明的必然'可言？"在中国大力发展轿车工业会带来难以预料的恶果，而在其中获益最多的其实是西方跨国公司。孟悦的研究对"轿车梦"所表征的不对等的"中国—西方"关系进行了有力的揭露和矫正。

文化多元主义、"和而不同"之类对"中国—西方"交往关系的想象只能停留在"美好祝愿"的水平。事实是，一种潜藏的"等级制"无时无刻不在损害着我们健康的肌体。既然我们的交往最终

---

① 张旭东、薛毅对谈录：《西学想象与中国当代文化政治的展开》，见北大中文论坛（http://chinese.pku.edu.cn/bbs/forum.php?fid=18）。

② 孟悦：《轿车梦酣——"平等"而"发达"的沥青幻境》，《视界》第三辑，河北教育出版社 2002 年版。

只有通过"话语"来实现，只有在语言的层面上落实，那么，我们要做的就是尽力瓦解、摧毁陈旧的话语秩序。刘禾在分析鲁迅的《阿Q正传》时指出："鲁迅的小说不仅创造了阿Q，也创造了一个有能力分析批评阿Q的中国叙事人。由于他在叙述中注入这样的主体意识，作品深刻地超越了斯密斯一网打尽式的支那人气质理论，在中国现代文学中改写了传教士话语。"① 这样强有力的"中国叙事人"的存在正是真正的希望所在。

① 刘禾：《国民性理论质疑》，见王晓明主编：《批评空间的开创——二十世纪中国文学研究》，东方出版中心1998年版，第184页。

北岛《里尔克：我认出风暴而激动如大海》辨正

北岛的《里尔克：我认出风暴而激动如大海》一文刊登于《收获》杂志 2004 年第 3 期，是北岛在《收获》开设的"世纪金链"专栏的九篇文章之一。这一系列专栏文章于 2005 年结集出版，名为《时间的玫瑰》，全书内容是对洛尔迦、特拉克尔、策兰、里尔克、帕斯捷尔纳克等九个外国诗人的阅读札记。该书 2009 年出版第二版，一直在加印、热销，构成了近年来"北岛随笔热"的一个重要组成部分。笔者在细读《里尔克：我认出风暴而激动如大海》[①]一文后，发现文中有不少错漏、粗疏之处，更有观念性的偏差。鉴于北岛声名卓著、此文流传较广，笔者认为有必要对该文的局限性予以辨明，以免以谬传谬，三人成虎。行文中不当之处，亦就教于方家。

[①] 北岛《时间的玫瑰》初版于 2005 年，由中国文史出版社出版，第二版于 2009 年由江苏文艺出版社出版，略有改动。本文细读的这篇文章以 2009 年版本为准，位于该书第 69-105 页。

一、"世界诗"的幻觉

《里尔克：我认出风暴而激动如大海》一文的开头，引用完里尔克诗作《秋日》后，当头一句即是："正是这首诗，让我犹豫再三，还是把里尔克放进二十世纪最伟大的诗人的行列。"接着又说："里尔克一生写了两千五百首诗，在我看来多是平庸之作，甚至连他后期的两首长诗《杜伊诺哀歌》和《献给奥尔弗斯的十四行诗》也被西方世界捧得太高了。"这样的断语，让人感到愕然，其中包含着何等粗暴的自负，仿佛他是一个颁发"伟大证"的人。北岛不通德语，居然会仅仅依据一首英译或汉译的《秋日》，就去判断一个德语诗人是否"伟大"，其荒诞程度好比一个德语诗人依据李白诗歌的英译本或德译本对德语读者说：除了《静夜思》，李白的大多数诗都是平庸之作。

诗歌是一种语言中最为精微的部分，其实是不可翻译的，正如美国诗人弗罗斯特的名言："诗就是翻译中失去的部分。"翻译能传达的，主要是意象、构思、思想，而一种语言的神韵、滋味可能荡然无存。有时一首译诗为人称道，主要是因为译者的再创造，和原诗之美已相去甚远。这是我们通过翻译版本讨论一个诗人时必须尊重的前提。在北岛这里，这个前提似乎并不存在。不仅仅是谈论里尔克，在整本《时间的玫瑰》中，北岛对译诗的有限性都缺乏足够的警惕。书中的九位诗人，涉及俄语、德语、西班牙语、瑞典语等多个语种，这些语言对于北岛来说是陌生的，但北岛都可以仅仅依据英译或汉译对他们加以评判，还常常依据英译本指责那些从原语言翻译的译者翻译有误，而他自己综合得出的译本总是最好的。他天然信任英译本，对其中也必然存在的误译、变形只字不提。他列举的九个诗人的诗歌汉译，大多味同嚼蜡，仿佛硅胶制品，很难看出其与"伟大"相匹配的能力。一首诗脱离了它所依凭的母语，是很难和"伟大"挂钩的。阅读这些译诗，变成了一次类似于"皇帝的新衣"的游戏，读者能感到其中的扭曲和无趣，但慑于这些诗人（包括北岛）的名头，没有人敢率先道破。

北岛对待翻译诗的这种深信不疑的态度，可能与他深层次的诗歌观念有关。在《时间的玫瑰》初版出来不久，即有论者在书评中指出："诗翻译了之后，剩的只有观念、意象而已。……在北岛眼里，诗不在语言，而在观念与形象的设计。"[①] 这意味着，在北岛的想象中，存在有一种可以跨语言自由流通而不会产生损耗的"世界诗"（world poetry）。

"世界诗"这一概念由美国汉学家宇文所安在《什么是世界诗？》[②] 一文中提出，该文的评论对象正是北岛诗歌英译本。宇文所安认为，第三世界的诗人在诺贝尔文学奖所代表的"国际化"（实则是西方化）光环诱惑下，会致力于写作一种易于翻译的诗，"世界诗歌是这样的诗：它们的作者可以是任何人，它们能在翻译成另一种语言以后，还具有诗的形态。……世界诗歌也青睐具有普遍性的意象。诗中常镶满具体的事物，尤其是频繁进出口，因而十分可译的事物。地方色彩太浓的词语和具有太多本土文化意义的事物被有意避免。"宇文所安认为，追求"世界诗"的结果是："我们看到一个奇特的现象：一个诗人因他的诗被很好地翻译而成为他自己国家最重要的诗人。国际读者赞赏这些诗，想象这些诗还没有在翻译里丢失诗意的时候会是什么样子。本土读者也赞赏这些诗，知道国

---

① 缪哲：《北岛的"世界诗学"》，《南方周末》2005 年 12 月 8 日。此文最早将《时间的玫瑰》与宇文所安"世界诗"的说法相联系，笔者写作受益于此文。

② 本文为北岛英文诗集 The August Sleepwalker 的书评，发表于 1990 年 11 月 19 日的 The New Republic 杂志，中文版由洪越翻译，刊于《新诗评论》总第三辑，北京大学出版社 2006 年版。

际读者是多么欣赏这些诗的译本。"宇文所安的文章发表于 1990 年，他的评论实际上是对北岛诗歌的价值表示怀疑。在同一篇文章中，他指出："北岛是中国当代著名的诗人，但他不是最杰出的。"他还提到，北岛诗歌的英译者表示，在北岛的诗里，"语言基本上不依赖于文字的排列、特殊的语汇，或者特别的音调效果"，这使得北岛的诗歌极为适合翻译。北岛的拥护者在宇文所安的文章发表后，认为其指控带有西方中心主义色彩。而时隔十几年，北岛在《时间的玫瑰》中所透露出来的对待翻译诗的态度，恰恰坐实了宇文所安的判断。

北岛这一"世界诗"的观念还可以从顾城的一段访谈中得到佐证。1992 年 8 月 6 日顾城在柏林住所接受加拿大《太阳报》记者采访时提起他和北岛的分歧：

其实我不是一个爱斗争的人，但我一路就说我们应该造西方的反。北岛就笑。我说这西方你看就是有点儿钱，什么都没有。我这也是故意气他呢，因为他把一些学校的道理很认真地讲给我，好像我们写诗都面对着考试一样。这中国过去就考状元，皇帝就让大家写诗，对不对？这西方并没有这一套，了不得不就是他们有那么点儿奖金吗？咱们现在就凑着研究西方人怎么看待中国诗，怎么写诗能够便于翻译，让西方人好懂，那我不如反了呢；我写诗就是诗自己长出来，你要我这么窝窝它，那么剪剪它，弄个盆景去参加比赛，那我参加打石头比赛去算了，到底痛快得多。①

---

① 顾城：《因为土地才有天空》，《顾城文选》卷三，第89页，该书由顾城姐姐顾乡编辑，民间印行，未公开出版。

"现在就凑着研究西方人怎么看待中国诗，怎么写诗能够便于翻译，让西方人好懂"，顾城的这一冷眼旁观揭示了那些年漂泊海外的汉语诗人的某一部分真实。与其说北岛是有意去写"易于翻译的诗"，不如说这是由北岛自身的知识积累、现实境况和写作能力决定的。北岛自小的文学营养即来自于内部发行的西方现代主义读物（俗称"灰皮书、黄皮书"），他早期最有代表性的诗《回答》《宣告》等都是以形象、观念取胜的，并没有深入到"语言创造"的内部，而他声名鹊起的 1980 年代又是一个面向西方制造了"世界文学"幻象的年代，他后期漂泊海外的生存机制更是需要获得西方学者的承认，这种种实际情况加固了北岛"世界诗"的观念。他的这一诗歌观念甚至可以为其后期的诗歌困境埋单。北岛早期诗歌还可以因为一种政治对抗的激情获得生命力，而后期诗歌由于明确的政治对抗的消失而变得无所适从。北岛的诗歌写作，与汉语自身的生命、生长性脱离，和中国文化中精微的东西脱离。他很少重视诗歌中汉语自身的呼吸、汉语不可译的那个部分。1980 年代中期"PASS 北岛"和"诗到语言为止"这两个口号的同时出现颇能说明问题。

这和同为"朦胧诗"代表的顾城形成鲜明对照。在 1980 年代后期离开中国之后，两人在分歧的道路上越走越远：顾城越来越成为一个"中国诗人"，而北岛越来越成为一个"世界诗人"。顾城在后期，热衷于禅宗、老庄、唐诗、《红楼梦》，越来越深地进入汉语的生命，他凭借"回忆"和"古籍"与中国经验建立关联，进行语言创造，他的后期诗几乎是不可译的。与之对应，北岛诗歌的构成、语言一直在"普世"的平面上来回震荡，他的后期诗歌翻译成英文，可能不会有多少诗意的损失。换言之，这些诗也完全可以用英语或世界上的任何一种其他语言写就，并不一定非要用汉语表达。当北岛写出这些不依赖于具体生活情境和母语魅力且"放之四海而皆准"的诗歌时，它们真实的价值究竟几何？[①]

在 2003 年的一篇访谈中，北岛谈到自己的漂泊生涯时说，中文是他唯一不能丢的行李。[②] 把"中文"比喻为"行李"或许暴露了北岛对待自己所操持的这门手艺的态度。行李是可以携带、可以抽离的，是一种运载工具，它和主人之间不是血肉联系，行李其实也是可以被替换的，旅行者保留它，仅仅是因为怀旧或惯性或还不具备购置新行李的能力。有论者就此发挥说："母语被视为'唯一的行李'，可以被诗人从这个国度携带到那个国度。但是行李里的东西可能由于岁月和空间的迢遥越来越古董化，而语言则是存在于历史和现实中的，语言的活力根源于它所处的语境（历史的以及现实的）。只要诗人仍旧把它理解为可携带的也可以扔掉的行李，而不是体内之血，那么，行李中的语言迟早会蜕变为僵化的木乃伊。"[③] 这段评语对于北岛后期诗歌困境的诊断或可资回味。

二、史料来源狭窄

《里尔克：我认出风暴而激动如大海》一文由两类内容构成。十一个小节中，一、四、八是讨论诗歌翻译的，涉及里尔克《秋日》《预感》《寂寞》《豹》这四首名作，其余八个小节关于里尔克的生平及写作史。

里尔克生平与写作史部分的史料主要来自魏育青译的《里尔

---

① 北岛发表于《今天》2012 年春季号（第 96 期）"飘风特辑"中的长诗《歧路行》，写到中国的广场运动和孔子，似乎是在有针对性地调整自己。

② 北岛访谈：《中文是我唯一的行李》，《书城》2003 年第 2 期。

③ 吴晓东：《北岛论》，《二十世纪的诗心——中国新诗论集》，北京大学出版社 2010 年版，第 33 页。

克》①（后文简称"魏译"），其中占很大篇幅的书信、日记等引文是原文照搬（这无可厚非），历史事实性内容可以看出是从魏译改造而来，只是稍稍改动了一些词句，颠倒了一下顺序，与魏译大同小异。如第二节倒数第三段，第一句是魏译第 108 页的原句，接下来来自于魏译第 111-112 页；第五节最后一段来自于魏译第 35-36 页；第七节最后四段来自于魏译第 54 页到第 61 页；第九节主体内容顺次来自于魏译第 159 页、第 170 页、第 202 页、第 228 页、第 231 页、第 237-239 页、第 242 页。以上仅列举了一部分。这证明魏译是北岛描绘里尔克生平轨迹的主要资料来源。史料性内容的类同或许尚情有可原，但在涉及对诗歌的主观评价时，北岛也原封不动地照搬魏译，就有些说不过去了，如第十节里谈到对《杜伊诺哀歌》第四首的评价时，北岛写道："里尔克越来越坚定地认为，必须扬弃自然与自由之间的区别。人应该向自然过渡，消融在自然里，化为实体中的实体。"这和魏译第 201 页的句子完全雷同（除了里尔克三个字。在魏译里是"诗人"）。后面接下来的两段，信和评述，又是照搬魏译中相同位置的段落。——北岛全文引自《里尔克》一书的比例相当高，两相比照，是要为《里尔克》一书的作者和译者抱不平的，他们的名字从未出现在北岛笔下。

更有甚者，北岛在参考魏译《里尔克》一书时，由于理解的粗率，还导致了自己文中的几处硬伤。

第一节中，他引用了里尔克给女友的信："您知道吗？倘若我假装已在其他什么地方找到了家园和故乡，那就是不忠诚。我不能有小屋，不能安居，我要做的就是漫游和等待。"北岛特意注明这封信的收信人"后来成为妻子"。这是不对的。信依据的是魏译第 77 页，在这一页，魏译明白写出信是写给"金发女画家"保拉·贝

---

① [联邦德国] 霍尔特胡森：《里尔克》，魏育青译，三联书店 1988 年版。

克尔的，而里尔克的妻子克拉拉是黑发，是保拉的密友。

第九节开头，北岛写道："从长篇小说《马尔特纪事》到《杜伊诺哀歌》的十多年时间，里尔克只出版了一本小册子《玛利亚的一生》。"这句话参考的是魏译第七章的第一句："从《马尔特》付印到《杜依诺哀歌》问世（1923年）之间的几年中，里尔克只出版了一部完全是自己创作的书：《玛丽亚的一生》（1913年）。"北岛在改造过程中，去掉了关键的定语："完全是自己创作的"。这使得北岛的判断成为一个不准确的说法。只要看看魏译书后所附的里尔克出版年表，就会发现，在那个时间段里，里尔克至少出版了十本书，包括译作、早期诗选等。同样是第九节，北岛说里尔克和塔克西斯侯爵夫人相识于1910年，也是不准确的，在魏译和其他资料里，标明的两人相识时间都是1909年12月。第十节里提到里尔克最后一次重访巴黎的时间同样是错误的，不是北岛说的1924年，而是1925年。

在生平部分对一本二十多年前的中译资料的过度倚重暴露了北岛写作这篇文章时现学现卖的窘境，即他对里尔克并没有多少积累。这也解释了为什么他的文章留给读者支离破碎的印象。我们从他的描述里，除了知道一些里尔克的生平轶事，对里尔克诗歌到底是怎么回事，可以说难知究竟。在第六节和第十节，他试图给予里尔克学理上的阐释，提到"现代性与基督教的紧张关系""反逻各斯"等概念，这些生硬降临、前后逻辑关系不明的判断使人读来一头雾水。兹举两例说明。

第六节末尾，北岛说："他的诗歌中反复出现的是二元对立的意象，诸如上帝/撒旦、天堂/地狱、死亡/再生、灵魂/肉体。""二元对立"用来说明海子的诗歌乃至北岛早期诗歌，都是成立的，但用来说里尔克并不符合实际。在里尔克的诗歌中很少出现二元对立的意象（即拿北岛谈到的《秋日》《寂寞》《预感》《豹》来说，哪来的二元对立呢？），他一直强调对二元对立的超越。他在给波兰译者的信中写道："死是生背向我们、为我们所照不到的那一面：我们必须试图对我们的存在持有最大的意识，这种意识要在这不受局囿的两界中都自如、为这两界所共同滋养……既没有此岸也没有彼岸，而是有一个大一体。"① 笔者以为，里尔克的世界不是二元对立的，而是双层复合的：一层是存在，一层是笼罩万有的"神"。这个"神"不是基督教的上帝，而类似于中国陆王心学中的那个"心"，一个自己发明的专属于个人的上帝。在里尔克的诗中，它一会儿被称为"主"，一会儿被称为"天使"，一会儿被称为"你"。

　　第十节第四段第一句，初版是："敏感的里尔克从荷尔德林那儿学到的正是这种反逻各斯的精神。"第二版改为："敏感的里尔克从荷尔德林那儿学到的是这种怀疑精神。"这一改动显示，北岛也发觉用"反逻各斯"来评价荷尔德林是不恰当的。在随后的行文中，他把里尔克安排到"反逻各斯"的位置。其实，用"反逻各斯"来评价里尔克同样显得大而无当。"逻各斯"与"现代性"一样，有其自身复杂变迁的历史，但却被各路学者滥用，已经变成一个大筐子，往里面扔什么东西都能自圆其说。在本节的最后一段，北岛写道："与逻各斯话语相对应的是形式上的铺张扬厉及雄辩口气，这在《杜伊诺哀歌》中特别明显。"这话更叫人无法理解了，前面明明说里尔克是反叛逻各斯的，怎么这里似乎又说《杜伊诺哀歌》是逻各斯话语呢？真可谓"你不说倒好，你一说我更糊涂了"。

三、对里尔克汉译不甚了解

　　在讨论诗歌翻译问题的三节里，北岛显得与其他八节一样捉襟

---

① ［奥地利］里尔克:《致波兰译者的信》，见刘皓明译《杜伊诺哀歌》附录，辽宁教育出版社 2005 年版，第 180 页。

见肘。在选择里尔克诗汉译本的时候，北岛表现出对里尔克汉译情况的极不熟悉。了解里尔克汉译的人都知道，绿原翻译的《里尔克诗选》①是极糟糕的，已屡遭诟病。而北岛在文中论及的四首里尔克的诗，均以绿原的译本作为批判对象。在论及《豹》的翻译时，他列举的是陈敬容的译本和绿原的译本，而忽视了最为著名的冯至译本。要说北岛是因为在海外资料难找，可是在魏育青译的《里尔克》里，也明明白白引着冯至的译本。②冯至翻译的《豹》几乎已臻化境，是难以超越的，《杜伊诺哀歌》的译者刘皓明甚至认为，《豹》"可能是冯至笔下最出色的文章，翻译的或创作的"③。

北岛在《时间的玫瑰》一书中讨论诗歌翻译问题，一个出发点是对中国当下诗歌翻译现状的不满。这一不满无疑会引起很多共鸣，因为中国当下翻译的整体质量确实令人不敢恭维。具体到诗歌翻译而论，里尔克诗歌的汉译却是一个例外。笔者以为，里尔克诗歌的汉译是为数不多的优秀汉译，即，这些汉译本身用汉语诗歌的标准来衡量，也是优秀诗歌，不像大多数别的译诗，佶屈聱牙，支离破碎，使人不忍卒读。诗人臧棣1996年编选的《里尔克诗选》④是一次优良的甄选。它体现了几代诗人传递接力棒般的对里尔克的翻译，自20世纪二三十年代的冯至、梁宗岱、卞之琳到20世纪90年代的张曙光等。最优秀的里尔克汉译，不是进行批判的对象，而应竖为敬业与才华的标杆。

北岛在引用诗歌译文方面也不够严谨，在讨论《预感》时，他批评陈敬容的译本"有错误有疏漏，比如她把第一段第三四句'下

---

① ［奥地利］里尔克：《里尔克诗选》，绿原译，人民文学出版社1996年版。

② 见魏育青译《里尔克》，三联书店1988年版，第135页。

③ 刘皓明：《爱的孤独》，见刘皓明译《杜伊诺哀歌》附录，辽宁教育出版社2005年版，第209页。

④ ［奥地利］里尔克：《里尔克诗选》，臧棣编，中国文学出版社1996年版。

面的一切还没有动静：/门轻关，烟囱无声'；合并为'下面一切都还没动静，烟囱里没有声音'，把门给省略了"。这一指证使读者怀疑起陈敬容的翻译道德，若陈敬容地下有知，一定会冤得爬起来。只要翻看臧棣编选的《里尔克诗选》第11页，就知道陈敬容翻译的《预感》第一段如下：

> 我像一面旗被包围在辽阔的空间。
> 我觉得风从四方吹来，我必须忍耐，
> 下面一切还没有动静：
> 门依然轻轻关闭，烟囱里还没有声音；
> 窗子都还没颤动，尘土还很重。

而北岛引用的陈敬容的译本如下：

> 我像一面旗被包围在辽阔的空间，
> 我感到风从四方吹来，我必须忍耐；
> 下面一切都还没动静，烟囱里没有声音，
> 窗子都还没抖动，尘土还很重。

不知道北岛依据的是哪里的译本，不仅"门依然轻轻关闭"没有了，行数也减少一行，一些字词也不同。他就依据这一译本对陈敬容进行了错误的指责。在接下来第二节的第一句，北岛引用的陈敬容译本如下：

> 我认出了风暴而且激动如大海。

而臧棣《里尔克诗选》里陈敬容的原句如下：

我认出了风暴而激动如大海。

北岛自己的翻译中，这一句如下：

我认出风暴而激动如大海。

也就是说，按照北岛的引用，似乎他在陈敬容的基础上把"而且"变成了"而"，但实际上并非如此，陈敬容译本的原貌就是"而"。别小看这一字之差，这里涉及对语言的敏感性，就节奏感而言，这里"而"当然要好过"而且"。至于北岛把"了"字拿掉了，则不一定合理，因为"了"字在这句话中，有利于制造一种舒缓的语气，里尔克的整首《预感》，都是从容的，没有北岛译本的那种急促（急促其实是北岛自己的诗歌风格）。而且，保留"了"，使"而"字前面的"认出了"和后面的"激动如"构成一个对称的关系，在节奏感方面更优。

结　语

北岛 2010 年接受《南都周刊》记者采访时称："我自己没什么知识，对学术不感兴趣。"[1] 对照他对里尔克的评述就会发现这话并不是谦虚。北岛的里尔克论是匆忙、拼凑的产物，它并非产生于长期积累、深思熟虑，因而读者读完往往一头雾水也就不足为奇。

《时间的玫瑰》出版已经七年了，笔者上文提到的这些问题也已经存在了七年。在第二版中，这些问题没有得到任何有效的面

---

① 北岛访谈：《北岛：我依然很愤怒　老愤青一个》,《南都周刊》2010 年第 26 期。

对。要么就是没有人关心北岛到底谈了什么，要么就是大家都盲目信任北岛，总之几乎没有人站出来提意见。其实北岛是在试图完成一件他力所不能及的任务。这个任务的完成需要在几大文化体系和语言中熟练穿行。根据北岛自己交代的写作背景，专栏文章因限期交稿而难免匆忙，但在后期成书的过程中，可以有时间有机会处理得更为精细。北岛不仅没有对自己的文字尽职尽责，还高姿态地宣称："我为中国的诗歌翻译界感到担忧。……如今，眼见着一本本错误百出、佶屈聱牙的译诗集立在书架上，就无人为此汗颜吗？"[①] 如同他的早期诗歌《回答》《宣告》一样，北岛的思维方式并没有改变：扮演英雄，占领道德和话语的制高点，延续根深蒂固的二元对立观念：要肯定自己总是通过否定别人来实现。当下中国翻译界的确存在太多乱象，但从北岛的"里尔克论"来看，其自身也正是乱象之一种。

北岛自 20 世纪 70 年代末 80 年代初以来获取了重要的名声，他的海外生涯使他的名声增殖。他今天在中国内地出版的成功可以视为这么多年他的名声为他积攒的利息。但利息的支取不是无限的，也不能过度消耗本金。笔者诚恳希望如果《时间的玫瑰》再次加印的话，可以参考以上指摘作出一些修正。作为一个被寄予太多厚望、以写作为生的著名人物，应该珍视自己的声誉，不让缺陷明显的文字继续流传。

① 北岛：《时间的玫瑰》，江苏文艺出版社 2009 年版，第 163-164 页。

赵本山春晚小品中的"农民"

要问中国当下最著名的"农民"是谁，很多人可能不约而同会想到赵本山。自 1990 年初登央视春晚舞台，至 2011 年，赵本山以 21 个春晚小品大约 300 分钟的总时长创造了属于他的时代。这是一个流行文化的传奇。这个传奇还不知道将以什么样的方式散场。2011 年春晚，赵本山小品《同桌的你》一锅"乱炖"了《废都》式删字、莫言式苞米地野事、高晓松式纯情怀旧，以苦心经营的连环语言包袱，再一次征服了以春晚观众席为代表的主流观众群体。

多年来，人们纠缠于赵本山能否代表"农民"的问题，有人直接称其为"伪农民"。但实际上，很难讨论"真农民"与"伪农民"的区分，因为并没有一个天然的、内涵固定不变的"农民"。"农民"是一种被发明的现代知识，"农民"概念内部即千差万别，并"不存在足够的相同之处来形成一个本质性的'农民'概念"，"它不是先于历史而存在，而是在历史中形成的社会范畴。作为一种政治身份，作为意识形态的组成部分，它是一个典型的现代性范畴"[①]。从

---

① 李杨：《50—70 年代中国文学经典再解读》，山东教育出版社 2003 年版，第 174 页。

福柯"知识考古学"意义上考察赵本山小品与"农民"的关系，问题转换为：赵本山小品提供了一套怎样的关于"农民"的知识？这套知识何以能够借助春晚舞台广为流传？笔者试图从纵向时间的角度，考察赵本山历年春晚小品，对赵本山与"农民"知识的纠葛做一次清理。

"被农民"

现在人们容易天然地把赵本山和"农民"联系在一起，但历史地考察，赵本山选择在小品中成为"农民"，并进而成为我们现在熟悉的这种"农民"，其实经历了抉择的过程，是多方合力的结果。

最初四年（1990—1993）的春晚小品，赵本山并没有有意与"农民"挂钩。从小品的故事情节、场景设置、人物角色，观众看到的是那个时代小市民的生活追求。1990年《相亲》，1991年《小九老乐》，1992年《我想有个家》这三部小品，关注的是爱情婚姻这一主题（与电视剧《渴望》同期，表现那个时代对基本伦理框架的回归），赵本山打的是"家庭牌""伦理牌"。1993年小品《老拜年》，表现的是市场经济对于社会主义体制下的老艺人的冲击，充分渲染了老艺人的失落心理，而最终这种失落通过"出国"得以缓解（这正是同一时期《曼哈顿的中国女人》《北京人在纽约》的思路）。早期的四个小品从个人角度呼应了那个时代的迫切问题，和"农民"没什么关系，毋宁说，这四个小品恰好是赵本山成为铁岭市民后的生活情感的再现。

在早期对赵本山进行评论的文章中，也没有人把他与"农民"相连。如余秋雨1990年在桂林第一届赵本山小品艺术研讨会上的发言中提到："他成功的喜剧作品几乎全是城市平民的日常世俗题材。"①

对于城市身份的追慕是赵本山人生最初岁月的主题。他出生于农村，通过自己的努力，一步一步成为"城里人"。其中有几个重要步骤：1986年，赵本山在辽宁的演艺事业已经小有成就，在朋友的安排下，他和铁岭市委副书记搞乒乓外交，把自己的户口转为城市户口；②1991年他和在农村的发妻葛树珍离婚，开始与现任妻子、辽宁戏校教师马丽娟谈恋爱；1993年，作为商人的赵本山涉足煤炭生意，成功挖到第一桶金。

在现实中越来越远离农民身份的同时，赵本山在自己的创作经验上却越来越靠近"农民"。在1994年缺席春晚之后，存在有诸多发展可能的赵本山1995年选择了"农民"作为突入主流的方式，这正如他选择煤炭作为生意的突破口一样，显示出优良的嗅觉。这首先源于他在农村老家感到的切肤之痛："我就是农民的儿子，所以我最了解农民的生活。每年我都要回老家好几次，可是每次回去，乡亲们都围着我，排着队等着向我借钱，有些老乡辛苦干一年，到头来还是穷得揭不开锅，他们见到我，就抱着我的腿哭啊——比方我的家乡，据我所知，教师的工资也发不出来，农民一辈一辈都生活在没文化的状态，这让人痛心呀！"③20世纪90年代中期，中国社会的阶级分化加剧，"三农"危机日益突出，"三农问题"这个概念正是在1996年正式见诸报刊，"农民"作为一个阶级整体的命运受到关注。正是在这样的背景之下，赵本山开始表演"农民"，对他的评论和阐释也随之被归拢到"农民"视角。

① 余秋雨：《关于赵本山的随想》，见金景辉：《土神赵本山》，沈阳出版社1993年版，第171页。
② 金景辉：《土神赵本山》，沈阳出版社1993年版，第157页。
③ 赵本山语，转引自王孝坤：《中国现实文化选择与发展状况的隐喻》，《剧作家》2005年第2期。

概言之，赵本山在 1995 年前后才开始全面打"农民牌"，他开始非常真切地意识到"农民"这一话语资源对他至关重要的作用。然而，一开始他并不知道应该借助于哪一种知识的谱系来言说农民。

"农民"作为一种被发明的知识，在现代中国历史上，至少有两大序列的叙事：一类是"启蒙叙事"，一类是"社会主义革命叙事"。前者以"传统—现代"的对立框架，站在他者立场上，发现农民的"愚昧""麻木""守旧""落后"，"农民"是"文明"的对立面，需要得到"拯救"和"提高"，如鲁迅笔下的阿 Q、祥林嫂、闰土，高晓声"文革"后塑造的陈奂生等；后者则以"农民"作为社会变革的主体，创造一种"新农民"，如《创业史》中的梁生宝，《艳阳天》中的萧长春，《金光大道》中的高大泉等，他们大公无私，乐于奉献，被变革现实的热情所鼓舞，拥有完全的自主性，可以自己改变自己的命运，不必等待拯救者。赵本山及其创作团队生在新中国，长在红旗下，接受过社会主义革命的洗礼，加之对越来越尖锐的农村问题的一种朴素的义愤，他们首先选择皈依的是"社会主义革命叙事"的传统。

于是有了自 1995 年开始的、赵本山小品生涯中颇为特殊的一个阶段。1995 年的《牛大叔"提干"》是一部严肃的讽刺剧，一方面是小学校的玻璃破了长期得不到修补，一方面则是基层干部的奢华无度和铺张浪费，这部作品揭露了农村基层政权的废弛与荒凉，[①]而赵本山扮演的俨然是一个"人民代表"的角色，是受损害农民的代言人。小品结尾牛大叔拎起一串王八蛋就走，说："我玻璃没办成搁这学会扯蛋了！"——这是春晚舞台上少见的尖锐的"面斥"，而

---

① 《牛大叔"提干"》本来批评的是乡镇干部，后来在节目审查时改为乡镇企业经理。见华金余：《民间文化的自我拯救：从赵树理到赵本山》，《大连理工大学学报（社会科学版）》2009 年第 3 期。

小品中的台词"上顿陪下顿陪陪出个胃下垂"后来成为讽刺官员吃喝的一个流行语。牛大叔这一角色随后进一步升级，在1996年的《三鞭子》里，赵本山第一次也是唯一一次脱下了他的"钱广帽"[①]，扮演了一个挺拔硬朗、满身正气的革命老农的形象，重新翻出了革命时代人民战争的记忆，并以此警示现实中的官民分离和民心离散，召唤为人民做牛做马的"人民公仆"的回归（小品中县长和驴子的并置便是这样一种善意的调侃）。1997年的《红高粱模特队》用赞美代替了揭露，这是一曲劳动者的颂歌。尽管从城里来的模特教练操持着一套看似时髦的名词，但他面对的是一群"劳动模范"，是一群因为劳动而充满自豪感的具有主体性的农民，他们会用自己独特的方式来处理模特教练传授的"现代"知识，比如把走模特步理解为打农药的程序。在小品结尾，众人更是唱起了对于劳动、农民和土地的赞歌。这个小品是中国社会主义历史的隐喻：用独特的方式来重新阐释"现代"，参与对"现代化规则"的改造与制定。1998年的《拜年》再一次针对农村基层政权颓败的危机。虽然小品里塑造的官员后来被证明是个"清官"，但那个蛮横霸道、令乡长也避让三分的"乡长的小舅子"始终作为背景存在，农村老两口在面对乡长时的畏缩和绝望已经足够使人联想到"人为刀俎，我为鱼肉"，小品充分折射了基层组织的人情化、关系化乃至黑社会化。

赵本山对"社会主义革命叙事"并不陌生，那是他童年少年成长的文化氛围。实际上，他的成名作《摔三弦》可以说就是赵树理《小二黑结婚》的东北地方戏版。1995—1998年的这四个小品恢复的是"革命记忆"，反映了赵本山及其创作团队在毛泽东时代

---

① 据2004年2月7日凤凰卫视《鲁豫有约》中赵本山口述：这顶帽子乃是从"文革"电影《青松岭》中的头号反面人物钱广那里学来的。见刘岩：《"民间"·"地方"·"传统"——文化革命视野中的赵本山与二人转》，《艺术评论》2009年11月。

接受的精神影响。这也是赵本山在思想感情上最贴近"底层"的时刻，是他的小品最富批判锋芒的时期。他生活的东三省作为"共和国的长子"，作为曾经辉煌的工农业基地，这个时期正在走向衰落，原先的工人、农民不仅面临生活的巨变，在身份价值认同上也被边缘化。赵本山这个时期的小品甚至可以理解为是"东三省的挽歌"。这些小品在 1990 年代中后期多少显得有点落落寡合，因为那已是一个"革命淡出、资本进场"的时代。赵本山及其创作团队凭借自己的政治直觉，以为获得了绝对的"政治正确性"，但没想到已自外于主流意识形态，就像一个持续潜泳的人，突然浮出水面时，却发现已经来到了另一片水域。这些不合时宜的作品在主流价值观主导的春晚节目评奖中都只获得了二等奖，这是赵本山迄今为止唯一获得的四个二等奖，而且是连续的。

穷则思变。在 1999 年，赵本山推出了他的转型之作:《昨天，今天，明天》。1999 年是建国 50 周年，小品采取忆苦思甜的形式，表达了对"今天"的认同，还借用当时红得发紫的《实话实说》栏目来加强它与主流意识形态的合谋性。在小品中，"社会主义革命"的历史被描述为因"薅社会主义的羊毛"而批斗受苦的历史，改革开放以来的历史被描述为是"住上了二层小楼"的幸福生活的历史。小品中赵本山和宋丹丹做了极其夸张的表演，通常我们认为是"农民特性"的那些东西，如衣着不当、"土""木讷""抠门""死爱面子""小农意识""没文化"等被渲染得淋漓尽致。从这部小品开始，赵本山融入了"改革开放"以来的主流价值观和历史观。春晚观众席上更为响亮和频繁的笑声以及随后该小品获得的久违的一等奖，都使赵本山更加确信自己的道路。随后他的小品除了"忽悠系列"（这将在后文谈到）基本都是延续类似的构思框架，如 2000 年《钟点工》，2004 年《送水工》，2006 年《说事儿》，2008 年《火炬手》，2009 年《不差钱》，2010 年《捐助》。1999 年成为赵本山辉煌的新起点，此后历年他都获得了春晚小品类的一等奖。

这类小品的基本故事框架是"农民进城"，或者也可以说，是"刘姥姥进大观园"模式。故事的发生地不像 1995—1998 年间是在农村，而是转移到了城市。这些小品中关于"农民"的知识，已经放弃了"社会主义革命叙事"的视野，而是采用了"启蒙叙事"提供的话语资源。"农民"不再是创造历史的主人，而是成为被观看者、被鉴赏者，成为"文明—落后"对立中，落后的一方。小品中往往有一个代表"文明"的角色设置，如《昨天，今天，明天》里的主持人小崔，《送水工》里的留学生，《不差钱》里的毕老师，《火炬手》里的主持人和网友，《捐助》里的采访者，而小品的笑料主要来自于时间链条上的错位：极现代的语言被极乡土地理解，极时髦的节目形式被极保守的"土人"填充。比如《不差钱》，赵本山扮演一个想讲排场又怕花钱的老农，脖子上挂满农产品、自带原料上饭馆，这一矛盾心理构成了此后戏剧张力的基础。它的搞笑性建立在对所谓"小农意识"的呈现和嘲弄上。《同桌的你》的叙事动力是对农村社会"爬灰"（吾乡方言称男女偷情皆为"爬灰"，非特指公媳偷情）的想象，同时渲染农村人的"认字少，没文化"。

这一时期的小品与 1995—1998 年间的小品相比，制作者满足于渲染"启蒙叙事"所构造的关于"农民"的知识，以此博取观众一乐。小品的主体精神被抽空了，独余一些无害的调笑，除了"笑话"之外，一无所有。然而，这却是最受春晚观众席上的观众欢迎的，或换言之，是受我们这个时代主流意识形态欢迎的。

由此，赵本山找到了最妥当的"农民"，最大限度地满足了社会各阶层的需求："农民的趣味受到赞赏和怂恿，知识分子则热衷于小品中机智的俏皮话，来解构主流权力话语；市民们也有了嘲笑捉弄的对象；而中产阶级和官方则看到了稳定而和谐的秩序。而赵本山影视系列却在这种并非一致的一致喝彩中不知不觉地得到了大众和官方的一致宠爱。"①

赵本山选择这样的"农民"形象，是以央视的审查评奖机制为代表的主流意志塑造的结果，也是多方面权力参与谈判和协商的结果。这样的"农民"恰巧对应着"农民"作为一个阶级整体沉入无声的集体命运——他们的声音被赵本山扭曲、搞怪的滑稽所替代。1995—1998年间的"农民"太具有冲撞力了，势必难以为继。时代需要一个"启蒙"故事中的"农民"，以作为"现代化（改革开放）"的映衬，也验证了"现代化"的合理性与迫切性。而这个"农民"的被纠正、被嘲笑，一次又一次影射了中国社会的"发展"和"进步"。

这样的"农民"也随之成为赵本山最重要的"商业资本"。他慢慢意识到，"农民"而且不是"革命的农民"，是自己最大的筹码。在春晚小品中，他越来越强化这个"农民"，彻底让自己的表演与之合二为一。

"老农民"

赵本山今年多少岁？很少有人会这样提问，而即使这样的问题被提出，听者也很难回答。因为没有人关心赵本山的年龄。从他的演艺生涯一开始，他就是演老年人。1982年的成名作《摔三弦》里，他24岁，演60多岁的瞎子张志。差不多的装束，差不多的步态，差不多的说话方式，他惯常是以"老农"形象出现的，这种稳定性是他能持续20年走红春晚的一个奥秘。

赵本山的一方独大是以陈佩斯、赵丽蓉等人的退场作为前提的。他曾经与"超生游击队"的黄宏，"卖羊肉串儿"的陈佩斯并

① 王孝坤：《中国现实文化选择与发展状况的隐喻》，《剧作家》2005年第2期。

驾齐驱；同样是东北二人转的农民演员，潘长江也一度红火。但最终，就像一场马拉松，赵本山在春晚的地位渐渐无人可及。其中原因，与他持之不懈地维持着"老农民"这样的稳定形象不无关系。"赵本山小品与黄宏小品，同样是以东北农民角色起家，黄宏的形象相对而言是多变的，有农民，也有各种职业的小市民，因而很难在观众心里形成相对固定的模式，以及追随和期待这个模式的心理。"①

与之相应，为什么陈佩斯扮演的小品中的"城市盲流"最终消失于春晚舞台呢？固然是因为陈佩斯与央视的官司，但何尝不是由于这种人物形象已走入穷途末路？在一个越来越趋于体制化和城管兴起的时代，"流民"因其带来的不安全感、不稳定感也被慢慢清理出了春晚舞台。

"老农"与"春节"这个节日是高度契合的。所有的乡愁都是关于文化的乡愁，而春节正是关于消逝的农业文明的乡愁。春节是农历节日，是一次回顾农业历史的全民族的"晚祷"，"春晚"正是这次"晚祷"的核心仪式之一。为什么每次春晚赵本山的出场都受到期待，而且他出场的时间一般安排在靠近零点到来的时刻？除了赵本山累积的人气之外，跟他提供的"老农"形象也大有关系。"老农"唤起了人们心目中的归属感，提供了一种乡土味的传统载体，这样，"过年"才真正变成了"回家"。这正如虽然《红楼梦》里的刘姥姥令人发笑，但她却是《红楼梦》中唯一"有根"的人，所以凤姐才把巧儿托付给她。赵本山的意义也在于此：虽然他以乡土博人笑，但也可以看作是极力留住飞驰的时代之根，农业之根，他以一种光怪陆离、泥沙俱下的形式带着城里的观看者"回家"。

---

① 见笔者指导的对外经贸大学中文学院 2010 届毕业生林东论文：《从"农民形象"角度分析"赵本山热"的成因》。

而"老农民"还使赵本山获得了一定的表达自由，使赵本山的小品与一心一意歌功颂德的小品区别开来。他会适时地利用"老农民"的"局限"来适当偏离和消解小品的主旋律色彩，使小品带有一些温和的芒刺，既在审查机构的容忍限度之内，又讨好了对社会心怀不满的人。比如在小品《火炬手》中，赵大爷最终当选奥运火炬手，他总结发言："今天感谢政府能给我重新做人的机会，我一定要坦白……坦率做人……"这是戏拟监狱里的犯人发言（赵本山早年惯演农村无赖），一个老人人生沧桑的记忆在这个重要的时刻发生了重叠和错位，关于"奥运"的伟大意义的表述遭遇了一次小小的调侃。

"老农"是一个活在过去的农民，他可以与飞速发展的现实脱节；他是相对安全的角色，没有太大冲击性；他意味着没有机会改变，正如梁生宝的父亲梁三老汉。正因为赵本山表演的是"老农"——过去的农民，所以他的人物装束总是停留在过去的年代，言谈举止也往往重复老一套，缺少更新和变化。

在赵本山年复一年重演那个不变的"老农"的同时，中国农村发生了巨大的变迁，夹杂着创痛、血泪和无数的悲欢，但这些很少反映在赵本山的小品里，尤其是他1999年以后的小品。有论者不无愤激地指出："赵本山在他历年的春晚小品中，都会强塞进那么一句'现在的农民富了，现在农民不缺钱了'。这是赵本山打开主流媒体的金钥匙，但也是赵本山式小品死亡的病灶。我研究了小半夜，得出的结论是：演农民的人不差钱，而农民依然差钱，不然就不会在这正月当头，年夜饭的那个大鱼头还没吮罢就奔赴火车站千里迢迢地外出打工。"[1] 在新近的《不差钱》《捐助》和《同桌的你》里，主题的调子里更多地暴露出新富阶层的意识：在金融危机的背景下不无暴发户气地宣扬"不差钱"，面对弱势群体时不无潇洒地

---

① 古清生：《赵本山式农民小品》，《杂文选刊》（下旬版）2009年第11期。

一掷万金。这种暴露显示，在成功的实际人生的纵容之下，赵本山甚至已经有点不屑于继续把"农民"作为一种商业资本。

在客观上，赵本山形成了一种遮蔽，担任了"帮闲"的角色，他帮助主流意识形态成功掩埋了对于农村真实历史进程的描述，而代之以无害的调笑与轻松。在名义上，央视春晚每年都有一个"农民"，但这是一个"过去的农民"，安全无害的农民，是"城里人"认为的"农民"，而大概没有哪一个农民会真的认为赵本山能代表自己。与之相映成趣，赵本山自己说："我相信大家一想到农民，肯定会想起我，因为我比真农民还农民。"[①]

"超农民"

在上文中，已经提到赵本山 21 部春晚小品中的 16 部，还有 5 部未曾提及。这 5 部是：2001 年《卖拐》，2002 年《卖车》，2003 年《心病》，2005 年《功夫》，2007 年《策划》。

这是赵本山的"忽悠"系列，其中，《卖拐》《卖车》《功夫》具有明显的延续性，是"忽悠三部曲"，而《心病》《策划》的主旨也是"忽悠"，可以算作"忽悠"系列的外围作品，《策划》里提到了"忽悠"的近义词："炒作"。

很多人指责"忽悠三部曲"，仍然是认为赵本山歪曲了农民形象。但这次有点冤，因为没有证据表明"忽悠三部曲"里的赵本山是"农民"，而且这三部小品是讽刺作品，不宜做正剧的理解。在这三部作品里，赵本山是一个带着老婆或徒弟走江湖的人。这次，赵本山没有皈依任何一种关于"农民"的知识，而是拿出了自己压箱底的功夫：富于江湖气的二混子角色。这是赵本山的拿手好戏，

---

① 参见张悦：《依然的老赵》，《电影画刊》（上半月刊）2007 年第 3 期。

1980 年代赵本山正是依靠这一类角色红遍东三省：从 1982 年在《摔三弦》(二人转拉场戏，后拍成电视戏曲片) 中扮演算命瞎子一"摔"成名，到 1989 年《麻将·豆腐》(二人转拉场戏，获观众评选的辽宁电视台春节晚会最受欢迎节目) 中的农村赌棍"中发白"，他的"钱广帽"正是他作为这一类人物的标签。正是在阔别这类角色十余年后，他几乎是有点迫不及待地利用自己在春晚积攒的话语权力重返这类角色，也的确得心应手。

　　"忽悠三部曲"是迄今为止赵本山春晚小品的高峰，因为它比较完整，受到的裁剪和扭曲较少。它传播了我们这个时代的一个关键词："忽悠"。这是对时代病症的一个精确诊断，是福柯"知识考古学"的东北方言版。这些小品提醒我们：知识并非纯粹的、中性的，知识的生产往往服务于某种私利。这样的现实满大街都是，晚近的例子就是吆喝"把吃出来的病吃回去"的"营养专家"张悟本。

　　如果不是赵本山，"忽悠三部曲"里的"流民"很难有机会登上春晚舞台。在长期的发展过程中，春晚慢慢和赵本山形成了一种相互依存的关系，赵本山也因此适度扩张了自己表达的自由度。但春晚带来的限制仍然是主导性的。"春节晚会的生产机制表明，它是一个在国家主导下多种意义协商、谈判的空间。"[①]春晚很难催生完整的艺术作品，它使得赵本山的小品支离破碎、光怪陆离，讨好每一阶层的元素同时并存，使这门艺术变成了"五马分尸"的艺术。陈佩斯在谈到自己和春晚分道扬镳时提到，在制作过程中表演者的意见得不到充分尊重，"结果观众看到我们的小品不满意，连我们自己也不满意。经他们一弄，我们的创作至少缩水 50%。一年一年的，我们提出的意见总是遭到拒绝，所以矛盾就变成针锋相对

---

① 师力斌：《春节联欢晚会三十年》，张颐武主编：《中国改革开放三十年文化发展史》，上海大学出版社 2008 年版。

了。"① 他现在独立做话剧大概正是为了珍视这一份创作的自主性。

赵本山最好的作品几乎都是"春晚"之外的。24 岁的时候，赵本山已经演出了他的代表作《摔三弦》。一个盲人父亲为了攒钱给儿子讨媳妇，在"破除迷信"几十年后不得不重抄算命的旧业，这一个人行为中隐含了新中国成立初与改革开放之初的对比。剧本内容与赵本山的家世有些类似，他饰演的盲人如此逼真以致观众闯入后台验证他是否真瞎。2006 年，张杨导演、赵本山主演的公路电影《落叶归根》也近乎完美，他不用再去讨好谁，极其放松自然地贴近了他的人物，展示了一个农民工千里运尸的路途中的悲欢奇遇，凝聚了珍贵的相濡以沫的"底层的温情"。但这些，并没有进入社会主流意识形态的关注范围之内，也没有在赵本山以往的人生中得到过有效的鼓励。他在春晚塑造的固定形象、沿用的固定模式遮盖了他可能更加广阔的艺术才能。现在他只迷信收视率。②

赵本山在 1993 年的传记《土神赵本山》中说他崇拜卓别林，他本可以沿着卓别林开辟的道路一路狂奔，他本可以超越固定僵化的"农民"形象，在极具个人特色的表演中展示生活全部的丰富性和复杂性。但他被绑上了春晚的战车，踏上了另一条道路，可以说"成也春晚，败也春晚"。这样说不免"事后诸葛亮"，对于赵本山，可能委实要求得太多了。为了他这么多年的辛勤和努力，还是应该说一声"谢谢"。

---

① 和璐璐：《陈佩斯与春晚决裂的前前后后》，《环球人物》2006 年第 10 期。
② 在 2010 年 4 月发生的赵本山 PK 曾庆瑞事件中，赵本山这样反驳给他提意见的学者曾庆瑞："不如您自己写剧本，自己拍一个，如果您拍的那个收视率比这个高，我当时就给您跪下。"见《北京日报》2010 年 4 月 12 日相关报道。

"南方"与"江南"

"南方"是半个词。当人们提起"南方"的时候，总意味着一个隐含的"北方"。"北方"较少被说出，是因为在"南方—北方"的二元对立中，"北方"居于主导地位，而使人焦虑、呈现在话语中的总是相对次属的一方，就像人们常说的是"支援西部"和"女性主义"。"历来的侵入者多从北方来，先征服中国之北部，又携了北人南征，所以南人在北人的眼中，也是被征服者。"（鲁迅《南人与北人》）中国自古以来的政治中心在北方，偶有南迁，也不免落得个"江南最是伤心地"。"南方"在政治上的附属性因之无可更改。汉语中的"南方"成为确证华夏民族主体性的"他者"，一个接纳异质性的容器，一片"在野"的土地，正如后殖民视野中"东方"之于"西方"的意义。

在世界范围内，肇始于18世纪的工业革命在英国、法国、美国等欧美国家都首先在北方城市展开，而南方相对停留在过去的状态；工业革命带来的后果之一是美国爆发南北战争，最终北方打败了南方，另一个后果是时至今日，发达国家多处于北半球，发展中国家多处于南半球，形成"南北对立"；这些都为南方相对于北方的次属性提供了现实支撑。上述政治经济层面的现实加上南方固有的地理特征，转化为文化层面的叙述，使得"南方"成为一个相对于"北方"的阴性概念。它在流传过程中偏离了最初的所指，成为一个"超级能指"，不断生产、繁衍、强化关于自身的叙述：南方是偏向传统、怀旧、阴柔、可供休憩的地方，代表着奇异、瑰丽、想象力丰富、落后保守之地。以福克纳为代表的美国"南方文学"有力阐发了上述意蕴。在此意义上，"南方"不再是一个地理概念，而成为某种风格、情调、社会氛围的代名词，成为想象力的产物，诚如威尼斯双年展主席奥利瓦先生谈到英语世界中的"南方"时所言："在每一个国家，南方并不是一个地理位置，一般来说更不是工业发展的条件。它却象征着艺术创作的地方。在那儿，个体的人通过想象力的表现，在一个封闭的和工匠式的方式中来反抗主流文化。在这个意义上说，南方代表了典型的艺术空间，一个反抗外部环境的个人的想象空间。"① 尽管有可能现实中的南方已经丧失了"南方"这个概念的所指（如中国南方已成为新经济的火车头，英国南方的发达程度已远超北方），但在话语层面，"南方"仍然在既定的方向上增殖。博尔赫斯短篇小说《南方》的主人公达尔曼在南方有一座庄园，他病后想回到南方休养，在途中，"达尔曼几乎怀疑自己不仅是向南方，而且是向过去的时间行进"。来自北方的美国作家菲茨杰拉德在小说《最后一个南方女郎》里写道："诗歌，我以为，就是一个北方人关于南方的梦。"中国可以归纳到这种"南方想象"之下的文学传统上可以追溯至《庄子》、楚辞，中迄韩愈、柳宗元的南方诗文，下至沈从文的"湘西"和韩少功的"鸡头寨"。1990 年代前期，人们开始使用"南方"的概念来评论以苏童为代表

---

① 引自于坚：《南方与新世界》，《天涯》1997 年第 2 期。

的先锋派小说①，这是在小说写作及评论两个层面对福克纳的一种呼应，中国当代文学评论中对"南方"的使用，与美国"南方文学"大有关系。在大的区域内部也在不断产生裂变，重新分裂出"南—北"对立，而位居"南"的一方仍然承担着上述所指，林海音《城南旧事》的怀旧情绪与城之"南"的地理方位结合得亲密无间，而电影《海角一号》（2008 年）中的"南台湾"被刻画为相对于台北的退守的家园。

汉语中关于"南方"的叙述关涉异常宏大、旷日持久的南北人口对流。西晋张翰藉"莼鲈之思"而回归故乡吴中，这是"南人北上"后回望故乡的典型；北人白居易多次流寓南方，他描绘南方的"日出江花红胜火，春来江水绿如蓝"带有和南方初次相逢的新鲜。无论是南人北上，还是北人南迁，"南方"都成为一个有距离感的审美对象，而南方之所以被作为观察的对象，其大背景正是自始至终的北方中心视角。近代中国出现大规模的"南人北上"潮流，在著作中重提南北差异的梁启超、刘师培、王国维、林语堂等人都是南人北上的典型；"五四"新文化运动的主将主要来自南方，而一部现代文学史差不多是"江浙文学史"。来自南方的作家在一种"怀乡病"中极大丰富了关于南方的叙述，如俞平伯与朱自清的同题散文《桨声灯影里的秦淮河》、郁达夫《江南的冬景》等。二十岁的何其芳在北方的梦中得诗："南方的爱情是沉沉地睡着的，它醒来的扑翅声也催人入睡；北方的爱情是警醒着的，而且有轻巧的残忍的脚步。"他在这两句的基础上敷衍成诗作《爱情》。南人描写南方是"怀乡"，而北人描写南方则带有探奇和浪游的色彩，如北人冯至的诗歌《南方

---

① 代表性文章有陈晓明《南方的怀旧情调》，《上海文论》1992 年第 2 期；汪政、晓华《南方的写作》，《读书》1995 年第 8 期；王德威《南方的堕落与诱惑》，《读书》1998 年第 4 期。

的夜》、戈麦的诗歌《南方》等。不同的是北人郭小川，他的诗歌《甘蔗林—青纱帐》里选取的南方的代表景物是"甘蔗林"，由此或能感受到"社会主义文学"的想象力对于传统文人趣味的偏离。

南方是一个很大的概念，可以被江浙、两湖、两广、皖赣、闽琼、云贵、川渝等长江以南的各地分享。1980年代以来强调南方作为经济改革火车头的时候，南方主要指广东，以《南方周末》（创刊于1984年）、《南方都市报》（创刊于1997年）为代表的"南方"报系的崛起，见证了广东市场经济的辉煌；而今日当人们需要强调奇异蛮荒的时候，南方可能主要指偏西南的区域，如湘西、贵州、云南等地。在"南方"概念内部，还存在着"南方"与"江南"的分裂。历史上"南方"与"江南"有过重叠的时期（杜甫的"正是江南好风景"说的是长沙一带，韦庄的"人人尽说江南好"说的是四川），但在当代，"江南"的区域被大大缩小，专指江浙一带。"南方"和"江南"是不好混淆的。比如，人们指认的"南方文学"的代表作家是苏童，而苏童的魅力在于他写出了"南方的诱惑和堕落"（王德威语）。虽然苏童的家乡位于"江南核心区"苏州，但人们更喜欢用"南方"而不是"江南"来指认他，因为苏童的"南方"是福克纳意义上的。他最典型的文本《妻妾成群》，要点在于衰败，而不是江南——这也解释了为什么电影《大红灯笼高高挂》的拍摄地点可以选取北方的乔家大院。

所谓"上有天堂，下有苏杭"，当代的"江南"更多是在消费符号的意义上发挥作用，对"江南"的宣扬直接推动了江浙古镇旅游、苏杭旅游、婺源乡村旅游的兴盛。由江浙、上海等富庶地区资助的"江南研究"日渐兴盛，这类研究有时体现为对"江南"话语权的争夺。以上海人民出版社2010年推出的"释江南丛书"为例，他们首要的工作是将"江南"概念纯化，即在"大江南""中江南""小江南"的区分中选择将"小江南"即环太湖流域的"八府一州"（李伯重说）确定为真正的"江南"；其次的工作则是将本来处于江南边缘位置的上海论证为近现代"江南"的核心，因为"'全国经济中心和南方文化中心已经从扬州和苏州逐步转移到上海去了'，这是个不争的事实"①。传统意义上的江南城市是内陆城市，因江与湖而兴，以苏州、杭州、扬州、南京等为典型。在一个长期实行海禁的国家，上海这块地域在历史上没有什么地位，如清末人李钟珏所言："其在通商以前，五百年中如在长夜，事诚无足称道。"②上海作为真正意义上的城市的历史开始于鸦片战争之后，其城市本质是外国租界，建筑主要是欧式建筑，是名副其实的"十里洋场"，和我们通常所谓的"江南"相距颇远。上海和江南之间的跨越式论证近似于暴富户修家谱，也体现了老旧中国的江南想象如同古玩字画，可以为新兴买办阶级所用，成为使其"贵族化"的象征资本。

　　"江南"获取温柔富贵之乡名声的另一面是，它是奔逃、在野、避乱、隐居之地，它和东晋永嘉南渡、唐末南徙、宋人南渡、南明痛史、清兵南下之嘉定三屠、扬州十日乃至抗日战争之"南迁"、"南京大屠杀"等汉人的血泪史联系在一起。"江南"自有庾信的《哀江南赋》和吴梅村的"世间何物是江南"所提示的沉痛的一面。"江南的流人，是北方的骨血与后代，江南认同的骨子里，其实深深包含着北方中原意识的底色。"③庾信是这个论断最好的例证，他本是北人，仕于南朝，后又长期羁留长安，思念江南的故国，故作《哀江南赋》。流人对江南的思念与追忆，本质上寄托的是家国之恨，是乡愁，是对漂泊离散的命运的反驳。一个不太为人提起的线索是，1950 年代中期以来兴起于港台的以金庸、古龙、梁羽生为代表

---

① 刘士林等：《风泉清听——江南文化理论》，上海人民出版社 2010 年版，第 97 页。

②《上海县续志》卷 30，1918 年。

③ 见胡晓明：《"江南"再发现》，《华东师范大学学报》（社科版）2011 年第 2 期。

的新派武侠小说复兴了中国传统中源远流长的关于江南的想象。金庸的武侠小说处女作《书剑恩仇录》可以看作是一部江南秘史，它的主体构架建筑在一个江南传说的基础上：乾隆皇帝是江南汉人的后代；《射雕英雄传》开篇即是南宋临安的牛家村隐匿的两个自北方遁入南方的抗金义士；《天龙八部》里的姑苏慕容氏，也是北方的流人，终日孜孜于复兴燕国。金庸"选择的历史多为以长江为界南北对峙的宋辽之际、宋元之际、元明之际、明清之际，除了东晋，几乎所有的南渡文化都涉及了，这些时候的人气节、风土人情最显真实，亦最多英雄气在"①。古龙轻灵跳脱的文风、笔下风流倜傥的佳公子楚留香、陆小凤、李寻欢等使人嗅到江南的俊逸，一如他的一部小说名提示的，那是"剑花·烟雨·江南"。梁羽生《云海玉弓缘》开首便是一个自西藏回到江南的名叫江南的孩子。这些新派武侠小说中的"江南"，更确切地说是"乡愁"，是家国之思。这些小说的作者也是流人，不过却是流向了"南方之南"。他们对江南的追忆和郑愁予的名诗《错误》一样，是对绵长的中国文化寻祖归根式的缅怀，是"落日楼头，断鸿声里，江南游子。把吴钩看了，栏杆拍遍，无人会，登临意"。《错误》里打动我们的，从深层次讲，正是这种"家国何处"的漂泊感。它和余光中的《乡愁》其实是同一类作品，只不过比《乡愁》更隐晦、更曲折。周杰伦充满江南情调的《青花瓷》唱的也是乡愁，和罗大佑《亚细亚的孤儿》是同样的情绪。对这些港台小说、诗歌中"江南情调"的追溯，不能忽视这样一种"乡愁"。而"乡愁"，正是"江南"的题中应有之义。

鲁迅说："我不爱江南，秀气是秀气，但小气。"（鲁迅《致萧军》）鲁迅祖籍河南汝南。南人王国维在北方追随他所推崇的楚人屈子，用跳水的方式殉了他的"国"，他的祖籍是河南开封。他们

---

① 吴晶：《金庸小说的江南情韵》，《浙江学刊》2000年第1期。

都是流民的后代。这些人性格中的怪癖、血液中的基因、骨子里的硬气投射了几千年人口迁徙、文明争斗的倒影。在中国的土地上，布满了流民的后代，谁又能干干脆脆地说出自己是南方人或北方人呢？在此意义上，关于"南方""江南"的表述不是地理性的，而是历史性的，从中我们触摸到时间的层层叠叠，就像面对一块断层繁复、色彩斑斓的岩石。

第 二 辑

作 家 论

汉语写作的搏命远征

——阿乙论

汉语的手工艺人

在当下活跃的青年作家中，阿乙的鲜明特征是对于小说作为一种手艺的虔敬，同时他清醒地意识到，自己还处于学徒期。阿乙主要师法的对象是 19 世纪末期以来的现代主义大师们，如卡夫卡、博尔赫斯、加缪、福克纳、陀思妥耶夫斯基；在汉语作家中，他的前辈老师是余华、格非、残雪等 20 世纪 80 年代的"先锋派"。阿乙自述："格非、余华、苏童、马原、孙甘露、北村、残雪等一批先锋作家，至少给我的写作提供了一种示范。我认为我自己是他们写作的一种传递，一种继承。我喜欢他们对品质本身的在乎。在 20 世纪八九十年代，有一批这样高质量的年轻作者，真是好啊。"[①] 在"先锋"退潮 20 年后，阿乙重拾形式探索的激情，重新确认"怎么写"的重要性。他把小说看作一件具有独立价值的工艺品，对之深思熟虑，精雕细琢。

[①] 阿乙访谈：《阿乙：不想给作品光明的尾巴》，《山东商报》2012 年 7 月 10 日。

　　因之，阿乙小说的外观首先呈现为准确、精炼、考究的语言，这些语言因为经过了慎重的拣选而卓尔不群，成为一种个人创造。如《小镇之花》的开头："秋天的小镇，天高而阔，每根枝条每颗稻穗清晰地存在于眼前。但是黄昏一到，树木、山岗变得模糊起来，灰蒙蒙的，在它们背后是太阳逐渐微弱呈暗橙色的光芒。对孩子们来说，这是充满遗憾的景色，意味着四肢无用，父母要赶他们回家。"这样的段落，纯然是诗的，同时又绝不滥情，简洁清晰得斩钉截铁。台湾作家骆以军称阿乙是"动词占有者"。阿乙尤其擅长创造性地使用动词，如"他蹲在角落啄吸香烟"（《发光的小红》），"啄吸"非常传神地抓住了某类人恶狠狠地闷头抽烟的神态；"我授权自己坐在席梦思一角"（《春天》），"授权"写出了一种情境里一个人的被动、尴尬和小心；"打工的人慢慢归来，在孩子们面前变化出会唱歌的纸、黄金手机以及不会燃烧但是也会吸得冒烟的香烟，这些东西修改了杨村"（《杨村的一则咒语》），"变化"和"修改"用得既新鲜又精准。在语言方面的经营奠定了阿乙小说的质量基础，使他在语言大面积粗糙、疲沓、松软的当下文苑显得异常突出。台湾版《鸟，看见我了》朱宥勋所作序言说："阿乙的小说很'硬'，'硬'指的不是艰涩难读，而是隐藏在段落字句之间的一股刚劲力道。"阿乙语感的简洁、硬气多少可以使人联想起"鲁迅—余华"这样的线索。

　　此等作品外观是艰苦劳动的结果。"打磨""锤炼""推敲"这些常用于形容诗歌写作的动词用于形容阿乙的小说写作同样适用。在和笔者的访谈中，他提到写作的艰难：一本十几万字的小说，假设每个字是一块砖，用这些砖垒成墙可能比写出它们要容易得多。他总是不吝花费精力去考虑"怎么写"的问题，仿佛一个手艺人总是考虑如何花样翻新。他可贵地保持了一种"学徒"心态，还在孜孜不倦地向前人学习"小说"这门手艺。在评判一件作品时，他选择的是"操作技术"这样的角度。如他对余华小说《现实一种》的评论:"你读第一遍的时候觉得是个天作,第二遍是天作,第三遍是神作,到第四遍的时候你就看出漏洞来了。漏洞在哪儿呢?前面90%,他都是按照完全冷漠、冰冷的视角去写的,到结尾作者开始恋战,舍不得离开这么美好的故事,舍不得结束它。他写那些人来分尸,有的来锯腿,有的来开肠破肚,有的拿走了心,有的拿走了肺。那段写得特别油滑。读了三四遍之后,我觉得这个地方是一个作者不懂得控制结尾,不懂得怎么离开,所以导致这个神作里有个很别扭的问题,就是前面都很克制,后面就油滑了。而且有个合法性的问题,就是一个农妇怎么懂得遗体捐赠这一套东西,而且是代签。这个合理性不够。恋恋不舍最容易带来油滑,语言的油滑,和那种自恋的东西。很多年以后,《兄弟》那部小说,他保留的就是10%的这个油滑,90%的冷静全部不见,这是很危险的。我对自己很警惕。油滑是我看到的一个问题。每个作者都是这样,对自己稍有放纵,你的肮脏、自恋、丑态都会表现出来。"[1] 这是从一个作者的写作心态、写作过程所做的观察。这种评说很难出现在专家学者的笔下,完全是小说手艺人之间的交流,非亲历小说写作之难不足以切中肯綮。

阿乙一直没有放弃写作技术方面的实验。最新长篇《早上九点叫醒我》(待出版)中,阿乙一改此前海明威式的简洁,尝试一种绵长细密的新风格,多长句,少标点,随时加入内心旁白。这是向福克纳致敬的结果。在大量关于"小说做法"的研习中,他保持了纯正的文学路数,使自己成为古往今来的小说手艺的传递者。

---

[1] 阿乙、胡少卿:《好作家的烂作品给我信心》,《西湖》2013 年第 7 期。

小说中的"几何"

与手艺人形象相关，阿乙小说讲究故事叙述的方法和整体结构。与前辈残雪、余华云山雾罩的叙述不同，他的小说有很强的故事性，而且故事被放置在一个几何架构中呈现，极具形式感。小说集《鸟，看见我了》的开篇之作《意外杀人事件》是一篇按照"非"字的几何形状结构的小说，讲述六个人从六条小巷走出，在中间的大道上遭遇同一种命运：死亡。这篇小说的工程支柱是"非"字形，两边各三条小巷，中间是一条大街。一个外地人在这条大街上结束了六个本地人的性命。《正义晚餐》则是按照"Y"字形结构的，两个人走在两条不同的路线上，当他们交汇时，化学反应发生，一段意想不到的故事上演。另一篇较早期的小短篇《黄昏我们吃红薯》实验的则是倒"Y"字形结构，一对小夫妻燕子和建成赌气，燕子跑到河边自杀，建成被迫跳入水中救人，这时故事开始分岔，出现两种叙述路径：一种是燕子死，一种是建成死，作者在小说中用"硬币的正面"和"硬币的反面"来命名这两种可能。这些精心的设计印证了阿乙的一个说法："我像做数学题那样做一篇小说。"[①]

阿乙使用最多的结构模型是"俄罗斯套娃"式，先从最外围的表象写起，然后一层一层地揭开，越来越接近事情的真相，最后暴露出故事的核。典型例证如中篇小说《情人节爆炸案》，先从大桥爆炸案的现场写起，接着侦破陷入困境，一张残损的身份证提示线索，据此进行的追查又陷入绝境，一个人的自首再现玄机，终于，确定两个罪犯身份，追查他们的犯罪原因，一个是厌世一个是因为

---

① 阿乙访谈：《阿乙：我像做数学题那样做小说》，凤凰网《读药》周刊2013年6月17日。

被戴绿帽。但，这个答案仍然疑点重重。最后，揭示隐藏在最底部的真相：原来作案者是一对受歧视的同性恋。小说仿佛一层层剥开竹笋，一波三折，充满摇曳起伏之姿。中篇小说《巴赫》从一次失踪写起，慢慢剥离出一桩知青返城年代的负心往事，让人感慨时间隧道之沧桑深远，读者在阅读中，也收获了抽丝剥茧的乐趣。《鸟，看见我了》《阁楼》这两篇的架构同样可以归入这一类别，作者总是小心翼翼地把谜底留藏在小说的尾部。

在形式实验方面臻于完善的是一篇叫《小人》的小说，由于包袱隐藏过深，稍不留意即会错过阅读的乐趣。县城会计冯伯韬因输棋杀了棋友何老二，事后查明，冯伯韬被冤枉了，一个刚刚丧夫的女人李喜兰站出来证明，案发时间冯正在和自己偷情。凶手是中学老师陈明义，他一连四天去偷超市茅台酒被抓，后交代他父亲得了尿毒症，他要抢钱所以杀人。陈明义被枪决后按理故事就结束了，但小说结尾突然翻出波澜，因为冯伯韬不肯跟李喜兰结婚，李喜兰哭诉："你这个骗子，你骗了陈明义又来骗我，你这个骗子。"小说至此戛然而止。这句话让人脊背发冷，使前面的故事彻底翻转过来。推想一下，真正的凶手还是冯伯韬，他和陈明义之间有一个交易，即陈明义替他死，而他替陈明义父亲负担医药费，但他背弃了诺言，是真正的"小人"。小说的最后一句话就像魔术师的绳子，一拉，幕布脱落，露出隐藏着的另一栋建筑。留意到了最后一句话的深意，才能明白超市营业员的感叹："只有傻子才会一连四天在同一位置偷最贵的酒。"另一个可供阐发的细节是陈明义名字里的"义"写成繁体的"義"，暗指"我像羊一样无辜"（笔者与作者交流，作者自述无此意，写成繁体主要是强调陈是一个尊崇传统的人）。这篇小说是迄今阿乙小说技巧探索最为圆满的一篇。在早期的一个短篇《一九八八年和一辆雄狮摩托》中，阿乙已经做过类似的尝试。谜底隐藏在结尾的一句话里："那东西只要用老虎钳扭一下就失灵了。"骑着雄狮摩托的威风凛凛的"大哥"的死，其实是"我"有意弄坏了摩托的刹车片所致。这类小说，其乐趣在于如何将掀爆整座大厦的引线尽可能做得隐蔽。

发表于《收获》2013年第一期头条的中篇小说《春天》（发表版与收入小说集的版本不同，此处以小说集版本为准），是阿乙形式实验的大制作。小说共20节，前面的1—19节是倒着写的，即从时间顺序上来说，应该第19节是开头，第1节是结尾：第19节，名叫春天的姑娘来到"我"家借住；第1节，春天的遗体火化，死因是跳水自杀。作者别出心裁地采取了"逆顶针"的做法，即出现在第2节结尾的句子，出现在第1节的开头，出现在第3节结尾的句子，出现在第2节的开头。以此类推。第1—19节如果倒过来读也是可以的，就是很正常的顺叙。这个倒写的结构里隐藏着一桩精巧的谋杀案和一个老男人黑暗的心灵：春天其实是被住所的男主人谋杀，谋杀策划得天衣无缝，以致警察立即就以自杀结案。小说在第20节呈现了这一谜底。第20节叙述的是春天死前的场景，脱出了倒写的结构。第1—19节和第20节构成的大框架有些畸形，从作者访谈里可以发现，原来这篇小说是栋烂尾楼。据阿乙自述，他原本计划写三部分，第一部分倒着写，用黑暗凄苦的调子，写春天成为城市的陌生人；第二部分顺着写，写春天温暖明丽的过去，并在结尾与第一部分的结尾焊接上；这两部分构成对比。最后一部分是春天的死亡真相。① 三个部分构成一个蜗牛角的几何形状。小说最终只完成了第一部分（第1—19节）和最后一部分（第20节），缺少第二部分。这使得小说的结构残缺，而作为一篇着重经营形式的小说，形式方面的残缺显得尤为醒目。

---

① 阿乙访谈：《阿乙：我像做数学题那样做小说》，凤凰网《读药》周刊2013年6月17日。

阿乙的形式实验令人耳目一新，不过，从另一方面看，也限制了小说的生长空间。阿乙对于小说形式感的经营，可以看出受到博尔赫斯的影响。博尔赫斯的多篇著名小说都是依据几何图形来展开想象的，如《秘密奇迹》《死亡与罗盘》《小径分岔的花园》。阿乙曾评价博尔赫斯："像博尔赫斯，每个作品何其精妙，但是他的漏洞就在于他的精妙，就像魔术，你在看完一个魔术的时候，觉得特别精妙，但是你同时会想，这个魔术是没有力量的。"①这样的评价同样适用于阿乙自己。在阿乙不少的小说中，讲故事的花活儿掩盖了对生活的"盯视"，形式感喧宾夺主，小说被降低为"讲一个好看的故事"。读者看完故事之后，会被它的精妙所震撼，但看完也就完了，留下的余味比较有限。如小说《阁楼》，非常精巧地叙述了一个女人藏尸阁楼的故事，但，故事和叙述故事的技巧充满了整部小说，留给其他元素生长的空间就变得逼仄。按照阿乙的设想，《阁楼》一篇他本来是想反思"农业户口"和"商品粮户口"的等级制（女人选择了商品粮户口的对象，放弃了农业户口的初恋）。②这一和中国历史勾连的重要关节点，在故事中被淹没了，我们甚至连小说女主人公朱丹的性格特征都难以把握，这个女人的面目是模糊的，并没有雕刻成形。在另一个短篇《小镇之花》里，作者再次试图触及"商品粮户口"，依然有隔靴搔痒之憾。某种意义上说，阿乙着重叙述技巧，避开现实、政治、历史，带有避重就轻的意味。

---

① 阿乙、胡少卿：《好作家的烂作品给我信心》，《西湖》2013 年第 7 期。
② 凤凰网：《怪青年访谈录之对话作家阿乙》，2012 年 5 月 4 日，http://news.ifeng.com/mainland/special/guaiqingnian/ayi.shtml。

求真意志

"求真意志"是英国作家阿兰·谢里登所撰福柯传记的名字，这四个字也可概括 20 世纪现代主义文学的一个重要追求。从卡夫卡《变形记》所揭示的亲情的虚伪、脆弱，到加缪《局外人》的遥相应和，从鲁迅《狂人日记》对社会"吃人"的揭发，到张爱玲《金锁记》对母亲形象的解构、余华《现实一种》对家庭关系的解构，"求真意志"贯穿于整个 20 世纪的经典写作中。尤其是自 20 世纪中后期以来，宏大叙事的垮塌，价值体系的崩解，使得"求真意志"成为个人精神生活质量的重要指标。如果说传统的浪漫主义、现实主义文学是一间装修完备、家具齐全的房间，那么现代主义则是一间剥落了一切装饰、只剩下荒凉的主体构架的房间。

作为主要师法现代主义前辈的作家，阿乙呈现的世界也是一个充斥着无意义、荒诞、偶然性的世界。他延续了现代主义文学的两大经典主题："性"与"死"。这是两个最能推动人去思考人类生活本质的元素。无论是表现"性"还是"死"，阿乙都冷酷直接、不留余地。他拒绝为读者制造拯救的幻象，拒绝滥用廉价的温情，而是坚持将血淋淋的真实撕开展示于人世。他充满警惕，不断自问：哪些是不真实的？哪些是煽情的试图取悦读者的东西？哪些并非出自本心？正是在这个意义上，他认为自己的《巴赫》是一篇不好的小说，因为其充满了巴里科《海上钢琴师》式的小资情调。同理，他也认为苏童的《古巴刀》、叶弥的《天鹅绒》、池莉的《有了快感你就喊》靠近了"大众庸俗情感"，带有"拉拢读者"的意图。[1] 他

---

[1] 参见阿乙、许知远：《没有心灵的社会的心灵史》，《单读 09：耐心》，广西师大出版社 2015 年版。

也以此作为评判标准，觉得马尔克斯的《百年孤独》《霍乱时期的爱情》并非伟大作品，因为"在马尔克斯的每句话下边，都隐藏着邀赏的企图"。[①]写作中带入此类情感成为作品的杂质，需要去除。这种去除矫饰、虚夸、执着于本真的努力，不免使人联想到启功的一首诗："妄将婉约饰虚夸，句句风情字字花。可惜老夫今骨立，已无余肉为君麻。"（《论词绝句二十首》之一）

以这样严苛的标准返观阿乙自己的写作，在他自认脱离了初级阶段的两本小说集《鸟，看见我了》和《春天在哪里》中，真正完成度比较高的小说并不多。《鸟，看见我了》集中，最失败的一篇当数《两生》（在新版中已经删除），关于周灵通发达经历的描写陷入主观臆想，显得浮泛空洞。《先知》的叙述框架不错：一个"民间哲学家"写给学术大佬的信没有拆封就被丢弃，被"我"捡获。小说的主要内容即信的内容，"民哲"在信里阐述自己关于"杀时间"的哲学。这一思想性内容稍嫌大众化，是《读者文摘》层级的，实际上降低了"民哲"求是的悲剧感。

阿乙对自己写作的败笔有着清醒的自我意识，这构成了他改变的动力。常言道："修辞立其诚。"阿乙的力量就在于其"诚"。对比起小说，随笔集《寡人》更容易进入作者内心，他坦率和毫无保留地敞开心扉，带有一种显而易见的去除矫饰的气质，仿佛卡夫卡随笔在 21 世纪的回响。他的第一本小说集《灰故事》里有两个让人印象深刻的小短篇:《下午出现的魔鬼》《黑夜》。这是通过孩子的视角讲述的童年故事，里面有一种孩子的赤诚。这种赤诚成为阿乙写作中潜在的人格形象，他就是那个说出皇帝其实没穿衣服的孩子。尽管他的发现并不是首创，但他痛彻心扉的叫喊，仍然足够引起同一病症者的注意。

[①]《阿乙访谈录》，《星火·中短篇小说》2015 年第 1 期。

　　小长篇《下面，我该干些什么》是一次更为彻底的"求真"行动。这是一部勇敢而精致的作品。它写了一个"无理由杀人"的学生。小说里的"我"为了让空虚的时间变得充实，不惜杀掉一个美好的女孩成为逃犯。在最后的审判席上，"我"振振有词："作为一个身体年轻而心灵衰竭的人……我早已不相信一切。很早时我就知道天鹅和诗意没有关系，天鹅为什么总是在飞？因为它和猪一样，要躲避寒冷、寻找食物。我们人也一样……我们追逐食物、抢夺领地、算计资源、受原始的性欲左右。我们在干这些事，但为着羞耻，我们发明了意义，就像发明内裤一样。而这些意义在我们参透之后，并无意义，就连意义这个词本身也无意义。"这种关于"无意义"的宣言并不新鲜，但一旦它和情节、场景、内心情绪结合发酵，却酿造了一种奇特的叙事景观。小说的触发点是 2006 年的一则社会新闻：一个年轻人杀死自己的同学，没人能找到原因。小说出版后，又不断被类似的社会新闻所佐证（最近的一则是 2015 年 8月 9 日中国传媒大学女研究生被男同学杀害，嫌犯供述杀人动机时称："就想找个无辜的人发泄一下。"）悲剧的反复重演使小说具有了某种"元叙事"的意义，也促使我们正视生活中无缘由、无特定动机的那类悲剧。它深刻地关涉到人的幸福感、价值感的建立，从深层次折射了一种时代病症。这种病症因无法被纳入通常的医治体系而被忽略，唯有文学担任了它的诊断人。

　　阿乙在这部作品中延续了加缪在《西西弗的神话》中发出的追问：人如何度过荒谬的一生？诸神惩罚西西弗每天推石上山，石头又自动滚下，他的命运就是重复的无用功。当西西弗开始认清并正视自己的命运时，这同时意味着一种得救。我们也应该这样来理解阿乙小说中的残酷，正如阿乙所言："人们只有对自己的内心坦诚，去认清那些本就存在的结局、宿命，才会在绝望中清醒，才能走上自我找寻的道路。"①我们的书不应该总是抚慰伤口的"创可贴",也应该是卡夫卡所言的"破冰斧":"我们所需要的书,必须能使我们读到时如同经历一场极大的不幸;使我们感到比自己死了最心爱的人还痛苦;使我们如身临自杀边缘,感到因迷失在远离人烟的森林中而彷徨———一本书应该是我们冰冻的心海中的破冰斧。"(卡夫卡致友人波拉克的信,1904 年)在直视中生出一种勇气,好比在废墟上也勇于开花。

"中国故事"

就像我们需要从狄更斯的作品中认识 19 世纪的伦敦,从巴尔扎克的作品中了解 19 世纪的法国,从鲁迅的作品中阅读辛亥革命,杰出的小说负担有某种为时代提供深层信史的责任。从广义上来说,小说也是一种政治,它需要切入一个时代的心灵史和精神史。阿乙小说在其涉及的时代真实方面也颇有值得关注之处。

20 世纪 80 年代的"先锋派"小说往往模糊了时间和地点,对现实政治进行一种表面上的疏离,以强化"纯文学"之"纯"。阿乙的不同之处是,他把时间和地点明确化了,使小说与中国乡村、城镇在世纪之交的真貌发生连接。同样是写无理由杀人,余华《河边的错误》的谜底是凶手是一个疯子,而阿乙《意外杀人事件》里的凶手李继锡则是一个被各种社会势力压迫、拒绝的备受欺凌者,警察的冷漠、推诿是压垮他的最后一根稻草,而六个无辜的生命是在替冰冷的社会治理机构埋单。与余华导向虚无的结局不同,这篇小说带有现实批判的指向。阿乙笔下的中国,是一个乡镇警察眼中的中国,这一独特视角提供了新鲜的中国经验。它既不同于土生土

---

① 参见洪鸪:《杀手阿乙》,《南都周刊》2011 年 2 月 23 日。

长的贾平凹、莫言叙述的农民故事，也不同于张承志、王安忆等从知识者角度俯瞰的乡村。乡镇警察是乡村的巡视者、管理者，他的经验从乡村的治理架构中渗出，比如阿乙写喝农药自杀的农妇，是从实习警察的"验尸"经历开始写的（《敌敌畏》），写乡村的叫魂习俗，是从办案民警的角度，把它当作一个秘密来侦破（《极端年月》结尾处写何大智的父亲），而阿乙的"俄罗斯套娃"模式正是一种侦破思维的文学化再现。在中国历来的文学中，都极度缺乏这种来自特殊职业从业者（如火葬场工人、法医、狱警、乞丐）的观察，作为警察的阿乙具有填补空缺的意义。

阿乙是作家中少见的自身经历也被广泛阅读的人。他勇敢脱离体制内的工作，从小县城出发独自闯世界，期间迷恋小说，后因舆论达人的举荐而慢慢成名，这一经历本身就是励志故事，是"中国梦"的典型。他不仅用小说，也用亲身经历，阐释了转型期中国"小镇青年"的意识形态。他的小说、自述和贾樟柯的县城电影、顾长卫的电影《孔雀》《立春》站在了同一种叙事类别之中：对县城、乡镇世界的描摹。他用两个清晰的几何模型，阐释了关于出走的梦想。一个是"牌桌"。阿乙不止一次在作品中提到如下场景：

退居二线的老同志（北）

主任（西）……………………………………科员（东）

副主任（南）

这是一张四人围坐的牌桌。"总因为某人手气不好，大家按顺时针方向换位。这样，二十多岁的科员变成三十多岁的副主任，三十多岁的副主任变成四十多岁的主任，四十多岁的主任退居二线，变成五十多岁的老同志。牙齿变黄，皮肉松弛，头顶秃掉，一生走尽，从种子到坟墓。"（阿乙《模范青年》）这张按程序换位的牌桌是一潭死水的按部就班，是无望的县乡生活的象征，也是阿乙小说的主人公试图逃离的生活泥潭。另一个几何模型是水纹状或蛛网状的扩散，阿乙同样不止一次在描述自己的居停轨迹时提到：

洪一（乡）——瑞昌（县）——郑州（省城）——上海（直辖市）——广州（沿海）——北京（首都）——纽约（世界中心）

叙述者称洪一乡是世界的尽头，而他像一段带箭头的矢量线，从起点奔向更广大的世界。牌桌和水纹的两相对照，勾画出这个时代多数乡镇青年的人生轨迹，也呼应了大的历史进程：中国愈益深入的现代化运动。这一关于出走、逃离的意识形态贯穿了阿乙的写作。《意外死亡事件》杀死的是一潭死水般平庸的县城生活，如作者所述，死去的六个人其实是自己的六个侧面。而《情人节爆炸案》的内核，是乡镇同性恋者的无奈，在中国传统力量最强大的区域，同性恋者所承受的社会压力是难以想象的。阿乙笔下的"民间哲学家"朱求是、范如意，和《立春》里的王彩玲一样，都是追梦者，但他们面对的是大城市的评价体系所构筑的铜墙铁壁，最终，只能无望地死去。这些都纯然是中国的、时代的。在技巧之外，在国外大师的文本影响之外，我们在阿乙的小说中也看到了鲜活的"中国故事"。

阿乙讲述的"中国故事"，最具气象的是短篇《杨村的一则咒语》。故事的开头，村妇钟永连怀疑邻居吴海英偷了她的鸡，在争执中赌下残酷的咒语："好，要是你偷了，今年你的儿子死；要是没偷，今年我的儿子死。"第二天，鸡自己走回来了。钟永连偷偷把鸡弄死了。过年的时候，吴海英的儿子国华开着车带着女友从南方回来，同在南方打工的钟永连的儿子国峰则迟迟未归，直到除夕深夜才到家——疲惫地死在自家的床上，打工地的工作环境摧毁了他的身体。维权律师来找钟永连，希望能帮助她索赔，但钟永连拒绝了，她一门心思认定是自己的咒语害死了儿子。这个故事里有一种坚硬的宿命，它强调的不是咒语应验的偶然性，而是一个大时代中带有普遍性的悲剧。小说结尾，作者提到村里传来一首碧昂斯的英文歌。这一处理是符合今日农村光怪陆离的现实的。全球化的符号确曾在中国乡村的天空飘荡，但仅仅只是随风而逝，中国村庄的内核并未因之改变。小说最后一句是"她们就像两块石头那样听着"。两个中国母亲哀悼一个儿子的逝去，这个场面使人想起鲁迅的《药》。《药》的结尾，是两个中国母亲哀悼各自儿子的逝去。《药》揭示了辛亥革命失败的深层根源，即启蒙者与基层民众的彻底隔膜，启蒙者被小丑化，启蒙的力量在深重的传统面前，脆弱、不堪一击。《杨村的一则咒语》延续了《药》的主题。《药》里杀死夏瑜的是专制的政治力量，而这部小说里杀死国峰的是野蛮的资本原始积累。相隔百年，中国的青年仍然在无谓地死去，中国的母亲仍然在流下伤心而不明所以的热泪。在中国广袤的土地上，人们对于生命的认知仍然被超自然的信仰所左右，一百年的启蒙撼不动数千年的阴影，中国文明体仍然处在艰难的从传统到现代的转型之中。这部小说不过六千余字，但具有极大的阐释空间。

　　阿乙集中描绘县城青年生活状态的是中篇《模范青年》，首发于《人民文学》2011年第11期"非虚构小说"栏目，后出版单行本。和阿根廷小说家马丁内斯的《象棋少年》类似，小说采用平行对比的方式，展示两个县城青年的人生轨迹："我"自由不羁、外出闯荡，周琪源勤奋克己，死在县城。他终生都在为"出走"做准备，但终于落幕于癌症。或许是受制于"非虚构"的名目，这部小说的结构没有阿乙小说惯常的清晰整饬，而是异常凌乱。小说中的"我"和周琪源可视为"一体两面"。周琪源的死折射了作者对留在县城的负面想象，和对自己选择出走的肯定。它为当下离开乡镇县城奔往"北上广"的青年提供了心理安慰。但其实这是一篇模棱两可的小说。周琪源的县城生活本要迎来曙光，这时他失败于癌症。如果不是受限于"非虚构"，癌症这一情节其实可以调整。因为癌症作为一种偶然的、个体的因素，支撑不了出走的合理性。如果这个偶然因素的投放转向，那么，关于出走的主题诉说，就会更换为另一种腔调：还是死守县城的好。一个留在家乡的人，一个出走的人，这两个人的对比终结于癌症的裁判，有点浪费这个题材和框架了。这样的对比有些私人，缺少和时代普遍性的连接点，它承载不了当下中国城乡既对立又交融互补的复杂情状。

在晚近的写作中，阿乙越来越意识到历史纵深、现实经验对小说的意义。由此，他对福克纳、陀思妥耶夫斯基的推崇超过了对博尔赫斯、卡夫卡的推崇。这种转变意味着从轻灵到厚重、从技巧到力量、从思想的真实到行动的真实的转变。他羡慕陀思妥耶夫斯基的人生经历："在快被处决时给拉下来"、"被流放"；他甚至童言无忌地说："我差一个致命的经历。"[1] 他的写作野心越来越试图在宏阔的历史视野和丰富的生活经验中确立。在谈到新长篇《早上九点叫醒我》的写作初衷时，他说："我现在回到出生时的乡村，发现它只剩下一些行将就木的人还住在那儿，外面的人回家乡，一是祭祖，二是作为一具尸体（回去），把乡村变成墓场。……我认识的很多人，他们的家乡也逐渐不存在了。在那之前，新农村出现了，那是最后的疯狂，建了很多水泥路，大张旗鼓，其实最后发现是大撤退。我的小说就是写，大家都成为城里人，只有一个人在那儿死了，像农

---

[1] 阿乙、木叶：《有的作家是拿命去经历这个世界》，《上海文学》2015 年第 3 期。

村的最后一抹夕阳，象征着最后的农村。"①广大农村正在变得空洞，正在消亡，直至变成一座墓场。这正是此时代悄然上演的一种真实，也可谓"三千年未有之大变局"。用笔触记录这种大的时代变迁，是可能诞生史诗性作品的。但从实际操作效果来说，新长篇和作者自述的写作意图之间还有不短的距离。作者呈现的农村仍然是一个稳定的农耕聚居群落，延续着世代不变的葬仪，历史好像没有在这里留下丝毫痕迹。唯一可以辨认出时代标记的是关于土葬、火葬之辨，以及小说末尾的"平坟运动"。小说主人公——村霸宏阳——的人生故事单薄至极，似乎负载不了"最后一抹乡村夕阳"的表意重任。这种"没有历史"的窘境很可能与作者是"文革"后出生的一代有关，他们缺少参与重大历史事件的记忆，但这个年龄的人，至少经历过计划生育、打工潮、市场经济冲击、城镇化、新电子产品崛起等新事物，它们理应在小说中打下烙印。恰恰是这些新事物，导致了传统农村的瓦解。作者抑制了这些事物的出现，很可能导源于"先锋派"根深蒂固的"政治洁癖"。20世纪80年代"先锋派"的"远离政治"即是一种对抗的政治，而在今天，这种对抗的必要性已然消失，文学反而需要主动去面对一种广义上的政治。这样说并非否定这部小说的价值，而是说它还很少切入大历史。换言之，这部小说的价值可能需要从别种角度去阐发，而不是从"农村消逝"的角度。

以才气和精巧取胜的作家，在转而呈现大时代的丰富性和复杂性时往往会力不从心。阿乙的前辈余华的长篇小说《兄弟》和《第七天》，其成就不如人意，可能正是受限于这一症结。擅长抒情短诗的海子在写作他所谓的"大诗"时，也遭遇了困境。无论是在小说还是在诗歌领域，史诗性的写作总是吸引着前赴后继的挑战者，

① 阿乙、许知远：《没有心灵的社会的心灵史》，《单读 09：耐心》，广西师大出版社 2015 年版。

因为这座山头是作家才华和贡献最高的较量场。精致语言和强大经验的合一，会诞生真正的大师。阿乙的自我调整、自我校正，尽管前景尚未明朗，但至少是走在了正确的路上。

搏命远征

阿乙在《上海文学》2015 年第 3 期发表的访谈录名为"拿命去经历这个世界"。写作对于阿乙来说，越来越显得生死攸关。他的标的太高（莎士比亚、托尔斯泰、福克纳、陀思妥耶夫斯基），这意味着他正在进行的是一次搏命远征。写作《早上九点叫醒我》的中途，他自述"整个人崩溃了，没有办法收场，住进了医院"。至今他仍然处于吃药治疗中，药物改变了他的形体，使他从一个英姿勃发的文学青年变成了可笑的胖子。联系这一事件，再来看阿乙的玩笑话："写出一个好作品，就可以去死了，绝不留恋一天。人活着，就是为了写出一个巨大的作品，让自己满意。"[1]竟也有了悲壮的意味。在养生学流行的当下，能这样宣言的人并不多。

阿乙小说，以及阿乙的生活方式已经构成了某种精神气场。他还在孜孜以求，期待自己的文字比生命更长久。在普遍迷茫、凌乱的时代氛围中，已经有人在行动。敢于梦想，敢于行动，如果说有一种"中国梦"，这大概就是最值得发扬的"中国梦"：无论时世如何变迁，且先干起来。抱怨和谴责是容易的（同时可以轻易获得道德优越感），坚持和行动是难的。一个民族的上升，仰赖于行动着的理想者。如果一个时代是上升的时代，后人在回望这个时代时，一定会看到地平线上催人奋发的前辈。阿乙会是其中之一吗？

---

① 阿乙、许知远：《没有心灵的社会的心灵史》，《单读 09：耐心》，广西师大出版社 2015 年版。

文学不应"政治冷漠"

——师力斌论

师力斌的评论文字斩截，痛快，给人印象最深的是那种贯穿首尾、不能自抑的"文气"，一种才大力雄的感觉，显出摆弄起目前的篇幅气力绰绰有余的意思，所以读起来是舒服的。韩愈在《答李翊书》中说："气，水也；言，浮物也。水大而物之浮者大小毕浮，气之与言犹是也，气盛则言之短长与声之高下者皆宜。"

这样的表述恰好可以用来形容师力斌。因为"气盛"，所以文字有力，无褶皱，少犹疑，高亢、振作，在自身的表述范围之内，构成一个完整、自洽的系统。同样是因为突出的创造力和爆发力，使他可以在春晚研究、小说评论、诗歌评论这样跨越巨大的三个领域之间跳跃腾挪，挥洒自如。

这种评论的才气其实是以"诗人"身份作为底色的。对比起批评家，师力斌可能更愿意把自己定位为一个诗人。事实上，他的确是一个提供了独具风格的作品的诗人。写诗时他叫晋力。师力斌的诗歌从气象上使人想到杜甫，从数量上使人想到陆游。他的诗里有一种骨力和硬气，颇有老杜"拗律"的神韵，常常在一种不协调中确立"诗心"的位置。他的诗歌好以新闻时事入诗，诗歌标题常常包含诸如"有感于富士康十连跳""冯小刚接受央视记者采访有感""感动中国人物之刘盛兰——兼怀邵逸夫"这样的内容,而诗歌正文总是令人信服地提供了完全属于诗歌的"深度体察"。师力斌这样选择诗歌题材,当然有他独特的考虑,即一个诗人,如何面对自己的时代发言。这同样也是他的评论工作的出发点。

师力斌特别强调作家对现实的介入,对中国社会大问题的关注。他在评第五届鲁奖获奖中篇小说的文章《谁在关注这个时代》中,回顾了鲁迅"弃医从文"的故事。他试图带领我们深思:"新文学"的正途是什么?"新文学"从其开端,就是一种广义上的"政治文学",它所触及的就是救亡图存的大命题。"新文学"的显著特征,就是改变了文学作为"小道"的命运,而将文学提到"经邦济世之大业"的高度。据此,师力斌提出了自己对于当下文学的诊断:"九十年代以来,文坛疲软的一个重要标志就是文学的政治冷漠。……一味地把政治排除在外等于文学的自戕。"(《"80 后"的两种文学取向及其启示——〈人民文学〉2009 年第 8 期"新锐作品专号"读后》)一百多年来,中国文明处在转型期巨大的创痛和希望之中,中国土地每天都在生产"巨大的故事",这是已经进入相对平稳的社会发展形态的西方社会所难以想象的。现实为中国作家提供了突出的素材优势,也隐含了伟大作品诞生的可能性。但这种丰富性、复杂性、史诗感却很少能在当下文学写作中找到确切对应物。"谁在关注这个时代?"这样的质问透露了师力斌对中国作家拥有巨大的素材优势却无能为力的遗憾。当下中国文学,有一种普遍性的"政治洁癖",这一方面是延续了 1980 年代"纯文学"的传统,另一方面,也可能是避重就轻和藏拙。因为普遍的"专业化""圈子化",作家不仅是无心,更重要的是无力关注这个变动的时代,因为他们中的大多数人并不在"时代现场"。就此,师力斌提出了他天真而好玩的设想:"如果海尔集团的老总张瑞敏能像王十月这样写小说多好；如果潘石屹能写诗多好。不免又想，如果乔叶是全国妇联主席，如果吴克敬是公安厅厅长，如果李骏虎是农业部高官，如果……这些作品是否会更好？"(《谁在关注这个时代》)他深深困惑于"商人不写作，写作者不经商；官员不写作，写作者不当官；农民工不写作，写作者没时间打工"这样的身份错位。尽管这样的认识某种意义上可能是流于表象的，但它确实触及"文学"的边界问题：文学绝不应只是一个阶层在吟风弄月，而应是指引时代进步方向的号角。正是在此意义上，师力斌对韩寒《他的国》、海外华人作家袁劲梅的《罗坎村》等作品"以政治入文学"赞赏有加。

关注现实的热情同样体现在他对研究领域的选择上。他的博士论文选择了春晚这样综合性、跨学科的巨大文本作为研究对象，以致论文答辩时学校要求有一个社会学教授在场。绵延30年的春晚，是当代中国政治、经济、文化的晴雨表，是一个综合性的文化象征，是观察中国的绝佳窗口。以博士论文为基础，师力斌的春晚研究专著《逐鹿春晚》(中国言实出版社2014年1月版)成为春晚研究领域的开创性之作。它勾画了春晚研究的大致疆域，富于启发性地从葛兰西"文化领导权"的视角来观察春晚，洞见纷呈。作者把春晚描述为一个意义协商和谈判的空间，从动态平衡中把握春晚，用"文化平衡"的概念来代替"文化平等"的概念，淋漓尽致地呈现了春晚作为一种"想象中国的方法"的方方面面。书中，作者以一个诗人的细腻，从春晚的细节中阐发出微言大义，尤为令人印象深刻。如他注意到主持人的口头语从"海外侨胞"到"全世界中华儿女"的转变，折射出春晚的大国想象和盛世情结；他还观察到："每年的结束场面富有深意：台上很多演员向镜头举手，像雨后春笋，一种真正的现场感，活生生的，晚会开场以来被镜头忽略的人，这时解放了，他们在明星的后边跳起来，双手挥舞。一些年轻的演员跳得很高，此起彼伏，像海面上跃起的鱼群。"这个细节，是整台春晚在严密控制下松动的缝隙，唯有在这样的时刻，活生生的个人才真实地呈现出来，真实的欢乐也才表露出来，它透露出春晚作为一个巨大的抑制机制的秘密。在谈论1995年春晚倪萍主持的动情节目"采集黄河水"时，他留意到倪萍对来送水的黄河沿线群众的称呼是"朋友"："不叫老乡、同志、大爷，而叫朋友，这是90年代电视主持人在称呼上的一个很暧昧的叫法，它表征着主导话语在身份上模棱两可的态度，既不像同志那样具有革命性的亲切，也不像先生小姐那样生分，而是一个不左不右、关系不远不近的称呼。"师力斌还提出了不少看起来刁钻古怪的问题，如"为什么春晚中知识分子形象缺席？"如"春晚中出现的为什么总是八路军，而不是解放军或红军？"——这"与八路军在当代文化中特殊的位置和主流的叙事有关。在主流的历史叙述中，解放军很少英雄色彩，基本是在大势已定的情况下乘胜追击，而八路军的特殊之处在于它的多重性、结合性，它既是游击战与阵地战的结合，又是民族战争与革命战争的结合，既是国民党与共产党的结合，又是古典传奇与现代神话的结合"。此外，书中对歌曲中"长城"故事的演变、"家庭叙事"的变迁、"钢琴热"、陈佩斯赵本山小品的梳理等，均饶有趣味，新见迭出。

不仅提倡文学介入现实，师力斌自身也积极介入文学现场。他是一个对文学现场充满热情的批评家。他愿意花费精力在数量巨大、泥沙俱下的当下创作场中披沙拣金。他曾自诩"可能是读当下小说最多的人"。在近五年时间里，他发表了近两百篇评论，其中多有长篇重头之作，且总是坚持自己的独立见解。如他对莫言直言不讳地提出批评："不能让人尽兴的是，莫言跑出的思想力度与他的语言速度不成正比，他提炼的思想结晶与巨大的语言体量不成正比。"（《莫言：控制不住的语言》）如果说小说评论多少还与他的职业有关，那么，对诗歌评论的热衷，则更多是私人爱好。2012年春天他在左岸会馆网站发起"七人赏诗会"，每周七位版主值日，每天评鉴一首诗，其中师力斌坚持最久，将近两年时间。他一直在呼吁对新诗进行有效的遴选，建立更有公信力的评奖机制。他还采取统计学方法，对当年的各种诗歌选本进行统计，按照入选次数多少排列出"力斌版"诗歌排行榜，尽管这样的梳理未必能说明多大问题，但至少它让师力斌发现了娜夜这个诗人。诗歌评论是师力斌的当行本色，他的评论是一种"与写作共舞"的评论，其中隐含着"自我写作的参照"这一视角。他发现了娜夜诗歌中的"忧郁"，"这忧郁既区别于悲哀也区别于伤感"，"娜夜总是这样，在立场上决绝，在情绪上婉约，在语言上精致细腻。"（《娜夜：那些危险而陡峭的分行》）他对诗人安琪长诗的解读，是一次诗人与诗人的对话，是一次心灵点对点的碰撞，他发现了安琪在长诗中表现出来的"巫性"，而在结尾又提出了作为诗人同行的忠告："情绪的任性是诗歌的朋友，语言的任性可能是敌人。"（《离开风暴》）不论是小说还是诗歌，师力斌都是一个对当代文学的成绩抱有乐观期待的观察者。作家李锐曾说："人们都不相信眼前的奇迹。"从事当代文学批评的人，往往不是厚古薄今，就是一味推崇西方，而师力斌确信，身边已经出现了了不起的作家，而我们需要做的，是把他们挑选出来。他对贾平凹的《古炉》、刘震云的《一句顶一万句》热情赞扬，认为他们是中国作风、中国气派的大作家。

在师力斌的文字中，常常会蹦出一些神来之笔。他的比拟延伸到开阔的社会生活地带，带有显著的非文学专业的异质性，可以称之为"粗壮的引申"。兹举例如下："文学性像掉进油缸里的鸡蛋一样难以把握"、"文学跟人体一样，起伏是美的重要元素。"（《文学让死难者复活》）"我们应当像警惕装嫩一样警惕假崇高，但也应当像珍视处女一样珍视真严肃。"（《昌耀是个大诗人》）"手机以它毫无商量的方式，管理和约束着人们的生活，无论你在天涯海角，无论你孤单寂寞还是前呼后拥。手机已经成为另一个魔鬼，另一个上

帝。"(《逐鹿春晚》)"安琪仍然让我有痛苦的感觉，就好像小学生
遇到了人大附中的奥数题。"(《离开风暴》)"好诗人是战斗着的自
己的党员。"(《好诗人是艰难的》)"欧阳江河的诗是二十一世纪的
汉赋，是诗歌中的春晚。"(《飞得起来落不下》)"诗歌的高标一直
存在，无法绕行。高标如一面明镜，照出新诗的雀斑。对于当下中
国人来说，遇到诗歌混混的机会，与遇到保险推销员或堵车的机会
一样多。许多新诗小将和网络写手们以为，有了网络这个零门槛和
广阔天地，便可大有作为，有了口水的生理合法性撑腰，便可避开
一切老祖宗的监视，抛弃一切经年陈酿，开怀畅饮了。殊不知，喝
到最后，发现是白水，兑唾沫星子。为了抵达诗意的顶峰，有太多
的秘诀和技艺需要修炼，有时需要付出一生。"(《离诗意有多远》)

　　从师力斌的知识积累和理论主张中，我们隐约可以看到马
克思主义文艺批评的影子。如"无论《李顺大造屋》还是《红高
粱》，'家'这一符号在当代文化中的主角化，与家庭联产承包的
经济制度是同构的。正是由于国家所推动的经济改革确立了家庭的
合法性，家庭才可能大大方方地登上历史的文化舞台。"(《逐鹿春
晚》)"一个优秀的作家还一定是惊讶于历史的变动并能与历史一道
前行的作家，他要有痛苦，但他更要有超越痛苦追寻梦想的能力。"
(《六十岁的青春》)当然，不仅强调文化的经济基础、强调文学与
大历史的关联，同时，他也强调文学技术，强调想象力，强调诗意
的重要性。师力斌操持的批评工具并不新潮，但却仍然有效。从总
体上说，他应该被纳入社会历史批评的派别，而他的一系列实践，
展示了经典马克思主义以及"西马"的自我省察、自我更新的活力。

　　在师力斌总体上高亢的书写中，有时也能看到一些落寞的神
色。他在诗里，仿佛从镜中，看到过自己：

玻璃窗的望远镜看见对面大食堂的鼓风机

没有拆迁的筒子楼包围着一个书生

（《筒子楼静坐》，2014.3.1）

在普遍的沦陷中，一个借助诗歌望远镜观察世界的书生独坐，甚至连一张书桌都已丧失。这样的场景揭示出师力斌评论工作的历史纵深，也构成了对师力斌高亢语调的补充阅读。另一首诗里是同样的情绪，但师力斌并没有被时代的无力感压倒，而是像白居易一样，发现了草的坚韧、恒久：

地铁里7

——中午做饭时，忽来灵感，没记，午睡起来，又未写。至夜深，所剩诗意十之五六，权记在此。今年诗意大不如前，似又一转折期将至。

你是铁路线上的一只蚱蜢
要在城市穿行一生吗？
站在陌生人的背后
高楼大厦里的宁静随风而逝
熟悉的是遥远的地方
月亮是李白的
银行是张三的
你只是草
一种天地间的随意

2010.7.15

2011.1.31 录改

2011.2.5 又改

这首诗写一个广阔时代里普通人的命运。浪漫和现实都不属于他，他是真正意义上的"草民"："你只是草／一种天地间的随意"。在阅读师力斌的诗歌时，我总是更偏爱这些高亢的缝隙里低头沮丧但站在大地上的时刻。

女孩子的花
—— 文珍论

    非常偶然地，我们会被公交车上怀抱鲜花的人打动，又抑或是窗上的水仙，骤然开得热闹，让你忍不住去看它嗅它，瞬间开心得忘乎所以。哪怕我们不用那个俗滥的词"灰暗"去形容生活，鲜花也一定能神奇地超越实存，激起人类本性中莫名的激动——它一定是化成了片状的天使，带着神的体温，潜伏在我们近旁，提醒着更高的存在。

    当我们谈论文珍小说时，不妨从植物学意义上使用"妙笔生花"一词。可以轻易发现，"花"是文珍精神世界的一个枢纽。在她的一些重要作品中，花作为构成小说的元素处处留痕。例如《气味之城》：

        当她还是个小女孩子的时候，穿一身白裙子，站在校园里最高的那棵白玉兰下面，空气芬芳，有飞鸟扑打着翅膀掠过。

    这是小说在回忆生命中最为新鲜明亮的时光——它已掩埋在婚姻之城的沉滞气味里。以白玉兰和飞鸟为背景的女孩子，应该是文珍深刻的青春记忆。在另一篇小说《北京爱情故事》里，类似的场景也出现过：

> 楼前街道边的玉兰花开了，一只白鸟以极其优美的姿态掠过其间。她就站在那花鸟之下，却是一个格格不入的影只形单。

《气味之城》写于《北京爱情故事》之后。表达的冲动压垮了不重复的禁忌，显示了这一场景对于作者的强大诱惑。它或许透露了文珍小说的精神形象：一个清澈如水的女子，面对黑森林一样的现实世界，裹足不前。她希望衔着"一枝花"（文珍多次写到KENZO一枝花）关山飞渡，安全抵达外婆的小屋。在此意义上，花成为文珍抵抗的武器：生活可以污浊不堪，花却总是美丽；如花的年华似滔滔逝水，凝固在笔端的花却可以永开不败。

中国人描画的两种理想天国：桃花源和大观园，都离不开花。栖居在花的世界是文珍小说提供的最高的生活理想：

> 他曾经许诺她和自己的也许是一个真正的城堡，永远洁净、华美、明亮，日影可以直接从窗中射入，而窗边满栽木槿与桃花。墙壁上贴着深白色有暗纹的墙纸，室内有一个很大的喷水池，可以在池边昼夜跳舞，不眠不休。桌子上放一大瓶插满了的百合，以及许许多多新鲜水果。园子里满植大叶栀子、桂花、香樟树，池塘飘着淡绯的睡莲和浮萍。他会拉着她的手跳一整夜的舞，在喷水池边试图亲吻她，她笑着躲开，黑如鸦羰的发边还插着一朵新开的茉莉花，又白、又美、又香，后来跳舞跳了太久，便不知落向何方。
>
> ——《气味之城》结尾

《气味之城》中的理想住所是一座西式城堡，而另一篇小说《我们夜里在美术馆谈恋爱》向往的则是一个中式四合院，不变的是它同样种满花草："我每天侍弄花草。我要种一棵很高大的桂花树，还有栀子，还有腊梅花。夏天的时候可以养一缸莲，冬天时一枝腊梅花静静伸到纸糊上的窗棂外。"

文珍对于花草有一种博物学的兴趣，更重要的是，她使花草的诗意重获如同古典时代那样的敬重，堪称花草的当代知己。把参差多样的花卉集合在一起，构成一个整体性的唯美氛围是文珍"种花"的手法之一，另一种手法则是单种培植。单种花在某篇小说的突出，象征了一种记忆或人格。例如，《第八日》里如火的凤凰花，代表了南方小镇上两个女孩子的童年情谊；《果子酱》里的血橙花，轻盈、盛大，孕育着鲜血一样热烈的果实，它是花中的弗拉明戈，是那个异域舞者的生命底色；《衣柜里来的人》里的格桑花，"极为清秀纤弱的梗，顶着硕大的花冠迎风飘舞"，是漂泊者的象征；还有多次出现的栀子花，颜色洁白，香气浓烈，是典型的南方花，是对南方的怀念；《画图记》里的情场高手宋伟侨被一种纯净、单纯的爱所吸引，这种爱的象征物就是他画下的羊齿草，"从亿万年以来就开始存活的物种，一直绵亘到如今。就好比女子温柔、男子英雄一样理所应当。一样……传统。"以花作为象征物是一种悠久的写作传统，如桃花之于崔颢、丁香花之于李商隐或戴望舒，文珍避开了已被反复摹写的花，提供了新鲜的品种和新的意义勾连。

以上所述，是文珍小说与"花"表层上的关联，花作为一种意象直接出现。从更深层次讲，文珍小说具备"花"的精神。其一是年轻。所谓花样年华，花意味着年轻，文珍小说的精神也很年轻，其反复表达的主题之一是：厌烦停滞无味的现实，向往远方，生活在别处。这个远方的载体在具体叙述中往往落实为拉萨或西藏。现实的象征物则是衣柜或冰箱，总之就是一个箱状物，而我们的生活正在里面变得陈旧、僵死，像一尾冰冻的鱼。她的多篇小说都选择了出走，比如《气味之城》里那个不知所终的女主人，比如《北京爱情故事》里开往拉萨的火车。《第八日》里顾采采逃离现实的方法也是去远方：回到童年，一个人生命的远方。当童年无法慰藉她时，她又开始追寻另一种远方——异样的不可知的生活。七日是失眠的日夜，"第八日"好比出现了"星期八"，像一枚豆芽，拱破了周一到周日周而复始的"生活圈"。小说结尾，长久失眠者顾采采在过山车上睡着了，她梦见了火红的凤凰花和永远年轻的十五岁。哪怕是过山车上的生活也比安稳平庸的生活好，这样的结局，使人想起莱蒙托夫的诗《帆》："而它，不安地，在祈求风暴 / 仿佛在风暴中才有着安详。"这是何其年轻的想法。在文珍更近期的作品《衣柜里来的人》里，"远方"也开始幻灭，"小枚"真的离开衣柜，出发去了拉萨。故事的结局是："我回来了。北京。"如同青春诗人海子那句著名的感慨：远方除了遥远一无所有，这是个遗憾又感伤的故事，像要告别年轻。

其一是洁净。林黛玉在《葬花词》里唱"质本洁来还洁去"，花的美学特质之一便是洁净。读文珍的小说，也能感到一种近乎严苛的精神洁癖。历史与现实中最为难堪的那个部分被她推远，她努力建造一种精致洁净的叙述。我们很难在她的文字里看见时下流行的高度戏剧化、暴力、粗野和莽撞，几乎没有性，没有死亡，没有三角恋，没有父母亲戚，没有世俗社会的出现。中国社会本是一个断裂的社会，在广大的范围内，包括官、商、平头百姓，他们的价值观围绕着钱、权、私利；在另一个相当小的群体里，人们还在谈论纯粹、精神、忘我与超越。如果说前一个圈子是昏黑的土地，后一个圈子就是摇曳的花朵。文珍小说抑制了前一种人群的出现，疏离了世俗话题，专注于精神生活的纯洁度，这使得她的小说也像花一样，不染尘垢。她尤为喜欢白色花，这正是对洁净的要求使然

（有一年过生日，她让朋友们着白衣出席。曲终人散，北京深夜的街道上也落满了白色的槐花）。她小说中的男性主人公，也是些清洁的男子，一律羞涩、克制、心地纯洁，如《第八日》里的许德生、《关于日记的简短故事》里的那个日记男、《场景练习》里的那个高中生、《北京爱情故事》里的那个"他"、《衣柜里来的人》里的"阿七"。作为女性作者，文珍常常藏在男性主人公的身后叙事，实际上，她对这些男人进行了相当程度的提纯操作。

诗人顾城说，你可以采摘玫瑰，但无法采摘玫瑰的香气。花香是一种迷人而无法捉摸的感官体验。文珍的文字风格，我称之为"涂抹式写作"，与花香也有一比。她的叙述是倾诉式细语式的，她重视颜色、声音、光线、气息、味觉、触感，并将之渲染成一种云气氤氲的氛围，仿佛花香，你陶醉其中，却不知所来何自。评论者谈论文珍小说，往往使用"韵味"一词，大概着眼点也在文珍小说这种难以言传的味道。强为之言，或如《色拉酱》里描写的那样：

> 尤其那种跌宕得一塌糊涂的媚态。当它在水果上柔软地坍塌，四处弥漫，再被一块块细意涂抹均匀。我们一起品尝它，便如在春日繁花烟柳下，一起做一次奢华的味觉旅行。

文珍有一种感官天赋，擅长捕捉虚无缥缈的气息、感觉和声色光影，并将之涂抹成小说的整体性色块。她精确描述了生活中的许多味道，如《第八日》里写到混杂在油烟味、烂菜味、泡面味中的"男女欢好后所特有的腥甜味"。《画图记》里写光线："秋天上午的阳光慷慨地透过玻璃窗倾斜下来，她在对面一直笑，不停地说话，眼睛明亮，笑靥如花。他几乎舍不得不看她。她的粉色大衣好像镶了一层淡淡的金边。睫毛也镀着一层金，脸颊上浅浅的茸毛迎着光洁净剔透。"这就是使情场老手为之折腰的"杜乐"，一个因为单纯而发光的女孩子。

文珍的这种才能在《气味之城》里得到集中展现。写婚后生活琐屑无聊已经诞生过一些名作,如刘震云的《一地鸡毛》、池莉的《烦恼人生》。文珍开辟了一个新的观察角度:气味。出差回家的丈夫发现妻子不见了,只留下房间里的各种气味供他探寻、缅怀。空空的房间里,主要是婚姻生活囤积的大量停滞的气体,而最初新鲜热烈的气味,已命若游丝。文珍在小说中分辨了数十种气味,非常少有地伸展了小说家的嗅觉系统。气味是无形的,但却是一种尤其牢固的情感记忆,我们怀念一个人,往往是怀念他的味道,如小说中所言:"时间会过去,事物被遗忘,唯独气息长存于记忆间。"文珍是为虚无缥缈、变幻不定的事物定型的高手。由于丰富的感官的点染,《第八日》《气味之城》《色拉酱》很有点文珍喜欢的电影《穆赫兰大道》(大卫·林奇导演)的气质:浓稠的,交织着声色光影、梦幻与呓语,又天真又明亮。

花还意味着精致与力求完美。帕乌斯托夫斯基提供了那个著名的比喻,文学写作好比锻造"金蔷薇":"我们,文学工作者,用几十年的时间筛取着数以百万计的细沙微尘,不知不觉地把它们聚集拢来,熔成合金,然后将其锻造成我们的'金蔷薇'。"这个比喻的要点是作家应该像手艺人一样打磨作品、锤炼语言。文珍即有一种"汉语的手工艺人"的虔诚,她的语言是精雕细刻的,应是从呕心沥血中来。她化欧化古,形成了一种如同清凉的金属般的语言,细碎而有韧性。值得一提的是,文珍同时也是一个诗歌写作者,而写过诗的小说作者往往更令人信任。中国许多的小说名家,都不太讲究语言,这好比用铁打戒指,式样再宏伟,迟早也会生锈腐坏,比不了真金细银的长久。文珍的语言质地使她区别于众多在传统文学期刊上发表作品的人。

张旭东在《发达资本主义时代的抒情诗人》一书译序中提到,

在本雅明看来，居室里的一花一木、装饰收藏都是为了帮助人们保持住自我灵魂的领地，抵抗外部世界的驱赶和挤压，"可以说，居室是失去的世界的小小补偿"。类似的，也可以说，花是文珍失去的世界的补偿。无论是直接描写花还是在精神上靠近花，都显示了文珍对于现实越来越"非花化"的焦虑。这种焦虑也会不时浮现在她的小说中。在小说《为所有穿上真理外衣的谬误》中，她写道："我卑微渺小的社会责任感仍让我坐立难安，醒来后第一时间就是强迫症地打开手机微博。第一眼看到的就是'湖南永州11岁幼女遭强奸轮奸后被逼卖淫其母申诉被拘留'。第二眼看到的就是'前奥运冠军艾冬梅双脚基本残废含泪出售金牌'。第三眼看到的'夏俊峰死刑立判多名律师奔走无效'。还有好几个给我评论的，打开看，三个都是家人患病求助贴，不辨真伪。"小说描述了一个梦中的精神病院，作者赋予这个世界的花草形象是阴森有毒的："窗边甚至种了森森细细的凤尾竹，茶几旁边又放了一盆绿油油像打过蜡一样的白掌。"这是"花"的另一面，也是文珍小说世界的另一面。这决定了她的文学并非沉溺自恋的文学，而是抵抗的文学。除了那些主要在内心起舞的作品，文珍还有一类直接关切现实的作品，如《夜里我们在美术馆谈恋爱》、《麻西小胡》（发表时更名为《安翔路情事》）、《失车记》等。《夜里我们在美术馆谈恋爱》把严酷的现实压迫编织进柔情旖旎的倾诉中，非常老练地谈论起中国当代的政治与生存，展示了作者思考现实的能力。《麻西小胡》里，两个流动摊贩小玉和小胡的爱情，被庞大的单一的消费主义意识形态所吞吸，这是我们许多人都曾亲历的困境。

种种努力表明文珍绝不甘心只做一个小女人作家。她的小说，一方面写了对洁净和爱的持守，一方面写了它们的反题：在中国，谁能活得体面而自由？她的小说之花是开在废墟上的花，因之更为明丽，且触目惊心。

　　朱光潜在《谈读诗与趣味的培养》一文中，有一个有趣的拿花来比拟小说的说法，不妨引来凑个趣。大意是说，小说里的故事，好比枯树搭成的花架，"用处只在撑持住一园锦绣灿烂生气蓬勃的葛藤花卉"。花架子旧点无妨，要点在于上面是否有好看的花。想想文珍讲过的故事，实在都不能算新鲜，然而，她的小说却不妨是好看的，因她种出了一片清新的"自己的园地"。

　　这一架花是文珍 30 岁之前的作为。朴树在《那些花儿》里唱："她们在哪里？她们还在开吗？"以后，文珍会种出什么样的小说花？

　　将期待给她——为我们凋敝破败的语言。

一颗强劲的灵魂在路上
——安琪短诗论

《极地之境》的封皮是蓝色的，看起来像一块蓝冰，里面封存了安琪十年的心火。它们被文字凝冻、保鲜，一俟翻开，便升腾作势。安琪把自己的诗歌阶段简捷地概括为"长诗福建"和"短诗北京"，这本书便是"短诗北京"的一次集中展示。

大地上的漫游者

从福建到北京，是安琪生命中的一个重要转折。期间种种心路，譬如在刀锋上行走，偶然性决定了一切。只要一次微不足道的偶然性错置，就足以使生命朝向另一种可能。一次访谈中，安琪被问到是否希望别人也模仿她辞职来京，她断然否定。这段经历回想起来可能会感到后怕。偶然性是不可复制的，恰如安琪长诗集的名字：你无法模仿我的生活。

《极地之境》首先是这样一部漂泊者的记录，这些短诗的基础都建立在一段动荡不宁的生活之上。它们都可以被纳入广义上的"游历诗"名下：或者是游历具体地点，或者是游历精神小径。诗歌的内容基本都是旅途的惊奇、"在路上"的所思所想。有许多诗直接以地点为题,如《雍和宫》《卢沟桥》《潭柘寺》《山海关》,另有一些诗直接以时间为题,如《凌晨1点29分》《2010年元宵之夜京城雨雪大作》《今天。秋之已至》《5月30日》。北京阶段的写作安琪自称为"诗日记时期",这个阶段的诗歌承担了更多"记录"的功能,诗人的空间和时间意识尤其自觉而鲜明。《极地之境》的封面上标出了时间和地点:2003—2012,北京;在每首诗的末尾,诗人也详细标出了写作的时间和地点。这种意识正是一种和游历有关的意识,游历者的轨迹在时空坐标系中得以描画,这些外在的特征亦佐证了北京时期诗歌写作个人史的倾向。

作者在《菜户营桥西》(2009年)中这样表白这些诗歌的主人:"我们,在路上的我们,被时间追赶的我们,热爱活着/的我们,并不存在的我们,我们还能要什么?"这些句子里渗透了深广的时间和空间意识。以时空为经纬,安琪将自己的诗歌操作台清理得空阔,一无挂碍,诗人的意志可以在其间自由翻飞,出生入死。这种苍茫的时空感上承屈原之"路漫漫其修远兮,吾将上下而求索",中接陈子昂《登幽州台歌》"前不见古人,后不见来者,念天地之悠悠,独怆然而涕下",下联海子《九月》"我的琴声呜咽 泪水全无/只身打马过草原"。时间和空间交汇为茫茫宇宙中的一个点,这个点就是诗歌主人公的立足点。安琪曾经在诗中提供了对这个微茫个体不无怜悯的俯瞰:在北京冬天渐渐临近的/黑暗中独自一人/享有,灯市口大街/75号,中科大厦/A320/的光亮(《纪念一个在北京黑暗中唯一坐在有光亮屋子的人》,2007年)。诗人之眼如同在空中逡巡的GPS信号,这个独坐的人得以准确定位、扫描。

安琪的游历诗,着重的并非客观存在本身,而是镌刻在这些时间和地点上的人事、情感。这些时间和地点是充分人格化的,它们已经内化为诗人的心理世界,成为作者生命史的一部分。以写于

2004年夏季的《西平庄》一诗为例。这里应该是诗人曾经的租住地，诗歌用白描的手法写庄子的地理位置、庄子的设施短缺，写雨水泥泞，有猪粪牛粪人粪，有棚屋，有胸部下垂的房东，有西瓜三粒一粒浸于水。最后一节指示了西平庄的交通路线："京西郊外，西平庄/从彰化村乘33/至板井村下，换乘347，就可。"这些看起来最客观的诗行，背后隐藏着一双外来者的眼睛。这个外来者有生活情趣，同时不得不接受日复一日的换乘。末节蜻蜓点水般的语调把浮生如寄的感觉传达得恰如其分，使人顿生"人生到处知何似，应似飞鸿踏雪泥"之慨。

本书的同名短诗《极地之境》（2007年），是一次对于漫游经历的总结，也是安琪诗歌中少有的舒缓之作。它把握了一种微妙的分寸，呈现了回乡的复杂心境，在淡淡的语调背后隐藏着创痛："现在我还乡，怀揣/人所共知的财富/和辛酸。我对朋友们说/你看你看，一个/出走异乡的人到达过/极地，摸到过太阳也被/它的光芒刺痛"。这首诗"以异常透明的质地呈现了这个时代众多还乡者的隐秘经验，与旧友相聚的欣喜始终被某种内在的沉痛牵引着。……一个到达极地之境的人成了故乡的陌生人"[1]。诗中要表达的情绪很庞大，语言上反而收敛了，符合汪曾祺主张的"有话则短，无话则长"的写作原则。荷尔德林也曾写过这样的回乡经验："航海者愉快地归来，到那静静河畔/他来自远方岛屿，要是满载而归/我也要这样回到生长我的土地/倘使怀中的财货多得和痛苦一样"（《故乡》）。不同的是，还乡之于荷尔德林是一种信仰，是对神性的靠近。而在《极地之境》里，看不出主人公有对故乡朋友生活的认同，"故乡"仍然是暧昧的，不牢靠的，她似乎随时都可能重新出发，她的命运似乎只能是"在路上"———一旦选择成为异乡人，

---

[1] 程一身：《一个诗人的极地与故乡》，《特区文学》2012年第5期。

就永远是异乡人。

安琪诗歌的游历色彩，并非始自北京。在福建时期的长诗中，就有不少游历诗，而出走北京正是游历的一次自然延伸。细心的观察者发现："安琪一直在大地上不停地游走，每到一处，她都有长诗或组诗产生。我们追踪她 90 年代后期以来的创作，可以说绝大部分作品都与某次诗会、某次游历、某个地名密切相关。"①安琪对历史上那些伟大的出走心向往之，她曾多次提到"出埃及记"，并向摩西致敬。往更远的历史追溯，我们可以在早期诗集《歌·水上红月》中找到一首特异的作品《鸟或者我》："一只鸟其实也是我灵魂的一座坟茔／它漂移着／我不知道哪一座才是我真正的居所"。这首写于 1992 年的短诗，以其尖锐和阴郁，与同一本集子里的浪漫主义吟唱格格不入。把鸟想象为灵魂的花圈或坟茔，一举击穿了安琪早期习作用形容词编织的优美面纱。这只漂移游荡的鸟，负载了安琪对远方和不确定的渴求。它透露了真实灵魂的消息，并在后续写作中增殖、繁衍。它像一道谶语，预言了安琪十年后的选择。离开福建之前疯狂的长诗写作，可以视为灵魂在文字中远行，而当远行的愿望无法被文字所承载时，远行就付诸现实，把安琪转换成 21 世纪的"北漂"。

安琪大规模写作的 20 世纪 90 年代初期，恰好是一个精神宫殿坍塌为"精神废墟"的年代。价值坐标系的崩解使人们普遍丧失安全感。有人自"日常生活"中寻求安慰，有人自"国学"中提取稳心颗粒，而安琪的选择是在一片空空荡荡中，循着时间和空间确定的坐标系进行精神漫游，在历史时空中呼朋引伴："你好，李白／我是安琪，我明天就要到／江油参加一个诗会我知道／那是你的故乡，如果可能的话／请邀请杜甫／白居易前来。在空中／灵魂是不需要

---

① 向卫国：《严肃的游戏》，《诗探索》2006 年第 3 期。

道路的／请你把庞德、艾略特／也一起叫过来。"(《奉节一夜兼致李白》,2007 年)这样的诗句既体现了安琪的自信,也揭示了安琪获得快慰和安全感的源泉。她试图在不断丧失的时代活得尽可能有风度,有灵性的尊严。

中国社会由乡土社会变成现代社会的过程,是一个稳定感不断丧失的过程,轮船、汽车、火车、铁路、飞机,已经把我们驱赶成"没有故乡的人",而 1990 年代以来大规模的打工潮、城市化运动所引发的人口迁徙、家庭离散加剧了漂泊的体验。往更大的范围内追溯,漂泊是进入现代以来人类的整体性命运。在相继经历了"上帝死了""人死了"的精神变故之后,人类成为现代派艺术中的"游魂",最典型的例如挪威画家蒙克的画《呐喊》中,那个捂着耳朵在旷野中游荡的惊悚者。安琪的漫游者形象应在这一宏大的精神背景下进行解读。一方面,她北京阶段的写作是其个人漂泊史的见证,另一方面,由于诗人的敏感,仿佛蝴蝶的翅膀感受到宇宙的风声,她的写作又脱出个人经验,成为民族经验的一种公共表达,成为关于时代与民族命运的巨型寓言。

一台强悍的灵魂发动机

T.S. 艾略特有一个著名的 25 岁论调,即将 25 岁作为一个诗人的精神转折点。作为印证,海子、戈麦的诗歌生命都中止在 25 岁的门槛内。25 岁以后,继续保持一种青春的冲力写诗似乎是困难的。但安琪突破了这个规律,在 25 岁之后,她仍然在一种强烈的天启的力量推动下写诗。25 岁(1994 年),她的诗歌生命才真正开始。

安琪诗歌有一种标志性的急促,它的节奏是亢奋、剧烈的,仿佛被一台强悍的发动机所推搡,源源不断地输送情绪的能量。她的诗歌是喷涌出来的,有着激情澎湃、酣畅淋漓的情绪变奏。陈仲义教授曾经用"吞食了语词的摇头丸"来评价安琪诗歌的语言感觉。这种语言能量在其长诗写作中表现得像狂风暴雨，而在短诗写作中则表现为流畅的节奏，一气呵成的快感，用古典文论的术语来说，就是"文气"特别充沛。安琪的体力是为写长诗准备的，在她的短诗中，可以看到情绪冲力绰绰有余的优裕。用臧棣在《诗道鳟燕》里的话来说，这叫"用写长诗的体力来写短诗"。我们可以发现安琪经常一天写好几首诗，如 2003 年 8 月 1 日写了《像杜拉斯一样生活》等 8 首，2005 年 10 月 15 日写了《内蒙古》等 6 首，2006年 2 月 3 日写了《比之细浪，比之一排发呆的椅子》等 6 首，2008年 4 月 14 日写了《花非花，树也非花》等 7 首。安琪的诗歌能力可以用"才大力雄"来形容。她自述：对我而言写诗是件手一伸就能摘到果子的事。她还曾与人打赌：只要写下三个字"某某某"，她就能写出一首长诗。

写于 2007 年的《我性格中的激烈部分》是关于安琪写作的准确自况：我性格中的激烈部分，带着破坏 / 和暴力，冲毁习见的堤坝 / 使诗歌一泻千里 / 滔滔不绝。我性格中的 / 激烈部分，一触即发 / 它砰的一声，首先炸到的 / 就是我 // 它架起双手，一脸冷酷 / 我一生都走不出这样的气场 / 它成就我生命中辉煌的部分 / ——诗歌！却拿走了 / 完整的躯体 / 我性格中激烈的部分 / 携带着我的命 / 一小段一小段 / 快速前行。这首诗表现了安琪诗歌写作"喷涌"的状态，而那一小段、一小段快速前行的诗歌，"携带着我的命"。作者是把命砸在了诗里，一如她常言："我和死亡之间，还有一首诗的距离。"

安琪赋予这一强悍的诗歌灵魂以多种现实象征物。其一是"快马""烈马"：我说马师傅难道你没有看出 / 我也是一匹马？/ 像我这样的快马在康西草原已经不多了。(《康西草原》，2005 年) 这首可参考另一首《烈马记》(2007 年) 来阅读。其一是"喜玛拉雅的风"：想象一下，风过喜玛拉雅，多高的风？/ 多强的风？想象一下翻不过喜玛拉雅的风 / 它的沮丧，或自得……// 我遇到那么多的风，它们说，瞧瞧这个笨人 / 做梦都想翻过喜玛拉雅。(《风过喜玛拉雅》，2007) 这首诗在诗歌意识上是偏于保守的，回到了舒婷《致橡树》的层级。但是，它的新奇之处在于意象的选择和喻体的设计，在于诗歌的大场面、大气魄。梦想翻过喜玛拉雅的风不惧失败，九死未悔，忍受同类的嘲笑。这是安琪提供的最新的关于不屈人格的写真。它的灵魂性内容使诗歌无比强大，可称之为"巨大的诗"。

精神的强悍使安琪超越了性别视角，即，我们在读她的诗时，不会想到这是一个女诗人的诗。性别视角很难成为观察安琪诗歌的有效角度。安琪的大气不是"女性主义"这个概念所可以容纳的。用"女性主义"来看待安琪，实际上是把安琪缩小了，就好比"网络诗歌"把诗歌缩小了、"青春写作"把写作缩小了。安琪诗歌有在男性诗人中都不多见的大气：写到诗歌对自己的宰制时，干脆制造一个名词"帝国主义诗歌"；写对故乡的感情时，把这种感情命名为"父母国"；写读论语，说"月光如论语"。这种大气魄在一首名为《宴席浩大》(2006 年) 的诗中，展现得淋漓尽致。作者想象在宇宙之间铺设一场浩大的谢罪的宴席，宴请日月山川、所有的亲朋好友："让我在这黑夜铺设的宴席上向你们鞠躬 / 道歉，对不起 / 亲人 / 对不起，朋友 / 对不起，故乡 // 在这梦的宴席里让我宴请日月山川 / 爱恨情仇 / 我是生命不孝的女儿 / 我向死而生"。沉溺于精神事业的人难免在世俗生活中亏欠亲人，这首诗在宏大的想象中寄予了深深的愧疚。它类似于海子《面朝大海，春暖花开》中的"从明天起，和每一个亲人通信"，但比海子走得更远。这种广阔而勇敢的精神能量是安琪提供给当代诗歌的财富。

安琪诗歌灵魂的强悍还体现在她拥有超强的消化和转换能力。有论者曾将之喻为"恐龙胃"和"一匹特殊的布"："织布的材料既有柔韧的丝线，也有坚硬的石块或钢铁，总之诗人遇到什么就织入什么，但它最后仍然不失为一匹布，随着布匹的展开，其色彩、图案、质地每一秒钟都出人意料，永远令人惊奇不已。"①她的长诗充分展现了这一能力，在短诗中，也屡屡牛刀小试。如《黄昏破了》（2006年）对艾略特之"黄昏麻醉"的重新书写，《用一只手按住西风》（2006年）对雪莱《西风颂》的续写，《出埃及记》（2009年）对于《圣经》典故的化用。《北京，终于有点南方了》（2006年）写到北京5月的雷雨，结尾引用骆一禾的诗句："多年以前骆一禾说：那五月天空的雷霆不会／将我们／轻轻放过。"这一借用令人拍案叫绝。它不仅以一种恰如其分的轻巧提升了全诗，也复活了骆一禾原句的神韵。尽管安琪多次自述对中国古典传统不在行，但在她的诗歌中，凭借一种天然的敏锐，对古典资源的转化常常妙不可言，如《阴山在后》（2005年），是对《敕勒歌》的一次现代续写："而阴山在后，我不知道敕勒川在哪里／风吹过来／我把头低了下去／／他们说，牛羊真的不见了／他们说，牛羊遍布，尘世人间。"草原上已经没有牛羊。当我在风中低头时，我就是牛羊，而这样的牛羊遍布人间。这里面有一种"人为刀俎，我为鱼肉"的辛辣味道。人们把换工作称之为"跳槽"，而"槽"即是牛马吃食的容器，跳槽和"做牛做马"这个词是相通的，和安琪诗中的"牛羊"是相通的。联系安琪在另一首长诗里的感慨："从一粒沙开始攒／从一块砖开始存／40年来第一次有了当房奴的机会应当珍惜／相爱的人要齐心供奉政府的巨胃／在自己的祖国节俭一生！"（《悲欣交集·房奴》，2011年）我们更能理解诗中况味。

安琪提供的经验是尖锐的、刺痛的、不谐的，而非温柔敦厚的（在2013年6月于首都师范大学举行的安琪诗歌研讨会上，学者刘艳曾提到安琪感觉上的尖锐性与萧红类似）。这种尖锐甚至使

————————
① 向卫国：《目击道存》，《青海社会科学》2004年第1期。

人联想到"凶悍"，她对于自己的审视、对于现实的度量是单刀直入、不由分说的，她往往倾向于提供灾难性的、令人不适的意象、情境，如：

> 我们看见月亮像白血病患者惨淡的脸——《菜户营桥西》（2009年）
>
> 沉睡中你看到她在一个面孔模糊的莲蓬头下 / 就着一把刀把自己拉成阴 / 阳，两半。——《幻想性生活》（2008年）
>
> 这一年是公平的，她吞下了生铁 / 以便使自己站得更稳——《打扫狂风》（2006年）
>
> 你只需在锈了的地方 / 让痛，抓紧锈掉。——《锈》（2006年）
>
> 他们在说，而那盏灯在冷 / 而陌生的墙壁预谋倒塌，而地预谋陷裂 / 空中预谋更大的灾难因为他们在说爱情 / 飞机笑了，控制不住掉了下来。——《他们在说爱情》（2005年）

在此背景下，有时候偶然出现一首柔情旖旎的诗就尤其令人动容，如《鼓浪屿》（2006年）："譬如有一艘夜里不动的船，白天不动，风里不动 / 雨里也不动，譬如你走上去，看见船上的路曲折起伏 / 类似波浪移居大陆，你打电话给它，你叫它 / 亲爱的，天凉了，空气湿度百分百 / 你喊它好人，美人，你牵它想它把它当作 / 百分百的亲人 / 譬如这艘船突然心念一闪晃了一晃，尽管只是 / 微微的，轻轻的，柔柔的 / 你依然眼眶潮红，你在这艘船上爱过一个人 / 他离去时风不动，雨不动，白天不动 / 夜里动。"诗里的鼓浪屿成为爱情的证人，见证了爱情的开始与深入、柔美与甜蜜，而当爱情结束时，那种刺痛的感觉使地心震动。天若有情天亦老，鼓浪屿心念闪动的时刻，是否会迅速苍老？在柔美婉曲的节奏中，饱含地老天荒的沧桑，使人忆起热泪盈眶的青春爱恋，这首诗实在是安琪不多的爱情诗中的精品。

文字是一个人灵魂的标本。它留下的不仅是游历的时间地点记录，还有灵魂的温度。在安琪的文字中，保留了一颗强悍灵魂的呼喊、喘息、低徊与自我疗救。臧棣在《诗道鳟燕》中提到："一首长诗建构起来的文学史秩序固然可敬，但五十首短诗开辟的文学史秩序可能更胜一筹。从德鲁兹的角度看，一首长诗容不得自身有任何褶皱，也总要弥合自身的缝隙。但一首短诗延伸到另一首短诗时，在此过程中出现的文学史褶皱和美学缝隙，却为诗的创造力提供了充足的机遇。"这一论断，对于如何判定安琪北京时期短诗的地位是有启发的。安琪曾经期许自己的长诗即是"个人的生命记忆史"，而以"诗日记时期"名之的北京短诗，暗含了这一长诗的定位。这些短诗丰富而跌宕，忠实呈现了灵魂的波动与褶皱。或者，北京短诗也可视为一部长诗，这部长诗的名字叫"北京的安琪"。

疏离感：对世界的惊奇

安琪曾经多次强调要"保持一颗先锋的心"，先锋意味着不断领跑时代的敏感，不断更新对于世界的感知，像"头痛远远跑在头的前面（《东山记》，2001 年）"那样，作为时代的病痛症候，和世界拉开距离。安琪诗歌通过与世界、与自我的疏离，保持了自身的新鲜活力。通过保持审视的距离，她在诗歌中发明了与别人不一样的世界，正如卡夫卡那句著名的现代写作纲领所言："无论什么人，只要你在活着的时候应付不了生活，就应该用一只手挡开点笼罩着你的命运的绝望……但同时，你可以用另一只手草草记下你在废墟中看到的一切，因为你和别人看到的不同，而且更多……"

安琪的诗歌常常表现出和世界之间如同玻璃一样的隔膜，如：

"列车驶过时 / 窗外的山，山上的草，居然纹丝不动 / 寂寞啊 / 寂寞，寂寞离我不远 / 就在车窗外。"（《七月回福建的列车上》，2004 年）在某个瞬间，会产生身处何地何世的荒凉感："公交寂寂，地铁寂寂 / 你这异乡人为何还在北京？"（《除夕有感》，2011 年）这种疏离感更多地表现为一种对自我的严厉质询，一种内在的分裂和自我审视。写于 2008 年的《我》是关于"我"的精神画像，也是一首向庞德致敬的作品，是对庞德广为人知的短诗《地铁车站》的扩写。《地铁车站》全诗只有两句：人群中这些面孔幽灵一般显现；/ 湿漉漉的黑色枝条上的许多花瓣（杜运燮译）。《我》将这两句中的意象进行了充分拓展，对《地铁车站》进行了安琪式的解读：这些面孔被称之为毕业于"新幽灵系"，像煎饼一样被捆绑在专制之树上，变得枯萎、僵硬，而诗中的惊人发现是"我"也是其中一员："已经多久了你们这些毕业于新幽灵系 / 的面孔看起来疲惫、无力，我不得不承认，我 / 也是其中一员！"这首诗展现了现代城市里灵魂的单一化和平面化（类似于马尔库塞所说的"单向度的人"），以及人的自由被政治或资本的独裁力量所抹杀的残酷。诗中的"面孔"已全然丧失了人的立体性和丰富性，只是城市流水线上的一颗标准螺丝，而悖谬的是，"我"因为对"我"的归属的省察而超越了这一归属。

《戒色生涯》（2007 年）起于观看电影《色戒》，第一人称"我"在后半部分分裂出一个"她"，看电影的人同时成为被自己看的人，这是一次自我抚摸与自我哀怜。由于"我"和"我"分裂、疏离，读者也同时拥有一个上帝般的视角，而哭泣的被看者就此得到抚慰与平息：她一直无法让人看见，我不止一次 / 看见她在公车上、人群中，恍惚的 // 出神的脸，我想分出另一个我，去陪她 / 默行、阅读、感伤、呆坐、无奈 / 苍白、蜡黄、乌黑、青紫、暗红。

书写主体与世界和自我的距离感，带来对世界的重组与发明。与世界和自我的不协调，推动安琪在诗歌中一次次发动话语的革命，打乱常见的现实逻辑，带来视界的更新。她由此创造了独属于她的角度："河流在河边吃草"（《绝对一粒粮食都没有》，2006年），"我想把雨从树叶里揪出问问它／那不言语的某人可曾让你早生华发？"（《雨从一片树叶跳到另一片树叶》，2006年），《如果将树看成蜡烛》（2006年），"心脏比我能干，它先于我开出郁闷列车，隐隐／或隆隆，一直向外，试图冲破胸腔并进而／进驻到它想要的新站"（《心脏里的新站》，2006年）。

写于2006年的《乌黑的圆圈和皮》，是一次因为与世界的疏离而获得的惊奇。诗人从17楼的住处往下望，"那一根根移动的，套着白布，顶着／乌黑圆圈的难道是我的同类：人？"这是安琪的变形记，人的形象是：套着白布，顶着乌黑圆圈的柱子。然而"你"却绝不等同于这些柱子，极易辨认，因为"你乌黑的圆圈中有一块留出的空地覆盖以怵目惊心的／皮"。这首诗跌宕起伏，隐含着冷幽默，大概是汉语新诗中迄今最为成功的对于秃顶的描写。这个走来的男人或许是她的朋友，或许是她的亲人，也在这种冷淡的观察中，被隔离入另一个世界，那是幽默的领地，如米兰·昆德拉所言，道德审判被延期的领地。

深刻的疏离感使漫游者安琪不可能不陷入"彻骨的绝望"，以及孤独。在安琪诗歌中，并没有一个可靠的精神支点供她停泊，她也拒绝在诗歌中为自己发明一个巨型幻象。她所拥有的，除了清醒，还是清醒。海子曾经试图建立一个农耕文明的家园，顾城则试图从禅宗的"无我"中获得安慰，但在安琪诗中，没有出现这样的终极安慰，她的世界始于碎片，终于碎片，满地荒芜，无从清扫。安琪有几首游历寺庙的诗，在《大觉寺》（2005年）里她写"可以把它作为我的出生地"，在《潭柘寺》（2004年）里她写"好像回到了我的来处"，这表明她对寺庙的亲近感，正如"诗"字的半边即是"寺"。但寺庙并不能给她真正的安慰，更不能据此认为作者有信仰佛教的倾向。在另一首名为《雍和宫》(2003年)的诗里，诗人说得很清楚："看见和被看见都不会静止不动/看见不会使灵魂安宁/被看见不会使生命真实"——寺庙和她，还是"你是你、我是我"的关系，她不可能真正地皈依佛教，对于宗教，同样是挥之不去的陌生感。在故乡、亲情等要素上，诗人也有过触景生情式的停留，但并无一以贯之的兴趣。

诗歌或者说文字，成为安琪唯一的见证。安琪的写作具有内心独白的性质，它是一种与自我交谈的仪式。在这种持续的交谈、自省中，安琪建立了自己的神灵——一个醒着的灵魂。这大概是无神时代陷入荒诞的个体能获得的唯一拯救，如同加缪在《西西弗的神话》中揭示的那样。安琪在1995年的长诗《未完成》中即对加缪意义上的西西弗产生认同："仿佛永无中止，他推/他的一生就在绝望中快乐。"当西西弗开始认清并正视自己的命运时，这同时意味着一种得救。在周而复始的循环路上，一个清醒的自我作为唯一的神被建立起来。不停息地怀疑、自省、内视、更新，这正是现代之为现代的题中之义，也是安琪诗歌作为"先锋文学"的精神底色。

词语：从巡视到凝视

正如吴思敬教授在安琪诗歌研讨会(2013年6月，首师大)上指出的，探讨安琪诗歌，不能不提到强调语言实验的漳州"新死亡诗派"。安琪的语言风格构成了"新死亡诗派"诗歌探索的一部分。安琪在2004年10月《回答探花关于诗歌写作的六个问题》网帖中提到："对诗歌语言，我很幸运地出道于漳州诗群，漳州的写作对语言技术的要求简直到了走火入魔的地步，每一句都往不说人话的方向走。"她还自述，那时她挂在嘴上的话是：诗歌就是造句和不说人话。这种对于语言本体的重视，可以视为1980年代的实验文学精神在 1990 年代初期漳州小城的回响。这种语言意识的确立对初入道的诗人至关重要，确立了诗人之为诗人的基本素质。而安琪也的确在语言方面表现出过人的天赋。诗人格式曾以"词语的私奔"来形容安琪诗歌。评论家陈仲义指出，安琪诗歌中语词搭配的革命性甚至可以称之为"乱伦"。在北京时期的短诗中，安琪仍然一如既往地展示着她对于词语得心应手的指挥权：

> 宝拉着贝，快步穿行在天桥的 / 下午——《在天桥的下午》（2007 年）
>
> 处在莫名的其妙不可言的此生中——《突然》（2006 年）
>
> 拐个弯撞见姥姥，我说，给我理想，我要深入 / "什么？"姥姥问，"离乡？"——《拐个弯深入理想》（2006 年）
>
> 秋在轻轻身上蔓延，轻轻，有多轻？ / 犹如四两拨千斤。——《秋在轻轻蔓延》（2006 年）

第一句是对词语的"棒打鸳鸯"；第二句是将词语强行拆散后使之"再婚"；第三句则利用谐音在"理想"与"离乡"之间建立相互指涉的关系：对于我来说，离乡是理想，对于外婆来说，外孙女的理想则意味着惨痛的离乡；第四句的第一个"轻轻"是副词活用为名词，第二个"轻轻"可以是名词，也可以是副词，第三个"轻"则是形容词，轻轻的连续使用和下一句配合起来，营造出美妙的音乐效果，仿佛秋天正踮着脚尖降临人世，这两行是诗的开头，它们过于高妙了，以至于后续的句子根本无法与之接续、匹配。

在福建时期的诗歌中，往往是一个词语带出一个词语，一个能指通向另一个能指，词语在文本中旅行，是不及物的，和现实情境关系不大。随手举一个例子："玫瑰是太古老的承诺 / 转眼就要流成灰烬"（长诗《节律》，1995 年）这句诗里的"玫瑰""承诺""灰烬",并非生活中的实存之物,而是来自于经典文学的意象。这样的诗句在福建时期的写作中比比皆是,使她的诗歌呈现凌空虚步的姿态,仿佛"云上的日子"。福建时期的语言态度集中体现在安琪那一时期的短诗代表作《明天将出现什么样的词》中。这首诗的前两句是:"明天将出现什么样的词/明天将出现什么样的爱人"。词和爱人并置,并最终合二为一,体现了安琪和词语恋爱的狂热。诗人的明天,也就是每一天,都包含着词语自动涌现、自动带出的期待。对于语言的过分迷信、对于能指自动流泻的放任,给安琪福建时期的诗歌写作带来了某些弊端,正如陈仲义指出的:"安琪过于迷信语词'全息'的自我生长、自我增殖;固执语词的完成便是思想的完成,乃至语词绝对大于思想。恰恰在大量语词的自我嬉戏中,削弱了某些可以更为深入聚焦的历史文化含量,由于迅捷滑过而浅尝辄止;在流动的堆积中,失之晦涩与零乱。"①

北京生活对于安琪来说,既是生活的调整,也是诗歌观念的调整。早期对语言的执迷态度开始后撤。诗人在 2004 年的一次访谈中说:"任何艺术,语言都是很重要的。但最终决定质量的应该还是灵魂,或感动与震撼的力量。众多人造景观又怎能和实物相比呢,语言就是人造景观,灵魂是实物。"②在《帝国主义诗歌》(2006)中,她写道:"哦,快终止这诗歌的秘密/快意,快让生活穿上生活的外衣进入/生活。"2011 年 11 月,安琪在湛江师范学院的讲座中更是谈到:生命第一,生活第一,身体第一。这些迹象显示了安琪诗歌观的转变。充满伤痛的北漂经历使生活强行突入进安琪的诗歌,使安琪的笔触从云端降到地上。和福建时期不同,安琪诗歌开始由具体而微

---

① 陈仲义:《纸蝶翻飞于涡旋中——安琪诗歌论》,《厦门职业大学学报》2004 年第 3 期。

② 转引自罗小凤:《安琪的词语实验》,《诗刊》2009 年 11 月上半月刊。

的名词主导，这些名词直接对应于现实生活中的存在物。诗人开始在现实规定性的基础上使用词语，词语享有有限度的自由，像一只风筝，线牵在"第一世界"即实存世界的手中。这个时期的诗写是"睁眼看世界"，在意真实生活的质感，在意具体而真实的伤痛、琐事，词语获得了充实的生活内容，而不仅仅是在文本中漂流与传递。

从这个意义上说，安琪北京时期的短诗写作可以视为对福建时期弊端的一次自我纠偏。在长诗《每个人手上都握有开关》（2008年）中她写道："亲爱的我承认，这一回合我输了，果实还在枝上／我跳得过高，一下子摘到了星辰。""长诗福建"犹如摘星之旅，而北京时期的安琪调整了自己跳跃的高度，摘到了生活的果实。

非常粗线条地描述（当然难免挂一漏万、以偏概全）：安琪福建时期的作品倾向于在经典文本中旅行，诗思的迁移、推进在话语、观念中进行，非常快的节奏使词语一闪而过；北京短诗的节奏相对于一般诗人的写作，节奏是快的，但对于安琪本人而言，节奏已经减缓，她开始注重拉开词的密集度，给予词语更多的关注。这种转变或可借用诗人赵思运的一个形容："从汪洋恣肆的大海转为大地上的深井。"[1] 如果说福建时期的安琪对待词语的姿态是"巡视"，那么北京时期就是"凝视"。这种凝视使诗歌的表意空间显得清朗明澈，神足气畅。行文至此，不由揣想：如果安琪用今天写短诗的笔法写长诗，会是怎样的结果？

不敢妄言"长诗福建"和"短诗北京"孰高孰低，但可以肯定的是，北京时期的短诗中确乎诞生了一些经典作品。除了那些已经广受赞誉的诗歌，以下诗名值得在文章结束时再度提起：《西平庄》《鼓浪屿》《乌黑的圆圈和皮》。它们还不太为人所知，但它们自身的完美性将有效抵御时间，而成为"画好的天堂"（庞德语）的一部分。

---

[1] 赵思运：《史诗的崩溃与日常生活的深入》，《中国文学研究》2012 年第 1 期。

第 三 辑
经 典

略论黄庭坚诗中的"颜色"

胡兰成在《民国女子》里记载了张爱玲的许多奇思，有些是关于颜色的，比如她说："桃红的颜色闻得见香气。"又形容苏青的脸："她的脸好像喜事人家新蒸的雪白馒头，上面点有胭脂。"这样关于颜色的直觉无从理论，只能归于山川岁月的钟灵毓秀。颜色是世界的妆容，我们和世界相爱或相弃，往往从颜色开始。不同的颜色体认对应于我们看世界的态度和我们所处的时代。《儒林外史》第一回，王冕被雨后的景物触动而立志成为画家：

> 王冕放牛倦了，在绿草地上坐着。须臾，浓云密布，一阵大雨过了。那黑云边上镶着白云，渐渐散去，透出一派日光来，照耀得满湖通红。湖边上山，青一块，紫一块，绿一块。树枝上都像水洗过一番的，尤其绿得可爱。湖里有十来枝荷花，苞子上清水滴滴，荷叶上水珠滚来滚去。

这是一个清丽的农业中国，花红柳绿，水白天青，万物皆有情有意，颜色是单纯、宁静、专注的。进入工业社会以后，颜色开始变得混杂，暧昧不清，表现在艺术中，典型的如当代作家残雪的小说里，颜色甚至是令人作呕的：昏黄，霉绿，惨白，死灰。

魏晋南北朝诗，以枯瘦的风格居多，所以谢灵运"池塘生春草"的丰腴感性令人印象尤深。颜色是感性的外溢和扩充，随着社会文明的进展也在慢慢漾开，到唐宋时达到全盛，至宋已似风情万种的少妇。宋词建造了一个姹紫嫣红的世界，人们被黑白水墨画所压抑的对于色彩的渴望在文字世界里得到极大满足。宋诗如同宋词，对颜色词的使用亦表现出相当的偏好。常人印象里以议论说理见长、风格劲瘦的宋诗如果从"颜色"的角度来考察，实则亦是风姿摇曳，华丽万方。王安石诗《木末》云："木末北山烟冉冉，草根南涧水泠泠。缲成白雪桑重绿，割尽黄云稻正青。"后两句连用四个色彩词，构成了一幅明丽的季节图景。朱熹之"等闲识得东风面，万紫千红总是春"可视作对宋诗绚丽色彩的总括。

宋代是一个异常注重色彩的时代。画家皇帝宋徽宗即位后，大大提升了画家的地位。他亲自参与国家画院的工作，在全国范围内招考画师。一个流传甚广的传说是：有一回考题是"嫩绿枝头红一点，恼人春色不须多"，众画师皆在纸上涂抹红绿，唯有一名画师在绿树间画一亭阁，上立一女子。此人后被选中。这道考题要考察的已经不仅是对颜色的表层理解，更要应试者深入颜色的神韵。从形似到神似，这庶几乎可以称作汉语文化的精髓，也是中国画的黑白传统存在的理由。

黄庭坚作为宋诗的代表性人物之一，诗中分布着大量的颜色词。这构成了他的一个写作特色。如写荔枝和名为"荔枝"的酒的，红绿两相映照，蔚然成趣："王公权家荔枝绿，廖致平家绿荔枝。试倾一杯重碧色，快剥千颗轻红肌。"① 又如《招隐寄李元中》全诗 14

---

① 黄庭坚：《山谷诗集注》，任渊等注，黄宝华点校，上海古籍出版社 2003 年版，第 332 页。后文页码标注皆本于此书。

句，有 9 个颜色词：青出蓝，翠气，朱颜，苍梧，白驹，青牛，紫凤，白鸥。（P1232）

黄庭坚诗中许多颜色词的使用，直接来源于汉语中"对仗"的传统，即所谓"妃青俪白"，或对联知识中所谓"黄对白，黑对红，碧草对青松"。如黄诗中惯用"青—白"对："看镜白头知我老，平生青眼为君明"（P1086），"白云曲肱卧，青山满床书"（P615），"江山千里头俱白，骨肉十年终眼青"（P30），此"青—白"对亦在唐诗中易见，如杜甫之"别来头并白，相对眼终青"，"白日放歌须纵酒，青春作伴好还乡"，李白之"青山横北郭，白水绕东城"。

还有黄诗中惯用的"黄—白"对："白发生来惊客鬓，黄粱炊熟又春华"（P723），"杜陵白发垂垂老，张翰黄花句句新"（P613），"昨梦黄粱半熟，立谈白璧一双。惊鹿要须野草，鸣鸥本愿秋江"（P17），"白屋可能无孺子？黄堂不是欠陈蕃"（P521），"白蚁战酣千里血，黄粱炊熟百年休"（P775）。杜甫诗中则有"一个黄鹂鸣翠柳，两行白鹭上青天"。杜诗此句中的"黄鹂、白鹭"皆是单纯的自然之物，而黄诗里的"黄粱""黄花""白璧""白屋""黄堂""白蚁"等皆附带典故，比之杜诗的用法更为曲折隐晦，此间差别或也可视作宋诗与唐诗的风气之别。

黄庭坚诗歌里经常出现的颜色有：白（银），黄（金），青，红（朱）（赤），紫，绿（碧）（翠），黑（乌）（苍）等。如：

> 深闺洞房语恩怨，紫燕黄鹂韵桃李。（P233）
>
> 何为红尘里，颔须欲雪白？　　　（P252）
>
> 我无红袖堪娱夜，政要青奴一味凉。（P278）
>
> 白发永无怀橘日，六年惆怅荔枝红。（P330）
>
> 青山得意看流水，白鹿归来失旧僧。（P458）
>
> 紫茸知蚕老，黄云见麦秋。　　　（P608）

篱边黄菊关心事，窗外青山不世情。（P614）

青春白日无公事，紫燕黄鹂俱好音。（P657）

道上风埃迷皂白，堂前水竹湛清华。（P723）

黄流不解浣明月，碧树为我生凉秋。（P725）

白发霏霏雪点斑，朱樱忽忽鸟衔残。（P836）

青衫乌帽芦花鞭，送君直至明君前。（P1068）

老农哪问客心苦，但喜粟粒如黄金。（P1078）

金母紫皇开寿域，炼成天地一炉沙。（P1094）

不如去作万骑将，黑头日致青云上。（P1233）

紫燕黄鹂驱日月，朱樱红杏落条枝。（P1239）

绿发朱颜成异物，青天白日闭黄垆。（P1257）

日华长在红尘外，春色全归绿树中。（P1260）

　　蓝色的使用比较少见，有"赤栏终日倚西风，山色挼蓝小雨中"（P841）和"山光扫黛水挼蓝，闻说樽前惬笑谈"（P578）之句，其词《诉衷情》有"山泼黛，水挼蓝，翠相挼"之句。"挼蓝"又作"揉蓝"，宋人多有使用，意思是浸揉蓝草而生出汁水。将山水之色比之于"挼蓝"，和白乐天"春来江水绿如蓝"异曲同工。按照黄诗旧注的说法，"挼蓝"的使用始于王安石（P841），但另一则旧注则指出，白居易诗《春池上戏赠李郎中》即有句：直似挼蓝新汁色，与君南宅染罗裙（P578）。

　　"红"字在黄庭坚的诗中除形容花或用于"红尘"外，还经常性地被用来形容因为喝酒而脸色红润，似重返少年；如"皱面黄须已一翁，樽前犹发少年红。金丹乞与烦真友，只恐无名帝籍中"（P845），"风尘点汙青春面，自汲寒泉洗醉红"（P224），"非复三五少年日，把酒赏春颊生红"（P246）。东坡亦有诗："寂寂东坡一病翁，白须萧散满霜风。小儿误喜朱颜在，一笑那知是酒红。"对"醉颜红"的描写可视为当时的写作时尚，同一时期的晏几道即有著名的"当年拼却醉颜红"。

颜色在中国的文化传统里很早就被等级化，成为具有独立内涵的象征符号。留学生都知道"中国红"，而对"红"的尊崇在周朝即已确立，《礼记·檀弓上》载："夏后氏尚黑……殷人尚白……周人尚赤。"《论语·阳货》里，孔子说"恶紫之夺朱也"，正是要维护周朝的正统，后世作家金庸亦本此塑造了《天龙八部》中阿紫、阿朱的形象。近世京剧里黑脸、白脸、红脸的颜色分配，不同的颜色代表着既定的角色特征；在20世纪的共产主义革命中，"红"代表革命，而"白"代表反革命；20世纪80年代，"蓝色"代表先进的海洋文明，而"黄色"代表落后的大陆文明；20世纪80年代初期，蒋子龙有一个被称为"改革文学"的名篇：《赤橙黄绿青蓝紫》，他其实是要用这五颜六色象征生活的多样化和开放性。颜色的象征指向在不同时代也可能发生根本性变化，如黄色在中国传统中长期是皇家的专用色，代表着尊贵，但在英语文化的影响下，当下却指向色情，成为"扫"的宾语。

与上述不同的是，在黄庭坚的诗里，颜色并不是在象征的意义上使用，也不存在等级化的区分，而且内涵相对稳定。黄庭坚的颜色基本是依附于名词作形容词使用，如"紫燕黄鹂""黄菊""白发""白云""白鸥""黑头"等。他的颜色词基本是事物的本色，使用什么颜色决定于那个名词本身是什么颜色。在意象的运用方面，他有一个大致稳定的语义系统，比如"白鸥"固定性地代表一种"隐逸"的理想，而"红尘"或"黄尘"则代表现实的混乱和重负。他很少独立使用颜色，少见的一次是在《次韵柳通叟寄王文通》（P193）一诗中，将"朱"独立活用为动词："心犹未死杯中物，春不能朱镜里颜。"仅仅这么一次，就产生了美妙的新奇感觉，使之可以和王安石那个著名的"绿"相提并论："春风又绿江南岸"。颜色词在黄庭坚的诗中还没有被解放出来，活力还没有被充分激发，这不能不看作是他在诗意开掘方面的一块未开垦的处女地，也给后人留下了诗意创生的空间。

黄庭坚诗歌中就颜色的使用而论，较有特色的一首当数《六月十七日昼寝》：

> 红尘席帽乌靴里，想见沧州白鸟双。
>
> 马龁枯萁喧午枕，梦成风雨浪翻江。

这首诗的颜色非常鲜明：红、黑、白三色。红尘、乌靴、白鸟三个意象构成了一副凝重、诡异的画面，"马龁枯萁"和"梦成风雨"似梦非梦，似真似幻，有点现代派文学的感觉。红、黑是重色，白是轻逸的，正好对应于现实的沉重和想象的飘逸。"红尘"一词见于班固《西都赋》："阗城溢郭，旁流百廛。红尘四合，烟云相连。"《昭明文选》里，《西都赋》的注提到李陵有诗"红尘塞天地，白日何冥冥"，李陵的诗应该是描写当年的一场沙尘暴，而班固的"红尘"则是描写在夕阳下俯瞰长安市井的感觉，和宋词中所谓"暮霭沉沉楚天阔"相类。由于市井的繁华，长安的黄土扬起，在夕阳下看来是红色的，后来"红尘"就用来指代俗世生活。在黄庭坚的诗中，"红尘"有时也用"黄尘"来代替，如"黄尘逆帽马辟易，归来下帘卧书空"（P234）。"席帽乌靴"代表官场公务的羁缠，在另一首诗《息暑岩》中亦如是使用："闻道九衢尘作雾，乌靴席帽如馈蒸"（P1145）。诗中"白鸟"（白鸥）的意象也多次出现在黄庭坚的诗中，代表远离机心的田园生活理想，如"江南野水碧于天，中有白鸥闲似我"（P23）"公诚遣骑束缚归，长随白鸥卧烟雨"（P810）。"白鸥"是古代诗歌的一个常见套路，如李白《江上吟》："仙人有待乘黄鹤，海客无心随白鸥。"杜甫《奉赠韦左丞丈二十二韵》："白鸥没浩荡，万里谁能驯。"其内涵由《列子·黄帝》中的这则故事框定：海上之人有好沤鸟者，每旦之海上，从沤鸟游。沤鸟之至者百住而不止。其父曰："吾闻沤鸟皆从汝游，汝取来，吾玩之。"明日之海上，沤鸟舞而不下也。

此诗前两句写困于俗务而向往隐逸自由的生活，后两句写在朦朦胧胧的午睡中受马吃枯萁的声音影响，梦见了风雨和浪。这是一种让人感到亲切的生活经验：被外界的响动所干扰的脆弱浅表的睡眠。诗歌表达了对隐逸生活的极度向往，但也要注意到：白鸟是平和的东西，而"风雨浪翻江"则是一种很令人不安、很动荡的图景，其实也并非完全吻合于安宁的隐逸理想。这种动荡可以理解为是乌靴象征的俗务带来的无法缓解的压力在梦境的体现，反映了作者紧绷的神经；还可以理解为表达了作者对于隐逸生活能否达到的某种近似绝望的情绪。诗中，马吃枯萁和诗人的午休并置，同为奔波劳碌的生命中途短暂的休整。一次不安宁的睡眠也如同一次带着苦味的咀嚼，诗人何尝不是像马一样茫然呢？

和这首诗相近的一首诗，可以看作对此诗的补充说明，对照来看：

《呈外舅孙莘老二首》之一

九陌黄尘乌帽底，五湖春水白鸥前。

扁舟不为鲈鱼去，收取声名四十年。

（P249）

"外舅"即岳父。这首诗是庆祝孙莘老光荣退休，赞颂他在尘世"收取声名四十年"之后，终于迎来了春水白鸥的生活。从诗中或许也能体会黄庭坚对于"隐逸"的态度。所谓"生活在别处"，"隐逸"只是作为一种心理上的调节，并不是真的想过陶渊明那样的生活——咿咿呀呀讲唱"隐逸"的人大多还是很看重现世功名的，毕竟为稻粱谋是人生第一要务。现实中，黄庭坚终生都被仕途的风波所缠绕。崇宁元年（1102年）他受命领太平州事，六月九日到任，六月十七日即被革职。此后，便一直在流放中，直到1105年去世。《六月十七日昼寝》作于元祐四年（1089年），而十三年后的"六月十七日"恰恰构成黄庭坚仕途的转折点，这样的巧合不能不使人联想到所谓"诗谶"。

《六月十七日昼寝》的魅力在于颜色组合的奇特和想象迁移的奇特，还有一个新鲜之处是它题材的特别：写公事之余的午休，似乎可以让我们窥见古代官衙的一角，进入古代官员的日常生活场景。古代文人一般同时即是官员，但就笔者有限的阅读范围而言，他们在诗歌里涉及上班情况不多。黄庭坚的这首诗补充了这类题材的缺乏。

更重要的是，这首诗典型代表了黄庭坚诗歌中最具特色的倾向：内倾，内省，向内看，静观内心，孤独自省。黄庭坚给人印象最深的诗句往往是那些孤独个体对于世界的打量："近人积水无鸥鹭，时有归牛浮鼻过"（《病起荆江亭即事十首》其一），"唤客煎茶山店远，看人获稻午风凉"（《新喻道中寄元明用觞字韵》），"别夜不眠听鼠啮，非关春茗搅枯肠"（《宜阳别元明用觞字韵》），"俯仰之间已陈迹，暮窗归了读残书"（《池口风雨留三日》）。他不像李白那样对外扩张，也不像杜甫那样有一个"国"，他更多地作为一个脆弱的文人存在。诗歌之于他，成为个人心灵的载体，一种脆弱而真实的灵魂的吟唱。他汇集了那个时代所能提供的关于心性修养的思想资源，如宋代理学、禅宗、老庄之学，熔铸到自己的诗和人生哲学中，为心灵的困境提供一种解决方案："养心"之道。正如他在《戏效禅月作远公咏》一诗中自我表白的那样："胸次九流清似镜，人间万事醉如泥。"——不问世事得失，重要的是锤炼一颗清醒广阔的心灵。惠洪《石门文字禅》卷二十七载："山谷初谪，人以死吊，笑曰：'四海皆昆弟，凡有日月星宿处，无不可寄此一梦者。'"在接二连三的打击中（除了仕途蹉跎，他还两度丧偶），山谷正是倚仗内心的修为度过漫漫长夜。这大概是当下一些诗人（如肖开愚）热爱黄庭坚的原因之一吧，因为我们同样面临这样一个个体软弱无力的时代，需要培养内心的力量，就像诗人柏桦表述的那样："当我赠与世界的力量渐渐减弱，我已把它唤回并集中在自己身上。"①

《六月十七日昼寝》将略显尖锐的心灵颜色投射在诗歌的用色和物象选取上，越出了"温柔敦厚"的诗教，不免招来非议。清人薛雪《一瓢诗话》里评论它："马龁枯萁喧午梦，尤觉骇人。"袁枚《随园诗话》批评它"落笔太狠，便无意致"。在历代选家那里它收获的忽视远远多于受到的重视。它的美妙要到"个人"受到更多尊重的今日才能为我们领会。

这首诗对颜色的使用还开创了一种可称之为"颜色的三角架"模式，即在相近的句子里出现三个颜色词，形成分布上的不平衡。在《六月十七日昼寝》里是"红、乌、白"三色，在《呈外舅孙莘老二首》之一里是"黄、乌、白"三色，在他的另一首名诗《登快阁》里，是"朱、青、白"三色："朱弦已为佳人绝，青眼聊因美酒横。万里归船弄长笛，此心吾与白鸥盟。"人们一般用"千丈寒藤绕崩石"来形容黄庭坚诗歌的奇崛，言其"如断崖古松，气象森严"②。这种三角架模式也有助于人们形成关于黄诗的这一印象。"三角"从颜色的对偶出现上来说，是一种奇崛，不对称；而从稳定性

---

① 柏桦：《左边——毛泽东时代的抒情诗人》，江苏文艺出版社 2009 年版，第215 页。

② 张鸣语，见张鸣选注：《宋诗选》，人民文学出版社 2004 年版，第 243 页。

上来说，又堪维持。这正如黄庭坚的书法，初看似乎摇摇欲坠，但总能保持平稳，稳中有险，险中求稳，韵味便在这将坠未坠之间产生。

类似的采用了这一"颜色的三角架"模式的黄庭坚诗还可举例如下：

> 山寒江冷丹枫落，争渡行人簇晚沙。菰叶蘋花飞白鸟，一张红锦夕阳斜。（《和李才甫先辈快阁五首》之一，P840）
>
> 青阴百尺蔽白日，鸟雀取意占作窠。黄泉浸根雨长叶，造物着意固已多。（《和答师厚黄连桥坏大木亦为秋雷所损》，P620）
>
> 仕路风波双白发，闲曹笑傲两诗流。故人相见自青眼，新贵即今多黑头。（《次韵盖郎中率郭郎中休官二首》之一，P657）
>
> 蛛蒙黄画屏初暗，尘涩金门锁不开。六十余年望雕辇，赭袍曾是映宫槐。（《和谢公定河朔漫成 8 首》之一，P605）

以上列举的《和谢公定河朔漫成 8 首》之一描写的是宋真宗在缔结澶渊之盟（1004 年）时所住的行宫，使用了"黄、金、赭"三种颜色，整个色调是富贵而昏暗的，呈现的是蒙尘的宫殿的感觉，同样有点现代派意味，表现了一种岁月沧桑的空虚和荒凉。"赭袍曾是映宫槐"，是刻骨的想象，路边的宫槐是历史的镜子，曾经照见过皇帝暗红的袍子，连它都在默默期待真实的衣裾重临，而在上者恐怕早已将澶渊之耻弃置脑后。诗歌作于元丰元年（1078 年），距澶渊之盟 74 年，云"六十余年"当是为了避开当今神宗朝[①]。时山谷 32 岁，正当壮年，尚有雄心，故对国势衰颓寄予叹惋——这

---

① 孔凡礼、刘尚荣选注：《黄庭坚诗词选》，中华书局 2006 年版，第 43 页。

并非自作杞人，在山谷死后 22 年，宋朝迎来了同样由北方敌人赐予的"靖康之耻"（1127 年）。以表现力论，此首堪与《六月十七日昼寝》媲美。

黄庭坚诗中颜色的使用还有一种比较有趣的情形，就是"谐音颜色对"：

> 百年双鬓欲俱白，千里一书真万金。（P1078）
> 清谈落笔一万字，白眼举觞三百杯。（P1247）
> 红烛围棋生死急，清风挥尘笑谈闲。（P1246）
> 岩中清磬僧定起，洞口绿树仙家春。（P482）

"白—金"从字面、读音上看，是颜色的对称，但从意义上看，却并非颜色的对称。"清—白""红—清""清—绿"中的"清"读音同于"青"，从读音上构成了颜色的对称，但从意义上看并非颜色的对称。这近似于一种语言游戏，体现了汉语的丰富性，从中似乎可以体会到山谷的顽皮和"逞才"的快意。

任渊在《黄陈诗集注序》中说："大凡以诗名世者，一句一字，必月锻季炼，未尝轻发，必有所考。"在经过唐诗的兴盛之后，诗歌留给宋人发挥的空间已经不多了。宋人作诗，是不断地对前人典籍的重写，讲究"无一字无来历"。诗的体式是固定的，语汇也几乎都是前人现成的。读诗比较少、对诗歌了解不多的人，很难辨别诗的高下，因为放眼望去，意象、构思、句式大同小异。只有从整个诗歌发展史进行横向纵向的比较，才能确定一个诗人的位置。那么多人写诗，为什么有些人就被称为大诗人，而另一些人的诗则默默无闻乃至湮灭？宛如布料和衣服的大小都已经规定好了，你如何裁剪出有自己风格的衣服？所谓"别出心裁"，对于旧体诗的写作来说是一个特别贴切的形容。创新无非体现为词与词的排列组合、想象力的奇特、意境的高远、题材的开掘、精神境界的超妙等。以上对山谷诗中颜色使用的分析多少能看出山谷一些有特色的努力。旧体诗在宋以后盛况不再，和它的创新空间越来越小有直接关系。至晚清黄遵宪的诗，尝试用旧体诗的形式容纳越来越变动不居的现代生活内容，已有捉襟见肘之窘。旧体诗转换为新诗，恰恰体现了诗意的表达要求冲破了体式的约束。固定款式的衣服已经不适合身体生长的需要，所以改穿了任意剪裁的自由装。

　　新诗和旧体诗相比，在颜色的使用上开掘了更广阔的空间。比如开始广泛将颜色当作独立的名词使用，挖掘颜色的象征含义；出现了更多的颜色种类和各种各样的杂色、渐变色，而且，颜色也经常作变形、夸张处理，不必要一定忠实于事物的本色，颜色词多层次的活力得以激发。例如，旧体诗中很少出现灰色，多是鲜明的颜色，而新诗诗人顾城在一首名为《感觉》（作于1980年7月）的诗中，就是拿"灰色"做的文章：

　　　　天是灰色的
　　　　路是灰色的
　　　　楼是灰色的
　　　　雨是灰色的

　　　　在一片死灰之中
　　　　走过两个孩子
　　　　一个鲜红
　　　　一个淡绿

博尔赫斯小说中的几何

博尔赫斯是一个以建造迷宫著称的作家，但他的小说却给人留下了清晰明澈的印象。美国批评家约翰·厄普代克评价说："这些他在头脑中构思的短小篇章具有一种坚不可摧的恰切，他练成了把模糊的观念和更模糊的情感澄清为具体形象的本领。"[①]中国作家余华也说："鲁迅和博尔赫斯是我们文学里思维清晰和思维敏捷的象征。"[②]这种"清晰"的效果是如何达到的呢？它与博尔赫斯的几何学思维有关。

几何学（或者扩大点说数学）意味着优美而清澈的点、线、弧，意味着平面与体积。它的特点便是直观、清晰，将现实世界解释为一些可以描画、可以把握的确切无疑的模型。我还记得自己的亲身感受。在经过了模糊、含混、暧昧、言不达意的大学四年文科教育之后，突然特别想念高中时解答几何题的日子。多么清晰明白，那些优美的图形在给了我们一个完满的答案之后，证实了思维美妙的

---

① 约翰·厄普代克：《博尔赫斯——作为图书馆员的作家》，《博尔赫斯文集·诗歌随笔卷》，海南国际新闻出版中心 1996 年版，第 294 页。

② 余华：《温暖和百感交集的旅程》，见同名文集，上海文艺出版社 2004 年版。

胜利，真是令人怀念——我们混沌莫名的生活，永不能给出这样一个确凿无疑的解答。

博尔赫斯小说的几何学是一个屡屡现形但很少被关注的论题。最明显的例子存在于《死亡与罗盘》中。这篇侦探性质的小说，其核心结构由两个几何图形构成：等边三角形和菱形。已经发生的三起凶杀案的地点构成了一个等边三角形，但侦探从种种迹象推断，凶手最终的目的是构成一个菱形。于是他赶往可以与前三个点构成菱形的第四个点去缉捕案犯，不料却落入了案犯设下的陷阱。原来这一切都是预谋好的，前三起凶杀案不过是诱饵。案件的发生地最终组成了一个菱形，而被害者正是侦探本人。这便是人们津津乐道的博尔赫斯的迷宫之一，但实际上它并非什么迷宫，不过是两个简单的几何图形的转换而已。

类似的情况还存在于《巴别图书馆》《阿莱夫》《曲径分岔的花园》等名篇中。它们都提供了宇宙的某种几何模型。《巴别图书馆》把宇宙想象为"一个数目不明确的，也许是无限数的六面体回廊所构成的"图书馆，小说所有的叙述都是由这一核心想象生发开去的。《阿莱夫》则以"一个闪亮的小圆球"来代表宇宙，这个小圆球存在于空间某一个特定的点上，其内无所不包，无所不有。《曲径分岔的花园》则"是按照崔朋的想象而描绘出的一个不完整、但也不假的宇宙图像。与牛顿和叔本华不同，您的祖先不相信单一、绝对的时间，认为存在着无限的时间系列，存在着一张分离、汇合、平行的种种时间织成的、急遽扩张的网"。小说《圆形废墟》带有创世神话的色彩，一个巫师从河里爬到一座废弃的神庙，他的使命是要在梦中制造一个人。历尽艰难，这个梦中的人——他的儿子——终于造出来了，而且被神灵赋予生命。他和真实的人一模一样，只有火知道他是一个幻影。巫师打发儿子到河流下游的另一座神庙去。过了段时间，他听下游来的船夫谈论他的儿子，说他有特异功

能，能在火上行走。巫师很忧虑，他怕儿子通过深入的思考而醒悟
自己只不过是一个幻影。这种忧虑有一天突然中止。那一天，巫师
居住的神庙起火了，他发现他也不怕火——原来他也是一个别人梦
中的幻影。他人在梦中造了他，他又在梦中造了另一个人，以此类
推，以至无穷。一个人笼罩着另一个人，这篇小说的几何构架是一
个"俄罗斯套娃"。与此类似，博尔赫斯的诗歌名作《棋》的想象
路径也是"俄罗斯套娃"式的："是上帝移动棋手，棋手移动棋子 /
又是什么上帝，在上帝背后设计了 / 这尘土、时间、梦幻和痛苦的
布局？"（王央乐译本）在这些作品中，几何模型是博尔赫斯用以想
象世界的一个直观方法，也是博尔赫斯用以发射想象的平台。

　　博尔赫斯的几何学还体现在他对某些几何原理的借用上，这些
几何原理往往被认为是博尔赫斯小说富于哲理性的证明。比如在他
的著名小说《沙之书》中，他写到了一本页码无限的书，这本书像
沙子一样无始无终，页与页之间总还有其他的页冒出来。小说在开
头部分即阐述了一些几何基本原理："线是由一系列的点组成的；无
数的线组成了面；无数的面形成体积；庞大的体积则包括无数体
积……"尽管作者接下来说："不，这些几何学概念绝对不是开始我
的故事的最好方式。"但显然，故事就是依据这些几何学概念展开
的，幻想的合理性也是建立在这种几何无限性上。小说中作者还极
其幽默地想象："我想把它付之一炬，但怕一本无限的书烧起来也无
休无止，使整个地球乌烟瘴气。"在小说《秘密奇迹》中，一个正
要被执行死刑的剧作家向上帝请求再给他一年的时间以完成自己的
剧作，上帝恩准了，这样"德国人按时的枪弹从发布命令到执行命
令，在他的思想里延续了整整一年"。本来只有一两秒钟的时间长
度，却被拉成了一年。这里面有古希腊哲学家芝诺的影响。博尔赫
斯在他的论文《时间》里，曾提到芝诺的一个著名悖论：运动物体
在桌子的某一点上，为了达到另一个点，必须先到达它路程的一半；

要到达这一半，又必得先到达一半的一半，如此类推，直至无限。因此，运动物体永远不能从桌子的一端到达另一端。[①] 这个悖论同样是基于几何无限性。它合理解释了何以《秘密奇迹》中的子弹轨迹有可能无限延长。

作为更深层次的对于几何的借用，博尔赫斯的几何学还体现在他对于几何美学——对称和平衡——的追求上。

博尔赫斯的小说非常讲究对称。在谈到如何创作《玫瑰色街角的汉子》时，博尔赫斯说："希望这篇小说真实生动，如在眼前，并且使故事像一种图表或对称的图形一样发展。……弗兰西斯科·雷亚尔在同一道门前叫过两次：第一次是为了进去吓唬人，向他所找的男子汉挑衅；第二次是为了死。这种对称的另一个例子是升起来的窗扇：先扔出去一把刀子，后来又扔出去一具尸首。"[②] 这篇小说写的是街区混混在舞厅里寻仇决斗的故事，弗兰西斯科·雷亚尔挑战罗森多·华雷斯，后者退缩溜走。结果，叙述者"我"——一个无名小卒杀死了弗兰西斯科·雷亚尔。可以将这篇小说对称的情况图示如下：

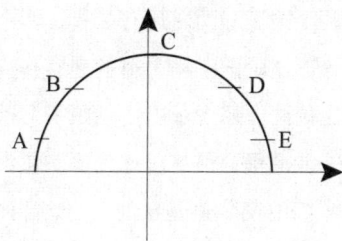

A 点：代表挑衅者弗兰西斯科·雷亚尔第一次叫门。

B 点：代表从窗子里扔出去一把刀子，被挑战者罗森多·华

---

① 《博尔赫斯文集·文论自述卷》，海南国际新闻出版中心 1996 年版，第 191 页。
② 同上书，第 147 页。

雷斯的刀子。

C 点：代表小说潜在的高潮点，小说叙述者"我"重创了弗兰西斯科·雷亚尔。

D 点：代表从窗子里扔出去一具尸体，挑衅者弗兰西斯科·雷亚尔的尸体。

E 点：代表弗兰西斯科·雷亚尔第二次叫门，这时他已生命垂危。

其中 A 点与 E 点对称，B 点与 D 点对称。连接它们的抛物线代表的不是时间的进程（如果是这样就难以解释为什么 E 点发生在 D 点之前，反而被放在了 D 点的下方），而是小说的情节坡度，它意味着小说从两个方向向中心、高潮（C 点）聚拢，呈对称形式一起辅佐高潮点 C 的出现。C 点在小说中没有直接描写，而是被藏在背后，只通过转述若隐若现。

"对称"的结构方法在博尔赫斯小说中被广泛运用。博尔赫斯写了一系列展示自我分裂的小说，如《博尔赫斯和我》《我和博尔赫斯》《两个博尔赫斯的故事》等都是在对称中展开叙述，有一种对称的美感。像《两个国王和两座迷宫》里，两个国王的行动构成了鲜明的对称关系：巴比伦国王用人造的迷宫作弄阿拉伯国王，阿拉伯国王攻破了巴比伦国，俘虏了巴比伦国王。他把巴比伦国王丢到了上帝的迷宫——沙漠里，最终巴比伦国王饥渴而死。小说《吉诃德的作者彼埃尔·梅纳德》也是在与"《堂吉诃德》的作者"的比照关系中展开的。当然，以上谈到的只是很具体的结构上的对称。从更广泛的意义上说，"对称"是贯穿整个博尔赫斯幻想小说的理念。"镜子"是博尔赫斯小说的核心意象，镜子标识的就是镜前的现实与镜中的镜像的对称；进一步说，如果把博尔赫斯的大脑比喻成一面镜子，那么现实和幻想也构成了镜里镜外的对称关系。在《特隆·乌克巴尔，奥尔比斯·特蒂乌斯》里，博尔赫斯就虚构了一个特隆世界，与现实世界构成了对比、对照关系。

平衡是和对称相关联的一个概念。博尔赫斯对平衡的重视是与他的对称思想联系在一起的。小说《第三者》描写一个女人介入一对兄弟的生活，最终被哥哥杀了，是一个"平衡——打破平衡——恢复平衡"的过程，追求平衡成了故事发展的动力。在他的幻想小说中，他对自己的幻想进行了节制。他自认为这受惠于英国小说家威尔斯。在谈到写作《阿莱夫》时，博尔赫斯提到了他："我想起了威尔斯的见解。他说，在一篇描述幻想事物的小说中，如果想让读者的头脑接受故事，就只应许可一次描写一种幻想的事物。例如，威尔斯虽然只写了一本关于火星人入侵地球的书和一本关于一个英国隐身人的书，但是他才智过人，以他的学识，他是完全可以写出一部关于一支隐身人部队侵犯我们星球的长篇小说来的。"[①]为什么威尔斯不进行"叠加想象"呢？博尔赫斯没有解释，不过，应该与追求平衡有关。如果幻想只有一重，就恰好与现实构成了对称平衡关系。如果幻想有两重或多重，则会造成失衡，其造成的不舒服的感觉大概与一个人在镜子里看见两个自己的不舒服的感觉是一样的。博尔赫斯吸取这个经验，在创作中有节制地想象，注重幻想与现实的平衡：在他的作品中，神奇事物总是非常巧妙地嵌入平淡的日常生活中，神奇和日常不是断裂的，而是一体两面的。

几何学是深入博尔赫斯小说骨髓的东西，是博尔赫斯小说内部的工程支柱。墨西哥诗人帕斯对此似乎早有觉察，他在《在时间的迷宫中——博尔赫斯》一文的结尾部分凭直觉评价道："这些作品是罕见的完美作品，是文字和精神对象，根据一种既严厉又充满幻想、既理性又任性、既坚固又晶亮的几何形成。"

有一则关于德国数学家希尔伯特的逸事：他身边有一个很出色

①《博尔赫斯文集·文论自述卷》，海南国际新闻出版中心1996年版，第145页。

的弟子，有一天，友人发现弟子不见了，就问希尔伯特，希尔伯特回答说："他想象力不够，我让他当诗人去了。"在希尔伯特看来，数学甚至比文学更需要想象力，他本人就曾经提出过"希尔伯特的旅馆"这一著名的数学模型，同时也是一个美妙的文学想象：这是一家拥有无数个房间的旅馆。数学和文学都是对现实世界的提纯，都致力于创造一个美的世界，在清澈的理性之美和氤氲的感性之美中间，并不是没有一条相通的道路。博尔赫斯用自己的写作实践证实了这一点。

马尔克斯：明亮热烈的加勒比匠人

马尔克斯的文字有一种纯银真金的质地，闪烁着金属的热烈光芒。即使透过翻译的帘幕，也能听闻他锻字炼句的叮当之声。他是一个精心对待语言和叙述的作家，其精细态度使人想起过去年代的手工艺人。尽管他的西班牙语同行博尔赫斯和胡安·鲁尔福同样拥有讲究的语言，但他们只写作中短篇小说，而马尔克斯把这一对语言的经营铺展到多部长篇作品中，因而显得更为才大力雄，正如南京作家韩东评价的那样，马尔克斯"既是一个干体力活的作家，同时又是一个非常精细的能工巧匠，他的每一部作品都经过仔细推敲"。

马尔克斯在最初的文字生涯中想成为一个诗人，他曾坐着有轨电车反复兜圈读诗，以度过百无聊赖的大学周末。开始写小说的时候，他延续了诗人的语言态度。他写作有一个怪癖，即手边总是放着"伸手可及的五百张稿纸"，只要打错一个字就要换一张稿纸。他觉得打字错误或涂改，都是写作风格的失误。这种讲究从侧面印证了他对待语言的严肃态度。在最艰难的时候，他甚至一天只能写出一行字。马尔克斯的传记作者达索·萨尔迪瓦尔说："《百年孤独》的作者并非一直写得那么好，他那简洁明快、有条不紊、富于启示、铿然有声的文笔，是艰苦磨炼和长期探寻的结果。"马尔克斯的语言是精雕细琢的，总是去掉虚浮、无用的词语，尽量选用精确的名词和动词，使叙事只剩下实质内容。他不会允许庸俗的道德感、浮浅的感伤、虚假的浪漫情调等有害因素来干扰小说艺术的实施。看看他是怀着怎样冷静的精确来描写一场大屠杀："人们走投无路，形成一个巨大的旋涡，渐渐向中心缩拢，因为机枪子弹仿佛不知餍足又条理分明的剪刀，正像剥洋葱似的将周边有条不紊地逐一剪除。"[①] 更难得的是，他可以操持多种风格的语言，并在每一种风格上都登峰造极。一种风格以《一个遇难者的故事》《没有人给他写信的上校》《六点钟到达的女人》《礼拜二午睡时刻》等小说为代表，简练明晰，朴实清丽，可以见出马尔克斯作为一个记者的职业修养；一种风格以《百年孤独》为代表，华美缠绕，神秘而带有命定的语调，散发着热带植物的气息；《族长的秋天》是第三种风格，是梦幻的呓语式的文字喷涌，既是诗歌也是音乐。马尔克斯的巨匠气质最鲜明地体现在他的语言能力上。

马尔克斯自述是因为想证明"我这一代人是能够出作家的"而走上写作道路。因为怀着这种使命感，马尔克斯对自己的写作提出了严格的内在要求。他的作品往往经过了多年准备和反复修改：《百年孤独》从18岁就开始构思，断断续续写了20年；《族长的秋天》写了17年，两易其稿，第三次才写成功；《没有人给他写信的上校》写了9次；《一桩事先张扬的凶杀案》酝酿了30年。他说："一个想法经不起多年的丢弃，我是决不会有兴趣的。"在小说成品经受时间考验之前，小说的素材和构思已经接受了时间的筛选。将马尔克斯的自述、访谈、传记与他的小说比照，可以看出他是一个个人经历与小说内容高度对应的作家。他终生都在打磨自己耳闻目睹的素

---

① 加西亚·马尔克斯：《百年孤独》，范晔译，南海出版公司2011年版，第266页。

材，在反刍自己的童年，在把个人体验升华为精神产品。这反映了马尔克斯的明智：小说应尽可能建立在现实的基础上，一个作家只能写自己能写的。他曾经坦率承认："没有本人的亲身经历作为基础，我可能连一个故事也写不出来。"他是一个高度依赖素材的作家，并在不同的小说中拼贴同一素材。如为斩断一次恋爱，母亲带女儿出远门；眼瞎的老祖母发现孙女恋爱的秘密；被埋入坟墓中的人尚未死去；苦苦等待退役年金的退伍老兵；与小女孩发生性关系的老人。他的小说中曾反复出现青少年被成年女人引诱的情节，这可能根植于马尔克斯的童年经历：他12岁时去一家妓院办事，被一个妓女拉入昏暗的房间强奸。《百年孤独》是一次素材的集大成，此前和此后的作品，其专注的素材许多都在这本书里涉及。

《百年孤独》以其盛名形成了对作者其他作品的遮蔽，这使得马尔克斯常常对它避而不谈。1982年马尔克斯在与友人门多萨对谈时，列举了到那时为止自己看重的三部作品。一部是出版于1961年的《没有人给他写信的上校》，这部受海明威风格影响的小说塑造了一个永远等不来退役年金的倔强的上校形象，其不妥协的精神颇似《老人与海》，要论雕刻人物，这部小说可能是马尔克斯最成功的作品（作家格非认为这是马尔克斯最好的作品）。一部是出版于1975年的《族长的秋天》，这是马尔克斯走得最远的一次写作实验，小说分六章，每章篇幅在40页左右，不分段，无句号，只有奔涌而出的语流。每章开头都从发现独裁者的尸体写起，仿佛一首歌词中复沓的部分。整部小说像一首长诗，一支多声部的曲子，一个独裁者的内心剖白及围绕着他的种种声音在一条河里流淌。如果说《百年孤独》尚可由人力达到，那么，《族长的秋天》完全是天籁，是一次写作的飞翔。一部是出版于1981年的《一桩事先张扬的凶杀案》，这部小说描写的是发生在1951年的一件真实的凶杀案，在咀嚼30年后，马尔克斯用一次完美的叙述复现了这一案件。

作家以强有力的控制实现了自己的写作意图，叙述严丝合缝，滴水不漏，其小说技艺已达炉火纯青之境。

马尔克斯与门多萨的谈话录名为《番石榴飘香》，番石榴是拉美有代表性的水果，这样的书名喻指他的写作加工素材正犹如从番石榴中榨取汁液，使那些根植于个人经验的作品成为加勒比地区文化、人格风貌的代表。马尔克斯不仅创造了马孔多小镇，还创造了一个热情而神秘的拉丁美洲。没有去过拉丁美洲的人，将会依据马尔克斯小说来想象拉丁美洲。他的热情和高亢烘烤着所有文字。尽管他的小说中充满了死亡和时间的残酷，但却显得明亮，有一种热带人的勇猛与豁达。他酷爱描写充满原始力量的性爱，这时世界就像海子的诗："人类和植物一样幸福 / 爱情和雨水一样幸福"（《活在这珍贵的人间》）。他的作品不是"幽闭型"的，而是通往天空与海洋。《百年孤独》中写家族败落，但是写得生机勃勃："夜里，两人相拥在床上，蚂蚁在月光下激增的响动，蠹虫搞破坏的轰鸣，杂草在邻近房间里持续而清晰的生长之声都无法令他们产生惧意。许多次两人被鬼魂的忙碌声吵醒。"[1] 这样的段落可以见出马尔克斯的胸襟：在永恒的自然中，人类不能过于顾影自怜。写布恩迪亚上校去世那天的太阳："在他嵌鱼尾的时候太阳出来了，射出炽烈的光芒如帆船破浪般吱嘎作响。"[2] 把视觉转换成听觉，为太阳的升起赋予声响，这真是富有加勒比色彩的感受。伴随上校去世的是如此辉煌的太阳，死亡也显得轻微了。

在反思《百年孤独》中的人物为何孤独时，马尔克斯提到，那是因为他们不懂得爱情。在 1982 年以后的写作中，爱情成为马尔克斯试图提供的宗教。出版于 1985 年的《霍乱时期的爱情》是马

---

① 《百年孤独》，第 355 页。

② 《百年孤独》，第 234 页。

尔克斯篇幅最长的长篇，写一个男人到老都在追求一个女人，最终他们用七八十岁的躯体在一艘船上做爱，并且希望这艘船永不到达。这个追求了53年7个月零11天的男人看到的女人体是"仿佛装着金属骨架的胸部""肋骨被包在一层青蛙皮似的苍白而冰凉的皮肤里"，但这并不妨碍他们像初恋情人一样热恋。小说强调了超越时间和肉体的爱情，是一本非常理想主义的书。10年后出版的中篇小说《爱情和其他魔鬼》写一个神父爱上他的驱魔对象——一个12岁的小姑娘。这对情侣没有实现他们的爱情愿望。被剃了光头、被折磨致死的小女孩，死后头发依然在生长，多年后挖掘墓穴的工人看到"一束生机勃勃的深铜色长发从墓窟里泄出来"——那其实是不屈的生命意志。在马尔克斯的笔下，生的意志、性的意志、爱的意志总是战胜了一切颓丧。《霍乱时期的爱情》结尾说："这份迟来的顿悟使他吓了一跳，原来是生命，而非死亡，才是没有止境的。"

在世界文学的版图上，马尔克斯提供了一个"忧郁的热带"。他写热带的雨，热带的动物和植物，河流以及吊床，尘土飞扬的小镇和匪夷所思的现实；他写决斗的人，尊重对手家眷的人，放纵狂欢的人，乱伦的人，有血性的人，在权力中陷入孤独的人；他写腐烂的政治，幽灵游荡的宅院，心怀绝望的人民。他的小说里，有敌人，有残暴的人，但没有猥琐的人，没有简单机械的人。他笔下大部分人是可爱的，有一种认真生活的神情。比如《百年孤独》里费尔南达的父亲，这个假装门第高贵自认为圣徒的人，死了也认认真真地把尸体寄给女儿。马尔克斯塑造了典型的加勒比性格，尤其是塑造了地母一样的女人。

俄国作家帕乌斯托夫斯基在他的名著《金蔷薇》里，形容作家的工作像从尘土里筛选金屑，用以打造能予人幸福的金蔷薇。这正是马尔克斯的形象。斯人已逝，至少，我们今天还能手持几朵完美的金蔷薇，纪念这个迷信、豪爽、言谈夸张的加勒比匠人。

召唤一座幽灵宅院:《百年孤独》与老宅

　　哥伦比亚作家达索·萨尔迪瓦尔的《马尔克斯传》[①]是一本以老宅开头又以老宅结尾的书。它的开头第一段是:"1952 年 3 月初,加夫列尔·加西亚·马尔克斯随母亲去阿拉卡塔卡镇,出售他诞生于斯的外祖父母的老宅。这次故乡之行,正像多年以后他再三说过的那样,也许是他文学生涯中具有决定性意义的事情。"这本传记以《百年孤独》大获成功收束,在全书的最后一段,作者再次强调指出,马尔克斯的写作是为"'返回'阿拉卡塔卡镇的老宅,返回流逝的时光","进入那些长年累月游荡于老宅的幽魂的国度,并与他们和解"。本书原名《回归本源》,它的叙述主线便是将马尔克斯在文学道路上的成长描述为一次朝向童年的回溯,年岁的增长与心灵的回顾构成一种"交叉跑动",如同 T.S. 艾略特在诗中所言:"我们将不会终止我们的探寻 / 我们所有的探寻的终结 / 将来到我们出发的地点 / 并且将第一次真正认识这个地点"。

　　如此为马尔克斯写出《百年孤独》的前半生定调体现了传记作

[①] 达索·萨尔迪瓦尔:《马尔克斯传》,卞双成、胡真才译,上海人民出版社2008 年版。

家对传主言论的尊重。马尔克斯曾坦言,《百年孤独》产生于他着魔般的想回外祖父母老宅的念头。与大幅拔高《百年孤独》的象征含义相比,马尔克斯自己可能更倾向于一种平实的解释。在1983年的访谈录《番石榴飘香》①中,他说:"评论家在小说家的作品里找到的不是他们能够找到的东西,而是乐意找到的东西。……《百年孤独》根本不是什么一本正经的作品。""我只是想艺术地再现我童年时代的世界。"(第103、104页)在同一本书中,马尔克斯提到了童年的宅院对他刻骨铭心的意义:"我记得最清楚并经常回忆的不是我家里的人,而是我和我的外祖父母曾经居住多年的坐落在阿拉卡塔卡的那幢房子。至今,它仍然是使我神魂萦绕的一种梦境。不仅如此,每天早晨,当我睁眼醒来,我总感到我梦见自己正呆在那幢房子里。我感到我并不是回到了那儿,而是本来就呆在那儿。"(第14页)1952年,25岁的马尔克斯和母亲一起去卖掉这所宅院,只是在物理上斩断了和房子的关联,而心理上的联系却贯穿一生。自21岁即已开始的《百年孤独》的写作可以视为对这一精神性债务的清偿。通过写作,马尔克斯试图把自己从关于那座宅院的记忆中解放出来。

从宅院的角度重读《百年孤独》会打开一些新鲜的面向。我们可以看出,尽管在纵向的时间轴上,一家七代人频繁地更迭,但在横向的空间轴上,空间的腾挪却极其微小,其人物活动的中心地点始终是布恩迪亚家的宅院。自始至终,整部小说可视为一座宅院的兴衰史。在小说开头家族的盛年,这座"雪白如鸽子的新家"得以扩建成形,它在参观者的眼中显现:

> 建村元老的儿孙们依次参观了摆放有欧洲蕨和秋海棠的

---

① 加西亚·马尔克斯、门多萨:《番石榴飘香》,林一安译,三联书店1987年版。

长廊，各个安静的房间，弥漫着玫瑰芬芳的花园，最后来到客厅，簇拥在覆盖着雪白床单的新奇发明周围。①

在小说结尾，随着人事凋敝，这座宅院已经成为动植物的领地，人只能活动在有限的"石灰圈出的领地"。家族兴盛，则宅院清新；家族败落，则宅院颓丧。有一两次，宅院的女主人试图重振家族，总是从翻新、打扫宅院开始。宅院里不变的空间存在承载了一圈圈时间的锈迹。它们在小说中反复出现，见证了光阴的流逝：上校的金银器作坊，数代人沉浸其中的智者梅尔基亚德斯的房间，女眷们刺绣聊天的秋海棠长廊，两代蕾梅黛丝夺走男人性命的浴室，注视着两代布恩迪亚死去的栗树。宅院的修建者和维护者乌尔苏拉漫长而稳固的存在使她在建筑学意义上成为宅院的一部分。在生命的最后岁月，她已经失明，但还能凭借记忆、声音、气味，像正常人一样在宅院里走动、操持家务。这个永恒的女人，已经融入宅院，成为承受布恩迪亚家族动荡不安的男人折腾的屏障。

这座宅院的原型便是马尔克斯魂牵梦萦的阿拉卡塔卡镇的老宅，10岁以前他一直生活在那里。《马尔克斯传》收录了建筑学家复原的外祖父母宅院的平面图（得到马尔克斯的确认）。从图中可以看出，门前有两棵巴旦杏树，院中有一棵栗子树，贯穿中心地带的是一条秋海棠长廊，长廊两侧分布着会客室、银匠作坊、餐厅、卧室、食品储藏室、厨房等功能区块，房屋布局与《百年孤独》中死者何塞·阿尔卡蒂奥回家报信的"血线"流经的路径吻合：

一道血线……从紧闭的大门下面潜入，紧贴墙边穿过客厅以免弄脏地毯，经过另一个房间，划出一道大弧线绕开

---

① 加西亚·马尔克斯：《百年孤独》，范晔译，南海出版公司2011年版，第54页。

餐桌，沿秋海棠长廊继续前行，无声无息地从正给奥雷里亚诺·何塞上算术课的阿玛兰妲的椅子下经过而没被察觉，钻进谷仓，最后出现在厨房，乌尔苏拉在那里正准备打上三十六个鸡蛋做面包。①

马尔克斯正是以外祖父母的宅院为蓝本来想象《百年孤独》中布恩迪亚家的房子。这幢老宅之于他，如同孕育想象力之蛋的鸟巢一样重要。

　　钱穆先生在《鬼与神》（见《湖上闲思录》）一文中曾从心理学角度解释"鬼"的想象的出现。从前的世界过于静止不变，"居住的房屋，一样地一辈子居住，卧室永远是那间卧室，书房永远是那间书房"，坐的椅子，吸的长烟管，都一代代继承，"儿子的世界，还是他父亲的世界，单单只在这世界里骤然少了他父亲一个人，于是便补上他父亲一个鬼，这是人类心理上极为自然的一件事"。《百年孤独》中呈现的宅院，其特性之一便是静止不变，作者抑制了搬家、另盖新宅等种种现实可能性，而努力使宅院一百年保持原样，并伴随小说始终。小说结尾处，写到第六代奥雷里亚诺：

　　　　他倒在摇椅上，在家族早年的日子里丽贝卡曾坐在上面传授刺绣技法，阿玛兰妲曾坐在上面与赫里内勒多·马尔克斯上校下跳棋，阿玛兰妲·乌尔苏拉曾坐在上面缝制婴儿衣物。②

这是一部百年摇椅。而第六代奥雷里亚诺和阿玛兰妲·乌尔苏拉肆意交欢时撕裂的是"承载奥雷里亚诺·布恩迪亚上校军旅生涯中哀

①《百年孤独》，第118页。
②《百年孤独》，第358页。

伤情爱的吊床",这也是一张百年吊床。100年家具不变,房屋也不变,只是人在更迭。如此,关于这座宅院的幽灵想象也便自然而生。这同时也是马尔克斯童年的真实经验:"这座宅院每一个角落都死过人,都有难以忘怀的往事。每天下午6点钟后,人就不能在宅院里随意走动了。那真是一个恐怖而又神奇的世界。常常可以听到莫名其妙的喃喃私语。"(转引自《马尔克斯传》格非序)这座宅院是一个缩小了的前现代的世界,而幽灵想象是前现代世界一个合理的组成部分,也正是在此意义上,马尔克斯反复重申:他的写作并非魔幻,而是现实。

对旧宅旧物的执意保留体现了马尔克斯的内心敏感点:这座宅院和宅院里的器具是不能动的,必须是记忆中的模样。它只能消失,不能被取代。于是,小说结尾的大风也便是顺理成章之选:"飓风刮落了门窗,掀掉了东面长廊的屋顶,拔出了房屋的地基。"大风刮走了宅院,小说也宣告结束。这里的大风表面上看是非现实的,但内在的情感却相当合情合理。当我们无法从记忆的重负中解脱时,谁不期望来一阵痛痛快快的大风呢?小说最后一句"注定经受百年孤独的家族不会有第二次机会在大地上出现"是马尔克斯的夸张之笔,通俗地翻译,无非表达的是童年记忆不可复现的意思。

作家在小说中对宅院倾注了最为集中、最为真实的情感,赋予它强大的吸附力。所以,才会出现这样的情节:何塞·阿尔卡蒂奥被枪杀后,他的血流要回家;最后一个额头画着灰十字的奥雷里亚诺在逃亡数十年后还是叩响了它的门扉,在门口被击毙。作者讲故事的立足点是这座宅院,他是站在宅院看世界的。所以,描写上校参与的"千日战争",只是消息零星地从外面传来,描写香蕉公司进入马孔多,也只是远远地眺望一下美国人居住区的铁丝网。对这些重大历史事件,作者的描写都是零星的侧面,其素材性质恰好对应于道听途说。他只是一个讲着"听来的故事"的人,无意深入这些事件的中心地带。整部《百年孤独》，其叙述的本质仍然是马尔克斯的童年形象：一个孩子，在古老的宅院里，听长辈讲神奇的故事。或许正是这种"听故事、讲故事"的形成方式，这种囿于宅院的观察点，导致了《百年孤独》的一些短板：有的地方过于概述和跳跃（想想，作者用300多页的篇幅走马灯似的写了7代人）；有些人物性格的转变是突然和没来由的（如上校是如何从一个清苦的青年变成后来的战争狂人）；对于重大历史事件只是浮光掠影（如对上校战争经历的描写有些像儿戏）；一些人物形象面目模糊，并没有真正雕刻出来（如何塞·阿尔卡蒂奥第二）；没有余裕展开人物对话，小说一直依靠讲述快速推进。马尔克斯在访谈录《番石榴飘香》中曾自述《百年孤独》"轮廓粗糙，写得很肤浅"（第89页），这并不完全是自谦之辞。从写作技法上来说，作者的另两部中篇《没有人给他写信的上校》《一桩事先张扬的凶杀案》要显得更为成熟、完整，而另一部长篇《族长的秋天》，更是才华的高峰。

　　宅院构建了一个封闭的环境，在这个环境里，一代代人不断重复，时间处于往复循环的状态，它无法进入直线向前的现代时间。这座宅院和张爱玲笔下的"姜公馆"（《金锁记》），苏童笔下的"陈府"（《妻妾成群》）是同一种时间形态的存在。用现代的启蒙的眼光来看，马尔克斯所描写的围绕故居的种种：鬼神迷信、乱伦、对科学的抵制，都是落后腐朽的。但不像许多热心的批评家所言之凿凿的那样，马尔克斯对这个原始的、野性的、乱伦的世界并无批判之意，只有深深的怀念，他带着爱怜抚摸了这一切：人被盲目的、原初的激情所支配，肆意开放生命之花。当乌尔苏拉因为积压百年的怨愤而终于吐出一句"妈的！"时，她所展示的形象并不是愤怒的、否定的，而毋宁说是可爱的、幽默的。马尔克斯对于"评论家"通常不太信任，他所深深遗憾的是："他们忽视了这部作品极其明显的价值，即作家对其笔下所有不幸人物的深切同情。"（《番石

榴飘香》第 113 页）

　　作家对这座宅院的情感并不仅仅是怀旧，如传记作者达索·萨尔迪瓦尔所言，他"绕过了乡情的陷阱"。马尔克斯动用了自己学习到的一切文学手段，而且在成年后再次回到故乡周边漫游、访问，都是为了回到更为真切、复杂、多面、深入的过去。他在小说中混杂了耳闻目睹的所有与加勒比地区密切相连的故事、传奇和体验，以最大限度地靠近童年的灵魂真实，容纳所有的恐惧、战栗、激情与狂想。他通过迂回的方式让外祖父母、姑姥姥、父母亲属人等在小说中一一复活。他创造了一个庞杂的世界，以抚慰自己的童年。他的笔下，没有张爱玲、苏童写大宅院时的腐败阴冷之气，而是充满被加勒比阳光照彻的明亮与热烈。即使是人生的失败者，也是美的，带着热和光。他在记忆中修复的是一座生机勃勃的院落，即使面临最后的破败也仍然蓬勃昂扬：

　　　　夜里，两人相拥在床上，蚂蚁在月光下激增的响动，蠹虫搞破坏的轰鸣，杂草在邻近房间里持续而清晰的生长之声都无法令他们产生惧意。许多次两人被鬼魂的忙碌声吵醒。[1]

　　栖居在安静时间里的故宅代表文明的传统形态，而失去故宅的人将成为飘荡在高楼大厦之间的幽灵。梅尔基亚德斯关于马孔多的预言说："它会变成一座光明的城市，矗立着玻璃建造的高楼大厦，却再没有布恩迪亚家的丝毫血脉存留。"这样的"玻璃之城"便是现代化的都市，它代替了古老的村镇、宅院。小说结尾的大风刮走马孔多从现实角度看荒诞不经，但从深层次看又是真实的，好比美人儿蕾梅黛丝飞天一样真实，他们都不属于当下时间，他们的逝去

---

[1]《百年孤独》，第 355 页。

的确就像被风刮走一样突然、彻底。《百年孤独》提供了一种古老的生活形态受冲击的寓言，马尔克斯对老宅、童年记忆的书写也由此具备了沟通不同族群人们的可能性。

20 世纪 80 年代初，《百年孤独》被介绍到中国，其追溯家族历史的写法启发了当代的"寻根派"和家族小说，中国作家也开始大量讲述"我爷爷""我奶奶"的故事。不过，《百年孤独》中对故居、对老宅的情感在接受过程中被有意无意地筛掉了，很少出现与之相类的对于中国老宅的深情书写，批评家也很少注目《百年孤独》哀悼一座老宅的层面。其原因大概是，从"五四"时代起，中国的老宅就已经承担着负面的表意功能。以鲁迅为例。1919 年底，38 岁的鲁迅和马尔克斯一样，也曾经回乡卖掉老宅。小说《故乡》即依据这次经历写成。其中关于老宅的直接描绘只有两句：一句是"瓦楞上许多枯草的断茎当风抖着"，一句是"只看见院子里高墙上的四角的天空"。小说中的"我"自述，对于离开老屋"并不感到怎样的留恋"。鲁迅在小说中表现出的对于老宅的情感何其淡漠。他笔下的老宅是败落、封闭的。它是一个符号，象征着腐朽、阴暗、必须与之割裂的过去。这样的书写老宅的态度在后起的作家中被延续，如曹禺笔下的"曾府"、张爱玲笔下的"姜公馆"、苏童笔下的"陈府"。在更为激进的叙述中，老宅和罪恶的剥削联系在一起，属于需要彻底打倒的对象。1960 年代闻名全国的群雕作品"收租院"（其依托地点为四川大邑县地主刘文彩的庄园）即是其中的典型代表。这样的叙事进一步加剧老宅在现实中的被遗弃、被毁灭、被清除。诗人柏桦在《左边——毛泽东时代的抒情诗人》一书中，就曾忆及童年亲历的重庆老宅——"鲜宅"的焚毁。

随着当下城市化进程的加速，乡村趋于空心化，原本留守故宅的老人也大规模随子女迁入城市。故宅的黯淡或消逝已经成为越来越多人的心头之痛，会有越来越多关于故宅的情感需要在文学中释放。今天人们告别的老宅多是邓小平主政时代建设起来的房屋。这些老宅不再是深深院落，而可能仅是一座简单的两层砖房（南方）或一个朴素的农家小院（北方）。它们正在灰尘与冷落中慢慢凋敝。它们没有悠久的历史，但同样值得深深怀念。关于这样的老宅的回忆终于可以甩掉政治不正确的顾虑。

青年作家曹寇的小说《狗日》（发表于《今天》杂志 2013 年秋季号）别出心裁地从一条狗的角度表现对于自家老屋的情感。像今天许多的年轻人一样，小说里的"我"大学毕业后留在城里，后来把母亲也接到城里居住，家里养的狗就寄住在附近的姐姐家。这条名叫"张飞"的狗还是每天跑到老房子的门前卧着：

> 就这样，它每天都这么在无人居住的老房子门前卧着，风吹日晒，日升月落。台阶上枯草开始疯长，门板上油漆开始剥落，那把大锁也开始锈迹斑斑，被母亲和存折放在一起的钥匙大概已经不能打开它了。总之，主人的气味越来越稀薄。直到有一天，姐姐端着饭来给它吃的时候，发现张飞已经在门前死了。

非常凑巧，一个朋友也讲述过她亲历的类似的事，即狗在老屋周围徘徊不去。狗所依恋的其实也是人所依恋的。一幢房子，经过一家人长久生活的磨洗之后，就不再只是一幢房子。它凝结了一家人的生活史，它自动具有了灵性。《百年孤独》在某一个层面上，正是试图唤醒一座宅院的灵性。在人们着力书写"中国故事"的当下，《百年孤独》中对老宅的情感这一层面可能会在阅读中被大规模激活。马尔克斯对待老宅的情感，在今天的中国可能会引起越来越多的共鸣。

侯麦，一个手工艺人

这位笔名为 Eric Rohmer（1920—2010）的法国导演在很长一段时间里被中国大陆称为"罗麦尔"，近年的汉语译名才统一为台湾版本——"侯麦"。后一种译法音神兼顾，仿佛目睹蓝色苍穹下丰收的麦田，嗅到四季轮回的气息。侯麦电影正是这样：简单，隐忍，但必不可少。

且不论披挂在他身上的诸如"法国新浪潮代表人物""小资教父"之类的徽记。他自己定不喜欢这样笼统的归类，正如他的电影里总有一个落落寡合、不合于世的独行者，骄傲的心是唯一的。要说他和"新浪潮"诸人有什么共性，主要是精神气脉上的，那就是电影尽可能变得自由，变得个人化，变得随心所欲，不受清规戒律和高门大户之限。

侯麦一生留下 50 余部电影，最有代表性的是三大系列："道德故事"系列（1962—1972，包括《午后之爱》等 6 部）；"喜剧与格言"系列（1980—1987，包括《绿光》等 7 部）；"四季"系列（1989—1998，包括《秋天的故事》等 4 部）。他担任了自己所有电影的编剧，这些电影都是小成本制作。人们有时能在田间街头碰到侯麦小小的摄制组：两个演员，一个录音师，一个摄像师，加他五个人。

"实景＋自然光＋运动＋同期录音，电影原来这么简单。"电影学者
周传基为侯麦作了上述总结。小成本保证了电影可以不受投资方意
志的干扰，也可以尽量减少基于市场的考虑，从而确保作者意图能
完全贯彻；摄制方法和布景的简单则对导演的眼光、影片的内核提
出了真正的考验——往往内里虚弱的电影需要华丽的外在来壮胆，
如《无极》《满城尽带黄金甲》之类，而"侯麦的成本是思想的成
本"①。

　　侯麦带给电影的新的可能性是，电影导演也有可能收获技艺高
超的手工艺人的荣光。他就像一个隐居在古老小镇上的手艺人，独
自打磨自己的作品，我行我素，敝帚自珍。电影通常具有的工业
化、商品化、猎奇性的特征，在侯麦这里被减至最少。在他的电影
里，没有暴力、凶杀、性、恐怖、奇观、剧烈的冲突和悬念等最易
于被电影征用的元素，连死亡也从未出现。他的电影都是日常生活
的流水账，在多部电影里，如《夏天的故事》《绿光》《冬天的故事》
等，干脆就在片段与片段之间用"翻日历"的方法来连接。他的情
节基本都是单线，就是刻画一个人物在一段时间内的活动轨迹，我
们惯常听到的是真实的虫鸣鸟叫，树木摇撼，人们在风中感受到风。
《秋天的故事》里，马嘉莉的葡萄园杂草丛生，而周围的葡萄园整整
齐齐，干干净净。她拒绝使用除草剂，因为怕这样会妨碍葡萄酒的味
道。她说："我不是在利用土地，我是在歌颂它。"这其实也是侯麦的
"夫子自道"。他说："艺术、人的产品，如何能和自然、神的作品相提
并论？没有什么比宇宙的启示更好的，这是创世者的杰作。"②马嘉莉
对待自家葡萄园的态度，也就是侯麦的电影观：他要用最少的介入向
造物的安排致敬。侯麦发现、凝视那些我们视而不见的时刻，只是适

---

① 小胖：《侯麦：苹果核诗人》，《扬子晚报》2010年1月17日。
② 转引自焦雄屏：《法国电影新浪潮》，江苏教育出版社2005年版，第271页。

度修剪，就和盘托出，竟也令人怦然心动。

钱穆说："在电灯光下做事的人，并不比在油灯光下做事的人高明些。"① 人生最有魅力的部分并非物质生活而是心灵的深渊。侯麦尽可能解除外物的包裹和纠缠，把主要精力投注在他认为最值得关注的东西上：一个人内心的脆弱、丰富与高贵。他的两位法国前辈笛卡儿和帕斯卡尔都确认"我思"是人作为存在物最重要的特征："我思故我在"，"人是一棵脆弱的芦苇，但却是一棵会思想的芦苇"。侯麦继承了重视"我思"的传统，集中刻画在生活之流中载沉载浮的敏感、不安分、温和又坚韧的心灵。他有一种手工艺人的专注，他在电影里反复雕刻的其实是同一颗心灵，不同电影，只是同一颗心灵的不同面影。他的人物大多在悠闲的假期，活动场所大多在风景中，主人公给人居无定所之感，面临选择的困境，这都是一些适合注视内心的时刻。他让人物停下来，去审视自己的生活，倾听心跳的声音，让他们扪心自问：我是谁，我在渴望什么？

典型的侯麦风格就是大量的人物对话，厌烦者形容为"喋喋不休"，好之者称其为"恋人絮语"。这些对话应该是侯麦最耗费心血的地方，其功能类似于另一部伟大的"流水账"——《红楼梦》中对话的功能。它们都是相互独立的生活意见，绝不流俗，拒绝趋同，有时是哲学思辨，有时是日常废话——即使是废话，也"废"得简洁而准确。对话是"我思"的发而为声，是"人"的质量标志，是情绪的指南针、通往内心的交叉小径。对话的暗示性和微妙性消除了场景的单调，"他是如此善于把握人物每一次细微转折，如国画中淡墨渲染的天空，轻描淡写间已云深雾转，九曲回肠"（绿妖语）。侯麦刻画对话不厌其烦，用墨如泼，但不同场景之间的转换却简洁到穷凶极恶的程度。他省略了平常导演喜好下力的地方，放

---

① 钱穆：《湖上闲思录》，三联书店 2005 年版，第 89 页。

大了我们通常认为不重要的东西，如人物在街道上行走的路线、房间里物件凌乱或整齐的摆放位置、有一搭没一搭的朋友闲聊等。

侯麦电影的情节动力是人物内心的"期待"，电影展开的过程就是期待不停摇摆的过程。在生活的种种偶然、误会、不确定性、三角纠葛中，最后往往隐藏着一个神迹。典型的例子是《绿光》。夏季来临的时候，德芬刚和男友终结关系，本来约好一起度假的女友又爽约，她只好无奈地开始孤独的假期。到海边，不适，返回巴黎；到山里，不适，又返回巴黎。而巴黎在假期变得空荡，更无处安放不安定的心。到哪里都是德芬孤零零的身影，她数度失声痛哭。最后在海边，她和邂逅的男子一起看到了传说中会带来好运的"绿光"。这是侯麦的慈爱，他用影片最后的1分钟安慰了此前持续97分钟的期待。《冬天的故事》里的未婚妈妈，拒绝了一个男子，与另一个男子搬去外地，但很快又回到巴黎。这两个男子都不过是替代品，她心里一直期待着女儿的父亲。五年前，因为她粗心写错地址导致两人失去联系。亲历选择后她终于看清自己，决心一直等待。就在这个漫长冬季的结尾，她居然在公车上偶遇自己等待的人。耐心是值得的，幸福是可以等待的，未来不是无望的，生活终究会回报那些忠于自己内心的人。

这便是侯麦式的温暖，在《秋天的故事》里，继续延续，像普罗旺斯美好的乡间葡萄酒一样强盛。《秋天的故事》是侯麦系列电影的终结篇，也是一个高峰。它的头绪多一些，故事讲得更丰满圆熟，适合配着里尔克的诗歌《秋日》来欣赏：

　　　主啊！是时候了。夏日曾经很盛大。／把你的阴影落在日晷上，／让秋风刮过田野。

　　　让最后的果实长得丰满，／再给它们两天南方的气候，／迫使它们成熟，把最后的甘甜酿入浓酒。

谁这时没有房屋，就不必建筑，／谁这时孤独，就永远孤独，／就醒着，读着，写着长信，／在林荫道上来回／不安地游荡，当着落叶纷飞。（冯至译）

电影里正是葡萄收获的季节，相亲的是中年人，但他们的心灵仍然新鲜多汁，充满微妙、脆薄的自尊。马嘉莉独居多年，终于等到能欣赏她的葡萄酒的男人。像《秋日》一样，电影里的人之所以活得骄傲、有光彩，是因为他们在"神"的注视下生活——享受秋阳一样澄澈的中年。

侯麦电影中的"神"并非特定的"上帝"，毋宁说是自己内心的神灵。因为虔信，它有时会在偶然性中显露踪迹。侯麦启示我们，忠实于自己的内心，坚持下去，终会迎来神迹。在清净的苦行、平板的现实主义外衣下，侯麦隐藏着一种何等热烈的浪漫主义。这样的热烈在侯麦的最后一部电影《男神与女神的罗曼史》（2007年）中喷薄而出。虽然名义上是历史剧，但侯麦却做了尽可能简陋化的处理。在葱绿茂盛的原野上重点突出的是人物的光泽，因为内心圣洁而散发油画的光辉。恋中的女孩负气发出"永远消失！"的指令，男孩立即跳了河，侥幸获救后也不敢相见；日夜思念使女孩发出"上帝啊，让他复活"的祈求，而她一转脸就看到自己的女伴原是男孩所扮，她激动得大叫："我命令你永远活着！"这是怎样呼风唤雨的爱。很难想象，一个87岁的老人，会拍出这样浓烈到清澈的爱恋。也许这是一个可以总结侯麦终生努力的寓言：关于爱和神迹。

他必是一个在时光的淘洗中会越来越重要的作者。本文完成于2011年1月11日。一年前的这一天，他刚好离开了自己反复摹写的世界。

第 四 辑

细 读

"麻西小胡"：我们时代的精神内伤

2011 年《当代》第 2 期发表了青年作家文珍的中篇小说《麻辣烫西施和灌饼小胡的故事：简称麻西小胡》（刊登时更名为《安翔路情事》）。这是文珍的写作生涯中重要的作品，也是"底层文学"的新收获。

此前文珍发表过十几个文字精美的中短篇，大多关乎都市男女的内心与情感，如《色拉酱》《第八日》《气味之城》《画图记，或动物园的故事》。她的才气、对汉语的敏感是当下作者中不多见的。《色拉酱》是文珍此前风格的代表，写两个大学女生之间的依恋，"通篇都是呢喃细语，却又那么动情使意，只说与中意人听的那种旁若无人的沉迷，有着一个女孩子的撒赖任性与百无禁忌"①，"伤感如夏夜竹林，如细密叹息"。在文珍 28 岁的时候，她通过《麻西小胡》完成了一个嬗变。她自述："在我二十一岁的时候，对我而言最重大的事情，超不过一场荡气回肠抵死缠绵的恋爱；而当我到了二十八岁，虽然无复当年敏感细腻，却也从此看到以前所不知的风物长宜

---

① 赵晖：《2006 年中短篇小说的三种表达策略》，《文艺理论与批评》2007 年第 1 期。

放眼量。"仿照匈牙利人卢卡契的说法，文珍的转变是从描述孤零零的内心孤岛和静物画的"现代派"，突入了描述人类在整体历史中的命运的"现实主义"。小说提供了当代中国一个尖锐的镜像式呈现，真正切入了我们这个时代精神状况的核心——阅读者从中也可探视到自己内心曾经的创伤。

这部近4万字的中篇关切了巨大北京城里的两个小人物：麻辣烫西施小玉和灌饼男小胡，一段开始于春天结束于夏天的短暂爱情。他们是北京城里流动性极强的小商贩，在巨大的后现代主义钢铁结构"鸟巢"附近经营自己小小的买卖。他们随着城市的拆迁不停地从这里迁移到那里，本不丰厚的收入主要用于交纳房租。一种岌岌可危的不安定感与"鸟巢"的牢不可破恰成对照。北京虽大，但并不是他们的家。他们的家一个在南方的安徽绩溪，一个在极北的哈尔滨。这种地域上的"异乡人"首先使读者感到一种深刻的不安，好像一切都是暂时的，无从长远规划。小玉体会到："北京真是太大了，她的喊声被马路边的车水马龙吸得干干净净。到处她都发不出声音来。她和他，都一样。"——这个故事首先是一个关于渺小的漂泊者的故事。

小说开始，安翔路上年轻健美的麻辣烫西施小玉喜欢上了隔壁做鸡蛋灌饼的青年小胡。小胡皮肤古铜色，笑起来牙齿很白，每天就是很憨厚地站在五平米的小店里摊饼。小玉总是借故到隔壁去看小胡。随着熟悉起来，他们相约晚上去看鸟巢。但这个愿望并没有立即得到满足。文珍老练地操持起了叙事动力学，不停地为故事进展制造障碍，不停地延宕"期待"，不停地"折腾"。比如，本来是确定要和小胡去鸟巢，另一个追求者、超市收银员小方带着三张3D版《阿凡达》电影票扰乱了这一计划，小玉和姐姐被电影票俘获了。她推迟了和小胡的约会，并在看完电影后受到小方的骚扰。第二天，她终于可以和小胡去鸟巢了，但临到点儿，小胡又不见了。原来他发了高烧。饶是如此，他仍然滚烫着脸颊和小玉到了鸟巢。他们开始了爱情——也像发一场高烧，烧掉了一切关于现实的顾虑。

在故事的第二个关节点，他们在什么时候去圆明园的问题上怄气。小方又出现了，这次他的法宝是"日本料理"。这对于小玉仍然是不可抗拒的诱惑。接着，作者再一次"折腾"了一把故事：小胡不见了，店门关闭长达两周。去圆明园看荷花的愿望再一次被"延宕"。因为拆迁，小玉姐妹不得不放弃麻辣烫摊位，回哈尔滨休整。在小说结尾，终于去了圆明园，却是告别的仪式：

> 她就像做梦一样在人海里跟着小胡，随波逐流，飘来飘去。她心里面有一个地方非常非常惨然，同时也非常非常喜悦，就好像知道这一天将是生命里最好的一天，但是也必然会点点滴滴地流逝掉，再也不会重来。

在圆明园，小胡希望小玉度过快乐的一天。他给她买老北京冰棒，摘荷叶遮阳，用狗尾巴草编小兔子，但小玉望着戴墨镜的时尚女郎的紫色小阳伞和坤包快快不乐。最后，小玉说出了分手，也终于说出了这个"穷"字："胡，我们会一直这么穷下去吗？"最后，小胡只能一语不发地消失在黑暗中。

这并不简单是一个"贫贱夫妻百事哀"的故事，而是一个精神层面的悲剧，是两种意识形态的交锋。实际上，作为手艺人，他们的生活还算不上走投无路，他们的结合还算"门当户对"，但最终却走向悲剧的结局。小胡的"穷"更多不是物质意义上的，而是文化意义上的：他属于理"屈"词"穷"，他无法为自己找到价值坐标系。他甚至也认为小玉的追求是天然合理的，而读者可能也对小玉抱有同情，只因这个社会的价值形态已如此单一，不再有别样的天空。

小胡和小玉对未来的设想相距甚远。小胡希望以后回老家盖个大房子、买个摩托车、种有机蔬菜,这是过去年代"我挑水来你浇园,夫妻双双把家还"的生活理想;而小玉则希望留在大城市里,有房有车,节假日逛商场。小胡还活在一个传统中国的生活想象里,而小玉已被跨国资本构建的一套全球化的消费主义意识形态所武装。对于小玉来说,幸福感只有跟 3D 电影、日本料理、上千块钱的红裙子相联系才能产生,而摘荷叶戴在头上、编狗尾巴草小兔子、吃老北京冰棒却无法使小玉感到幸福。小方和小胡,对于小玉来说是一种矛盾的撕扯。但小玉从来没有喜欢过小方,也不会考虑小方,她真正崇尚的是小方代言的那套全球资本主义消费符码(想想小方的邀请:"要不我带你去吃烤肉?日本料理?越南菜?西餐?")。无论是看 3D 电影还是吃日本料理,小说的描写都极具仪式感:"巨幕的效果果然很好,整整三小时,她连眼睛都舍不得眨。早听说上厕所会错过精彩镜头,他们仨晚上吃饭都没喝水。饶是如此她开场前还专门又去了次洗手间。""他故作熟练地往她碟子里倒一点日本酱油,又夹了一筷子芥末,捣碎融化在酱油里:你拿三文鱼蘸这个吃,是人间美味。"这些细节正是一个虔诚的商品拜物教信徒的入教仪式。

小胡的节俭被看作吝啬,"穷"被道德化,成了可耻可憎的事情。小胡编草兔子,和沈从文小说《丈夫》里的"丈夫"何其相似,但他没有这个"丈夫"的伦理优势,可以带着迷失于都市的女人回家,也不能像柳青笔下的梁生宝,因为把生命投身于一件壮丽的事业而对改霞爱理不理,也不能像汪曾祺《受戒》里的明子和英子,可以在一个静止的乡村中国地久天长。小胡没有任何给自己申辩的理由,面对分手,他只有沉默和"勤劳革命"——回去继续摊饼。圆明园这个地点真是意味深长,它本是西方列强联手击败传统中国的

一个标志物；在 2010 年的夏天，全球资本主义营造的消费符码（3D
《阿凡达》、日本料理、鸟巢、盘古七星酒店）再一次在这里击败了
传统中国的价值观：以老北京冰棒、荷叶帽子、狗尾巴草小兔子为
代表的乡土中国的情感方式。

　　小玉的理直气壮和理所当然与小胡的软弱退却形成鲜明对比。
小说表明，一种横冲直闯的野蛮的消费主义意识形态，如何深刻
地改造了我们通常认为是"民间"的社会。它洞穿了我们个人生活
中最珍贵的情感，而受伤者没有任何还手之力。"商品的逻辑得到
了普及，如今不仅支配着劳动进程和物质产品，而且支配着整个文
化、性欲、人际关系，以至个体的幻象和冲动。"① 经过韦伯所谓的
"祛魅"，世界本应像密林一样神秘、华丽，现在却变成了光秃秃的
山坡，曝晒在消费主义的烈日下。传统、宗族、伦理、亲情、革命
这些东西都不发挥作用，取而代之的是市场社会巨大的一体化、同
质化的力量。"以前没有钱的人还可以从其他方面得到心理平衡，
比如说我们家是军烈属、老革命，或者是本弄堂里文化水平最高
的，还可以赢得社会的尊敬。但现在'成功'这个符号贯穿一切，
如果你没有钱，不能供你的孩子上大学，你就绝对抬不起头来，没
有任何可能在其他价值领域为自己找到辩护的理由。今天的中国的
确正在变成这个样子，在价值领域变得一元化、空洞化，整个思维
领域、公共领域，生活世界、文化世界和政治世界，统统融化、溶
解在商品世界的白日梦里。"② 这正是我们亲历的生活的真实。

　　与曹征路的《那儿》等不同，小说中，同样处于"底层"的小
方、姐姐、阿杜并不是作为一个阶级组织起来，而是彻底分散、个

---

① ［法］波德里亚：《消费社会》，刘成富等译，南京大学出版社 2006 年版，第
161 页。
② 张旭东：《全球化时代的文化认同：西方普遍主义话语的历史批判》，北京大学
出版社 2005 年版，第 51 页。

体化。这是被瓦解的世界。阶级矛盾"扑空"了，因为并没有一个具体的敌人，只是一个虚幻的但笼罩一切的商品意识形态和心灵的自我奴役，只有商品白日梦居于统治的中心。爱情破灭主要不是由于穷困，而是一种商品白日梦的破产。触目所及，是"世界的荒凉"。四野洪荒，天地玄黄。

"'底层'所产生的被剥夺感与不满足感，不仅来自于社会分配，也来自于文化上的歧视。"① 在这里，"底层"主要还不是指涉社会身份的"底层"，而是处于弱势的价值传统。小说展示的是一种弱势文化的悲剧性抗争。把这两个人物换成两个大学生，只要他们分别代表不同的价值观念，故事也不会有什么变化，发展的逻辑仍然是这样。我们这个看似朝向自由多元的世界实际上被一套铁桶似的价值观牢牢控制着。正如小说中表现的那样，如果小胡不能在大城市买房买车、不能消费 3D 电影和日本料理，他的存在似乎就没有任何值得珍视之处。在小说结尾，小玉远远地望着小胡的灌饼铺子，竟然产生了"活像个地狱"的观感。

面对我们生活的时代，大多数人都能感受到切肤之痛，但无法表达出来，只有被裹挟其中、顺水漂流的茫然。但文珍做到了，她借助观察两个街边商贩的爱情诊断出了我们时代的精神内伤。仅仅是理论化或报纸新闻式地提炼出这个故事的梗概可能跟文珍小说真正的价值相去甚远。那些好比葡萄干，而写作是用水浸泡之。她成功的奥秘在于以充分"文学"的方式呈现了悲剧的过程。作者自述："于我而言，没有什么比逼肖现实更重要的文学品质。"她谨遵沈从文关于"贴着人物写"的教诲，拒绝类型化、概念化，呈现了丰富鲜活的心灵。人物并非作者手中的牵线木偶，而是有他自己的运行逻辑，写作在此意义上成为"一只看不见的手"操控的神秘举

---

① 李云雷、徐志伟：《从"纯文学"到"底层文学"》，《艺术广角》2010 年第 3 期。

动。作者不是代言，而是从人物内心去挖掘理由。"不是居高临下的同情或呼吁，不是'通过'对他们的生活的表现而阐明某些知识分子的立场，而是把文学性的表现真正落实在底层民众的人物形象上面，在美学的意义上重建他们的生活。"[1]作者对小玉的内心有着微妙的把握，比如在小玉第一次对未来感到幻灭的时候：

> 她望着他，在夜色里他看上去说不出的无辜，单纯，只会傻傻地笑，穿一件看不出颜色来的旧汗衫。他手上并没有灌饼的味道，汗衫上却散发出浓烈的面粉和鸡蛋腥气，教人又心疼，又绝望。她眼睁睁看了半日，说：逗你玩呢。别当真。

这样曲折复杂的心绪的描绘，使人物可以在纸上站立起来，亦并不使我们厌弃小玉，因她自有她的逻辑与惹人疼爱之处。她爱小胡是真的，她向往小方代表的那种生活也是真的。正是丰满微妙的心灵的塑造，才可以使我们清晰地听到心碎得满地都是的声音。

结尾小玉判断的失误再一次验证了两个人想象世界的方式的天壤之别。她居然想象小胡会自杀。"自杀"是相当小资的想法，而对于小胡来说，只有回到店里，摊饼。这是劳动者的坚韧也是男人的迟钝。小说最后一段再一次证明了作者非凡的操控力：

> 慌忙要躲已经来不及了。她眼睛直直地看进灌饼店里，里面那个身影果然停下手来。就像电影里的慢动作，他先是一震，手里摊灌饼的铁铲停下，再缓缓抬起头来，一眼就看见路灯和树下的她。真的就像那个梦一样小玉想，小胡在梦里面远远地看着她，既不说话，也不过来，看不清楚表情。就像最初

---

[1] 陈晓明：《在"底层"眺望纯文学》，《长城》2004年第1期。

一样，就好像从来没有看见过对方一样：他们看见对方了。隔着街道，他们安静地，天长地久地，望着彼此。

大概不能有比这更恰当的收束了。作为既无过去也无未来的商品世界里的"异乡人"，他们能拥有的也只有这现在的"瞬间"，凝固的瞬间。作者用四个地名命名了小说的四个小节："鸟巢""安翔路""圆明园""仍然安翔路"，在这片土地的历史中，唯有土地是坚固的。

《麻西小胡》和鲁迅的《伤逝》一样，也是一个关于"爱情"的悲剧。如果说《伤逝》的悲剧源于一种虚幻的关于个人自由的幻象的破灭，《麻西小胡》的悲剧则是消费主义意识形态的过度膨胀。它挤占了其他价值形态的生存空间，变得一统天下，蛮横无理，却又使人服服帖帖。

巨人安泰只有站在大地上才有力量。当文珍将她的目光从窗帷转向楼下的小店时，她的文学也从内敛柔软走向深沉阔大。一个人能走多远，取决于他的出发点及为自己设定的目标。不仅仅是"怎么写"，"写什么"同样重要，这是"底层文学"的主张给我们的提醒。"睁眼看世界"，方能触摸到时代的"真实"。

只有自由与平静

——读戈麦小说《游戏》

生命是一场漫长的磨损，绝大多数人等待上帝之镰的刈割，少数人选择自己结束自己。戈麦是后者中的一个。这个在 24 岁决然离去的诗人曾这样自我描述：戈麦经常面露倦容，有时甚至不愿想 25 岁之后的光景。

多年来，回味戈麦的小说《游戏》，是我生活中一个隐秘的乐趣。这篇三千余字的小短章，于戈麦辞世三年后发表于《山花》杂志（1994 年第 9 期），同一时期发表的还有他的另两个小短篇《猛犸》(《山花》1994 年第 9 期)、《地铁车站》(《钟山》1994 年第 5 期)。这是目前所能见的戈麦所有的小说。大二时我曾写作一篇故弄玄虚的小说《猛犸地铁站》，名字即源于对戈麦小说的钟爱。

戈麦以这样一个句子开始了《游戏》的叙述：

那是十几年前，中原一带经济大萧条时期，我和一个叫古格拉的一同辞去了在花旗商行的职务。

许多人赞赏阿城《棋王》的开头："车站是乱得不能再乱。"一篇了不起的小说往往从它的第一句就铸定了。《游戏》的开头煞有介事，交代了故事的时间、地点、人物和事件，看似清楚，实则让人一头雾水。这句话综合了古今中外的各种文学想象，出现的名词具有丰富的联想功能：中原（传统中国、武侠），经济大萧条（资本主义经济危机、乱世），古格拉（胡人、西人、索尔仁尼琴《古拉格群岛》），花旗商行（花旗银行、中国老字号、福威镖局），这些词语引发的联想实际上将故事置于一个时间地点不明的空间，换言之，作者扫清了既成的关于时间地点的秩序，重新整砌了一个故事平台，在这个平台上，他可以自由驰骋，浮想联翩。

故事的两个主角隐居在"靠近边塞"的一个小村落里，"我"在里屋，日夜静思，写作，而"古格拉"住外屋，不停地出去游历。时间在"我"的"静思"中似乎停止了，可以说过了一万年，也可以说只是一天，正如"南柯一梦"或"烂柯山"的故事那样。当"我"走出里屋的时候，发现蒿草封死了院落，而"我"几乎忘记了那种叫"走"的动作，但古格拉还是那么年轻，他正在逗弄一头可以随人的朗诵起舞的动物，当人转身的时候，这个动物就会被一种无名的强力"拍"进笼子。"我"继续着自己的写作，而古格拉则对他的游戏乐此不疲。一天，当"我"被"撕心裂肺"的笑声吸引而来到院中时，发现古格拉被"拍"进了笼子，而那个"怪物"则模仿古格拉的姿态，"双足斜插腰间"，"仰天大笑"，"扬长而去"。

这是一篇"神游"式的小说，这里空间不明，时间效果被取消，人与兽的界限亦被取消，写作真正变成了随心所欲的物象搬运及组合。正如在《乡村医生》中，当一辆马车成为需要时，卡夫卡就召唤出一辆马车，戈麦在《游戏》中也发明了一种可以随着朗诵起舞的动物。他像造物主一样赋予这个世界以崭新的逻辑。虽然这是一个非现实的世界，但作者对日常生活细节的描述却绝对清晰、准确，仿佛一切都确凿无疑地存在于我们的生活中。这里可以看出博

尔赫斯《沙之书》、卡夫卡《骑桶者》、蒲松龄《聊斋志异》之类
的小说对作者的影响，它们都是有着异常精准的现实外衣的幻想
文学。

故事里的"我"和古格拉形成了"极静"与"极动"的两极，
使小说具有一种内在的平衡。对"我"的状态的描述可以视为对写
作者写作状态的一种自况，这是完全的平静，是洞彻后的澄明，是
大海经历风暴后的晴朗，是人性中最高贵的对命运的承受。它使我
想到刘勰的"思接千载，神游万里"，想到蒲松龄度过的那些漫长
而寒冷的山东的夜晚，想到盲者博尔赫斯在布宜诺斯艾利斯的图书
馆中无边无际的冥想，想到卡夫卡理想中的写作环境：在地下室里
写作，只有你一个人和一条长长的通道，有人定时从遥远的窗边送
来吃食；还让我想起诗人北岛漂泊异国的语言：没有幸福，只有自
由与平静。这是完全的寂寞，也是完全的自由。

对古格拉和"怪物"的描写则展示了一种诙谐的对世界的观察。
"怪物"发明于写作的游戏，它也和古格拉玩了一次游戏，它曾经
"媚笑"，也终于从被人控制的动物变成囚禁人的东西。或许可以从
中引申出人的"物化"之类的主题，但我相信这并非戈麦所愿，他
仅仅视此为一种快乐的游戏。戈麦并不想去验证真理，而只是追求
某种寂寞的欢乐。古格拉的游戏是快乐的游戏，也是寂寞的游戏，
当这个游戏最终换了一种玩法的时候，我们感到的与其说是惊恐，
不如说是惊喜。这就是我常常回想起这只"仰天大笑。随后抖动着
两只后足，扬长而去"的动物而面带微笑的原因。

电影《黑客帝国》里，当一个人静观的时候，勺子也会弯曲。
因为专注，世界因此改变。《游戏》也是一个因静观而起的奇迹。
它有一种清澈的智慧，一种超凡脱俗的美感。它来源于某种真正的
平静。

1990 年前后，贾平凹正在努力使用靠近传统白话的语言写作

他的《废都》，"先锋派"作家则乐于使用弯曲多褶的"翻译体"。戈麦在同一时期提供了一种富于生机的语言形式：短句，多用名词和动词，简洁，精准，清晰，富于韧性，像自然科学一样优美。它横跨在古典遗产和现代白话文之间，成为一种具有自身生长力的"现代汉语"。

戈麦自杀20多天后，人们在北大一公厕内发现他丢弃的书包，里面塞满了已沤烂的诗稿。这一毁弃行为和卡夫卡临终前请求朋友毁掉他所有的手稿类似。他们已经放弃了通过文字"不朽"的想法，这是一种最深的绝望，也是一种最深的救赎——不再与群体"相濡以沫"，而是一劳永逸地"相忘于江湖"。除了自己、现时，再没有别的什么。从《游戏》里，我们可以看出戈麦曾经收获了一望无际的自由与平静，是否可以说，他也曾收获幸福？

谁会感到不安？

——读顾城诗歌《提示》

　　凡高，死于 37 岁；兰波，死于 37 岁；马雅可夫斯基，死于 37 岁；顾城，也死于 37 岁。37 岁和 25 岁隔着一个十二生肖的轮回，似乎是另一个难以跨越的年头。"不敢高声语，恐惊天上人"，才华和命运都是伤人的，洞悉天机的人往往过早地被上天收回，海子和顾城这样自杀的诗人常常使我想到这一点。"一切都是命运，一切都是烟云"（北岛诗歌《一切》），顾城早已如此透彻地表达过他对命运的看法：命运不是风来回吹，命运是大地，走到哪里你都在命中。

　　"朦胧诗""杀妻"这两个概念极大限制了人们对顾城的认识。将顾城仅仅归入"朦胧诗"使人们忽视了顾城诗歌真正的成就——实际上，他是 20 世纪少有的对现代汉语做过原创性贡献的人，这一贡献远远超越了和他并称的北岛、舒婷等人。顾城曾经把自己的诗歌阶段区分为四个：自然的我（1969—1974），文化的我（1977—1982），反文化的我（1982—1986），无我（1986—）。"朦胧诗"视野中的顾城诗歌集中在前两个阶段，而顾城后两个阶段的诗歌则被关注得很少。依笔者拙见，顾城诗歌最有价值的部分存在于后两个阶段，此时顾城的诗歌达到了一种惊人的美，它们留下了大量空间，而"留下空间是为了让神通过"（语见顾城演讲《"我们是同一块云朵落下的雨滴"》）。

"杀妻"事件则从道德层面使人们远离顾城，大家很难接受一个被称为"童话诗人"的人和一把斧头联系在一起（据顾城的姐姐顾乡提供的证据，"杀妻"和"斧头"都是不确切的，顾城本意并没有想杀妻，他只是说"我把谢烨打了"，事情经过像一次夫妻吵架；再者，事发现场证明，斧头和本案没有关系，只是以讹传讹，大众乐于这样想象和接受——笔者补注）。顾城喜欢读陀思妥耶夫斯基，《罪与罚》中也有一把斧头。陀氏如此沉重，顾城如此轻灵，但他们就以这样奇怪的形式发生了关联。其实，这又有什么难以理解的呢？有一次台湾主持人蔡康永问日本女星饭岛爱（2008年底自杀）："你这么恨你爸爸，但你又这么想再见到他，这不是很矛盾吗？"饭岛爱回答："老师啊，人生本来就是由矛盾组成的啊。"

轻与重，神与魔，理性与疯狂……在顾城的身上，也综合了这些矛盾。

阅读顾城1982年以后的诗歌使我意识到，研究顾城还任重而道远。他是那种经过岁月磨洗会越来越发光的诗人，也是中国当代文学史收获的仅有的几个天才之一。写作于1983—1985年间的《颂歌世界》，是顾城诗中的黄金。这组诗的第二首名为《提示》：

提示

和一个女孩子结婚
在琴箱中生活
听风吹出她心中的声音
看她从床边走到窗前

> 海水在轻轻移动
>
> 巨石还没有离去
>
> 你的名字叫约翰
>
> 你的道路叫安妮
>
> 　　　　一九八三．十二

《颂歌世界》由 48 首短诗组成，写作时间不一，由顾城于 1986 年 1 月编成一个整体。关于《颂歌世界》，顾城曾写道：

> ……我用两年时间，把自己重读一遍，旧日的激情变成了物品——信仰、笔架、本能，混在一起，终于现出小小的光芒，我很奇怪地看着，我的手在树枝上移动，移过左边，拿着叶子。

从这一自述来看，《颂歌世界》是顾城对个人生活史的梳理，是沉淀并附着在文字上的往日生活的情感。组诗中《童年》《小学》《懂事年龄》《"运动"》《丧歌》等诗题已大致勾勒出时间的轨迹。顾城用匪夷所思的字句，尽可能探测生活的深度，记叙了独到又具有普泛性的生命体验。《颂歌世界》处于顾城诗歌写作的第三个阶段，相比起"自然的我""文化的我"阶段的诗歌，阐释难度大大增加(《提示》在这组诗中，属相对容易解读的)。"无限风光在险峰"，往往越难懂的诗越有魅力 (如李商隐的《锦瑟》)。有人曾向泰戈尔抱怨诗歌难懂，泰戈尔反问他："当你闻到花香的时候，你会问这香味是什么意思吗？" 解释一首诗总是出于迫不得已，对《提示》的解读也可视为这样的 "强为之名"。

《提示》写了婚姻生活的纯洁、美好，同时又隐藏着小小的不安。

它写作于 1983 年 12 月，与顾城的结婚时间 1983 年 8 月相距
4 个月。开头一句陈述了现实："和一个女孩子结婚"。"女孩子"是
关键性的词，可以比较这个位置如果替换成"少女"或"女人"，
会有什么效果：前者显得轻佻或轻浮，后者则是一种成年人的复
杂。顾城的另一首诗《试验》用的就是"女人"："那个女人在草场
上走着"——在《试验》里，顾城正是极力表现这个"女人"生活
的混乱和激情。总而言之，使用"女孩子"使这桩婚姻变得非常纯
洁，像童话，像童话里的孩子过家家。

第二句出现了"琴箱"这个概念，它一下子带出了整个中国传
统中用乐器和鸣来指涉婚姻的惯例。《诗经》首篇即有"琴瑟友之"
之句，美满的婚姻被比喻成合奏得非常完美的两种乐器。这个琴箱
可能是管风琴的琴箱，也可能是钢琴的琴箱，还可能是大贝斯。生
活在"琴箱"中，便是生活在"爱"与"美"中。琴箱的木质使人
联想到他们的房子可能是传统的木结构的房子，或者是在一艘木船
上生活。而且，"琴箱"使这个场景带上了西式的色彩，使后文"约
翰""安妮"的名字出现不显得突然。

第三句紧跟第二句，进一步发挥"琴箱"这个意象。风在弹奏
着"心弦"，那一定是无比快乐的声音，发自内心深处的纯粹的快
乐。弹奏者是"风"，表明这是非常自然而然的美好，是合乎天道
的结合。

第四句这个简短的场景化句子带出了一整个新房，新房的早
晨，卧床未起的新郎看着新娘去开窗看海。风在吹动窗帘，朝阳或
许照见了新娘羊脂白的脸庞，像日本电影《情书》里，女孩在图书
馆里看见自己心爱的男孩靠在窗边看书，而窗帘在飘动，阳光射进
来。整个房间都在新郎柔情的注视之中。窗前可能是梳妆台，新娘
赶早起来是要去梳洗化妆，就像中国古诗中那个经典的句子："妆罢
低声问夫婿，画眉深浅入时无？"丑媳妇总要见公婆，这种新妇的

忐忑刻画得微妙动人。

"海水""巨石"句可以理解为是"她"站在窗前看到的场景，使整个诗歌发生的环境更富于诗意，我们可以想象这是一处海边的房子，或者是一艘海上的木结构船只。海水的移动使人想到木船像摇篮一样晃动。从更深层次来讲，语义呼应了"海枯石烂""海誓山盟"之类的爱情描述。它喻示了婚姻、感情的长久性，但同时又让人感到一种"丧失"的可能与遗恨。这两句是一个隐含的过渡，它使前四句非常具体的描写可以嫁接到结尾两句关于永恒道路的思考上，因为这两句既是实景，同时也有抽象遥远的内涵。

最后两句是格言警句式的告诫，像西式婚礼上神父对新人的训诫。顾城在一次对话中说，《提示》"是在梦里听到的一首诗，梦里完完全全它就写在一块石头上"（顾城访谈《最端正的杯子，是橘子》）。这两句话像耶和华用看不见的手指刻给摩西的"十诫"。"约翰"和"安妮"都是英文中表示"普泛性"的名字，用在这里，指代普通人和平凡的生活。两句的含义是：你是一个普通男子，你的道路将和这个名为"安妮"的女子联系在一起，女人将是你的道路，正像但丁在《神曲》里所写：永恒的女性，引导人类上升。

"约翰"和"安妮"用在这里，音韵和谐，雍容典雅。同是英文中表示泛指的名字，如果将之替换成"迈克""琼斯"呢？表达效果应该是大打折扣。"约翰"是《圣经》里使徒的名字，带有宗教意味，"安妮"则是欧洲皇室公主的常用名，有优雅的指意倾向，两者都有着悠久的历史。而"迈克""琼斯"则是稍微后起的称呼，它们之间的区别近似于欧洲贵族与北美后起新富的区别。而同样是表示泛指性的称呼，为什么顾城会选用英文名字而不是选用汉语中的诸如"张三""李四"或者"大春""小翠"呢？从阅读角度来说，如果诗歌的最后两句是"你的名字叫大春，你的道路叫小翠"，为什么整首诗会韵味全失？窃以为，这是因为在"与世界接轨"的年代，真正代表普泛性道路的只能是西方的语词，而中国传统已经变成了"地方性知识"。这样的"地方性知识"，当然无法在语言中代表终极真理的状态。1983 年（还可以追溯到"文革"期间的地下阅读潮）的文化语境，正是蓝色文明代表"天下"。

　　读到这里，我们已经对诗名"提示"的含义有所认识。全诗前面六句都在为最后两句做铺垫，这两句可以看成是顾城对自己的"提示"：你的平凡生活开始了，要安于这种平凡。结婚是人幅度最大的一个社会化过程，意味着人要接受很多的社会约定，意味着人真正长大。顾城多次在言谈中表示自己无法想象"结婚"。这首《提示》体现了诗人对婚姻轻微的不适感，他一时无法适应"丈夫"这个角色。谢烨在生活中有时候承担了母亲的角色。在这一点上，顾城比海子幸运，因为海子终其一生都没有得到一个女人的耐心呵护，他呼唤的"姐姐"（见海子诗歌《日记》）只是一个虚无。而顾城却可以在感到孤独时那样期待：

　　　　那么多灯火摇摇
　　　　　　雷米
　　　　真想和你去走风暴中安静的雪地

　　　　顾城《境外》（1987 年 8 月，写于第一次出国期间）

　　《提示》的形式非常规整，在用词和节奏上，是两两对应的：1、2 句是介词（和 / 在）对应，3、4 句是动词（听 / 看）对应，5、6 句是名词（海水 / 巨石）对应，7、8 句是格言式的对应。而这四组句子又通过内在意义的勾联和递进推进得相当平滑，没有突兀、跳跃之感。这些都使整首诗的音乐感非常好，而音乐感，这一汉语最重要的素质往往被现代汉语写作者忽视。

《提示》代表了顾城诗歌达到的高度。中国传统想象和西方元素近乎完美地组合在如此短小的篇幅内，简洁精确，节奏完美，推进平滑，回味无穷。可以肯定的是，顾城写的时候并没有想那么多，他只是依靠他的直觉或梦境——我们的解读并不是要追溯作者原意，而只是圈定这短短的八行字应有的表意的疆域。

《提示》捕捉的是一个人刚刚进入婚姻时的微妙心理，是诗人对自己的劝慰，讲述的是人的自由天性如何在婚姻中变得"驯服"的故事。婚姻虽然对你形成了束缚，规定了你的道路，但同时也保障了你的安全。

顾城世界的崩溃和传统婚姻模式的瓦解有关。联系 1993 年的现实，重读 1983 年写下的这首《提示》，又如何不使人生出"命运"之慨呢？富于戏剧性的是，1992 年带走英儿的那个英国老头名叫约翰。

海子诗歌的"青春期"特征

——以《面朝大海，春暖花开》为例

　　写《荒原》的美国诗人艾略特在他的一篇文章《传统与个人才能》中写到大意如此的话：如果一个人在 25 岁之后还写诗，那么他就必须考虑自己和历史的关联。海子 1989 年自杀，恰好 25 岁。25 岁是一个很有意味的年头，可以视为青春期和成年生活的分界线。艾略特的话也可以从"告别青春"的意义上来理解。我们知道有这么一种说法：每个人在 20 岁的时候都是诗人。换言之，每个人在青春期都是诗人，这个时期生命充满幻想和激情，它的未来不确定，它天然就是属于诗歌的，它可以自发写诗，它可以无视诗歌的历史和传统，它依靠一种爆发力和冲劲写诗。而过了 25 岁，青春的激情消退了，自发写诗的冲动也消失了，这时，如果一个人还要做诗人，就要考虑写作的技巧、写作的传承、写作的创新、写作的思想性这些更理性的事情。在这个意义上，25 岁对诗人构成了一个考验。如果他挺过了 25 岁，他可能会放弃诗歌，老老实实过日子，或者写另一种不同于青春期风格的诗歌；如果他挺不过 25 岁，他就只有自杀。另一个诗人戈麦验证了这一点，他也毕业于北大，他 1991 年自杀时是 24 岁，他在《戈麦自述》里说：戈麦经常面露倦容，有时甚至不愿想 25 岁之后的光景。在这里，戈麦也把 25 岁看作一个门坎，他也没有跨过去。

"青春期"之于海子可以从几个层面上来理解：1.海子写作的时期是他的青春期；2.海子的喜爱者主要是青春期读者；3.海子诗歌具有某些青春期的特质，比如喜好幻想，崇拜远方，充满激情，理想主义，不切实际，单纯，偏执，走极端等。

海子死于 25 岁，留在了青春期的门坎里面。某种意义上，他的写作依靠的是一种青春期的激情和冲劲，他的生命是加速的，最后终于支持不住了，就"轰"地一下爆炸了。海子非常喜欢画家凡高，他的卧室里挂着凡高的画，他的诗歌意象很多借自于凡高，比如麦田、麦子、星空、土豆。他甚至是在模仿凡高生活。自杀的结局也是一样的，而且他们都是白羊星座。他还写过一首关于凡高的诗《阿尔的太阳》，把凡高称为"瘦哥哥"：

> 瘦哥哥凡高，凡高啊
> 从地下强劲喷出的
> 火山一样不计后果的
> 是丝杉和麦田
> 还是你自己
> 喷出多余的活命的时间

"强劲喷出，火山，不计后果，多余的活命的时间"，这是对激情喷涌的生命的描摹，也是海子自己的写照。所谓"喷出多余的活命的时间"就是说：我可以不活那么久，我把一生的激情都集中在几年里喷出来，这样的话，生命可能很短，但是很壮观。这首写于 1984 年的诗其实就暗示了海子的自杀。他的诗正是这种喷涌式的，他把一生的激情都集中在 25 岁之前喷涌完毕了。

　　这里"不计后果"这个词是一个典型的形容青春期的词。青春期的人容易走极端。为什么他们爱走极端？因为他们很虚弱，除了"极端"以外一无所有，他们只能靠极端来证明自己。我们可以拿瀑布和喷泉来打比方。青春期的人就像瀑布或喷泉，它们喷涌的力度非常大，但是它们很单薄，它们的美就来源于它们的单薄和极端；而大海的美与此不同，大海是浑厚的。大海和瀑布的对比正如同中老年和青春期的对比。

　　青春期的特点就是拒绝折中和中庸、调和；它是旗帜鲜明的，要么全有，要么全无。对于青春期的人来说，他们的世界不是 1 就是 100，而完全忽略了 1 和 100 中间还有很多数字；还可以说，他们的世界不是白就是黑，而忽略了可能"灰色"才是最常见的颜色。黑和白，是青春期的颜色。还有一种青春期的颜色是"血红"，这种"血红"的颜色用海子朋友骆一禾的话来说，是"比黑更黑，因为它处于压力和爆炸力的临界点上"。在很多神魔电影里，危险的地方并不是黑色的，而是血红色的，它是一种非常危险、随时可能爆炸的颜色，就像火山快要爆发前一样。这些颜色可以说都是海子诗歌的精神内核的颜色。青春期的世界就是这样一个充满爆炸性危机的世界，对立两极在它的内部展开剧烈的冲突，这种矛盾和冲突是青春期痛苦的根源，也是海子诗歌痛苦的根源。

　　海子诗歌中有非常多这样鲜明对立的二元对立项：比如生/死，希望/绝望，天空/大地，无/有，黑夜/光明，痛苦/幸福……海子诗歌，就是这些对立项交战的战场。这使得他的诗歌呈现出一种"分裂"的面貌，它们的层次不是单一的，而是复合的，是两个层面互相撕扯。我们可以以海子流传最广泛的诗《面朝大海，春暖花开》为例来分析这一"青春期"特征。

面朝大海，春暖花开

从明天起，做一个幸福的人

喂马，劈柴，周游世界

从明天起，关心粮食和蔬菜

我有一所房子，面朝大海，春暖花开

从明天起，和每一个亲人通信

告诉他们我的幸福

那幸福的闪电告诉我的

我将告诉每一个人

给每一条河每一座山取一个温暖的名字

陌生人，我也为你祝福

愿你有一个灿烂的前程

愿你有情人终成眷属

愿你在尘世获得幸福

我只愿面朝大海，春暖花开

1989 年 1 月 13 日

　　《面朝大海，春暖花开》被选入中学语文课本，被广为传诵，还被一些房地产公司用作广告文案。这首诗有非常温暖、光明、幸福的一面。不管是用来做房地产广告，还是入选中学语文教材，应该都是着眼于这一面。从编教材的人的初衷来讲，他可能是希望孩子们从这首诗里得到美的熏陶（面朝大海，春暖花开），还可以学会处理好和亲人的关系（从明天起，和每一个亲人通信），重视实际劳动（热爱粮食和蔬菜）等。但笔者认为，这首诗在光明、美好的表层之下，还有一个非常痛苦绝望的深层，它实质上是一次寒冷到骨髓的死亡表白。

我们可以留意一下这首诗的写作日期：1989 年 1 月 13 日。海子自杀是 3 月 26 日，也就是说是自杀前两个月零 13 天的时候写的。海子的短诗，可以大致分为两个阶段，前期非常纯净、明朗（比如《自画像》《日光》），喜欢用"蓝色、淡蓝色"这样的词；后期非常的暴烈、绝望，表达一种极度的痛苦情绪，颜色方面喜欢用绿色、红色、黑色这些比较浓烈的颜色。尤其是进入 1989 年之后，痛苦和绝望更加深重了。《面朝大海》这首诗色彩的明朗热烈在海子后期的诗里是很罕见的，它有一点"回光返照"的感觉，它表面上洋溢着温暖幸福，但是内里却显得非常绝望。

诗的起始句是"从明天起"，这个有点像那种沉溺于什么里的人发的誓那样，比如说戒毒的，他常常会发誓，说从明天起怎么怎么样，关键是，明天是虚幻的，等你睁开眼睛，你发现又是今天了，明天又在远处，所以这是一个不能兑现的许诺，总是在不断地被推向远处。再看接下来的一句："做一个幸福的人。"这里下的决心不是针对具体的事，比如，从明天起，每天早晨跑 1500 米。这样具体的事我们是可以做到的。但是，"幸福"，这样一个笼统的状态并不是我们自己所可以控制的，郑均有一首歌叫"幸福可望不可及"，就是说，幸福总是在远方，其实追求不到。"做一个幸福的人"这样的表述，从现实性来说，是"我"自己都没有信心的。这样的话，不管是"明天"，还是"幸福"都很虚幻。这首诗里，"明天"出现了 3 次，"幸福"出现了 4 次，这种反复强调和憧憬、许诺，恰恰说明"今天"是何其的不幸福，这首诗的热闹、光明都是作者向往的，而并非现实。对明天的向往写得越热烈，恰恰是为了让人体会到今天是多么多么寒冷，多么多么绝望。在这里，其实隐藏着两对对立项"明天/今天""幸福/不幸"，它们一起内在于诗中，必须结合起来理解。

　　还值得注意的是诗的最后两句："愿你在尘世获得幸福／我只愿面朝大海，春暖花开"，这句把自己排除在"尘世"之外，有绝尘之意，而且隐含的是另一对对立项——不兼容、不可调和的"我／你"。"我只愿面朝大海，春暖花开"，说明他所描述的"面朝大海　春暖花开"的景象也并非存在于尘世，而是尘世之外，比如是天国里的景象。其实，笔者读整首诗想起佛教里对极乐世界的描述，有一种涅槃升天得见光明的感觉，和基督教文化里"复活"的感觉是类似的。这个感觉从另一首诗《春天，十个海子》里得到佐证。这首诗的写作日期是 3 月 14 日，距离 3 月 26 日自杀的日期是 12 天，一般认为是海子的绝笔之作。这首诗的开头两句是：春天，十个海子全部复活／在光明的景色中／嘲笑这一个野蛮而悲伤的海子。这里使用的是基督教的语义系统，这里十个复活的海子可以被看作是"天使"，他们下到人间来拯救这"一个野蛮而悲伤的海子"，意味着让海子放弃尘世的生活，跟他们到天国里去。这里的"在光明的景色中"可以认为就是《面朝大海，春暖花开》里描写的景色。从这个意义上说，《面朝大海，春暖花开》是一首关于死亡的诗。在这首诗里有两个激烈交战的层面，诗歌的魅力产生于这两个层面的平衡。如果它只有一个单一的层面，比如单纯的对幸福的向往，而没有这种绝望、痛苦的层面，它就不可能有这么大的魅力。

　　海子诗歌的青春期特征，就是对立两极的交战，冲突，和痛苦。这些可怕的冲突不仅以海子的诗歌为战场，也以海子的身体为战场，当他的身体终于承受不了，他就选择消灭身体来平息这些冲突。这是海子自杀的根本原因——极度对立两极的不可调和的斗争：理想与现实的，肉体与灵魂的，天空与大地的……

诗歌细读十例

一、解放

闇

    顾城

进来
    箱子走了

你一人看马车
你一个人是两块相互折磨的积木

家
和
锅 爸爸或者儿子
    1988 年 3 月

（顾城组诗《水银》第 35 首）

顾城的《水银》组诗一共48首,作于1985年11月至1988年3月之间。写的时候,每一首都是独立出现的,事后才追溯而编为一组,名曰《水银》。我们可以想象水银在震动之后四处滚动,又重新组合的样子。这正是顾城在这组诗中的抱负:打破固有的秩序,给文字以自由,让它们重新组合,焕发出新的活力。

语言是表情达意的工具,同时又是一个极其有限的工具。我们都有这样的感受:面对一个无比震撼的场景时,感到张口结舌,无法用语言形容。其实,哪怕是日常生活中最常见的东西,比如一张桌子,要准确地将之呈现在文字中,也甚为不易。操弄文字者终其一生都在寻求如何用文字将丰富、复杂、深邃的现实感受准确地保存在文字中,其中卓有成就者我们称之为伟大作家。而经典作品无非是这样:当我们面对一个微妙情境时,我们无法找到自己的语言,一些现成的表达涌向舌尖心头,替我们发声,此谓之经典。费孝通在《乡土中国》一书中的"文字下乡"一节对此有过清晰的表述:语言"虽则有助于人和人间的了解,但同时却也使人和人间的情意公式化了,使每一人、每一刻的实际情意都走了一点样。我们永远在削足适履,使感觉敏锐的人怨恨语言的束缚。李长吉要在这束缚中去求比较切近的表达,难怪他要呕尽心血了"。

顾城自小时起就感到语言的有限性。学习公众语言对他来说是一种困难,乃至一种耻辱。他想发明自己的语言,可是这些话别人听不懂。语言表达的独特性和公共性之间的矛盾折磨着他。语言表达的独特性,极端的例子是婴儿对妈妈的咿咿呀呀;语言的公共性,极端的例子是社会主义文学中的诗歌。顾城从早期到后期的诗歌,其实是逐渐从语言的公共性慢慢退行到语言的独特性。在后期那些看起来似乎是精神病人呓语的诗歌中,他尽力打碎语言的公共秩序,试图用全新的语言组合来靠近复杂的现实感受。

这是我们理解《水银》的背景。下面我们尝试解读《水银》第35首《闇》，看看顾城是如何解放并激活汉字的。

标题"闇"，这个字是"暗"的异体字，意思是昏暗。使用"闇"，而不是"暗"，是因为"闇"这个字，同时也是"象形字"，它展开了这样的一个场景：从门外往里看，昏暗的屋子里，只有声音传出来。

所以，诗的第一行是：进来。也就是从门外进到了房间里面。

第二行"箱子走了"，是从门里抬走了箱子。在排列上，有意和第一行错开，是为了强化"走了、远离"的效果。

马车、箱子这些意象确定了诗歌的基本事件：搬家。第二节两句写的是一个搬家的旁观者百无聊赖的状态。他可能是儿时的顾城，也可能是成年后的顾城。在儿时，他旁观是因为他是孩子；成年后，他旁观是因为他是生活的局外人。按照诗歌的音乐感，通常情况下此节应该是：

你一人看马车
你一人是两块相互折磨的积木

顾城在第二行加上了"个"字。"一个人"，"个"字是"人"字下有一竖，和"一"字的这一横，构成了后文所说的"两块积木"。从字形上说，"个"和"一人"构成了两种相对的变化，而从意义上说，则是一个人木然地，一会儿躺着，一会儿站着。这是两种互相变换的状态，也是一个人内心两种矛盾斗争的想法。

第三节"家和锅"竖写，这也是一种象形。像一堵墙，高处是屋檐，代表家，下面是灶台、锅。而锅前是"爸爸或者儿子"，他们在屋子里生活，在灶台前操劳、进食。这是门内昏暗的日常生活内容。

此诗写作时间是1988年3月。在这个月，顾城刚刚在新西兰成了父亲。我们设想这首诗写的是孩子出生后的一次搬家行为。而在顾城的童年，他也曾随父亲下放山东农村，同样是漂泊、搬家，不同的是，那时的孩子成了父亲。

换言之，这首诗压缩了两重记忆：一重是顾城童年作为儿子的记忆；一层是顾城成为父亲时的记忆。相同的是，在这两重记忆里，他都始终孤独、无助，是生活的局外人。虽然他被称之为"爸爸"，但他也还是只知道在灶台前徘徊的"儿子"。而相隔那么多年，相隔新西兰和山东那么远，他面对的始终还是家、锅、搬家这样基本的生活内容。

这就是寥寥数语里包含的巨大的时空内容和无法明言的感慨，乃至缅怀。不仅依靠文字的意义跳跃，也依靠文字的象形与诗行排列的象形，顾城拓展了汉语的表现力。

对于后期的语言实验，顾城曾自己为自己打气："其实写诗，只需要一个读者，可能也就够了。中国古代也有这个风格，弹一个琴，有一个人，远远地坐在树下听。"他的文字提供的是一个感受框架，有共鸣的人会在这个框架中填入自己的感知，无共鸣的人则无法进入。这些诗，是不能苛求被多数人理解的。

二、使树木游泳的力量

来源

　　顾城

泉水的台阶
铁链上轻轻走过森林之马

我所有的花，都从梦里出来

我的火焰

大海的青色

晴空中最强的兵

我所有的梦，都从水里出来

一节节阳光的铁链

木盒带来的空气

鱼和鸟的姿势

我低声说了声你的名字

（《颂歌世界》第13首）

　　《来源》初读，一头雾水。大概过了两三年时间，才在与年少者（尤其是寒凝君）的交流中若有所悟，终于能提供一点可以自圆其说的解读。

　　开头的两节三行写的是森林。泉水流下台阶，明亮的阳光照在水流上，水的纹理像铁链，而潺潺流水、林间光影使人想到，似乎有一只看不见的马轻轻踏过。这些茂盛的植物、花朵都像从梦幻深处开放出来。几米有一本画册就叫"我的心中每天开出一朵花"。

　　接下来的两节四行写的是大海。在海上坐过快艇的人都能体会到海水的坚硬。快艇拍打在海面上，像拍打一块钢板。前三行写的是海水那种坚硬的深蓝。海水涌向天空的线条，像升腾的火焰的轮廓，不过，却是凝固的火焰。海水不停息地涌向天空，蕴含野蛮的精力和能量，变幻出各种形状的青铜武器，像一支强大的军队，是

"晴空中最强的兵"。第四行承接上文的"都从梦里出来",进一步推进,突出了水孕育万物的元素性质。

这两部分描绘出一个由森林、大海组成的梦幻华美的世界,像宫崎骏的动画王国。接下来的一节三行是对这个世界的总结和定型,强化了雕塑和凝固的感觉。"一节节阳光的铁链"使人想起芒克《阳光中的向日葵》,把阳光比喻成套在向日葵脖子上的绳索。当然,顾城本人也早有这样的比喻,在《生命幻想曲》里,他写:"太阳是我的纤夫\它拉着我\用强光的绳索"。"木盒"使人想到潘多拉魔盒,它和古希腊创世神话有关,增加了世界的神秘感。"木盒带来的空气"表示木盒停顿在打开的状态,里面的怪物已经跑光。"鱼和鸟"停留于一个固定的姿势,像被点中穴道,不能动弹。所有这一切都固定不动,仿佛在等待着什么。这一节在为最后一句蓄势。

最后一句是全诗的点睛之笔。如果说此前描写的是一个梦幻华美但停顿沉默的世界,那么,随着这一句,一个低低的声音出现了,仿佛被解咒,这个世界才真正动起来,水的坚强,海的强悍,光的力量,一切都有了内在的生命。这开天辟地的第一个声音居然是"你的名字"。因为你,因为我说出了你的名字,世界才真正存在,时间才真正开始。这是像高山大海一样辽阔的爱情。这爱情可以理解为男女之爱,也可以从人类诞生源头的意义上来理解:这是生命世界起源之初的"爱",因为有这一种爱意的推动,生命世界才从寂静中分离出来,正如顾城在《颂歌世界》的第一首诗《是树木游泳的力量》中所写:"我们看不见最初的日子\最初,只有爱情"。

《老子》开篇说:"无名,天地之始;有名,万物之母。"《圣经》开篇说:"神说,要有光,就有了光。"命名是与世界建立联系,是对对象的爱抚,是交流与表达。《来源》可视为对上述经典的当代重写。这首诗是真正意义上的"童话诗",因为它把命名表现为一种爱的低语,把爱理解为这个世界的起源,这个美丽世界真正的推动力。在顾城看来，爱像庄子所说的"大块噫气"，使树木和鸟在空中游泳，使万事万物美轮美奂。

这首诗被顾城编为组诗《颂歌世界》之第 13 首。《颂歌世界》写于 1983 年 10 月至 1985 年 11 月之间，和《水银》一样，也是以回顾的方式挑选出 48 首诗，构成一组诗。它在语言实验方面没有《水银》（1985 年 11 月—1988 年 3 月）走得那么远，理解起来更有迹可循。《颂歌世界》和《水银》可以说是顾城诗歌生涯中并峙的两座顶峰。

这首诗的版本并非唯一。我最早接触这首诗，看到的是上面列举的版本。这个版本来自网上，比如诗人大仙 2007 年 5 月 8 日的搜狐博客中就是这个版本。但在 2010 年版的《顾城诗全集》中，此诗字句有较大不同，列如下：

来源

泉水的台阶
铁链上轻轻走过森林之马

我所有的花，都是从梦里来的

我的火焰
大海的青颜色
晴空中最强的兵

我所有的梦，都是从水里来的

一节又一节阳光的铁链

小木盒带来的空气

鱼和鸟的姿势

我低声说了声你的名字

1984 年 6 月

1995 年版的《顾城诗全编》与上列大致相同,只是第 7 行少了个"是"字。应该是错漏,所以 2010 年的版本予以更正。

对比网上版本和 2010 年全集的版本,我还是更偏爱网上版本。网上版本删掉了"青颜色"的"颜",将"一节又一节"变为"一节节",删掉了"小木盒"的"小",这些删改应该是深思熟虑的结果,使诗歌更为精炼耐读。另一处修改,"都是从梦里(水里)来的"改为"都从梦里(水里)出来",高下倒不好判断。前者语气比较柔和,后者语气坚决。若按照笔者的诗意解读,可能是后者更好一点,但前者有助于形成那种华美的气氛。顾城对他的诗多有删改,我怀疑网上流播的版本是他某一次修改的产物,而诗全集的编者采纳的却是修改之前的手稿。一首诗有它的命运,我相信,更为完善的版本一定会在与时间的对抗性游戏中赢到最后。

三、为什么我不能生活在下槐镇?

下槐镇的一天

李南

平山县下槐镇,西去石家庄

二百华里。

它回旋的土路

承载过多少年代、多少车马。

今天，朝远望去：

下槐镇干渴的麦地，黄了。

我看见一位农妇弯腰提水

她破旧的蓝布衣衫

加剧了下槐镇的重量和贫寒。

这一天，我还走近一位垂暮的老人

他平静的笑意和指向天边的手

使我深信

钢铁的时间，也无法撬开他的嘴

使他吐露出下槐镇

深远、巨大的秘密。

下午6点，拱桥下安静的湖洼

下槐镇黛色的山势

相继消失在天际。

呵，过客将永远是过客

这一天，我只能带回零星的记忆

平山下槐镇，坐落在湖泊与矮山之间

对于它

我们真的是一无所知。

见杨克主编《1999 中国新诗年鉴》，李南等《九人诗选》（华艺出版社，2001 年）中"李南的诗"，以及《诗林》2005 年第 2 期。

　　河北女诗人李南的这首诗，十几年来多次被人注意到。她自己似也颇为满意，2010 年在《诗探索》上发表《就诗说诗》两篇，其中之一即是这首诗的创作谈。

诗的开头部分带有艾青的调子（如艾青的《手推车》《北方》等），结尾部分带有韩东的调子（如韩东的《有关大雁塔》《你见过大海》等）。这意味着诗里有两种情感：一种是对北方土地的木刻画式的描摹，一种是对未知之物的避让与敬畏。就像在韩东的诗里，大海和大雁塔是人们无法理解的实存，这首诗中的下槐镇也是"我们"无法进入的神秘之物。

诗里的"过客"与下槐镇形成了一个相对运动。过客代表着时间，代表着历史，代表着不可阻止的前进；而下槐镇则仿佛处于时间之外，永远不变。尽管它正在遭受干旱的煎熬，但自有解决之道。也可以说，过客代表着现代时间观：直线前进的，发展的时间；而下槐镇则代表着传统时间观：循环的，周而复始，日升月落，静止不变，如宋人唐庚所言，"山静似太古，日长如小年"。这两种时间在诗中擦肩而过，而诗人之为诗人的态度便是，对停滞在时间深处的村镇保持了礼貌与好奇，没有贸然否定或代言，乃至挥动拆迁的大铲。

想象中，下槐镇的村口应该有一棵老槐树，人们吃完饭，会在树下纳凉聊天，摇着历史悠久的蒲扇，有一搭没一搭地说着各处的奇闻异事、家长里短，孩子们会捉迷藏、追萤火虫，到月明星稀时才散场。

下槐镇诱惑我们去想象那些古老而美丽的村镇。为什么我不能生活在下槐镇？

首先，下槐镇已踪迹难寻。市场化浪潮已经把中国的每个角落都卷入全球资本主义体系。我们的乡村变得异常空虚，那里遍布离散的家庭，青壮年长年在外打工，村子里只有老弱病残，气息奄奄。到了夏天，村中小路甚至都被荒草掩盖。下槐镇的确实有其镇，但只要随手百度，就可以看到这样的报道："记者在平山县下槐镇寺沟村的群山深处看到，星罗棋布的采石场将绿油油的群山侵蚀得千疮百孔，远望犹如雪山。"

　　一代青年曾经喊出"逃离北上广"的口号，但是，不久又出现"逃回北上广"的浪潮。因为他们发现，在偏僻的地方，不如意之处可能更多。中国基层政权大量存在瘫痪或黑社会化的倾向，从文化生态上来说，则是当官发财的主流想法笼罩一切。山水还是故时的山水，但其中的文化内容却变得前所未有的势利。山清水秀之间，人的思想、价值形态被囚禁在铁笼子里。基层的溃败反过来加重了中心城市的压力。尚可挣扎的年轻人又逃回中心城市。中心城市的可取之处在哪里？还有一点异端思想的空间，还有可以秉烛夜谈的知音，还有一些可以在淤泥中透气的孔洞。

　　其次，假设真的有那样一个理想的下槐镇，我也不能在下槐镇生活。因为那意味着长久的寂寞。那寂寞是在时间和历史之外的寂寞，如同海子在昌平所感到的："为自己的日子在自己的脸上留下伤口，因为没有别的一切为我们作证。"从乡村逃到城市，是为了逃避寂寞。尽管在稠人广众中可能更寂寞，但至少表面上是那么热闹，到处是生人的热乎气儿。

　　也许要到很老了，才可以安然地生活在下槐镇。可是，等老了的时候，可能就没有勇气或力气生活在下槐镇了；有勇气或力气生活在下槐镇的时候，你又没有老。

　　至为稳妥安全的，便只有在文字中去想象一个黛色的下槐镇了。

四、坐在水上写信

遥远的路程

海子

雨水中出现了平原上的麦子

这些雨水中的景色有些陌生

天已黑了，下着雨

我坐在水上给你写信

1989.1.22

诗歌阅读是一种隐秘的私人享受，它无关宏旨，只和最细微的感受相关。我们总是在诗歌中寻找和自我心灵相关的部分。有些诗歌史上的大诗人可能和你毫无关系，而另一些被目为不入流的诗人却占据了你记忆的角落。比如，我至今记得汪国真的"从前的爱像狂风骤雨，如今只剩下点点滴滴"，还记得席慕蓉的"青春是一本太仓促的书"。当然，席慕蓉的位置更靠上一点。今天看来，席慕蓉诗歌中那种单纯、洁净的感觉仍然是有魅力的。

我提请大家重读的是海子的四行短诗《遥远的路程》。这首诗的最后一句常常盘旋在我的脑子里。"我坐在水上给你写信"。这是一种怎样的情形？

有一天，在阅读沈从文的时候，忽然发生一种美妙的联想：原来这句话写的是沈从文。1934年初，新婚不久的沈从文因母病返湘，一路上写信给妻子张兆和分享见闻，这些信都写于漂泊的河流上。现在我们可以在《湘行书简》里看到这些沈从文称之为"三三专利读物"的信件，里面还配了沿途绘制的看起来笨笨的插画，插画下往往就有诸如此类的感慨："橹歌太好了。我的人，为什么你不同我在一个船上呢？"因为离开了心爱的人，回乡的路途显得分外遥远，而原本熟悉的故乡风物也变得"有些陌生"。这真是充满了思念和爱意的雨夜，纵有忧愁，也是甜蜜的忧愁。"我心中似乎毫无什么渣滓，透明烛照，对河水，对夕阳，对拉船人同船，皆那么爱着，十分温暖的爱着！"此时的沈从文像一叶饱满的风帆，或者如泰戈尔所言："爱就是充实了的生命，正如盛满了酒的酒杯。"

然而，海子并没有沈从文的这份幸运。海子的雨夜并非这样，他的雨夜显得有点凌乱，凄清。也许他是坐在被雨水围困的屋子里，对一个莫须有的人，写着无法寄出的信。麦子也不能安慰，仿佛身处异地。生命在时间的河流上、陌生的世界中漂行，漫无目的，茫无涯际。沈从文的河流是《关雎》里的河流，而海子的河流却像冥河之水，像顾城最后的河流："沿着水你要回去／票一毛一张"（顾城《后海》）。这四行字为人类命运刻下一个剪影。我们唯愿在生命中，总可以等到那个收信的人。后世的读者，你是否收到过海子坐在水上发出的信件？

海子的诗有很多处于草稿状态，并没有最终写完，但几乎每一首诗都有一种灵感，他只是还来不及赋予这些灵感一个更完善的形式。海子诗歌的篇幅越短，往往就越接近无懈可击。《遥远的路程》可算这样的短诗之一。说来不免遗憾的是，虽然海子这些年被广泛阅读和谈论，但是关于海子却少见与其天才相匹配的探究。

早些年我迷恋海子，最初写诗也脱不开海子的窠臼，后来，随着年龄的增长，我可以更客观地看待海子，对海子的热衷度也有所降低，但我仍然坚持认为他是无与伦比的诗人。他拓展了新诗的想象力，他创造了一种青春的现代汉语，他单薄然而锋利，像烟火爆炸一般灿烂。我希望珍藏他，一如珍藏自己笨拙可笑但美丽动人的青春。

五、25岁论

厌倦十四行

蔡恒平

"凡是需要耐心的我都不喜欢"————一句留言

我经历了崇山峻岭和波涛汹涌的大海
在这个过程中我丧失了家,一个人理所当然
应当拥有的最起码的东西。比如水
粮食、火、御寒的衣服,再加上一枚十字架

到了这种地步,我深信活着只是为了吃饭
我就是这样理解生活。我也将这样对待自己:
把手头幸存的一切也都丧失,脱个精光
脱得比大自然就多一双拖鞋:这双脚

为我走过千山万水,完成了我
我当善待它们。所以我穿上拖鞋
让它们既得以保护又得以休息

这是我最后的责任。我累了,请你
我朋友中最仁慈的一个,替我关好门
让我独自坐在房子中央抱头痛哭,一醉方休

1991.5.18

蔡恒平的诗写于 20 多年前，今天读亦不显陈旧。在 1993 年前后，也就是蔡 25 岁的样子，他中止了写诗。25 岁离开诗歌，这样的例子，能让人想起海子、戈麦，还有柏桦。尽管柏桦中止写诗的年龄（1993 年左右）已经远远超过了 25 岁，但发生在他身上的现象，也可以认为是"25 岁现象"。柏桦至今还在发声，但已经仅剩缅怀了。

25 岁这个年龄界限出现在 T.S. 艾略特于 1917 年发表的论文《传统与个人才能》中。这一"25 岁论"所划定的年龄界限恰好与中国 20 世纪八九十年代之交的诗歌转折重叠在一起。换言之，一些被视为天才的中国诗人，恰好是在八九十年代之交度过了自己的 25 岁，结束了诗歌生涯。

艾略特的论文反驳的是浪漫主义文学批评对诗歌写作中"天才"和"个性"的强调，他说，对于任何一个超过 25 岁仍想继续写诗的人来说，"历史意识"几乎是绝不可少的。

海子、戈麦、柏桦、蔡恒平，都可以归入广义上的浪漫主义诗人。他们的写作都具有灵感降临、突如其来的特征。蔡说，他相信"彩笔神授神收"这回事。在这批诗人退出同时，"90 年代诗歌"的一些概念开始流行：叙事化、戏剧化、中年写作、日常生活。这一更迭和艾略特的文章或可相映成趣。

海子的诗歌常常被激情冲毁了形式，到后期，他的感情已经无法被他的文字形式所包裹。蔡诗中的情感则被非常干净地处理进了"十四行"这样的形式中。诗集显示，蔡一共写作了 24 首题为"十四行"的诗，与 1941 年冯至的 27 首十四行诗遥相呼应。他们都没有严格遵守西方意义上的十四行的格律，尤其是蔡的"十四行"，可能仅仅表示诗歌正好有十四行。

蔡的诗歌最早只是在校园流传。在其告别诗歌大概 10 年后，作品集《谁会感到不安》(新世界出版社 2002 年)出版，收诗 52 首。又 10 年后，《谁会感到不安》再版（安徽教育出版社 2011 年），增加两首逸诗，共收诗 54 首。有可能这些诗歌将会是我们能看到的蔡留下的全部诗歌。仿佛有某种神秘意志的推动，它们像丝丝不断的流水一样潜行。

54 首诗歌的水准比较接近，只有合在一起读，才能建立起整体性的关于蔡诗的印象。他的诗歌熔铸了他所领受的中西优秀文学的养分，既有西方绅士的彬彬有礼，又有中国浪子的潇洒磊落。他所操持的现代汉语，有一种雍容华贵、明亮的质地，"如一束美丽的芦花"（《爱情十四行》）。此前，我在一篇文章中这样形容对他诗歌的观感："它们仍然诚挚得滚烫，坦荡得有光芒，像《诗经》中的那些歌谣穿过两千多年的风尘扑面而来，水清叶翠。"

六、沉重与轻盈

老鸦村

李世文

门响着魔鬼的影子
柴草轻易地滑到地上
砸伤了芬芳的命运

还是那盏灯
端详你的脸
早晨，烟庐在风口默哀

冬天是些不声响的碎末

在新圈的院子里

生火做饭

继承了永恒的家产

《老鸦村》发表在北大"我们"文学社《我们》第六期，署名李世文。那个时候番禺路还不叫番禺路，我们也不认识，似乎是从挂在三角地的投稿箱里收到了这份投稿，从里面选了这首《老鸦村》。

翻查这期编后记（我写的），看见署的日期是 1999 年 10 月 27日。还看到一段话，近乎唐突地臧否那时的诗坛："他们中的许多人其实已在'当下'的迷雾中误入歧途。语言能力和精神修养的不足使他们的写作在迈向好诗的途中被迫中断，成为一堆奇形怪状令人捉摸不透的废品——如同在制陶过程中被雨淋坏了的泥坯。"这样的断语用来形容今天的许多诗，也仍然是合适的。

在记忆中，我一直把"默哀"读作"静默"，可能是觉得"默哀"有点重了。1999 年我在编后记里说："石龙的《门槛》与李世文的《老鸦村》都让我们想起苍茫的北方的土地，《老鸦村》里那种'在新圈的院子里生火做饭，继承了永恒的家产'的亘久不变的命运尤其让人心动。"今天再看，这首诗的价值，实际上不是"苍茫""亘久"，而是"轻盈"——它把沉重的生活写得如此轻盈，新鲜乃至芬芳。老鸦村尽管世代不变，可是对于每代人来说，它又是年轻和庄重的。这首诗的意味是在"重"（老鸦村，默哀，冬天，永恒）和"轻"（影子，轻易，早晨，碎末，新）之间展开的。它没有简单地陷入一种田园幻想，而是把充满生机的生活内容建筑在不无艰辛悲哀的现实基础上。

诗里的一些说法"门响着魔鬼的影子""冬天是些不声响的碎

末"、意象的突然出现（灯，脸，烟庐）、句子和句子之间的连接跳
跃所构筑的整体氛围都仿佛出自天意。我一直推崇这样的诗：它看
起来不像是人力所为，即使是作者本人，也不可能写出同样好的第
二首。

七、人不可能两次成为同一个人

长途

刘洁岷

从汉阳到松滋
一对准备去结婚的
年轻男女，那男的
中途下车后
就没有再回来

他拉开车门时
回头说："莉莉
那帆布包里
有梅和牛肉干"

但在同一时间
又一个男人
从公共厕所
出来，侧身坐在
那女子的身旁

像刚才一样，他们

亲昵着，莉莉

将牛肉干

从包里掏出、撕开

他们开始分享

2001.11

在《刘洁岷诗选》里，我读到一首特别的诗:《长途》。看到第一节结尾的地方"那男的 / 中途下车后 / 就没有再回来"，就被它坚决的灾难意味震住了。看到第三节，"同一时间 / 又一个男人 / 从公共厕所 / 出来，侧身坐在 / 那女子的身旁"，就开始恍惚，进入魔幻现实主义。

诗里有一个女人和两个男人。按照作者自述，这两个男人应该是不同的两个人，他们先后出现在这个女人的生活中。诗人所做的变形是，把本来有跨度的时间压缩为高速公路休息站里的一个点。两个男人的交替在瞬间发生，显示生活的易变、记忆的脆弱和感情的虚妄。

不过，我阅读的第一直觉是把这两个男人理解为同一个男人，只是他下车后再回来的时候，就已经不是之前的那个人了。下车的那个男人永远消失了，回来的这个男人已是另一个人。"长途"正如古希腊哲人所说的那条河，在这条河里，人不可能两次踏进同一段流水，而在时间的河流里，人也不可能两次成为同一个人。每时每刻我们都在丧失和更新，每一刻都在成为另一个人。温暖的叮嘱言犹在耳，不过那个回到你身边的人，已是一个陌生人。

这首诗的后面有一个冷静的观察者，他用简明的文字固定的这一小段场景犹如得诸神助。读它如同读一篇先锋悬疑小说，它的深处是生活的震动与惊悚，诡异与荒凉。

八、让时间停泊在伯克利海湾

礼物

切斯拉夫·米沃什

如此幸福的一天。

雾一早就散了，我在花园里干活。

蜂鸟停在忍冬花上，

这世上没有一样东西我想占有。

我知道没有一个人值得我羡慕。

任何我曾遭受的不幸，我都已忘记。

想到故我今我同为一个并不使人难为情。

在我身上没有痛苦。

直起腰来，我看见蓝色的大海和帆影。（西川译）

《礼物》清晰澄澈，有接近完美的形式。全诗可以分成三个部分：写实景（前三行）——沉思（中间五行）——回到实景（最后一行），中间的沉思部分仿佛劳作过程中的一次走神。句与句之间的接续严丝合缝，毫无突兀之感：我在花园里干活，蜂鸟也在忍冬花上劳作，蜂鸟的姿势使人想到"占有"这个话题，从具体场景到内心剖白过渡得非常自然；倒数第二行，内心剖白结束，提到了"身上"，又非常自然地过渡到"直起腰来"；这些都使诗歌在具象和抽象之间的迁移异常的平滑。诗歌中的"我"，不仅从纵向的时间枷锁中解放出来（忘记与谅解），也从横向的空间压迫中解放出来（与四周的造物及他人并行不悖）。这个花园中幸福的一天，是时空交汇的一个点，"我"在这个点上舒展开来，拥有了生活的完满。诗歌描摹了解除心灵束缚之后人可能达致的自由与平静，最后一句"蓝色的大海和帆影"是实景，也可以理解为人类精神进入澄明开阔之境的象征。

这首诗在中国流传较广，原因之一可能是它的精神特质和中国文化传统比较接近。比如最后一句，可以轻易让人联想起陶渊明的"采菊东篱下，悠然见南山"，诗中与生活和解的姿态则近于禅宗。

这首诗写于1971年的伯克利，其时米沃什在美国已生活11年，刚好60岁，按照孔子的说法，已进入"耳顺"之年。这首诗和米沃什早期的诗形成了对比。米沃什的译者张曙光说："米沃什的全部诗作可以看成是一首挽歌，一首关于时间的挽歌。"（张曙光《米沃什诗中的时间与拯救》）在大量诗作中，米沃什表达了自己对时间的敏感和恐惧，比如那首著名的《偶遇》（张曙光译）：

> 黎明时我们驾着马车穿过冰封的原野。
> 一只红色的翅膀自黑暗中升起。
>
> 突然一只野兔从道路上跑过。
> 我们中有一个人用手指点着它。
>
> 已经很久了。今天他们已不在人世，
> 那只野兔，那个做手势的人。
>
> 哦，我的爱人，它们在哪里，它们将去哪里。
> 那挥动的手，一连串动作，砾石的沙沙声。

我询问，不是由于悲伤，而是感到惶惑。

维尔诺　1936

《偶遇》是对一个片段场景的追忆，存活于这个片段中的人、动物与气息，已经被时间击碎，不知所终。时间最可怕的，不是因其确定性而带来的"悲伤"，而是因其不确定性而带来的"惶惑"，或者说"恐惧"。老子说，天地不仁，以万物为刍狗。时间之所以令人恐惧，是因为你不知道在时间之流上等待着你和你的亲人的是什么。未知和不确定带来了紧张与压迫感，这对于亲历 20 世纪诸种动荡与灾难的米沃什来说，感受会更为强烈、切肤。

《偶遇》里的时间是快速奔驰的莫测的怪兽，而《礼物》则截断了这令人惶惧的时间之流，让它停泊在伯克利那样的海湾。惠特曼在《大路之歌》里也曾如此这般的吟唱："从此我再不要求幸福／我就是幸福／我再不仰望那些星星／我知道它们的位置十分合适。"万水奔腾中取一瓢饮，也许我们只有享受当下的瞬间才可以触摸永恒的平静。

禅宗典籍《碧岩录》里记载的禅宗公案也可以与《礼物》互参：

僧问鼎州大龙山智法禅师："色身败坏，如何是坚固法身？"龙云："山花开似锦，涧水湛如蓝。"

问者焦虑的是时间带来的毁坏，而答者的答案近似于米沃什之"蓝色的大海和帆影"。

《碧岩录》里还有诸如此类的公案：

僧问云门禅师："如何是尘尘三昧？"门云："钵里饭，桶里水。"

　　僧问云门禅师："如何是超佛越祖之谈？"云门云："糊饼。"

问者有一颗焦虑不安的心，而答者强调的是眼前的生活，一如米沃什的花园、蜂鸟和劳作。

　　1996 年米沃什编《明亮事物之书》，选入多首中国古诗，涉及庄子、王维、李白、杜甫等，显示了他对中国文化的关注。米沃什1960 年到达美国时，铃木大拙在美国掀起的"禅宗热"正在风行。在 2001 年出版的米沃什回忆录《米沃什词典》（西川、北塔译）中，设有"佛教"词条，其下写道："明摆着，我被佛陀法言所吸引，因为我生命中所经历的困苦——生灵的困苦——正是悉达多王子普世情怀的核心关照。……另一方面，我对不设寺庙、只设沉思中心的美国佛教兴趣浓厚。"（第 67 页）这里所说的"沉思中心"应该是指"禅定中心"。在另一词条"用深心"下写道："佛教的思维方式与技术文明的思维习惯刚好相反。技术文明讲究速度，电视镜头一闪而过；佛教思维的兴趣在于维护自然状态，因为它致力于此时此刻。"（第 187 页）这里比较了现代时间观（直线前进的）和佛教时间观（静止的、此刻的）的不同。这些史料提示了米沃什精神资源中有可能融汇的佛教、禅宗的成分，也可用于解释，为何《礼物》与禅宗公案有异曲同工之妙。

　　西川翻译的版本是现有译诗中语感比较好的，他在用词上的讲究表明他体察到了此诗总体的精神倾向。"占有"一词，台湾诗人杜国清译本用的是"拥有"。不想占有是去除"我执"和"妄念"，而"拥有"是一种自然状态，对现有的一切，他不可能不拥有。"占有"比"拥有"要更准确。"直起腰来"，杜国清译本作"当挺起身来"。"当"累赘，"挺"用力过猛，而"直起"这个动作要更为自然，更为平和。西川的用词使《礼物》更靠近禅宗的气质，这也算一种曲折的向传统致敬的方式了。

唯有现时，才算是一切。至于过去、未来，那都是不存在的幻影。这种对于时间的了悟是苦难带来的礼物，也是我们本性中应当洞明的"天赋"（诗题 gift 的另一含义）。

九、一次关于晚唐的行为艺术

花下醉

李商隐

寻芳不觉醉流霞，倚树沉眠日已斜。
客散酒醒深夜后，更持红烛赏残花。

《花下醉》不算李商隐诗歌中的上品。李商隐爱好者、清人冯浩在他的《玉溪生诗集笺注》中简截了当地评论此诗："最有韵，亦复最无聊。"它像一首顺口溜，不假思索地从大脑里直线流出，无跌宕，不加节制，文字之外少有回味空间，有"力竭"之嫌，和李商隐七绝"寄托深而措辞婉"（叶燮《原诗》）的优点相去甚远。

诗中最突出的句子是"更持红烛赏残花"，被后世赞为"此方是爱花极致"（清人林昌彝《射鹰楼诗话》）。这一行为艺术不算李商隐的独创。钱锺书在《谈艺录》中提到，注家以为苏轼《海棠》"只恐夜深花睡去，故烧高烛照红妆"本于李商隐，不知白居易早有"明朝风起应吹尽，夜惜衰红把火看"（白居易《惜牡丹花》）。夜晚以灯照花，这一痴人形象即使在古代也并不使人觉得明朗正大，在当代恐怕更会承受酸腐之讥。

白居易、李商隐和苏轼的三首诗分享了一个共同的行为模式。对于旧体诗或者整个古典文学来说，它们在长期的历史中建立并共享了一个庞大的诗意体系和象征系统，随时都能从中汲取主题、意境、意象，相隔千载，亦可遥相呼应。比如诗中"醉倒花下"的描述，前有李白之"迷花倚石忽已暝"（《梦游天姥吟留别》），后有曹雪芹之史湘云醉卧芍药茵；深夜燃烛分明有"昼短苦夜长，何不秉烛游？"（《古诗十九首》）的影子；醉倒树下、醒复赏花的纵情使意令人想起酒贤刘伶的"死便埋我"和阮籍的"穷途而哭"（《晋书》）。酒是李商隐与魏晋名士的接头暗号，《世说新语》言"阮籍胸中垒块，故需酒浇之"，这样的说法对于李商隐亦是何等恰切，一如他在诗中反复表白的："悠扬归梦惟灯见，濩落生涯独酒知"、"心断新丰酒，销愁斗几千？"抛开孤愤的一面，这首诗如果读作一首艳情诗，在古典文学的象征系统中亦可自圆其说，不管是诗名"花下醉"，还是起句的"寻芳"、末句的"红烛""残花"，都有指向一场云雨之会的表意能力。实际上，从宽泛的意义上讲，也可以说旧体诗的每一个意义单元都是用典，因为这些意义单元都具备自己的历史，也沉积了固有的表意能力；而今天我们称之为"典"的，只是更为生僻的"典"。这种"典"在这首诗里只有"流霞"，出自东汉《论衡》：河东蒲坂项曼卿好道学仙，去三年而返，自言"欲饮食，仙人辄饮我以流霞。每饮一杯，数日不饥"。"流霞"指仙人用云彩制成的饮料，当然也可以仅仅从字面上理解，就是指美丽的云彩或像云彩一样的花。这种内在可以互相勾连迁移的多义性正是汉语美妙之一端。

流光溢彩之"流霞"，深夜之"黑"，红烛之"红"，这些强烈的颜色构成了李商隐标志性的色彩体系。这首诗极秾艳，但同时也极寂寥。它的重点不在赏花，而在抒怀。着力处尤在一"残"字：花是残花，席是残席。"残"是李商隐爱用的字眼："相见时难别亦难，东风无力百花残""远路应悲春晼晚，残宵犹得梦依稀""人去紫台秋入塞，兵残楚帐夜闻歌"；或许是因为他生逢唐王朝的"落花时节"（落花时节又逢君），其所寄之局亦是残局。

这沉沉的夜，是晚唐的天气。如果把这首诗读作李商隐命运的剪影，倒是曼妙无比。他所处的时代，是"客散酒醒深夜后"的寂寥之季，而李商隐是其间的零余者，他空有怀抱，面对的已是一树残花。他的忧愤不平、纵情使意只有在唐王朝风雨飘摇的大背景下才可以被理解为一种富有美感的行为艺术。盛唐像一场欢宴，已然散去，只剩下诗人独自在夜气里陪伴着残花。

同样是把烛照花，苏轼《海棠》中的花却有一种珠光宝气。尽管苏轼和李商隐一样仕途蹭蹬且经受亡妻之痛，但他却尽量使自己平和。这不完全是出于个性。文字的气运和它诞生的大气候有关，也许是因为苏轼的时代重新变得从容起来。

回到开头那个判断：《花下醉》不是李商隐诗歌中的上品。不过，经过阅读者的关联、填补、修复、召唤，这首诗似乎重新变得意味深长起来。何以如此？这是因为它背后有一个庞大的古典的象征的世界在支撑它，这使得我们阅读的不单单是一首诗，而是一个诗的集体。这样一种集体存在，使得单首诗的技术得失显得不那么醒目。换成新诗，如果新诗在写作技艺上掉链子，那它就彻底惨不忍睹，因为它的背后，什么都没有。

许多写新诗的人不读旧体诗，当然，当代写旧体诗的人也看不起新诗。新诗和旧诗之间的断裂何至于是？如果新诗没有处理好与自己的历史的关系，新诗的合理性想想都令人生疑。那些萦绕在记忆中的新诗，如戈麦《南方》、张枣《镜中》、柏桦《在清朝》《望气的人》等，大多是把根须伸进了那个古老的诗意体系。在"五四"将近百年之际，也许我们应该在新诗诗人中，号召广泛地阅读古典诗歌，煎熬出"续筋接骨膏"，重续汉诗的生命。

十、日常的诗

　　天越来越黑了

　　妈妈越来越老了

　　这是同事宋的孩子和颜说的两句话。当时，宋正在给她洗澡。宋把这两句话转述给大家，我们都记住了。同事符在给自己四岁的孩子小岳洗脚时，念叨起这两句话，据符说，小岳"突然沉默下来，过了一会儿，竟掉眼泪了"。

　　总之，这就是一首小孩子写的、感动了另一个小孩子的诗。

　　在黄昏来临的时候，被妈妈呵斥着洗澡，又在澡盆里玩水、调皮捣蛋，这大概是许多孩子的童年记忆。这两句话提供了一种沉默的观察，随着妈妈的脸色在天光消逝的过程中暗淡下来，仿佛妈妈的疲惫、衰老也刻写在脸上。这是一种多么细心的关注，里面包含着一个孩子的心疼。而对于大部分人来说，这种心疼要等自己长大了乃至为人父母了，才会体察到。

　　像"树犹如此，人何以堪"一样，这两句话也完美地融合了具象和抽象。一方面它描摹实景，黄昏的颜色，劳作一天后的母亲，或许满脸油汗，头发粘在前额，还得心烦意乱地应付着不安分的孩子；另一方面它指向天道和命运。天不可避免会黑掉，人不可避免会老去，孩子会成为另一些孩子的父母，在万物背后，有一种伟大的意志，譬如春天到来的时候，无论多么干燥艰难，树枝也会吐出绿色。天若有情天亦老，天道是无情的。在这无情和残酷中，一点爱，一份怜惜，一种心意相通，一些微醺微醉的时刻，便是暗夜里的星光，是我们荒芜的生命旅途中所可以收获的最为珍贵的礼物。而诗，便是这温柔的灵魂的摄像机，它把这些瞬间保存在语言中，使后人可以一再温习，使人们知道自己的来处，知道自己是渺小但绝不卑琐的动物。面向虚无、荒诞、黑暗和残暴，做绝望的搏斗，同时拥有温和、优雅、安静的风度，这是否就是我们可以描画的人类较为美好的形象？

　　通常，我们不会认为这两句话是诗，可是，它就是诗。诗并不是多么高深的东西，它是我们内心深处的旋律，盘旋升腾而形诸语言，正所谓"情动于中而形于言"。诗之高下，固然首先在乎使用语言的手艺，但在最深层，与灵魂的高洁度有关。我想重复顾城 1980 年说的那句陈旧的话作结：

　　　　"写诗首先在于做人。"这句话，似乎比所有硬木椅的车厢还要古老了，然而，我还是相信的。如果诗人心中没有太阳，又怎么能给花朵以颜色呢？

后 记

　　通读此书，会发现其中对于"汉语的手工艺人"这个说法近乎絮叨的强调。我看文学作品，若发现语言粗疏，便提不起兴趣再读。这种对文字的要求，也贯穿在自己的写作中。不特写诗，我之于著文，也算个"苦吟派"，总是力求语言的精当，概念的准确，行文的清晰简洁，内容的言之有物。往往总是确实对自己的主张有了把握方才下笔，力戒粗暴浮泛、人云亦云。收入本书的文字，除掉写作时间较早的三两篇（2003 年，2007 年）语言还嫌轻率，其余部分（大部分完成于最近的五六年）是经过了精心打磨的。不论前期准备之烦琐铺张和吹毛求疵，即具体到行文，亦往往推敲至自己都不堪忍受方止。尽管这些文章从高处俯视，意义有限，但具体到每一篇的诞生，说是呕心沥血也不为过。曾经在深夜著文时，写下自伤自怜的诗句：在下雪的晚上 / 像一根蜡烛 / 让人心疼又虚无地燃烧着。学者亦当如工匠，制作的器具应追求牢靠、耐用、历久弥新。这是我理想中的作品形态。

　　曾有人问我学什么专业，答曰中国当代文学，他又继续追问：研究哪一段？我只能挠头。这样的问话体现出，研究者专注于自己的一亩三分地似乎已成常态。但我却一直很恐惧这样的细分，像恐惧高楼上那些密密麻麻的小窗格子。人文科学与自然科学很不同的一点是，自然科学以专精为要，而对于人文科学来说，广度就是深度。陆游说"汝果欲学诗，功夫在诗外"，《红楼梦》里的对联是"世事洞明皆学问，人情练达即文章"。文学是人文学科中尤其不应该被专业化的，它应该沾染生活、生命、历史、时代的精气神儿，成为有源之活水。顾城有一本诗集的名字叫"海篮"，文学也像是海水做成的篮子，它有自己的疆域，同时，又和广大的海水连成一片。在本书中，我尝试打破文学与政治，文学与几何，文学与电影，文学与大众文化，当代文学与古典文学、外国文学的界限。文学绝不是专业、圈子内部的事情，而是关涉每个普通人的精神生活的元素性存在。在各种现代细分让人变得越来越倾向于机器的时候，文学和文学研究应该跳出藩篱，"驶向开阔的世界"。

我在大学时的导师是曹文轩教授，他同时是一位作家。他的文学批评事业充满了对审美、直觉和感性的推崇，他复活了中国古代印象式批评的传统。在校的时候，并不知道从老师那里究竟学到了什么；离开学校近十年，才发现学问风格的影响还真是潜移默化。对文学作品的眼光、感受力，是我唯一还有些自信的地方。本书渗透了对各种作品文本的感性认知，它的短板在于缺乏理论提升。因为一直写诗，我简直是有些偏执地想保护自己的感性，避免养成"分析癖"。我曾经被干瘪枯燥的理论文字折磨，但思辨的力量、理性之美对于学术文字必不可少。理想的学术文章应该是苏东坡评陶诗那般"质而实绮，癯而实腴"，既有骨力又有丰沛的感性基础。这同样是未来的追求。

对语言表达的在乎，对开阔的向往，对感性的借重，是我能想到的本书文字的共性。

感谢老友师力斌，感谢中国言实出版社王昕朋社长和责编肖凤超老师，是你们的支持与细致工作，使本书得以诞生。感谢每一个目光落到这行字上的人——让我们一起用思考与言说穿越生命的长夜。

胡少卿

2016 年 4 月 12 日于对外经贸大学